U0727849

烟雨金溪

杨珍福　著

陕西新华出版
太白文艺出版社·西安

图书在版编目（ＣＩＰ）数据

烟雨金溪 / 杨珍福著. — 西安：太白文艺出版社，
2024.3
ISBN 978-7-5513-2605-6

Ⅰ. ①烟… Ⅱ. ①杨… Ⅲ. ①长篇小说 – 中国 – 当代
Ⅳ. ①I247.5

中国国家版本馆 CIP 数据核字(2024)第 075646 号

烟雨金溪
YANYU JINXI

作　者	杨珍福
责任编辑	井良俊
封面设计	姜　非
版式设计	元诗歌文化
出版发行	太白文艺出版社
经　销	新华书店
印　刷	济南精致印务有限公司
开　本	787mm×1092mm　1/16
字　数	440 千字
印　张	23.25
版　次	2024 年 3 月第 1 版
印　次	2024 年 3 月第 1 次印刷
书　号	ISBN 978-7-5513-2605-6
定　价	96.00 元

版权所有　翻印必究
如有印装质量问题，可寄出版社印制部调换
联系电话：029-81206800
出版社地址：西安市曲江新区登高路 1388 号（邮编：710061）
营销中心电话：029-87277748　029-87217872

目　录

第一章

一支部队忽失踪

武夷山脉向南倾斜，环绕着一条美丽的河流——金溪。她，忽而向南，忽而向北，穿行于深山林海、田野平川。在到达五马山下时，她急速一转，由西向东而去，将一座古老的县城生生地"劈"成两半。她，溪底的沙石里藏着金子，并因此而得名。她，与天地同在，生生不息，一刻也不眨眼地注视着这充斥着黑暗、光明、丑恶、美好、情爱、仇恨的世界。两岸人烟，世间悲欢无不在这一泻千里的水波中和未曾叙说的故事里。

民国十九年（1930 年）十月，闽西北鼓镛县。

国民党军周志群部的一支部队悄无声息地没了。如果一个人没了，估计一千个人都会相信；但一支部队突然没了，谁信？可这支部队确实没了。消息传开，鼓镛县沸沸扬扬！

几天后，有人在古佛潭发现了一具漂浮的尸体。警察局全警出动，经查验，发现死者正是国军失踪的那支部队的士兵。

说是一支部队，其实只有十二个人，人概一个班的人数。带队的是一个排长，算是一支小部队。

古佛潭，距县城八九里地，是金溪一个极神秘的水域。这里的水很深，两岸皆是青山，因此形成了一处峡谷。有句老话说古佛潭：岸边路窄，人过须侧身；溪涧水凶，船行起帆下。因此，平时行船人、赶路人到此都要警惕三分，生怕黑乌乌的水里会冒出个啥东西，把人拖下水淹死。

周志群是国军旅长，也是国民党大本营派驻鼓镛县的最高长官。他的任务是"防共、剿共"，但尚未出师就损失了一支部队，这让周志群十分恼火！

听说在古佛潭发现了士兵尸体，周志群嚎叫道："是谁吃了我的一支部

1

队？我要枪毙他，不，要像捏死蚂蚁一样捏死他。你们说，你们说是谁干的？"

原来，"一支部队"是周志群说的。

副官朱正说："一定是刁民，古佛潭附近的刁民！他们利用古佛潭，将部队赶到河里淹死。我们不能手软，要清剿，烧了他们的窝！"

连长周四金在心里暗暗大骂：国军有这么些草包指挥，焉能不败？可他不敢指责长官，但又实在忍不住不说："旅座，咱们这支部队是个完整的建制班，荷枪实弹，又有排长指挥，'刁民'怎敢又哪有能力将他们赶下河淹死？还有，无缘无故就烧老百姓的房子，这会激起民愤的。"

"放肆，怎么能用这种口气和长官说话！"朱正朝周连长怒吼道。

"嗯，朱副官别这么说周连长，他说得对。"周志群说。

第二天，周志群亲领一个营，在古佛潭周围调查那支部队的死因，结果一无所获。"人死了，枪呢？"周志群问。

朱副官说："枪也一定沉入水底了。"

周志群命令士兵潜入水中寻找，不下去就枪毙。周连长说："咱们都是旱鸭子，下去必死！"不去，违抗命令会死；下去了，会被淹死。既然都是死，还是死在岸上好，别做水下鬼。有的人说："古佛潭深不可测，除非海军，谁有这般下水的能力？"

周志群无奈，垂头丧气地收兵回营，但他觉得这件事还没完。

"一支部队"的人全都溺水身亡，这件事干得干净利落、神不知鬼不觉，堪称"兵不血刃"。最精彩的是，活着的人还不知道他们的同伴是怎么死的。

由于无法调查清楚是谁杀了"一支部队"，鼓镛县内外流传着各种说法，说得最多的是古佛潭里有"水鬼"。相传，很久以前有一对青年男女，因家里不同意他们相恋，被父母追打。当跑到古佛潭时，女子不幸跌落水里。男子跳入水中非但没救起女友，连自己也沉入水底。后来，这一对男女变成了"水鬼"，永久地留在了古佛潭水宫。因为怨恨人间对他们不公平，"水鬼"就时常对过路人下手，将人拖下水淹死。

为求平安，让"水鬼"不再害人，当地人每隔三年就要请道士作法，希望"水鬼"不要再伤害无辜。同时每次作法都要宰杀一头大肥猪，扔进深潭里，让"水鬼"享用。

也有人不同意这种说法，周志群就不信。

周志群不相信鬼神，他相信人。一天早上，天刚蒙蒙亮，他忽然命令副官朱正率领一营的兵力包围了古佛寺。

古佛寺在古佛潭左侧的山上。古佛寺历史悠久，古人或许看上这里雄伟的地势，才在此选址，让佛居住。古寺的神秘之处在于它完全隐藏在丛林之中，从远处无法看见其外貌。站立在寺前，却可俯瞰金溪、瞭望鼓镛县。

清静、幽雅的古佛寺令无数人憧憬和向往。这里又距离鼓镛县不远,因此常年香客不断、烛火不停。

朱正领兵包围了古佛寺,鸣枪驱散清晨最后一层黑暗。寺内的众人被枪声震醒,大家睡眼惺忪,在迷迷糊糊中看到一个个荷枪实弹的士兵,真是丈二和尚摸不着头脑:莫非佛祖真的显灵啦,大清早让天兵天将下凡?

突如其来的一幕,让住持范安感到既蹊跷又愤怒,于是说道:"此处是佛门净地,从不伤天害理,不知何时得罪官府了,以至于让军爷大清早领兵前来?"她清脆的声音吸引了大家的注意力,一道道目光像一把把利剑直指这位漂亮的中年女人。

"听说话的口气,你就是住持范安女士?"朱正在鼓镛县待了几年,早就听说古佛寺有个气质不俗的女住持,只恨无缘相识,今日一见果然不错。

"阿弥陀佛,贫尼就是范安。敢问军爷,为何兵临山寺?"

朱正说:"是这样的,我国军的一支部队,日前在古佛潭附近遭到袭击,十二名官兵英勇牺牲。这件事就发生在古佛寺门口,范住持应该听说了吧?"

"听说了,可是这与本寺有何关系?"范安问道。她直视朱正,双眼里充满了疑惑。

朱正狡黠地说:"关系大着呢!有人给县党部递送消息,说杀我国军的人在古佛寺里。政府听此报告后十分惊愕,所以上峰命令我们前来缉拿,望范住持配合,不要袒护。"

"岂有此理!我等吃斋念佛,普度众生,啥时候做过杀人放火的事?你们人死了,赖在我们出家人身上,是何居心?你们也有家室,上有父母,下有妻儿,本住持奉劝一句,莫说栽赃之言,莫做陷害之事。佛家圣地,胡乱说话是会遭天打雷劈的。"范安一脸怒气地说道。

朱正说:"范住持别不高兴,我辈也是为了国家才当兵。无缘无故死的官兵也是父母所生的,他们在执行任务时路过古佛寺门口,却莫名其妙地死了。这方圆十里只贵寺一处有人烟,你能撇清干系吗?"

"有人烟处就会杀人吗?你们想必是杀人杀习惯了,才会这样想!"范安斥责朱正。

朱正一脸不悦,他觉得与这尼姑婆子理论只会浪费时间。对付刁民最好的办法就是用枪,让他们知道枪杆子的厉害。于是,他拔出腰间的手枪朝天"啪啪"开了两枪。

震耳的枪声让在场的人都颤抖了一下。

范安忽然意识到今天古佛寺可能会遇到大麻烦,这片圣洁之地将遭受一群兵匪流氓的亵渎。范安说:"你若认为杀人凶手就藏在敝寺,可派一两人随我进去查看。"

"不，我们得进去一个排搜查！"朱正说。

"不行，只能进去一两人，而且不能带枪。"范安说。

"这事就由不得你了。一连一排进寺搜查，其余人加强警戒！"朱正蛮横地让一个排的数十人进寺抓捕"凶手"。

秀才遇到兵，有理说不清。范安拦不住朱正，只能任凭他们放肆。

古佛寺内有上、下两个大殿和数十间厢房，是鼓镛县周围最大的一座寺庙。寺内住有二三十位尼姑，她们每天上午念经，下午时间都用于清扫寺庙和种菜。寺内寺外打理得井井有条，是实打实的一个佛门净地。

不过一支烟的工夫，搜查人员全部出来了，都说在里头没见到一个人。

朱正下令："将所有尼姑押走！"

听说要把所有人带走，尼姑们愤怒起来。大家有的握紧拳头，有的顺手拿起木棍，要与当兵的对打，场面顿时陷入混乱。范安走到朱正身边大声质问："凭什么抓人？"蛮横的朱正不再解释，"啪啪"又开了两枪。枪是朝天开的，现场立刻安静下来。众人这个时候知道，与官兵对抗的结果只有流血。

古佛寺的尼姑全部被带走了，清凉的风把这一群与世无争的人们吹拂得脸色苍白。朱正的脸上挂着"胜利"的喜悦。古佛寺在人去楼空的早晨显得孤零零的。

尼姑们被关押在鼓镛县郊外的两间破房子里，由一个排的士兵看护，大家在被饿了两餐后再接受审问。审问是隔离的，朱正采取分别突破的办法，要她们承认杀了"一支部队"或交出杀了"一支部队"的凶手。尼姑们虽被饿得头脑昏昏沉沉的，但死也不承认与"一支部队"的死有关。这件事原本就莫名其妙，假设有人杀了"一支部队"，他们能躲在古佛寺里等着人来抓？大家更不会认这个杀头的罪名。

范安大骂县长胡瓢："你这个不是人的老东西，有能耐就杀了老娘，别拿无辜的人出气。你这个没心没肺的流氓，怎么还没挨枪子儿？你早该死了，好为这贫穷的地方省几粒粮食！"

执勤士兵见范安只骂县长不骂别人，觉得奇怪，就将情况报告给上峰。朱正说："这娘儿们爱骂谁就让她骂。"

士兵说："只是她老是骂胡县长，却没骂一句周旅长。"

周志群闻言哈哈大笑，说："你们知道这范安与胡县长是啥关系吗？"

"啥关系？"朱正与在场的人都把目光投向周志群。

"范安原是胡县长的老婆。"

"啊？"众人面面相觑，想着旅长是不是开玩笑，胡县长的老婆怎么是尼姑呢？

周志群收了笑脸，一本正经地说："我没和大家开玩笑，古佛寺的女住持范安是胡县长明媒正娶的妻子。因为胡县长这人十分好色，结婚后又与别的女子勾搭，被范安逮住。这范安年轻时眉清目秀，又读过书，自恃清高的她怎能受得了这种屈辱？一气之下离开胡瓢，削发做了尼姑。胡瓢很后悔，追到古佛寺向范安认错，想让范安回来。倔强的范安宁死不回头，决心终身为尼，永不再嫁。后来古佛寺推举范安做了住持。"

"原来如此！"大家说道。

几天后，尼姑们又莫名其妙地被放了。这一定与那位胡县长有关。

"一支部队"的死，确实与古佛寺无关。古佛寺因为离得最近，所以被怀疑、背了黑锅。周志群的脑袋即使想到天边，也想不到这事与九仙山有关。

造物主有着把世界绘成一幅画的本事。金溪，就是这幅画中的一道线条。造物主没有吝惜笔墨，当年一定在这道线条的周围用了重笔，才使得一溪碧水如镜，两岸青山如黛。

九仙山，金溪水岸的群峰之首。这片树木老了只在林中枯朽、腐烂的世界，于20世纪20年代末30年代初，在万壑松涛中奏响一曲曲余音缭绕的时代战歌。弹奏这支战歌的正是"九仙女子护身队"。九仙女子，即九个女子；护身，即护卫自己的身子。"九仙女子护身队"指的是九个女子为保护自己而组成的一个战斗集体，她们聚集在九仙山上。

值得关注的是这九个女子的身世。她们来自何地，为何需要护身，又为何啸聚山林？自古有家不住而居山者不外乎两种：一是打家劫舍，吃轻松饭；二是遭遇不公，被逼上山。"九仙女子护身队"的九个女子属于后者。她们一个个都遇上了麻烦事，呼天天不应，叫地地不灵，才一个个弃家、离家住到山上。最先上山的是欧阳女。

欧阳女，今年十九岁。三年前，欧阳女被迫许配给赵毅。赵毅家境富裕，其父赵其良与妻连生五女后才生赵毅。赵其良老来得子，心情大悦，请戏班子唱戏三天，又宴请宾朋，好不热闹。赵毅一天天长大，脑瓜子却停留在三岁。直到十八岁了，他除了吃、喝、睡、笑之外，啥事也不懂。儿子智力低下，赵其良寝食难安，担心赵家从此衰落，无人接班。就在赵其良一筹莫展时，一位做私塾先生的好朋友来到赵家。

私塾先生说："令郎废掉的是智力而不是身体。你给他娶个聪明的女子，既能帮着管家又能生儿育女，赵家香火不就延续下去了？"

赵其良说："先生的主意也不新鲜，这些办法民间世代相传。我也为我儿想过，无奈询问过几家，人家姑娘都不愿嫁。这就是我每天苦恼的原因。"

私塾先生说："此去十五里的欧阳家有一位姑娘欧阳女，今年十六岁。欧阳家境贫寒，想必好说话，可托人去说亲，让欧阳女嫁过来。这姑娘聪明漂亮，又读过书，你家公子若娶了她，即可弥补一切先天不足，何愁赵家香火不旺？"

赵其良听私塾先生这么说，心里热乎乎的，可冷静一想，还是觉得事情难成。他说："先生不知，犬子实在是笨头呆脑，更无笼络女人的心计，像欧阳女那样聪明伶俐的姑娘，又读过书，怎么会与他生活？他又怎能驾驭得住？所以，还是别想了。"

私塾先生说："你儿子不会读书算账，难道不会搞女人？真笨，看来你儿子是得你遗传，无可救药！"

"那依先生看，咋样做最好？"赵其良两眼直愣愣地看着他。

私塾先生不慌不忙，拿来一只杯子，放入几片自己带来的青茶叶，冲进开水，再随手拿起一支筷子在茶杯里搅动几下，然后看着赵其良说："这叫生叶泡成熟茶。"说完，他就转身离去了。

"生叶泡成熟茶？"赵其良若有所思地站在那里。如何才能"生叶泡成熟茶"？赵其良琢磨了半天还是不解其意，连续几天都在想着这事，以至于竟然忘记了吃饭。妻子实在看不下去了，问赵其良："你我夫妻几十年，难道还有啥事不能对我说？"

赵其良就把日前私塾先生的话对妻子重说了一遍。妻子听后，语气责备地说："世上儿女婚事，皆由父母做主，听从媒妁之言。咱们只要与女方父母谈妥，送去彩礼，不让年轻人见面，待娶亲回来送入洞房，不就'生叶泡成熟茶'了？"

"哎呀，那不是'生米煮成熟饭'吗？"

"对呀，同一个道理。"妻子说。

"你瞧我这榆木脑袋，还是娘子聪明！"赵其良原本忧愁的脸一下子高兴起来，当即安排家人去十五里外的欧阳家提亲。这件事情在前期倒是做得隐秘，瞒过了欧阳女，直到父母收了人家彩礼，欧阳女才知晓。欧阳女问父亲："为何偷偷地把我卖了？"

欧阳父说："儿女婚事由父母做主，你已经到了婚嫁年龄，必须出嫁！"

欧阳女说："父亲错矣，那是封建时代。如今民国了，婚姻应由当事人做主，父母不能包办。"

父女俩因为这事吵闹了好几天，谁也没说服谁。欧阳母在中间劝，也不起作用。最后欧阳父担心女儿因此出事，不得不向女儿妥协。不料，赵家以收了彩礼为由，坚决不肯退婚，并威胁说，如果欧阳女不嫁，赵家就到官府告欧阳家以女骗财，让欧阳女父亲坐牢。赵家的强横吓住了欧阳女父亲，却吓不倒欧阳女。读过书的女孩决不吃这一套。

或许赵家以为，过了这个村就没有这个店，儿子赵毅就再也娶不到老婆了。因此他们死死咬住欧阳家，逼欧阳女嫁过来。欧阳女父亲因退不回彩礼，又说服不了女儿，更无法与赵家斗，一气之下找了根绳子悬梁自尽了。其妻见丈夫死了，觉得人生无望，也弃下女儿投了金溪。

欧阳女失去双亲，悲痛欲绝。她飞快地往金溪跑去，决意追赶父母，离开这个可怕的世界，幸好被亲友们拦下，将其带回欧阳女舅舅家，并安排人日夜陪护一个月，才渐渐平复心情。

赵家不仅没有因出了人命而悔恨自己的过错，反而仍坚持要欧阳女嫁进赵家。赵其良让人对欧阳女说："欧阳女嫁赵家是唯一的选择，别敬酒不吃吃罚酒。"又说："一边是光明大道，一边是深水泥潭，行哪条路，望欧阳女看好再走。"

世上竟有如此缺德无赖的人家，逼死人了还要娶人家闺女。欧阳女哪里受得了这侮辱！她闭门不出，独思数日，想找出个办法灭了赵家，只恨势单力薄，无计可施，才没有行动。但仇恨的种子深埋进了心里，她每天都在想念父母，思量着有朝一日能复仇。

不知廉耻的赵其良，还真不肯放过这个孤苦可怜的女孩，居然召集了十多个人来抢欧阳女。欧阳女斗不过赵家，觉得与其死在他们手里还不如自己了断，一咬牙就往母亲寻死的金溪方向跑去。

赵家人追赶到金溪边，见岸上落下了一个包袱和一双鞋，再望着波涛汹涌、深不见底的金溪，已经猜到十之八九了。

第二天，一个"欧阳女投河自尽"的消息传遍了乡里。欧阳家已无人能出来说话，欧阳女舅舅罗洪找赵家要人，被赵其良兄弟几个猛打一顿，赶出了门。罗洪向官府告状，又因无直接证据证明赵其良杀人而被拒之门外。罗洪申冤无门，越想越气，就召集自家伯叔到赵家大闹一场，并将赵其良痛打一顿。

赵其良见罗家为欧阳家出头，自己又挨了打，也组织一伙人去找罗洪，要他出来受打，再向赵其良跪地认错，否则这事没完。罗洪虽无亲兄弟，可他家族大，堂兄弟多，看到赵家这般欺负人都站出来与其论理，并准备与其打一架。赵家无奈，觉得失了颜面，当即向官府告状。不料官府的人对他们说："你们逼婚，害死了欧阳一家三口，还打了欧阳女舅舅罗洪，现在又来状告人家。收手吧，你们挨的那几棍，就权当是给死者的一点儿补偿。"

赵其良不服，不仅儿媳妇没娶到，还挨了罗家人一顿打，心想：你欧阳家人死了能怪我吗？我拿钱向你家提亲有什么错？难道你家闺女长大了不嫁给人家做媳妇？这官府也真是的，怎么还向着穷人？赵其良后悔没提前送钱给官府。赵家与罗家从此结下了梁子。两家后续事情如何发展，结果会是什么？下文说。

第二章

赵家父子尸悬梁

欧阳女被赵家人追赶，本想跳进金溪追随母亲而去，可灵机一动，放弃了死的念头。她扔下包袱，脱去鞋子，纵身跳进水里，躲在水边茂密的芦苇丛里。赵家人追到溪边，以为欧阳女跳进了滚滚波涛中，既不找也不救，转身就走了。

欧阳女慢慢爬上岸，拖着湿漉漉、发抖的身子向九仙山走去。

九仙山是金溪这一带最高的山脉，海拔一千四百二十五米。山上松萝繁茂，清雅幽静。相传曾有九个神仙在此炼丹，并留下了"九仙雾雪"的传说。南宋绍定五年（1232年）始建"九仙万缘庵"，该庵又名普照寺，内有上、中、下三殿，以及钟楼、鼓楼、僧房、斋房和烧香坪地。周围林木翁郁，草木葳蕤，有千年红豆杉、千年柳杉等数十棵，闻名遐迩。

欧阳女上到九仙山时，已经是深夜。九仙万缘庵大门紧闭，除大殿内有微弱的烛光从门缝里露出外，没有别的光亮，山上如死一般的寂静。

"咚！咚！咚！"正经住持刚刚更衣就寝，听到有人敲门，只好起来。他披上袈裟，走近大门，对着门外的人询问了一声后，开启了大门。见站立的是一个披头散发的女子，他吓得连忙后退，又听到那女子说："我无路可走了，半走半爬来到贵寺，请大师先让我落个脚，其他事容我后说。"

"阿弥陀佛！"佛家原本就乐于济世救人，正经住持听来者如是说，又见她是个弱女子，不好拒绝，就让她进了寺。

正经知道，自己寺上虽有七八个人，但都是和尚。这深更半夜来了个女子，还真不好安排住宿。欧阳女看出住持的顾虑，便说："师父也别为难。小女子是落难之人，不敢有要求，在柴房加床被子让我睡下即可。"

正经住持将下殿右厢房里一间平时没人住的屋子打开，用扫帚扫了扫灰尘，再铺上草席、拿来棉被，然后对欧阳女说："施主就先将就一晚了。"说完，没等欧阳女说声谢谢，他就出门回房睡觉去了。

其他和尚都没听见晚上的事，第二天吃过早饭，才听住持说起昨晚的事。再回头看到刚起床洗漱的女子，有的惊讶，不知住持为什么收了一个女子；有的惊喜，这一寺都是光棍和尚，忽然来了个女子，都精神起来了。

早饭后，正经住持对欧阳女说："施主可以下山了。"

欧阳女没想到住持这么快就下逐客令，想到自己已家破人亡，如今又无去处，眼泪止不住地流。和尚傅甑走到住持身边说："莫非这女孩遇到难处了？即便咱们帮不到她，听她说完再撵她走也不迟。"

住持采纳了傅甑的意见，让女孩说完再走。欧阳女刚才只是无声垂泪，这下却大哭起来。和尚们本来这时是该诵经的，因为昨夜来了这个女孩，此时她又对着佛祖痛哭，就都停罢手中的活儿，围到住持身边，劝住持关心一下她。若非遇到过不去的难关，一个年轻女子绝不会漏夜独上九仙山。

欧阳女发泄了一会儿便止住哭声，随后把父母被赵家逼死以及赵家人追杀自己的事说了一遍。众僧听后，齐声说了一句："阿弥陀佛！"正经住持说："施主一家遭此厄运，贫僧一定诵经状告作恶的人，求佛祖惩罚恶人，善待好人，保佑施主日后平安幸福。但施主还是不能留在敝寺。"

"为什么？"欧阳女看着住持，眼神中充满了失望。

"阿弥陀佛！因为敝寺都是和尚，女施主一人留在寺里多有不便。"正经嘴上说着话，两只手却不停地转摸着手中那串暗红光滑的佛珠。

"我已经走投无路了，望师父们留我在这里做个打杂的，待日后有了去处再离开，求各位师父了！"欧阳女说完就要下跪，被傅甑拦住了。傅甑又在住持耳边轻轻说了几句话，正经听后点点头。

欧阳女被留下了。后面的日子里，她十分勤劳，除了念经啥活都干，还抽出时间跟傅甑法师习武。原来，傅甑是一位武僧，无论是拳脚功夫，还是刀枪棍棒，都样样了得。在某月十五这天，欧阳女正式向傅甑行了拜师礼，成了傅甑手下的第一个女徒弟。

欧阳女在九仙山上潜心学武，由于心中有恨，她学得特别认真，进步很快。和尚们因为庵里来了个女子，虽然嘴上说在和尚堆里掺杂个女子多有不便，但大家心里都接受了她，不仅接受，而且欢迎和欢喜。

欧阳女上九仙山是为了躲避追杀。山上的和尚伯伯、叔叔们收留她，让她在无处安身时有了一个落脚处，她怎能不感激？这时候的她，只想抛开山下那些事、那些人和那个令她没法活下去的地方。她上山也是企望九仙山的"神仙"能够救救她，不求别的，只求可以安身，再有一碗饭吃就行。踏进山里后她才知道，原来这里还蕴藏着一股特殊的力量——傅甄法师深不见底的功夫！

那一刻，她兴奋极了，原本绝望的那颗心，瞬间又充满了希望。

傅甄原名傅和达，老家在几百里外的江西，原本不是出家人。二十年前，傅和达三十岁时因为家里不富裕，他给地主黄渠家打工。傅和达虽然贫穷，但有一个貌美如花的妻子。事情坏就坏在妻子的美，因为妻子被黄渠的儿子黄三金看上了。黄三金觉得一个下人不应该有貌若天仙的老婆，他因为忌妒经常骂人。黄家有钱，按理说不愁娶不到美妻，可这位黄家公子死心眼儿，偏偏就看上了傅和达的老婆。黄三金起初是想勾引傅和达老婆，与她相好，在遭到拒绝后就想强占她。达不到自己的目的，黄三金就公开与傅和达摊牌：把老婆让给他，黄家给一百两黄金让傅和达另娶妻子。傅和达哪受得了黄三金这般侮辱，一气之下离开黄家到别处找活干。但黄三金贼心不死，并未因傅和达离开他家而淡忘其妻。相反，那种想得到她的欲望更加强烈，日日饮食无味，夜夜梦眠不安。好言相劝不成，只好来硬的了。这天，黄三金闯进傅家，见只有女人在家，就对女人动起手来。女人见黄三金如此无礼，先是吓得哆嗦身子，然后见黄三金动真格了就大喊："抓贼！抓贼啊！"听到喊声，附近的人都赶来了。有的拿木棍，有的拿柴刀，站在傅家门前。黄三金见情况不妙，趁机从后门跑了。

傅和达从外面做工回来，见妻子"呜呜"地哭，立刻猜到事情的大概。待进一步问明情况后，他就往黄家赶。见到黄三金，傅和达不和他理论，上前就是一拳，把黄三金打了一顿后转身就走。黄三金觉得自己不仅没吃上羊肉还惹得一身骚，心里十分恼火。后来的两天，这位公子爷再也无心想别的事，脑子里全是那个女人，以及女人丈夫打他那一拳时的情景。"我让你'好花插在牛屎上'！你们让我不舒服，我让你们也别好过！"当天夜里，这个恶霸的儿子提着一桶"洋油"走到傅家，没半点儿犹豫，点燃一把火，烧了傅家房子。幸好傅和达那晚被人叫去帮工没在家里，否则就与父母妻儿一起被烧死了。一家四口一夜之间被烧成焦尸。傅和达哪里受得了这打击，抢起大刀直奔黄家。傅和达见人就砍，那气势无人能挡，一共杀死黄家十二人。只可惜，杀的都是妇孺老少，当家的父子几人都没在家，躲过了一劫。

这个故事就是林冲和高衙内故事的再现。傅和达复仇杀人后连夜逃走，几经周折上了九仙山，从此隐姓埋名，连正经住持都不知道他的身世。

温七妹上九仙山不是为了找落脚的地方，可她见到欧阳女后就想留下来不走了。

正经住持说："当时收留欧阳女虽说有原因，但后来想想还是觉得不妥。一个和尚庙里怎么能让一个女子走来走去？现在又来个温七妹，也想赖着不走。一堆和尚里头掺杂着女子，佛祖是不允许的，天下人又会如何看待这件事？"为了让温七妹死心，住持不让她住在屋檐下，也不给她米饭吃。铁了心的温七妹说："不给饭就不吃，饿死在佛祖面前总比死在别的地方好。不让住在房子里，就睡在露天下，冻死在佛祖跟前总比被人气死强。"天下竟有如此倔强的女子，正经妥协了，总不能看着一个冰清玉洁的女孩死在高喊普度众生的地方。

和尚庙不是女人的向往之处，温七妹之所以赖着不走，实在是事出有因。

温七妹小时候做过童养媳。天生丽质的她越长越好看，是村里最美的一朵花。养父母当时收养她，就是为了让她长大后许配给自家儿子。看到养女长得漂亮，老两口满心欢喜，十分爱护这个女子。温七妹十七岁时，养父母准备让他们完婚，没想到温七妹死活不同意，还说："我只能作为女儿嫁出去，万万不能与哥完婚。"温七妹不愿与哥结成连理，是因为她不喜欢这个哥。这个哥不仅个头比她矮一截，身体瘦弱，而且没智慧、没思想、没丝毫男人气概。如果嫁给这个哥，她自己都觉得委屈，怎么能过一生一世的日子？旁观者清，同村的一个未婚男子乘虚而入，要温七妹与他相好，温七妹同样看不上这个懒惰的人，便当面拒绝了。男子不甘心，想逼迫她嫁给自己，就趁无人时对她施暴。不想温七妹大喊，呼救声传到村子里，引来很多人围观。养父母知道这事后，不仅没安慰女儿，反而大骂温七妹吃着家里的，看着外面的。他们觉得女人若是无心，男人怎会有意，一口咬定温七妹勾引野男人。养父还打了她一耳光。温七妹受不了这样的侮辱，趁天没亮离家出走了。

温七妹没有目的地，在外面晃荡了两天。听说九仙山上有菩萨，能说出一个人的前世今生，她不想知道前世，只想知道余生、未来是什么状况，于是迈开脚步直奔九仙山。

温七妹在山里遇到欧阳女，两个女孩一见如故。了解到欧阳女的遭遇后，又得知欧阳女在此拜师学武，温七妹兴奋地说："我不走了，也要在这里学武强身。"

温七妹留在山上，欧阳女多了个姐妹，傅甄多了个女徒弟，普照寺多了一道亮眼的风景。

欧阳女"死"了，罗洪十分愧疚。每每想起内心就隐隐作痛，他想帮姐姐一家复仇，向赵其良讨回公道。可一个势单力薄的穷苦贫民能去哪里讨公道？弄死赵其良，不仅自己会死，还会连累妻儿。他左思右想都没想出好法子，只好先咽下这口气。

罗洪有一个女儿名叫罗罩，就是欧阳女的表妹。罗罩今年十六岁了，长得十分标致。这天罗罩一个人走在回家的路上，在路过一片树林时，迎面碰到一个傻大个男人。男人嬉皮笑脸地靠近罗罩并对她说："傻妹妹，你长得像我娘，真好看，让我来咬你一口吧！"说完，他朝罗罨猛扑过去。罗罨吓得拔腿就跑，慌乱中绊了一跤，摔倒在地上。

"哎呀！你怎么跑了呢？摔痛了吗，我的娘？"傻大个嘴上叽叽歪歪地说着，猪一样笨重的身体就扑到了罗罨身上。罗罨无力反抗，喊叫时嘴也被堵住了，只能拼死挣扎。傻大个力气大，三两下就把罗罨的衣裤全脱了。罗罨想反抗，却挨了重重的一拳，耳朵能听见的只有"嗡嗡"声。可怜罗罨一个女孩，洁净的身子自娘胎里出来就没被亵渎过，这一瞬间莫名其妙地挨了一巴掌，又被无情地蹂躏糟蹋。此刻的她是那么的无奈和无助，苍天又是多么的无眼！她连哭喊的脸面都没了，只想一头朝树上撞去。可她无力爬起来，活脱脱像一个死人一样躺在满地的树叶上。

傻大个完事后，抖了抖下身那个犯罪的玩意儿，撒腿就跑。没跑几步，与迎面走来的一个中年女子撞到了一起。中年女子认得傻大个，在两人擦肩而过时，看了他一眼。她继续往前走，又看见一个赤身裸体的女孩躺在地上。作为过来人，中年女子当即明白了一切。她对傻大个说："赵毅，你个短命郎，怎么能做这禽兽之事？"赵毅回头瞟了她一眼，仰头摇手走了。

你道这赵毅是谁？原来他就是赵其良那个傻乎乎的儿子。

中年女子不认识罗罨，但在她的安慰和开导下，罗罨放弃了死。中年女子送罗罨回家并将发生的事告诉了罗罨的父亲罗洪。

第二天早上，人们惊讶地发现赵其良父子的人头悬挂在自家门梁上，两具无头尸体躺在冷冰冰的地上。赵毅的下身被扒光了，两腿中间那个"作案工具"被连根切除，但在他身边没有见着"作案工具"，或许是做这工作的人将其扔给狗吃了。房间里另有两具女尸，分别是赵其良的大小婆娘。

也是这天，人们开始注意到，罗洪家的大门始终没开，一家人也不知去向。

同是这天，九仙山住持正经到县城采购物品，在乱哄哄的人群中听到了赵家被灭门一事。回山后，他向众人说了这个消息，欧阳女听后"哇"地哭了出来。可怜的女孩到山上已经八个多月了，和尚们从没见她这么哭过，都在猜想：难道住持说的被灭门的一家是她的亲戚？

见欧阳女流泪不止，温七妹说："那被杀死的赵其良父子就是害死欧阳女父母的仇人。"

"啊？阿弥陀佛，恶有恶报！"正经住持安慰欧阳女，"既然苍天安排人收拾了恶人，也算是为你父母报了冤仇。佛祖是不主张杀戮的，但对世上那些不守规矩的人，也绝不会放纵。既然你家仇人已经被灭，过一阵子你就下山去吧，做个不受清规戒律约束的人，更加自由。"

"不，我决不下山！"听到正经住持要撵她走，欧阳女止住哭声，说道，

"我是高兴啊，我的父母终于可以安息了。但我还不能下山，我要跟我的师父多学点儿本领，或许对我的后半生有用。"

"还有我。"温七妹怕欧阳女被赶走后自己没有容身之处，立即站出来说话。

"阿弥陀佛！我可怜的孩子们，这里不是……"正经住持话没说完，忽然大门外匆匆来了一男两女三个神色慌张的人。走在前面的中年男子一进门就慌慌张张地说："我在山下无处藏身，上九仙山来躲避几日，望大师们收留。"

"舅舅？"欧阳女不敢相信，这急急忙忙上山来的三人竟然是她舅舅一家。

"外甥女？我的孩子，你还活着？"罗洪和妻子、女儿罗罩三人一时间愣在原地。他们不敢相信眼前站立的女子真是欧阳女，心里仿佛在说：她不是跳进金溪死了吗？怎么会在这里呢？现场安静了一小会儿。罗洪说："孩子，舅舅以为你死了，没想到你还活着，苍天终归有眼啊！孩子，我把赵家灭了，为你父母报了血海深仇。只是官府知道是我干的，正在四处寻找我，我无处可去，才上了九仙山。"

欧阳女走到正经住持面前，"扑通"一声跪下，对他说："师父，您都听到了，欧阳女只求师父让他们一家在山上暂留几日，待想好去处后就立即下山，望师父答应。"

"大胆！欧阳女，你把普照寺看成收容所啦？佛门净地岂容杀人犯栖身？"

"师父……"

赵其庚看到哥哥赵其良一家被杀的惨状，惊吓得差点儿心肌梗死。清醒之后，他来到县警察局报案。见报案人慌里慌张，局长廖睿慢条斯理地说："有这么大的事吗？不会搞错吧？"

"哎呀，父母官大人！我怎么会造谣说我哥哥一家人死了，那不是诅咒他们吗？"赵其庚哭丧着脸，心里大骂廖睿是个狗屁警察局长。

"那好，我这就派人去验尸。"

"不仅要验尸，还要抓杀人犯。"

"对，还要抓杀人犯。"

廖睿又慢条斯理地拿烟、找火柴，坐到办公椅上大口大口地吸烟。赵其庚急得难受又不敢再催。廖睿吸够了烟，从座椅上站起来，对赵其庚说："今天我们全警出动，中午饭就由你安排了。"

赵其庚心想：真是一群吸血鬼。虽然心里不悦，但他嘴上还得应承："嗯！嗯！"

赵其良一家死了，罗洪一家不见了，两家原来就有仇，罗洪是板上钉钉的杀人犯。警察局满城张贴通缉令，要捉拿罗洪。然而行动了三天，一点儿线索都没有。

罗洪携妻女二人逃到九仙山，普照寺住持正经说他双手沾满鲜血，会玷污佛门，要将他赶下山。罗洪妻子见外甥女欧阳女求情没用，罗洪请求无果，就坐在地上痛哭起来。女人一把鼻涕一把泪，一边哭泣一边说："九仙山上万能的佛啊！不是说你能济世救民吗？为何对我们这些苦难的百姓不管不救啊？赵其良父子如果没做坏事，我家男人为何要杀他们？赵其良逼迫我家外甥女欧阳女嫁给他草包儿子，又逼得我家姐姐、姐夫上吊、跳河，逼得欧阳女投河，只是这孩子命大没死，逃到九仙山菩萨脚下。前几天，赵其良儿子赵毅竟在光天化日下侮辱我未成年的闺女罗覃，害得我闺女差点儿死了。我闺女年纪还轻，让她今后怎么做人呀？试问世上哪个父亲能够忍下这样的气？我男人杀赵家会没一点儿道理吗？如今官府在捉拿我们，我们无处可躲才上九仙山，难道菩萨也不救人，也欺贫助富吗？若是那样，我们全家宁死，也不会留在山上连累菩萨！"女人哭完，从地上站了起来，招呼男人和女儿就要下山去。

"慢！"女人的哭诉，特别是罗覃的遭遇，深深地触动了正经住持。他叫住了要走的罗洪夫妇，同意他们一家暂留山上几日。罗洪一家感谢住持，欧阳女也对住持的慈悲心肠表示感谢。

罗洪说话算数，三天后就收拾行李下山。他明白自己有命案在身，待久了会连累普照寺。可女儿罗覃死活不走，一定要留在山上与表姐欧阳女一起学武，罗洪感到为难。正经住持听说他们要走，对罗洪说："山下不知道山上的情况，你可以多在这里待一些日子，等外面风声平静了再走。"

罗洪坚持要走，鉴于此去吉凶难料，在与正经住持商量后，他同意罗覃暂时留在山上。

罗洪夫妇离开九仙山后要去哪里？他们自己也不知道。但他们夫妇确实走了。后来，有人说在金溪上游的一个纸厂里见过罗洪，有人说在金溪下游的某个小镇上看到过他们。罗洪夫妇想到哪里落脚？他们能否逃过这一劫？下文说。

第三章

蒙难女子聚九仙

————

从此，罗洪夫妇就像在人间蒸发了一样，他们究竟去了哪里？没人知道。

九仙山上原本都是男子，自从欧阳女来了，渐渐"阴盛阳衰"。导致这个变化的人是正经住持。正经此人三岁丧母，十三岁丧父，二十三岁娶亲，三十三岁死了妻子，无子嗣。丧偶后的他觉得红尘无望，就遁入空门了。在普照寺二十多年，他用百分之百的心思经营寺庙，并将自己的名字改为"正经"，决意正正经经地信佛，断绝人世情缘，以求后世安生。他很善良，留下欧阳女、温七妹，如今又收留罗罩。

抑或是寺庙的生活过于纯粹，正经没有意识到空门与红尘绝不是割裂的。就像九仙山与金溪，它们只是一个在高处，一个在低处，仅此不同。从欧阳女落脚九仙山开始，这块清净之地就慢慢地增添了颜色，以至于后来变成了赤色。

"山不在高，有仙则灵。"九仙山是金溪流域最高的山峰，览众山于脚下，集灵气于一身，也是千百年来穷苦百姓的仰望之山。每当人们期望天下太平，期盼五谷丰收，祈求无病无灾时，都会上九仙山。络绎不绝的香客带来了源源不断的香火和食物。种粮的人会因为年景不好而担心断粮，普照寺的僧人们却从不愁吃喝。

傅甑法师在九仙山上二十年，一直没有多少人认识他。这一年，他忽然名声大振，是因为他教授欧阳女武功，暴露了自己。连普照寺的和尚们都大为吃惊，原来此人这般了得，真是深藏不露。正经住持原来对他的身手也略知一二，但没想到他的功夫如此高深。傅甑的武艺到底有多厉害？他可以跃上七尺高的屋顶，然后两只脚倒钩在屋檐上，头朝下；可以连续将五棵碗口粗的树木拦腰击断；可以一只脚尖立起，再让身子像风车似的快速转动，再弹起三尺多高；可以在树林里如野兔般奔跑，并活捉野兔……傅甄决心将一身的功夫全部教给欧阳女——他唯一的徒弟。毕竟自己已过了知天命的年纪，说不定哪天那个世界就派人送来通知让他去报到，到时候，他这一身本领就永远地随他而去了，岂不可惜？所以能收欧阳女做徒弟，他心里十分喜欢，毫无保留地将功夫传授给了欧阳女。后来，寺庙里又来了温七妹、罗罩，他照样收她们为徒，照样教授她们功夫，只要正经住持同意。

罗罩上山后不久，又来了两个正值豆蔻年华的姑娘：曹梅、曹姑。两人是堂姐妹，来自金溪下游八十里外的阳口镇。曹梅今年十八岁，曹姑才十七岁。这个年纪原本是女子最青春和最富于憧憬的时候，毕竟人生能有几回十八？可是充满欺凌、压迫的社会害得她们一个个失爹丧娘，无家可归，在受高人指点后，来到九仙山寻求保护。她们在九仙山遇到欧阳女，眼界大开，才知道原来九仙山上也有女子。

山里又来了女人，和尚们目不转睛地看了三分钟才眨眼。正经住持站在高高的佛祖面前，手上不停地转动那串佛珠，嘴上念着"阿弥陀佛"和一些只有他自己能听懂的话语。善良的正经或许此时正在为这几个女子的到来而伤脑筋。

他还是要阻止女人上山的，否则，这和尚庙不就成"尼姑庵"了？正经住持脸上勉强露出一点儿笑容，对二人说："普照寺欢迎天下施主前来上香，可本寺是以和尚为主的，不能供养过多的女人，否则，必将亵渎初心，遭佛祖责罚。还望两位施主理解并及时离去。阿弥陀佛！"

曹梅"扑通"一下跪在正经面前，说道："住持伯伯、住持爷爷、住持公公！您就留下我们俩吧，我们俩的父亲是同胞手足。我的父亲在地主家的纸厂做工，曹姑的父亲也就是我的伯伯租了地主的地种，因蝗虫灾害交不起田租，地主要伯伯卖女儿给他顶田租，伯伯死都不同意，地主家竟将他打残致死。我父亲见哥哥被害，拿着火铳去报仇，结果仇没报成自己也死了。我父亲死后，身体不好的母亲不久也离开了人世。我伯母见丈夫含冤去世，无处论理，积郁成疾也离世了。我们两姐妹从此都成了孤儿，在家没法待，在外无处去。就让我们留在山上，为普照寺、为佛祖擦擦神龛，做做卫生，也让我们有个容身的地方吧。"

正经不想再听女子诉苦，甩一甩袈裟的长袖向后殿走去。

"住持佛爷……"两个女子的哭喊声回荡在茂密的丛林中。

正经不理曹梅诉苦，转身离去。他在后殿独自一人思忖良久。出来时见两个女孩还跪在地上，心生怜悯之情的他，内心如同父母看到儿女遇灾受难一般难受，于是说道："可怜的孩子们，起来吧！佛祖不会扔下你们不管的，往后你们的工作和生活起居就由欧阳女负责。阿弥陀佛！"

曹梅姐妹留下了，九仙山上又多了两名女性。女人的增加尤其是男女比例的相对平衡，让山中有了与山外同样的气息。但实际上，大家在普照寺里有严格的分工。八个和尚的任务是诵经，每天没完没了地诵经，将人世间的诉求通过他们的口传诵给佛祖，再由佛祖报告给佛界的那个上级，以求世上太平，苍生无病无灾。五个女孩的工作是负责普照寺内外的卫生、每日三餐，余下的时间就是习武和诵经。

欧阳女上山两年多，傅甄已将百分之九十的功夫传授给她了。这时的欧阳女再也不是当初那个柔弱的女孩了。近距离进攻时，她可以在三十秒内击倒三个大汉并让对方趴在地上无力起来；远距离进攻时，可以在五十步内使用"飞石弹"击打敌人身体的任何部位。这一招就连她的师父傅甄都自叹不如。若当年梁山好汉张清能有缘与之较量，也难说能胜过她。普照寺的和尚们曾试过欧阳女的功夫，让她用"飞石弹"将在树上跳跃的松鼠打下来，她却一出手就把从头顶飞过的一只布谷鸟击落下来，让在场的人一个个瞠目结舌！傅甄十分庆幸自己年过半百，还能培养出欧阳女这么出色的徒弟。后来上山的温七妹、罗罩两个女子，也不再是当初只会哭哭啼啼的小丫头了。傅甄传给她们的武艺足以让她们无论走到哪里都可以保护自我不受欺负。如今曹梅姐妹来了，教她们习武的任务完全可以先由温七妹、罗罩两人承担，而且今后无论她们学到哪一步，欧阳女都可以作为师姐替代师父教授。傅甄只要对欧阳女做些画龙点睛的指导，不需要每日身体力行地教授。

傅甄能够在九仙山施展自己的抱负，是因为他得到了正经住持百分之百的支持。正经只会虔诚地诵经，对武学一窍不通。但身为住持，他了解天下佛门的一些事，像千里之外的嵩山少林寺，他也耳闻过。一千年前，少林寺十三棍僧能救唐王就是因为少林寺有一批身怀绝技的武僧。在当今这个乱世，即使是寺庙也难说哪天会来强贼，防身自卫的力量是一定得有的。

时间又过去了半年。一天，傅甄到县城采购物资，听到一则他江西老家那边的信息：共产党在领导老百姓闹革命，把地主的田地没收了分给穷人，这叫"土地革命"。赣东、赣南一带搞得轰轰烈烈的。傅甄问共产党是什么样的人，说话的人告诉他，共产党这个人非常厉害，能呼风唤雨，撒豆成兵，走到哪里都为穷人着想，深得穷苦百姓的拥护。这个消息给傅甄很大的触动，自己离家已经二十年，虽然家里没什么亲人，但是生养自己的那片土地始终与自己息息相关，村里的父老乡亲都永远地留在了记忆中。还有害死他一家的仇人，虽然傅甄当年杀死了他的家人，但那对父子逃脱了，不知后来他们怎么样了，是不是还在祸害乡邻？想到这些，傅甄决定回去看看，因此火速离开城里，大步向九仙山走去。

正经住持和普照寺的僧人都极力挽留，傅甄却去意已决。他把离开的时间定在一个月后，想利用这段时间把平生所学全部传授给欧阳女。欧阳女不负所望，夜以继日地苦学苦练，最终习得了傅甄的真传。

傅甄在离别时说："倘若家乡真有一个叫共产党的厉害人物在闹革命，我就去投靠这个人。如果信息有误，我就杀了我的仇人再回九仙山。"众僧无奈。欧阳女和姐妹们却哭诉起来，不舍的泪一滴滴落在青石板上。欧阳女一直送到金溪河畔，看着师父上船远去方回。

傅甄走的那个月，正是欧阳女三年前上山的时候。

傅甄走后的第十天，九仙山忽然又来了四个女子，都是年轻姑娘。大家以为女子们是来祭拜佛祖的，一问后才知道，她们全是来投奔九仙山的。正经住持被众女子吓得瘫倒在地上。众人见住持忽然倒地，以为他是滑倒了，都立刻上前扶他。但正经此时已昏厥不能说话，大家赶忙把他抬到床上。有位略懂医术的老僧赶忙找来中草药煎熬出汤水，灌到正经口中，正经连服两日却不见效，至第三日，才慢慢苏醒过来并能轻轻言语。几天来六神无主的僧人们，见住持醒来都松了一口气。但谁都没想到，这是正经的回光返照。已经知道时间不多了的正经用手势把众人都招呼到身边，有气无力地说道："往后普照寺交给欧阳女打理，你们要听从召唤。"说完，他渐渐闭上双眼，圆寂了。

处理完正经的后事，众僧一起去找后来的四个女子出气，说是因为她们的到来气死了住持，并要她们立即下山，带走晦气。

"我们是来投九仙山的。听了正经住持最后说的话，他没赶我们走。"带头的女子说。

"你还有道理了？住持最后的时刻没有力气说那么多话，是因为你们的到来给了普照寺压力，导致他心脏病发作圆寂了。你们快快下山去，否则，对你们不客气！"

"怎么个不客气？是不是用棍棒打我们下山？住持死了赖在我们头上，这种没用的住持早该换人了。"带头的女子叫栀子，像栀子花一样清纯、靓丽，就是说话不饶人。

和尚们见女子这么不客气都火了，主张驱赶她们下山。但住持去世前把管理寺庙的职责交给欧阳女了，欧阳女就是现在的住持，所以得听听她的意见。

因为忙于处理正经后事，欧阳女这几天都没和女子们说话。既然现在自己是这里的一寺之主，在这种状态下当然就该有自己的态度。于是她走到栀子面前说：

"我当年上山时比你们更狼狈。九仙山不是繁华闹市，只要日子能稍微过下去，谁也不会向往这里。我不知姐妹们家在哪里，从何而来，但你们风尘仆仆来到山里，又要留在这里，一定有你们的打算或是遇到啥难处了。"

"谢谢欧阳女姐姐的理解。我们是傅甄法师介绍来的。"栀子当即从包袱里拿出一封信，双手呈给欧阳女。欧阳女拆开信封，一眼就认出是自己师父写的字。全文如下：

正经住持、欧阳女：

这四个女孩是我回江西的路上遇到的。当时她们被十几个土匪押着上山，在听到呼救声后，我出手救了她们。我没打死土匪，只把他们打伤、打跑，他们可能还会报复或继续抢劫。她们已经不敢回家，又愿意上九仙山，就请收留她们吧！让欧阳女教她们一些防身功夫。

傅甄

欧阳女读着师父的信，眼中噙满了泪水。众和尚见女子们是傅甄介绍来的，又是如此身世，一个个都不说话了。

四个女子被普照寺收留后，心里也踏实下来。

栀子做了本花名册，上面写着她们的名字和年龄。欧阳女照着花名册念了一遍：栀子二十岁、梅花十八岁、董美娣十九岁、董美英十七岁。董美娣、董美英是亲姐妹。

这四个女子中，为首的栀子读过一年中学，梅花读过高等小学，是这些女子里的知识分子，其余人都未曾接触过书本。可她们个个长得如花似玉，窈窕动人。污浊的世道使她们的美丽成了错误，不仅不能正常地生活，还成了土匪的猎物。

栀子说："我们姐妹来自金溪上游七十里外的一个乡村。土匪们经常到村里抢劫。这月十三，土匪们又来了，他们是事先计划好的，一边抢食物，一边抢女人。他们说山寨里需要女人，要我们去做山寨夫人，有吃有喝，不要劳动。土匪们专抢十八九岁、二十多岁的未婚女子。我们成了他们袭击的第一目标。我们誓死不从，家里人拼命反抗，但土匪有枪。我们还有一个小姐妹的父亲被土匪开枪打中了，当场就倒在地上，土匪还是毫不留情地劫走了我们的小姐妹。法师救下我们后，那个小姐妹无论如何都要回去看看爹，他们父女如今是生是死，我们也不知道。我们四个姐妹在被土匪押解的途中遇到恩人傅甄法师。当时法师就像猛虎下山，行动速度极快又有力量。他突

19

如其来的出现把土匪们吓蒙了，顿时都失神地站在路上。法师先把几个拿枪的土匪撂倒，再左右开弓，蜻蜓点水般地收拾其他土匪。法师的两只手掌如同两块铁板，土匪无力阻挡，只要挨上一掌顶多两掌就无力反抗，瘫倒在地上。看着法师一个人斗十多个土匪，我们不敢相信那是真的，可事情确实就是真的。打跑了土匪之后，法师要走，我们姐妹几个人围着他，想让他带我们走，教我们学武。法师说他的家在很远的地方，不便带着我们，就写了这张字条，让我们来投奔九仙山，说山上有人会教我们武功。我们走了几天才到这里。"

山上一下子又多了四个女子，麻烦事随即也多了起来。诸如睡房、吃住、如厕都是要解决的问题。正经不在了，欧阳女挑起住持的担子。老和尚谢根这时却出奇地卖力，积极协助欧阳女打理各项事宜，让普照寺没有因为正经和傅甑的离开而变得萧条，自此九仙山女子已有九人，僧人因正经、傅甑离开，只剩下六人，"阴盛阳衰"的局面从此形成。这段时间，普照寺不仅没有因为正经住持的离去而受影响，相反香火天天见旺，上山拜佛的香客更多了。这原因不是别的，乃是外界都听说普照寺"改朝换代"，由女人当家了。

山下盛传："古有九神仙，今有九仙女。古代的九个神仙在九仙山炼丹，将炼出的丹药给百姓治病，泽被一方。现在又化成九个仙女，一定是来济世济民了。"九仙山常年云雾缭绕，原本就神秘莫测，现在来了"九仙女"，被传得越发神奇。

人们都想上山看看"九仙女"的真正面貌。普照寺因为有了她们，引来无数仰望的目光。香客们从各地慕名而来，大米粮油也被源源不断地送上山。纯朴的百姓们，每日节衣缩食却不忘省下一口留给心中的那一尊佛。他们手提之物包括香、烛、钱、米、油、豆等，只要送到了佛面前，心里就踏实了。这种虔诚是人们为求得一年或永远平安的一种自觉行为，无需引导。

其实，世上又有几人知晓这一个个貌美的人儿，她们不是神仙，而是平凡女孩。若不是世道黑暗，她们怎么会舍弃红尘，甘愿躲进这与世隔绝之处？又怎么会远离爱情与婚姻而到山里苦度青春？

时间一晃又过去了两年。这两年，山里再没增加女子，和尚却少了四个人。其中，有两个人去世了，又有两个人因年老多病被山下的亲眷接走了，只剩下谢根、九金两个人。九仙山上男女数量的变化让山外的人认为普照寺就是"仙女寺"，有的人甚至说这里是"尼姑庵"。事实上，九个女子虽然生活在空门，但从来没剃度，连想都没想过。当年正经把住持之位传给欧阳女或许是他临终时应急的想法，抑或是对欧阳女有一种深深的期待。现在九仙山上多为女人，外界自然认为普照寺是"仙女寺"或"尼姑庵"。

欧阳女没有让她的姐妹们变成尼姑，却把她们一个个训练成武术高手。

欧阳女把从傅甄那学到的功夫一一教给大家，并且增加了一道"仙山铁腿"的技能训练，就是每日清晨从山顶急速下到山底，再马不停蹄地返回。这一下一上来回就是二十多里地。起初，姑娘们经常累倒在地上爬不起来。有人建议取消这个训练项目，欧阳女不同意。她说："我们可能不会出现在战场，但我们一定得按士兵的标准来训练自己。我们没有马，山上也不是平原，目前学不到骑马作战的功夫，但我们要做'马前张保、马后王横'，让两条腿得到充分训练。"功夫不负有心人，半年后，姑娘们走九仙山的路就像上下楼梯，那情形犹如"神行太保"戴宗，能日行千里。欧阳女训练的这项"仙山铁腿"即使是她的师父见了也望尘莫及，只有赞叹！如今，这些姑娘再也不是当年那些弱不禁风的丫头了。她们练成了铁腿、铁拳，有逢山开路、遇水搭桥的功夫，具备了可与任何高手过招的本领。

但欧阳女似乎还不满意，总觉得哪里存在着严重的不足，而她又无法弥补。这令她时不时地陷入沉思。

正当欧阳女日思夜想也没想出好办法弥补自身不足时，一个神秘人物悄悄地上了九仙山。女子们见来了个不速之客，以为是施主来上香，仔细看过后又觉得不像。他也不是给寺里送柴的，因为他连柴刀都没带；也不像是想遁入空门到普照寺为僧的，因为他虽然穿戴破旧，但是那种倔强的精神一点儿也不像要出家。

这个人叫金石峰，今年二十六岁，有一双长腿，是个会走山路的人。他的眼神犀利，似乎能立马把陌生事物看穿。他穿戴破旧，头上顶着一只旧斗笠，让人看着以为是一个每日穿行于山里的砍柴夫。这个"砍柴夫"在乡村时是这副模样，但在城里，在他的店铺里，还有在跑外地时却是另一番模样。这时他穿戴整齐，头发梳得一丝不苟，鞋履干净，让人感觉是个生意做得很成功的人。他又说着一口礼貌话，无论是买者、卖者，和他搭上关系后，他都能公平地与人说价格，使人觉得与他做买卖心情十分愉悦。

此次金石峰上九仙山，正所谓："外行看热闹，内行看门道。"九仙山上的"九仙女"在很多人眼里是念经之人，习武只是为了活动筋骨，强身健体。这也是很多寺庙都存在的现象，连官府也没怀疑这些女子有什么不良动机。而事实上她们也确实没做过什么，人们也没理由怀疑她们。行家就不一样了，他们看事物往往能透过现象看本质，入木三分。例如金石峰，他早就在暗中观察过九仙山了。他这次上山，已经不是第一次。之前他就来过山里，那是在一年一度的庙会之时。当时他随人群上山，趁拜佛的机会对女子们进行了一次观察，认为这里"有利可图"，所以今天他再次上山。

"施主来普照寺是不是来送银子的？"栀子上前盘问道。

金石峰赔着笑脸说："姑娘你说对了，我就是来给'九仙女子护身队'

送宝贝的。"

　　"九仙女子护身队"这个名称她们从未对外说过，是欧阳女说九个人得有个名称，才在内部使用的。他一个衣衫褴褛的陌生人怎么会知道？金石峰的一句话让大家警觉起来。温七妹一脸不解地问道："来送宝贝的？你一个乞丐连像样的衣服都没有，有啥宝贝能送给别人？"金石峰说："姑娘以貌取人哪，快领我进屋，见了欧阳女，立刻献上宝贝。"金石峰究竟献的是啥宝贝？这件事是真是假？下文说。

第四章

买卖人是共产党

"敝人金石峰，见过欧阳住持！"金石峰两手抱拳向欧阳女行了个江湖礼，同时将背上的包袱放到一块光滑的石板上，两件宝贝随着包袱的解开出现在女子们面前。

"枪……"

女子们一个个看傻了眼，目光久久地注视着眼前的两支锃亮的驳壳枪和一百发子弹。欧阳女用诧异的眼神看着金石峰，心想："这个素不相识的陌生人究竟是什么来历？用两支枪作为见面礼，他是想用枪威胁我？可我与他无冤无仇啊。他难道是好心，要真心送我枪？他又难道是诸葛亮再生，知道我欧阳女心中所想的事？"原来，欧阳女日日想夜夜愁的正是这个东西。她们"九仙女子护身队"训练的全是刀枪棍棒。可如今是热兵器时代，大家用的都是枪炮。这块短板欧阳女一直想补上，却怎么也想不出到哪里去弄枪。这个金石峰，就像是她肚子里的蛔虫，居然鬼使神差般给她送来了。"虽然只有两支短枪，但他能拿出短枪就一定能拿出长枪，一定有得到枪的路子。管不了那么多了，别把人想得那么坏，也许人家是好心，是个好人。"想到这里，她也双手抱拳给了金石峰一个回礼，再用灿烂的笑容将客人迎入厅堂。众姐妹见欧阳女如此客气，就自觉地在路边排成一列欢迎客人。进到厅堂后，欧阳女请金石峰上座并命人上好茶招待。

欧阳女说："金大哥与我寺从无来往，你我又无交情，今天送来如此重礼，不知是出于什么缘故？还望告知，否则，我等山野女子即使收了礼物也会忐忑不安。"

金石峰微笑着说："我只是想和你们交朋友。既然是交朋友，第一次见面总不能空手来吧？所以就带来了这件小礼物。送人礼物得送人家手里没有的和想要的，这样送了才有意义。你们号称'九仙女子护身队'，山外的人说你们是'九仙女'。我说你们也是平凡女子，为了护身才躲进山林寺庙，苦练功夫。但如此还是不够，世界发展到了今天，攻防都用枪炮了，武功再好也禁不住远距离射杀。我知道你们都有一身了不起的功夫，若能再掌握枪技，那你们就如虎添翼了，所以我想帮帮你们。"

"金大哥，你真是及时雨！你说的正是我想的，你是神仙哪，能掐会算！"欧阳女激动地从座位上站起来说，"我早就想训练打枪，可惜我们没枪也不会用枪。今天与金大哥认识，我们今后就以兄妹相称，希望金大哥尽快地帮我们补上这块短板，教我们用枪，而且要帮我们再弄些枪，长枪、短枪我们要人手一支。"

"呵呵，胃口挺大的。"金石峰答应欧阳女，一定会帮她实现梦想。

欧阳女谢过金石峰后，领他到后山的一个训练场地，那里有一块相对平坦的地面，周围摆放着一些训练器械。因为九仙山上有森林，到处都是树木，训练场在参天大树的笼罩下，阳光只能从树叶的缝隙里穿进来，地上树影斑驳。女子们要在她们新认识的大哥面前展示功夫。

温七妹展示的是"力拔木杵"。她先让人将一根小碗粗细、一米长的木杵用锤子砸入地面约三分之二长度。接着，温七妹靠近木杵，只见她做了一个马步动作，两手紧握木杵露出地面的那一小截，稍稍用力就把木杵整根拔起。这在众女子中，只有欧阳女和温七妹能做到。

栀子展示的是"高空取物"。栀子是欧阳女之外轻功最好的。她先让人将一把菜刀放到离地面三米高的树枝上，自己站到六米之外。只见她连续做了几下立起蹲下、蹲下立起的动作后，再深呼吸两下，然后飞步向前，猛然跃起，如同一只木偶被幕后的人轻轻提起，随后她稳稳地将高处的菜刀取下。

曹梅展示的是"柔软蛇功"。这是傅甄教给欧阳女的软功夫。练此功夫就像艺人在戏台上表演，身体自始至终保持非常高的柔软度，并随时变化。它的优势是在与敌人搏斗时，能最大限度地避开袭击，又能主动地击杀敌人。女性肢体的柔软性使她们更适合练习这种功夫。今天的展示由曹梅对阵曹姑。两个人有时倾斜身体，有时正立，有时腾空跃起，柔中有刚、刚中有柔地对打，将一场山地上的武术竞技演绎得既惊险又好看。

欧阳女展示的是"飞石弹"。前文说过，欧阳女练就了一种用石子打人的技艺，那功夫不输梁山好汉张清。这不，九仙山上的女子们已经给她们的姐大送上了"今世张清"的绰号。欧阳女没有杀过人，也许到了真需要用功夫杀人时候，她的手会颤抖。但从平时的训练来看，她的"飞石弹"功夫是十分漂亮的。今天在金石峰面前展示的其实也就是平时训练的一堂课的内容。

她先让人在二十米外放置了五个饭碗，高度不一，间距不同。一会儿，欧阳女上场了。只见她从器械架上取来五枚石子，不慌不忙地走到地上画好的线条之外。她没有固定在一个位置上，而是不停地移动自己，这个做法也许是为了适应实战的需要。紧接着，她出手了，动作是极其快速的。从她手中连续飞出的五枚石子，犹如枪膛里射出的五颗子弹，旁人只听到"当！当！当！当！当！"五声响，再看到五个饭碗粉身碎骨，而看不见石子从欧阳女手里飞出后的飞行过程，足见欧阳女此项技艺的功夫之高。

金石峰也看得有点儿傻眼了，他没想到九仙山上这支"九仙女子护身队"的武功如此厉害。

接下来，罗翠、梅花、董美娣、董美英分别展示了"独战群敌""杀人先杀马"等对打武技。金石峰在赞叹声中也亮了一下自己的身手。他让欧阳女派人在五棵树上各画一个碗口大的圆圈并贴上白纸，他则站在四十米外，然后他拿出一支驳壳枪，将五发子弹装入弹匣。女子们没见过真枪实弹射击，都围在金石峰身边看他操作。他见大家好奇就有意演示一番，从下弹匣、装填子弹到上弹匣、推子弹上膛、开保险，再到站姿、三点成一线瞄准等。因为此番是他自己打枪，所以就让大家稍微移开，免得弹壳飞出砸伤人。一切准备就绪后，他又叫大家看他射击，女子们的目光都集中在他举枪的手上。忽然，扳机扣响了。初闻枪声，姑娘们频频眨眼，没能看清楚发枪的动作，直到射击完毕，大家走近目标，才看到五个点的白纸上都留下了一个清晰的弹洞。

整个射击的过程金石峰只用了不到一分钟，这让女子们大开眼界！

金石峰不是无缘无故来送枪的，他上山是有想法和目的的。他想团结这个"九仙女子护身队"，让她们靠拢共产党，参加革命。但他此时还不能明说，共产党在鼓镛县还不具备优势，尚未形成压倒性的力量，她们也许还没听说过共产党。他今天上山只是与她们认识，从交朋友开始，为今后走到一起做个铺垫。

"金大哥你还得教我们用枪啊？"欧阳女看了金石峰闪电一样的射击技术，羡慕极了，恨不得把那支枪拿在自己手上，像他那样随心所欲，也像自己甩石子那样熟练自如。

"那是肯定的。"金石峰把手枪的性能和使用方法给大家讲解了一遍，又教给她们瞄准射击的要领。他告诉欧阳女暂时不要使用实弹，山上枪声多了会招惹官兵，而且子弹珍贵，留着需要用时。欧阳女点头答应，同时钦佩金石峰考虑得周到。

趁着这个机会，金石峰给欧阳女讲了山外面的形势，讲了共产党、红军、苏维埃、农会和革命。姑娘们听得似懂非懂。欧阳女这时想起她的师父傅甑临走前也提到过共产党，说他是一个非常厉害的人，专为穷人打抱不平，因此得到穷人拥护。当金石峰告诉她共产党不是一个人而是一个组织时，欧阳女恍然大悟：原来共产党不是一个人，而是一群人、无数的人。

"咱们鼓铺县有共产党吗？"栀子问。

金石峰自信地说："有！"

"共产党是一个组织，那个组织里头有女人吗？"

"有，共产党主张男女平等，里头有很多女人。"

金石峰和女子们说共产党，姑娘们一个个听得正认真时，忽然听到通往山下的路上有人在大声说话，有对敌斗争经验的金石峰立刻意识到可能是刚才的枪声引来了不该来的人。他在欧阳女耳边说了几句话，就离开人群绕道下山了。

一个月后，金石峰再次上山。

金石峰这次没有给欧阳女送枪，而是给她送去了一个可以得到枪支的信息。欧阳女很感兴趣，急着想知道如何能得到枪。金石峰就把获得的信息告诉了大家。欧阳女听后还有些犹豫，担心这样做风险太大。但"九仙女子护身队"的其他姑娘们却一致认为可以干。欧阳女受到鼓舞，打消了顾虑，立即与金石峰商量夺枪计划。

这个计划就是干掉国民党周志群的那"一支部队"。前文所说的"一支部队"就是"九仙女子护身队"让其消失的。

当时的情形是这样的：驻守本地的国军不断地骚扰老百姓，低价抢购甚至掠夺老百姓的物资，害得原本就困苦的老百姓日子过得一天不如一天。老百姓恨死了当局，恨死了这些祸国殃民的国军。金石峰探听到近日总是有一小股武装官兵在金溪下游的乡村搜刮民脂民膏，他们行动很有规律，并且早出晚归，还走同一条道路。金石峰很想消灭他们，给腐败的政府一个警告，但又觉得势单力薄，不敢下手。当时他们只有三四个可以集中行动的人。三四个人去对付一个全副武装且至少一个班兵力的队伍，实在是没有一点儿成功的把握。金石峰想到了欧阳女和"九仙女子护身队"，这些姑娘个个身怀绝技，却无用武之地，正好可以利用这个机会拉出来练练。金石峰兴奋了一阵之后，再次动身上九仙山面见欧阳女。

他们的行动十分隐秘。温七妹留在山上看守，其余人下山悄悄潜伏在古佛潭岸边的密林中。这时正是人间九月天，太阳从东到西运行一天后就要落山了。夕阳的余晖映照在金溪的水面上，水面泛起金色的波浪。"一支部队"带着一天的"收获"走到古佛潭边，走进女子们的视线里。十二个人，一个完整的建制班，除了一名排长空着手，其余人都肩扛手提，运送着东西。行动要快，出手要狠，不能让敌人有用枪的机会，这是金石峰事先交代给欧阳女她们的。等敌人进入了伏击圈，欧阳女做了一个手势示意，女子们如猛虎下山，一个看准一个，直扑"一支部队"。她们虽然武艺高强，但这毕竟是第一次实战，在等待的时候，心总是"扑痛"跳个不停。这一刻，狂跳的心反而平稳下来，这是因为她们忘记了一切杂念，一心一意对付敌人了。"一支部队"中反应最快的是排长。他是指挥官，两只手也闲着，当见到这群突然袭来的女子时，先是藐视她们，说道："哪来的野婆娘？找死！"然后，他的右手本能地去枪套里拔枪。想时迟，来时快，欧阳女前后出手的两颗石子就像子弹飞出了枪膛，"嗖嗖"打中他的左右眼。堂堂的国军排长"啊"地大叫了一声。那只原想掏枪的手又本能地收回，两只手掌迅速地捂住疼痛难忍的双眼，鲜血透过指缝流出，落到地上。欧阳女冲到他身边，再使出几个致命的招式，让这个排长还没来得及反击就没了呼吸。欧阳女快速地取下他身上的枪，然后将其扔进深不见底的古佛潭。另外十一个士兵虽说都不是脓包，也都至少有两年的兵龄，经历过战斗，但论格斗，他们哪是这群女子的对手。再加上他们背着枪，还来不及取下，这多少妨碍了行动。面对实力比自己强大几倍力量的对手，这些国军士兵连招架都难以做到，更甭说还手了。有人用哀求的口吻喊了一句"姐姐饶命"就再没声音了。整个战斗按照战前金石峰的部署，九仙女子护身队拿走枪支弹药和其他可用之物，将尸体全部抛入古佛潭，然后迅速撤离。可怜"一支部队"还没来得及享用搜刮来的物品，就到古佛潭做了水鬼，他们在断气的那一刻也许很不甘心，没想到自己居然死在一群黄毛丫头手上。

"一支部队"的消失从头到尾都是金石峰策划的。金石峰就是共产党人。此君读过私塾，原先是教书先生，因教书挣的钱不够养家糊口，就改行做些小生意。做生意要跑腿，所以他经常出闽西，跑赣南。他从朋友那里听说了共产党和红军，就深入红军活动的腹地，在那认识了好些共产党人。一位党的干部见金石峰思想很进步，就引导他加入队伍。金石峰早有此想法，但考虑到家中有年迈的父母，就暂时没有加入队伍。那位干部没有勉强金石峰，给他讲了很多革命道理，又给了他一本手抄的《共产党宣言》，以及中央革命根据地即中共苏区编印的一些革命书籍。金石峰如获至宝，回到家里认真地学习研究起来。后来，他又和好友廖炎一起，以做生意为掩护去了几次江西，两人在那里秘密地加入了中国共产党。为了更深入地了解革命斗争，他和廖炎在红军队伍里生活了一段时间，参与了作战和打土豪、分田地等革命活动。他还着重学习了军事知识，掌握了一套精准的射击技能。组织上见金石峰有文化、有能力，就极为信任他，同时考虑到今后的斗争得向闽地发展，便让金石峰回到家乡，在有条件时发展一些进步人士，壮大革命力量。金石峰坚信革命的烈火一定会燃烧到自己的家乡，就有计划、有节奏地开展了一些工作，以便日后迎接党和红军的到来。他上九仙山接触欧阳女等人，就是想团结她们，让她们有朝一日加入革命队伍。消灭"一支部队"是他革命生涯中的第一个杰作。金石峰那天没参加战斗，可战斗的胜利是他运筹帷幄的结果，他充满了喜悦和自豪。金石峰的身边除了廖炎，还有廖顺生、伍子华，他们都是进步人士和可用之人。

"九仙女子护身队"兵不血刃地消灭了"一支部队"，缴获了九支步枪、两支冲锋枪、一支手枪以及一千多发子弹。这些枪弹连同金石峰送给她们的两支驳壳枪，装备"九仙女子护身队"已经绰绰有余，欧阳女大喜。

从日，金石峰再次来到九仙山。或许是因为梳洗了一番，当他出现在女子们眼前时，大家感到这个男子今天别样的英俊。他是那样的伟岸、高大又富有智慧。欧阳女目不转睛地看着这个男人，那种眼神在她二十多年人生里第一次出现，夹杂着一丝羞涩和腼腆。两人目光碰撞时，她的脸不自觉地红了起来，感觉热热的。金石峰像磁铁般被这张漂亮的脸吸引住，总想把目光在她身上多停留一点儿时间。射击时能做到心境平稳、百发百中的他，这时心却"怦怦"直跳。也难怪，这个有勇有谋的男子虽然"这把年纪"了，可是从未单独瞧过女人。众女子看到她们的姐大和金石峰对视的那一刻的表情，就已明白：这两个人有事了。

金石峰为避免尴尬，检查了一遍战利品，心中涌起胜利的喜悦。这次战斗虽然是他部署的，但是他没参加。女子们干得太漂亮了，欧阳女指挥得当。有了这些装备，"九仙女子护身队"就等于行路人遇到了骏马，老虎有了翅膀。金石峰在褒奖大家的同时也提醒大家，不要被胜利冲昏头脑，绝不能对外声张，一旦外人知道了这件事，麻烦就大了。女子们频频点头，称赞金石峰考虑得深远。欧阳女自知知道这件事的人，除了她们，就只有寺里的两个和尚——谢根和九金，但这两人是自己人，出身也贫苦，在山外无亲人且已是风烛残年，从未下过山。

当日中午，大家美美地吃了一餐以示庆祝。随后的几天，鼓铺县乱得鸡飞狗跳，九仙山仍旧风平浪静。欧阳女让金石峰留在山上几日，教大家练习射击。金石峰听从欧阳女的安排，手把手地教她们射击的动作和要领。三天后，他组织了一次实弹射击，令金石峰没想到的是，女子们初次尝试就取得了极好的成绩。

金石峰高兴地说："你们女子护身队在使用冷兵器和拳脚功夫方面无人能敌，如今又能熟练地使用热兵器了，而且还将在今后的实战中得到进一步的提升，这是天佑我们穷人！你们的名号是'九仙女子护身队'，说明大家是为了护身而走到一起的。姑娘们，你们之所以要护身，是因为你们不安全，说明你们曾经受到压迫和欺凌，因为无人护佑才躲进深山寻求自我保护，这是无奈之举啊。同在一片蓝天下，谁不想过平安幸福的日子？谁不想在阳光下享受自由和爱？是这个黑暗的世道剥夺了你们的权利。你们住在山里是暂时的，将来还是要走出去的！"

金石峰没有说明白如何走出去，但这一番慷慨激昂的话语触动了女子们的心。她们从未听过这样的话，仿佛上了一堂课，自此更加钦佩金石峰了。欧阳女心想：他原来这么强大！

实弹射击在背对县城方向的一个极深的山谷里进行。枪声响在幽谷，消失在幽谷。

普照寺烧香诵经、侍奉菩萨的事全由谢根、九金两人打理了。两个老和尚吃斋念佛大半生，祈求的是心平、心安、心静，希望世间太平，不见杀戮。可佛祖也没给予这些虔诚的人太多的关注，以至于他们到了古稀之年仍然孤独地活着。也许因为修行了几十年，看透了些什么，眼前这群女孩子在做的那些事他们从不干涉。这是她们的事，对于自己以外的事，能睁一只眼闭一只眼也是一种修行。因此，两个老人负责起了普照寺每日的那些琐事，让女子去做她们的事。她们在做的那些事也许比诵经更重要。

普照寺从此发生了翻天覆地的变化。从第一个上山的欧阳女，到后来逃难到普照寺的栀子等四个姐妹，这群可怜的女孩只为躲避追杀，求个安身之处。所幸遇到正经住持收留，又遇到傅甄法师传授功夫，再遇到金石峰指引道路，当然，也因为自己更强大了，所以她们已经不再留恋于过去，想做些更有意义的事。

人只要时运来了，就能想啥来啥。这一天，欧阳女正在和几个姐妹商量着什么，忽然山下来了一个衣着褴褛的中年男人。此人一进普照寺，就把带来的一些斋果、素食等物品摆到供桌上，然后点上香烛再跪地三拜。来者虽然衣冠不整，但是看起来很精神。站在一旁的栀子一直看着他，直到那人起身时，她看清楚了，然后对那人说道：

"你是付根叔？"

"你是……栀子？"

"我是。"

"侄女啊，你怎么在这里？"

付根再次看向她时，发现周围的一个个女子都很眼熟："梅花、董美娣、董美英，你们都在这里呀？村里人都以为你们死了，原来你们还活着！"付根是栀子村上的人，他们村子与九仙山虽然相距七十多里，但九仙山的灵气声名远播，付根这次是来祈福的，没想到遇见了同村的几个姑娘。付根告诉栀子："那年你们被土匪抓走，大家都以为你们在土匪寨上做了他们的女人。直到三个月后，土匪又来抢东西，才从一个土匪的口中得知你们逃走了，乡亲们都为你们高兴，逃走了总比做土匪的女人强。又有人说土匪那么强悍你们没跑掉，后来你们不从，被土匪害了。因为你们一直没回家，所以你们的家里人更相信后一种说法。"付根的话又一次激起了姑娘们对土匪的愤怒情绪，几个姑娘操起刀棒就要去杀那帮土匪。欧阳女急了，连忙劝阻。姑娘们是否会听劝？栀子、梅花及董美娣姐妹会和付根一起下山吗？下文说。

第五章

黎明血洗铜棚寨

　　早在一个月前，栀子就想杀回老家去消灭铜棚寨土匪。她与欧阳女商量时，却遭到欧阳女的强烈反对。

　　欧阳女说："就你那两下子，就你们几个乳臭未干的毛丫头，敢去碰铜棚寨？太不自量力了。土匪当年没得到你们，让你们在半道上被人抢走，当时一定又急又气，恨不得找到你们，杀了你们。你们现在去惹他们，还不活剥了你们？"

　　"师父，您老人家咋就长土匪志气，灭徒弟威风啊？徒弟们经过您老的教育和训练，已经不再是当年那些只会哭鼻子的小女孩了，难道您教的功夫还对付不了那几个山贼？"栀子说。

　　"几个山贼？你以为你们能像当年救你们的傅甄师父那样一个人打十几个人吗？别不知天高地厚啦，好好再学学，提升自己。"欧阳女说。

　　梅花说："姐大，铜棚寨的土匪不仅仅是干了抓我们这一件坏事。他们整天不劳而获，吃的、穿的、用的都是靠抢，我们那一带的百姓被土匪害苦啦。"

　　欧阳女说："就你们那个地方的土匪抢劫百姓？别处的土匪会帮助百姓？天下的土匪一个颜色——黑！"

　　栀子说："我听姐大的。不去惹土匪，让他们多活几日。"

　　欧阳女说："官府能管，可他们不管，任由土匪坐大，我们又能咋样？我们也要活着啊。姐妹们，不是姐不让你们去报仇，是咱们现在还没有能力与其抗衡，碰他们只有送死。"

　　从那以后，栀子再也没说过灭匪一事。

今天付根带来的消息促使栀子下定决心去收拾这帮匪贼，为民除害。栀子担心欧阳女反对，想找她单独谈一谈。没想到这次欧阳女不但同意了，而且决定自己带队前往。栀子十分高兴地说："姐大若亲自挂帅，此仗必胜矣！"欧阳女和栀子、付根商议了一番，又对付根做了一些交代，之后付根就离开了。

翌日，天刚亮，九仙女子护身队全体队员就早早地吃过了早饭，准备下山。临行前欧阳女安排温七妹留守，不想温七妹大声反对说：

"怎么每回都让我留守？是不是我只配留守不配行动？"

欧阳女这才想起上次袭击"支部队"也是温七妹留守，所以她让曹梅替换了温七妹。欧阳女又向谢根、九金辞行，希望他们和曹梅一起好好看山护寺，三人皆点头答应，让她们放心离去。为防止在路上暴露了行踪，欧阳女把队员分成两个组，一前一后拉开一里路的距离，携带的武器也被包裹得很严实，每个人都化了妆，将自己打扮得尽可能难看一些。

铜棚寨在金溪的上游，距离九仙山七十多里。这里群山环抱，山水相依，树木葱茏。铜棚寨居众山之中，距金溪一里地。此山没有九仙山的雄伟峻拔，也没有九仙山的灵气，之所以叫作铜棚寨，是因为它的形状像个巨大的铜棚。这里没有灵气，却有匪气，劫害栀子等女子的土匪就住在铜棚寨里。今天欧阳女她们要来剿灭的正是这帮土匪。

因为路上出了一些状况，九仙女子护身队当天没能赶到铜棚寨，就找客栈住了一个晚上。栀子却孤身一人连夜赶回了家，悄悄地进了村子。离开家乡两年多，村里还是以前的模样。栀子没有父亲了，家里只有母亲和一个弟弟。他们在前一天听付根说，女儿栀子还在人间，而且近日会回来，都很高兴，庆幸栀子和村上的其他女孩都还活着。所以栀子这次回家，母亲和弟弟并不意外，心中十分喜悦。

这一夜，栀子和母亲说了很多话，又见了付根。第二天天未亮，她就领着付根来到客栈与欧阳女见面。在付根的带领下，女子们走了五里路便到达铜棚寨外。这里又有三十多个村民拿着刀、棍、鱼叉、钉耙等农具等候着，他们都是栀子村上的人。大家听到付根从九仙山带回来的消息，知道女子们都生活在九仙山上，并且准备来剿灭铜棚寨的土匪，担心这几个女孩能否消灭掉强悍的土匪。付根把她们的功夫一五一十地说了一遍，乡亲们听了之后十分高兴，一致建议要配合她们的行动，彻底肃清这股匪患，就按照欧阳女在山上给付根的交代，趁天黑潜伏到了铜棚寨的外围。

姐妹们见到家人都激动得哭了起来。随后，栀子把欧阳女介绍给了大家。欧阳女劝大家此时不要儿女情长，待消灭了土匪后再回家团圆。众人听到这话，停止了哭声。欧阳女让大家休息一会儿，自己与栀子深入铜棚寨四周查看情况。正欲返回时,她忽然听到一条黄狗"汪汪"叫。眼疾手快的欧阳女从腰间摸出一颗石子,看准黄狗后立刻出手,只听"嗖"的一声,那只狗就没声音了。栀子看到姐大功夫这么厉害,十分羡慕,连忙竖起大拇指。或许是因为狗的叫声短暂,土匪们没意识到有人来,仍旧酣睡。

欧阳女侦察完,回到原处给两拨人分工。村里的乡亲都埋伏在寨子外,准备增援。女子们留下温七妹和罗罩,二人找好射击位置,准备用枪,其余人准备突袭,趁土匪尚未起床将其杀死在梦中。

可就在行动途中,有个土匪起床上茅厕时发现了她们。那土匪不敢再上茅厕,大声喊叫着:"来贼了!来贼了!"其他土匪在睡梦中听到叫喊声,赶紧醒来。他们一个个睡眼惺忪,询问是哪方贼人敢来偷袭营寨,见所有人都慌乱起来,以为是官府的人来了。于是,有的没穿衣服,有的来不及穿鞋子,有的一边提着裤兜,一边嘴上说着:"该不会有拿枪的贼冲进来吧?"欧阳女见偷袭不行了,就率领姐妹们与土匪正面对抗。土匪的动作也不慢,带头冲出来的是一个拿刀的大汉。欧阳女看来者气势汹汹,便拿着佩刀迎了上去。欧阳女虽然功夫了得,但是与如此壮汉实战单挑还是不敢轻敌。那大汉恰恰相反,丝毫没把一个"黄毛丫头"放在眼里,心想:手里的这把星光月夜刀只要举过头顶砍下去,丫头你就一分为二了。大汉力大如牛,想着就举刀砍下,欧阳女闪身躲过。星光月夜刀重重地砍在地上,足有一尺深,溅起的尘土飞过人头。大汉砍了个空,在抽刀时右手臂被欧阳女横杀一刀,血流如注。大汉气急败坏,忍着疼痛乱砍,看起来就像个疯子。欧阳女身形灵活,躲闪如燕,瞬间跳到大汉的背后,在大汉转身时连杀两刀。大汉躲闪不及,右手被削成两段,一时疼痛难忍,嗷嗷大叫:"杀死你,我要杀死你!"虽然嘴硬,但是他的一只手已经无力,后悔刚才的那一刀没把这个"黄毛丫头"砍成两半。欧阳女趁势两脚一蹬,腾空而起,手中的刀落下时,大汉的头颅似切西瓜一般,被分成了两半。

土匪总共有近二十人,女子一人顶两人与土匪激烈厮杀。土匪人数虽占优势,但刀棍功夫不敌女子,在战斗中招招处于下风。此时,其他的土匪见自己寨中武艺最高的人都被杀死了,一个个吓得尿洒裤裆,手软无力。姑娘们却精神倍增,趁土匪心虚胆怯的当儿大开杀戒,只见土匪们一个个倒地挣扎后死去。欧阳女转身又连杀数人。最后清点时,共有十九具土匪尸体躺在地上。

站在远处的乡亲如看戏般看着他们的闺女、姐姐、妹妹与土匪拼杀。她们这几个女孩能与彪悍的土匪较量吗?大家都替她们捏一把汗。但按照与欧阳女的事先约定,没有号令大家不能贸然行动。直到最后一个土匪死了,欧阳女也没要求他们增援。土匪被灭了,大家收拾完土匪的遗物后准备烧了寨子。可就在这时，铜棚寨后面响起"砰砰砰"的枪声。伴随着枪声，一大群人喊着向铜棚寨冲来。

"不好，还有土匪！"

杀过来的土匪与铜棚寨土匪是一伙的。原来，这股土匪统称"铜棚寨好汉"，他们分成两处居住。此处是"前寨"，另一处在铜棚寨后山，叫"后寨"。前寨与后寨相隔三百米，中间有小路相连，遥相呼应，遇有大事两个寨子可在短时间内联合应对。今天之所以前寨遭袭了后寨还不知道，是因为事情发生在黎明，土匪们当时还在沉睡，加之前寨的土匪因仓促应战忘了派人向后寨报告。也幸亏欧阳女让大家暂不使用枪，否则枪声一响，就惊动后寨了。

见土匪来势汹汹，欧阳女命令大家撤出寨子，与等待增援的三十多个村民汇集一处，并找了有利地形准备枪战。欧阳女说："一切听我命令行动，若土匪没有用枪或只有两三支枪，我们就不要开枪。反之，大家就开枪击毙土匪！"欧阳女之所以这样打算，一是想节省子弹，现存的那点儿子弹是攻打"一支部队"时得来的，以后很难有获得弹药的机会；二是不想让人声张九仙女子护身队用强大的火力消灭了铜棚寨土匪，以免树大招风。聪明的欧阳女如今不仅能指挥打仗，而且已经是一个成熟的管家人了，把里里外外、今天和明天都通盘考虑得清清楚楚。

土匪杀出树林进到前寨。欧阳女站立在高处，扫视了一番敌人队伍，发现现在土匪的人数至少比刚才多上十人，不过没有几条枪。这就好打了。在土匪查看死去的人的同时，欧阳女命令大家冲下去。她和温七妹、栀子冲在最前头，在距离约一丈远处"嗖嗖嗖"地甩出三颗"飞石弹"。三颗石子犹如射出的三颗子弹，不偏不倚地打在持枪的三个土匪的眼睛和太阳穴上。中弹的土匪扔掉手中的枪，两只手捂住眼睛止不住地叫唤。一定是因为痛得厉害，土匪们站不稳了，或蹲坐在地上，或倒在地上，再也没有了反抗的能力。温七妹和栀子是除了欧阳女外也能用"飞石弹"的好手，两人见姐大在数秒钟内连伤三人，羡慕得不得了，于是也放开了手脚痛打土匪。其余的土匪见使枪的兄弟还没接近对手就"呜呼哀哉"了，准备拾起地上的枪。欧阳女哪肯让枪再被土匪拿走杀人，正想再用"飞石弹"打他们时，却被温七妹和栀子抢先出手。温七妹是九仙女子护身队里力量最大的，后面甩出的三颗"飞石弹"中，有两颗是她打的，其中一颗打在一个土匪的右眼上，眼眶被砸出一个洞，眼珠子也不知飞往了何处。那土匪疼痛难忍，倒在地上两脚拼命地乱踢，那惨状好似一只待宰的猪。土匪领教了"飞石弹"的厉害，又见实施这种手段的都是美人，心里是又急又恨又妒忌。一些土匪想细看一眼女子们的芳容，却在发呆的一刹那，自己那不正经的眼睛也迎来了不客气的"飞石弹"。眼看着土匪们离女子们越来越近，可距离近了，"飞石弹"施展不了，姑娘们便用刀棍与土匪厮杀。这时，人群中冲出一个其貌不扬、长着一脸胡子的高个子土匪，他两眼怒视，恶狠狠地拎着一把星光夜月刀直逼欧阳女。

"又是大砍刀？"欧阳女见来者不善，连忙后退一步，躲过了他凶狠的一刀。随即她将手里的佩刀扔给栀子，栀子会意，将一根五尺长的青钢铁棒递给欧阳女。欧阳女接过铁棒，准备与高个子土匪一较高低。

这个高个子是铜棚寨的土匪头子，名叫廖东昌。前面被欧阳女杀的大个子是山寨的二当家。廖东昌和二当家的十年前上山为匪，打家劫舍无数，当年掳掠栀子等女孩就是这两人所为。那时，这两人还没今日的武功，否则傅甄一人对付十多个人也不是那么容易的。这几年，两个家伙修炼了一番，兴许也是那次事情之后被逼出来的。今天让廖东昌气愤的是，一群野丫头竟然敢来劫寨，又杀了他那么多的弟兄，但没想到眼前这些野丫头就是当年他们伤害过的人。

"你们是哪来的妖精婆子？铜棚寨与你们无冤无仇，为什么要杀我弟兄，洗我山寨？"廖东昌或许是有点儿心虚，似乎预料到自己可能躲不过眼前这一劫，想知道这些"妖精婆子"究竟是些什么人。

"好吧，看样子你是想死个明白，那我就告诉你。你眼前的这些姑娘，就是几年前被你强行掳走，后来在半路上又被救走的人，今天她们是来报仇的。你们这些匪贼作恶多端，今日洗你山寨是为一方除害。咱们也不废话了，你就早点死吧！"欧阳女说着就举起青钢铁棒杀向土匪。

廖东昌举起星光月夜刀抵挡，铁棒打在刀柄上发出"当"的一声响，廖东昌被震得不仅两手发麻，而且后退了两步。他心想：这"妖精婆子"居然有这么强大的力量。但不容他多想，沉重的铁棒又一次向他头部砸了过来。廖东昌转身躲过，他不敢再胡思乱想了，集中精力对付眼前的"妖精婆子"。此时，两人各站一旁，一人抢起大刀，一人挥舞铁棒，准备在空旷的平地上展开一场大战。欧阳女想着怎样让他死和怎样让他早一点死，廖东昌则想着如何避免死和如何让她死。廖东昌不愧是铜棚寨土匪中武艺最高的，不仅能接住欧阳女的招式，而且躲过了几次致命的打击。无论是进退还是刀术，都比死去的二当家更胜一筹。欧阳女看到这厮还算有两下子，更加不敢轻敌，一招一式都在寻找破绽。让廖东昌望尘莫及的是欧阳女的那一身轻功。她可以在打斗的瞬间腾空跃起，给对方当头一棒或一刀。遇到这种情形，对方若躲闪不及，连喊最后一声"娘"的机会都没有，只能脑袋裂开或头颅落地，拖着半个身躯去见阎王爷了。廖东昌已经见识到这"妖精婆子"的厉害，只是不知她一个黄毛丫头如何练就了这么一身了得的功夫。莫非她是花木兰再现，穆桂英转世？这廖东昌的师父也许就是个三流的，没教他交战时不能分心和胡思乱想，那样除了早一刻死去没有半点儿好处。这不，他的肩膀又挨了一棒。欧阳女出其不意的一棒更加激怒了廖东昌，他怒吼道："我不信我对付不了一个野丫头！"他忍着肩膀的剧痛举刀乱砍。欧阳女赶忙避让，忽而向左，忽而向右，忽而后退。在廖东昌眼里，"妖精婆子"还真是个妖精，虽然看得见，但是摸不着、打不到，他使出的招式都落空了。欧阳女趁着短暂的间隙稍作休息，再次舞动青钢铁棒时，廖东昌已经难以抵挡，只有招架之功，没有还手之力了。欧阳女自觉已经占了上风，不愿再与他周旋，"腾"的一下凌空跃起，手举青钢铁棒向廖东昌的头部砸下。廖东昌两手举刀高过头顶，但仍没挡住欧阳女使出的千钧之力，脑袋被砸开了花。

众土匪见头领死了，一个个都惧怕得发抖。另一边，女子们和三十个村民正准备与剩余的土匪展开决战。土匪们知道已经失去取胜的希望，为了保命，有人大喊："不要杀我，我投降！我投降！"随即放下武器，跪在地上发抖。此时，栀子、梅花等当年被土匪掳掠的女子，正杀得眼红，哪肯接受土匪们的投降。为报当年的仇恨，栀子走近那个跪着的土匪，手起刀落结果了他的性命。其他的土匪见女子们不接受投降，便知大限将至。投降会被杀死，不投降也会战死，既然都是死，跪着死不如站着死，土匪们决定拼尽全力再战一次，看看是否能突围。只要能逃出山寨，外面都是茫茫大山，就有逃脱的希望。但想归想，此时的他们就像是困兽被狼群咬住，绝无逃脱的可能。地上躺着的十几具尸体都是土匪。村民这边有两个人受了伤，被扶到一旁包扎去了。欧阳女怕村民再有伤亡，让他们退到一旁，保护好自己，消灭剩下的土匪，有她们九仙女子护身队就够了。余下的土匪没一个能像廖东昌那样与欧阳女单挑的，欧阳女见没对手，就从栀子手上换回佩刀，似砍瓜切菜一般接连砍下三四个土匪的首级。站在一旁的村民们看到这场景顿时感到汗颜，女子们如此厉害而自己却只是站在一旁观战，于是又一起杀出来，与九仙女子护身队一起将余下的土匪消灭掉。

最后，大家总共消灭了土匪五十三人。欧阳女问村民们要如何处理土匪的尸体，有村民建议挖坑填埋。大家表示同意，这件事就由村民们负责处理了。欧阳女领着姐妹们清点、收拾土匪遗物，并由栀子造册登记，自己则领着温七妹、罗覃等五六个姐妹去后寨。在距离后寨五六十步远时，她们听到有几个孩子号啕大哭。哭声引起了大家的警惕：难道还有土匪？到了后寨，她们没有见到土匪，只看到有三个十岁上下的男孩在哭。走进大厅，又看到三个女人在屋梁上套绳子。不用猜，她们是想悬梁自尽。欧阳女上前劝阻她们，告诉她们可以带着孩子回家，若无家可归就找别的活路。"总之，你们不能死，该死的是你们的男人，他们现在已经死了。"欧阳女说道。三个女人听说不杀她们，又可怜孩子，就带了些衣物和食物匆匆走了。欧阳女清点后发现，前后两寨存着不少可用之物：银圆三千七百块；谷米一仓，估计有五六千斤；活鸡一百二十只；腊肉、酒、蔬菜及被褥、衣服等无数。欧阳女等人只带走了银圆，让村民把日常用物、食物拿回村里分给各家。

熊熊的大火把一间间的木屋烧得一干二净，也烧干净了这一片土地上的霉气、臭气、匪气。铜棚寨匪患根除，四周百姓纷纷叫好。

栀子和她的姐妹离家两年多，回家前又消灭了铜棚寨土匪。全村人像迎接英雄一样欢迎她们。村里的男男女女、老老少少这天全都放下手里的活迎接她们回家。

梅花娘的眼睛已经看不见了，她是在梅花被土匪掳走后哭瞎的。村里人当时只知道铜棚寨土匪掳走了女孩们，都以为土匪把她们强留在山上了，后来才了解到她们不在铜棚寨。土匪说她们被一伙强人抢去，带到江西卖了。因为无处核实，他们只能相信。梅花的娘日日思念闺女，每天都在哭。梅花的爹劝她，安慰她，说闺女总有一天会回来，要留着眼睛，保重身体。梅花的娘也知道这个道理，但就是做不到，后来眼睛就慢慢地失明了。今天梅花看到娘瞎了眼，母女俩抱头痛哭。

其他女孩的娘虽然没哭瞎眼睛，但是一个个都变得苍老了，身体也被折磨得不成人样。那时的她们痛恨土匪，痛恨这个世道，痛恨怎么就没人管管土匪。

现在好了，闺女们都还在，既没有被土匪糟蹋，也没有被卖到江西。土匪也有人管了，而且管土匪的竟然是自家闺女。闺女们怎么会有这般能耐？这太不可思议、太让人欢喜兴奋了！里溪村杀牛庆祝，像过年一样。大家在高兴时又想到她们的恩人傅甑，没有他，她们四个姐妹就成了土匪的女人了，或者因为反抗，当年就死了，也不知这位恩人如今怎么样了。欧阳女说："师父离开时说了一句话，若传闻的共产党是真的，他就去参加共产党，否则，他就杀了仇人再回九仙山。现在他没回来，就说明他加入了共产党的队伍。"众姐妹相信欧阳女的话，在心里遥祝恩人平安健康。

栀子向村里人介绍欧阳女："这位是我们的姐大，也是我们的师父。没有她，就没有我们姐妹的今天。是她教授我们武艺，让我们姐妹成长、强大起来。没有她，今天我们就灭不了铜棚寨，土匪就将继续祸害这片天地。"所有人都把目光投向欧阳女，大家都想认真地看一看她。她比这些女孩也长不了几岁，却是这般的成熟、干练。她攻破了铜棚寨，亲手斩杀了铜棚寨土匪的头子。大家心想：姑娘啊，你真是九仙山的"仙女"，年纪轻轻就有这般魄力。

村里的家家户户都要请欧阳女吃饭。四个姐妹的家人更是把欧阳女当亲人对待，你争我抢，都要她到自己家住。村里人的热情让无家可归的欧阳女十分感动，仿佛回到了自己家。

千里搭长棚，没有不散的筵席。到第三天，欧阳女对众姐妹说："当年因为受到土匪侵害，姐妹们被迫离开家。如今土匪已灭，大家若不想再回九仙山可以留在家里。你们也都到了谈婚论嫁的年龄，就别再跟我上山，误了青春。"众姐妹听姐大如是说，都你看看我，我看看你。她们究竟会做何决定，是走是留？下文说。

第六章

树大招风人所为

　　铜棚寨被灭，里溪村人杀牛宰猪犒劳九仙山女子，热热闹闹地庆祝了三天。

　　欧阳女要走了，她问栀子等姐妹是留在家里还是回九仙山，众姐妹一致说还回九仙山。只有梅花低着头，也不说话。欧阳女看出梅花的难处，知道因为她娘瞎了眼睛，她放心不下，就对梅花说："好妹妹，你就留下吧。你娘为了你哭瞎了眼睛，不能再让老人伤了心。"梅花抱住欧阳女哭着说："来日若能抽出身，我一定再回九仙山与姐妹们相会。"

　　随后，欧阳女和姐妹们离开了里溪村。

　　铜棚寨土匪被灭的消息不胫而走，迅速在鼓镛县传播开来，全县震动！

　　人们走街串巷谈论九仙山女子："九仙山又来神仙了！九个仙女从天而降，一个早上就灭了铜棚寨，杀了寨上所有的土匪。""九仙山是仙家之地，古有九仙雾雪，今又有九仙女灭匪除害，鼓镛县有救了。"这样议论的人没去过九仙山，在他们心里九仙山很遥远。熟悉九仙山的人却说："山上那些女子一个个长得好看，又会念经，看不出她们还会杀人。""太了不起了，女子能剿匪。""铜棚寨的土匪据说非常彪悍，官府都奈何不了他们，怎么就禁不住几个女子打？""官府只会欺压百姓，何时想过灭匪？"

　　议论这件事的不只是平民。国军旅长周志群由此想到：九仙山上居然有一帮强悍的女子，她们能剿灭一个土匪营寨，我的"一支部队"是不是和她们有关系？对于她们，我居然一无所知。

　　副官朱正看出了周志群的疑虑，他建议说："旅座既然有所担心，不如查一下她们。"

周志群问："怎么查？"

朱正说："只需查查她们使用的武器。我们'一支部队'的枪支是有枪号的。民国政府有明文规定，百姓不能拥有枪支弹药。"

周志群说："此话不错，但她们手中有枪吗？听说五十多个土匪都是被刀、棍杀死的。她们的武功非常厉害，个个能用'飞石弹'，而且百发百中。听说，为首的欧阳女能腾空飞起，取人头如割麦穗。"

"啊，有这么厉害？应该人们是夸张的。我看可以查查她们，若她们真有枪支弹药，即使不是咱们那'一支部队'的，也可将其没收。"朱正说。

周志群蹙了蹙眉，沉思了一会儿，随后脸上露出了自信的笑容，说道："我有办法了，只是这事要胡县长配合。"说完，他起身去见县长胡瓢。朱正跟在后面。

胡瓢见周志群来了，起身笑脸相迎，说："旅座亲自来，想必一定有重要的事，就请吩咐吧。"

周志群没有像往常那样一见面先说一堆废话，而是直奔主题："九仙山上有女子，您听说了吗？"

胡瓢也一改平时的嬉皮笑脸，一脸严肃地说："听说了。这几天满城都在说九仙山女子，这些自然也传进了我们的耳朵里。"

周志群说："那老兄对这些女子怎么看？"

胡瓢说："我原先也听说山上有十多个女子，她们因为不满被强迫的婚姻和现实，其中一半人又因土匪要逼迫她们做山寨夫人，所以才逃到九仙山栖身避难。没想到她们竟然一个个身怀绝技，能和土匪较量，还灭了土匪。不可思议，不可思议呀！"

周志群说："您怎么看她们和我的'一支部队'？"

胡瓢惊讶地说："旅座是说您的'一支部队'是被这群女子'吃'了？"

周志群坚定地说："难道没这个可能？她们能出奇地灭了一股五十多人的土匪，就不能以同样的手段对付我的'一支部队'？"

胡瓢表情诡异地说道："说得通，有可能。那旅座的意思是想灭了这帮女子？"

"不，不，我不是这个意思。"周志群在解释的同时，靠近胡瓢轻声说了几句话。胡瓢脸露微笑，频频点头表示赞同。

两人说完正事，胡瓢请周志群到"金溪酒楼"用餐，周志群没有拒绝。"金溪酒楼"地处金溪岸边，风景优美，又有美人陪酒、唱歌，两人正想着可以去那放松放松。

这世上，有人"放松"，就有人"紧张"。金石峰就是个紧张的命。欧阳女带着她的姐妹灭了铜棚寨，金石峰事先不知道，在得知消息后十分震惊。

他赞赏女子们的行动，她们为民除害，做了官府没能做到的事，但同时他也为她们担忧，过早暴露自己，容易树大招风。因此，他紧张地吃了一碗早粥，就风尘仆仆地向九仙山赶去。

九仙女子护身队因劳累了，回山后还在休息。欧阳女看到金石峰来了，像学生见到老师一样迎接他。金石峰祝贺九仙女子护身队剿灭了土匪，真正成为一支能战斗的队伍。但树大招风，九仙山因此必将会以另一种形象进入官府和周志群的视野，她们必须尽快做好防范措施。欧阳女领会其意，笑着对金石峰说："放心吧，我辈既然敢'偷吃'，也就懂得'擦嘴'。他周志群就是把整个旅的部队拉上九仙山，也找不出我'吃了'他'一支部队'的证据。"听欧阳女这么一说，金石峰悬着的心终于放下了。他心想：欧阳女实乃女中豪杰，不仅可以为将，还能为帅，一定得正确引导她，让她成为无产阶级的先进分子。两人相互看着，正想聊些其他事情时，温七妹忽然冲进房间，说是来了一伙荷枪实弹的官兵，为首的人说是来送喜报的。

"送喜报？我看是'醉翁之意不在酒'。"金石峰迅速对欧阳女说了几句话，就从后门悄悄下山了。

欧阳女让大家到大殿诵经，她和温七妹、栀子三个人出去迎接。来到门外，她们看到一支二三十人的队伍。除了一个穿西装的，其余都是军人。欧阳女心想：还真让金石峰说对了，这哪里是送喜报的，他们更像是来打架的。

那个穿西装的看着眼前的几个女子，眼珠子都要飞到她们身上去了，心想：这一个个眉清目秀、唇红齿白的美人，她们真的能飞能打？

"敝人是胡瓢县长的秘书胡林，这位是国军周旅长的副官朱正，今天我们奉命来给你们送喜报。"穿西装的抢先说话，介绍了自己。

欧阳女向他们抱拳施礼，也自我介绍说："在下是普照寺住持欧阳女。我们平时只做烧香念经一事，不知何喜之有？"

胡林说："喜报不是表扬你们念经辛苦，而是褒奖你们剿匪有功。"胡林随即展开一张写着黑字的红纸，念道：

九仙山普照寺：

欣闻贵寺派人一举剿灭了铜棚寨土匪，且派出的人全部是女子，巾帼不让须眉，这是非常可喜可贺的事。全县百姓对你们的这一义举表示十分感谢！我县匪患猖獗，百姓深受其苦，铲除铜棚寨对别处土匪是次震慑，因此意义十分重大！希望你们再接再厉，为肃清匪患再立新功！

中华民国鼓镛县政府县长胡瓢

民国二十一年某月某日

欧阳女接过"喜报",瞅了一眼这支队伍,说:"胡秘书和朱副官带着这么多人,不仅仅是为了送这张红纸吧?"

"顺便来普照寺上一炷香,再参观考察一下九仙山这个出美人、能人的地方。对了,就不请我们到贵寺里头走一走、坐一坐?"朱正话里有话。

"怠慢二位大人了。山野寒舍,蚊虫猖獗,不好意思。请吧,到里面喝口淡茶。"欧阳女说完,让温七妹、栀子先走,自己领胡林、朱正随后。

朱正让连长周四金命令部队解散,两人一组到山上各处走走看看。

欧阳女看出了朱正的心思,客气地说:"要不要让我们的人带路?"

朱正说:"不用。都是军人,丢不了。"

周连长像撒渔网一样把人员解散了。他们在普照寺周围进行地毯式的搜索,想查出九仙山女子是不是藏了枪支。如果查到枪支就有了她们袭击"一支部队"的证据。这就是周志群找胡县长帮忙的原因,他以送"喜报"为名,接触欧阳女,以游览九仙山的方式对普照寺方圆一公里范围内进行搜查。周连长要求士兵不漏掉一坑一洼、一窟一洞,像刨土一样检查每一寸土地。

胡秘书和朱副官进到会客厅,温七妹和栀子已经泡好了茶。欧阳女向二人介绍说:"此乃我们自制的九仙岩茶,茶叶是在清明前后采摘的。由于九仙山高,云雾缭绕,空气清新,因此制作的茶清香味美,连泡八遍颜色不变,味道不改。"

胡林"吧嗒吧嗒"地呷着茶,眼睛却不时地在欧阳女脸上打量,心想:这女子长得可真俊俏,怎么就浪费在这茅草树林里头?太可惜了!

胡林色眯眯的表情,朱正看在了眼里。朱正心不在焉,不想听欧阳女谈茶,更不愿看胡林的那双色眼。他得利用这个时间和欧阳女谈谈她的剿匪。

朱正说:"欧阳住持,我暂且就这样叫你,其实你不像住持,也根本不是住持。我想请教你关于剿匪的几个问题,可以吗?"

欧阳女说:"可以。但你说我不像住持,也根本不是住持,那你说我像什么,是什么?"

朱正说:"你像游击队长。"

"游击队长?什么是游击队长?我怎么就像游击队长了?"欧阳女第一次听说,她确实不知道"游击队长"是个什么概念。

"噢,我只是随便说说,这是个新东西,你以后会知道的。我们还是说说剿匪。你说你们只做烧香念经这件事,可你们怎么想到打土匪、铲除铜棚寨？更何况那地方距离你们挺远，难道那些土匪与你们有仇？"

"你说对了，那里的土匪与我们仇大了，而且是深仇大恨！"

"哦？是什么仇恨让你这么咬牙切齿？"

"我们这里有一半的姐妹，当年被铜棚寨土匪绑架去做老婆，大家那时都是十七八岁的女孩。你也应该有姐妹或闺女吧，不妨换位想一想这是什么感觉？"

"原来如此深仇大恨，土匪是该杀！但那帮土匪人多又彪悍，你们当时就不害怕？"

"害怕呀！但如果害怕就退缩，仇就永远都没法报了。这世上的仇只能靠自己报，又指望不上别人，所以我们只能壮着胆子去。"

朱正和胡林都听得出欧阳女话中的意思，她是在指责、埋怨政府容许匪患的存在。

"钦佩！钦佩！咱们县出了你们这些巾帼英雄，是这片土地的骄傲！但灭掉这帮土匪需要精心的组织和部署，也需要强大的火力，你们用的是什么武器呢？"

欧阳女听得出这才是朱正今天最想问的。"用拳脚刀棍呀！我们也没什么组织部署，上去就打，结果我们打赢了，把土匪一个个都杀了，姐妹们的仇报了，我们的心头恨解了！"欧阳女说道。

朱正与欧阳女说着话，胡林眼睛不眨地看着欧阳女，那表情像是想要扑上去咬她一口一样。

朱正没从欧阳女口中得到有用的东西，还想再问。这时，他的一个士兵慌慌张张地跑来，在他耳边嘀咕了一会儿，朱正听后露出了笑容，对胡林说："走，咱们一起去看看？"

胡林看欧阳女看得蒙了，竟忘了此行的任务，傻傻地问："去看什么？"

胡林不知道发生了什么事，但欧阳女知道他们发现了什么。朱正满心欢喜，以为自己已经摸到了欧阳女的死穴。三个人跟着那个士兵往前走。

不一会儿，他们到达后山的一个石崖处，这里有一个天然石洞，但被一扇木门锁住了。朱正感到十分兴奋，心想：这里头一定是藏秘密的地方，我们那"一支部队"丢失的武器一定就在里面。欧阳女，你这个土匪婆子，这回死定了！朱正以一副胜利者的姿态问："欧阳住持，这个洞里藏着秘密吧？"

欧阳女说："没错，里头藏着秘密，而且它关乎我们的生计。"

"哦？这里是不是有可以杀人的东西，比如说枪？"

"朱副官真会开玩笑，九仙山佛门净地，哪里来的枪？"

"是不是佛门净地，里头是不是藏匿着枪支弹药，让我们看看便知。"

"我打开洞门可以，只是朱副官刚才的话那么武断，小女子听了有些不舒服。还好此时我们身边站立的不是你的人就是我的人，若是还有第三方的人听了，一定会认为我辈做了什么不应该做的事。如果再把它传到外面，我们还怎么立足佛门，取信天下？"欧阳女说。

朱正说："刚才我的话若伤了欧阳住持，我向你道歉。如果这个洞里没有我们想知道的秘密，我再向欧阳住持鞠躬道歉，并带着我的人立即下山，如何？"

"一言为定！"欧阳女当即让温七妹拿来钥匙。洞门开启后，里面漆黑一片。为了能让朱正看个清楚，她又叫栀子点燃一个火把。朱正不放心手下人做事，亲自举着火把进了洞，他身后跟着周连长和另外两个士兵。

这个洞由几块大岩石组成，高过人头，洞里七八米深。虽然洞口做了扇木门，但是其实里面没有放置东西。朱正在洞里仔细地查看着，一直走到尽头，除了几把生锈的镢头，没发现其他东西。朱正没找到他需要的秘密，既失望又恼火，认为这一定是那个女人布的一个局。但他又一想，觉得欧阳女没有必要这样做。他们上山是突然的，她们事先不知道。看到眼前的情形，周连长对朱正说："普照寺里里外外都已查遍，这个石洞里如果没有东西，别处就甭找了。"朱正听了后点头。

"里面确实没有什么秘密，我现在向欧阳住持正式道歉！"朱正从洞里出来，向欧阳女深深地鞠了一个躬。

欧阳女像一个胜利者，脸上洋溢着喜悦的表情，见朱正那个狼狈的样子，也就没有和他再计较，这事就这样结束了。她以为朱正会立刻领着人下山，没想到他却提出要看欧阳女的"飞石弹"功夫，请欧阳女献技。欧阳女觉得，这是证明铜棚寨土匪是被她们用冷兵器消灭的一个机会，当场答应。

朱正让周连长带领部队在一处空地上集合，列队观看。

欧阳女又让周连长叫出五个士兵在二十米外拉开距离并排站立，然后装上刺刀，将枪举过头顶。此时，九仙女子护身队的其他人都来到了现场。士兵们都盯着她们看，胡林自从念完"喜报"就没事了，现在他的任务似乎就是看美女。

朱正之所以来这一招，是想验证一下欧阳女是不是像传说的那样神，也想让他的部队开开眼界。作为军人不仅要会使用枪炮等武器，还要会格斗擒拿之术。这不是演戏，欧阳女不需做舞台准备，只要口袋内装有适量的石子。朱正和胡林以及国军士兵都注视着欧阳女，以为她一定会做出几个非凡的动作，然后使出"飞石弹"击中目标。可欧阳女这时却没有动作，倒是站在她身边的栀子前后左右地移了几下步子，接着右手快速地动了几下，就听见"当！当！当！当！当！"连响五声。大家再看那五把刺刀，都已齐齐地折成了两段。

国军队伍中发出热烈的喝彩声。许多士兵的目光还停留在欧阳女和栀子的脸上，一颗颗"飞石弹"就已经将目标击得粉碎了。大家心想：那不就是一颗石子吗？怎么到了她们的手上就变成了一颗子弹？刺刀虽然薄了些，但也是钢做的，怎么就这么不经打？其实不是钢制的刺刀不经打，而是袭击它的力量太过强大了。连钢刺刀都一击两断，何况是血肉之躯？士兵们想到这里都觉得害怕。这些女子一个个看似柔弱，却有着惊人的力量。怪不得铜棚寨的土匪都死在她们手里。五十多个土匪用五十多颗石子就解决了。

　　朱正站在原地，眼神有些呆滞。他参军十多年，打过仗，杀过人，经历过无数次生死，也见过无数的强人、高手，可今天还是第一次见如此功夫。这哪里是甩石子，分明就是射击，无声无烟的射击。那颗离手后的石子就是一颗子弹。它的速度、力量都可与飞出枪膛的子弹相媲美。朱正心想：这欧阳女真是太厉害了，怪不得她敢动土匪，也怪不得那些土匪都死在她手里，以至于人们会那样传她。对了，刚才出手的好像不是欧阳女，而是那个叫栀子的漂亮女子，她是欧阳女的手下。连手下都这么厉害，那她自己是不是能飞起来杀人？对了，传说欧阳女能飞起来杀人。朱正不愿再想了。他希望会功夫的就是这个栀子，会"飞石弹"的就是她一个人，传说中的那个人就是这个栀子，会飞的也是这个栀子。他希望欧阳女根本不会武功，更不会飞。

　　但朱正转念一想：不对，欧阳女一定是会武功的，否则她怎么统领她的人？一支队伍里的领头人若没有超凡的能力是不可能驾驭得了下面的人的。要不再让欧阳女亮亮相？这个女人还留了一手，刚才只是让她的属下出来，这有点儿应付和打发我等的意思。这欧阳女也真是狡猾。当然，栀子也是出奇的厉害，会这种功夫又能达到如此程度的，恐怕当今天下也没几人。尽管栀子也让朱正饱了一回眼福，但欧阳女的庐山真面目他是真想见一见。于是，朱正走到欧阳女跟前，说道：

　　"刚才栀子的'飞石弹'功夫，即使张清转世也未必能胜过她。想必欧阳住持的手段还要高一筹吧？弟兄们都想见识一下你本人的身手，不知能否赏脸？"

　　欧阳女说："如今火药时代，我们这些山里人不曾见过世面，也想见识一下枪法，不知朱副官能否满足一下我们的愿望？"

　　"这个……好吧，那我就献丑，打几发子弹给你们瞧瞧。"朱正说完，从枪套里拔出一把勃朗宁手枪，在手上转了几圈。这样子是做给其他人看的，熟练的动作仿佛在告诉欧阳女姐妹，如今这东西才是真正的玩意儿，才是杀人不眨眼的最佳武器，你那"飞石弹"能与真枪真弹比吗？朱正让欧阳女的人拿来一条绳子，绑在两棵树之间，再用细绳子将五片树叶子分别悬挂在绳子上。

朱正见东西准备好了，又神气地将手枪旋转几圈，也走到二十米外的地方，他口气傲慢地说："我手上这把枪，叫德国造'勃朗宁'，进口货。我用它十几年了，每次用它不能说百分之百命中，但也能打个八九不离十吧。"就在说话的同时，他举枪瞄准树叶，只听"啪"的一声，悬挂的树叶被击落了一片。

　　"朱副官好枪法呀！"国军士兵们使劲儿地鼓掌。在喝彩声中，朱正击落了第二片叶子、第三片叶子……"太准了，还是枪厉害！"士兵们一边称赞他们的长官，一边瞟了欧阳女一眼。朱正后面的几发子弹是否如他所说的"八九不离十"？他又是否能再次赢得士兵们的喝彩？下文说。

第七章

瞒天过海巧施计

　　不知是手发抖还是子弹绕道走了，朱正的最后两枚子弹没能击落树叶。

　　尴尬的场面只持续了几秒，就迎来了第二次热闹。被刚才的枪声震得还有些嗡嗡响的耳朵，忽然听到"嚓嚓"两声，大家的眼睛再次看向未被打中的两片树叶，发现它们已经被击碎，并散落到地上了。这时大家把赞美的目光投向了另一个女子——温七妹，是她为朱副官补上了两"枪"。紧接着，一个更加精彩的场面出现了，在短短的三十秒内，另外五片树叶被"飞石弹"一一击碎。这个神奇的成绩，是欧阳女在两脚离开地面、腾空跃起一丈高时取得的。这时，场上再次变得安静，不是国军部队的士兵们不愿为他们的对手鼓掌，而是此时的所有人都忘记了鼓掌和说话，每个人都愣愣地站在原地，目光全都集中在欧阳女身上。

　　原来，就在朱正瞄准射击时，温七妹在同样距离的另一棵树上，以同样的方式悬挂起五片树叶。朱正后面的两枚子弹没打中，温七妹出手补上了。接着就是欧阳女令人惊奇的三十秒。

　　朱正此时似乎连活在世上的勇气都丧失了。颓废、难堪、羞愧、忌妒等表情一跃脸上。他不愿相信，在这茫茫的深山里竟然有这样一群厉害的人，而且还都是女子。

　　胡林像被抽了一记耳光，猛醒过来，但目光还是不舍得从姑娘们身上移开。此时朱正没脸说话，欧阳女有脸却不好说，其他人想说却不敢说，最适合说话的只有胡林。自念完"喜报"就一直闭嘴的他，总要出来打个圆场，让朱正下台。胡林扭了扭肩膀，像是要拉长脖子讲话。场上的人都竖起耳朵听他做"指示"。胡林说："国军弟兄们，九仙山的女子们——"胡林说了两个"们"后，又扫视了一遍四周。所有人的目光都集中在他身上。

"比武到此结束！"

"完了？"

"完啦！"

金石峰之所以悄悄下山，是因为害怕连累了欧阳女。

周志群已经开始怀疑九仙山了。今天，朱正带着那么多人上山，名为送喜报，实则是来找证据的。证据就是"一支部队"的那些枪。只要他们发现了枪，欧阳女她们袭击"一支部队"的罪名就坐实了。金石峰相信欧阳女，她藏放枪支弹药的地方外人绝对找不到。但凡事就怕万一，万一被发现了，"九仙女"都得死在周志群的枪下。九个女子就像九朵花，金石峰绝不能让这九朵花尚未开放就凋谢了。他要把她们引入革命队伍，在充满生机的土壤里生根、发芽、绽放。眼下，他的任务就是保护她们。

在外人眼里，金石峰是个头卖山货的。他到山里头的乡村收来虎皮、狐皮、麂皮及各种兽皮，还有香菇、红菇、笋干之类的货物，有时遇到村民们刚射猎到的山牛、野猪、刺猬，他就整只收购过来，倒腾到县城里卖，从中获取可观的差价。他在县城有两间自己的店面，就是用来买卖这些山货和土特产的。

金石峰在南平、汀州、赣南等地都有买卖关系。生意做熟了，他有时去收购一些那边的特产到本地来卖。同样，外地的商人也会来这边采购物资，再拿到他们那边去卖。

金石峰把很多时间都放在做革命工作上。自从有了信仰，他的人生就有了目标，心中就有了一份责任，他的行为是自觉的。眼下他没有参与斗争行动，只是秘密地做些宣传，拉拢一些可靠的人。他非常看重九仙女子护身队这支力量。通过袭击"一支部队"和消灭铜棚寨土匪，足可以见到九仙女子护身队强大的力量和欧阳女的斗争指挥能力。这支队伍是在面对黑暗世道和生存危机的情况下，通过反抗逐渐形成和壮大的。她们出身贫寒，痛恨欺凌和压迫，可以断定，她们住在九仙山是暂时的，等革命的烈火燃烧到这片土地上，她们一定会是一股强风，能够帮助火势燃烧得更加猛烈。金石峰心想：自己一定要保护好这支队伍。因此，他把很多时间用在保护九仙山女子们这件事上。

朱正回到旅部后，将九仙山之行向周志群做了详细的汇报。朱正在九仙山上本想要耍威风，在女子们面前亮一亮自己的本事，没想到比武输得那么难堪。堂堂的国军旅长副官用先进的德国造手枪，竟然比不过一个山野女子的"飞石弹"。他输得不服，又觉得丢人，心中既气又恨，恨不得当场就下令士兵们一起开枪，杀了姑娘们。再加上没找到她们袭击"一支部队"的证据，朱正像刀子剜心一样难受。

朱正向他的长官周志群汇报说："我们对九仙山普照寺方圆一公里的范围进行了地毯式搜查，没有发现枪。但是，我还是怀疑事情是她们干的。这伙女贼子具备作案条件，她们太厉害了，不用枪就可以在二十米内杀人，而且做到不发出什么声音。尤其是为首的欧阳女就是个武林高手，与民间传闻的一模一样。她们不仅武功了得，人也反动，对政府极其不满，说如果不是当今世道逼得她们走投无路，她们又怎么会住到林子里头，又说这一切都是官府造成的。我建议对九仙山采取更严厉的手段，否则后患无穷。"朱正心怀怨恨，故意在他的长官面前把事情说大，好让周志群更加恼怒，下决心灭了九仙山女子。

周志群听到副官的汇报，知道外面传得不假，于是说："看来那个欧阳女是个人物，不仅自己武功出色，还带出了一帮女徒弟。她们学武做啥？自古练武之人不都是想造反吗？这事情好办，找个机会枪毙……不，灭了她们。"

"不可！"

谁这么大胆，竟敢反对周旅长的决策？

来人是县长胡瓢。原来，胡林回来后也向自己的堂叔县长汇报了山上的情况。胡林因为对九仙山上的那些女子有好感，又看到她们一身的本事，内心既羡慕又爱慕。他觉得她们是因为遇到了困难，才不得不躲到山里。她们没有攻击政府的想法，更没有行动。说她们杀了"一支部队"毫无根据，山上如果有枪，朱正他们搜查时怎么会找不到？胡林还把朱正在山上比武出丑的事说了。

胡瓢相信侄子胡林的话。他也了解朱正这人心术不正，经常在长官面前说些不实的话，甚至撺掇长官做出错误的决策。

见胡瓢来了，周志群和朱正都起身迎接。落座后，周志群说："胡县长不同意收拾九仙山那几个女人？"

胡瓢说："为时尚早。"

周志群说："她们反对政府的情绪很强烈，对这样的不法分子就应该将其消灭在萌芽状态。"

"有证据吗？咱们原来怀疑她们杀了'一支部队'，抢走了枪，现在派人到山上去搜，也没搜查出枪嘛。如果无缘无故就杀了她们，无论是在道理还是在法理上，都说不过去。所以，还是暂时不动为宜。"胡瓢说。

"对于那些是非不明的人，宁可错杀三千，绝不放过一个。如今共产党猖獗，这伙女人虽然不是共产党，但是很难保证她们不被人利用。"

"她们不是很能剿匪吗？如今匪患猖獗，不如让她们……"

没等胡瓢说完，周志群"啪"地拍了一下桌子，从座位上站了起来，表情激动，瞪着胡瓢说："你是说利用她们去打土匪？杀得两败俱伤，无论死了哪一方都是好事。上策！上策！"

胡瓢说："据初步统计，我县有大小土匪共四十多股，威胁着各地民众的生活、生产、生命安全。政府早就有消灭土匪的决心，但一直没有力量。旅座有力量又没有决心。土匪见政府没对他们行动，以为政府无能，甚至认为政府容许土匪存在，就不断壮大势力。目前，我县土匪人数最多、势力最强的有龙栖山、铜棚寨，他们都地处金溪上游。金溪下游有三股，分别在三台峰、蜡烛山和五虎谷。这五股土匪人数都在五十人以上。其中龙栖山、三台峰的土匪势力最强，有好几百人。如今，铜棚寨已经被九仙山女子消灭了，就剩下四股了。另外的三十多股有的二三十人，有的才十多个人。但土匪无论人多人少都是社会的毒瘤，必须铲除。所以，在政府无力时利用九仙山女子去灭匪，不比咱们亲自去消灭他们强？"

"强！强！实在是强！胡县长计高找一筹啊。只是九仙山女子会听政府的调遣吗？扫荡铜棚寨是因为他们之间有仇，也是复仇之举。别地的土匪与她们有何相干？她们为什么要听你的指挥？"周志群说。

"可采取两个步骤。"胡瓢端起桌子上的茶杯"嘘嘘"喝了两口，润了润嗓子继续道，"一是命令加好处，在向她们下达命令的同时，送上两百大洋；二是招安，用宋徽宗对付梁山的办法。你们说咋样？"

"高见，高见啊！我看行。"周志群嬉笑着说，"万一不听使唤，就用我的方案，铲除。"

随胡瓢一起来的胡秘书一直在听两位长官说话。他见缝插针地说道："我看招安这个办法最好。女子们灭了铜棚寨土匪，现在人们都仰望九仙山，称欧阳女是神仙，是英雄。这个时候如果政府出兵九仙山，灭了女子们，那政府在民众心中会是什么形象？以后谁还敢与土匪为敌？这样也会更加助长土匪的气焰，令其更加嚣张。"自从在山上见了欧阳女，胡林就开始日思夜想，连续失眠了几个晚上。他心想：多么水灵标致的一个女子啊！又有那么大的本事，如果能够把她揽入怀里，这辈子真是太值了！这位纨绔公子虽然夹带着私心，但此番话还是很有道理的，起码考虑到了民意。

朱正一听胡林的话，就知道他的那几根花花肠子在想什么，说："就用胡县长的第一个方案'命令加好处'，但是不能招安，她们若不服从就按照旅座的计划，派大军将其消灭。大敌当前，还考虑啥民意。"

"天意不可逆，民意不可违。只知打打杀杀，不知收买民心，迂腐也！"胡林反感朱正，也不顾周志群在座，更不管他的长官会不会听他说话，还是把心里想的说了出来。

听话要听音。周志群知道，胡林这小子是在与朱正较劲，但那些话也是说给自己听的。只是这小子不知道，每个人所处的立场不同，认识也不同。周志群是个军人，军人行事哪管地方和百姓，更不管什么民意。因为胡林是胡瓢的秘书，周志群也就不和他争论。九仙山那几个女子如果和自己井水不犯河水，那他周志群再没事干也不去理会她们，毕竟只是几个柔弱女子。但她们有"吃了"他周志群"一支部队"的最大嫌疑，自己岂能不问不管？现在就先让胡瓢去处理这件事。于是，周志群说："就先实施胡县长的方案吧。剿匪是你们的职责，理应由地方政府出力，除非上面有指示，否则我们也不宜插手。"

胡瓢见周志群推诿，也不再客气，说："旅座这会儿谦虚了？当时若不是你们到处管事，那'一支部队'怎么能有事？"

"这个……"

"报告！"卫兵的一声报告打断了周志群的话。卫兵见客厅坐着几个人，吞吞吐吐，想说又不敢说。

周志群说："这是胡县长和胡秘书，自己人，但说无妨。"

"是！"卫兵说，"周连长来报告，说有百姓在古佛潭下游五公里处捡到一支步枪。周连长说步枪可能是我们那'一支部队'的。"

"啊？"旅长和县长相互对视了一眼。

周志群对卫兵说："让周连长来见我。"

"是！"

过了一会儿，周连长喊了声"报告"后进到客厅。他以立正的姿势站在那里，向自己的长官和胡县长敬礼，然后把拾到的步枪放到客厅的桌子上。

周志群走到桌子前，拿起被水浸泡过的、枪管部位已见锈迹的步枪，退下枪机，里头弹出一颗子弹，落到了地上。胡县长和朱正、胡林都靠近瞧看。周志群让周连长说说这是怎么回事。周连长说送来步枪的人还在，可以让他进来说。周志群同意了。他一边让周连长去叫人，一边让卫兵把枪送到后勤处核对枪号，看看是不是"一支部队"的枪。

来者是高滩乡的乡长余得才，胡县长认识他。余得才见县长在，毕恭毕敬地说了一声"县长好"，然后又矜持地行了个鞠躬礼。

胡瓢先向周志群介绍："这是余乡长，"然后又转头对余得才说，"这是周旅长。"余得才说："周旅长好！"余得才走过去想和周旅长握手，周志群没那意思，说："余乡长，枪怎么会在你手里？"

余得才虽然年近五十，当乡长多年，但很少和军官打交道。此时见到旅长这样的大官，还有县长和其他人在座，气氛又那么严肃，他的心里不免有些紧张。周志群看出余得才胆怯，示意朱正倒了杯水，让他坐着说。余得才喝了两口水，坐到一把木椅子上，说："周旅长、县长，枪是我乡一个农民捡到的。这个农民在田里劳动,口渴了想到河里喝口水。在下到河边,就是金溪高滩河段那个拐弯处时,农民看到石缝中有一件东西,伸手拿起一看是支枪。农民说他当时有些害怕,不知道这河里为何会有枪。农民沿着河的上下游看了一遍,想看看是不是还有第二把枪或者其他东西,结果没有发现其他东西。农民不会弄枪,担心拨弄后会射出子弹,就没有动。然后农民采了一些青草,用葛藤绑在枪上,让别人看了以为是一捆牛吃的草。农民战战兢兢地把'牛草'带回家,走在路上总担心有人会看出来,还好没人怀疑。农民说他因为这把枪一夜没睡好觉。他不想留下枪,虽然留下它没用,但是又不舍得扔了。农民想卖了换几个钱,又不知道卖给谁,总不能拿到集市上去卖。农民想到了打猎户,可那几个猎户用的都是土铳,不会用洋枪。农民又想到了土匪,附近山上有股土匪,他们一定需要枪。对,只有土匪需要,让土匪拿去,还能挣得几个清闲钱,反正这枪是捡的,不费气力和成本。对,农民就这样定了,打算卖给土匪。农民兴奋了一夜。次日起床时,农民忽然一想,把枪拿给土匪那不是找死吗?土匪原本就会抢劫,拿到枪后还会给钱?再说土匪就是杀人放火的魔鬼,再送枪给他们那不是助纣为虐?不行,不行!农民想:这枪不能卖,更不能卖给土匪,还是把它上交了吧,免得日后麻烦。就这样,农民来到乡公所,把枪交到我手上。收到农民交来的枪,我当即想到驻军前段时间损失了'一支部队',这把枪会不会是贵部那'一支部队'丢失的?想到这里,我不敢耽搁,就火速来到这里。这就是这把枪的由来。"

"余乡长讲得很详细,那个农民没有隐瞒什么吧?如果有隐瞒,就枪毙他!"周志群说。

"不会,农民都很怕事,这个农民又忒老实。"余得才说。

正说着,后勤处处长进来报告。经核对,失而复得的这支步枪正是"一支部队"士兵使用过的枪支。

"好,真是'踏破铁鞋无觅处,得来全不费工夫'。集合一营一连,对金溪高滩河段再进行一次搜索,查找另外丢失的枪支。"

"慢!旅座,钢枪乃钢铁制作之物,不像木头会在水面上漂着走。我们的'一支部队'是在古佛潭牺牲的,现在枪支却出现在古佛潭下游数公里的高滩湾,难道是河水的作用?显然不是。只有一种可能,袭击我'一支部队'的贼人就在这附近。"朱正觉得周志群很草率,因此想用自己的一番话阻止他的命令。

"嗯,有道理。依此推论,杀我'一支部队'者是高滩人。现在开始搜查高滩乡的所有人家。"周志群顺着朱正的思路往下想,调整了自己的命令。

余得才紧张了。他觉得今天送枪是个天大的错,可能会给高滩人带来一次灾难。这些"丘八"活得威风凛凛,头脑就像牛一样简单。

胡瓢从余得才的眼神中看出了他的忧虑。作为一县之长，他要保一方平安。周志群和朱正都疯了，"一支部队"的事，一会儿说是古佛寺所为，把全寺尼姑关押了几天；一会儿说是九仙山那几个女子干的，要荡平九仙山；现在又将矛头指向高滩乡百姓，要搜查高滩乡所有人家。这样东扒西抓能找到那些枪，引出作案人吗？胡瓢本不爱管这事，但现在已经牵扯到高滩乡百姓，他不得不说几句了。他说："周旅长，'一支部队'被袭是党国的损失，也是我们的耻辱，我们大家都脸上无光，但不能听风就是雨。我可以保证，这件事绝不是高滩乡老百姓干的，他们没那个胆量，也没那个能力。"

　　"那依胡县长看会是什么人干的？"周志群看着胡瓢说。

　　"土匪！"胡瓢说，"前面我说了，目前我县境内有五十多股土匪，应该重点排查土匪。"

　　话题又回到土匪上来。

　　朱正说："胡县长的分析是对的。土匪越来越多，政府应当拿出方案，把他们逐个消灭。消灭了土匪，就能查出'一支部队'的枪，就知道是谁在跟国军作对。原来我们只对古佛潭附近进行了排查，现在看来，这还不够，应该对古佛潭以下到高滩湾一带再清查一遍，也许还会有发现。"

　　"现在可以排除九仙山女子们的嫌疑了。"胡林说。

　　朱正说："不能彻底排除。"

　　胡林惊讶地说："为什么？"

　　朱正说："啸聚山林的都有土匪嫌疑。"

　　胡林说："九仙山不是。欧阳女带着她的姐妹们打土匪，我们还给她们送过喜报。现在一转身又说人家是土匪，那政府在百姓眼里是个什么水平？"

　　小肚鸡肠的朱正念念不忘要消灭九仙山女子，胡林却总为她们开脱。胡林心仪欧阳女，也没发现她们作案的痕迹。

　　周志群和胡瓢都知道各自的下属那点儿心思，也都不愿点破。原本周志群已经渐渐淡忘"一支部队"了，余得才来的那支枪又勾起了他对这事的想法。他难过的不是死了那十几个兵，而是这件事让他太丢面子。一个建制班被人在光天化日下消灭了，而且不知道是谁干的，那十几个死去的冤魂一定会在初一、十五的夜里大骂他周志群无能，在他手下当兵真是太亏了。

　　胡瓢领着两位下属离开了旅部，周志群送到门口，忽然又说让余得才留下，让他为部队搜寻高滩湾带路。胡瓢同意了。

　　周志群命令朱正带领一连士兵对古佛潭下游至高滩湾一带再次进行搜查，寻找"一支部队"的遗物。朱正领命而去。

　　朱正刚从前门走，周志群的后门就飞进来一朵"水中花"。"水中花"是一个二十出头的女子，也是鼓镛县的一枝花，明眸皓齿，顾盼生辉。

　　周志群叫她"小花儿"。此女子是什么身份，与周志群又是啥关系？下文说。

第八章

人间一笑梅花谢

————————————

水中花、镜中月，往往是可望不可得的，但周志群得到了。周志群戎马一生，遇生死危机也能泰然处之，却受不了"水中花"的柔声细语。每每听到她的声音，周志群的魂就想离开身体去到她身上，心跳也跟着加快。

"小花儿，你是怎么飞进来的？"

"亲爱的，我再不飞来，你就飞走了。这么多天不见你，花儿想你想得都快枯萎了。""水中花"说着就拥入周志群的怀里，想要进一步撒娇。

"水中花"就像附在周志群身上的一只小爬虫，离开了就吃不下，睡不香。

周志群受不了她撒娇，两只有力的臂膀紧紧地搂住她的腰，两片厚实的嘴唇疯狂地亲吻着她的脸。干柴烈火，一点就着，搂抱在一起的两个身躯如胶漆般黏在了一块。

"卫兵，下面的时间我要处理私事，不许任何人打扰。谁闯进来我就枪毙他。"周志群说。卫兵心领神会，紧紧地把着门，让旅长专心处理私事。其实旅长不用打招呼，也不用那么大声，这又不是第一次。只要"水中花"来了，卫兵自然知道如何处理。

周志群命令完卫兵，背对着从窗外射进来的一道阳光，抱起"水中花"，急步走进寝室。就在周志群此时，朱正领着一连人马急速赶往高滩湾。

高滩乡长余得才把拾到步枪的那个农民叫来。农民把朱正带到当时他捡到枪的位置，那是在两块大石头的缝里，离河水只有一米多远。朱正令周连长带一个排沿金溪河下游搜寻，其余人马往上游至古佛潭一带寻找。他要求进行地毯式搜查，连水边、草地、荆棘和芦苇丛也不放过。

余得才和那个农民交完差，就各自回去了。

士兵们在金溪河沿岸一路搜查，沿途百姓看了还以为是有人在捡河螺，看了一会儿，该下田的下田，该放牛的放牛去了。

傍晚时分，两队人马收兵回营。朱正这边一无所获，连一颗河螺都未拾到，周连长那边有所收获。朱正听说有东西，立刻叫人让周连长拿东西到旅部。

周志群从"水中花"的温柔乡里醒来，见房间微暗，"腾"的一下起来坐在床沿上披衣、穿裤、系鞋带。他走出寝室时，太阳已经落山，寻枪的部队也已经回来了。他急忙问卫兵朱副官有没有带回好消息，没等卫兵回话，朱正就进来向周志群敬礼，说自己一无所得，周连长那边可能有东西。周连长来了后，将一只被水泡过的、上面带泥的子弹袋交给朱正过目。朱正转手交给周志群，周志群拿着弹袋瞧了瞧，说："就只找回这件东西？"

"报告旅座，部队从古佛潭到高滩湾沿岸查找了十多里，只找到这只子弹袋，别无他物。"

"大家辛苦了，回去休息吧！"

"是！"

周连长走后，周志群问朱正："你对那支枪和这只弹袋怎么看？"朱正一脸严肃地说："旅座，只有这样一种可能：贼人袭击我'一支部队'后，劫走了枪支、子弹，肯定也搜走了士兵身上的其他物品。士兵本不富裕，又逢执行任务，身上顶多只有几张小面值的纸币或一两块银圆和香烟。贼人是有准备的，一定在附近停有船只，在得手后趁天黑乘船而下，到高滩湾时靠了岸。他们下船后在岸边整理了枪弹，把未装满的弹袋调整装满，又把几个空的弹袋丢到河里了。那支枪肯定是在慌张中忘了带走，因为人多，没来得及清点或者没顾得上。等到了居住地发现少了一支，又不敢回头来取，反正枪也不是自己花钱买的，不心疼。因此，才有了后来高滩农民捡到枪这件事。"

周志群认真地听着朱副官分析。

朱正喝了一口卫兵倒的水，然后继续说："这样看来，杀我部队、抢我枪弹者是土匪无疑了。他们抢了枪弹，一是想留着自己用，二是想拿到南平卖了，得到一笔钱。若是枪弹被卖了，在这当今乱世，我们就再也找不到了，'一支部队'就成了悬案；若是土匪还留着，说不定某一天还会暴露出来。"

"我们现在排除第二种情况，假设土匪留着枪弹用了，这样的话，我们就得分析并弄清楚是哪一股土匪干的，或许我们真的冤枉了九仙山那几个女子，应该把视线移开，投向金溪下游的高滩湾方向。"周志群说。

"农民拾到枪的地方和九仙山南辕北辙，可以排除对九仙山的怀疑了。但欧阳女确实厉害，应防止她被共产党利用。"朱正说。

"防范是对的。但迄今为止，鼓镛县还没有共产党，咱们别杞人忧天，先睡几天安稳觉吧。"

"旅座说得对，弦绷得太紧了反而会断。"朱正终于放松下来了。

这件事其实是金石峰干的。

当周志群把怀疑的目光投射到九仙山时，金石峰就开始警惕起来，他担心欧阳女袭击"一支部队"的事情暴露了。那样就糟了，就是他金石峰害了她们。可喜的是欧阳女事先做足了准备，消灭铜棚寨土匪不用一枪一弹；让朱正和胡林以送喜报为名，在搜查九仙山时扑了个空；又在朱正面前展示绝世武功，证明女子们消灭铜棚寨土匪使用的是拳脚和棍棒。但朱正此人阴险狡诈，做事一根筋，他始终认为欧阳女既然能灭了铜棚寨，就能成功袭击"一支部队"。

不怕贼偷，就怕贼惦记。九仙女子护身队从此被朱正牢牢地记住了。

得转移这个人的视线。金石峰经过仔细地思考，使用了这个"瞒天过海"之计，九仙女子护身队中只有欧阳女一人知道。高滩乡那个拾到枪的农民其实是金石峰的表兄，金石峰与他商量好，让他充当主角演这出戏。金石峰表兄欣然答应，时间、地点都是金石峰定的。金石峰给表兄五块银圆作为报酬，表兄坚决不要。表兄不问金石峰做这件事的目的，只按金石峰要求帮他做好。

金石峰导演的这出戏很成功。表兄演得逼真，骗了余得才乡长，乡长又骗了旅长，最后骗了周志群部的所有官兵。朱正虽然嫉恨欧阳女，但也从此放弃了对她们的怀疑。

金石峰连夜来到九仙山，将消息告知欧阳女。

欧阳女见金石峰一身疲惫，心疼地说："你就不会天亮后上山？既然危险已经排除了，我早一天或晚一天知道又有啥关系？"她立即安排金石峰洗漱、就寝，余话都等明天再说。

金石峰确实累了，倒头便睡，醒来已是第二天晌午。他好久都没这样安静地睡过了，也好久没有睡得这么久过了。金石峰走出睡房，在周围转了一圈，没有看到欧阳女和她的姐妹。谢根和九金在大殿，穿着袈裟，背对大门，面朝佛祖，嘴上嘀嘀咕咕地念诵着经文，手里不停地转着佛珠。他们俩是山上仅有的男性，做和尚几十年，现在老了，无力再折腾，只能每天念念经，求佛祖保佑天下，保佑这九个可怜女子的平安，也求自己心里能够平静，希望晚年安生。

金石峰没有打扰他们，顺着林间干净的小路走去。今天是多云天气，天空中飘着大块大块的云，有的洁白明亮，有的乌黑阴沉，太阳在云朵里穿行，从云中露出时，光芒四射，钻进云里时，山川都收起了笑脸。金石峰走到一个可以眺望远处的地方。人立高处，一览众山小。从这里俯瞰，鼓镛县错落有致，金溪川流不息，田野绿意盎然；从这里远眺，山峦重叠，树木葳蕤，鹰鸟翱翔。金石峰虽然上山多次，但从未这样认真地看过，这是多么雄伟壮观的一座山，美得让人陶醉！

金石峰一边沉醉在风景中，一边若有所思。

他想到自己当年做私塾先生，这是一份平静安稳的工作，也是让人羡慕的职业，可以挣得一碗饭吃，不受日晒雨淋。可自己放弃了，当时的考虑是想多挣几个钱，于是改行做买卖。做买卖可以挣得比教书更多的收入，但它累人。自己每天不停地跑东跑西，足迹遍布山间、田野、乡村、城市，颇像一名苦行僧。但正是这份跑买卖的工作让他充实了自己，遇到了一个更大的"买卖"——革命！金石峰算得上是读书人，他在饱读诗书的同时领悟出一个道理：人不能生活得没有一点儿声响。每个人从娘胎里出来时都会"呜哇呜哇"地叫几声，难道余生要默默无闻、不做一点儿有响声的事就悄无声息地死去？因此，金石峰放弃了教书，转行做起买卖。后来，在跑买卖的路上他遇到了革命这个大"买卖"，他决定要做这个大"买卖"。通过接触共产党他发现，这里头的人和别处的人不一样，他们不计较名利、报酬，只想一件事：革命。革命的任务是打破一个旧世界，建设一个新世界。这是他在学习了《共产党宣言》后知道的。不过金石峰还不了解世界和全国的革命形势，他只知道江西在进行着共产党领导的革命斗争。他手中的《共产党宣言》手抄本和其他几本革命的小册子，都是在江西得到的。他认识的革命人、共产党人都在江西，他秘密地加入中国共产党的地方也在江西。江西有他的组织、上级和引导他走向革命道路的老师。江西是他人生中的第二个摇篮，这个摇篮让他脱胎换骨，让他吸收了最先进的思想，从这个摇篮里，他获得了自己从未有过的认识——革命成功以后的天空会无比的湛蓝！

江西现在怎么样，革命的进程怎么样？因为距离遥远，他已经好久没去过了。虽然一直没有去，但他心里装着革命，期待那里的革命烈火能迅速燃烧到自己脚下这片土地，然后自己将会投入革命队伍，和组织、同志、战友一起干革命，共同打破这个旧世界，扫除头顶上的阴霾，让所有穷苦的人们都生活在蓝天白云下。

"江西那边的同志们，你们现在怎么样？"

金石峰多么希望革命的烈火能早一天燃烧到脚下这片土地。到那时，欧阳女她们些女子就可以走出深山；到那时，山上再也不会有土匪，鼓铺县再也不会有胡瓢这样的反动派政府和周志群这样的军阀；到那时，因为不再有欺压，老百姓们可以安居乐业、幸福地生活；到那时，男女之间可以自由地恋爱结婚，不再像欧阳女那样因为婚姻而搞得家破人亡。

这是多么令人憧憬的日子啊！可是，他还得花多少时间才能实现？

"金大哥，你也在山上？"金石峰转头看见梅花站在那里。此时，欧阳女和姐妹们一起地从树林里出来。看到梅花回来了，大家都拥上去，拉着她的手说："梅花你回来啦？""我们知道，你一定会回来的……"

　　欢迎完梅花后，大家才转向金石峰。栀子说："金大哥，你直愣愣地看着远处，是在想我们姐大吗？"在一群女子面前，这个男人禁不住脸红了。平时以"过来人"自居的老练人，此时腼腆得不知如何说话。

　　还是欧阳女"救"了他："昨晚睡得好吗？"一句轻松的问话让他摆脱了尴尬，脸红也渐渐地消失了。金石峰微笑着说："还是山上养人，昨晚睡下后就没醒，直到刚才起床，好久没这样睡过了，真舒服。"

　　"既然山上适合，你就住上来呀，也解了思念的苦。"栀子那张不饶人的嘴说道。

　　"栀子说得对。金大哥，你就来山上住吧，省得我们姐大一直念叨着你。"

　　"曹梅，就你和栀子嘴会说，我什么时候念叨过他啦？还'一直'。小心我撕你嘴。"欧阳女走过去捏曹梅，曹梅闪身躲开了。

　　"姐大，你就别不好意思了，曹梅说得没错。我们经常看你痴呆地想着事情，难道还有别的事情让你痴迷？"栀子说。

　　"是呀，姐大！你就从了金大哥吧，解了相思苦，心中倍觉甜。"梅花说。

　　欧阳女"火"了，说："你们这些丫头，平时一个个傻头呆脑，说起这类话来嘴上像抹了油。看来不收拾一两个还止不住了。"说完，她伸手将梅花的衣领揪住，又在她身上挠起痒来。

　　梅花哪里是欧阳女的对手，此时的她如一只小鸡被老鹰逮住，毫无挣脱的可能，只能一边忍不住"咯咯咯"地笑，一边大喊："姐大，你敢想不敢做，算什么好汉？"在无法求得欧阳女放过的情况下，她又向大家求助："栀子、七妹、曹梅，你们见死不救吗？快过来把姐大放倒！快！迟了就来不及啦！"

　　看到梅花被"欺负"，栀子向温七妹使了个眼色，温七妹立即领会。两人一起上，随后又有曹梅等几个人拥上来，将欧阳女摁倒在地。有的抓手，有的抱腰，有的抓脚，做出"五马分尸"的样子。可怜欧阳女纵有飞天跳跃之术，也斗不过"群魔"，只能乖乖地被众人"欺负"，没有丝毫的反抗能力。

　　其他没有行动的姐妹站在一旁犹如看马戏。她们不敢声援姐大，怕触犯众怒；她们也不敢上前助力，因为她们的姐大已经"死"定了，岂能再踩上一只脚？她们只有一项任务，就是"咯咯咯"不停地笑！

　　大家好久都没这样笑了，难得温七妹、栀子牵头创造了这个机会。

金石峰也加入笑的行列。他也很久没这么开心地笑了。欧阳女和她的这些姐妹确实需要笑一笑了。这段时间以来，她们神经绷得太紧，几乎忘了自己正处在应该欢笑的年龄。如果不是世道不好，她们应该每天脸上都挂着笑容。然而，她们却有家变没家，躲在这深山里，每日提心吊胆地过日子，哪里还能笑得出来？也许，今天是她们上山几年来最开心的一次。

姐妹里最能笑的人是梅花。梅花姑娘今年十八岁，笑起来像朵花。别说有人惹她她会笑，就是一人独坐，想到某件好笑的事情时，梅花也会"嘻嘻嘻"地笑起来。瞧，此番折腾下来，每个人都笑得十分尽兴，不得不停下来喘口气休息休息，但只有梅花一个人还在"咻咻"地笑。

看她那前俯后仰的笑姿已经把自己从梧桐腰笑成柳腰了。其实，她明知自己已经笑得太厉害，再不收住就要抽筋缩骨、停息断气了。还好，此时的她渐渐地收敛了笑容，绷紧的神经开始放松。然而，没想到温七妹来了一句："梅花，今天是咱们姐妹这么久以来第一次笑得这么尽兴，在这个难得的时间里，如果你想笑就尽情地笑吧，千万别因为人家不笑了你也不笑！"

"嘻嘻嘻……"被温七妹这样一撺掇，梅花又开始笑起来。看到梅花笑得脸都红了，又有几个姐妹跟着笑起来。结果，梅花笑得就更起劲了。大家看她笑得有些不对劲，就再也没敢刺激她，每个人都停止了笑声，也不再说话，静静地看着她。

如果时间能倒回半个时辰，大家能意识到人类不仅会气死也会笑死，那么可能大伙儿就不会开这次玩笑，漂亮的梅花也不会因笑而殒命。但一切都没有如果和可能。梅花就这样走了，生命定格在十八岁。这个和她的姐妹一样可怜的女孩，虽然她是带着笑容走的，但那不是因为沉醉于美好的生活，由各种美好的事情所带来的幸福的笑容。

梅花因笑猝死，姐妹们原本欢笑的海洋忽然转变为痛哭的巨浪！每个人都接受不了这个事实，更无法理解一个活生生的人为什么会被笑带走，而且再也不会回来。

"梅花呀，你怎么就这样突然走了？这场祸是我煮的，你是被我害死的，你把我也带走吧，带走我吧……"温七妹第一个自责起来，抱着梅花大哭。

"梅花，咱们俩从小一起长大。我知道你爱笑，可我万万没想到笑会夺走你的生命。这太残酷了！你死了，我怎么办？你没有爹，但还有一个娘。对了，你怎么今天忽然来了？可你刚来到就走了，我要怎么向你娘交代？我对不起你娘，更对不起你呀，我的妹……"栀子一边捶胸顿足，一边恸哭着追忆她们的姐妹情。

"梅花，我的好妹妹，你死得不值啊！今天姐妹们拿我开心，只是想放松一下自己。因为世道不公，我们连最简单的笑都成了奢侈品。平时偶尔一笑又会因某种忽然来的不快而立即停下。难得今天大家想尽情地笑一回，没想到却笑出了这么大的悲剧，身为你的姐大，我情何以堪？我还没能了解你，就让你这样一朵含苞待放的梅花尚未绽放就凋谢了。这是怎么回事啊？你怎么就这么可怜啊，我的妹妹……"欧阳女也号啕大哭起来。

梅花死了，最不好受的是温七妹。夜晚，她从梦里醒来，嘴上不停地说："梅花是我害死的。如果不是我说的那几句话让她继续笑，她就不会死，她就不会死的！"然后，她就再也无法入睡，躺在床上不停地流泪。

姐妹们都沉浸在悲痛中，更担心温七妹因此而伤了身体。

欧阳女对栀子说："这个时候，或许你的话管用，你去宽慰一下她吧。"栀子对温七妹说："梅花是笑死的，姐妹们都不希望再哭死一个。"这句话让温七妹清醒了。人生免不了有悲伤，但不能一直沉浸在悲伤中。

然而，姐妹们始终无法接受梅花死去的事实。哭声的巨浪淹没了九仙山，也淹没了这个始终笼罩着阴霾的世界。

谢根和九金也难以接受这个事实。两位老僧人看到平时这么可爱的一个孩子突然间就没了，心里十分难过。

谢根手握佛珠，不停地转动着，嘴上连说了几次"阿弥陀佛"。接着他又念念有词，连续鞠躬。那情形像是在求佛祖唤回这个本不该死去的生命，又似乎是在为她超度，让她在另一个世界里不再受苦。

九金那张布满皱纹的脸，欲哭无泪。他大骂苍天无情，佛祖无眼，竟然夺走一个无辜的生命："该走的人是我啊，再等五十年，也轮不上你去呀，我可怜的孩子！老朽活着没用，每天念这经就是希望佛祖护佑你们平平安安，有一天能走出大山去过平凡人的日子。没想到你却等不到那天了。这是佛祖的罪过，也是我等的罪过。我念这经有啥用？我不会再念了，宁可就这样死去！"只听"啪"的一声，他两手用力将手里的那串佛珠扯断，一粒粒光亮透明的珠子掉落到了地上。然后他迈开脚步，向十步之外的一棵大树冲去。

姐妹们听到九金的哭诉，禁不住再度哭泣起来。可谁也不曾料到，九金会走极端，用生命去追赶死去的梅花。就在老人枯瘦的身躯马上要与大树相撞的一刹那，一个身影如狂风呼啸而至，又如闪电飞奔向前。这个突然出现的身影是谁？他是否能救下九金？下文说。

第九章

射场忽现活目标

在一旁哭泣的欧阳女发现情况不对，忽然转身，看到九金就要往大树上撞。欧阳女大惊，想扑上去救人，但已经赶不及了。就在这时，一个比欧阳女离得更近的人飞步向前抱住老人。这人正是金石峰。

女子们又向金石峰投去赞赏的目光，他的这一举动避免了又一个生命的死亡。

三天后，大家为梅花下葬。贫穷人家拿不出更多的祭奠之物，丧礼一切从简。金石峰做了一块木牌，上书"人间梅花"四字，并把它插在坟头。

欧阳女对"人间梅花"四字很满意，她表示，等到将来天下太平之时，若自己还在，要将其骸骨移到风水更佳之处重新安葬，或是在原地立一块石碑。

金石峰说："大家不能因为梅花死了就告别笑容。"

金石峰是来告诉她们好消息的。高滩湾有个农民捡到一支枪，并把枪交给高滩乡乡长余得才，余得才又把枪送到周志群手上。周志群派朱正带部队到高滩湾，在金溪上下几十里范围内寻找"一支部队"丢失的枪弹，结果只捡到一个弹袋。朱正由此推测：既然农民能在高滩湾捡到一支枪，说明其他枪支也应是从这个方向丢失的；既然能从河里找到一个弹袋，说明河里一定还有更多，只是被水冲走了。

由此，朱正相信，"一支部队"是被高滩湾一带的土匪干掉的。

金石峰运筹帷幄，引导欧阳女和九仙女子护身队成功袭击"一支部队"，今天又让周志群消除了对九仙女子护身队的怀疑，因此他连夜上九仙山。欧阳女得知消息后兴奋不已，但她心疼金石峰，就让他先睡个囫囵觉，余话隔天再说。

没想到，第二天便发生梅花笑死一事。乐极生悲，女子们因此陷入极度的悲伤和哀痛之中。金石峰不忍她们伤心，更担心她们因此走向极端，故而他决定暂不下山，留下来帮助她们。

欧阳女是女子们的姐大，也是她们的师父。欧阳女的功夫是傅甄法师教的。傅甄走了，欧阳女接替师父教大家武功。九仙女子护身队中的温七妹、罗罩、曹梅、曹姑都曾受到过傅甄的指点，栀子、梅花、董美娣、董美英四人则是由欧阳女教授，没有半点儿别家的痕迹。因此，她们四人都是欧阳女的弟子。欧阳女在她们心里既是师父，也如同家人。大家之所以喊欧阳女"姐大"而不喊"师父"，是因为"姐大"的称呼更亲近、更轻松。欧阳女愿意与她们成为姐妹，不喜欢与她们之间有师父和弟子之间的那种严肃和距离感。

金石峰的担心是多余的。

欧阳女的坚强连金石峰都没想到。她是姐妹们的姐大，也是这支队伍里有能力的领头人。每一个人都绝对地信赖她，拥护她。欧阳女也知道，只要她站着，她的每一个姐妹都是站着的。

"金大哥，难得你陪了我们姐妹这么多天，我们已经没问题了。你是不是还有啥事要交代给我们，或者是有什么事需要我们做？你就直言吧。"欧阳女说。

金石峰看到欧阳女说话时脸上露出了微笑，这种微笑是她在梅花死后第一次露出来的。他没有马上回答她。这时，他们俩单独待在一起，金石峰看着她，目光中充满了别样的情意。以前他都是粗略地一看，从来没有这样仔细地看过她，因为怕她责怪，怕她因此而瞧不起自己。今天，他豁出去了，把一切担心和顾虑全甩到脑后，一定要认认真真地看她一回。从她的眼睛到她的眼神，从她的红唇白齿到她的微笑，再透过她杨柳般的身姿欣赏她的睿智和勇敢。她，英姿焕发，丽质迷人，如水的双眼里散发出光芒。她虽是练武之人，但亦有着恬静、羞涩、文雅的气质。

"金大哥，你就这样痴痴地看着我吗？"欧阳女被看得不好意思了，提醒他说。

金石峰似从梦里醒来，摇了摇头，又眨了眨眼。敢作敢为的他不否认自己刚才专心地看了她一会儿，但还是有点害羞地说：

"欧阳，你很美！"

"今天才发现？"

"不，早就发现了。只是一是没机会欣赏，二是不敢看，不敢说。"

"哦？今天想美美地欣赏一回，大胆地看上几眼？你是不是贪心了？"

"贪婪是人的本性，我也不例外。"金石峰的目光仍在她的身上扫视着。

欧阳女不服，两眼也看向他。两双眼睛含情脉脉地对视着，如同战场上的两军对垒。金石峰先占据了"有利地形"，居高临下，是主动的一方。欧阳女则因迟来一步，地处下方，被动无力，最终敌不过金石峰的"猛烈火力"，败下阵来。

"我认输了！"欧阳女在武场上轻飞如鸟，可力敌数人面不改色。此时，在男女情爱之间却是怯懦得像个小孩子。在与金石峰的对视中她硬撑着，嘴上说是认输了，脸上却腼腆得不敢看人。金石峰也一样，虽然目不转睛地看了欧阳女好一会儿，挑衅的目光像是打了胜仗，但是面对心仪的人总是迈不开大步，张不开小嘴，扭扭捏捏得像个刚过门的小媳妇，行事如风的气质在这里悄然不见。

在情爱面前，男女双方都是长不大的小孩子。

"金大哥，我带你在山上走走吧。"这一对都不懂恋爱的男女，除了刚才痴痴地对视了一会儿，就再也不敢往那方面多说一句话，嘴巴像是被胶水封住似的。还是欧阳女转移话题，打破了僵局，提议到山上走一走。

"好的，我正有此意。"于是，金石峰跟着欧阳女漫山地跑，穿行在忽上忽下的小路间。两人虽然都是本地人，但在这茫茫九仙山里，金石峰显然是个陌生客，欧阳女才是地主。九仙山的密林和复杂的地势，对于排兵布阵或打游击而言，都是上乘之选。稍谙军事的金石峰自从见识过江西革命根据地的红军作战后，知道凡事都要从战略角度考虑。欧阳女却不同，她没有学过理论，只善于应对在实际情况中的战斗，勇敢、果断、随机应变是她最擅长的。在战斗中毫不犹豫、准确、快速有力地杀死敌人是她最鲜明的优势特征，也是最为可贵的特征，这在女性中极为少见。杀死"一支部队"的排长，再把他扔入水中，以及消灭铜棚寨土匪头子就是最好的例子。

金石峰问："上次朱正带兵搜山，怎么就没发现那批武器？我的欧阳，当时真是为你捏一把汗。"

"我的欧阳"四个字，欧阳女听得清清楚楚，随后"扑哧"一笑，心想：这个呆男人只有在无意中才会说出这样"肉麻"的话，怪不得二十八岁了身边也没有几个围着转的女人。

"欧阳，你在想什么？"看到欧阳女没说话，还"扑哧"一笑，金石峰不懂她在想啥事，故而问道。

"在想一个'呆男人'。"

"一个'呆男人'？他是谁？"

"他，云游天下；他，睿智勇敢；他，心系他人；他，在女人面前像一只穿山甲，将身子缩成一团。"

"我还是不知道你说的是哪一个'呆男人'。"

"不知道就算了。走，我带你去看看我们藏匿武器的地方。"

一个聪明到可以快速、准确地做好各种事情，但在与女人交往时却如此迟钝的人，除了金石峰恐怕没有第二个。

欧阳女正值青春年华，如同一朵含苞待放的荷花。因被世事所逼，她躲进深山数载。在这个没有同龄异性相处的地方，过着单纯、枯燥、寂寞的日子，心中除了憧憬未来，再也没一点儿令人陶醉的东西。如今，她已经是一个成熟的女性，渴望有可以牵手漫步的那个人，也渴望有能相濡以沫的另一半。这个人，她想了几年，却无处可寻。就这样，她压抑着那份与生俱来的情愫。令她没想到的是，有一天，她幻想中的那个人忽然来到了身边。他，身材高高瘦瘦的，穿着很俗气，戴着一顶斗笠，身上挎着一个包袱。此人一脸睿智，让她一见就隐隐有些想法。让她更加欣赏的是他包袱里取出的那份万分珍贵的礼物——两支驳壳枪，以及他侃侃而谈又十分实际的口才。这个人就是眼前这个"呆男人"金石峰。

"他就不能对我主动点吗？真是个'呆男人'！"

"这世上男女之间的事还要人教吗？真是个'呆男人'！"

金石峰游览了一会儿九仙山风光，随欧阳女回到他昨晚夜宿的那个房间。之所以说这里是客房，是因为它可以铺床睡觉，但它的作用不仅仅是睡觉。这里有床、桌子、凳子及一些常用物品，而且房间较大，可坐八九个人。只是这里不接待所有来客，只用于接待有些身份的客人，像那天的朱正副官、胡林秘书。

"欧阳，你不是说去看藏武器的地方吗？"金石峰见欧阳女把他带回住处，以为她说完又忘了。

"武器就在这个房间里。"

"在这个房间里？我是走南闯北的人，你能蒙得了我？"

"没有啊，我蒙了朱正、胡林，但没有蒙你。"

金石峰看欧阳女不像说假话，有几分相信了，他把整个房间反复检查了几遍，仍然没有发现除了桌凳以外的东西，更别说有存放武器的地方。他还是认为欧阳女在作假，在骗他，说："欧阳，你不会说这里有炸弹吧？我昨晚可就是住在这里呀。"

"扑哧"一声，欧阳女没忍住笑了出来。看来这个地方的安全用不着怀疑了。因为"呆男人"只是在男女之事上反应迟钝，对别的事情都是敏锐、机智的。

这是一幢用杉木建造的房子，与山上其他建筑物用的是同一种木料。它位于普照寺正殿的侧面，与其并排的还有另外几间矮房，寺里的男女就分别住在这些矮房子里。金石峰昨晚住的房子，也就是现在欧阳女和他"捉迷藏"

的房子，是寺里唯一的一间客房和接待室。说是客房和接待室，但在这山寺里，除了上香、祈愿的施主，匆匆而来匆匆而去，又有几人会在这里住宿？在欧阳女的记忆中，这个房间只住过两个人，一个是金石峰，另一个就是欧阳女自己，那年她上山的第一个晚上，正经住持也是让她住在这里。

"金大哥，你把眼睛闭一会儿，我就能让你看到枪，就在这个房间里。"欧阳女一本正经地说。

"什么？"金石峰瞪着欧阳女，眼神中带着疑惑、惊讶和欣喜。"欧阳，你真能有这办法？"看到她那一脸的自信，金石峰想相信她但又觉得难以置信，"好吧，我听你的，闭上眼睛。"

在金石峰闭眼的时间里，欧阳女在他背后做了一些动作，但动作的响声是轻微的，只有站在身旁的金石峰能听见。过了一会儿，欧阳女说："好啦，金大哥，你可以睁开眼睛了。"

金石峰睁开双眼，把整个房间看了一圈，除了欧阳女背靠的板墙，他没有看出与之前有啥变化，更没看到枪，还以为欧阳女是在捉弄她。

"再看这里。"欧阳女说完，往右边跨一步，一个比人稍矮一点的洞口呈现在眼前。金石峰皱紧了眉头，感觉她像在变魔术。他走过去，弯下腰，把头伸进去，里头黑乎乎的啥也看不见。原来，这个房子背靠山体，当年在建造时设计了两层隔板，就是为了掩人耳目。当人们站在屋外，看到墙板紧靠着山，当人们站在里头看时，就只能看到一堵木制墙板。无论是从里面还是从外面看，都没给人有两层隔板的感觉。在人们的眼里，此处就是一堵隔板墙，那块挡着洞口的隔板与别的隔板没有丝毫差别。这块洞门隔板之所以能迅速地被取下，是因为紧靠着它的另一块隔板可以向上推送。原理是：镶嵌隔板上下两头横条枕木的沟槽，有一块在沟槽上特地作了深度。当这块隔板向上托起，底部这头脱离下沟槽时，再往前一拉就可将隔板取下。然后将洞门这块隔板向空位侧移，洞口就敞开了。之所以让洞门那块隔板向侧移动而不是直接取下，是因为这样做更安全。

金石峰一脸惊喜地说："欧阳，原来秘密都在这里。"

"是的。"欧阳女关上大门，点上蜡烛进了洞，金石峰跟在后面。走了三五步后，洞内变高了，人可直立着走；再走七八步，两人到达一个宽五六米的地方。在一片黑暗中，烛光显得很明亮，可以看得清楚，那些缴获来的枪支、弹药全在这里。

不用说，当金石峰看到这个情景时，既惊讶又欣喜：欧阳女竟然有这般能耐！

金石峰那双能看穿人心的眼睛，又一次看向欧阳女。每次见到她，都会让他的心跳加快。那张如初夏时玫瑰花般的脸，总有着一种诱人的魔力。

"欧阳，你太有心机了，怪不得朱正拿你没办法。"金石峰把话转到了正题上。

"彼此彼此。你不是把他们引到高滩湾剿匪去了吗？"欧阳女笑着说。

"只可惜损失了一支枪。"金石峰笑道。

"嗯，那枪本来就是人家的，算是物归原主吧，咱们也不能太吝啬呀。不是说'舍不得孩子套不住狼'吗？"欧阳女笑道，"你这一招真高，要不然，那个'猪'副官肯定还得惦记着我。"

"何止是惦记，他在撺掇周志群举兵灭了九仙女子护身队，踏平九仙山。正是担心他们真走这一步，我才苦思冥想用了那一计。让那厮带着一个连在金溪上下游折腾了一天。"

"所以说，有心机的还是你。"欧阳女看了金石峰一眼。

金石峰没有回应她的眼神，而是把话题转到眼前："对了，这个地窖是你们修的吗？看来有些年头儿了。"

"这是一条暗道，通到半山腰。从那里出去后可以直接下山，也可以通过小路再走回寺里。它是何年何月造的，正经住持都说不出来。记得那年住持带我进来，也是站在这里。他说，前辈对他说这里可用于应急，附带存放点儿物资。我的想法，这里还是用于存放物资，主要是那些珍贵的、见不得人的东西，比如这批枪支。至于逃生，在这茫茫大山里用得着走暗道吗？"欧阳女说。

"姐大，没有人会跟你抢金大哥，为何要偷偷摸摸地躲到地洞里来？"说话的是栀子。只见她和罗罩各点着一支蜡烛弯腰弓背走了进来。

"死丫头，我们这叫'躲到地洞里'吗？"

"难道不在洞里？"

"哈哈哈，你们姐妹真有意思。"金石峰大笑道。

"金大哥，洞中方一日，世上已十年。大家怕你们俩忘了出去，才派我和罗罩过来提醒。"栀子说。

"哦，感谢众位妹子想着，不然我们俩还真忘记出去了。"金石峰笑道。

罗罩说："姐大、金大哥，刚才栀子说的都是玩笑话。其实大家是想趁金大哥在，组织一次真枪射击，才叫我们俩过来说。"

金石峰说："我说嘛，栀子一向大度，今天咋就这么小气了。"

栀子笑道："姐大，是这个意思。你就答应了吧。"

欧阳女看着金石峰，她想让金石峰决定。只要他同意，她就没意见。

金石峰说："欧阳，如果你舍得子弹，我看可以，这次就算是练胆子。"

欧阳女说："我们现在也用不上枪，子弹也只能放着。打吧，哪天若需要用枪，子弹不够我们可以向敌人要。就像这些，还不是徒手得来的？"

"有气魄，这才是干事业的人！"金石峰接着说，"上次试了一下，你们都打得不错，今天再打一次，就是'老兵'了。"

　　欧阳女让罗覃通知大家并关上洞门，然后再去"靶场"。自己与金石峰、栀子带上几支枪沿着暗道往下走，让金石峰也见识一下暗道。三个人在微弱的蜡烛光下行走，过一会儿就走到了一处更宽敞的地方，这里可以站立八九个人。接着，又走到一处宽敞的地方，金石峰对她们俩说："此暗道是一个天然溶洞，不是人工开凿的。这是石灰岩，是经过亿万年地下水冲击形成的。"

　　"啊，天然形成的？水能把石头冲开？"栀子不理解。

　　"只有水有这个能力，当然也需要时间，不是一两年或一两百年的时间，而是需要千万年、亿万年的时间。我也只知道一点儿粗浅的道理，更详细的我也说不上了，地质学家可以说清楚。"金石峰说。

　　"你已经懂得很多了。以前我也一直在想，古代没有炸药，这个洞和这些石头是怎么弄开的。今天一听，就觉得合理了。金大哥不愧是做过先生的人。"欧阳女说。

　　"不敢。或许这个暗道还有别的什么办法造的呢？比如说神仙？九仙山上以前不是住着九个神仙吗？"

　　"哈哈哈……"大家说着笑着，走到了出口。暗道出口处用几块可以搬动的石头垒住，最外面是一丛芦苇。茂密的芦苇周围又长着各种树木、荆棘和野草。这种地方连刺猬都不愿往里钻，何况是人。所以，除非有人从里头出来，否则谁都不会认为那片荆棘和芦苇丛里藏着秘密。

　　"靶场"在一条深长的峡谷里，周围是青山绿树，谷底流淌着小溪，小溪在落差处发出"哗啦啦"的流水声。更神奇的是，在这里打枪就像安装了消声器，子弹离开枪膛，只"啵"的一响，就戛然无声了，更别说会有回声。那种情形在这里是绝对不会出现。就在金石峰正想着事情，忽然看见百米外的草丛里走出一个活物。从草丛里走出的是啥活物？金石峰对那活物采取了什么手段？下文说。

第十章

芙蓉帐暖度春宵

    女子们要求实弹射击，并且让金石峰当教练。大家从山顶下到一处峡谷，在那里寻找"靶场"。正准备射击时，金石峰看到一个活物从草丛里走出来，他立即举枪将它击毙。大家没顾得上称赞金石峰的枪法，都跑过去看那个被打死的东西。

    "是山鹿。"

    "对，是一只山鹿。"

    "快！把枪眼堵上，别让鹿血流走了。"

    "鹿血特别好吃吗？"

    "也不是，"九仙女子护身队中很少说话的董美娣说，"据说，鹿血是女人的人参，洞房之夜女人喝鹿血能受孕双胎！"

    "啊，这么厉害？"

    "周有水中花，胡吃空心菜。不思百姓苦，土匪满山寨。"这是鼓镛县流传的一首童谣。"水中花"是鼓镛县里的一朵"野花"，今年二十多岁，长相不赖。仗着那点儿姿色，抱上了周志群的粗腿。她可以随便出入周的旅部，警卫人员不可挡驾，旅部官兵无人不知。

    "水中花"一来，周志群除非接到蒋委员长的电报，否则，万事都可先撂一边，把时间腾给"水中花"。周志群从美人怀里醒来时，经常把白天误以为是黑夜。"春宵一刻值千金""寸金难买寸光阴"好像是专为他说的。

    要说周志群放肆，但起码还有一点说得过去：因为他的妻子不在了。

    情场上更糟乱的是胡瓢。胡瓢的原配范安因受不了胡瓢拈花惹草，一气之下出家为尼。胡瓢虽感内疚，对不起与自己一起走了二十年夫妻路的她，但从没停止过此类的行为。范安走后，他克制了一段时间，也亲自到古佛寺低声下气了一番，想让范安回来。但任凭胡瓢说破了嘴，已经看透的范安就是不肯回去。胡瓢心里骂道："臭婆娘，爷求你回家是可怜儿子，你还真尾巴翘上天了。离开了你，我难道不能活了？"为了"对得起"已经当尼姑的妻子，胡瓢想彻底断了与一对表姐妹的情缘，给她们一笔钱把她们打发了。分手时，他说："你们姐妹俩这两年给了我很多温暖、幸福，胡瓢这辈子都会记得。但也因为你们，我把妻子赶到了庙里，咱们就好聚好散吧！"

表姐妹中的姐姐说："哥哥，您夫人那么狠心地离开您，说明对您已经无情无义了。您身边也没个人照顾，不如您就正式地收了我们吧。我们姐妹俩这两年一心一意对您，如今已没有别处可去，又承蒙您关爱这么久，就这样分开了，别说我们难受，相信您在情感上也一时难以接受。以前您夫人在，我们都能相处；现在她离开了，如果我们也离开，您忽然间不就一无所有了？"

"是呀，哥哥，您不要赶我们走！您娶了我姐做正夫人，我就给您做个终身丫鬟吧。哥哥知道吗？我们姐妹俩现在心如刀割，不是因为我们，而是因为您。您身为一县之长，有个三妻四妾也不犯法呀，而您夫人却那么不通情理，与您恩断义绝。她走了，我们也走了，您怎么办？您会觉得家里空，心里也空。我们姐妹如何能走得出这一步？又怎能忍心？"表姐妹中的妹妹也哭诉起来。

见此情景，胡瓢很难过。说心里话，他很喜欢这对姐妹，真要是这样让她们走了，自己不知要失眠多少个晚上。他心想：如今范安那黄脸婆走了，不正好给她们腾出位置吗？我又为啥要赶她走呢？还是留下她们吧。但他没有直说，而是换了个说法："不瞒二位妹妹，不是我嫌弃你们，是压力啊，舆论的压力。毕竟我是一县之长嘛！"

姐姐说："追求幸福是人性，不必太过在意别人的话。咱们仨之间的事，别人又不是现在才说。既然早就说了，还在乎别人说多说少？眼下的情形是暂时的，过一段时间就好了，爱嚼舌头的人就会闭嘴。望哥哥三思。"

"好吧，既然二位妹妹有此心，我也有此意，你们就留下吧。不过话得说在前面，我是年过半百的人，也不举办什么婚礼之类的仪式了。半路夫妻嘛，选个好日子你们姐妹俩就搬进我家住吧。"胡瓢说。

"这样最好！"两人十分高兴自己成了县太爷夫人。

这些是五年前的事情了。

胡瓢娶了表姐妹做夫人，和她们相差二十多岁。不知是有了这对姐妹已经知足，还是被姐妹俩折腾得没了心思，自那以后，人们觉得这位县长好像学乖了，没见他在外面有别的女人，老实了有近两年的时间。

忍耐总是不能长久的。三年前的一天，经一位富商介绍，胡瓢认识了"空心菜"。

"空心菜"真名常馨香,这常馨香也有一副好身材,一张好脸蛋。胡瓢第一次见她,魂都要被她牵走了。"空心菜"是鼓镛县人给她起的绰号,意思是说这个女人只是外表好看,腹无诗书,胸无点墨,像空心菜一样。胡瓢不知道常馨香在鼓镛县颇有名气,更不知道有"空心菜"之外号。

胡瓢认识"空心菜"时,是在一次宴会上。富商对常馨香说:"这是胡县长,咱们的父母官。"

"哟,您就是胡县长?小女子只听说咱们的县长姓胡,就是不得相见。今日佛光高照,有缘见到堂堂县长,常馨香不胜荣幸也!"

胡瓢瞪大眼睛看着常馨香,体温骤然升高,全身热乎乎的。他端起酒杯,站起来说:"感谢朋友介绍认识馨香姑娘,本县长这杯酒敬你,来,干杯!"

见县长站起来敬自己酒,常馨香受宠若惊,慌忙也站起来,面带微笑又腼腆地说:"怎么能让县长大人敬民女,还是小女子敬县长吧,我先干为敬!"常馨香说着就要喝。

"慢!馨香姑娘喧宾夺主了,这杯酒是我提议敬你的,怎么你抢着要先敬我呢?这不会让在座的人疑我有倚官欺人之嫌吗?"胡瓢"为难"常馨香说。

"这……"常馨香陷入了尴尬。

"县长大人如此礼贤民众,是我县百姓之福,怎么会认为您倚官欺人呢?这杯酒应该先让馨香小姐敬,您就接受吧!"有人说。

"对,应该让馨香先敬县长!"富商一说,桌上的吃客们立即附和道。

"哈哈哈,看把大家吓的。这杯酒就算我和馨香姑娘互敬吧。来,干杯!"

"谢县长大人,小女子三生有幸!"常馨香柔情地看着胡县长,和他碰杯。

接下来,酒桌上的众人又是一番相互吹捧。常馨香笑盈盈地说:"胡县长身居高位,相貌堂堂,一定有不少红颜知己吧。"

"呵呵,馨香姑娘真会开玩笑。胡某莫说红颜知己,连原配都已在两年前离我而去,甘做尼姑也不愿跟我。"胡瓢在众人面前装可怜,对着常馨香苦笑一声。

"哎哟,小女子不知县长家里事,失言了。我收回刚才的玩笑话,自罚一杯,让县长大哥消消气。"常馨香说完,端起酒杯一饮而尽。

"馨香姑娘不要自罚,我没有责怪的意思。酒桌上嘛,开个玩笑可以活跃气氛,大家心情好了,酒也就能多喝了,是不是各位哥们儿?"胡瓢说完,又瞟了常馨香一眼。

当天晚上,富商就在金溪酒楼开了一间上等房,让胡县长和常馨香走到了一起。

从此以后，胡瓢和常馨香如漆似胶，不定期地在金溪酒楼幽会。连周志群都忌妒了，调侃他说："胡县长内有两妹，外有一'香'，日子过得太滋润了！"

胡瓢下榻的金溪酒楼是鼓铺县的顶级饭店，周志群、胡瓢在这里都有秘密包房。胡瓢是地方官员，下属们为他安排一个家以外的"家"，让这位县太爷在工作之余、在累了的时候来这里憩息片刻，放松一会儿。但周志群是军人，也在这里设置包房，未免说不过去吧？

这是老百姓的想法，周志群却不这样想：我周志群何许人也？我是党国的人才，守土一方，保一地平安，我一个堂堂旅长，枪在手，兵在手。

"咱用的又不是你县财政的钱，玩得女人心甘情愿，关你屁事！"他这一句话让人无言以对。

自然，周志群的龌龊，鼓铺县人看在眼里，但也只能背后说说。他做什么，每天吃什么、玩什么没人能管得着。周志群想也没想过人家会怎样看他，他在乎的只有上峰。若不能被提拔，也希望别把他挪到别处，如江西"剿共"的前线。他喜欢安静，鼓铺县就很安静。他太爱这一方山水了，也太爱这地方的"人"。这里的女人就像金溪一样美，这条金溪就像女人一样漂亮。

相比之下，胡瓢就不同了。他的点滴行为都在老百姓的视线里。这个人也是"爱"鼓铺县的，为官多年，把自己的日子得舒舒服服的。他有家，家在县衙大院，却经常有家不回。他有妻子范安，却把一对未婚的表姐妹双双搂进怀里，还在金溪酒楼养着"空心菜"。

表姐妹也知道胡瓢在外面养着"空心菜"，尽管心中有苦，可她们佯装不知，因为姐妹俩就是从这条道上走过来的。

表姐妹与胡瓢生活的几年里从不找他麻烦，不惹他生气，任凭风浪起，稳坐县太爷夫人这把椅子。

那天请胡瓢吃大餐的富商叫乔工。他来自省城，是胡瓢一个顶头上司的亲戚。乔工来鼓铺县发展，顶头上司给胡瓢打招呼："乔工是我的亲戚，想去你那里发展发展。"胡瓢心领神会，领乔工进了鼓铺县。有胡县长在后面撑腰，乔工在鼓铺县做事顺风顺水。乔工此人很"懂事"，不会把挣到的钱全进自己的口袋。胡县长见乔工"懂事"，暗自高兴。

常馨香是乔工的一个表侄女。这个女人在省城混了很多年，经常出入色情场所，却从没倾心过任何人。乔工让她到小地方试试，或许会有不同的发展。表侄女同意了，随表叔乔工来到鼓铺县。鼓铺县没省城大，加上常馨香长得漂亮，穿戴不俗，一下子就引起了人们的注意。常馨香会唱歌，每晚到鼓铺县的"金溪夜晚"歌舞厅表演，得到无数人的青睐。但时间一长，人们发现这位来自省城的佳人，除了脸蛋漂亮、会唱歌外，没有别的长处，不像是喝过墨水的人。所以，有人就给她起了个外号"空心菜"。

乔工之所以让"空心菜"接近胡瓢，其用意自不必说。毕竟乔工这样的人不只他一个。像"空心菜"这样的虽然不乏其人，但表侄女那种撩人心魄、让男人见了就腿软的手段不是每个女人都有的。在乔工的用心和努力下，常馨香和胡瓢在一起了。

"胡哥哥，你现在一晚没来，小妹我就想得慌！"

"是吗？"

"是啊，这还能有假。""空心菜"卖力地在胡瓢身上施展着魅力。

"香妹的话不一定真实，但老胡我也爱听。"胡瓢色眯眯地看着她说。

"胡哥哥，你咋还怀疑小妹的真心呢？常言说'百年修得同船渡，千年修得共枕眠'，我一定会珍惜，也希望哥哥能珍惜。"

"一定珍惜！其实老胡与你一见如故。我的情况你一定了解过，我有两个老婆，她们又是姐妹，都很年轻，年龄与你不相上下。后面的话我就不说了。我和你只能是这样，做露水夫妻。如果你不愿意，咱们就此分手。"胡瓢老奸巨猾，把丑话说到前头，让"空心菜"可退不可进。

"愿意！愿意！小妹与表叔乔工来到哥哥的地盘上，人生地不熟，希望哥哥能给表叔多一些关照，顺便再给小妹一口饭吃！"

"老胡今生能遇到香妹，足矣！你表叔是我一个上司的亲戚，我一定不会亏待他的。"

"有哥哥这句话就够了，我替表叔感谢哥哥！""空心菜"笑着说。

"那我就先谢香妹了……"胡县长笑嘻嘻地向"空心菜"猛扑过去。

"哥哥真坏……"

一番"开诚布公"后，两人都明确了对方所求，再也不说别的废话，立刻同床共枕起来。

这一觉，胡县长和他的香妹，从上午一直睡到太阳下山。两人忘记了吃午饭，也忘记了白天是工作的时间。

天将黑，胡秘书在饭店等了一炷香的时间，他的县长叔叔就是不起来。他心想：不能再等了，就算挨骂也得受着。他急匆匆跑上楼，站在酒楼的"特别号"房门口，"嘭嘭嘭"地敲门。

"哥哥，有人来了，有人在敲门。""空心菜"先醒了过来，一边喊着，一边推醒胡瓢。这位睡得天昏地暗的县长从沉睡的梦中惊醒，一下子掀开被子，慌里慌张地坐起来，揉了揉惺忪的睡眼，迷糊地说："出什么事了？"

"哥哥，外面有人敲门，听声音很着急。""空心菜"说。

"叔叔，是我，胡林。你快起来呀，出事啦！"胡林在门外又敲了几下。

"出啥事了？像是要死人的样子。"胡瓢打开门对胡林说。

"哎呀，叔叔！你真是'芙蓉帐暖度春宵，从此君王不早朝'啊！"

"有啥事快说，别没正没经的。"

"胡瑞不见啦！"

"什么？胡瑞不见啦？他没上学吗？"

"上啦，他早上吃过饭去的，当时你在家。但他中午就没回来，家里人以为去了他姑家，以前也有过这种情况，所以就没去问。直到下午老师上门询问，才知道孩子一整天都没去学校。我和两个婶婶分头找，也去了他姑家，都没发现胡瑞的踪迹，这才来叫你。"胡林说。

胡瑞是胡瓢的儿子，今年十二岁，在县城高等小学念书。这个宝贝儿子是胡瓢与范安过了不惑之年生的。胡瓢和范安结婚十年没有生育，两人互相埋怨，他说她不行，她说他不行。胡瓢一气之下想休了范安。有人出来调解，才平息了这事。第二年，范安奇迹般地怀孕了，两人又高兴地说："我行，你也行！"

"那还不快去找，跑这来作甚？"胡瓢训斥胡林。

"他是你儿子呀，现在人没了，不报告你行吗？"胡林说完，瞪了一眼在穿衣服的"空心菜"，忍不住说，"都是因为你！"

胡瓢看他的香妹不悦，安慰了一句："别理他！"就走了。

胡瓢发动邻居、亲戚、朋友及政府的工作人员帮着找，大家听说县长儿子丢了，有的高兴，有的说活该，但都加入找人的队伍。此时天已经黑了，有的手提马灯，有的拿起手电筒，有的点着火把，在街道上、巷子里甚至茅厕里，凡是孩子可能去的地方全都找了一遍。有人说：他会不会跳楼了？要到有楼的地方找找。有人说：会不会去玩水掉进水里了？要到金溪边去找找。大家能找的地方都找了，就是没有见到胡瑞的踪迹。

"瑞儿是我的命啊，怎么就没啦？儿啊，你不能就这样死了！你死了我怎么办？"胡瓢不顾众人在场，也忘了自己的县长身份，"呜呜呜"地哭起来，以为儿子就这样死了。

"叔叔，你别总是哭。我怀疑会不会有人害了瑞儿。"胡林这一说，胡瓢立马不哭了，往儿子被人害了那方面想。胡瑞是不是被人害了？胡瓢采取了哪些措施寻找儿子？下文说。

第十一章

悍匪啸聚三台峰

胡瓢的儿子胡瑞不见了，胡瓢坐在家里哭。胡林说胡瑞可能被人害了，胡瓢让胡林赶快报案。胡林走后，胡瓢拉长着脸，恶狠狠地在众人面前说："若是让我知道了谁害死了我儿子，我胡瓢就杀他祖宗三代！"

警察局连夜发动警员寻找，连找了三天，还是没有发现踪迹。胡瑞生不见人死不见尸，胡瓢颓废得像个活死人，嘴上不停地念叨着："我儿子死了，胡家要断子绝孙了！断子绝孙了！"两个年轻的媳妇怕胡瓢因此气死，一左一右地安慰他。

就在胡家人绝望之际，有一农民来报，说四天前他看到一个十二三岁的男孩往古佛寺方向去了。

"啊？你怎么不早些来报告。我儿子一定是去他娘那儿了！胡林，你个死脑袋，咋就没想到古佛寺？"胡瓢叫上胡林，带上警察局长和几名警员，直奔古佛寺。

说是民国，老百姓却看不到"民"在哪里。能看到的就是荒淫、腐败、重税、匪患、饥饿、战争和抓壮丁。

金溪，是造物主留给这一方天地的美。可是各种天灾人祸，却给金溪带来了极大的创伤。她无法躲避，无力呐喊，只有默默承受。

然而，受苦难的的又何止是金溪？水深火热中的老百姓每天流淌的泪水足可汇聚成另一条金溪。高滩乡是金溪流域一个很富庶的地方，这里田地宽阔，树竹茂密，而且毗邻南平，地理位置优越。良好的地理环境让许多外地商人、工人和有种种想法的人来到这里。山下热闹了，山上也跟着变得不平静。许多好吃懒做之徒、出了人命怕吃官司的人，以及从四面八方慕名而来的流寇纷纷聚集到山上，形成各方土匪势力。俗话说："天下名山僧占多。"不知何时，高滩乡的大小名山却被土匪看上了。短短几年间，高滩乡境内就诞生了十多股土匪势力，共有五六百人。土匪们占山为王，劫财度日，给老百姓的生命安全带来了严重威胁。乡民们白天不敢进山，怕土匪横刀拦路；晚上不能安心睡觉，担心劫匪半夜来袭。民众无力与其对抗，民国政府不管不顾，任由土匪势力坐大。

三台峰土匪是高滩乡区域内人数最多、实力最强、烧杀抢掠最凶残、周围百姓最害怕的一股恶势力，总共有一百多人。

"三台峰土匪下山了，快跑！"

天刚亮，有人这么一叫，立刻将一部分人从睡梦中唤醒。醒来的人再把话传给家里的其他人："土匪来了，快起来！快起来！"

然而，大家起来以后又能怎样？土匪已经在外头了，跑出去岂不是要遭打？于是大家关紧门窗，拿起刀棍。若土匪推门进来，就和他们拼了。这样的情形不是第一次了。不过在不同的时间段，人们应对土匪的办法又各有不同。若是白天，土匪一到村外的路上就会被人发现。村民们立即报信，大家听到后马上锁上门往外跑。跑不掉的大多是留在家里的老人和妇孺。老人们因为跑不动，所以索性将门打开，抱着或拉着孩子坐在家门口。那架势不是要打架，而是因为老人们知道自己打不过土匪。土匪也不是要取老人们的性命，如果老人们不阻拦，再主动地拿出钱、米，土匪就放过他们。可钱和米都是人的命根子，老人们岂肯自愿奉送给土匪？老人们经历了几十年人生风雨，也不惧怕死亡，便对土匪们说："来吧，要钱没有，要米没有，要老命就拿去！"

老人们也太小看土匪了，会吃你那一套的还叫土匪？土匪一个推搡，老人一个趔趄，倒在了地上或斜靠在墙角。土匪窜进屋里，翻箱倒柜，有钱拿钱，有物取物，把能吃的全都拿走。

"这是个穷鬼家，鸟蛋都没有一个！"饥荒年代，穷苦农民吃都吃不够，家里能有多少库存食物，又有啥金银珠宝等土匪来取？遇贫穷人家，看年轻人不在，土匪扔下这么一句话，再推老人一把。

这一日，土匪又来了。

第一个发现土匪的人大喊："土匪来了！土匪来了！"这是提醒大家尽可能地做些防备，以免连晚餐的那点儿饭菜都被一锅端了。

这是一个日落的时刻，三台峰的土匪又来了，他们真会选时间。此时下田的人尚未回家，外出觅食的鸡却趁天未黑回到笼子里了。

这是一伙有枪的土匪，一进村就对天鸣枪三声。听到枪响，小孩们慌忙投进大人的怀里，用手捂住耳朵。黄昏的枪声让原本就僻静的乡村仿佛停止了呼吸，伴随着夜幕降临，人们在颤抖中迎接罪恶的到来。

这场浩劫似狂风暴雨一般把疲惫的乡村冲洗了一遍。土匪们可能也饿了，进了人家家里，看到吃的拿着就吃，吃饱了再翻箱倒柜找东西，将一切可食之物、可用之物装进口袋和布袋里带走。收工回来的男人，看到自己家被土匪洗劫了，父母妻儿无助地坐在一边哭喊：

"你们这些天杀的畜生，没爹没娘的猪狗！"

"天怎么就不收了你们呀？雷怎么就不劈死你们呀？人会瞎眼，天怎么也瞎眼？"

"菩萨呀！神佛呀！你们就眼睁睁地看着他们作恶？为什么见死不救？为什么见死不救？"

"打死他们！打死他们！"男人们拿着耕田回来的锄头和各种刀具，看见土匪就打。由于收工回来的人不是集体回来，有的早一些，有的晚一些。回来晚的人听到家里有哭喊声、喊杀声，立即赶回来。土匪虽然人多，但是此时都分散到各家各户，多的三五个人，少的一两个人，遇到集中住户，家里有好几个男人，而土匪只有两三个人的情况，土匪也害怕吃亏，拔腿就跑。

"放下东西！"土匪扔下抢来的食物，背后挨了一锄头跑了。其他土匪见一下子跑出来许多不怕死的人拿着农具过来，知道田里的人回来了，立刻丢下手里抢夺到的物资，腾出手来与对方对打。土匪不是训练有素的士兵，没有功夫，与农民的打斗水平在同一个级别上，因此不可能绝对取胜。在打斗中，有的土匪挨了打，疼痛得直嚎叫；有的村民受伤了，也大叫喊痛。

就在这一片乱哄哄之际，夜空下忽然响起"砰砰"两声，土匪开枪了。

或许这两枪是匪首发出的信号，接着又听到"砰砰砰"的枪响。

枪声响了，喊杀声、打斗声停止了。但凄惨、悲切的哭声像要撕开黑暗的夜幕，让刚露头的星星看看人间究竟是怎么了。

罪恶的子弹不是飞向天空，而是穿透几个鲜活的生命。

"死人啦！土匪打死人啦！土匪开枪打死人啦！打死人啦！"喊叫声和痛哭声同时回响在夜色中。

有血有肉的人愤怒了，要与土匪拼个死活。有上年纪的人出来制止，他们怕死更多的人："土匪只要钱财，就给他吧！"

土匪血洗高滩村，打死三男两女。最惨的是罗靳财家，自己和妻子以及十岁的儿子一家三口人，都死在了土匪的枪下。还有一对中年夫妻因反抗而被双双枪杀了。

土匪毫无人性地卷走这个村庄的一切食物、用物，踩着一具具的尸体，像没发生过事情似的大摇大摆而去。

这样的惨剧何止是发生在今天，发生在这一个村子？人间的黑暗又何止是降临在今天这个夜晚，笼罩着这一个村庄？

高滩乡乡长余得才第二天才知道昨晚发生的这件事。不知是因为死者不是他的家人，还是已经见怪不怪了，他的脸上没有一丝难过的表情。

"你不是乡长吗？难道你只管收税？"余得才在民众的围攻下将匪患报告到了县里。胡瓢想：单凭县大队的那几支枪是剿不了土匪的，只有请求周旅长出兵。

这下，三台峰土匪得罪了民国政府，具体点说是得罪了国军。他们袭击了"一支部队"，杀了士兵，抢了枪支弹药。起先，周志群不知道，现在知道了还能轻饶你吗？自从高滩乡乡长余得才把那支拾到的步枪交给周志群，已经过去一个星期了。这段时间里，朱副官几乎每日都在催促周志群出兵荡平三台峰，同时命令周连长带领一个班对三台峰的地形和道路进行侦察。

周志群原本就在考虑择日出兵事宜，现在胡县长又来请求，周志群觉得这样更好，对上可以说是应地方政府的要求，对下更可以证明国军是来剿匪的，我周某人是在为鼓镛县想的，做的事情都是为了老百姓。

出兵这日，国军部队凌晨三点起床。周志群集合一营、二营宣布："剿灭三台峰土匪，为'一支部队'的兄弟报仇，时间就在今日。行动部队由一营营长汪照指挥，副官朱正督战。士兵不能贪生怕死，当冲锋在前，如有后退不前者，直接长官有权临机处置，希望士兵们英勇作战。不就几个土匪嘛，我国军两个营，打他们就像拍苍蝇。作战不力的枪毙，作战勇敢的回来记功。"

国军部队急行军三十里，来到三台峰下。

根据周连长侦察的地形，汪照将二营部署在各个下山的路口，准备阻击逃跑之敌。朱副官随二营留在山下。汪照率领一营上山出击，直捣土匪老巢。

再说三台峰土匪，匪势之所以能不断壮大，主要依靠匪首郭将富。郭将富在土匪中算得上是个人物。此人三十岁，个头不高，虽性情粗暴，但有些文化，也有"招兵买马"的能力。"一支部队"灭亡的事情不是他干的，他也没有得到"一支部队"的枪。但三台峰土匪确实有枪，而且郭将富善用双枪，在土匪中颇有威望。郭将富能双手打枪，是个"英雄"。身逢乱世，有枪就是草头王，是"英雄"就能干出大事业。郭将富的那些"虾兵蟹将"就是冲着他的一身"英气"来的。郭将富是"武装土匪"，他把手下的土匪分成三队，一队有三十个人，全部武装整齐，山上有的三十支枪全部归武装队使用。另有二队、三队，每队各配备三十多个人，用的是棍棒。

严格地说，三台峰土匪还是小股的土匪，只是壮大的速度惊人。从包括郭将富在内的五六个土匪到如今一百多号人，只用了一年时间，比金溪上游铜棚寨的那股强匪的发展速度都快。郭将富此人集匪气、霸气于一身，脑袋从来没想过要做好人、走正道。在他的眼里，官府是坏的，靠欺压百姓过日子；先生是坏的，教人像牛一样听话；父母生儿子是有目的的，想让儿子将来养他们；世上的人没一个是好的，都在处心积虑地算计别人。郭将富从小爱打架，他口才不好，说话说不过别人就动拳脚。即使是自己母亲说他，他也敢给母亲一拳。

郭将富当土匪，源于一次土匪到他家抢劫，那年他十八岁。那天晚上，郭将富母亲正欲吹灯睡觉，忽然听到有人敲门，想走过去开门，被郭将富父亲拦住，然后他自己上前开门。门开了，但郭将富父亲的头顶上却被一把明晃晃的快刀指着。郭将富父亲后退，拿刀的人进来了，后面跟着两三个头发很长的人，他们也拿着刀。

"把钱和值钱的东西拿出来。"带头的那人说。

"没钱，家里还有些米你们拿去。哦，鸡窝里还有两只下蛋的母鸡，你们也拿去，别伤害我们。"郭父极其胆小，说话时浑身颤抖。

"爹，你给他们了我们明天吃什么？还有那两只母鸡每天都下蛋，你就给他们了？"郭将富没领教过土匪的厉害，认为父亲太胆小了。

"啪！"土匪给了郭将富一巴掌，说："臭小子，谁稀罕两只老母鸡，快把钱拿出来！"

"不给，别说没钱，有钱也不会给你们！"郭将富还是嘴硬。

"咔嚓！"一个土匪举刀将一把五尺凳砍成两段，然后瞪着郭将富说："看是你的头硬，还是这把凳子硬！"

"别、别、别生气！我去翻翻箱子，看看还有没钱，有就给你们。千万别杀我儿子，千万别、别杀他。"父亲吓得说话都结巴了。

郭家确实没钱，郭将富父母翻遍箱柜，就找出来几枚铜板。

土匪拿着钱，然后叫郭将富父母拿来麻袋，将米缸内二三十斤的米全部装进麻袋，又到鸡棚把两只母鸡抓住，放进另一只麻袋。

"这家没油水，去下家。"土匪说着就离开了。

土匪的恶行没有激起郭将富的憎恨。相反，这家伙羡慕起土匪：还是做土匪好，钱来得容易。虽然他没有马上就去当土匪，但是家里被抢的这个晚上，特别是土匪砍断五尺凳的那一刀，在这个年轻人的脑子里留下了深刻的印象。若干年后，郭将富如愿以偿，当了土匪，还是忘不了土匪砍断他家五尺凳的那一刀。他很欣赏那一刀，那是多威风、多有力量的一刀，做人就要做到这种地步——做一个让所有人都害怕的人。

汪照指挥一营的士兵，向三台峰进攻。从山下到山上的土匪老巢还有很长的一段路，平常人走上山得一个时辰，下山虽较容易，但也要半个时辰。周志群部队的这些士兵，虽然都年轻，平时也有训练，但是今天要让他们一口气冲上三台峰，谁都不行。莫说冲锋，就是行走的速度也快不起来。他们开始走得急，想一口气冲上山顶把土匪消灭了。但这是上山，谁都没法做到一口气冲上去。走不到一半的路，大家就觉得喘不过气了，要求休息。

"不能休息，可以走慢点。"汪照对连长、排长下命令。其实汪照和连长、排长一样，上山也会气喘吁吁，也会抬不起脚，但他们要做表率。

上三台峰，只有这一条路。别处是否还有小路，周连长在侦察时没有发现。现在，汪照带领部队就走在这条路上。此路虽然陡峭，但是由于经常有人走，路面很干净、光滑，两边的草没有伸到路中间。

山路越走越崎岖，高大的树木遮挡住了阳光，让人感觉阴森森的。到了一处平坦的地方，周围有许多块光亮的石头和一根横躺着的杉木，这是路人落座休息的地方。这儿的右前方有一条小溪，水流从一块石崖上落下就成了一道瀑布。雪白的瀑布与昏暗的树林形成了对比，让来到这里的人感到眼前一亮。虽然此地是一路走来的最宽敞处，但是也不足以容纳一营所有的人停下歇息。只能让先来到的人稍稍歇一下腿脚，看一眼瀑布就继续前进，以便腾出地方给后面的人。国军士兵像被赶的鸭子一样拥挤在小路上，连长、排长都是赶鸭子的人。在队伍最后的是副营长，他在后面催着，谁也甭想偷懒不往前走。

过了许久，国军部队终于到达了三台峰。一路上，他们在树林里听到的不是不断的蝉鸣声，就是间歇的鸟叫声，再没有别的声音，也没有碰到一个人。当然，即使有人，那人也是土匪，因为自从土匪占据了三台峰，这座山上就没有别的人敢来。

汪照命令部队先隐蔽，让周连长带一个排绕到匪巢的后面，防止土匪从后门逃跑。周连长走后十分钟，汪照命令部队发起攻击。为了从气势上压倒敌人，司号员吹起冲锋号，冲在前面的士兵在没见到一个人的情况下"砰砰砰"地开枪。冲锋枪和机枪"哒哒哒"地将一梭梭子弹射向匪巢。

"不是说土匪有枪吗？怎么没见抵抗？"汪照自言自语地说。

国军部队已经冲到大门口了，但没见到一个人。山上没有那种木制的、盖瓦片的房子，只有几间茅草房。

"人呢？都跑了？"

"不是说有一百多个土匪吗？都去哪儿了？"

士兵们冲进每个房间查看，但没见到一个人影。不过床上的被褥、换洗的衣服以及日常用具都在。他们走进一个脏兮兮的厨房，看到灶膛里还有刚烧完的柴火，两口大锅里还有热腾腾的水。碗、瓢、筷子散落一地。只有食物没见剩下一丁点儿，全吃得精光。

周连长说："土匪早上还生火做饭，是吃饱了再走的。"

汪照说："难道土匪知道我们要来，提前跑了？"

周连长说："不可能。我们自己都不知道要来剿匪，是在凌晨集合后旅座宣布时才知道的。这一路上来，即使遇到许多百姓，他们也不知道我们是去做什么，就算是有人能猜出个端倪，他们难道会去给土匪通风报信？土匪是他们的亲戚吗？"

副营长说："即使有这样的人，也没见着他上山呀。这一个上午，三台峰的上山路被我们的人堵死了，我走在最后，没发现可疑情况。"

"各连长听令：一连向东，二连向北，三连向西，对方圆三里范围进行搜索，看看土匪是否还有别的老巢。如有发现，以猛烈的火力击毙。听到枪声后，另外两个连迅速调转方向，以最快速度增援，力求全歼。"汪照下达了命令。

"是！"各连领命而去。

在山下的朱副官和二营长听到枪声，以为一营一上山就和土匪干上了。朱副官说："这几个土匪，就算有几支破枪，能顶得住我国军机枪、冲锋枪的扫射？喝碗茶的工夫就完蛋了！"

二营长说："对极了。听，枪声停了？难道土匪那么不经打，几梭子弹就解决了？"

朱副官说："有一种可能是土匪被击毙了好几个人后，其他土匪怕死，立即投降了。"

二营长说："投降了也要枪毙，谁让他们害得我们三点钟就起床。"

朱副官笑道："呵呵，你还有情绪呀？不过你说得对，不要接受土匪投降，否则麻烦事就多了。把土匪全部击毙了，也没人会说我们不对；把土匪带回去，倒是有人会说我们心软。"

二营长说："高见，敝人正是这个意思。"

国军部队是带着干粮进山的。现在已接近中午了，朱副官和二营长一边吃着饼干、馒头，一边说着一营"俘虏"了土匪的事。二营长命令部队轮流吃饭，别让漏网的土匪冲下山跑了。

一营长带着警卫班在茅草房里等候消息。他分析，土匪一定是获得了情报，而后躲到附近的山上，但又一想：不对，如果是在附近，那我三个连的兵撒网搜索，岂能发现不了他们？哎呀，不管什么情况，土匪反正是跑了。奇怪的是土匪怎么会知道今天有国军要来打他们？郭将富呀郭将富，你不是很厉害吗？跑什么呀？你连我们的"一支部队"都敢袭击，在这大山里头还会害怕吗？可是，你又能跑到哪里？

"报告！"就在汪照思考的时候，几个前去搜索的连长陆续回来了。他们向汪照报告了哪些信息？是不是找到了土匪的下落？下文说。

第十二章

擂茶背后藏阴谋

　　报告的人是一连连长，他带着浑身汗水的士兵回来了。

　　"不是让你搜索三里吗，怎么这么快回来了？"汪照盯着连长问道。

　　"报告营长，我们搜索三里就快到山下了，山下不是有二营的弟兄在那儿吗？我们就撤回来了。"

　　过了一会儿，二连也回来了，报告的情况与一连相似。只有三连连长报告说，他们搜索的西面有两条下山的路，土匪可能从那儿下山了。

　　汪照听了各连的汇报，知道没戏了，说："大家辛苦了，吃饭吧。"

　　"营长，中午就吃这冷馒头？"周连长问。

　　"你们一连还有好吃的吗？拿出来呀。"

　　"不，不，我是说您也这样吃？"

　　汪照的一营累了，士兵们吃了午饭后都想睡觉。汪照不让大家睡，命令部队立即下山与二营会合。

　　二营的士兵在山下闲得打瞌睡，用鼾声迎接一营"老大哥"下山。

　　汪照对朱副官说："土匪可能事先得到信息，在我们到达匪寨之前跑了。山上除了几间破茅草房，啥也没有。今天算是一无所获！我的意见，班师回营。"

　　"好吧！"朱副官一脸沮丧地说。

　　其实，当汪照的部队冲上三台峰向土匪老巢开枪射击时，郭将富和他的那些土匪兄弟正在另一座山头上看热闹。郭将富不会神机妙算，不过几天前周连长带人侦察三台峰地形时被土匪看见了。郭将富因此警惕起来，估计政府会派官兵来收拾他们，就安排人每日在山下设哨岗。今早发现国军部队果

81

然进山了，放哨的人立即跑上山报告，郭将富才令大家转移，因此躲过了一劫。

"饭桶，你们就是一群饭桶！早知道那些馒头也甭带，让你们饿死在山上！废物，真是废物！出动两个营，连土匪的一根汗毛都没摸着。你们瞧瞧九仙山的那几个女子，一出动就把铜棚寨给灭了，你们、你们两个营的正规国军啊，连几个女子都不如。人家用的还是棍棒，你们呢？就差没带上飞机了。丢人，丢死人啦！我真想枪毙你们！"周志群训斥汪照和其他官兵。

"旅座，这样看来，还是九仙山那些女子厉害。剿匪的事还是让她们去做吧？我们的强项不是这方面。"汪照说。

"那你们的强项是什么？打共产党和红军？你领教过他们的厉害吗？共产党和红军虽然还没到鼓镛县，但是听起来就让人害怕。在江西前线，蒋委员长指挥几十万国军都打不赢几万红军。你们若有此愿望，我可以向上面申请，调你们过去试试。"周志群一脸怒气地说。

"报告旅座，卑职没有想去打红军的意思。但如果我们旅被调往前线，我一定随旅座在战场上与那红军一试，难道他们有三头六臂？"汪照一脸豪气地说。

周志群道："你比陈诚如何？你比张辉瓒如何？"

汪照低下头说："卑职只是个小营长，怎么能与他们比。"

周志群余怒未消，说："可他们在红军面前都败了，张辉瓒被活捉了！"

"啊，堂堂师长被活捉啦？"在场的军官都大吃一惊。

周志群原本等着为剿匪回来的官兵庆祝一下，没想到朱正和汪照带回来这么个结果，气得差点儿连晚饭都取消了，好让这些废物饿着肚子反思一夜。

朱正如坐针毡，旅长虽然没点名，但是其实就是在骂他。两次出师都是他挂帅，结果都是灰头土脸地回来。九仙山那几个女子，虽然后来排除了她们杀害"一支部队"的嫌疑，但是当时他们是灰溜溜地下山的。这次三台峰剿匪去了两个营，连土匪的影子都没见着，作为旅长能不生气？他对今天的失利做了一下总结：

"旅座，今天的教训是战术上的错误。一是动静太大；二是行动太迟。九仙女子护身队之所以能取胜，是因为她们在夜间行动，出其不意地进攻，趁铜棚寨的土匪还在睡觉，进去就打。"

"算了，算了，你当时为啥不说？马后炮！"周志群觉得副官是在指责他。

三台峰剿匪让周志群脸上无光，他不想再提这事。他可以让士兵不说，但他堵不住鼓镛县人的嘴：

"国军两个营去抓泥鳅，一条泥鳅也没抓到。"

"周志群放狗去赶狐狸，差点儿连狗都被狐狸吃了。"

"他们欺压百姓还可以，打土匪不行。"

"国民党连几个土匪都治不了，哪能治国，真是国家的不幸！"

周志群听到这些声音，恨不得拿起机枪"突突突"扫射一通，让"刁民"们闭嘴！

再说三台峰土匪。国军部队到达三台峰时，土匪们并没走远，就在对面的另一座山头上。没人给他们通风报信，是他们自己设的岗哨发现的，所以土匪们提前撤离了。这次经历让郭将富更加自信：深山林海就是天然屏障，政府军又能奈我何？见自己的茅屋还在，郭将富说起了风凉话："他们不敢烧我的茅屋，是怕我郭将富有一天去烧他们的县衙。"

事后，郭将富对三台峰进行修缮。他计划把茅屋拆了，盖几幢新木房，再娶个美人上山压寨，打算在山上长期经营。为防备政府再次派兵来袭，他忽然想到必须在别处再建造两个秘密居住点，遇到危机时就移住到那里去。这叫人无近忧，应有远虑，也可谓"狡兔三窟"。

接下来，郭将富开始在三台峰上大兴土木。第一步是砍树。建造房子的杉树要用干材，郭将富让大家到山里头砍伐优质的杉树。杉树皮是天然做瓦片的材料，在把树砍倒时用尖刀将其掀剥下来，晒干就能用。去皮的杉树经过一个三伏天晾晒就干透了。土匪中有许多"能人"，木工、篾匠、泥水匠都有。人尽其才，自己动手，减少了请山外师傅进山带来的风险，也省了一大笔钱。山上尽是树木和毛竹，有了这两样原材料，又有能工巧匠，何愁盖不起房子？土匪们干了二十天，几幢木制房子就出现在了三台峰上。房子的屋顶先用杉树皮铺盖一层，上面再用毛竹加盖一层。将毛竹切成两半，去除竹节后加盖在杉树皮上面，虽说使用寿命不如瓦片，但其坚固性和防漏性比瓦片更强。

土匪们住进了新房后，大摆筵席三天。他们庆祝生活的美好，庆祝能有这样一个"世外桃源"的家。每个人都敬他们的大哥郭将富，称赞他带领大家过上了好日子。土匪里头有一个叫严祖的人，挺有文化，居然在庆功宴上作诗一首：

自由人

我是天空一夜的星辰，
我是世上最自由的人。
灯红酒绿离我太远，
我选择深山树林，

山下的人说上山很远，
山上的人说下山很近。
谁不渴望自由啊？
乱世山人踏雾驰骋。

"严祖，你念什么鬼东西呀？我听不懂。"

"是呀，严祖，上山很远、下山很近是什么意思呀？你写这个有钱吗？能吃饱吗？哈哈哈哈！"

"没想到严祖还有文化，干吗不去当先生，也来做土匪？"

"没错啊，严祖，土匪是我们这些大老粗做的，你一个吃过墨水的人来凑什么热闹？你还是卜山吧，'下山很近'。哈哈哈哈！"

严祖确实读过书。他作诗朗诵是想抒发一下感情，没想到却引来大家一致的嘲讽。他后悔自己为什么要在这种场合、在这样的人群中朗诵诗歌，他后悔得想找个地方立刻死去。

还是郭将富出来打圆场。他端着一碗酒，走到严祖面前，说："严祖兄弟，老郭我眼拙，没看出你是个识文断字的人。他们看不起你，我老郭看得起，我们这里太需要你这样的人才了。来，老郭这碗酒敬兄弟，干！"

"大哥，我们错了！"

"对，大哥我们错了！"

看到郭将富去给严祖敬酒，刚才那几个嘲笑严祖的人赶紧走到严祖面前自罚道歉。自此，匪巢里的人不敢不敬重严祖。

严祖的家在县城，少时读书，学过一些新文化。但他时运不济，刚成年父母就双双病逝。姐姐嫁了个贫穷人家，男人又爱赌博，正事不做，农田也荒废了。姐姐带着一个五六岁的孩子，生活苦得像黄连，自顾不暇，因此一点儿也关照不到弟弟严祖。严祖虽然读过书，但是一个人一个家，家不成家。此后，他就离开家，与几个地痞混在一起，做起了抢劫、敲诈人的事情，后来发展到打死人要吃官司的地步。在无处可走时，有人指点他落草为寇，他虽不情愿，但还是同意了，跟着人辗转了几个山头，最终来到三台峰，投奔到郭将富手下。此时，郭将富正在扩张势力，壮大队伍，就收留了他们。严祖怎么也没想到，自己会沦落为匪。在匪群里，他很少说话，也不与人争执，凡事都让着别人，隐藏起读书人的一面。土匪们虽有些看不起这个人，但这个人从不与人计较，没得罪过谁，也就与他和平共处。严祖在三台峰不算出众，普通到很多人都叫不上他的名字。他自己除了老大郭将富外，也叫不出超过十个人的名字。直到今天，严祖忽然心血来潮，在众人面前朗诵自己的诗作，才露出庐山真面目，令大伙儿刮目相看。

郭将富正愁自己队伍里连个管账的人都找不到。严祖的出现，让他觉得好似在漆黑的夜里忽然遇到了一盏明灯，如获至宝。

现在，三台峰的土匪有一百二十个人了，郭将富不想再招募人了。在根基稳固后，他把队伍分成四个甲，每甲三十个人，由甲长、副甲长统领。之所以叫"甲"，是因为借用了民国政府在基层设立的"保甲"制度的形式。除此之外，郭将富也想不出别的叫法。

严祖说："村村联保，一村为甲，我们不是村，也没村的规模，叫'甲'显然不妥。应该叫'队'，形式上分大队、小队；顺序上分一队、二队。拙见，还请大哥定夺。"

"对！就叫'队'！严祖兄弟，还是你行。我们这些人往后就叫'队'了。一队、二队、三队、四队，每队三十个人，队长就是这个队里的大哥。"郭将富兴奋地说。

一队的队员都是精心挑选的，大部分都是年轻人。郭将富把枪配给了一队。一队有了枪，就成了武装队。武装队无形中成了"老大"队。

有了"队"，"队"里有了挑担的人，郭将富轻松多了。他只负责下达任务，记录各队弄回来多少物资，其余一概不管。各队都不敢再偷懒，他们要完成任务，要完成任务就得出勤。出勤就是去偷、去抢。这样一来，土匪们糟蹋老百姓的频率更高了。土匪们以队为单位，人员精干集中，机动性比以前强，可以走到更远的地方抢劫，获得的物资也成倍地增加。其中，一队的成绩更加突出，因为他们有枪。这样一来，其他队有意见了，他们说枪不能全集中在一个队里，必须分一部分给其他队。三个队长围着郭将富闹了半天，郭将富拗不过大家，终于答应从一队拿出十五支枪，按每队五支分了。

郭将富看到大家比分队以前热情更高、干劲更大、收获更多，心里喜滋滋的。大家更累了，他却更闲了。人一清闲，头脑里想的事就跟着多起来。他第一想的是如何壮大土匪队伍的力量，不是要增多人员，而是要提高素质。他要再弄枪，只有枪多了，队伍才会强大。第二想的是女人，他不能再单身了，必须弄个女人在身边。可是，这个女人去哪儿找呢？哪个女人愿意到山上来，做他郭将富的老婆？又有哪个父亲愿意把自己的女儿嫁给土匪？

有人看出了郭将富的心思，提醒道："大哥，你别担心女人不肯上山。咱的东西都是抢来的，女人也一样。"

郭将富随口说道："对呀！往后大家下山，别忘了女人，尤其是年轻的、漂亮的。"

"大哥，还有弟兄们，也需要女人啊！"

"你们要女人，总不可能让大哥一起解决吧？"

"是，明白了，大哥！"

这时，有人附在郭将富耳边"叽里咕噜"地说了一会儿话。郭将富绷紧的脸慢慢松开，笑着说道："这主意不错，这办法好！这事就由你去做。"出主意的人是一队队长苟彪。苟彪见郭将富赞成，挂着一脸的微笑离开了，那欣喜劲儿就好像马上要做新郎一样，看得周围的人摸不着头脑。

岭头村地处三台峰山下，是离匪巢最近的一个村子。村上只有七八户人家，大小总共三十多人。郭将富在山上建立匪窝这几年，对这个小村子秋毫无犯。"兔子不吃窝边草"，这小子不仅吃透了这句话，还做到了。土匪们经常在村边走，村里人也经常看着土匪们上上下下，知道他们就是土匪。每次土匪下山都是去祸害其他乡民，但因为没祸害到自己，村民们也就没有切肤之痛，对这些被世人称作无恶不作的人也没有那么反感。甚至有女人说："三台峰的土匪没有外面说得那么坏。"

这一天，苟彪带着几个人忽然来到村里。苟彪笑嘻嘻地对村里人说："我们山上都是人老爷们儿，想喝擂茶但都不会做。我们大哥郭将富想请村里的嫂嫂们上山一趟，教教我们。请兄弟们支持，让嫂嫂们辛苦走一遭。"

"这个……"

"没问题，不就是擂擂茶吗？很简单的事，我们走一趟，去教你们。"没等男人说完话，一位叫肖妹的年轻妇人就抢着答应了。一听说要去山上擂擂茶，妇女们都说愿意去。

苟彪见女人爽快，心中喜欢，微笑着说道："也不用去太多人，不是让你们去擂多少擂茶，是让你们去教一下做法，有一个人做示范，教一教如何下料即可。不过多去个把人可以相互做伴，不如就肖妹和窝妹两位嫂嫂去吧。你们俩年轻，多走走路无碍，其他嫂嫂就别去辛苦了，村里也要留人，不能都走了。"

"没问题。不就是走路吗？难不倒我们。就我和窝妹去。"

肖妹和窝妹是岭头村最年轻的妇人。肖妹生过一个孩子，窝妹是才过门几个月的媳妇。窝妹对山上的人不够了解，有点儿担心。肖妹说山上的人与咱们村像"亲戚"，甭害怕，其他女人也这么说。因此，窝妹打消了顾虑，表示愿意去一趟。

肖妹的男人根顺、窝妹新婚不久的丈夫根丰都不想让媳妇上山。但肖妹又爽快地答应了，两个老实的男人想阻止，又怕山上的人不高兴，就把想说的话咽回去了。

"那就快去快回吧！"男人叮嘱道。

"放心吧，傍晚前一定让她们回家。"苟彪说。

肖妹和窝妹跟着苟彪走了一个时辰，终于到达了三台峰匪营。坪地里、屋檐下、树兜旁，这边一群、那边几个地站着人。有的披散着长头发，有的灰头土脸，有的板着脸的，有的微笑着……不用问，这些形形色色的人都是土匪。土匪们见忽然来了两个美貌的女人，眼睛都朝她们看。

"是岭头村的肖妹，另一个是谁呢？好像没见过。"土匪里有很多人认识肖妹，但还有很多人不认识窝妹。

"另一个叫窝妹，是刚嫁到岭头的媳妇。"知道窝妹的人说。

"她们俩上山做啥？"

"是不是大哥想女人了，把她们叫来玩玩？"

"大哥不是再三交代不动岭头村的一草一物吗？他不会做这种事的。"

"人是会变的，何况是土匪说的话能长久不变吗？大哥还年轻，能长时间不要女人？"

"这样说不等于说你自己？"

"没错，我们都是人。在世人眼里我们就是无恶不作的土匪，身体肮脏，灵魂龌龊。如果有丝毫的善良和同情，那就都是装的、骗人的，鬼都不会相信。要我说，这两个婆娘既然送上门，就把她们'做'了，让弟兄们都尝一尝。"

"别做美梦了，就这两个尤物，还能轮到你？"

"也是。要轮也是苟彪那小子。瞧他那神气，简直就是山里的二哥了。"

"肖妹和窝妹就是这小子去弄上山的，不知今天有什么好戏看呢。"

肖妹和窝妹突然出现在土匪窝里，让这个沉寂得如同死了人的地方顿时活跃了起来。土匪们一个个想入非非，抛开了所有要说的话，全都转到说女人上，并期待接下来的事情。

肖妹和窝妹自迈进匪巢的那一刻起，眼睛就不停地观察着这个特殊的地方，心里也在不停地想着眼前的这些人：他们怎么就甘愿住在这山里？怎么就走上了为匪的道路？人生一世非要做这样的人吗？今天苟彪要我们上山，是真的要学擂擂茶吗？这擂擂茶其实哪里要教，鼓镛县境内的人每天都喝擂擂茶，每家每户都擂擂茶，很多男人都会，难道他们土匪这么多的人里没有一个人会？哎，不对，他们或许不是要我们来教擂擂茶。肖妹想到这里，忽然怔住了。

"擂茶"是闽西北一带的一种茶饮料。具体做法是将芝麻、茶叶分先后放进特制的陶制擂钵内，用擂棍擂烂后，再加开水冲泡而成。鼓镛县人以此为茶，人人都懂，每天都喝。虽然擂茶都是由女人制作，但是男人们每天目睹制作过程，焉能不知？因此，肖妹这样一想，觉得苟彪让她们俩来教擂擂茶不是真的，一定包藏着别的什么企图。肖妹一路的乐观情绪在顷刻间消失殆尽。她心里"咯噔"一下子，后悔自己那么草率地答应了苟彪上山。但她只是自个儿想，没对窝妹说，担心窝妹胆小，怕吓着她。

"贵客光临，蓬荜生辉呀！欢迎二位妹子到山上做客！"郭将富笑嘻嘻地走出大门，上下两排门牙全都露了出来。他好久没这样使劲儿地笑了。

"这是我们大哥。"苟彪介绍道。

肖妹说："谁不知道闻名乡里的郭山王。"窝妹看到郭将富一脸横肉，心中害怕。郭将富叫两个女子上山，是不是真的要擂擂茶？背后是否还有别的什么名堂？下文说。

第十三章

二女施计弑土匪

　　肖妹对苟彪说认识"魔头"郭将富，其实她以前只是远远地见过他两次。刚才这一眼，才算是真正认识了这个远近闻名的人物。他龇着牙，皮笑肉不笑。窝妹却是从没见过此人，她没肖妹那样胆大，不敢放眼看这个土匪们的"大哥"，只是抬眼在这个人的脸上轻瞄了一小会儿，她的身体就颤抖起来，然后迅速移开视线。自从双脚踏进匪巢，窝妹的心就"怦怦"直跳，忐忑得不知如何是好，哪有心思去端详这个三台峰的土匪头子。

　　"这是肖妹，她叫窝妹。她们两个是岭头的'村花'。"苟彪向郭将富介绍道。

　　"嗯，果然长得秀气！"郭将富的两颗眼珠子在眼前的女人身上打转，两片嘴唇笑得合不拢了，接着说，"肖妹，你刚才叫我什么？'山王'是吗？外面的人都这样叫我吗？"

　　"是啊，难道你自己不知道？"肖妹说。

　　"哈哈哈哈！"郭将富仰天大笑，"'山王'就'山王'呗，当年孙悟空就是花果山的山王，猴子们叫他大王。谢谢老乡给我这个称号，让我做'山王'。也谢谢肖妹你告诉了我，不然我还不知道百姓们是如此爱戴我。"

　　"爱戴？难道你不知道这是讽刺吗？更多的人叫你'土匪王'。"肖妹说道。

　　"谁敢对我大哥这般无礼？我宰了他！"众人循声望去，一个黑不溜秋、一脸凶相的大汉走了过来，他抡起大刀"当"的一下将一块石头劈成两半。

　　窝妹吓得脸色都白了，腿一软，倒在了肖妹身上。

　　"郭山王，你这是什么意思？"肖妹怒视郭将富。

"没什么意思，让二位妹子受惊了，这是苟旺。"郭将富朝苟旺使了个眼色，说："谁叫你无礼？还不快滚！"苟旺立即走开了。

肖妹和窝妹两人被领进大厅。大厅在几幢木房子的中心位置，大厅的中央放着一张长条桌子，围着几排长条木凳，两侧各放置两块长长的杉木，杉木的树头、树尾几乎一样粗细，表面光滑，可坐下二十个人。整个大厅可同时落座一百多个人，是土匪们集会的场所，不过让人感到阴森、湿气很重。

郭将富没让她们在大厅里坐，而是将她们带到旁边的一间侧房，里头没什么特别的，有一样的木凳和桌子，只是面积比大厅小而已。看样子，这里是一间小型会客室，但一个土匪营里能有啥客可会？

"苟彪呢？不是让我们来教擂擂茶吗？那就开始吧，擂完我们得赶路下山。"肖妹说。

"不急，不急，时间还早嘛。你们走路辛苦，先歇会儿。苟彪去准备擂具了，待会儿有你们俩累的。"见郭将富说话彬彬有礼，窝妹稍微觉心一些。

"窝妹，你不用害怕。今天你和肖妹上山，是看得起我郭将富，我就得对得起你们。听说你是刚嫁到岭头村，所以过去的事你不了解。外面的人都说我们是土匪，那是因为我们住在山上，也做了些对人不够礼貌的事。但我们对岭头村怎么样，肖妹应该清楚。"郭将富一边说着，一边看着肖妹胸前撑起衣服的那两座"山峰"，不停地吞口水。

"窝妹甭怕，他们对岭头村还是友好的。"肖妹给窝妹壮胆。

"就是嘛。"郭将富扬扬得意地说。

这时，离开了一会儿的苟彪又回来了。他凑到郭将富耳边说："大哥，都好了。"

郭将富说："弄到这儿来吧。"

"好的。"苟彪说完，转身离去。

肖妹不知道他们俩在搞什么鬼，总觉得没啥好事。既然是擂擂茶，用得着这样拐弯抹角，又说这么多废话吗？正想着，苟彪又回来了。这次进来还有另外几个人，手上都端着菜，他们把菜放下后又回去端来另一盘。肖妹暗暗一数正好十道菜，而且都是用大碗和大盘子装，而不是用小盘子。所有的菜都是荤菜，除了三四碗是家畜的肉，其余都是山里的野生动物，如野兔、山鹿、刺猬之类的肉。因为菜刚起锅，还热气腾腾的，闻起来香气扑鼻。

这些土匪吃得倒是挺好的。肖妹和窝妹在想：土匪们为啥准备这么多菜？是因为她俩还是因为别的？不容她们多想，在苟彪最后一趟拿来酒后，郭将富就招呼她们入座。同时落座的还有四个队长和四个队副，再加上严祖，就是那个有文化的年轻人。长条桌子前共坐了十二个人，除了肖妹和窝妹，其余人都是三台峰的土匪骨干。

土匪们面对满满的一桌子肉，一个个笑得像弥勒佛。肖妹和窝妹脸上却完全失去了笑意，神经绷得紧紧的。今天这一桌子喷香的肉菜，她们一定吃不出香味。

这算是欢迎宴席还是普通午餐？不用计较说法，反正都是吃喝。

即使是土匪，也要说上几句。郭将富说："欢迎邻居岭头村肖妹、窝妹来做客，这是三台峰的荣幸呀！我们简单欢迎一下，希望两个妹子能够吃好、喝好。大家先喝一碗吧！"

"欢迎两个妹子，大家先喝一碗！"土匪们齐声说道，像排练过一样。

肖妹还是在揣摩郭将富：他弄这么多肉菜，叫这么多人，到底是好心还是歹意？

土匪们已经喝下第一碗酒了，期待着两个妹妹也把酒喝下。

两人都没酒量，也不习惯这样的场面。她们不想喝酒，也不会糊里糊涂地把一大碗酒一口喝下。趁着还没喝酒，肖妹问郭将富：

"郭山王，不是叫我们来擂擂茶吗？怎么变成喝酒了？这桌酒肉不会是鸿门宴吧？"

"鸿门宴？啥叫鸿门宴？"土匪们没几个人知道"鸿门宴"，只有郭将富、严祖知道。郭将富明白肖妹说"鸿门宴"的意思，但他没说话，只是笑笑。

见土匪们一个个呆头呆脑地坐着，想喝酒又不能再喝，想吃肉又不敢动筷子的傻样，于是严祖说："'鸿门宴'是当年刘邦和项羽争天下时，项羽在一个叫鸿门的地方设的一场酒宴。项羽的亚父是谋士，想利用此宴会把刘邦杀了，结果没成。后来人们就把某些意思不明、暗藏杀机的接待方式称之为'鸿门宴'。"

"还是有文化好，懂得这么多。"有人称赞严祖。

"那不会，我们大哥是真心请两个妹子喝酒，怎么会是鸿门宴呢？再说，我们都是土匪，没那么多心思，如果要杀你们，还要用请你们吃喝的办法吗？嘻嘻嘻！"苟彪皮笑肉不笑地说。

郭将富说："肖妹、窝妹，你们两个不要多心。我让苟彪请你们上山确实是为了擂擂茶。别看那玩意儿简单，却是女人的专长。在这个山上想喝口擂茶比喝仙水还难，所以才想到请两个妹子来教教。这不，擂钵、擂棍、茶叶、芝麻等都准备齐全了，放在大厅，吃完饭就请两个妹子示范。现在就先喝酒吃肉吧，待会一定有你们表现的时候。"

郭将富的一席话，让肖妹有点儿相信了。她心想：或许真是自己多虑了，他们没有什么企图，只是喝酒、吃肉、擂擂茶。但防人之心不可无，现在开始，我只吃饭菜，坚决不喝酒。肖妹性格开朗，心计也多，不像窝妹只一味地胆小害怕。

郭将富又说："既然没有别的顾虑了，现在就开始喝酒。我也不废话了。这桌酒菜是为二位妹子接风洗尘的，这第一碗酒敬肖妹，第二碗敬窝妹，没商量，再商量下去菜都凉了。"说完，郭将富将一碗酒一口喝下，而后把碗底朝天摇晃着，等着肖妹喝酒。

肖妹已经意识到，今天是在劫难逃了。此时此刻，她才真正后悔不该答应苟彪上山，害了自己，也害了窝妹。但在这点上，肖妹其实错了，今天无论她答不答应苟彪，无论她想不想上山，这山都是一定要上的。苟彪他们好几个人带着枪请人，能由你自己决定去与不去？非要说错，只能说她肖妹"错"在年轻，"错"在长了一个好看的身子和脸。只是，她们这样真的有错吗？

"肖妹妹，山上的规矩是主人敬客人酒，客人就必须喝。你就忍心看着我们大哥一直站着吗？"苟彪说。

肖妹侧眼看向郭将富，那个土匪头子仍然端着碗站着。她知道今天一定拗不过他们，硬的不行就来软的吧，说不定能求得他们发点儿善心。她说："郭山王，我真受不了你一直站着。我们都退让一步，你坐下，我喝酒，但我不能一口气喝下一碗，只能尽我的力量喝，这样行吗？"

"行，就依我妹子所说。"郭将富龇牙咧嘴，坐回凳子。

肖妹觉得耻辱，仿佛自己成了土匪妹子。不过自己的话已经说了，土匪头子也已坐下，只好硬着头皮上。她双手平稳地端起那碗满满的几乎要溢出来的酒，缓慢地靠近嘴边，像喝擂茶似的由慢到快喝了一大口。只是，喝这口酒不像喝擂茶那么轻松，刺激的酒味将她呛得难受，喷出的酒像水雾一样四散，落到桌子上和众人的碗里，随即咳个不停。

土匪们不介意唾沫脏了酒菜，一个个大笑不止。

"我妹子若真不能喝酒，下面开始就甭一口一碗地喝，就一次喝一口吧，兄弟们也别太为难我妹子。"郭将富终于"开恩"。

郭将富一口一个"我妹子"，肖妹听到后气得直咬牙，但此时此地又能怎样？只能先忍着。

接下来，土匪们果然没有再强求她们俩一口一碗地喝，但桌子上的人都轮流敬她们俩。土匪们每天光棍瞅光棍，憋得发疯，今天好不容易来了两个女子，是这几年难逢的机会，岂肯错过。

"大妹子喝呀！干呀！今天有酒今天醉呀！你怎么不喝呀？"

"是呀，大妹子，陪哥喝一碗呀！哥太想和你喝呀！你就放开肚子喝呀，醉了有哥呀！"

"妹子不要害羞呀！这里都是哥哥呀，你若不喝呀，哥哥会难过呀！"

肖妹与窝妹被土匪们"呀呀呀"地逼着喝酒，只几个轮回就天旋地转了。

酒劲上头的肖妹居然唱起高调："来呀，谁怕谁呀！不就是喝酒嘛，奶奶陪你喝，一对一，谁敢来？"

"我敢来，我来与妹子喝三碗！"

"你？你不就是那个一见面就要砍死我的人吗？你不配与我喝，滚开！"肖妹一脸红晕，双眼迷糊，一只手扶着桌子，一只手挥舞着，已然是一副醉态。

"妹子误会了。我当时是砍石头，怎么会砍妹子你呢？如果吓着妹子了，大哥这会儿给你赔不是。我叫苟旺，是苟彪的弟弟。苟旺没别的长处，就是能喝酒，今天有妹子陪着喝，就算喝死也心甘！苟旺这就先喝一碗，向你赔不是。"

"苟旺？狗汪。你能像狗一样叫三声，我就原谅你。"

"只要妹子高兴，别说叫三声，叫六声都行。"

"这是你说的，叫六声，喝六碗，一口气叫完，一口气喝下。"

"没问题！"苟旺想讨肖妹欢心，居然真的学着狗"汪汪汪汪汪汪"叫了六声，引得哄堂大笑。在土匪们的笑声中，他拿来六只碗一字排开，用竹瓢从酒桶里舀起六碗酒，对着肖妹说："肖妹妹，我把六碗喝下，你就喝一碗？"

"你先喝，肖妹会让你满意的。"

"苟旺也不能让你失望。"众目睽睽之下，苟旺屏住呼吸喝下了第一碗，接着第二碗、第三碗。就要喝第四碗时，他有点儿站不稳了，身体摇晃了一下，但还是勉强站住了，只是双手开始颤抖，碗里的酒从碗口流出来，滴落到了地上、餐桌上。苟旺不肯浪费，伸长脖子将酒一饮而尽。

"剩下两碗了。"苟旺说。看来苟旺还是清醒的，只是身体熬不过酒精，他仍然站立不稳。

"不能再喝了！"说话的人是苟旺的哥哥苟彪，"再喝下去你会死的！"苟彪说着走到苟旺身边想要制止。但苟旺不听劝，伸出右胳膊把身材较小的哥哥甩到一边，嘴上还在说："我不能食言，我还有两碗要喝下去。"

苟彪劝不过也拗不过弟弟，估计无论自己再采取什么方式，他也不会接受，就站到一边去了。苟旺坚持要喝第五碗，但此时他站得更不稳了，摇晃了几下后，彻底站不住，瘫倒在地上。众人将他扶起时，他口吐白沫，呼吸加快。

苟彪吓得脸都青了，口中喊着："弟弟、弟弟。"

郭将富安慰苟彪："你弟不会死，他只是醉了，睡一天就醒了。"

苟旺一醉，肖妹"打赌"的酒也免了。她醉眼朦胧地坐在一边，对着窝妹嘀咕了几句。窝妹虽没肖妹喝得多，但醉意比肖妹还重。她看到房子在转动，看到每个人都有两张脸，看到土匪们笑得比哭得还难看，又看到郭将富龇着牙像是要咬人。但过了一会儿，她就无力再看，趴在了桌上。

"窝妹醉了，扶她去睡一会儿。"郭将富对土匪们说。

"慢！你们要把她扶到哪里去？"肖妹问。

"当然是床上。酒醉的人坐不住呀，得安排她休息。放心，床就在隔壁，待会儿你也去睡一下，醒来就擂擂茶。"郭将富说。

肖妹说："那我就和她一起去。"

郭将富见肖妹要去，连忙阻止，说："你还不能去，还有任务。"

"啥任务？"

"喝酒的任务呀。来，我们俩再干一碗，你的任务就完成了。"

"郭山王，我不能再喝啦。不是还要擂'擂茶'吗？"

"擂擂茶不急。眼下的任务是喝酒，别因擂茶浪费了良辰美酒。"

"良辰美酒？"肖妹惊诧地问道，"这是良辰美酒吗？"

"对呀，好酒在好的时间里喝。这就叫良辰美酒。"

"领教了。让我和窝妹一起吧，她醉了，我要看着她。"

"一定，你们俩是不能分开的。但现在你陪我喝最后一次，行吗？就最后一次，我一碗，你半碗，不，一小杯也行。"郭将富拿起一个事先准备好的、用竹子做的微小竹杯，里面盛着只有一口的酒，走到肖妹面前说："就这一点儿，妹子不会不给面子吧？"

肖妹见杯子虽然不是特别的小，但是竹子杯除去外壳，内部的空间很有限，也就应允了。她二话不说，端起竹杯一口喝下。郭将富也不食言，将满满的一碗酒一滴不落地喝进肚子里。

肖妹哪里知道，这一小杯酒虽然量不多，但是郭将富做了手脚，包括前面窝妹用的碗里都被加了一种用"山麻药"泡过的酒。"山麻药"是一种野生草，如遇刀伤、摔伤等外伤，将"山麻药"洗净捣烂敷在伤口，可减轻或抑止疼痛。饮用"山麻药"泡过的酒，喝多了会让人很快喝醉，甚至使人烂醉如泥。

肖妹、窝妹只是两个女子，郭将富也曾想过不用"山麻药"也能很快将她们放倒。但肖妹性格刚烈，如果她硬是不喝也不好灌醉她。郭将富想了一下，还是决定使用"山麻药"。这不，两个女子这会儿如同死人一般，只能乖乖地让人摆布了。肖妹和窝妹在不省人事的状态下，双双被搀扶到郭将富的房间。那张凌乱得似鸟巢，充满了烟霉味，只有微弱的日光可以照射到的床上，第一次睡进了两个水灵灵的美人。土匪和美人，两类极不相称的人就这样被生拉硬扯到了一起。屋檐下那点儿微弱的日光也被乌云遮蔽了，土匪窝成了人间地狱。

欢迎宴还在继续。现场没了大哥，土匪们没了拘束，也没了客气。

另一边，两个女人的衣服被扒得精光，赤裸裸地躺在那张龌龊的床上。"恶魔"开始实施那种天地人神都不可饶恕的罪恶。可怜肖妹、窝妹，这一对清纯得像水一样的女子，在此时此地，在这一片黑暗中，被魔爪撕扯得血泪淋漓。这一罪恶的行为在无人阻止的情况下持续了一天一夜。

她们并非真的像死人一样没有意识、没有一点儿知觉。她们被蹂躏时也有挣扎、拒绝、反抗，但四肢前所未有的无力，连伸展一下都做不到——这是"山麻药"酒的作用，只能任凭"恶魔"糟蹋。两人完全清醒时已是次日的晌午。肖妹看着自己的身子，号啕大哭。窝妹是被肖妹的哭声唤醒的，模糊的泪眼连自己的身体都羞于瞧看。她摸着带血的下身，心中只有一个想法：尽快地一头撞死！肖妹走上前抱住窝妹，两个赤条条的女人紧紧地抱在一起，急速的心跳仿佛在说：咱们是立刻死，还是继续苟活？

门被紧锁着，她们俩出不去。肖妹停止了哭泣，大叫着："郭将富，你个天杀的土匪头子，天下人都知道你坏，没想到你坏到这般程度！你用阴谋污辱女人，你会被雷公劈死的！老天不会放过你，我们做鬼都不会放过你！"

窝妹"呜呜"地哭着，但她已经没眼泪了，头发凌乱得像秋天的茅草。她没有力气像肖妹一般叫骂，她做女人才三个月，丈夫始终像成婚第一天那样宠爱她。自己现在这般光景，还怎么去面对他，又哪还有脸回家见公婆？她觉得只有用死才能洗干净自己。声音已经嘶哑的她，痛苦地说："肖妹，咱们死吧？"

"不能这样悄无声息地死了，咱们得和那个'恶魔'拼了，让他一起死！"肖妹从来没有像今天这样仇恨过人，两眼迸发出的怒火仿佛想烧毁这处匪窝和这个黑暗的世界。

这时，忽然有人来开门。肖妹心想：一定是郭土匪，他出去转了一圈又回来了。肖妹和窝妹两人想找件杀人的工具，但房间内除了那张床和床上的被子，啥东西也没有。看来这厮早有准备，连一把凳子都没留下，就是为了防止她们自杀。

"只好见机行事了。待会儿郭土匪进来，我拼尽全力用手腕对他锁喉，你就用拳头使劲儿打他下面，就是那个害我们的东西。一定不要害怕，用上吃奶的力气，一定要废了他。即使咱俩弄不死他，也别让他今后再害其他女人。听到没有？"

窝妹频频点头，说："知道了，废掉他，让他再也做不成男人！"

不一会儿，门开了。站在门后的肖妹伸手向内一扣，手腕就紧紧地扣住了对方的脖子，这就是她说的锁喉。被锁喉的"恶魔"不能说话，更不能喊叫，只有四肢在挣扎。"恶魔"即使有力量，但突然被人锁喉，两眼直冒金星，又不能顺畅地呼吸，心神也开始慌乱起来。窝妹不再害怕，按照刚才肖妹教的，使劲儿地往他的下身冲拳，又利索地扒下了他的裤子，朝着那个害了她们一天一夜的东西打上几拳。只见"恶魔"疼痛得两脚踢地板，又因为不能喊叫出来，两只手只能凭空乱抓却摸不到东西。两人这一联手能将"恶魔"伤害到啥程度？"恶魔"是不是真的被弄死了？下文说。

第十四章

月妈下来吃擂茶

————————————————————

"恶魔"的上身被肖妹困住了，下半身的"命根子"被窝妹打了一阵又一阵，两个要命之处被两个复仇的女子紧紧掐住，上不能呼吸，下疼痛难忍，不一会儿就无力挣扎，一命呜呼了。

过了一会儿，又有人推门进来。两个女子抬眼一看，来人却是郭将富，大吃一惊：他不是死了吗？再看地上躺着的那人，不是郭将富。

郭将富看着披头散发的肖妹和窝妹，与昨晚判若两人。郭将富看到地上躺着的人，不仅不吃惊，还镇定地说："你们俩怎么啦，把人杀了？"

肖妹不听他的废话，朝窝妹使了个眼色，想用刚才的办法再杀掉这厮。两人同时冲了上去，可他是郭将富，不是地上躺着那个人。莫说他已有准备，就算毫无防备，两个女子又岂能动得了他？

地上躺着的人是苟彪，他是奉郭将富之命来做肖妹的工作，让她们答应每个圩也就是每五天上山一次，供郭将富享乐，否则，就不让她们下山，甚至要灭了岭头村，没想到却替郭将富死了。郭将富见此情景，只好顺水推舟。他不想再伤害两个女子，他要留着她们往后继续上山为他服务。

"别折腾啦，你们俩是杀不了我的。我放你们回去。"

接下来，郭将富对外放话："苟彪对肖妹和窝妹图谋不轨被杀，他是咎由自取，罪有应得。"然后他又对肖妹说："你们俩陪我睡了一天一夜，就是我的人了，以后每五天上山一次，我保你们两家平安。否则，岭头村会怎么样，就很难说了。"

两人见"恶魔"没有责怪她们俩杀了苟彪，并且同意她们回家，就暂时咽下了这口气。

酒醒后的苟旺得知哥哥被杀，抢起砍刀就要找两个女子报仇。郭将富下令说："苟旺若敢对两个妹子下手，乱枪击毙！"苟旺因此不敢有动作。

当天，郭将富带着一队人，抬着苟彪尸体，送肖妹、窝妹下山。他们在到达岭头村后，将尸体放下，让人叫出两家男人。郭将富编造谎言说："肖妹和窝妹到山寨擂擂茶，遭流氓苟彪调戏未遂，苟彪被我乱拳打死，有尸体为证，请两家过目。"可悲的苟彪，作为土匪死有余辜，但在此事上不仅没吃到羊肉，惹得一身骚，还断送了性命。如此被冤枉，替人背黑锅，若他在天有灵，不知会作何感想？

郭将富又说："鉴于山寨需要，以后肖妹、窝妹每五天上山擂擂茶一次，如有其他年轻女人愿意同往，山寨热情欢迎。本决定不得违抗！"

"郭土匪，我要杀了你！"肖妹猛扑过去，郭将富做了一个手势，岭头村立刻响起混乱的枪声……

有首儿歌的歌词是：

> 月妈妈，下来吃擂茶。
> 擂茶喷喷香，配老姜。
> 老姜辣，配菩苈。
> 菩苈咸，配菠葜。
> 菠葜淡，配苋菜。
> 苋菜红彤彤，杨梅树上挂灯笼。

这首儿歌在鼓镛县世世代代传唱，人人都会唱。因为是儿歌，所以大多是孩子们在唱。大人之所以会唱，也是因为在孩提时跟大人学会的。孩子们学唱时，多在母亲的膝前。母亲端来一条凳子，坐在门前的空地上，搂着孩子，看着天上的月亮，请月亮妈妈下来一起喝擂茶、拉家常、讲故事。那是多么美的儿歌，多么让人憧憬的月色和夜晚。可是，这样一道月色，这样一个夜晚，在无数人眼里都成了奢望。

"娘，你教我唱'月妈妈下来吃擂茶'吧，别人都会唱，就我不会。"

"好。都怪娘没教你，害得你连这个都不会。等明晚月妈妈出来了，我一定教你。"

"现在不行吗？"

"现在也行，但我们是请月妈妈呀！当面唱，月妈妈才能听得见，月妈妈才知道我们在想她。"

"那是不是当面唱，月妈妈听到了，就会下来我们家吃擂茶？"

"是呀。"

"那好，等哪天月妈妈出来了，娘教我唱，我一定大声唱，让月妈妈听见，然后就来我们家吃擂茶。月妈妈来了，娘要多擂点擂茶，让月妈妈多吃一点儿。我还要叫月妈妈帮帮我们，我们家太苦了。娘不是不肯教我唱，是娘没时间。娘，您太苦了！"

"孩子，如今苦的人不止妈妈一个人。"娘紧紧地搂着孩子，眼泪滴落到孩子的额头。

"奶奶也苦。"

"嗯，奶奶也苦，你爹七岁时，你爷爷就被土匪打死了。奶奶带着你爹过日子，白天要下田里做农活，晚上回来后又要做家里的事。直到娘来到这个家，奶奶才没下田，因为娘顶替了奶奶下田。你四岁时，你爹就被抓去当兵了，至今已经过了三年。不仅人没回来，而且音信全无，他是死是活都不知道。你爹在时，田地里的农活你爹会做，娘只要帮衬一下。你爹走了，娘不得不包揽田里的农活。奶奶那么大年纪了，还要做家里的这么多事，甚至下田帮忙做农活。娘累啊，每天一回家就想躺下睡觉。所以，你现在都七岁了，娘还没教过你唱'月妈妈下来吃擂茶'。"

说话的这一对母子，母亲叫水娘，儿子叫牧耕。

水娘十七岁那年嫁进这个家。丈夫被抓去当兵那年，她二十二岁。从此，这个瘦弱的女人用肩膀挑起一个家的重担。她每天要下田劳动，没有得力的帮手，遇到插秧、收割等农忙时节，婆婆也要撑着虚弱的身子每天去帮忙半天。即便如此，辛苦种出来的那点儿粮食还要拿出一半付田租，因为田地是地主的。

这年深秋，水娘家和别家一样，刚收完稻谷。一伙人就挑着箩筐、拿着麻袋来称谷子了。一进门，带头的人就说："水娘，把田租交了。"

水娘说："谷子刚晒干就来要，这么着急，好像会少了你们的一样。"

"不会少了就好，你们交了，我们就少记一笔账。"

"黄管家，今年水涝，大家都减产，我们家也减产得厉害，田租就少交一点儿吧。如果一斤不少地称走了，我家口粮就短了两三个月，和您商量下，少称三成怎么样？"水娘说。

"什么，少称三成？你真敢想。别说我一个小管家做不了主，即使有这个权力，也不能满足你的痴心妄想！"说完，黄管家还瞪了一眼水娘。

"那就少称两成，积点儿德吧。这地明年也还要种子。"水娘再次恳求。

"你是说我们缺德？这谷子是从我们的地里长出来的，你们只是花几个工就得了一半，还反过来说我们缺德？你……"

"黄管家，你误会啦，我不是说你们缺德，我是说在这样的灾年，你们若是能给穷人多一点儿恩惠，多一点儿怜悯，就是积德，就会洪福齐天。"

水娘不想得罪黄管家，多说了几句好话。

"不行，不行，一两都不能少。交了田租，明年再好好种地。"

"我家男人也是为国家去当兵的，就不能照顾点儿？"水娘想求得黄管家的同情。

"你家男人去当兵是政府叫他去的，你要照顾找政府呀，关我们屁事。"

"你怎么能这样说话？"

"那我怎么说话？不行，　两都不能少。大家动手，装谷了。"听到黄管家这句话，"狗腿子"们一起动手，将水娘刚晒好的谷子往他们的麻袋和箩筐里装。

"你们不能拿我们的谷子，不能拿我们的谷子！这是我娘种的，是我娘种的！"牧耕看到很多人来装谷子，就冲过去推人、抢麻袋。

"嘿呦，兔崽了，还没猪鼻子人就这么嚣张。"黄管家站稳脚跟，将牧耕反推倒在地上，牧耕向前滑行了一米多。

牧耕"哇哇哇"地哭起来，水娘把他扶起来，看到他流了一嘴的血。水娘狠狠地说："黄管家，你怎么这么凶恶，他才七岁，你都下得了手？"

"你儿子没教养，胡乱说话又来打我，你还怪起我来，这是什么道理？是不是想赖了不交田租？告诉你别耍花招，没用的！"

"放你狗屁，是谁乱说话？你别狗仗人势欺负人。举头三尺有神明，你会遭报应的！"水娘愤怒地说。

"嘿呦，还头上有神明。脚下还有神仙呢，你怎么不把他们一起叫来？说来道去，你不就是想赖掉几斤谷子吗？没门儿！"

"不能拿我家谷子，就是不能拿！"牧耕忍着嘴唇出血的疼痛，又一次冲过去抢麻袋，不让黄管家的人装谷子。

"小兔崽子，看来刚才没摔痛你，是不是皮痒啊？"黄管家一边说着，一边用一只手抓住牧耕肩背上的衣领。就要提起来时，忽然听到有一个人大喊："不要动我孙子！快把他放开！"说话的是水娘的婆婆。老人家听到外面吵闹，就从里屋走了出来，手里拿了根扁担，急步走过去救孙子。黄管家以为老人要拿扁担去打他，一把夺过扁担，再用力一推，老人趔趄了两下，倒在地上，脑袋正好碰到一块尖石头上。水娘见婆婆被推倒在地，想马上过去扶她，但已经来不及了，鲜血已经从婆婆的头上流了出来。

"娘！"水娘大声地叫着婆婆，但老人已陷入昏迷，两眼紧闭，不能言语。只有四肢微微抖动，脸上表情痛苦。

"奶奶！奶奶！"牧耕见奶奶不动了，大声哭喊起来。他从黄管家那里挣脱出来，跑过去抱着奶奶的身体。没多久，老人就一点儿都不会动了，呼吸没了，心跳也停止了，鲜血流出来染红了地面。

"天啊，这让我们家还怎么活啊！"水娘无力再与黄管家纠缠，和儿子牧耕一起抱住老人痛哭。

黄管家不把老人的死当回事，让随行的人继续装填谷子，直到称足田租，随后大摇大摆地挑着谷子走了。

"水娘的婆婆死了！水娘的婆婆死了！"村里人听说水娘的婆婆死了，有的人不信，认为老婆婆虽然体弱，但没听说得啥病呀，不会那么快吧；有的人半信半疑，说中午还见过老人。大家到水娘家看了之后，才确信老人真死了，也知道了她不是病死的，而是被黄管家推到石头上撞破头死的。

水娘的丈夫没有亲兄弟，只有些族人。溪北村在县城，别姓人更多，平时大家都同情水娘，男人去当兵了，一个女人和婆婆带着孩子挺不容易的。没想到婆婆突然被打死了，大家都感到很气愤，觉得张家真是太欺负人了，收个田租就能把人打死。

这里说的张家，就是地主张财旺家。他家住县城的金溪边，门口对着金溪，是一块风水宝地。张家宅第宽敞豪华，财力如其名，田地多达五六千亩，分布在城乡各地。张财旺是鼓铺县数一数二的地主，人称"黄管家"的那位是张财旺的亲外甥。虽然他姓黄，但是人人都知道他是张家的管家。

溪北村人原本就恨张家田租收得太重，又剥削穷人。这会儿，黄管家又无故打死人，大家都义愤填膺，要去张家讨个说法。

主张去张家讨说法的是廖焱。廖焱和金石峰一样在江西加入了中国共产党。他想，此时正好利用民众的情绪反抗一下地主。廖焱说："各位前辈、各位晚辈，咱们虽不是水娘的亲属，但都是同命人啊。亲不亲一村人，今天水娘家出事了，我们一定要帮帮她。"听到他的话，廖顺生和伍子华等人立即作出了响应。

"找张财旺去！"

"对，找张财旺，要他们偿命！"

"抬着老人去！"

"对，抬着老人去！"

在廖焱、廖顺生、伍子华的鼓动下，一百多位水娘家的族人和乡亲抬着老人的尸体，气势汹汹地朝张家走去。

张家人早就把消息报告给了张财旺。这个六十多岁的老地主先前已经得知他的外甥在外面闹出人命，这会儿又听说死者家人集合了很多人要过来，气得吹胡子瞪眼，"啪"地扇了外甥一耳光，斥责他道：

"我经常跟你们说，对穷人可以百般玩弄，就是不敢出人命，出了人命，那些穷小子就会跟你拼命。你们就是不听，这下好了，弄死一个老太婆，他们现在和你没完了，你咋办？这事你自己去处理解决，我不管了！"

"舅舅，我不是故意要打死那个老太婆，我只是推了她一下，是她自己站不稳，倒在石头上碰死的。"黄管家争辩道。

"穷鬼们还能听你解释？"

抬着老人遗体的队伍来到了张家门口。水娘"咦嗏呀、咦嗏呀"地哭着。"咦嗏呀"是这里民间流行的一种女人哭死人的专门哭法。听到这声音，即使是陌生人也会在心里涌起一阵阵心酸，为死者感到悲伤和难过。但水娘是真哭，她凄惨的哭声引来一路的同情，也让躲在家中的张财旺心凉肉跳。无论是平常人家还是有钱人家，谁都希望家里平安无事，这女人"咦嗏呀、咦嗏呀"地在门口哭，多么不吉利，多么晦气，这不是要张财旺的命吗？

"什么，他们把尸体也抬来啦？"张财旺在里头听得清楚，便质问下人。接着他又问："警察局的人来了吗？"张财旺恶人先告状，提前通知了警察局。

不一会儿，警察果然来了。但警察局长没来，只有一位姓张的警官带着十多名警员赶来。有人认识张警官，他虽不是张财旺的直系亲属，但也与他有瓜葛，两人都是一个大宗族的。

当警察来时，大家还在叫门，水娘还在"咦嗏呀、咦嗏呀"地哭。

张警官看到场面混乱，没说一句话就朝天开了三枪，然后说："吵什么？叫什么？哭什么？人死了，吵、叫、哭就有用吗？我知道你们很难过，人死了能不难过吗？大家都是有血有肉的人，看到亲人去世了一时受不了，这我能理解。但人死不能复生，你们把死人抬到张家门口示威，这就不对了。马上停止吵闹，把尸体抬回去，选个吉时下葬了。"

廖焱质问张警官："你一到这里就胡乱开枪，是想吓唬谁？你没了解情况就乱发言，你是替谁说话？你知道我们为什么来张家？你知道我们为什么抬着尸体来张家吗？你知道死者是谁吗？她的儿子是中华民国的军人。一位军人的母亲被人打死了，你们不仅不管，还要斥责受害人，你执的是什么鸟法？"

张警官无言以对，他完全不讲道理了，又朝天开了一枪。他认为对待闹事的人，没什么道理可讲，只有镇压。要不是法律规定了警察不能随意杀人，他真想用手中的枪给这些刁民几发子弹，让他们闭嘴。

大家看到警察不是来调解而是来镇压人的，心里更火了。大家也知道了这里头的关系，与警察说理、说再多的话都是没用的。既然来到了张家，就要有个说法，于是众人准备开始更加猛烈地冲击。

几个人找来一根六七米长的木头，再让七八个人抱住，然后一起用力撞门。张家的门墙虽做得牢固，但也经不住这千斤力量的冲撞。众人只用力了三两下，那门就开了。

大门打开后，人群就像洪水一样迅速向里头涌。进入院子，大家先看到一块平坦的场地，再往里面才是张家的住房。老百姓的力量是强大的，张家纵使有几十个家丁，又有警察配合，也阻挡不住这股愤怒的力量。无能的张警官又令警员开了一阵枪，可是那枪声让人觉得不过是鞭炮而已，对谁也吓唬不了。

老人的尸首被庄重地放在张家门口。水娘"咦喳呀、咦喳呀"地哭个不停。悲惨的哭声让人听起来就像是张家死了人。

张财旺再也坐不住了，他叫人把张警官喊了进去。两人在里头商量了一番，决定还是由张警官出来说话："各位父老乡亲，张家老爷被他的外甥管家气得吐血了，现在躺在床上昏迷不醒。张老爷在昏迷前交代他弟弟张财隆处理此事。现在由张财隆给你们答复。"

张财隆说："各位，有话好说，有话好说嘛。大家都是乡里乡亲，犁不着还把得着。出了一点儿小状况，不必用这种方式来解决吧？来两个人不是一样能解决问题吗？我家管家不小心造成老太太不幸殒命，我和我大哥听了都非常难过，他怎么能这样对待老人呢？大哥还打了管家，气得昏迷过去，现在已不省人事。既然事情发生了，人死不能复生，咱们就解决问题吧。张家的态度是很诚恳的：一、对死者表示哀悼，对家属表示慰问；二、给十块银圆安葬死者；三、免除水娘家今年一年的田租。请大家带着死者回去，我们马上兑现承诺。"

廖焱指着张财隆说："你当我们是什么，打死人了是'出了一点儿小状况'？给你十块银圆，让我把你打死，好不好？关于一年田租，水娘家一共才租你们四亩地，我们一条人命就值几粒谷子？"

"还有第一条只是一句空洞的话，如果你张财隆马上死了，我马上说一百句'表示哀悼、表示慰问'。"伍子华说。

"叫黄管家出来，对着死者下跪，磕一百个头；张家赔偿两百块银圆；免除水娘今后每年的田租，直到她男人从部队回来。否则，这事没完！"廖顺生说。

"就这样办了，就这样办了！否则没完，否则没完！"众人激动地说。

"你们这不是敲诈吗？死了个老太婆就了不起啦！"不知人间疾苦的张警官说出的这句话，如同火上浇油，让愈烧愈烈的熊熊怒火迅速地燃烧到了自己身上。

"打死他，打死这个狗娘养的！他不是警官，他是畜生！"

"打死他，把他的心挖出来给狗吃！"

"把他扔到金溪喂鱼！"大家找来棍棒、砖块、石头，一起向张警官扑去。十几个警员见这情形，有的挺身为上司拦挡，有的慌了手脚，不知如何是好，还有的干脆躲到一边看热闹，也有两个聪明的拔腿跑了。

可怜张警官平时耀武扬威，这时却有嘴不容说话，有手来不及拔枪，有腿迈不开步子，只恨自己少生了两只翅膀，飞不起来，也怨脚下怎不裂开一条地缝，好让自己钻进去。他眼中的"穷鬼们"手上拿着棍棒，毫不客气地向他猛打过去，毫不留情地把一块块石头、砖块向他扔过去。

"好了，咱们也别真弄死他，这畜生就算不死，也够他受的了！"廖焱说。若不是廖焱拦住，这个不知天高地厚的张警官也许就要为他们张家"殉难"了。

张财隆原本像看戏一样站在那里，忽然意识到什么，马上命令家丁退回门内，将门关紧。躲在幕后的张财旺站在后楼上，俯视着厅前发生的一切。

"廖焱，咱们冲到里头把张财旺抓出来。张地主肯定没吐血昏迷。"

"啪！啪！"突然，头顶再次响起两声枪响。开枪的人是谁？枪声响起，是不是意味着张地主要欺压群众了？下文说。

第十五章

陈三刀下救儿子

开枪的人是警察局长。鸣枪后，他对人群说了几句话，然后朝张家大门里头走去。一支烟的时间过去后，他又从里头出来，身后面跟着张财隆。

见警察局长出来了，一百多双眼睛都注视着他。

"张家的事，还是由张财隆说吧。"警察局长把张财隆推到前面。

张财隆耸了耸肩膀，干咳了一声，说："刚刚，我大哥从昏迷中醒来，我把大家的合理诉求跟我大哥说了。大哥说：'理应如此。'那就这样，按你们说的：让黄管家对着逝者下跪，磕一百个头；赔偿水娘家两百块银圆；免除水娘家今后的田租，直到他男人从部队回来。"

廖焱说："三条答复，前两条必须当场兑现，最后一条张家要立下字据，以免反悔。"

"可以。"张财隆表态后，马上让人拿来纸笔，由他当面写下字据交给水娘，同时叫出黄管家，磕一百个头，再拿出两百块银圆，如数交给水娘。

张财旺之前没有吐血，更没有昏迷不醒，但听说要赔付两百块银圆，这下气得差点儿吐血、差点儿昏迷。视钱如命的他，白白损失了两百块银圆，就像从他身上剜去一大块肉一样。还是因为警察局长说局面无法控制，只有破财消灾，这位张地主才忍痛割爱。他大声叮嘱家人说："记住这帮穷鬼！"

水娘婆婆这件事能得此结果，是廖焱的功劳，也是全村人的功劳。水娘没有独自得那两百块银圆，她让廖焱帮忙，把银圆按一户一块在全村分了。廖焱不同意，但拗不过水娘，就按水娘的意见办了，全村一百七十户人家共分了一百七十块，剩下三十块留给水娘，算是安葬老人的费用。全村人都另眼看待水娘，觉得她真是个好心的女人。

廖焱作为共产党员，成功地主导了今天这件事，感觉心里热乎乎的。他记住了金石峰的话："共产党员就是要做领头人，在有危险时冲到群众的最前面，让群众看到你和别的人不同。"这次水娘家出事，他发动大家惩罚张地主也算是"冲到群众的最前面"。

金石峰是城里无地无农的工商户，最近又去江西了，来回一趟要二十天。

水娘婆婆事件后不久，金石峰回来了。廖焱把与张财旺斗争，并取得胜利的事，向金石峰作了汇报。金石峰赞赏他做得好，对欺压百姓的地主就应该组织群众和他斗争，这也是共产党和红军在江西的做法。

金石峰说："告诉水娘和大家，要提高警惕，防止张财旺报复。张财旺白白损失了两百块银圆，又遭受了攻击，心里一定非常怨恨。警察局的那个局长和张财旺是把兄弟。张财旺之所以当时答应那几个条件，是因为那个局长的头脑还算清醒，两百块银圆对于张家只是九牛一毛，伤不到他们。还有那个张警官被大家打了，黄管家又对着死人磕了一百个头，他们能不记恨？地主和穷人是一对矛盾，官府和老百姓也是一对矛盾。今天，穷人把地主得罪了，老百姓又把官府得罪了，他们一定不服，一定会记住这笔账的。一有机会，他们就会连本带利都要回去。"

廖焱说："石峰分析得有道理。水娘和牧耕，孤儿寡母的，我们把水娘推到风口浪尖，她的风险最大。既然我们帮她了，就要帮到底。"

金石峰说："这次我去江西，有领导带我去了几个农村。那里的斗争形势非常好，乡村建立起'苏维埃'，就是穷人掌握政权的组织。农民在'苏维埃'的领导下，打土豪、分田地，就是把大量被地主占有的田地拿出来分给大家种，地主就是土豪。农民有了土地，非常拥护共产党，也非常拥护革命、支持革命。因此，那里的革命斗争如火如荼。"

伍子华说："张财旺就是鼓铺县的大土豪，他家有五六千亩土地，光靠收田租，一年就有几千上万石稻米。石峰，什么时候共产党能来这里？咱们把这个大土豪打了，把他家的地拿出来分了！"

金石峰很有信心地说："会有这么一天的。'耕者有其田'的目标一定会在不久的将来变成现实。"

一个月后的一天，牧耕不见了。

"牧耕不见了！我儿子不见了，我儿子不见了！你们有没看见我儿子，有没看见我儿子？"儿子牧耕不见了，水娘慌里慌张的，她村里村外到处找，逢人就问。

"没看到。问问其他小伙伴，可能一块去啥地方玩了。"有人说。

水娘好像预感到了什么，"哇"地大哭起来。

村里人听说牧耕不见了，都纷纷帮着寻找。廖焱又成了寻找孩子的带头人，廖顺生、伍子华也扔下手中的活儿去寻找孩子。大家从中午时分开始找，直到太阳西斜都没看到孩子的踪影。

到了这个时候，会想事的人很自然地都会往那个方面想：这孩子若不是落水了，就一定是张家人做了手脚。

水娘陷入了绝望，连走路的力气都没了，头也昏昏沉沉的，斜着身子坐在屋檐下。大家有劲儿使不上，帮不了水娘。尽管怀疑张家，可没凭没据，也不能像上次那样直接找上张家。

太阳下山了。鼓铺县的黄昏是灰色的。在鼓铺县金溪河畔的溪北村，因为水娘家又一次出事，人们仿佛更早地进入了夜晚，心情十分低落。

水娘没有再哭。她已经没有眼泪了，眼睛变得干涩。她也不说话，喉咙嘶哑，嘴唇干裂。人们都知道她在想什么。邻居们怕她想不开，跳金溪河，让几个女人照看着她。

"娘，我回来了！"

"这声音那么熟悉，是真的吗？"水娘摇了摇头，觉得到自己幻听了，有些不敢相信。

"娘，我回来了！"水娘这回听清楚了，是牧耕，是儿子的声音。水娘还没来得及从地上起来，儿子就已经跑到身边将她扶起来。

这小子让全村人找了半天，连影子都没见着，这会儿又是从哪条地缝里钻出来的？

大家怀疑得没错，牧耕的失踪确实和张家有关，具体来说是张家的黄管家在实施报复行动。

今天上午，牧耕一个人到一里外的垄沟里去捉泥鳅。已经注意了牧耕几天的黄管家，终于等到一个机会，于是绑架了牧耕，想找一个方便的时机弄死这小子，以报自己磕了一百个头的仇。执行这个任务的是张家的两个家丁。牧耕被蒙着脸带到金溪上游一个荒无人烟的竹林里，此处只有一条平常无人行走的小路，周围是满山的绿竹，竹林下面是波涛汹涌的金溪。

"你们是谁？为什么绑我？"牧耕看不见人，不知道绑他的是陌生人还是熟人。他拼命挣扎、反抗，但就是挣脱不开。

"小子，别费劲了，你是跑不掉的。你马上就要死了，留着点儿力气到阴间好走路。"

"你放开我，让我看看你是蛤蟆还是老鼠。"

"别骂了。好吧，就让你再看一眼这个世界。"

那人说完，将蒙在牧耕脸上的黑布摘下。一个胡子拉碴、黑脸的人站在面前，把牧耕吓了一跳。这个人的凶相让他十分畏惧，感觉不妙。

"你知道这里是啥地方吗？这里叫鬼谷，"黑脸说，"人死在这里，立马就会被鬼带走灵魂，然后鬼会把他扔到金溪里喂鱼。"牧耕看到黑脸的旁边还站着一个人。那个人比黑脸生得白，但也长着胡子，严肃得没一点儿笑容，同样是一副恶人相。这两个人用尽力气把他弄到这里，着实不是闹着玩的。牧耕心里很紧张，但聪明的他，没有在两个恶人面前显示出害怕，他做了一个深呼吸后，说道：

"你们为什么要杀我？我不认识你们，又没得罪你们，快把我放了吧。你们刚才说鬼，鬼也不会乱杀人的，更不会随便杀一个小孩。如果你们真杀了我，鬼就会救我，再把你们杀死，然后扔到金溪里喂鱼。你们俩肉多，可以喂更多的鱼。"

"啪！"一直没说话的那个白脸给了牧耕一巴掌。

"你还真打人呀？"

"啪！"又是一巴掌，白脸恶狠狠地说，"小子，今天你死定了。等会儿就让你尝一尝刀的滋味。"

"土匪，你们是土匪！"牧耕不再害怕，大声叫喊着。

"土匪？你想得太轻松了。土匪只是要钱，我们俩今天不要钱，何况你没钱。今天只要你这条小命！"黑脸说。

"你们真的要杀死一个七岁的人？我和你们不认识，也无冤无仇啊！"

"好吧，就让你小子死个明白。"白脸接着说，"我们俩是张家的人，是黄管家派我们来杀你的。你还记得吗？一个月前你的奶奶死了，你们就把尸体抬到张家敲竹杠，要了人家两百块银圆，那么个老太婆能值两百块吗？张家老人像被挖了一只眼睛一样难受，说只有杀了你才能解气。"

"还有，"黑脸说，"你们让黄管家对着死老太婆跪着磕一百个头，黄管家记死了这笔账。一百下呀，小子。黄管家要我在你脸上割五十刀，在你肚子上捅五十刀，方解心头恨！我们俩跟踪你好几天都没有下手的机会。今天你小子一个人跑这么远来捉泥鳅，真是天赐良机，让我们俩不费周折就逮到了你。杀了你，你的娘不要我们动手就会气死，你们家从此就没人了，断子绝孙了。我们俩还可每人得三十块银圆。你现在知道了吧？"

"不就每人三十块吗？放了我，我每人给你们四十块。"牧耕说。

"哎哟，好大的口气。你有钱吗？哦，对了，你们家那天拿了张家两百块银圆。不过，那些钱被你娘一家一块分给村里人了，你还能拿什么给我们呢？"黑脸说。

"我爹在国军里当官，他上个月写信说会回来探亲，我爹会给你们钱。"牧耕骗他们说。

"哎哟，国军军官呀？那倒是一个肥差，应该是挺有钱的官。那这样的话，四十块就不够了，得一人一百块，不，一人一百五十块。"黑脸说。

"我叫我爹给你们每人二百五十块。"

"混蛋，拿我们当'二百五'啊！""啪"的一下，牧耕又挨了黑脸一耳光。

"你们这样对我，我爹回来一定会杀死你们的！"

"小子，你就别做美梦了！你爹去了几年没回来，据说他早就死在战场了。"

"放屁！你爹才死了呢！"

"别和这小子废话了，快点杀了他，我们回去好交差。"白脸站在一旁一边拨弄着刀，一边说。

"好吧，小子，闭上你的两只小眼，免得看到血害怕。另外，别怪我们俩哦，我们端了人家的碗归人家管。别记住我啊！早死早投生，下辈子去个有钱人家投胎。看刀！"黑脸说完，将刀举过头顶。

"别杀孩子！"随着一声大喊，一个人影"嗖"地以闪电般的速度飞到孩子身边，又以千钧之力将黑脸推出两米之外。黑脸站立不稳，倒在了地上。站在一边的白脸见忽然闯出一个人来，抢起刀就砍。来人眼疾手快，在手无兵器的情况下，赤手空拳地与白脸打斗。被打翻在地的黑脸看来人和自己的同伴打起来，迅速从地上爬起，一起和白脸与来人对打。来人以双拳对双刀，毫不畏惧。只见他始终以马步立身，忽进忽退，忽左忽右地移动步子，避开刀锋，再看准时机给对方一个攻击。不一会儿，机会来了，白脸自恃力量强大，将手中的刀向来人猛刺。来人身子一闪，避开刺刀，顺势把白脸伸出的右手往前一拉，白脸原本向前倾斜的身体像蛤蟆一样扑趴在地上。来人迅速夺过白脸手中的刀，踢了他一脚，又转身对战黑脸。黑脸一对一与来人对打，但敌不过来人的进攻，一步步被逼退到悬崖边。来人看黑脸已无路可退，飞速上前，只一个踢腿就将他打下，黑脸"啊"地叫喊一声，跌入波涛汹涌的金溪。

白脸见自己的同伴被打下金溪，非常害怕。他觉得自己杀不了牧耕了，再打下去连自己这条小命都得丢在这里，就如兔子般飞速逃跑了。

来人没有去追，而是回过身问牧耕："你是哪个村的人？这么小的年纪，他们为什么要杀你？"

牧耕哽咽着说："叔，谢谢你救了我！我是城里溪北村的，我叫牧耕。"

"牧耕，你今年七岁？你娘叫水娘？"

"对，都对。你怎么知道我们？"

"孩子，我是你爹，被抓去当兵的爹。"他说着就抱起三年没见的孩子，紧紧地抱住他。

"爹！"牧耕大声哭喊着。

水娘看到失踪半天的儿子忽然回来，欲死的心又活了起来。她在儿子的屁股上重重地拍了一掌，说："你去哪儿了？害得全村人又为咱们家奔忙。"

牧耕说："娘，有一个人救了我，不然我早就被砍死，丢到金溪喂鱼了。"

水娘问："是谁要砍死你，又是谁救了你？"

牧耕让娘把脸转过去，说："是爹救了我。我爹回来了！"

"你……"水娘愣了一会儿神，向丈夫陈三猛扑过去，抱住他"呜哇"一声哭起来。干涸的眼睛忽然泪如泉涌，泪水淋湿了陈三的肩膀。

邻居们见陈三回来了都很高兴。这时已经是晚上，夜幕彻底降临。除了灯火，街头里弄没有一丝别的光亮。陈三自从走出这个家门，已经过去了整整三年，这段时间杳无音信。多数人说陈三死了，否则，他不可能连一封书信都不寄回家。水娘也听从大家说的，觉得这个人一定是死了，就在家里厅堂的神龛上给他安排了个牌位，每逢初一、十五送份斋饭，再点上三炷香，虽然这么做了，但是她的心里还是存着一丝幻想——他也许没死。毕竟自己没见到尸体，也没收到官府送来的死亡通知。民国政府虽然腐败混乱，但服役人员阵亡的一纸通知还是会送的。除非当事人所在的部队下落不明，或原住址变更找不到家人。

"娘呢？怎么没看到娘？"陈三问。

水娘没作声，牧耕说："奶奶死了！"

陈三的脸"唰"地沉了下来，问："我娘是怎么死的？"

牧耕说："奶奶是……"

"娘是病死的。"水娘不让牧耕说实情，怕陈三一时激动，又接着说，"娘病了很久，吃了很多药都不好，于上个月初九去世了。"

聪明的牧耕见母亲对父亲撒了谎，就顺着母亲的意思骗父亲，说："奶奶是病死的，死的时候好像很痛苦。"

陈三相信母亲是病死的。母亲劳累一生，体弱多病，家里穷，又没钱看病，所以五十多岁就离开了人世。陈三见不到母亲，难过得哭了起来。邻居们安慰了一下陈三，也离开了。

热闹的是第二天。

村里的人听说陈三回来了，吃了早饭后都过来看陈三。

廖焱、廖顺生和伍子华也来了。他们仨和陈三只相差一两岁，算得上是同龄人，从小就一块长大。他们都是独子，按当时的政策不属于征兵对象，陈三是被抓去的。陈三母亲和妻子水娘到乡公所哭诉，被人告知"也不是独子就一定不服兵役"，还说"当兵光荣，政府爱戴军属，每月有钱寄回家"。后来的事实证明，这些吃公粮的人说的话简直就是放屁。

邻居妇女们拿来擂钵、茶叶和芝麻在水娘家擂起擂茶。听到擂钵响，就知道有擂茶喝，来的人就更多了。鼓镛县人平时没多少东西可吃，一碗擂茶就能给人带来欢乐与笑容。喝擂茶的人越多越热闹就越有乐趣。今天水娘家的陈三回来了，又加上擂擂茶，大家哪里还能忍住，就都过来凑热闹了。

水娘很感激邻居带着擂钵、茶叶和芝麻过来擂擂茶。自己家又没有什么别的东西能拿出来给大家吃。陈三也不是衣锦还乡，两手空空地回来，水娘只炒了些黄豆，让大家配擂茶。

这个家很久没这样热闹了。

擂茶香，黄豆香，浓浓的香味，浓浓的乡情。这浓情浓味唤起了陈三浓浓的念想，他忽然哭了起来。

现场也随之静默下来。这久违的哭声是那么的自然。

哭吧，就让这个男人尽情地哭一场吧。谁都明白，以下这些事足够他哭上三天三夜：

他离家三年，一个字都没捎回家，对得起谁？今日回家，母亲已经离世；如果再迟半步，儿子就做了刀下之鬼。这三年里，妻子水娘是怎样用她柔弱的身躯撑住了这个家？

一个有血有肉的人，想到这些能不哭吗？

"水娘，我娘到底是怎么死的？她死得痛苦吗？是不是娘以为我死了，承受不了气死了？你昨晚有没有骗我？娘啊，您怎么不等儿子，您怎么不等儿子回来？"

"爹，我和娘昨天晚上骗了你。奶奶是被人打死的！"牧耕忍不住了，把实情说了出来。

"啊？我娘是被人打死的？她是被谁打死的？快告诉我！"陈三"哗啦"一下将桌子上几只喝茶的碗全扫到了地上。

牧耕说："是黄管家。他到我们家来收谷子，把奶奶推到石头上，奶奶头部出血后就死了。"水娘说："就是张财旺家那个黄管家。"

牧耕又说："爹、娘，昨天绑我的人也是黄管家的人，这是那人亲口说的。他说我们家拿了张家二百块银圆，还让黄管家磕了一百个头，他要杀死我，再把我扔到金溪喂鱼才解气。幸亏爹突然出现，不然我昨天就死了。"

水娘听说绑架儿子的又是张家人，觉得要大难临头了。看样子，张家不肯放过陈家，要将陈家置于死地。水娘将娘的死因以及村里乡亲帮助的事情全说给了陈三。陈三听了就要去找张家算账，但被拦下了。

当天夜里，秋风瑟瑟，一勾弯月挂在西边的天空。

陈三悄悄地潜伏在张家墙外。他好久没来这地方了，要仔细地观察一下，搞清楚哪里可以进去，哪里可以出来，别杀了仇人自己也死在里头。

"你想干什么？"忽然，两双大手从背后一左一右地扣住他的双臂。陈三大吃一惊，想要大喊，但嘴被捂住了。他使劲儿挣扎，却终归双拳难敌四手。这两个制止住陈三的人是谁？是张财旺的家丁，还是别人？下文说。

第十六章

有人撑死有人饥

　　陈三被抓壮丁去服兵役，三年后回到家才知道母亲被人害死了。害死母亲的人又要加害自己的儿子，真可谓赶尽杀绝，幸亏儿子被他遇上救了下来。听了家人的诉说，陈三怒火中烧，当夜就持刀潜入张财旺家，要杀了张财旺和黄管家给母亲报仇。不料，自己尚未动手就被人发现并逮住了。陈三慨叹道："只可惜母亲的仇报不了了！"

　　黑暗中，陈三被带到金溪边的一棵大树下。看着黑乎乎的金溪，听着溪水拍岸的声音，陈三说："要杀便杀。今天我杀不死你们张家人，以后会有人收拾你们的！"

　　"谁要杀你呀，我们是怕你去送死。"

　　陈三眨了眨眼，靠近一看，见说话的人是廖焱和伍子华："吓死我啦，你们俩为什么阻止我报仇？"

　　"报仇？你这样进去就能杀人报仇？那你也太小看人家了，亏你还当过兵。"廖焱说。

　　陈三看着廖焱说："那依你看，怎样才能为我娘报仇？"

　　"不知道！"

　　"不知道？不知道你还拦我？廖焱、伍子华，你们还是我陈三的兄弟吗？"

　　"不是你兄弟今晚就不来了，看着你去死！"廖焱说。

　　伍子华说："今天白天我们就看着你不对劲，想着你晚上一定会行动。晚饭后我们去找你，水娘说你出去了。我们俩寻思，你一定是去找张财旺了，就追了过来，果然在张家门外发现了你。"

　　廖焱说："你娘死得很突然，也确实是被黄管家推到石头上撞死的。当时全村人出动，把你娘的尸首抬到张家，我们还差点儿打死了一个张警官。后来警察局长妥协了，我们才要到两百块银圆，否则，连给你娘买棺木的钱都没有。如果你现在去复仇，假设可以杀了张财旺、黄管家，你也能全身而退，但你能躲得过今天，躲不过明天，你的妻子、儿子又能安全吗？"

陈三意识到自己太莽撞了，刚才只想解一时之气，没想到后果，于是说："多亏村里乡亲为我家做了那么多事。在张家人看来，得罪他们的不仅是我家，还有全村人，尤其是你们几个当时领头的人。"

廖焱说："知道就好。张财旺、黄管家对我们也是非常记恨的。因为让他赔两百块银圆，让黄管家下跪，向你娘磕一百个头，都是我们的主张，也是通过我们的口说出去的。张财旺向你儿子下手，那是杀鸡给猴子看，意思就是你们溪北村的人敢和我张财旺作对，我就先从孩子下手，今天对付这个，明天对付那个。"

"好恶毒的张地主！"

伍子华说："还有那个张警官，他也是张家人，那天被打得奄奄一息了，他会咽得下那口气？一有机会他就会报复。还有你说的那两个绑架牧耕的人，其中的那个黑脸被你打下金溪，无论是死是活，都是一笔账。"

"那我们该咋办？"

廖焱说："还能咋办，先低头做人呗。世道就这样黑暗，等天上换太阳吧。"

再说前日绑架牧耕的那个白脸和黑脸。

黑脸当时和陈三对打，因敌不过陈三，被他一腿踢下了金溪，至今生死不明。白脸见同伴被打下河，吓得无力再战，拔腿就跑。见陈三没再追赶，躲到一处芦苇丛里喘着粗气，过了好一会儿，心跳才稍稳定。他不敢出来，怕遇到陈三，也怕见到其他什么人，就继续躲在芦苇丛中，等天黑后才慢慢溜回家。

白脸向黄管家汇报了下午的行动，把有人救了孩子和黑脸被打落金溪的事情仔细说了一遍。黄管家听了后，大骂两个人没用，竟然对付不了一个孩子。黄管家不大关心黑脸的死活，只关心那个救孩子的人是谁。

白脸说："那个人中等身材，三十上下年纪，穿着一身军服，就是国军部队那种去了军人标记的军服。对了，他会说咱们鼓镛县的方言，讲得很地道，且不带外地口音。"

"好了，你去休息。顺便打听下你那个同伴有没有回来，如果现在还没回来，八成是淹死了。"黄管家说。

"如果真死了，咱们要如何对外人说？"白脸问。

"这个……到时再找个说法。"

"好吧。"

黄管家把白脸说的事当即汇报给了舅舅张财旺。张财旺骂了句"废物"，就没再说什么。

第三天上午，有人在金溪下游的古佛潭岸边发现一具男性尸体。警察局派人验尸，确定其是溺水身亡，便张贴告示让人认领。张家是哑巴吃黄连——有苦说不出，只好叫人撕了告示，又对外说死者是自己落水的。

张家之所以要隐瞒死者实情，是因为害怕他们所实施的绑架杀人阴谋败露，从而引起民愤。黑脸被那个穿军服的人打死，张家不会就此罢休，他们会另找机会报复。

在不惊动老百姓的情况下，黄管家派人暗中打听那个穿军服的人，可是五六天过去了，没一点儿进展。"这简直是大海捞针，哪能这么容易找得到？"去寻找的人有点儿泄气了。这时有人说，溪北村的陈二回来了。

"陈三是谁？"

"陈三就是前段时间与张家闹得死去活来的水娘的老公。"

"哦。他也该回来了，去了几年也对得起国家了。"

"他家里的情况挺严重的。他娘被张家弄死了，溪北村的人帮他家出气，找了张家算账，两家从此结下梁子。哎，你说怪不怪？那天，这陈三的儿子被人绑架到竹林，就要挨刀时，忽然林子里闯出一个人来，你说这人是谁？"

"是谁？"

"正是那孩子的爹——陈三。"

"啊，竟然有这么巧的事？"

这是鼓铺县一间饭店里两个陌生人喝酒时的对话。正是说者无心，听者有意，此番对谈正巧被张家的耳目听到，他当即报告了黄管家。黄管家又报告给舅舅张财旺，张财旺没有耽搁，马不停蹄地报告给了警察局长，警察局长又报告给了县长胡瓢。这速度堪比田径场上的八百米接力赛。

胡瓢说："一个退伍兵有啥大惊小怪的。"

警察局长说："时下局势动荡，国家对士兵只征不退。就怕这个陈三不是正常退伍，而是逃跑回来的。"

"哎哟，是逃兵那就坏了，会动摇军心的。你派人去查查，如果他真是逃跑回来的，咱们就得严惩。这件事就交给你们警察局了，作为案件办理。但是，如果人家真是退伍回来的，咱也不能为难人家。毕竟从军几年，没有功劳也有苦劳。"胡瓢说。

"县长，放心吧，卑职会弄清楚此事，还当事人一个公道。"警察局长说。

"嗯，去吧！"

114

一个小时后，警察局长带着七八个人闯进陈三家。警察局长板着个雷公脸问："你就是陈三吗？"

"我是陈三。请问你们是谁，找我有什么事？"

"给陈三上铐，带走！"

"我当了几年兵。刚回到家，你们不问青红皂白就抓我，难道我为国当兵有罪？"

不容陈三申辩，一副冰冷的手铐锁住了他的双手。

"有话到警察局去说。"

"你是警察局长，我认识你。你为什么抓我丈夫？他当年老老实实种田，政府抓他去当兵；他后来老老实实当兵，一回来你们又莫名其妙地抓他。是不是他这个人好抓？是不是我们这家人更好欺负啊？"水娘激动地说，要和警察局长说理。

警察局长甩一甩手臂，说："你丈夫的罪很大，到了警察局有他说的。"

"不行，你们不能带他走。他有什么罪？难道为国当兵有罪吗？天啊，这是什么世道啊？我们还能不能活啊！"胳膊拧不过大腿，水娘只有捶胸顿足，看着男人被抓走。

"不能抓我爹，不能抓我爹！放开我爹！"牧耕刚从外面回来，见警察局的人来抓他爹，大喊着跑过去抢爹，结果被一名警员推倒在地。

听到声音，在家的邻居都过来了。看到这一幕，大家都不知道该如何是好。有人怕牧耕吃亏，跑过去拽他回来。大家不知道用什么话来安慰水娘，这个女人和这个家太难了。

陈三以"莫须有"之罪被关进了警察局后院的监牢。陈三大喊："我没罪，为什么抓我？我为国当兵，政府不仅没有一丝体恤，还这样残害我？"但任凭他如何呼叫，那个警察局长理都不理，"嘭"的一下把铁门锁住，然后径直往金溪酒楼赶去了。

"三个三呀，三星高照四逢喜；五就五呀，五金开财六六顺……"金溪酒楼一号间里，一群吃货喝酒猜拳正在兴头上。

"'黑警长'来啦？自己找空位坐。"

说话的这人是谁？口气还不小。堂堂警察局长来了，他照样在桌子上猜拳，也没有起身谦让一下，给局长腾个位子，还一口一个"黑警长"地叫着。原来，喊"黑警长"的是胡瓢县长。胡县长叫警察局长"黑警长"，不是因为他人长得黑，其实警长长得不黑，而是因为他那身警服从头到脚是漆黑的。胡县长如此随意地称呼一个下属，足见他们还有着除了上下级关系之外的其他关系。

可以直呼"黑警长"的还有张财旺。这个饭局是张财旺为"黑警长"设的。"黑警长"抓了他们张家的仇人陈三，自然要感谢一下。这样说来，今晚这顿饭"黑警长"还是主客。主客没来就开席了，是不是有点儿没把主客放在眼里？按理说是有点儿，但胡县长才不管那一套。他胡县长和"黑警长"是什么关系？他们是哥们，也是上下级，自己还年长一些。"黑警长"不仅没计较这位上级对他的"不尊重"，相反，他有一种与县长平起平坐之感，并为有这么个哥们儿而感荣幸。在人与人交往中，人们想要的不是彬彬有礼，而是随随便便，正如俗话说的"打一拳计个座，骂一句喝杯酒"。这种你中有我，我中有你的关系，在鼓镛县也只有"黑警长"和胡瓢了。

这桌饭是张财旺请警察局的人，自然以警察局为主。因此除了"黑警长"外，还来了五六个警员，他们就是"黑警长"带着去抓陈三的那几个人。那个张警官没来，可能是上次被打之后还没恢复元气。现场还有胡县长和"空心菜"、胡秘书，以及张家的张财隆和黄管家。

"黑警长"趴在张财旺的肩上低声说了几句，张财旺脸上那些不深的皱纹一下子清晰地展露了出来。他的大嘴也笑开了，两排向外突出的门牙连根暴露在外，看起来活像一只大猩猩。

"黑警长"坐定后，张财旺给胡县长、"黑警长"两位"大人"各发了一个大红包；给胡秘书、"空心菜"和其他警员这些"小人"各发了一个小红包。"大人"和"小人"们捧着沉甸甸的红包，笑得眼睛只剩一条细缝。胡县长假装客气地说："本官没给张家做什么事，张兄这么客气，让本官如何是好？"

"胡县长谦虚了。您主政鼓镛县这些年，鼓镛县人民安居乐业，社会面貌焕然一新，城乡百姓人人称道，都说您是难得的父母官。张家更是托您的洪福，家业、事业得以健康发展，这怎么能说您没给张家做什么事呢？在胡县长的英明领导下，今年又是一个好年景，我家那几亩田地的田租都能顺利收回。田租好收，说明种户丰收。丰收了他们好过，我也好过。"

"我也好过呀。我要收公粮嘛，老百姓的粮多了，公粮就好收。"胡瓢说。

"对对对，老百姓的粮多了，我好收田租，您好收公粮。这是官民两利嘛。"张财旺龇着牙说。

"黑警长"说："张哥孝敬县长大人就可以了，你我兄弟还这么客气，让小弟羞脸矣。"

张财旺说："警长兄弟也不必谦让。兄弟为张家做的事很多，刚才你来迟了，不就是因为帮我们做事而耽搁的吗？只是希望兄弟能一如既往地帮助张家。当然，张家也不会让你白白劳动的。"

"张哥放心，鼓镛县警察局一定为张家保驾护航！""黑警长"信誓旦旦地说。

张财旺的那两片嘴唇虽然厚实，但是这会儿总是盖不住两排笑得露出来的门牙。张家有县长做靠山，又有警察局保驾护航，何愁不兴旺发达？

一会儿，后厨的人端上来一个砂锅闷罐，张财旺掀开罐盖，一股浓浓的腥香味向四周扩散。张财旺介绍说："这是红菇炖穿山甲，这东西排毒养颜又壮阳，我特地让人从乡下送来的。胡县长和小妹多吃，大家也多吃。"

"张兄太有心了，那我们就别辜负了张兄的一番心意，大家一起吃。"胡县长说着拿起汤勺往"空心菜"碗里舀汤。

一号包间里坐着满满的人，大圆桌上摆着满满的一桌菜。山上的、田里的、水下的，只要能叫出名字的这里都有。张财旺名曰请警察局，实则是邀请这位能与他称兄道弟的鼓铺县一号人物，能不丰盛吗？

正是有人欢笑有人泣，有人撑死有人饥。

陈三被关进监牢，除了看到外头有个狱警在那看守，就再也看不到别的人了。一开始，他大喊着要和警察局长说话，想问清楚为何抓他。可人家理都不理就跑到金溪酒楼吃喝领赏去了。陈三要说话没人理，要喝水没人理，要吃饭没人理。他的处境比监狱里的大政治犯还艰难，一进牢房就不被当人看。他问狱警要点儿水喝，狱警瞧都不瞧他一眼，任凭陈三喊破嗓子就是不理他。也许是那个"黑警长"交代过狱警，要离监牢远远地站着。

天黑了。黑暗把监牢紧紧地裹住，但黑暗裹住的又何止是监牢？

陈三劳动了一天，一回家就被"黑狗子"抓来，又渴又饥。实在受不了了，透过远远的一线烛光，他对那个狱警喊道："那个兄弟，给我一口水喝吧，我渴得受不了了。"

狱警装作没听见，没理他。

"再重的犯人也要给吃的喝的，何况我不是重犯。你们怎么能如此对待一个刚退伍的军人？"狱警听了仍然无动于衷。

"你是耳聋了，还是哑巴了？还是死了爹娘三年不敢说话？去你娘的！"

无论陈三如何谩骂，远处那条"黑狗子"始终不开门，也不朝监牢的方向看一眼。因为他知道牢门是铁门铜锁，除了钥匙，无论用什么手段都是打不开的。

陈三无奈，即使叫哑了嗓子，那畜生也不理他。他进来时看见靠墙边有一块垫高的床板，就摸着睡了上去。

在饥渴、黑暗和寂静的环境下，陈三什么也不能做，只能躺着歇息。他感觉有点儿冷，旁边有一床闻着就不干爽的被褥，他不想用，可身上已经瑟瑟发抖。不过都这个时候了，这样的地方，自己还能讲究吗？御寒要紧，陈三还是拿过来盖了。

他是无法入睡的。他想家人，从母亲想到儿子。"母亲，那个苦了一辈子的母亲，没有在饥寒交迫的情况下冻死、饿死，却死在了张家人手上。张家人记住，只要陈三不死，杀母之仇总有一天要报！水娘，这个女人跟着他真是太苦了。以前不说，仅他走后的这三年，吃的苦就难以诉说。她才是这个家的主心骨，上要照顾婆婆，下要拉扯儿子，一家人吃饭的田地她一个人种，家里家外的事务都得她一个人担着，还要担心、牵挂他这个丈夫。上天怎么就给了她一个这么受苦的命？儿子牧耕长到七岁了，没过上一天好日子。因为大人的恩怨，他小小年纪也成了人家的仇人，差点儿做了刀下之鬼。一个七岁的人何罪之有？更让人担心的是他今后该怎么立足，既然仇人那天可以找上他，那么今天、明天、天天都可以找上他。

水娘、牧耕，你们俩只有学会自我保护了，作为丈夫、作为父亲的我可能保护不了你们了！"想到这里的陈三禁不住泪如雨下。

想了一遍家人，陈三再想想自己。他想到自己刚走过的三年。三年前，他在田里劳动，忽然有几个持枪的官差把他从田里叫起来，说："你被征兵了！"

"我是独子。"

"如今法律改了，独子也要当兵。走吧，老实点儿，如果你反抗就强制绑了。"带头的那个人说。

陈三又和他们说理，说自己上有老母，下有妻子、幼儿。可"执法"的人不予理会，只说了一句"走吧、走吧"就把他带走了。为防止他逃跑，他们把陈三绑了起来。由此，陈三踏上了服兵役的道路。

陈三所在的国军队伍在江西，集训一个月后，他就被分到下面的作战部队。

他们的作战任务是"剿匪"。每天学习"剿匪"知识，提高"剿匪"思想，苦练"剿匪"技术。陈三不明白江西这里怎么这么多土匪，需要用这么多部队在这里清剿。他也了解了，部队"剿匪"不是从他这时开始的，而是已经剿了几年了。这里的"土匪"究竟有多少人，以至于让蒋介石这样的人亲自挂帅征剿？据老兵说，江西的"土匪"很能打仗，国军整师、整旅都被吃掉。师长、旅长被击毙、被活捉的也大有人在。陈三听着汗毛都竖起来了：人家师长、旅长都躲不过，我一小兵能逃得几时？娘、水娘、牧耕，日后你们只能靠自己了，我再也照顾不到你们了。两个月后，他写了一封信，可是怎么也寄不出去。长官说，如今兵荒马乱，邮差都死光了，哪里还有人送信。从此，陈三断了写信的念头。

后来的时间里，陈三的部队不断流动，时而与小股"土匪"干一架，时而和大股"土匪"打一仗。不久，倒霉的日子终于来了。

陈三所在部队的一个团被"土匪"包围。团长下令突围，与"土匪"激战半天，死伤大半，一小半的人员被俘。陈三料定这回必死。平时长官就讲，被"土匪"抓住的人不是被集中烧死就是被砍死，因为"土匪"缺少子弹。陈三觉得自己就这样死了真不值。自己是被抓来当兵的，要不是被逼着，谁愿意来打仗？家乡那么多土匪都没人管，自己却被弄到这千里之外来打"土匪"，一个正规的军队还打不过"土匪"，这都是当官的瞎指挥，害死的却是我们这些当兵的。每当感到绝望时，陈三就想家，想娘，想媳妇和儿子。自己要是死了，他们怎么办？

几天后，"土匪"里的一位长官说："你们愿意留下还是愿意走？"俘虏们以为留下就能活，走就是死，无非是被烧死或用其他方式被杀死。在生死面前，人们如果可以选择，谁会选择死？于是，大家都说愿意留下。究竟留下会怎样？陈三又是怎么选择的？下文说。

第十七章

警察局里双殒命

陈三所在的国民党部队说的"土匪"，当然不是真的土匪，他们是中国工农红军。陈三随部队被红军俘虏了。红军优待俘虏，尊重俘虏意愿，对于留下当红军的，欢迎；对于想回家的，欢送。陈三挂念母亲、妻儿，因此选择了回家。

陈三躺在黑乎乎的警察局牢房，将往事回忆了一遍，睡着了。

当他醒来，已经是第二天。他饥渴难忍，又对着那个"黑狗子"喊："哎，那个兄弟，给我送点儿水来吧，我渴，还有吃的，我饿。"

"喊什么，喊什么？谁是你兄弟呀？臭犯人！""黑狗子"封了一夜的嘴终于张开了，但一开口就骂人，好像他父亲是胡瓢一样。

"你才犯人呢，狗仗人势，'黑狗子'没一个好东西！"

"你敢骂我？你敢骂警察？找死！"

"我是军人，刚退伍回来，你们无缘无故就把我抓来关住，这是什么道理？还不给吃的喝的，你们是强盗！"

"别喊了，也别骂了，留着点儿力气到阴间好走路吧。就算你是退伍回来的军人，当今社会谁又稀罕你一个臭当兵的。你知道你得罪了谁吗？"

"得罪了谁？我谁也没得罪，都是别人得罪我。"

"告诉你也无妨。你得罪了鼓铺县人人都不敢得罪的人。被你打到金溪淹死的那个黑汉子，是那个人老婆的娘家侄子，知道那个人是谁了吧？这样你还能活？"

陈三明白了，"那个人"就是张财旺。他们家侄子死了，又不敢对外人说明死因，因为是他指使侄子去绑架杀人却反遭人杀。只好用重金贿赂"黑警长"，让警察局为他报仇。

陈三意识到自己凶多吉少，难逃魔爪。喊叫是没用的，"黑狗子"有一句话说得没错，得留着点儿力气。

"吃饭吧！"另一个"黑狗子"端来一碗稀粥，里头掺了腌菜。

"就这点儿稀饭？"

"你还想吃多少？犯人都这样。"

陈三没再和他顶撞，他已经感觉到和这些"黑狗子"说再多都是没用的，惹火了他，连那点儿稀粥都会被打翻了。有吃的总比没吃的好，他"稀里哗啦"地把那碗稀粥送进了肚子。

此时已到了晌午，"黑警长"安排三个人对陈三进行审问。

"你叫陈三吗？"

"知道还问。"

"你住溪北村对吗？"

"明知故问。"

"你是从部队逃回来的，对吗？"

"不对，我是完成服役退伍的。"

"退伍证呢？"

"丢了！"

"丢了？那你怎么证明你是退伍的？"

"《中华民国兵役法》规定，现役士兵服役年限为三年。我已满三年，长官让我退伍。你们可以去查，鼓镛县也有驻军，你们也可以去问。"陈三义正词严地说道。

"胡扯。谁说现役士兵服役满三年就一定退伍啊？"

"那谁说士兵服役满三年就一定不退伍？我是经历过的人，难道还没你了解？"

"放肆，怎么能如此态度？"

"那你要我什么态度？你说我逃兵我就该认了？"陈三据理力争。

"拿不出退伍证，逃兵一罪你就坐实了，等着劳改吧！"

"放你娘的屁！老子被强制押去当兵，卖命三年，回到自己的家还要被无端劳改，天会收了你们！"陈三看清楚了，这些人只字不提那个"黑脸"被他踢到河里的事，紧紧咬住他是"逃兵"，企图用"逃兵"一罪置他于死地。用心何其险恶，手段何其毒辣，这个世道是多么的黑暗！陈三无法接受这样的现实，他要疯了。无论自己是因为什么去当的兵，总算是在这个政府的军队里服过三年役。三年的军旅生涯，难道自己不是为这个政府服务？且不说军中的生活有多么苦，且不说扛枪打仗是命悬一线的营生，自己为国家、为政府卖命那几年，政府不但没有给予一丝一毫的关照，而且连家人的生命安全都无法保障，母亲被活活打死，儿子差点儿也被杀死。如今自己回来了，政府又勾结张财旺这样的大地主陷害自己，要将自己除之后快。

陈三开始后悔自己被红军俘虏后没留在那里。当时，他在那里待了很多天，见识了那个部队里的平等。那里的长官反复地说："红军是穷人的军队，是为穷人打天下。"陈三心想：我陈三不就是穷人吗？

"这种死硬分子是不会承认的。饿他三天，看他嘴还硬不硬。"

陈三又被推入了监牢。

"放我出去！我要见胡县长，我要见胡县长！"陈三要把自己的冤屈向县长申诉，可他哪里知道，县长和陷害他的人是一丘之貉。此时他在受刑，人家胡县长却在搂着"空心菜"愉悦身心呢。

狱警冲着他说："不要瞎叫啦。要不要拿面镜子给你照一照？还想见县长，你以为自己是谁？"

"我是退伍军人，我有冤屈，必须向县长反映。"

"你有资格吗？你现在是犯人。"

"如果我是犯人，全鼓铺县的人就都是犯人，你们统统抓去吧。"

陈三从这天起就没饭吃了。张财旺说，陈三家"吃了"他两百块银圆，早就"饱"了。"黑警长"表态：一定不让陈三吃东西。

再说水娘，因为陈三回家高兴了两天，没想到灾祸还是从天而降，陈三又一次被抓。三年前陈三因为当兵被抓，这次则是莫名其妙地被抓。抓他的都是民国政府。三年前陈三被抓，虽说也是无奈，但是起码还能听到一两句好话："当兵是保卫国家，光荣。以后每月有钱寄回家，吃穿不愁。"不过这都是假的，陈三当兵这三年，水娘连"光荣"的影子都没见着，也没见陈三寄一分钱回家。这次就不同了，"黑狗子"们气势汹汹，一开口就是恶语相向，大有不弄死人不罢休的样子。陈三去了三年，政府不仅没给过家里一分钱，连一句问候家属的话也没有。现在陈三一回来又把他抓去坐牢，天理何在？

水娘的心情跌入了谷底。她是个女人，弱小的肩膀承受不住这么重的压力。这个家原本就穷，现在别人总是把他们家看成眼中钉，要除之而后快。陈三被"黑狗子"们抓进警察局，她没追去。婆婆死时，她领教过这帮"黑狗子"的厉害，知道他们既凶残又不讲道理。警察局就是个黑窝，所有的人都穿着黑衣，所有的人都心狠手辣。陈三这次进去一定凶多吉少，只能看他的造化了。上次母亲死了，乡亲们抬着尸体去张家，那是因为对方怕死人，此外张地主虽然有钱，但是他也是百姓。这次是"黑狗子"们抓他进黑窝，乡亲们总不可能为自己家再组织起来去冲击黑窝吧？那是个有枪的地方，谁敢去冒那么大的风险？她不敢想。几个命苦的人凑到一起：婆婆受苦了一辈子，最后被人推到石头上撞死；丈夫陈三被人抓去当兵，一去三年，刚回来两天又被那些天杀的无缘无故地抓去；还有儿子牧耕才七岁呀，人家就要杀他，如果没碰到他爹这孩子早就死了。水娘知道，有人就是要灭了他们陈家。儿子躲得过初一，也难躲过十五。他们先对付陈三，陈三没了，他的儿子就像一只蚂蚁，不费力气就被捏死了。剩下她自己，不用他们动手，因为即使她不上吊、不跳河，也得气死、病死，最后自生自灭。

廖焱来了。水娘见到廖焱，忍不住哭了出来，一边流泪一边说："廖焱，陈三被'黑狗子'抓去了，陈三怎么这么命苦啊？去当兵苦了三年，现在却要被'黑狗子'们抓，难道他当兵当错了？"

廖焱安慰水娘道："陈三没错，我们都没错。错的是'黑狗子'、张财旺和这个世道。"

水娘一把鼻涕一把泪地说："陈三当兵打仗都没死，这次却恐怕难逃一劫。陈三救牧耕时，把张财旺家的那个人打到金溪里淹死了，那天大伙儿又打了那个'黑狗子'警官，张财旺和'黑狗子'们都记住了这个仇，他们不会放过陈三的。"人们常常把人的运气坏到极点叫"劫"，能跳出来就好，跳不出来就死。水娘认为陈三处于"劫"的运势里，极有可能被张财旺和"黑狗子"们咬死。

廖焱让水娘勿急，家里还有牧耕需要照顾，她绝不能倒下了，他会想办法救陈三。廖焱刚想去找廖顺生、伍子华，这时他们俩就来了。

伍子华说："这一定是张财旺那条老狗搞的鬼，让'黑狗子'们抓陈三，合'理'，合'法'。"

廖焱说："这是秃子头上的虱子——明摆着。现在咱们得想办法救出陈三，否则他会被弄死的。"

廖顺生说："廖焱是不是有救人的办法？"

廖焱说："没有，但我们不能坐视不理。我明天先去打听一下，看看'黑狗子'们把陈三关在哪里，会如何处置他。"

伍子华说："我的意见，发动全村人像上次去张地主家那样，让他们放人，不放人就冲了他们的黑窝。"

廖焱说："这次不比上次，这次的对手是警察局。他们会说我们造反，直接就用枪。还有，村里的人也不一定再听我们安排。"

此时此刻，几个人也想不出更好的救人办法，只有先打听，等探明情况再说。

次日，水娘把牧耕送到二十里外的乡下姑姑家里。离别时，牧耕哭着说："一定要让爹回来！"

廖焱和水娘一起去警察局要求见陈三，并带了些吃的。警察局里的人接走了食物，然后反复地说一句"不准探望"，就再也没有下文了。廖焱想通过别的途径了解陈三在里面的情况，但也没有结果。

陈三被关三天了，只在前两天早上吃了一小碗稀粥，第三天连稀粥都没了。他们把水娘带来的食物扔到了别处。三天三夜，只吃了两碗稀粥的陈三饿得无力睁眼，渴得口干舌燥，感觉天昏地黑。刚开始，他不断地喊叫、谩骂，"黑狗子"们装聋作哑，任其叫骂，不予理睬。第二天，他不喊不骂了，因为他知道那是徒劳的。陈三还知道，他们不仅是针对他"逃兵"这一项"罪"，他们目的很明确，还要他死，为张财旺那个乡下侄子的和"黑狗子"警官报仇，同时杀一儆百，给溪北村所有的"刁民"看看：以后还敢不敢与张家作对，敢不敢与警官作对？

无论多么罪大恶极的犯人都要给饭吃，这是自古以来的规矩。用断水断食这种方式逼死犯人，恐怕也只有鼓镛县的警察官们才想得出，真可谓惨无人道。

"黑狗子"们后来再没审过陈三。他们说到做到，饿他三天。

到第三天，已经奄奄一息的陈三在模糊中看到眼前忽然走来一个人。他一个将死之人，无力也无心知道向自己走来的人是谁。自己已经在向这个世界挥手告别了，所有的人与事都和自己无关。即使来人来提审自己又有何用？他已经无力说话。即使来人送来食物也没用了，他已经无力张口。他陈三，一个身强力壮的男人，挨过了三年艰苦的军旅生涯，他没得过啥疾病，也不曾被累垮。没想到短短的三天时间，自己就要被"黑狗子"们断送了性命。他太难受了，这样的痛苦只有死亡才能终结。他唯一放不下的是他那可怜的妻儿，他们受的苦和他一样多。"你们俩现在怎么样了？牧耕是不是还在被张家追杀或者已经死了？水娘还在吗？是不是也死在他们手里了？如果你们还活着，水娘啊，你一定要让牧耕离开鼓镛县，否则他可能没有机会长大成人。"他现在最后悔就是当初被俘虏了之后，没留在红军队伍里。那是一支多么让人憧憬的队伍，虽然他们眼下也很艰苦，但是在那个群体里生活，让人欢欣畅快，让人觉得自己是个人。那种心情他在国军部队时是没有过的。

不容他想，那个模糊的身影已经来到了身边。

"陈三，这几天过得舒服吗？"来人问。

陈三虽然体力不支，但是意识仍然清醒。看到这个人，他怒火涌起，自己的生命就是被这个人毁掉的，抓他、关他、饿他，以致到最后要他死的都是这个人和那个张地主。这个人是他陈三的大仇人。陈三心想：既然他要我死，我就先弄死他。我还能弄死他吗？我只剩下一个枯瘦的躯壳，身体没有丝毫力气，连站起来都难。但只要还有一口气，就要挣扎一下，就要拼一下，敢拼才会赢。能够在死之前灭了这个仇人也算是值得的。他越看此人越愤怒，越觉得他不能留在世上。他既然会害我陈三，就会害别人，害更多弱势的人、穷人。或许我的妻子、儿子在外头已经被他害了。一想到妻儿，陈三忽然热血沸腾，身体有了一股强大的力量，这力量足以让他站起来，让他冲上去，弄死这个罪大恶极的坏人。不能再犹豫了，仇人来到身边，弄死他自己也够本了，然后再为自己和家人报仇，为鼓镛县除害！陈三忘记了自己已经四天没吃饭，忘记了自己是一个力量全无的人。陈三对自己说："不能和他硬拼，不能和他持久战，必须以一两招制胜，否则，凭现有的力气绝阻挡不住他的进攻。这是最后的斗争，为正义而战！"想时迟，动时快，充满仇恨情绪的陈三将意识高度集中，凝聚全身力量，一跃而起，如闪电劈云，似饿虎扑食，只三步跨越就直冲到"黑警长"身后。不知从哪儿来的力气，他此时觉得全身都是劲儿，他没有做任何冲拳、对打的动作，而是将两只手臂张开又快速合拢，把"黑警长"的头部紧紧掐住，没有丝毫迟疑地使尽平生最后一股力气向仇人实施最后的进攻。"咔嚓！"这响声是那么的清脆，这动作是那么的干净利落。原来杀人也并非一定要多大的力量，只要有技巧。陈三或许是在国军部队学的这一手，终于在人生的最后时刻用上了。瞧，那不可一世的"黑警长"脸色铁青、眼珠外露。如果他此时还能思考，一定想问这究竟是怎么回事。但他说不出话了，像孩子小时候与大人争抢东西输了一样，不服气地倒地打滚。原来，"咔嚓"是他的脖子被拧断的响声，也是这位"黑警长"留在世上的最后声音。从此，他再也不能在人间咋呼了。

但，陈三也死了，他是被子弹射穿胸膛而死的。

"警察局长死了"的消息在鼓镛县飞快地传播着。消息是从警察局传出来的，本意是告知人们警察局长死了。可各条线上传的死法却不一样：

"警察局长昨夜遇到贼，因制止贼人偷窃未果，被捅死了！"

"昨晚警察局闹鬼，警察局长被鬼扭断了脖子。好吓人嘞！"

"作恶啊，天收恶人，有眼！"

"警察局长抓了一个不该抓的人，又把不该抓的人杀了。不该抓的人做了鬼来报仇，拧下了警察局长的脖子。"

"听说溪北村有一个人无缘无故地被抓到警察局暴打，那人有功夫，一怒之下杀了警察局长。"

"警察局的人抓了一个溪北村人。那个溪北村的人三年前被抓壮丁，去服了兵役，回来之后听说家里的母亲被人打死。警察局不但不管，反而抓了那个刚退伍回来的溪北村的人，把他关进监牢还不给饭吃。饥饿者如狼，那个溪北村的人用尽了力气，将警察局长的脖子拧断了，真壮士也！"

警察局将"黑警长"的情况报告给了胡县长。胡县长详细听了后，说道：

"过分啊，人家好歹也服役了三年，没有功劳也有苦劳，怎么能那样对待人家？"胡县长此时才说了句人话，可惜已经迟了。他的"黑警长"兄弟若泉下有知，不知会怎样想。

张财旺听说"黑警长"死了，先是一惊，随后说："放狗去追狐狸，狗反被狐狸吃了。"又瞪着眼问，"那个陈三呢？"

"也死了！"

"那就好，两个人路上也有个伴。"

其实，让鼓铺县轰动的不仅是警察局长死了的消息，还有被激怒了的溪北村。外人只知警察局长死了，不知溪北村还有个陈三也同时死了。溪北村的人愤怒了，他们不能容忍自己的村民就这样无辜地死在了警察局里。

这几天，不仅水娘寝食不安，廖焱、廖顺生、伍子华也伤透了脑筋，他们忙活了几天也没想出营救陈三的好方案。这天却突然听到陈三已死的消息，三人怒不可遏，水娘当即昏死过去。

这时，金石峰从外地回来了。没了主意的廖焱立刻找到金石峰。金石峰为陈三的死感到极度难过，重重地向墙板上击了一拳。在金石峰的带领下，二十多个溪北村的人到警察局要回了陈三的尸体。他又动员溪北村的男女老少总共两二百多人，抬着陈三的尸体上街，直接朝着鼓铺县政府走去。在到达县政府门前之后，大家高喊金石峰事前统一交代的两句话：

"请胡县长验尸，否则尸体抬进县衙！"

"请胡县长主持公道，否则大火烧毁警察局！"

面对来势汹汹的示威人群，胡秘书慌里慌张地去找胡瓢。见胡瓢不在办公室，就知道他这个县长叔叔一定去了他的"第二办公室"。"第二办公室"在金溪酒楼的县长包房，那个县长包房就是胡瓢和他的相好"空心菜"的幽会地点。胡秘书"咚咚咚"地跑上楼，又"嘭嘭嘭"地急敲房门。

"谁呀？不看时间就敢来敲门？"胡瓢很不高兴地说。

"叔叔，快起来，快起来！大水都冲了龙王庙啦，你还有心思玩女人。"

"又不是死人了，慌张什么。我刚过来，兴致全让你扫了。"胡瓢不快地说。

"哎呀，就是死人，就是死人了！溪北村的人把那个陈三的尸体抬到县衙啦！"

"啊？晦气！他们怎么老来这一套。保安大队呢？"

"保安大队的人全上了，总不能开枪吧！世上最难对付的就是死人的家属，上次他们把那个死掉的老太婆抬到张家，张地主损失了两百块银圆。"

"他们这是尝到甜头了。张地主有银圆，我可没有。"

这时，又有工作人员慌里慌张地跑来报告："不好啦，有一千多个人涌入县政府大楼了。"这一千多个人都是些什么人？胡瓢会如何应对？下文说。

第十八章

蟾蜍想吃天鹅肉

胡瓢听说有一千多个人涌入了县政府，吓得脸色大变。他对胡秘书说："让保安大队死守，别让他们冲进去抢东西。再通知周旅长，让他派部队支援，就说农民暴动，已经包围了县政府。快！快去！"

胡瓢支走了胡林，仍旧和"空心菜"鬼混，但始终提不起劲儿。无论"空心菜"怎样挑逗，他始终表情木讷。

"一千多个人？"胡瓢被她搂着，脑子里全是"一千多个人围住了县政府"这件事。他心想：一千多个人站在县政府门前，他们要干什么？找我？为什么找我？人又不是我抓的，应该去找抓他们的人呀。瞎胡闹！所以，我不能去。我如果出现，那一千多个人、两千多只眼睛还不把我看穿、看透、瞪死了？穷鬼们，这事不能怪我啊，那个陈三是被警察局抓的。还有那个张地主，是他给"黑警长"发的钱。说警察局和张财旺合谋陷害陈三倒是没错，但怎么不分青红皂白就跑到县政府来兴师问罪？其实，警察局弄死了陈三，陈三也杀了警察局长，警察局没赚，你们也不亏呀？一人做事一人当，警察局的事你们应该找警察局，张地主的事你们应该去问张地主，为什么跑来找我这个县长？没道理的。

"空心菜"见胡瓢没心思和她玩，说："哥哥，你还是别想了。胡秘书去周旅长那搬救兵啦，你还有啥担心的？实在不行就杀他几个人。杀鸡儆猴嘛，你们手上有权有枪还怕啥？"

胡瓢说："你一天到晚只知道吃啊、玩啊、数钱啊、上街买衣服啊，哪里知道我们当官的也有难处。"

"空心菜"笑道："哎呀，当官的有啥难处哇，无非就是下命令，就是吃、喝、管、拿，还有玩女人。这些谁不会呀！"

胡瓢瞪了"空心菜"一眼，说："你说得轻巧，当官的就忙这些？像现在死了人的情况，该咋办？"

"空心菜"说："人死了，拿害死他的人抵命呀！"

"害死他的人也死了。"

"找他身边的人，再弄个替死鬼呀！"

"对呀，万一不行，警察局不是还有人嘛。"胡瓢说完，抱住"空心菜"又说了句，"其实我妹子也能当官！"

胡瓢彻底放下了那"一千多个人"，心里、脑里、嘴里只有眼前的这一个人。他伸手拉下窗帘，把乱哄哄的人群隔在了屋外。

周志群听到胡县长求救，命令副官朱正带领一个营火速赶到县政府。

在现场的胡秘书出来迎接，说道："朱副官你们可来了。"

朱正没和他说话，命令一个连占据高处位置，架起数挺机枪，所有人荷枪实弹进入射击状态，又命令两个连去驱赶人群。他站在楼上大声喊话：

"所有闹事的人听着，命令你们即刻散去，越快离开越安全。我们是奉上级命令来镇压闹事人群的，这里是民国县政府，绝不允许任何人来冲击，否则就地击毙！"

金石峰说："我们不是来闹事的。溪北村的陈三应民国政府征兵要求，去部队服役三年。家里的母亲被人打死了政府不管，陈三刚退伍回来就被警察局抓去杀害了！请问朱副官，请问在场所有的军官、士兵，你们都是当兵的，如果你们的母亲在家里给人杀了，政府不管，你们回去后又被政府下面的警察局拉去枪毙了，你们会怎么想？你们家乡的人又会怎么做？这件事是我们和县里的事，我们是来向胡县长讨说法的。既然朱副官来管这事，就请你先给个回答。"

"对，先给个回答！"

"请朱副官先给个回答！"

金石峰话音刚落，全场人就跟着响应。前来镇压的国军士兵一个个面面相觑。队伍里的士兵们有的在说："竟有这样的事？太无法无天了，这鼓镛县还是中华民国吗？"

"这……"一向口齿伶俐的朱副官此时结巴了。他想说这个事情他不管，他眼前的任务就是让大家离开，否则就用武力驱逐，但话到嘴边又咽下去了。他不敢说，因为金石峰的话是说给他们听的，也是为他们说的。他们家里也有母亲，他们履行完义务也要回家。政府如此对待军人和家属，还有谁会愿意当兵？

果然，士兵们开始骚动起来，一个个都在说话。看他们的动作，观他们的表情，听他们的口气，好像都在说政府、官员和警察局。场面一时乱哄哄的，大有一边倒的态势。

朱正不蠢，他察觉到了士兵们的情绪。毕竟他也是从士兵这条路走过来的。如果那个金石峰说的是真的，那鼓镛县的官员也太无视党国、太无视法律了，应该呈报给上级，严惩鼓镛县政府官员。但这是后话，也不是他一个尚在军队履职的副官所要管的事。眼下他得服从命令，把这一大伙人群驱散了。可眼前这混乱的场面如何才能让它平静？士兵的冲动又如何让他们平复？只有枪声。于是，他拔出手枪，"啪啪"鸣枪两声。

众人在惊讶中安静了下来。朱正对着人群大声说："你们要我给个回答，我的回答是：陈三的遭遇我深表同情，我也谴责那些藐视我们军人的官员。但我们无力帮助，鼓镛县的胡县长出差了，我奉上峰命令带领部队维护治安。请你们速速离去，速速离去！"

"我们要见胡瓢，请军队离开！请朱副官带着军队离开！"金石峰大声喊道。

"请军队离开，我们要见胡瓢！"

"请胡瓢出来，别做缩头乌龟！"

朱正见大家不听劝告，拿起身边一个士兵的冲锋枪"哒哒哒"地开始扫射，子弹"嗖嗖嗖"地从人群头顶飞过。他又大声喊："如果你们不离开，下面我就用枪说话！"

"你敢！"

"那就试试看。"朱正用手枪"啪"的一下打掉说话人头上的斗笠，那人吓得仰倒在地。

"机枪手准备射击！"朱正下令说。

"慢！朱副官竟然如此无视民众，我要动员大家暂时离开。"金石峰通过几次未曾谋面的交锋以及欧阳女的介绍，深知朱正的野蛮和残忍。这个猪狗不如的副官，他说到就会做到，说开枪就会朝人群开枪。为避免乡亲们无辜伤亡，金石峰动员大家离开。

天色将暗，如血的残阳带着伤感告别人们，留下一个令人感到窒息的黄昏。溪北村人因为陈三的冤死而愤怒，也因为没给水娘讨得一个说法而耿耿于怀。可恨胡瓢竟然联合军队来对付百姓。那狗娘养的朱正居然向无辜百姓开枪。这国民党政权下的政府、警察局、军队，没一个好的。还有天杀的张财旺，事情都因他而起，水娘啥时候才能向他讨回血债？

金石峰也沉浸在苦恼中。他气愤今天怎么就来了朱正这个王八蛋。

他只好暂且放下溪北村的事，让他们把陈三的后事处理了。金溪下游的那些土匪，危害高滩，祸及邻县，把清澈的金溪都弄"浑浊"了。连日来，不断有消息传到县城，说近期三台峰土匪力量骤增，已经发展到了五六百人。

前文说到，岭头村的肖妹、窝妹被土匪诱去揩揩茶。两个妹子用计杀了土匪苟彪。匪首郭将富并未为难肖妹、窝妹，还亲自护送两人下山，并让土匪抬着苟彪尸体到岭头村"请罪"。郭将富对着两人的男人说了几句谦话后，忽然话锋一转，说让肖妹、窝妹每五天上山一次揩揩茶。肖妹知道郭将富要她们去不是揩揩茶而是供他玩乐，当即大怒，向郭将富猛撞过去。郭将富侧过身子退让了一步，肖妹倒在了草地上，郭将富十分恼火，命令土匪开枪。密集的枪声搅乱了整个岭头村。

但枪是朝天鸣放的，郭将富不想伤害两个女子，在没娶到山寨夫人之前，他还需要她们俩。

"郭将富，你这个畜生，我们和你拼了！"两个女子的男人拿起农具想要打死郭将富，但被其他土匪拦住了。郭将富又对天开了两枪，他不想此时就杀了这两个男人，原因还是肖妹、窝妹。如果她们的男人死了，两个烈性的女子就再没可能投入他的怀抱。

五天之后，郭将富果然派人下山通知肖妹、窝妹上山揩揩茶。

村里人告诉土匪，两家人三天前就带着衣物用具走了，就是惧怕上山揩揩茶。

下山的土匪飞快地跑上山，将情况报告给了郭将富。郭将富原本充满期待地等着两个妹子，听到她们跑了的消息，顿时咆哮起来：

"跑了？派人去找，除非她们不回来，除非她们死了！给我血洗岭头村，烧了这个村子！"说着他就要派人行动起来。

"不可！"严祖劝阻道。

"为何不可？"郭将富瞪着严祖问。

严祖说："大哥若烧了人家的窝，她们回来住哪里？"

郭将富拍了一下脑壳，说："哎呀，还是严祖兄弟说得对。留着家，人总是要回来的。可是她们啥时候会回来呢？你给估计下。"

"不知道，"严祖道，"但是大哥，小弟说句不该说的话，那两个婆娘毕竟是人家的老婆，即便与你同床共枕也是不情愿的。要想一劳永逸还得有自己的老婆。"

郭将富说："严老弟所言不错，只是咱是土匪呀，又住在山上，哪家姑娘愿意嫁给一个土匪做老婆？除非她也是土匪。"

"唉，大哥这么一说，我倒想起来了，"站在一旁的苟旺插嘴说，"听说九仙山上有一伙女子，个个年轻漂亮，她们也是占山为王，打家劫舍。咱们是不是可以去把她们弄来？到时候给大哥留下两个，其余的分给弟兄们。我都三十多了，也想有个女人呀。"

郭将富脸露喜色，说："对呀，早就听说九仙山上有女子，还都是黄花闺女，我怎么没往她们那儿想？若是能够把她们弄来，就可以解决好些人的终身大事。要不试试？"

苟旺说："不用试啦，去他二三十个人，把她们捆绑来便是。"

"严老弟，你说呢？"郭将富瞧着严祖问道。

"不可！"

"嗨呀，大哥，你问这个人，他啥事都说不可，你还能成个鸟事？咱们都是土匪了，还有啥事是不可的？把这事交给我，保证大哥明晚就能抱着女人睡觉。只是大哥要答应我，别少了我的。"苟旺说。

郭将富说："这个好办，你若是能把那十多个女子弄来，除了大哥看上的，剩下的由你挑。"

"不行呀，大哥。"严祖说。

"严老弟总是不可、不行的，那就说说你的理由吧。"郭将富不悦地说。

严祖说："理由就两条：一、九仙山是佛门净地，那些女子，准确数听说是九个，都是佛门弟子；二、她们有能力灭掉铜棚寨，非等闲之辈。请大哥三思。"

"嗨呀，就这两条？管个鸟用。她们既是佛门弟子，为啥去杀铜棚寨？她们能灭铜棚寨，我们也能灭九仙山。这些女子我要定了！"苟旺讨厌严祖的斯文相，大声地说道。

郭将富说："就这样定了。苟旺带着一小队人马去完成这个任务，为避免苟旺过于鲁莽，严祖作为军师一起参与行动。最好还是先礼后兵吧，能不动武就尽量不动。"

"我也一起行动？"严祖问。

"对，你也该有个媳妇了。"郭将富说。

严祖想推辞，于是说："我总觉得这事不能干，我也胜任不了，还请大哥让别人去吧。这事有苟旺足矣。"

郭将富说："你和苟旺　文　武，好好配合，定能把那几个女了弄来。我在家等着为你们摆庆功宴。"严祖听了，不好再推辞。

听说这次的任务是去抢女人，第二、第三小队的土匪也纷纷要求参加，有的还说："便宜总不能让一小队独占了！"郭将富没同意。

从三台峰到九仙山有五十多里路，需要行走几个时辰。宜早不宜迟，次日的凌晨四点，土匪们就起床，吃过早饭，带上午餐出发了。严祖计划在中午十二点到达九仙山，等吃过午餐，歇息片刻就开始行动。到那时，九仙山女子们可能在午睡，土匪们力争在天黑前带着女子们回到三台峰。这是严祖无奈之下做出的安排，他始终认为此次行动是错误的，更别想成功。

苟旺和其他土匪则是踌躇满志。他们在心里都做着一个同样的梦：今晚有女人抱着睡觉了。精神的力量有时是难以预料的，今天这些土匪因为是去抢女人，走起路来特别起劲儿。苦了的是严祖，他的身体原本就没有别人强壮，加上脑子里没有抢女人的意识刺激，走在路上已经落后一大截儿。苟旺一直都看不起这个酸秀才，平时很少和他来往。今天要不是他们大哥的安排，他怎么也不会让这个衰鬼跟来。但碍于大哥有吩咐，他也不能扔下他不管，就边走边等。因此，严祖在无意识中影响了大家的行进速度。

即便严祖拖了后腿，土匪们还是在中午前到达了九仙山，在距离普照寺五百米处停下歇息、吃饭。因为提早到达，就能提前行动。土匪们估计女子们在吃午饭，这个时刻他们冲进去，不费力气就能把她们制服，一个也甭想逃掉。

"严祖，你打不能打，杀不能杀，留着点儿力气晚上玩女人吧，我们上去了。大家千万记住大哥的话，绝不能开枪，枪是用来吓唬她们的。我们要活的，只有活的才能睡觉。"说完，苟旺带着二三十个人悄悄地摸上了普照寺。

严祖虽然被苟旺扔下不管，但是心里喜洋洋的，只是作为男人，让苟旺这般轻视，不免觉得有些丢脸。

再说欧阳女和她的妹子们并不像土匪们想的那样，等着束手就擒，她们得到了谢根的提醒，早有准备。这又是咋回事呢？

今早谢根在诵经时左眼皮就不停地跳，跳了足足有半根烟的时间。俗话说："跳左眼事在昼间；跳右眼事在夜晚。"欧阳女听了谢根的话，心中隐约有些不安。于是，她在早饭后派罗覃和董美娣到山口放哨，说："怕只怕朱正那厮又来找咱的麻烦。"但这回欧阳女估计错了。中午时分，董美娣回来报告，有一伙土匪模样的人已经来到前山，正在歇脚、吃东西。听他们说是来捉拿九仙女子护身队的，还说什么"晚上有女人睡觉了"。

"有几个人？"欧阳女问。

"二十八个人，七支枪。"董美娣说。

"还有枪？"

"是的。"

"你和罗覃就隐蔽在外头，注意看后面是否还有跟随的力量，再见机行事。这二十八个土匪就交给我们了！"董美娣走后，欧阳女又对大家说："二十八个土匪，咱们这里六个人，一人对付四个半土匪。这样吧，他们有七支枪，咱们就用一支枪，曹姑埋伏在暗处。记住，把他们引入丛林，咱们在暗处，土匪在明处。土匪没开枪，咱们不开，咱们用刀、棍和"飞石弹"。土匪若开枪，曹姑你就盯着带头的打。咱们用这支枪，只是想告诉敌人，我们也有枪。然后，刀、枪、棍、棒、'飞石弹'同时上，干死他们！"

"不知他们的口袋里有没有银子？"姐妹们群情激动，还想趁机再"赚"上一点儿。大家知道这是自铜棚寨的后又一场厮杀，都互相叮嘱，一定要多长一只眼睛，别伤了自己。

这时，土匪们摸上来了，苟旺走在前面。

在他们的想象中，女子们正在吃午饭，他们只要围住餐厅，女子们一个个就束手就擒了。

"怎么没一个人？她们都到哪儿去了？"土匪们疑惑地问。

佛堂里有两个和尚敲着檀木，嘴上念着佛经。他们是谢根和九金。

"老师父，你们寺里还有其他人吗？"找不到人的苟旺问谢根。

"阿弥陀佛，请问施主找的是什么人？"谢根说。

"女人，就是山上的那些女人。"

"你找她们有何贵干？"

"这个……她们其中有一个女子是……是我失踪的一个妹妹，想看看她是不是在这里。"

"令妹叫什么名字？"谢根问。

"叫、叫、叫肖妹。"苟旺毫无准备，一时口吃起来。

"敝寺没有这个人，你带着人走吧。"

"苟旺，那边、那边有人，是女的、女的。"有土匪看到女子们之后立刻报告给苟旺。苟旺离开佛堂，带着人跟了上去。走到半途，他们就听见前面有人"啊"地惨叫一声，随后又传来两次同样的叫声，让人毛骨悚然。

"苟旺，有两个人叫了之后就没了踪迹，可能是死了。"还是刚才那个土匪，他对苟旺说道。

苟旺瞪着那个土匪说："女人呢？你不是说看见了吗？"

"女人在此！请问你找女人有啥目的？为何带这么多人闯我佛寺，又拿着枪？"说话的是欧阳女。她站在前方不远处，面对苟旺和一群土匪，身后站着温七妹和曹梅。

"我们从三台峰来，奉头领郭将富的命令，过来招安你们。请你们到三台峰和我们一起图谋大业。"苟旺说。

"哦，招安我们？莫非郭将富是皇帝？"欧阳女问。

"那倒不是，是三台峰山主。"

"哈哈哈，好一个'山主'，不就是土匪吗？有什么资格来招安我们？快滚下山！"这时，树林里又传来两声惨叫。苟旺和众土匪都颤抖了一下，那声音是那么的瘆人，感觉像是冤鬼发出的。究竟是谁在惨叫？和苟旺一伙土匪有无关系？下文说。

第十九章

众匪魂断九仙山

树林里传出的撕心裂肺的惨叫声，令土匪们感到十分惊恐。苟旺问："你们杀死我的人了？"

欧阳女说："是有人踩到了铁剪，那是防备狼的。告诉你们一声，九仙山上到处布满了铁剪、铜剪，你们别乱窜。"这时，大家又听到两声痛苦的嗷叫声，声音听起来更远。

其实根本没有铁剪、铜剪，那是欧阳女吓唬土匪们的。惨叫声是土匪们挨了女子们的"飞石弹"后发出的。

欧阳女说："九仙山是佛门净地，不喜刀光剑影，更不愿见流血死人。如果你们是好心来'招安'，那么请回吧，我们不接受'招安'，也不为难你们。但如果有别的什么心思，还是想清楚了，九仙山上有千百种草药，就是没后悔药。"

苟旺看那欧阳女，身姿窈窕，秀发乌黑，眼眉如虹，似春日桃花，又如雨后出水芙蓉。见她紧衣裹身，布带缠腰，手执青钢，神情藐视，一派江湖侠女气质。苟旺心里一阵胡想：这女子长得这般好看，待在这大山里实在是可惜。她怎么就不找个婆家呢？莫非缘分在我大哥？大哥真是太有艳福了，想着都让人忌妒。既然是大哥的人，她就是我们的未来嫂嫂，是山寨夫人，我得抓紧把她弄回去。对了，逮住这个人，其他的人就会跟着走，我就从中挑一个。她身边那个就不错，我就要了她。就这么定了，用点儿力，拿下这女子。于是他大声喊道：

"妹子，你长得好看极了，我看到你的第一眼就舍不得移开眼睛。但我没这个福，是我大哥郭将富喜欢你。你叫什么？对，欧阳女。我们大哥喜欢你，所以派我们来请你过去做压寨夫人。你长得这么漂亮，待在这里多可惜呀。你就答应了吧，省得大家费力气。你身边那个女子就跟我吧，我和她也是男才女貌。其他女子也都有人要，我们那儿有一百多个男人由你们挑，省得一个个在这里守活寡。"

欧阳女怒视苟旺，说："闭嘴！别脏了九仙山佛门净地，真是蟾蜍想吃天鹅肉。对了，还没问你的狗名，报上来吧，省得死后连个臭名都没留下。"

"三台峰一小队队长苟旺。"

"哦，原来是'狗汪'。还是个当官的，怪不得'汪汪'乱叫。我给你个机会，咱们俩单挑，若是你赢，我和你去，若是你输了？"

"若是我输了，就留下一只眼睛，在这里一直看你，哈哈哈！"苟旺自信地说道。

"这是你说的，大家都听见了吗？"欧阳女说。

苟旺立即收拢人员，欧阳女这边除了埋伏在暗处的罗罤、董美娣，其余人都靠拢在她旁边。他们的脚下是一块较大的平地，便于打斗，也是个方便施展功夫的地方。

"我和这个姐姐比武时，你们不许乱动。"苟旺还挺懂规矩，嘱咐他的人不许乱动。然后，他抡起一把二十斤重的劈山凿地刀向欧阳女猛杀过去。欧阳女使用的是青钢铁棒，见土匪来势凶猛，连忙后退一步，举起青钢铁棒和土匪的劈山凿地刀碰撞在一起，"当"的一下，劈刀砍在铁棒上，溅起了火花。苟旺手掌被震得发麻，后退了两步，而后站稳，立成马步状。苟旺凭借一身蛮力耍刀乱砍。欧阳女舞起青钢铁棒，正面相迎。一刀一棒，不时地相碰，发出"当当"的响声。苟旺心想：这山野女子不但人长得好看，武功也这么好，耍起棍棒没有丝毫破绽，如铜墙铁壁一般挡住我的刀。但她这根铁棒想要胜过我的劈山大刀也难，我何不就此与她多玩儿招。这样的美人看着都舒服，过了这个时候，再想单独这样看她就没机会了，因为我把她逮回三台峰，她就是大哥的人了。可欧阳女却没给他机会。她的青钢铁棒越耍越勇，苟旺渐渐地有些招架不住了。他心想：这野女子还真是不敢小瞧呢，怎么越打越猛？苟旺被逼得又后退两步，回过神来的他，趁避让的间隙举劈刀向欧阳女横杀过去。这一刀，欧阳女若躲闪不及就可能被砍断半个腰身。可欧阳女眼疾手快，迅速地躲过了那把想置她于死地的快刀。只见她在避让土匪横刀杀来的瞬间，两脚尖在地上一垫，迅速弹起五六尺高。随即她又抢起铁棒，在自己身体将要落地，苟旺收刀站立不稳之际，对着他的肩膀就是一击。这一棒下去，苟旺的肩骨即使不碎，也得断成两截儿。没想到苟旺体壮如牛，且能忍受疼痛，他只大声叫喊了一句"哎哟"，就又拿起劈刀站起来，这时，欧阳女已经退至一丈之外。苟旺因为挨了一棒十分恼火。杀红了眼的他，不甘心就这样被一个野女子占了上风，必须给她一个回击，让她的肩上也吃一刀，于是冲杀了过去。一番较量下来，欧阳女已经看出，这土匪虽然力大如牛，但不是她的对手。她不想再与他耗费时间，就在苟旺向她杀来，马上逼近身边时，她用一只手向上举起青钢铁棒，与苟旺身高相近。因为苟旺的速度很快，他的右眼睛不偏不倚正好撞到青钢铁棒上，要命的是欧阳女又趁机将铁棒旋转了一圈。苟旺"啊"地尖叫一声，扔下劈刀将铁棒从右眼里头拔出，结果右边眉毛和眼珠也跟着被拔掉，只留下了一个窟窿。

正如苟旺事先说的，若他输了就留下一只眼睛，欧阳女帮他做了。

苟旺痛得在地上打滚，嗷嗷大叫。

在场的其他土匪都慌乱了，不知该如何是好。老大事先交代过，枪是用来吓唬女子的，若此时开枪，打死了女子谁负责？如果用刀棍对打，苟旺是三台峰武功最强的，连他都打不过那个欧阳女，其他人上去岂不是送死？打又打不过，不打就等着她们来杀，既然总有一死，还是和她们打一下。正在这时，刚才还在地上打滚的苟旺忽然站起来，一只手捂着右脸上边的那个洞，一只手晃动了几下，再指着欧阳女说："杀了她，开枪打死她！"

其他土匪听到苟旺下令开枪，迅速端起枪，扣动扳机推子弹上膛，再举枪瞄准。可是，做完这几个动作是需要时间的。埋伏在暗处的曹姑，她的枪口早已对准拿枪的土匪，然后手指一扣，一颗金黄色的子弹快速钻出枪膛，飞向对面，穿过一个土匪的头部，接着第二枪，又射穿一个土匪的胸膛。曹姑的反应极快，几乎每隔两秒钟射杀一个土匪。她瞄准的七个土匪，除了苟旺之外，有六个人，曹姑瞬间就干掉了四个人。其余两个人，被欧阳女的"飞石弹"打倒在地上。久违的枪声和"飞石弹"的响声在九仙山上再次响起。正义的子弹以闪电般的速度钻进那一个个恶人的身躯。漂亮的姑娘们趁势拿起刀棍，自觉或不自觉地在做着一件件漂亮的事。

失去枪的土匪惊慌大乱，他们举刀相迎，与九仙山女子们对打。可他们那几下子，哪里禁得住女子们的铁手攻击。她们如仙女腾云下雾，令土匪们大饱眼福，一双双馋眼目不转睛地看着九仙山上的这一道道"风景"，直到自己被刀或棍棒敲断了肋骨才回过神来，但这时想还手已经来不及。不一会儿，一个个全都呜呼哀哉了。

"都还没过足瘾呢，这就没了？"栀子说。

也难怪，就二十多个土匪，哪里禁得住女子们的打斗。

女子们清理完战场，发现已有十六个土匪死了，其余的还活着。他们有的像苟旺一样没了一只眼睛，有的一口门牙全被卸了，嘴里头还含着一块石子，有的折了胳膊或断了小腿。他们都是被"飞石弹"或棍棒所伤。

只剩下半条命的苟旺，再也没了来时的那种戾气。适才他是坐在一旁看着他那些土匪弟兄与女子们交战的。土匪们的不堪一击和女子们的睿智骁勇，让他彻底明白了九仙山的女子们是不可战胜的。

"姐大，这些半死不活的土匪，咱们干脆给他们个痛快！"栀子对欧阳女说。

欧阳女说："问他们自己是想死还是想活。"

一个土匪跪在地上求饶："我不想死，我还想活。求求仙女们，别杀我，别杀我！"

其他土匪也一起求饶："不要杀我们，不要杀我们！"

栀子说："他们是三台峰土匪，上次国军去剿，他们跑了。没想到他们今天跑这里来送死，这是老天要收他们呀，不如杀了他们吧？"

"给我一枪吧，我愿意死！"苟旺哀求道。

"其他人都可以死，就你不能！"欧阳女说。

"为什么？"

"你要回去汇报啊，你大哥还在家里等你的好消息。"

"你这个女人长那么漂亮，心怎么那么狠毒。我的眼睛被你打瞎了，哪里还有脸回去？"

"如果输了眼睛就留下，是你自己说的，大家也都听见了，别怪我。"

"我不怪你。杀了我吧，杀了我！"

这时，放哨的罗覃、董美娣押着一个人过来。罗覃对欧阳女说：

"姐，这个人鬼鬼祟祟的，在半道上，不进也不退。他说自己是从三台峰来的，与他们是一伙。"

"严祖，你会说话，快向这些仙女求求情，放了我们吧。"一个土匪见了严祖说。

"你也是土匪？就一道杀了！"栀子指着严祖说。

严祖说："我是和他们一起的，但我没来冒犯姑娘们啊。"

欧阳女瞪着严祖说："那你来九仙山的目的是什么？"

严祖说："郭将富叫我和他们一起来，但苟旺，就是他，他说我打不能打，杀不能杀，就不要参加行动了。"

有气无力的苟旺为严祖作证，说："我是这样说的。"

欧阳女说："那好，你带着苟旺回去复命，其他土匪都别想活了！"

"是！"栀子和她的姐妹听到欧阳女的命令后就要行动。

"慢！恳请姑娘们刀下留人！"严祖恳求道，"我请求留下他们性命，理由是：他们虽是土匪，但冤有头债有主。冤头债主是郭将富。我们这些人有的是因为无奈，有的是被逼当了土匪。如果姐姐们能够放他们一条生路，我可以让他们改邪归正，不再回三台峰，不再做土匪。"

欧阳女说："你保证？"

严祖道："立字为凭。"

于是，欧阳女让人拿来笔墨和白纸，由严祖写下不再为匪的字据，再让各人签字画押。此做法原本就是一种形式，土匪们啥坏事都敢做，还怕画押？前脚走了，后脚立马就能跨入土匪营垒，欧阳女她们又如何监督？但这伙人还真没骗人。或许因为他们都受了重伤，再做土匪也无力打劫，也不会再有人收留他们，郭将富也许还会在他们的伤口上再撒上一把盐。所以，他们下山后就没再回三台峰。去了哪里呢？据说有家的回了家，没家的治好伤后，有两个土匪做了乞丐，还有两个土匪因伤势不断加重又无钱医治，最后投了金溪。

严祖搀扶着苟旺回到三台峰向郭将富汇报。几天后，他们俩也离开了。既然打算离开，本可以不同山，但严祖自有他的想法。虽为土匪，但郭将富将二十多个人交给他和苟旺，最后全军覆没，自己总要有个交代。苟旺的哥哥苟彪早前死在山上，当时苟旺只伤心了几天。这次打九仙山废了一只眼，又死了那么多人，他才醒悟过来。苟旺是带着伤心和痛苦离开的。

苟旺和严祖去了哪里？没人知道。

九仙女子护身队消灭土匪的消息传到山下，鼓镛县又一次沸腾了。人们相互传播着，各种各样的说法都有。大街小巷这两天都是女子们勇杀土匪的话题：

"太厉害了，九仙山上的欧阳女，上次灭了铜棚寨，这次又灭了三台峰。"

"高滩的老百姓受三台峰土匪迫害最重。那个匪首郭将富居然要求山下的女子轮流上山陪他睡觉，太缺德了，这回他们被九仙山灭了。"

"听说土匪是去九仙山打劫，被杀得片甲不回。匪首郭将富跑了，其余的土匪全部被歼灭了。"

"打土匪还是九仙山的欧阳女厉害。她会飞起来杀人，枪都打不着，又有一手'飞石弹'功夫，十分了得！"

"九仙山有仙气呀，可能是神仙显灵帮助她们。"

"普照寺的菩萨也很灵，欧阳女天天诵经敬佛，菩萨能不护佑？"

"三台峰也是一股大土匪，国民党军去了两个营都没拿下。"

"国民党就会欺压老百姓，他们也怕土匪。"

"那个胡瓢除了会玩女人，屁事也不会干，当什么鸟县长。"

"胡瓢家里两个老婆，外面还养着个'空心菜'，吃着碗里看着锅里。"

"时下当官的哪个不这样？三妻四妾不嫌多，八九个情人不嫌少。正所谓外面彩旗飘飘，家里红旗不倒。"

"当今是官府欺压老百姓，地主剥削老百姓，土匪抢劫老百姓。老百姓只剩下几根骨头了。世道若还不变，咱们的日子不知要如何过。"

这天，胡瓢还在搂着"空心菜"睡觉，他的侄子胡秘书又跑来敲门。

"睡个午觉也不安宁。胡林，我就知道是你小子，又是哪家死了人了？"

"叔叔，是土匪死了。"

"土匪死了值得大惊小怪吗？滚去！"

"是很多土匪死了。"

"土匪统统死了不是更好？省得剿匪了。"

"你怎么不问土匪是怎么死的？"

"怎么死的？不会是自杀吧？"

"那倒不是。是九仙山的欧阳女杀了三台峰的土匪。"

"九仙山的欧阳女？她把三台峰给收拾了？周旅长去了两个营都没搞定，居然被欧阳女办了？这个欧阳女到底是人还是鬼，如此厉害？找个机会，我要见见这个女子。"胡瓢对欧阳女感兴趣起来。

胡林说："叔啊，这个欧阳女可是一位难得的人物，她不仅功夫十分了得，而且很有智慧头脑，人又长得非常漂亮。"

"人长得非常漂亮？"听说欧阳女人长得非常漂亮，胡瓢坐不住了，那颗野了的心蠢蠢欲动：咱鼓铺县竟然有这样完美的女人！

胡林对欧阳女的野心从那次送喜报开始就有了，只因无缘相见，只能憋在心里。看到胡瓢傻愣着不说话，胡林又说："那可是个要容貌有容貌，要气质有气质，要本事有本事的女子，住在深山里头太可惜了！"

"你喜欢她？"胡瓢问道。

"不瞒叔叔，那是至今唯一一个让侄儿心动的女人。"胡林说出了这句藏在心中已久的话。他看到他的叔叔提到欧阳女时的表情，听到他刚才说要见欧阳女的那些话，知道他的叔叔虽贵为县长，但心里总是想着漂亮女人，走到哪里，目光从不放过漂亮女人。如果不把自己对欧阳女的心意在他面前说清楚，说不定哪天他见了欧阳女就会有所行动。虽然可以肯定的是，欧阳女绝不会屈从他这个老头子，但是如果话被他先说了，他胡林想再表白就没那么体面了。

胡瓢听说胡林倾慕欧阳女，心中激起的那一丝念头，瞬间又悄悄地沉了下去。自己总不好跟个年轻人争风吃醋，何况胡林是自己的侄儿，自己又是县长。他是正儿八经娶妻，打起"官司"来也是必败无疑。

一旁的"空心菜"听到他们叔侄谈论欧阳女，又见她的胡瓢哥哥要见欧阳女的那种强烈兴趣，作为女人，她心中醋意大发，甚至酸得都有点儿坐不住了。幸亏胡林说他喜欢欧阳女，给老东西泼了一盆冷水，否则，这金溪酒楼一号间可能就要更换主人了。当然，这只是"空心菜"自己的想法，欧阳女绝不会像她一样卖身求荣。

"好了，我知道了。"胡瓢说完，支走胡林，他还要和"空心菜"再温存一会儿。

胡林走到楼道口，又转身说："叔叔，两个婶婶其实都不差。"

听了这话，胡瓢一怔，差点儿滚到床下。

"空心菜"心里骂道："狗拿耗子多管闲事。"从此，她开始憎恨胡林。

九仙女子护身队歼灭了前来"娶亲"的三台峰土匪，大家对此次战役取得的胜利非常满意，相信未来也定能在敌强我弱的情况下，灭敌于战场之上。今天能够消灭几十个人的土匪队伍，主要是因为部署得当。曹姑手握一支枪埋伏在暗处，打得又准又快，十分振奋人心。欧阳女对付苟旺的那招真是太厉害了，从气势上给土匪重重一击。可姑娘们在高兴之余，还面临一件头疼的事情：那十多具尸体怎么办？

"埋了呗，人死了总要入土。"这是大家的基本意见。可是该怎么埋？是分开埋，还是挖个坑把他们放一起埋？但不管怎么埋，都要花力气。姑娘们从来没做过这些事，一想到要花费很大力气埋葬这十多个土匪，原本高兴的心里顿时就凉了半截儿。

可尸体终归是要处理的。

"棺材是没有的，挖个大坑，把他们一起埋了吧。"欧阳女说。

"阿弥陀佛，善哉！善哉！把他们烧了吧！"老禅师谢根说，"多弄点儿松明，山上有的是柴火，让他们化作一缕青烟，飘到西天世界接受灵魂洗礼，来世做个好人。"

"对呀，烧了！"于是大家准备松明、干柴，将尸体焚烧殆尽。

姑娘们在土匪身上只搜出几个银圆、七支枪和一百来发子弹，再无他物。

"就这几个钱，连安葬费都没带，这些土匪太吝啬了。"温七妹说。

栀子说："不是土匪太吝啬，而是土匪太富裕。"大家听了这句后都笑了。

栀子说："姐大，这回咱们可以做'军火商'了？"

欧阳女问："怎么说？"

栀子说："咱们又得到七支枪，不仅可以人手一支，多的还能把它卖了，发点儿小财。"

"对呀，这世上啥东西都怕多，就钱不怕多，枪多了也没用。"董美娣说。

"那就卖吧，多了也没用。"欧阳女说。

"不可以！"

"金大哥？"

金石峰这次上山，虽然让九仙女子护身队没卖成军火，但是让她们彻底洗清了袭击"一支部队"的嫌疑。为什么金石峰一来就能彻底洗清九仙山女子袭击"一支部队"的嫌疑？他是如何做到的？下文说。

第二十章

血雨泪夜双溪口

栀子对欧阳女说，可以把从三台峰土匪手中缴获的七支枪卖了换些钱。这话刚好被上山的金石峰听到，他立即阻止了她们卖枪的想法。

金石峰说："上一次由于我们做了手脚，让周志群怀疑是三台峰的土匪杀了他们的那'一支部队'，并拿走了枪。后来他们派部队征剿，又让土匪跑掉了。所以他们并没有从三台峰土匪手里夺回失去的枪，也就没有证据证明是三台峰土匪袭击了他们的那'一支部队'。因此周志群的部队，尤其那个朱副官，始终没有彻底放下对九仙山的怀疑，只是没有铁证而已。但是现在有了。"

"现在有了？"大家疑惑地看着金石峰。

栀子问："金大哥是想把这七支枪送给周志群？"

金石峰说："不是这七支，是从那里取出几支。"

"哦？对呀，原装货。"大家恍然大悟。

"物归原主。"

"事情是这样的：三台峰土匪攻打九仙山，被九仙山女子们杀得片甲不留。九仙山女子们缴获了一批枪支弹药，而这些枪正是国军被消灭的那'一支部队'的。"栀子说。

"这招高啊，金大哥真是'栽赃嫁祸'的高手，手段一流。"欧阳女笑着说。

姑娘们都笑了。

金石峰说："生逢乱世，不动点儿脑筋就难以生存呀。"

栀子说："金大哥，这次三台峰土匪的本意不是来打我们，也不是来抢劫。"

金石峰问："那是什么？"

栀子说："来说亲。他们要迎娶我们姐大，让她去做压寨夫人。姐大说她已经有夫婿，否则，可以考虑。"

金石峰假装惊讶地问："可以考虑去做土匪老婆？欧阳，你真是这样想吗？"

栀子说："对呀，如果你不上点儿心，或许哪天她就改换山头了。"

欧阳女说："栀子，你这张嘴越来越油了，看我不把你的嘴撕烂。"说着她就要动起手来。栀子不断地呼喊"饶命"，欧阳女就是不松手，引来大家的一阵笑声。

胡林这几天总是失眠，听到人们议论九仙山女子灭土匪，他就越发地想欧阳女。这天，他向他的叔叔胡瓢建议：应该再次表彰一下九仙山上的那些女子，她们没吃过国家的一点儿粮饷，却一次次地帮助政府解决了难题。匪患越来越严重，政府都没办法，派军队去也无济于事，可九仙山的女子们却做到了，她们不声不响地战斗，消灭了大批土匪，救人民于灾难之中。如此为民除害的九仙女子护身队，政府难道不应该经常性地表扬一下？

胡瓢当然知道他这个侄子的心思。他是想再次上山送喜报，这样一来，就有机会见那个欧阳女。虽然有私心，但理由充分。于是，他让人起草文书，派胡林代表县长上九仙山宣布。

胡林怀揣喜报，带上两名同事，兴致勃勃地上了九仙山。见到欧阳女时，他的心"怦怦"直跳，想了一路的话，见到欧阳女时却不知从哪里开口。胡林有那种想法，却不敢在欧阳女面前说出来。他知道自己虽然是县长秘书，在官场上，从身份地位上说，他是配得上欧阳女的，欧阳女跟了他并不丢人，更不会有人说他们俩不般配。可是欧阳女肯定看不上他，她宁可生活在深山老林里，也不会去住县政府大院，即使他的叔叔还是县长。尽管胡林说得可能不准确，但他感觉到了，也许这就是欧阳女吧。所以，胡林对欧阳女只能爱慕，只能一厢情愿。但是他绝不会就此放弃这种深深的念想，得不到，想想也值。此外，欧阳女也尚未嫁人，他仍有机会。他在等待个时机，等待一个人能够为他说合。但具体是什么时间，是什么人，他不知道。

此刻，那个让他日思夜想、让他魂牵梦绕的人就在眼前。今日的她又有一番别致的风情，俊美的脸上浅露着微笑，坚毅的眼神中藏着温柔。"见过欧阳女小姐，我奉胡县长之命，前来宣读嘉奖令，对你们九仙山女子自觉而有成效的剿匪给予大力表彰。"胡林接着宣读了嘉奖内容。此时，所有女子都在场。今天，她们着装轻松，头不扎辫，一副很随性的式样。她们矜持又活泼、野性又淑女，与城里每日施粉黛的那些女人相比，具有一种自然的美，让人看着就喜欢。

胡林一点儿都不像他那个会讨女人欢心的叔叔胡瓢，看到喜欢的女人也不会说甜言蜜语。本来面对这样的良辰美景，在这个没有男人的场合，在一个心仪已久的人面前，胡秘书可以尽情地赞美欧阳女，再对她说几句求爱的话，或者邀请欧阳女去做客，到县里走一走，并把鼓镶县百姓都倾慕九仙山女子、钦佩欧阳女英雄的信息传递给她。可他那张好似被纸糊了半边的嘴，除了说官话，啥也说不出来。

　　瞧人家九仙山女子，个个语出惊人。

　　栀子说："又是几句空话？政府既然肯定我们的成绩，就来点儿实在的，送点儿银圆呀。一张废纸谁稀罕！"

　　温七妹说："对呀，胡县长若真心，就给我们送点儿大米、蔬菜，也比这张废纸强！"

　　曹梅说："有句话叫'当官不为民做主，不如回家卖红薯'。时下鼓镶县境内匪患成灾，你们当官的不剿匪、不灭匪，任由土匪发展壮大，是不是官匪一家？"

　　"不不不，这位妹子言重了，官府怎能与土匪一家呢？胡县长每天也都在考虑如何肃清匪患，并不是不管不问。驻军上次派了两个营的部队去三台峰剿匪就是证明。"胡林辩解道。

　　欧阳女说："听说国军死了'一支部队'，周志群怀疑是三台峰土匪作案，抢枪杀人，所以派部队剿匪是报仇。胡秘书，是这样的吗？"

　　胡林听到欧阳女问他，更加谦恭地回答道："是、是，当时周旅长是有复仇的想法。其实一开始也没断定是三台峰土匪杀了'一支部队'，因为高滩农民捡到了枪，所以才认定三台峰土匪就是杀人凶手。但当部队追杀到三台峰土匪的老巢，也没见到土匪的影子。"

　　欧阳女说："我们从三台峰土匪手上缴获了几支枪，不知是不是那'一支部队'的？"

　　胡林说："要拿到他们部队的后勤处对照枪号才知道。"

　　欧阳女说："那就劳烦胡秘书把枪带一支去对照。如果这支枪能对上号码，那么别的枪也是了。到时候，我们再把另外几支奉还。"

　　胡林高兴极了，说："太好了，如果能证明枪是'一支部队'的，那么三台峰土匪袭击'一支部队'的罪名就成立了。周旅长到时还会表彰你们、嘉奖你们。"

　　栀子说："如果又是这样一张废纸的话，我们宁可不要！"

　　胡林说："别看它只是一张纸，但意义非凡。若不是你们立了功，能得到这份盖上大印的嘉奖令？所以，妹妹们，别以为这只是一张纸。当然，政府也应该奖励点儿实惠的，精神和物质并举嘛。我会反映、我会反映。"

欧阳女说："那好，胡秘书公务繁忙，我们就不久留了。"

温七妹把早就准备好的一支枪交给胡林。胡林感到有些失望，他想在山上多逗留一点儿时间，还想坐一坐，走一走，看一看，无奈欧阳女下了逐客令，胆怯的他又不敢再说什么。他把枪交给他的下属，从口袋拿出纸笔，写了张收条交给欧阳女。

胡林走了一段路，突然回头大喊道："欧阳女，我——爱——你！"

所有人都很惊讶，连他自己都没想到怎么忽然有了这样的胆量。

胡林的这一声表白，欧阳女和她的徒弟们也都听到了。大家绝不肯放过这个开玩笑的机会。最活泼的栀子抢先说道："姐大，您老人家什么时候和胡秘书有关系了？藏得可真深啊？"

温七妹接着说："是啊，姐大，我每天和您在一起，几乎形影不离，没看见您下山啊。怎么就和胡秘书'爱'上了？好会保密哟！"

曹梅调侃说："有道是哪个男儿不想女，哪个女儿不思春。我们姐大也到岁数了，想人也不奇怪。你们也别大惊小怪哟。"

董美娣说："咱们这一群人中，除了姐大外，属我最大。人大不由心啦，你们不懂。"

栀子说："好个'人大不由心'，原来美娣的心也野了。姐大有胡秘书，美娣你呢？心中的人在哪儿？"

董美娣笑着说："在某个娘的肚子里。"

"哈哈哈哈！"女子们的笑声回荡在林子里。

年龄最小的董美英平时都只听姐姐们说话，这会儿也冒出了一句："那金大哥怎么办？"

欧阳女坐不住了，站起来道："什么'人大不由心''金大哥怎么办'，乱七八糟的，你们是不是又皮痒了？要挠一挠？"她说着就要对栀子动手。

栀子急了，连忙躲到温七妹背后，又悄悄在温七妹耳边说："咱们是不是再把姐大放倒，给她挠挠痒？"

没想到温七妹忍不住笑出声，她们的"阴谋"被欧阳女识破了。欧阳女说："放倒我？想都别想。"

栀子说："君子动口不动手。谁有这个心思，谁又有这个能力放倒姐大？七妹，你说呢？"

温七妹捋了下头发，忍住笑说："刚才是有人在我耳边说过这种意思的话，只是……"

"七妹，叛徒！"栀子一个动作就将温七妹放倒在地，然后说，"这就是叛徒的下场！"

大家都忍不住笑了。

一向少笑的罗罩忽然道："别笑了，再笑又出事了。"

"又出事了"这一句话瞬间像一盆冷水将大家的热烈讨论的兴致浇灭了。姐妹们立马收起脸上的笑容，现场顿时鸦雀无声。或许她们都在想一个人——梅花。梅花就是在那次玩笑中笑死的。大家知道今天在场的人，不会像梅花那样不幸，但一提到梅花，所有人都笑不起来了。刚刚被栀子调动起来的气氛又消失了，大家不欢而散。

对比九仙山的欢乐，三台峰却死一般的沉寂。此次，他们死亡的人，加上离开的人，共有二十八个人，等于郭将富的四个小队没了一个，就剩下三个小队了。这些人是为郭将富抢老婆而死的，郭将富心中有愧。但这次也不是为郭将富一个人抢老婆，他们的计划是把九仙山女子们一起"娶"来。郭将富也不可能一人都"娶"了，除了留下欧阳女，剩下的都打算分给其他土匪，起码苟旺就是这样安排的，所以他不惜拼命与欧阳女战斗，结果失败了。多数土匪丢了性命，少数土匪伤残严重。

当日苟旺回来，郭将富看到他那惨状，想立即拔枪崩了他，让他和死了的弟兄一起上路。因为严祖求饶，说苟旺一进九仙山就遇到欧阳女等人不问情由地攻击。那个欧阳女大骂三台峰土匪不是人，苟旺为了维护大哥的声誉才与她们交战，只是那个欧阳女武功十分了得，苟旺根本不是他的对手，连右眼也被她的青钢铁棒打瞎了。除了欧阳女，其他女子也个个厉害，去的人还没开枪，就被她们埋伏在暗处的枪手枪杀了。欧阳女特意留着苟旺的性命好回来报信，否则，他也被欧阳女杀了。

"唯独你毫发无伤，这是怎么回事？难道你的功夫比苟旺强？"郭将富问严祖。

"是我没让他进去，留在外头放哨，不然凭他的能力早就死几回了。"苟旺说。

严祖说："大哥，九仙山的那些女子，特别是欧阳女，您以后就别打她们的主意了。她们太强大了，咱三台峰不是她们的对手，斗不过她们。您要娶媳妇还是往别的地方考虑，欧阳女不属于您。"

郭将富损失了人，丢了枪，一肚子的怒火。他听到严祖还在说那些娘儿们的厉害，灭自己的威风，气得恨不得杀了这厮，但他忍了。他记得，一开始严祖就反对碰九仙山，是自己没听他的意见相信了苟旺。苟旺成事不足，败事有余。

两天后，趁着天未亮，严祖和苟旺偷偷地下了山，从此不知去向。

发现苟旺和严祖走了，郭将富大发雷霆，莫名其妙地拿大家出气。好像他的倒霉都是大家造成的。土匪们因为他是头儿，没敢和他计较，只好躲开。土匪们也理解，他们的头儿、他们的大哥最近在走霉运。先是想肖妹、窝妹，但两人连家都搬走了，他想下手又找不到人。后是想九仙山的女子，特别是那个未曾谋面、被人吹上天的欧阳女。郭将富心想：她不也是一个山寨之主吗？怎么就看不上我郭将富？还把我派去"娶亲"的人全杀了。欧阳女，我郭将富要捏死你，除非你认错，嫁给我，否则，我早晚要灭了九仙山。最可恨的还是苟旺这厮，若不是他出的鬼点子，我也不会去惹欧阳女，也不会死了那么多人。真后悔那天没宰了他，都是因为严祖那猢狲拦着。严祖这个猢狲也是不懂感恩的人渣，本来也该被杀，又是因为苟旺那厮给他说情。我怎么就听信了这两个混球的鬼话？他们互相开罪是为了保命。

"大哥，人死了不能复生，人走了不会回来，女人也会有的。"

郭将富回头一看，说话的人是二小队队长冬娃。见冬娃过来，郭将富的气稍微消了一些，说："我真后悔没亲手宰了苟旺和那个猢狲。"

冬娃说："大哥，他们能够回来，就相信你不会杀他们，否则，九仙山失利后他们就可以消失了。他们回来说一声再走，是看在你是大哥，彼此兄弟一场的情分上，走得光明磊落。"

听冬娃这一说，郭将富有所醒悟，气慢慢消了，说："这么说是我冤枉他们了？"

这个冬娃算是眼下三台峰土匪里头稍有头脑的人，虽然文化水平不及严祖，但是他性格沉稳、冷静，不像苟彪、苟旺兄弟那么急躁。冬娃之前不受郭将富重视，也是因为被苟彪、苟旺两片"乌云"遮住。虽然他是二小队队长，但是如今一小队全军覆没，二小队向前挪一位成了一小队。郭将富原来看重的苟彪、苟旺、严祖三人现在都不在了，他只能起用冬娃和三小队队长赵重。

这天，赵重对郭将富说："大哥，我想带弟兄们去双溪口走走，弄点儿东西回来。"

郭将富一口答应，并说自己也一同前往。

"不出深山，难知山外事。大哥是该出去散散心了。"冬娃说。

"去双溪口得全体出动。"郭将富说。于是，他留冬娃带五六个人看家，其余土匪全部下山。双溪口即将迎来一个血雨腥风的夜晚。

双溪口地处两县交界处，也属于鼓镛县。双溪口分为上溪口和下溪口两个村庄。这里地势平坦，人口稠密，是个汇聚八方商人，吸引各处土匪夜夜"光顾"的地方。郭将富不是第一次来双溪口了，这里的村庄和道路他很熟悉，即使是在夜间也不用向导。午夜时分，郭将富来到双溪口，首先对上溪口进行洗劫。

"谁抢的东西多，谁就有奖励。"郭将富命令土匪入户抢劫，自己拎着双枪在户外放风。听着家家户户孩子的啼哭声、女人的求饶声、老人的叫骂声和男人的搏斗对打声，郭将富感觉这是一种享受，不时地发出"哈哈"的笑声。

"畜生啊，老天会收了你们！"这是一个老婆婆在叫骂。一会儿，叫骂声停止了。老婆婆之所以叫骂，是因为土匪要对她的儿媳妇非礼。老婆婆的儿子外出做工还没回家，只有婆媳两人在家。老婆婆之所以骂声停止了，是因为她妨碍了土匪调戏她儿媳妇，她被土匪打晕又封了嘴。儿媳妇尽管极力反抗，但也被土匪打昏迷了，随后被两个土匪轮番糟蹋。可怜婆媳两人的生命就停止在了这个夜里。婆婆因身体受到重创，加之嘴又被封住，呼吸不畅死了。儿媳妇被土匪糟蹋后觉得没脸见人，上吊自杀了。

这一罪行，郭将富并不知道。因为家家户户发出的混乱声淹没了村子，郭将富高兴地等待着更多的收获，没注意这里头还有这样"精彩"的一幕。

"大哥，这个人二十六岁了，还是个'雏儿'，带回去给你解个馋吧？"赵重把抢来的一个女子扭送到郭将富身边。

郭将富划着洋火看了看，说："长得很俊，真是个'雏儿'？"

"带回去你就知道了。"

郭将富高兴极了。

女子被堵住嘴，不能喊叫，尽管她拼命挣扎，但无济于事。

这个女子的情况和那对婆媳一样，她和母亲两个人在家，父亲也是外出做工未回。二十六岁是她母亲说的，母亲的本意是想说闺女二十六岁了还未出嫁，求土匪放过她。可是，土匪若有同情怜悯之心，还能做得土匪？

当夜，女子的母亲也在自己的屋里上吊身亡了。

这一夜，土匪逼死了三人，又抢走了一名年轻女子，打伤反抗者数人。他们有钱拿钱，有米拿米，有鸡鸭拿鸡鸭，上百个家庭被洗劫一空。原本就贫穷的上溪口人，接下来的日子将会十分困难。上溪口全村都是哭泣的声音，听了令人心酸极了。

胡林把从九仙山带回的枪交给胡瓢，并说明了原因。胡瓢说把枪支送给周志群部。于是，胡林拿着枪去了旅部。周志群立即让军械处核对。核对结果说明，这支枪正是"一支部队"丢失的枪。周志群高兴地说："上次我们判断得没错，果然是三台峰土匪干的。"

在场的朱副官说："既然如此，就可彻底排除九仙山的嫌疑了。"

"嗯，九仙山女子真行，做了我们都没做到的事。"周志群正说着话，警卫报告胡县长来了。

"快请！"周志群走到门口迎接胡县长。随胡县长来的还有高滩乡乡长余得才。胡县长让余得才把三台峰土匪在高滩乡双溪口杀人抢劫之事说了一遍。

周志群说："胡秘书从九仙山带回来的枪，经核对就是我部的，与上次余乡长送来的一致。杀我'一支部队'的凶手就是郭将富。"

　　"好哇，终于确定了！"胡瓢请求周志群彻底剿灭三台峰土匪。周志群当即同意，并表示这次不能再盲目进军，需设计周密的方案。于是，他让朱副官通知召开剿匪紧急会议，胡县长也参加。会议刚开始，周志群就接到了上级的电话，参会下属见他们的旅长在听电话时的脸色瞬间由晴转阴，又由阴转雨，知道要出大事了。正是这个电话让周志群无心也没时间再商议剿匪。电话那头究竟说了什么？周志群为何如此惊恐？下文说。

第二十一章

红军大破铁岭关

周志群正在商议剿匪，突然电话响起。他拿起话筒，电话那头传来上级长官的声音，电话的内容此前从未在正式台面上说过。身为旅长的他，不能说没经历过大风大浪，可此时，他的身体还是颤抖了一下。放下话筒后，他脸色铁青，愣神了好一会儿。

"旅座，出什么事了？"看到长官脸色难看，朱副官问。

周志群没有马上回答副官，而是走到胡县长身边，和他说了几句话。胡县长听后，神情紧张，匆匆离开了。

周志群转身，面对在座的下级军官，突然大声喊道：

"全体听着，总部来电，有一股共产党的红军，大约一个军团，从赣南进入闽西北，两天后就会进入鼓铺县境内。上级命令我部务必将其歼灭，绝不能让红军在此落地生根。弟兄们，打仗的时刻到了！"

"一个军团？"

"一个军团至少两万人马，咱们一个旅能歼灭他们？"

这是一九三二年的三月。

中国工农红军分南北两个方向进军鼓铺县。国民党守军周志群旅因事先得到情报，将部队部署在南北两个方向进行防御。

周志群明白，分兵防守对己不利，但兵力不足，上面又要求死守，绝不能让"红匪"占领鼓铺县，他只能这么做。

南面的防御阵地设在距离县城六十里外的铁岭关。铁岭关是一处极其险要的关隘，也是下闽南、出赣南的必经之地。这里群峰矗立，山路崎岖，具有十分重要的战略地位，历来为兵家必争之地。

周志群在铁岭关部署一个团，并对团长炮正下达命令："守不住铁岭关，我枪毙你，不，你自己提头来见。"炮正信誓旦旦地说："若'红匪'有一人闯过铁岭，就是我团的无能，炮正定当自灭，以谢党国！"

　　进军鼓镛县的是红军三十六师。该师指战员在江西战场作战几年，此次入闽是根据中央苏区的命令，在闽西北鼓镛县点燃革命烈火。

　　红军先头部队到达铁岭关下时已经是下午四点。侦察完地形，一线指挥员将情况报告给师指挥部，并建议次日黎明攻关。师指挥部同意，同时命令后续部队连夜赶上，对铁岭关形成大兵压境之势。

　　三月的闽西北，仍是早春季节。天气潮湿，夜间寒冷，黎明时分经常有浓雾笼罩。这一天也不例外，白雾紧紧地锁住铁岭关，前方能见度不足十米。攻关的红军营长贺山说："大雾天气，敌人看不见远处，我们先派一个排摸上去，每人带上手榴弹。当接近投弹距离时，若敌人尚未发现，就集中投弹，把敌人炸死在睡梦中，顺势夺取关隘。若敌人发现我们，那么只有强攻了。因为此地地形狭窄，不能展开作战，只能依靠战士的勇敢和灵活。后面部队必须紧紧跟上，给守关敌人施压。"

　　红军的进攻时间定为早上五点，此时天微微亮。先头部队的一个排悄悄地向铁岭关靠近，其余部队紧跟其后。

　　一切十分顺利，但在距离敌军五十米时，情况突变，左侧山上突然响起了两声枪响。枪声划破静寂的早晨，穿过大雾，唤醒了守关的国军士兵，接着，密集的子弹朝着正面进攻的红军扫射，数名红军战士中弹牺牲，另有多人受伤。

　　"卧倒！"贺营长见敌人突袭，命令战士们先隐蔽，等待时机再组织强攻。

　　原来，那是炮正布置的一只"眼睛"。炮正在旅长面前立下断头誓言，生怕守不住关隘，死在铁岭，因此加倍谨慎，在铁岭关右侧向前推进五十米处设立一处暗哨，派几名士兵二十四小时盯梢。国军士兵在朦胧的白雾中看到了红军，就立即开枪。

　　红军偷袭失败，贺营长组织部队强攻，并调了两挺机枪掩护。进攻的红军战士根据地形边打边向前推进。因为关隘居高处，红军在低处，若要直立冲锋，身体全暴露在敌人的枪口下。在没有极强的火力压制住敌人火力的情况下，冲锋的战士非常容易牺牲。铁岭关地处山坳，前后都是斜坡，左右皆为悬崖，是"一夫当关，万夫莫开"之地。此时，国军只用一个排的兵力就阻止了红军一个营的进攻。

　　战斗依然在进行着。因浓雾尚未散去，双方都无法清晰地看到对方，只能依据枪声来判断射击方向。此情此景酷似孔明"草船借箭"时，曹军盲目射箭的情形。即使大雾弥漫，战斗也未曾停止，敌我双方仍有战士中弹牺牲，其中国军伤亡较小，红军牺牲较大。

战斗已经持续了一个小时。此时，天已经大亮。太阳的光芒正在慢慢地将迷雾驱散，铁岭关的山形地貌也渐渐清晰起来。雾散了以后，红军虽然可以看清楚关隘，但敌人枪口面前的一草一木也都暴露无遗，因此，夺关的难度更大了。

"报告营长……"报告人是一名班长，话说了一半又咽了回去。

贺营长正在拿着望远镜观察敌人的工事，听到有战士要说话，就鼓励他说："有什么话直说，我听着。"

班长见营长愿意听，便说："趁着敌人在正面与我军作战，尚未怀疑我军有别的动作，可派一支小队从左侧爬上去，再翻下去袭击敌人背后的部队。如果成功，等于我军可以两面夹击敌人。敌军遭遇突然袭击，必然大乱，我军即可乘势拿下铁岭关。"

贺营长紧皱的眉头舒展开了，他问："你是几连的？"

"一连三班班长姚逊。"

"你的建议极好，只是那几丈高的峭壁要怎么上去？"

"这个我有办法。"姚班长坚定地说。

"哦？那太好了！打完这仗，我命令你当排长，快去把你们连长叫来。"

"是！"

一会儿，一连连长来了。贺营长立刻下命令："一连长，你亲率两个排，从左侧爬上去，上去后翻山而下，看到信号立即开火。听到你们的枪声后，我将带领部队从正面进攻，一举歼灭敌人。立即行动！"

"是！"一连连长领命而去。他亲率一、二排从左翼爬上去。因为侧翼都是悬崖峭壁，有三四丈高度，虽然部队带来了绳索，但因第一个人很难上去，绳索无法从上面抛下，那刀切一样的崖壁上只留下几处洞口，也没长出树木藤蔓，士兵们没有办法上去。虽然多数人没办法，但是三班班长姚逊有办法。

姚逊说他能够从崖壁上爬上去。大家不相信，都看着他。一连连长心里也在责怪姚逊，心想：这小子竟敢背着他找营长，还夸下海口说有办法上去。

姚班长没时间考虑大家的意见，开始忙活起来。他先整理了一下行装，系好绑腿，将鞋子脱下挂在腰带上，再目测了一下带来的绳索的长度，为减轻绳索的重量，他只把绳索的一头儿系在腰上。准备完毕，姚班长开始行动。只见他站到约有两丈距离外，做了几次深呼吸，然后自喊口令，像在田径场上冲刺一样，三步并作两步跨上去。眨眼间，那个轻快敏捷的身子就如壁虎一般贴在了崖壁上。

"三班长会飞檐走壁？"站着的人都觉得不可思议。不过姚班长后面的功夫才让大家瞠目结舌，他的十根手指就像是十只钢爪，一伸手就紧紧地抓在石壁上，两只手交替着向上攀登。那双赤脚与手一样神奇，脚趾落在石壁上没有丝毫的滑动，整个身体就像在平地上匍匐前进一样。

站在崖壁下面的人还没来得及平复快速的心跳，姚班长就已经完成使命，将绳索牢牢地绑在了一棵大树上。

一连连长悬着的心终于放下了，他在心里赞叹道：这小子真有两下子！他立即将部队收拢，让大家一个个顺着姚班长放下的绳索爬上去。

两个小时后，枪声再次在铁岭关响起。手榴弹像下雨一样落到了国军的营地。因为距离近，红军的每一颗子弹、每一枚手榴弹都准确无误地命中了敌人。炮正这回没设"眼睛"，注意力都在关隘上，忽然遭到狂风暴雨般的袭击，他惊得大汗淋漓。"难道'红匪'是从天上落下来的？"他起先以为自己还在睡觉，在梦里听到枪声和爆炸声。再摸摸自己，才知道自己没睡觉，在和参谋长下棋。他转念又想："一定是关隘失守了。这个王八蛋连长，只需一个排就可守住的关隘，我给他一个连这么快就丢失了，除非他死了，否则，看我不枪毙他！"

炮正一扫象棋，三十二颗棋子"哗啦啦"全甩到了地上。他拔出手枪就往帐篷外冲。

"团座，危险！"参谋长和警卫跟了上去。遭此突袭，炮正的部队大乱，各级长官、士兵仓促应战。炮正又亲自调动、指挥一半部队压上关隘。可惜，这时已经迟了。在红军一连的突击战打响后，贺营长组织全营向铁岭关冲锋，红军另外的两个营也紧跟其后。

守在关隘的国军士兵听到身后忽然响起枪声，顿时慌乱起来。他们不知红军从哪儿来的，怎么这么快就打到了背后。又见无数的红军向关隘扑来，他们拿枪的手不停地颤抖，子弹不是朝着人打，而是飞到了天上或打到了地上。铁岭关就这样被红军攻破了。

红军在快要拿下关隘时，正遇上炮正的大部队往上冲。贺营长立刻组织反击。

一刻钟前，他还在担心铁岭关是不是能拿得下，一连连长带领的两个排是否能摸到敌人身后。一刻钟后，他却稳稳地站到了铁岭关上。战场上，瞬息万变，不是你死就是我亡。

炮正的部队无法摆开，虽然他有一个团，可时下完全处于挨打状态。国军官兵死伤无数，许多士兵找不到射击位置，更见不到射击目标，又难以躲过红军的子弹，一个个到处乱窜。而此时的红军反被动为主动，居高临下，越战越勇。炮正意识到，重新夺取关隘已经不可能，想大量地消灭红军更是不可能。

跟在炮正身边的参谋长说："团座，令一个营在此作战，其余人撤退，否则，咱们全团都得死在这里。"

参谋长的话刚说完，一枚手榴弹在距离他们五米处炸开。尽管已经迅速卧倒，但弹片还是飞到了他们的身上，炮正被打伤了手臂，参谋长伤了脖子，鲜血直流。

"团座，撤吧？"参谋长再次劝说炮正。

炮正一副愁容，说："我辜负了旅座，丢了铁岭关，回去也是死，还不如战死在这里，还留个英名。参谋长，你带领部队撤退，找留卜来和'红匪'拼了。"

参谋长说："不行，要留我留下，团座撤退。警卫员，快！保护团座下去！"

炮正被"挟持"离开了前线。参谋长指挥部队抵抗了一会儿，就被一颗飞来的子弹打中头部，当场死亡。国军部队全线崩溃，死的死，逃的逃，铁岭关已没有任何力量能阻止红军进入鼓铺县。

贺营长带领红军部队乘胜追击逃跑的国军部队。贺营长对着追击的指战员大喊："同志们，我们已经进入闽西北的鼓铺县，我们要去解放这里的人民和鼓铺县县城。绝不能让炮正的部队再进入县城，必须把他们消灭在城外。"

红军的任务不仅是拿下铁岭关，还要解放这一片土地，拯救穷苦的百姓。多消灭一个敌人，就能减少一份解放县城的压力。

红军历经长期作战，练就了能跑能打的本领。攻下铁岭关后，红军势如破竹。在贺营长的指挥下，红军部队很快就咬住了炮正的"尾巴"。

炮正的国军部队总共有一千多个人，已经被打掉了一大半，和他一起逃跑出来的只有三四百个人。

红军在后面追击，国军士兵不断地倒下。

炮正骑着马冲在前面，其余官兵就靠两条腿跑。士兵们为了保命，都没命地跑。但人的体能是有限的，当心跳达到每分钟一百二十次以上时，还能长时间地跑吗？炮正看到士兵跑不动了，红军又紧紧地追在后头，意识到如果继续跑就只有一个个背后挨枪弹而死。作为军人，背后被子弹穿膛，意味着不是逃跑就是遭遇冷枪袭击，死得不光彩。只有子弹从正面穿胸而死才算死得光荣。炮正还算有点儿血性，他不跑了，掉转马头命令部队停止逃跑，就地反击。

炮正的三四百个人气喘吁吁地仓促应战。一路跑来，他们的枪口都是向下，这一转身，枪口又得向上。向上射击时既有难度，准确率也低。

"弟兄们，我们不能再跑了，就在这里与'红匪'拼个你死我活，打赢了，我带你们回去，重重有赏！"炮正鼓励国军士兵们继续作战。

国军士兵们都知道，他们的团长此时说的都是屁话。铁岭关那么易守难攻，让他一个团来防守，一个早上就被红军攻克了。全团一千多个弟兄伤的伤，死的死，就剩下仓皇而逃的这几百人，还能顶得住势头正旺的红军？还能有命回去领赏？俗话说得没错："兵熊熊一个，将熊熊一窝。"国军士兵们个个都在骂他们的长官炮正。

看到毫无生的希望，有两个士兵商议如何逃跑，随后他们从两个方向向山里跑去。

炮正发现了，举起手中的枪"啪啪"两下，结果了两个士兵的性命。其他士兵见状，不敢再逃跑了。

贺营长见逃跑的敌人停下来抵抗，甚是欢喜。他知道，长时间的追击不如就地战斗。眼下，红军无论士气和地形都处于上风，消灭这股残敌胜利在望。

"敌人没力气再跑，才停下来抵抗。他们现在心在颤抖、手在发抖，正是全歼他们的最好时机。消灭敌人，彻底打开进入鼓镛县的通道，为解放穷苦百姓而战，狠狠地打吧！"贺营长不仅会指挥作战，政治动员也十分有力。

自上而下的瞄准可清楚地看清敌人。红军准确地射击，猛烈地投弹，把敌人打得抬不起头，一个个永远地趴在了地上。

周志群不知道铁岭关已经失守，派战马再次给炮正下达命令：

"铁岭关与党国命运息息相关，谁把它弄丢了，谁就是党国的罪人，军法从事！"

炮正自知没有退路，横竖都是死，就命令士兵向红军发起冲锋。这个国军团长已经疯了，他的命令除了让几百名官兵早一点死之外，没有任何作用。红军正愁敌人躲着不好瞄准，忽然见他们站起身体且在向枪口靠近，觉得是天赐良机，全歼敌人正在此时。不用贺营长再下命令，红军战士们手里的枪就像大年初一子时点燃的鞭炮一样响个不停。

炮正没有疯，他要用他的冲锋来鼓舞士兵，用他的死来向他的党国谢罪。

国军士兵们最后的冲锋还是有力的，但没有人能够抵挡住红军从枪膛里射出的子弹。国军剩下的几百个人全部倒在了田边、路边和山边，无一幸免。

红军经过半天的战斗，不仅拿下了铁岭关，还全歼了国军的一个团，这是入闽作战以来的一次大胜利。

这次战役缴获步枪、冲锋枪、轻机枪共一千多支（挺），子弹、手榴弹不计其数，为红三十六师进军鼓镛县提供了充足的弹药补给。红军在清理战场时，还从死者身上获得三百多块银圆和不少食物。

自此，红三十六师一路北进，宣传共产党的政策、主张，红军纪律严明，对百姓秋毫无犯，受到穷苦人民的欢迎。

前文说到，红军分南北两路进军鼓镛县，此处是南路进攻的红军，已经初战大捷。那么，北路红军怎么样了？

北路红军就是攻打鼓镛县北面的部队，是红三十六师的一个团，团长为刘宗。

先说国民党军的部署情况。周志群将他的部队，即炮正的那个团，用在铁岭关上。此前他获得情报，知道南边红军来势很猛，是红三十六师的主力，但铁岭关被誉为"天险雄关"，驻守一支小部队就可凭借关隘阻挡大部队的进攻。周志群以为用上一个团足可抵挡红军千军万马的进攻，可以无忧矣。

再说北边。鼓镛县北边的地形虽说也都是群山环抱，但没有铁岭关那样的天险可守，只能靠构筑工事来阻挡红军进攻。周志群在离县城三十里的杨家岭也部署了一个团，由汪照任代理团长。

杨家岭虽然不是关隘，但也是一个山坳，两边道路各有下坡，也算是居高临下。如果防守得当，亦可阻挡千百人部队的进攻。

周志群部署完毕，把对炮正说过的话作为命令，又下达给了汪照："守不住杨家岭，我枪毙你，不，你自己提头来见！"汪照的表态是："与杨家岭同生共存，阵地丢失之日，就是汪照为党国尽忠之时！"

周志群带着副官朱正准备离开，又转身对汪照说："守住了杨家岭，消灭了来犯的'红匪'，本旅长给你去掉'代理'二字，让你成为正式团长。"

"是！汪照决不辜负党国和旅座的栽培，决不让'红匪'踏进这片土地！"汪照跟随周志群多年，带领部队到三台峰剿过土匪。周志群很器重他，将他由营长提拔为代理团长。

杨家岭是由北向南进入鼓镛县的必经之道，红军要进鼓镛县开辟根据地，必须拿下杨家岭。这日中午时分，刘宗团长带领红军部队到达了杨家岭山下。

刘团长用望远镜察看了一番杨家岭，又派出侦察员对地形和敌情进行侦察。下午，部队安营扎寨，就地休息，刘团长带着两名连长进行实地勘察。

傍晚时分，刘团长回到营地，回想一个下午的勘察，没有啥实质性的收获，他知道要进入鼓镛县非得走杨家岭，非得消灭眼前这只"拦路虎"。他一时想不出好办法，干脆闭上眼睛眯一会儿。可是脑子里总是翻腾地想着这场仗怎么打，怎么能睡得着觉？他心想：如果硬冲、硬闯，我军战士将成班、成排地倒下。我怎能让战友们那样无谓地牺牲呢？正在一筹莫展时，警卫员报告说派去侦察的人回来了。

"我怎么把他们忘了？都过去一个下午了，才回来？"刘团长"腾"的一下从床上起来，"让他们先吃饭，一会儿向我汇报。"

派去侦察的是侦察班班长梁锋和另外三名战士。

梁锋和三名战士满身泥水，一脸苍白，站在刘团长身边。梁锋说："团长，我们仨真是饿坏了，但我们得先汇报后再吃饭。"

刘团长心疼地看着自己的战士，一时说不出话，点头同意了。

梁锋就把行走了一个下午侦察到的情况向刘团长做了详细的汇报。刘团长听后惊呼："天助我也！"梁锋汇报了啥有用的信息？刘团长将如何破敌？下文说。

第二十二章

星夜绕走杨家岭

次日一早，鼓镛县北门外出现了大批红军。军号声声，旌旗猎猎，三发信号弹唤醒沉睡的黎明。值勤的国军士兵大喊："红军攻城了！红军攻城了！"

周志群被铁岭关的噩耗刺激得一夜未眠，刚刚睡着就被惊醒。他在迷糊中大喊："铁岭关被破，杨家岭又失守啦？"

朱副官也还没弄清情况，只是说："红军出现在北门，可能杨家岭出事了。"

周志群紧张起来，说："快与汪照联系，难道他也像炮正一样死了？"

朱副官问机要科，机要科回答说，天亮前杨家岭仍然安好，红军尚未行动。

"那北门的红军是从天上掉下来的？"周志群意识到事态严重，继续说，"铁岭关，我一个团都难以挡住红军，半天时间就全军覆灭。红军如此厉害，怪不得国军几十万人在江西打不过他们几万人。攻破铁岭关的红军很快就会逼近县城，我该如何是好？"

"利用……"没等朱副官说完，机要科送来电报："进攻杨家岭的红军已于昨夜撤走，不知去向。"

电报是汪照发来的。很清楚，他们是天亮后才发现红军不见了。

周志群发火了："杨家岭是红军北进必经之地，如果杨家岭的红军和城外的红军是同一支部队，他们是怎么过来的？长了翅膀了吗？汪照是饭桶，他和炮正就是两头驴！"

朱副官说："当下情况，必须让汪照率部回来。"

"快！命令汪照火速回城，一定要快！"周志群没犹豫，立刻采纳了朱副官的建议。

汪照接到旅长命令，带着全团拔寨回营。部队行不到十里路，在两山的交界处，突遇袭击。

"红军，是红军！"先头部队中有人大喊。

"此处哪来的红军？"汪照不相信，可这激烈的枪炮声让他不得不信，拦截他们的就是昨天在杨家岭北面的红军。

"红军怎么跑到后面来了？"汪照和所有国军军官都是一头雾水。

红军在这里打伏击，比原计划攻打杨家岭强过十倍。让刘宗团长改变计划，另选战场，正是昨天那几个侦察兵的功劳。

事情经过是这样的：梁锋班长带着三名战士在侦察途中，遇到一个在田间劳动的农民。农民没见过穿蓝军装的兵，刚开始很怕，以为他们会杀他。梁锋班长看出农民很害怕，就把枪交给其他人，然后空着手走过去，笑着说：

"大叔，我们是红军。红军就是由像您这样的人组成的队伍。您知道吗？我们都是和您一样的人，家里也是种地的。"

"红军也是种地的穷人？"农民看着梁锋说。

梁锋进一步说："对，我们红军里的所有人都是穷苦农民，因为受压迫、受剥削日子过不下去了，所以才拿起枪反抗的。"

"反抗谁？"农民问。

梁锋说："反抗国民党，反抗地主和官僚，把他们打倒，让我们穷人自己当家。"

"国民党很大，有很多军队，在我们鼓镛县就驻扎着一个旅。"农民说。

梁锋说："不怕，我们从江西一路打过来，到鼓镛县就是要消灭周志群那个旅。"

"就你们四个人？"

梁锋说："大叔，我们先头部队有一个团，已经到达杨家岭，准备攻下杨家岭，然后打进鼓镛县，解放穷人。"

农民半信半疑，他心想：这世上竟然还有为穷人斗争的队伍？可是面前这几个青年士兵确实和国民党的那些兵不一样，对我这样一个种田的农民都这么和蔼客气。农民深受感动，又问："杨家岭上有多少国军？"

梁锋说："也是一个团。"

农民说："那不行。国军是坐山虎，一个团对一个团，你们包输，过不了杨家岭。"

梁锋说："我们团长也正有此顾虑，才派我们出来侦察，寻找其他可以上杨家岭的路。大叔，您是本地人，可知道有别的捷径可走？只要能够上杨家岭，到时我们分兵进攻，就不会伤亡那么大。"

农民吸烟。他拿出一个铁皮烟盒，里面装着烟丝，又从斗笠背面的篾孔取下一支竹子烟兜，将烟丝装上。农民拿着烟兜做了个递给梁锋的动作。梁锋礼貌地摇了摇头，说自己不会抽烟。农民收回烟兜，划着火柴，使劲儿地吸了两口。看样子农民的烟瘾很大，吸进去的烟一半吞进肚里，一半吐了出来。农民听了梁锋刚才的话，又吸了烟，来了精神，很有底气地说："我知道一条小路可以绕到杨家岭背后，就是要走二十多里。"

梁锋像干渴的人见到了甘泉，赶忙说："小路？您能带我们走走吗？我给您报酬。"

"能。但我不要报酬。"农民一点儿都没犹豫就答应带他们走。

梁锋从口袋里搜出两块银圆，一定要让农民收下。梁锋说自己耽误了农民劳动，这两块银圆是误工补贴。农民坚决不收，梁锋坚决要给，最后农民不得不收下了。然后他扔下锄头，带着梁锋他们上路。

这是一条人们不经常走的山间小路，两边长满了杂草，路边的树枝也伸到了路中间。农民走在前面，带着一把长柄的刀，遇到迈不出脚的地方就用刀劈几下。一路上，农民在想：如果红军真的像这个青年军人说的一样，那就太好了。他们打国民党，打周志群那些兵，还打地主，这些都是吃穷人血的鬼，就应该被打死。农民正是听了梁锋说的话，觉得看到了希望才主动去带路，希望这趟路没有白带。

农民带着四个红军战士翻过两座山梁，穿过三道沟壑，又走过了一片田垄，最后到了一条宽阔的大路上。整个路程耗时约一个半时辰。

农民指着路说："此路由左向上走五里就是杨家岭，向右再往下走二十五里就到了鼓镛县。"

梁锋握着农民的手，动情地说："红军十分感谢大叔今日的帮助。我们一定会解放鼓镛县。我叫梁锋，我们团长叫刘宗，等我们部队饮马金溪的那天，大叔您到鼓镛县找我们。若我在战斗中牺牲了，您可找刘宗团长；若团长也牺牲了，您可找我们红军中的任何人。我们红军是共产党领导的军队，共产党和红军绝不会忘记帮助过自己的人。"

梁锋记下农民的名字后与其道别。梁锋还要仔细地侦察一下地形和环境，待一切都心中有数了，才顺着来时的路往回走。具有一定军事常识的梁锋对团长说："如果能把汪照调回去，我军在半路上设伏，一定能将其打得落花流水。"

刘团长认真听取了梁锋的汇报，随后召集几名营长开了一场紧急会议。最后大家决定，连夜出发，派一营赶到鼓镛县，趁天未亮、敌人还未清醒时，打响攻城的第一枪。等周志群听完汪照汇报，杨家岭红军已连夜走了，到时候，他一定会命令汪照迅速回城增援。届时，红军的二营、三营就可以在半路上将其消灭。

此"调虎离山"之计甚妙，各营营长都十分赞成。于是红军连夜行动，一切都做得不声不响。只是累坏了梁锋等四个战士，他们侦察、带路，来来回回走了七八十里路。

汪照直到天亮，才发现山下的红军走了。去了哪里？他不知道。听了周志群发来的急电，才知道红军已经包围了鼓镛县。攻打鼓镛县的红军是杨家岭消失的红军吗？如果是，他们是怎么绕开杨家岭的？汪照百思不得其解，但他没有时间去破解这个谜题了，眼下，他得以最快的速度返回城内，消灭攻打鼓镛县的红军。

汪照一心想在杨家岭打个漂亮仗，让自己团长职位前面的"代理"两个字去掉，没想到一夜之间成了泡影。汪照本来想带着部队慢慢返回，没必要拼死累活地赶。县城丢了与他汪照有什么关系？他的部队原本就住在城外，城里一没他的父母，二没他的妻子儿女，三没他的情人和相好。那是周志群、胡瓢这样的"封疆大吏"吃喝享乐的地方。汪照之所以紧赶慢赶，还是因为想去掉"代理"两个字。一个团长前面加个"代理"，分明是上头对自己还不够相信，还存在疑心。因为是"代理"的团长，下面的那些营长们也瞧不起他，甚至一个个都觊觎这个位子，希望他"代理"不下去，让他们来"代理"，或者他们能一步到位。

汪照心想：还是别偷懒，赶回去救县城，救旅长。最好能在旅长危险中把他救出来。要救旅长就得快，迟了，旅长被别人救了，或者死了，一切又要成泡影了。此时，红军兵临城下，城内空虚，自己若能在城外把红军消灭，就是大功劳一件，就能早一天去掉"代理"两个字。于是马鞭一抽，他坐下的战马跑动起来，后面徒步的官兵喘着粗气跟着跑。

"哒哒哒……"打响二十四弯第一枪的是刘团长身边的一挺机枪。刘团长带领两个营埋伏在二十四弯，已经在此等候了两个多时辰。

从杨家岭到鼓镛县方向，有一条穿行在深山峡谷，最终流向金溪的河流，从金溪河口到这里共有二十四个弯道，因此古人取"二十四弯"做了此处的地名。红军根据白天带路农民的指引，看到二十四弯可以作为伏击地点，刘团长就把部队部署在树林中，专等汪照部队返回。

汪照的坐骑听到枪响受到了惊吓，导致汪照摔下马来。国军士兵大部分已经进入红军的射击范围，所有人都只注意赶路，没想到头上还埋伏着要命的红军。枪声一响，国军部队大乱，因为看不见树林里的红军，士兵们不知道朝哪里开枪，没被打死和打伤的人找路边的土包、土堆做掩体，卧倒后盲目地向山上开枪。汪照从马上摔下来，虽没摔死，但摔得疼痛难忍，无力指挥部队。此时的国军官兵们都是各自为战。红军居高临下，无论是射击，还是投弹，都十分轻松、准确。每一枚手榴弹、每一颗从枪膛里射出的子弹，都能给敌人致命的一击。

汪照被警卫员护在一块巨石后面，他想向部队喊话，让大家往县城方向突围。刚露头，红军的子弹就像雨点般落在附近，吓得他只能再次缩头躲藏。

战场上最要命的就是在无意识中遭到敌人劈头盖脸的打击，而最惨烈、死亡人数最多的时刻就是在最初的一分钟或几十秒。汪照的部队就是在一分钟时间里倒下了几乎一半的军官和士兵。

红军藏在山上，可以清楚地看到路上慌了手脚的国军部队，可以不费力气地将一枚枚手榴弹往下投掷，也可以平心静气地瞄准敌人和扣扳机。国军士兵看不见树林里的红军，更没法进行有效的射击，他们在慌乱和仓促中射出的子弹，有的打在了土里，有的打在了树干上，有的将树叶打得"噼啪"响，有的直飞向天空，就像在对天鸣枪，士兵们身上背着的手榴弹，一颗也没用上。因为他们即使是投弹能手，也不敢保证能向上投几十米后，不会落下炸死自己。

不能再继续挨打了。汪照感觉身体不那么疼痛，翻身一滚，躲到路边的一棵树下。他朝着国军士兵们喊道："突围，想办法突围！原地不动只能等死！"汪照的呼喊声，有些士兵听到了，看到团长还没死，一个个在不知所措中回过神来，都试着往外冲。

这些该死的营长、连长都去哪儿了？难道都死了？这种时候也没看到一个人站出来，部队几乎一盘散沙。汪照在心里责怪他的下级军官。

那些营长、连长和汪照一样，也怕红军的子弹穿头而过，一个个都找了一处安全的地方暂避起来。他们起先看到汪照从坐骑上摔下，也想上去看看他是不是摔得很严重，是不是还能继续骑马指挥。但是紧接着的密集的枪声、爆炸声让部队迅速走到生死边缘。大家都自顾不暇了，还能不惧死亡去关心团长？

汪照被甩在一边，暂时没死的营长、连长在另一边。

"弟兄们，边打边冲出去，冲出去才能活！"有个营长对士兵大喊。

"冲啊！冲出去！"国军士兵一个个接着喊起来。

国军部队之所以被围困住，是因为二十四弯的作用。二十四弯是一处环形地带，里头有弯弯的河流、弯弯的路和弯弯的荒田。弯弯的树林里埋伏着红军，他们枪口一致朝下，十分有利于伏击。

听到长官喊叫，国军士兵冒死冲向大路，顺着县城的方向跑。

国军的这一举动，树林里的红军看得清清楚楚。为了全歼敌人，刘团长命令火力集中在出口上。

被打晕的国军官兵，这时都从地上站了起来。逃生是人的本能，大家都意识到再不突围就只有死在这里，所以都没命地往出口处冲。

汪照此时想的是能突围多少是多少，总不能全死在这。汪照在警卫和下属的保护下，混在人群中冲出了包围圈。他的战马被乱枪打死了，他随士兵一起跑出红军的射程后，站在高处看着后面冲山来的官兵。当看到几个营长都还活着，他的心情多少得到了一些安慰。汪照命令所有营长带领自己的人再跑两公里，到达安全处集合。

到达指定地点后，汪照清点人数，还剩下三百二十七个人，足足减员三分之二。物资方面，丢失六百多支长短枪、八挺机枪，以及大量手榴弹、子弹，尤其是手榴弹，几乎都拱手送给红军了。

"没想到红军如此厉害，他们简直就是神兵！"汪照心虚了，邋遢得像只落水的老鼠。电台已经在战斗中炸毁了，汪照无法和旅部联系。他估计县城已经失守了，旅长或许已经做了俘虏。

红军用猛烈的火力消灭了大量敌人，但没实现全歼的目标，有三百多个敌人冲了出去。但无疑今天大家打了一个大胜仗！有人建议乘胜追击，彻底消灭逃跑的敌人。刘团长不同意，说："穷寇勿追。我军昨夜整宿未睡，黎明后打了这么久，补充食物和弹药是当务之急。"于是红军清理战场，收获大批武器弹药，又搜得食物、银圆不少。

此次战役红军牺牲的战士有十六人，受伤的战士有二十多人。

随后，红军就地生火做饭，并作短暂休息，定于午时向鼓镛县进发。

"鼓镛县一定是个富庶的地方，从这里的青山绿水就可以看出。"

"当今，再富庶的地方都是穷地方，老百姓穷，土豪劣绅、官僚富。这是一片革命的处女地，咱们红军把它解放出来，让它作为革命根据地，建立起苏维埃，让星星之火在闽西北大地上燃烧。"

"那些国民党反动派不是我们的对手，咱们一进鼓镛县就击溃了他们的一个团。"

"蒋介石的中央军都奈何不了咱们，何况是土军阀？"

"打仗靠战略战术，今天我们这场仗的胜利全靠昨天梁锋的侦察，据说是一个农民老乡给梁锋指的路。多亏了这个老乡，否则，我们硬攻杨家岭，那情形可能就相反了。我们现在也许已经躺在了杨家岭。"

"打进鼓镛县，吃一吃闽西北的土特产。"

"你一说吃，我就有点儿嘴馋了。"

战士们一路走着，一路议论着，都希望早日拿下鼓镛县，解放这座闽西北重镇，然后再吃一吃有名的"闽西八大干"。

再说红军一营。黎明时分，他们悄悄地出现在鼓镛县城外，吓得城里的国军部队大呼小叫，以为红军就要攻城了。周志群在城内的部队不多，只有一个警卫连。他心想：这些该死的红军是怎么来的？应该不是攻打铁岭关的红军，他们还在路上。杨家岭方向的红军更是不可能，汪照的一个团难道是吃素的？当得知杨家岭红军不知去向后，周志群知道大事不好，叫嚷着："汪照无能，我要枪毙他！"此时，朱副官建议，须速速到城外，免得被生擒。于是周志群赶忙带着警卫连出南门而去。

虚张声势的红军一营，估计杨家岭的敌军已被调回来了，也悄悄撤离，退到五里外休整。

鼓铺县县长胡瓢听说红军来了，却是别有一番心思。他不骂红军，而是大骂国军："娘的，平日里耀武扬威，一听说红军来了，跑得比兔子还快，党国怎么就养了这么些废物！一个团守铁岭关，被吃得一个不剩；一个团守杨家岭，又死得精光。你周志群有几个团？你的兵就这么不经打？就是地方民团也不会死那么快呀。"

"叔，周志群早就出城啦，咱们也得出去避避。如果红军打进城来，我们就走不成了。"胡林慌慌张张地跑去见胡瓢。

胡瓢倒是很沉着，不紧不慢地说："你带着两个婶婶和胡瑞先走。我收拾一下随后就来。"

胡林有些害怕，也担心他的叔叔，这个时候慢了一步都有可能被红军抓住，于是说："叔还是一起走，免得婶婶担心，胡瑞也需要你。"

胡瓢不耐烦了，说："大丈夫做事不要絮絮叨叨。快去，去古佛寺，瑞儿他娘在那儿。"

胡林说："叔，胡瑞去古佛寺没问题，但你叫两个婶婶也去古佛寺，那不是找打？范安婶婶能饶得了两个小婶婶？再说我也不想去那里。"

胡瓢说："你还能找到更安全的去处吗？"

胡林说："上九仙山，那里应该可以躲避一时。"

"不行，不行，你那点儿花花肠子我还不知道？你是想去见那个欧阳女，可现在是什么时候了？这些落草为寇的山贼，最是仇视官府，你把县长的老婆、儿子送上去，岂不是找死？"胡瓢说。

"叔，欧阳女不是山贼，她不是那样的人。"胡林说。

"不行，不要说了，哪里都可以去，就是不能去九仙山。"胡瓢想了想又说，"去高滩吧，我写封信，你交给余得才乡长，他会安排你们。我随后就到。"

"好吧，去高滩找余得才乡长。"说完，胡林离开了。

县衙里头已经大乱，所有公职人员都感到大难临头，紧张地收拾自己的东西，把值钱的带走了，公家的、不值钱的扔了一地。大家觉得以后这里就是共产党和红军的天下，鼓铺县将易主了。胡瓢今天还是县长，明天就可能不是了。

"县长，我们将做何打算？民国就这样完了吗，党国也完了吗？"有人问。胡瓢没有回答，他不知道该如何回答。

胡瓢带着几个人刚走到门口，就有一个人焦急地大喊："胡哥往哪里去？"胡瓢一怔，停住了脚步。那个喊叫的人是谁？喊胡瓢有啥事？下文说。

第二十三章

杀鸡焉用宰牛刀

红军兵临城下，周旅长弃城逃跑。鼓镛县政府内部乱成一锅粥，大家纷纷收拾行囊准备逃命。县长胡瓢刚出大门，被匆匆赶来的一个人叫住。胡县长停住脚步，转身对那人说："红军就要进城，我们出城避避，香妹有何打算？"

胡县长口中的香妹就是"空心菜"。她说："我在鼓镛县除了依附哥哥，还能有什么打算？就想与哥哥一起走。"胡瓢沉思了一下，说："好吧，一起走。"

金石峰从山里又进了一批货，有獐皮、鹿角、鹿子血等，都是贵重的补品。鹿角、猴糕特别珍稀，市面上都是见不着的，可金石峰却奇迹般地采购到了。在鼓镛县，也只有金石峰有这个能耐，只要山里有的，他都能找得到，都能弄得来。蛇有蛇路，鼠有鼠道，金石峰自有他的采货之道。他做山货多年，不愁买卖，只愁没货。像上面所列的这些都是稀缺品，只要他在门前把牌子一挂，购买的人就会踩破门槛，很快抢购一空。

金石峰进完货，人就消失了，把店铺交给帮手打理。

突然间，风云突变。这是城里所有人都不曾料到的。金石峰期待红军打进鼓镛县，期待共产党领导这片天地，可他平时也只是作为一件事来想。没想到，今天他一起床红军就真来了。作为向往革命、追求革命、一心盼望党组织来到身边的他，此时的心情是多么惬意呀！他要去溪北村召集廖焱、廖顺生、伍子华，一起迎接红军。他也有一段时间没去溪北村了，不知水娘现在过得怎么样，打算顺便去看看她和牧耕。

丈夫陈三的死，给水娘带来了巨大的伤痛。陈三在国民党军队服役，虽然三年无音信，但是水娘心中总还抱着一份希望，盼着哪天他能回来，一家人可以团聚。现在这份希望破灭了，陈三再也不可能回来，她连个念想都没有了。她像长在空旷的田野里的一棵孤零零的草，被风吹得站立不稳。她现在没希望，没念想，只有恨。她恨这个世界，世界那么大，却没有她和家人的容身之地。她恨国民党，恨地主张财旺，恨警察局那些"黑狗子"，是他们害死了她婆婆、她丈夫，害得他们家破人亡。水娘除了恨，心里空荡荡的。她想死，死了就没烦心，就没恨，就可以万事解脱。可一想到可怜的儿子，又下不了决心。

金石峰觉得对不住水娘。陈三被警察局打死，金石峰组织群众到县衙抗议、示威、讨说法，但事情没有成功。胡瓢不敢出来，还动用军队镇压，致使行动失败。金石峰和陈三是好兄弟，看着好兄弟被官府活活打死，他也恨，恨国民党这个黑暗腐朽、不管老百姓死活的政权。陈三为国民党卖命刚回来，就被他们打死，金石峰一定要给死去的兄弟要个说法，也算是给水娘一点儿慰藉。但自己不仅没做到，还差点儿让无辜的乡亲们又死在朱正那个流氓的枪口下。对于这事，金石峰一直耿耿于怀。水娘怕儿子牧耕再遭陷害，就把他秘密送到乡下亲戚家寄养。

廖焱等人听到红军要来都很兴奋。在鼓镛县只有金石峰、廖焱知道红军，见过红军。廖顺生和伍子华只听金石峰讲过。金石峰两年前就见过红军，又在江西的红军队伍里生活了一段时间。金石峰说他在那里加入了中国共产党，还有廖焱，也是他领着去的。他们两个人是鼓镛县最早的共产党员，但从没对外说过，包括廖顺生、伍子华也不知道。他们经常听金石峰讲共产党和红军如何进行革命，说红军是专门为穷人打天下的队伍。金石峰有学识，有见地，金石峰说的话，他们三个人是百分之百的信服。所以，他们一心希望共产党和红军早日来鼓镛县，推翻这个只知道欺负和剥削穷苦百姓的国民党政权。

金石峰说："据城外的消息，红军已经屯兵北门外，准备从北门攻城。周志群已经移驻城外，胡瓢见周志群走了，知道无力守城，也仓皇逃命去了。现在城内只有保安大队那几个兵和一些没有权势又无处可去的官员。我们一定要迎接红军进城。"

伍子华说："咱们现在就去把城门打开，让红军进来？"

金石峰说："还需亲自到城外去一趟，看看红军究竟来了多少人。前面所说的都只是听闻，但红军来了的消息是准确的。两天前，红军在铁岭关就歼灭了周志群一个团，这是准确无误的消息。"

廖顺生兴奋地说："红军真是厉害，一进鼓镛县就消灭敌人一个团。"

廖焱说："铁岭关易守难攻，是鼓镛县最雄奇险要的一个关隘，红军拿下铁岭关，还在那里歼灭一个团的敌人，不知是红军特别英勇，还是国军特别无能。"

"肯定是红军特别英勇，国军特别无能。"伍子华说。

金石峰说："话不能说得太绝对，如果说国军特别无能，就意味着国军特别好对付，就可以不费力气地消灭他们，但事实并不完全是这样。打仗靠指挥得当，靠战士勇敢，靠精良的武器，靠合理地利用地形等，这叫战术。红军在铁岭关消灭敌人一个团，肯定进行了顽强战斗，也一定牺牲不小。当然，红军一定是特别英勇的。"

"石峰，还是你懂得更多。"伍子华笑着说道。

听到红军来了的消息，恐慌的不仅是国民党，还有老百姓。当听说国军的周旅长都逃跑了，县长胡瓢也寻求躲避去了，许多人也纷纷出城"避难"。山城的人都走南门，因为人家以为北门被红军占领了。一时间，南门就如同赶集，到处是人挤人的场面。人群中有人在叫喊："红兵来了，快跑！""跑啊，跑红兵！红兵是红毛贼，见人就杀！"他们把红军说成"红兵"，把躲避红军这一举动叫做"跑红兵"。

之所以会有这种误会，是因为国民党的宣传。国民党为了维护自己的统治，也为了愚化百姓，平时大力丑化共产党及其领导的红军。由于"产"字在当地方言中与"蛋"同音，就借字说事："共产（蛋）党和蒋介石斗，就是鸡蛋碰石头，必死无疑。""共产党是几个男人共用一个女人，同穿一条裤子。红军到处抢女人，抢吃的。"老百姓不明真相，不知道共产党究竟是什么样的人，就都相信了国民党的宣传。现在红军和共产党来了，只有跑出去躲起来。

金石峰看到了问题。他努力地向人们说明，红军不是像国民党宣传的那样，但他也不能太正面宣传，一是要保护自己，二是老百姓们也不相信。有人反问："你怎么知道？"金石峰无言以对，他不能说自己就是共产党，只能讲自己也是听说。既然是听说就没说服力，大家还是相信国民党官方说的，宁可相信是真的。但也有许多人不"跑红兵"，溪北村人就不跑。他们信金石峰、廖焱、廖顺生、伍子华他们也带头不动。金石峰对溪北村人说：

"大家都是农民，手里有农具，红军若真是来抢劫，咱们就拿起刀、棍来对付，就算他们是'红毛贼'，又有啥可怕的？"金石峰这样讲，只是想稳住溪北村，让大家别跑。红军一来，误会就会自动消除。溪北村人相信金石峰，一个都没跑，但他们都做了最坏的打算，红军来时，让老人、孩子、妇女都关紧门窗，躲在家里，所有青壮年男人拿起武器御敌。金石峰和廖焱还说他们会站在最前面。

金石峰他们几个人是分开出城的。他和伍子华出南门，想在"跑红兵"

的人群中再做些宣传，让大家尽量少误会共产党和红军。廖焱和廖顺生走北门，去了解红军是不是真的屯兵城外。由于北门紧闭，出不去，两人只能登高远望，却没看见一个红军，更别说"有几万红军在准备攻城"。

"这究竟是咋回事呢？难道他们旅长、县长得到的是假消息？"廖焱纳闷地问。

"几万红军在准备攻城"是一种假象，是红军刘宗团长为打败杨家岭之敌而使用的"围魏救赵"之计。红军的一个营在北门外制造声势。周志群以为红军大兵压境，命令守杨家岭的汪照团迅速撤回，但在回营的路上遭到红军伏击。杨家岭之敌被击溃，"攻城"的红军立即撤离，因此在北门外就看不到红军的影子了。不过，红军只是暂时撤离，待攻打杨家岭和攻破铁岭关的部队合拢时，再一举拿下鼓镛县，解放鼓镛县。

城里的人还在南门挤着，想从这里出去。所有出城的人都是"跑红兵"。大家之所以挤南门，是因为从南门出去后可东去南平、福州，南下汀州、广东，西门只可进入深山。而北门已经被红军占领，东门也在北门红军的辐射之内，谁都不愿去冒险。南门因此成了今日理想的出城之门。南门因为面对宽阔的金溪，出城的人只有两条路选择，一是继续往南行走，顺着金溪向上游走；二是从水门乘渡船过金溪，再沿金溪往东走。

这一天，鼓镛县有数千人"跑红兵"出了城。但还有很多人没跑，他们都是穷苦人家，没钱没米。"'红毛贼'不就是抢劫财物吗？咱们没有，他们抢啥？"有人说。上有老下有小的家庭更是走不动，出了城也无处可去。"红毛贼"若是真要杀人，自己又能跑到哪里？他们守在家里，要看看"红毛贼"究竟是啥样人。

金石峰无力说服"跑红兵"的人群，只能由着他们出城远去。但他在心里说：过不了几天，你们就会回来。

第二天，红军兵临鼓镛县，将四大城门控制住。城内可以稍作抵抗的只有保安大队那几十个人，但在强大的红军面前他们已经吓得发抖，没有丝毫抵抗的打算。保安大队之所以留在城里，是因为胡瓢的命令。胡瓢说："先行撤退和留下战斗都是党国的需要。"保安大队食官府钱粮，不能违抗命令，只能留在城里"迎接"红军。同时在发抖的还有留在城里没有"跑红兵"的老百姓。先前他们只是听说"红毛贼"如何凶残，今天"红毛贼"来到家门口，不知道他们是见人就杀，还是先抢东西、抢女人然后再杀人。或者红军根本就不是什么"红毛贼"，他们不凶残，不抢东西，也不抢女人，一点儿都不像国民党宣传的那样。但这只是一种愿望，有许多人后悔没跑，只好安慰自己：一切都听天安排吧，事到如今后悔又有啥用？大家可做的就是关紧家门，暗暗祈祷，愿"红毛贼"不要杀人，不要抢女人，不要抢东西，有话好说，穷人是最讲理的。

溪北村的人听金石峰的话，没有"跑红兵"。金石峰还告诉他们，红军来了一定会给穷人带来好处。他再三叮嘱大家不要惊慌，不要轻举妄动，一切都不是城里人想的那样，不是国民党说的那样。而后，他领着伍子华去开城门，廖焱和廖顺生留在村里安抚大家。

城内的大街小巷冷清得吓人，所有人都躲在家里。此时大家都有一个共同的想法：要死一起死，不要去挨第一刀。保安大队也没在城门外，他们还算聪明，就那几十个人，几十支破枪，还不够"红毛贼"塞牙缝。

红军已经探听到城里的情况，鼓铺县的老百姓因为惧怕，有的跑了，没跑的就躲在家里。刘宗团长正在给战士们讲话，告诉大家要如何进城，如何安抚群众，消除老百姓对共产党和红军的不了解和误会。就在刘宗团长和大家商议如何进城时，北城墙的大门突然打开了。

城门怎么开了？难道是城里还有国民党军队要冲杀出来？红军战士们都拿起武器准备迎敌。

"红军指战员们，你们辛苦啦！鼓铺县人民欢迎红军，欢迎共产党！"

"红军指战员们？"听到这个称呼，战士们感到很亲切，就像是遇见亲人一样。连刘宗团长都觉得蹊跷，开城门的人喊出的几句话是那么的熟悉，分明就是咱们队伍里的人的口吻。

开城门和喊话的人是金石峰，他后面跟着伍子华。

金石峰走到城外，来到刘团长身边自我介绍，说："我叫金石峰，鼓铺县人，我和伍子华来欢迎红军入城！"

刘团长紧紧握住金石峰的手并向他介绍自己和红军部队，而后激情洋溢地说：

"金石峰先生，您是第一个迎接红军的乡亲，历史将记住这一刻，记住您对革命所作的贡献！"

金石峰兴奋地说："敝人向往革命，追寻正义事业几年，曾考察过江西苏区，在红军队伍里生活过一段时间，并在那里加入了中国共产党。现在我已有两年的党龄。"

"金石峰同志，原来是自己人，太好啦！"刘团长再次与金石峰紧紧握手，又说，"我们党连这样遥远偏僻的地方都有党员，我们的事业哪能不胜利！"

伍子华也感到意外：金石峰是共产党？这小子隐藏得也太深了！

金石峰把鼓铺县内的情况向刘团长做了简单介绍。刘团长十分感激，随后带着部队入了城。金石峰又让刘团长派人随他一起去打开南城门。南门外的红军是攻打铁岭关的部队。城门开了，但部队没有进城。南北门的红军都是红三十六师，他们十天前入闽时分南北两个方向进军鼓镛县。根据师指挥部的部署，刘宗指挥的一个团入城驻扎，其余部队驻在城外。

红军只在铁岭关、二十四弯各打了一仗，就击溃了周志群部，令其弃城而逃。鼓镛县由此获得解放，第一次迎来和煦的革命春风。

红军入城后，就在街边休息。休息完之后，红军开始打扫卫生，把每条街道扫得干干净净。他们又张贴标语、布告，宣传共产党的主张，阐明红军是劳苦大众的军队，是为人民谋利益的，红军绝不会拿老百姓一点儿东西，共产党绝不是像国民党说的"共产共妻"。

老百姓因为害怕，都待在家里，紧闩着门。很多人从门缝里看到红军一进城就扫地，也没有到屋檐下敲门，连生火做饭都在街头，心里就在想：这些人确实不一样，他们有枪难道还会害怕？不，他们是在严守着一个规矩，不动老百姓的东西。他们应该不是装模作样吧？会不会把我们骗出去了就马上换一副面孔？应该不会，他们若要作恶，可以直接叫喊、鸣枪、撬门，把所有人逼出去。但凡有头脑的人，在此非常时期都会动一动脑筋、想一想：红军一路杀来，能将国民党军整团消灭，若要欺压老百姓，还需要如此浪费时间？

红军将鼓镛县清理了一遍。

最先出来与红军见面的是溪北村的人。溪北村的人和城里人不同，他们经过金石峰的介绍，藏得不那么紧，又有廖焱在场。红军进城后，他们之中的很多人都在偷偷地看，发现红军进城后的第一件事是搞卫生，对老百姓秋毫不犯，就彻底地相信了金石峰讲的话，也彻底地相信了红军是好人、好军队。溪北村的人一出门上街，就带动了城里的所有人。人们在经过恐惧、害怕、彷徨和犹豫后，终于打开家门出来见红军。

"金石峰和廖焱是共产党？这两人……"溪北村的人又惊又喜。

金石峰的抱负和才华终于能得以施展。他和廖焱、廖顺生、伍子华分别领着一个红军小组，走街串巷，到各家各户宣传共产党和红军，将标语贴到每一条巷子，让鼓镛县百姓尽快了解共产党和红军。

处于水深火热中的鼓镛县人民从红军进城的那一刻，就已经感觉到红军与国军的不同。听了红军的宣传，看了红军张贴的标语、布告，有老人兴奋地说："我以前见过清朝的军队、国民党的军队，只有今天的红军像自己人！"

红军将士们感到很欣慰，他们到鼓镛县第一天就能听到如此赞誉。

这时，廖焱将了解到的一个情况告诉了金石峰，金石峰转身又告诉刘团长。刘团长一听，马上警惕起来，命令部队对全城进行搜查。

廖焱告诉金石峰的是保安大队的事。部队在城里进行了地毯式的搜索，重点是保安大队驻地、国民党干部住宅、周志群旅部驻地、金溪酒楼等可容纳百人以上的场所。但据这几处地方的留守人员说，他们都没见到保安大队的踪影。

毕竟保安大队是一个有几十个人的队伍，除非是解散了，否则不可能没有人发现。

"保安大队确实没和胡瓢一起走吗？"刘团长问。

"确实没有。"一位在胡瓢身边工作的勤杂人员说。

既然他们没出城，就一定在城内。刘团长又亲自带领部队搜查一遍，确实没发现保安大队的人。"他们是拿枪的敌人，随时会向红军开枪。"刘团长命令　连以排为单位不间断地巡逻。寻找和消灭保安大队，成了眼前最重要的任务。

这时，有一位住在西门的老乡过来说，保安大队已经出城了。他们趁着南门大量人员出城时，从西门出去了。听到这个消息后，刘团长准备带领一个营出城追剿，但被下属阻拦了。一连连长杜鲁说："杀鸡焉用牛刀？消灭保安大队有一连就足够，请团长下令让一连出击。"

团长同意了。站在一边的金石峰主动请缨，说他熟悉西门外的地形，由他带路，保准一连追剿胜利。刘团长说："这样最好！"他又问金石峰会不会用枪？金石峰说自己长短枪都用得顺手。刘团长当即给了金石峰一支冲锋枪。

与金石峰站在一块的伍子华要求前往，刘团长也同意了，并给了他一支步枪。伍子华说自己不会用枪，刘团长当即教他装弹、瞄准、发射，鼓励他大胆使用。

金石峰领着一连出了西门，顺着一条田埂路走了一会儿，随后进入一片竹林山路。

竹林里的路光滑、宽敞，但越深入里头，竹子越高大越茂密，地形也越复杂起来。杜连长让战士们保持警惕。金石峰对杜连长说，可让一个班的人随他走到前面，以便拉开距离。杜连长同意，当即令一班与金石峰打前站。

金石峰带领一班走了一段路，忽然听到有人说话，听起来像是有人在争吵。因为说的是方言，又有一定距离，一班战士们都听不清楚，金石峰也只能隐约听到一点儿。但可以肯定的是，他们就是保安大队的那伙人。金石峰与一班距离他们一百米左右，保安大队居高处，藏身处是一个纸厂。原来，他们躲进了深山里的纸厂。一班班长让一名战士将消息报告给连长，自己带领一班慢慢靠近山头。

"咱们解散了吧？红军占了县城，咱们已经是上无人管，下无去处。"

"不行，胡县长他们还会回来，红军没多久就会离开。咱们先躲一下，顶多十天半个月，胡县长他们回来了，咱们又可以吃香的喝辣的。"这些话都是用方言说的，红军战士听不懂，但金石峰听得明白：保安大队里已经发生了分歧，有人主张散伙，有人说要坚持到胡县长回来。

很快，杜鲁连长带着全连跟了上来。弄清情况后，杜连长命令二排、三排从左右两侧包抄，一排从正面进攻。正在行动时，保安大队发现了红军，毫不犹豫地向红军开了枪。枪声一响，保安大队的人无论想打还是不想打，都或主动或被动地加入了战斗。红军因遭遇袭击，有两个战士中弹牺牲，又有几个人负了伤。二排、三排尚未完成彻底包围，见敌人先开枪了，就立即组织火力回击。保安大队共有五十多个人，他们集中在小山头上，火力密集，对红军威胁很大。杜连长命令二排、三排边打边行军，继续对敌人进行包围，自己则带着一排从正面进攻。红军猛烈的火力压制住了敌人，有好几个敌人陆续倒下了。就在双方激烈交锋时，敌营中突然冒出一个人大叫："金石峰！"

保安大队里有人认识金石峰，又在叫他。那人和金石峰什么关系？为什么这个时候向他喊叫？下文说。

第二十四章

千年古邑焕新生

保安大队里那个叫喊的人叫金贵，他与金石峰一起读过书，两人是同学。金石峰很多年没见过这个同学了，没想到他进了保安队，这个时候又一眼认出了他。

金石峰心想：既然有老同学在这里，是不是可以和他说几句话？他对杜连长说，由他向保安大队喊话，劝他们投降。杜连长同意，命令暂停进攻。

金石峰对着山上大声喊道："金贵，红军已经占领鼓铺县，周志群的部队全被红军消灭了，胡瓢跑得无影无踪。鼓铺县解放了，现在是共产党领导，老百姓正在热烈欢迎红军。你们保安大队被红军包围了，叫大家停止抵抗，只要缴枪，红军就不杀你们。放下武器吧，投降才有生路。"

突然，金贵背后挨了一枪。金贵转身忍痛指着开枪的人说："你——"话还没说完，他就口中流着血倒下了。

保安大队的人见队长杀死了金贵，知道投降无望，但是，他们与强大的红军打下去只有全军覆灭的结局。保安大队的人开始动摇了：咱们只是个保安大队队员，又不是正规的国军，这样和红军打，死了值得吗？可是谁都不敢说，怕像金贵一样挨枪子。然而红军是不会停止进攻的，他们只要一个冲锋就可拿下山头，占领这个破纸厂，一个不剩地把保安大队灭了。

"保安大队的兄弟们，坚持和抵抗都是徒劳的，放下武器投降才有出路。你们已经被包围了，如果继续抵抗你们将全部死在这里。你们比炮正如何？他用一个团守铁岭关，不到一天就被红军全部歼灭。你们几十个人能顶得住红军进攻？我们对大家喊话，是为你们考虑，而不是打不赢你们。"金石峰说。

话音刚落，保安大队队长对着喊话的金石峰又开了两枪。

"不能开枪，队长这一开枪，咱们就死定了。"保安大队中有人叫起来。杜连长见山上还在开枪抵抗，知道劝说无望，命令部队射击，消灭保安队。但山上又响起了一阵枪声，只是这回不是往山下打。过了一会儿，山上的敌人忽然大叫："山下的红军不要开枪，我们把队长打死了，我们投降。"

原来，保安大队的人个个都怕死，都不想把自己的性命丢在山上。看到他们队长还要和红军作对，大家都认为这下完了：红军一旦发火，冲上山来，莫说一个保安大队，十个也不是对手。队长不知天高地厚，都这个时候了，还要负隅顽抗，真是活到头了。于是，两个年纪较大的保安队员立即开枪杀死了队长，然后端着枪说："队长无缘无故就杀死了金贵，他是要把我们带上死路。把他杀了，咱们投降，留着命，才有日子过。"事已至此，大家也不再作抵抗，都同意投降。他们向山下喊话，要求金石峰与红军领导上山，并保证不杀他们，否则绝不自动缴械。

为打消保安大队队员们的顾虑，杜连长和金石峰一起上山，向他们表明红军不杀投降人员。如果有人愿意参加红军，欢迎；如果大家不愿意，留下枪，现在就可以走。见红军如此有诚意，保安大队的所有人都放心了，也没有人直接离开，都愿意和红军下山，回到鼓铺县。自此，保安大队的问题解决了。除五六名队员回家外，其余队员都愿意跟着红军干。

保安大队的问题解决了，警察局的问题也要解决，那个狼窝里的狼更气人。金石峰要为陈三报仇，灭掉警察局。廖焱说，那些兔崽子全跑了，金石峰感到无奈。

水娘看到红军就像看到久别的亲人，"哇哇"地哭了起来。刘团长闻声走过去，问："是不是我们的人犯纪律了？"

水娘只顾着哭，没有回应刘团长。金石峰就把水娘一家的遭遇对刘团长说了一遍。刘团长听了后说："老百姓受压迫、受欺负太重了，我们一定要解放他们！"

忽然，水娘停止了哭，"扑通"一声跪在刘团长身边，一把鼻涕一把泪地说："红军长官，你把我收到你们红军中吧。我才二十八岁，可以帮你们做粗活。"

刘团长将水娘扶起，说："红军队伍的主要力量就是穷人。红军今天来到鼓铺县，就是要帮助鼓铺县的穷苦人翻身，让鼓铺县人民不再受欺凌、压迫。要做到这一点，我们首先要建立政权组织，这个政权组织叫苏维埃。苏维埃里头的人由广大的民众选出，他们既是穷苦人的代表，又是积极、进步、革命的力量。在这些革命人士的带领下，我们要打土豪，将土豪地主霸占的田地拿出来分给农民种。农民有了自己的田地，就可以自食其力，也就是自己种的粮食自己吃，再也不要受地主的气，也不会种了一年的地，到头来没米过年。所以，水娘，以后没有人再敢欺负你了，你也是这个社会的主人，可以挺直腰杆做人了。"

刘团长的一席话让水娘和在场的其他人听了，心里热乎乎的。老百姓们相信红军了，凭着红军进城后的表现，凭着刘团长刚才的话，共产党和红军就是自己人，就是老百姓最值得信赖的人。过去说共产党是"共匪"，说红军是"红毛贼"，真是大冤枉他们了，这些都是国民党对人家的污蔑。

红三十六师只留下刘宗这个团在鼓镛县筹款、筹粮，帮助群众建立政权组织，其余部队离开鼓镛县向东发展。

三天后，鼓镛县历史上第一个劳动人民当家作主的政权——鼓镛县苏维埃临时政府成立，刘宗任主席，金石峰任副主席。廖焱、廖顺生、伍子华都是苏维埃政府委员。县苏维埃临时政府吸收了各乡镇的进步分子。不久后，各乡村相继成立苏维埃，领导人民打土豪、分田地。千年古邑焕新生，历史在这里翻开了新的一页！

县苏维埃临时政府对各成员进行了分工：刘宗主席主管军事，防止敌人反扑；金石峰主抓政权建设；廖焱主抓筹款、分田地；廖顺生主抓发动群众参加红军参加革命；伍子华负责治安，包括清理国民党残渣余孽以及一切破坏革命的人。

刘宗主席说："分工只是一个开始，只有发动群众，壮大队伍，让先觉悟起来的老百姓加入革命队伍，革命才有力量，胜利才有希望。"

根据金石峰的提议，欧阳女也被选进了县苏维埃临时政府，负责军事斗争。此时，金石峰尚未通知欧阳女，她还不知道自己已经被拉进了革命队伍。金石峰慧眼识英才，他早就看出，欧阳女是一块干革命的好材料。她蛰伏在九仙山，是在等待一个时机，现在这个时机已经到来。刘宗团长听了金石峰对欧阳女的介绍后，对她极为感兴趣，没想到鼓镛县竟然有金石峰、欧阳女这样的勇敢战士，和廖焱、廖顺生、伍子华等积极分子。有了他们，接下来要开展的革命斗争就有了带头人、领导人。共产党顺应民心，所领导的革命事业，所到之处都受到人民的拥护。

鼓镛县苏维埃临时政府成立当天，就向全县发布布告，宣布国民党鼓镛县政府已被推翻。现今的鼓镛县苏维埃临时政府，就是共产党领导下的鼓镛县人民当家作主的政权。

老百姓看到布告，犹如在黑暗中遇见一堆火光，眼前忽然一片光明。

"共产党原来这么开明，选出来的官都是咱们老百姓。"

"穷人终于有救了，希望布告上说的是真的。"人们赞美共产党的主张，同时也有人担心共产党只是说得好听，实际上并不会这样做。

"据说江西那边就是这样做的，红军所到之处，打土豪、分田地，把地主霸占的田地分给各家。如今他们人人有田有地，再也不用向地主租地。地主坐收田租已经成为过去了。"有人如是说。

"如果是那样就太好了，真是改朝换代了。"

"如果红军能够把土匪消灭了就更好。国民党无能，连土匪都治不了，如今土匪在金溪流域泛滥成灾。"

人们都在期盼一个新的世界，在这个世界里，所有人都能安安稳稳地过日子。这在过去只是奢望，现在大家已经看到了一线曙光，希望这曙光能够变成阳光，把世界照亮，把人心照暖。

县苏维埃临时政府办公地址设在旧县政府，刘宗的团部也在里头。

县苏维埃临时政府的成立犹如树起一面大旗，老百姓望旗而来，纷纷聚集在旗下。

溪北村因地处城内，有红军领导指挥，又有廖焱等几个先进分子领头，率先对土豪张财旺进行革命。可是，有人报告张财旺已经跑了。

"跑了？跑得了和尚跑不了庙。他家有几个大粮仓，城里还有两家米店，把他的粮仓打开，把谷子分给没米吃的人，把米店储存的大米充作军粮，把他家霸占的几千亩田地分给穷人。然后把他那几间'庙'放火烧了！"伍子华愤怒地说。

刘团长说："张财旺家的土地可以拿来分给农民。共产党领导的革命在现阶段就是'土地革命'。粮食也可以拿来救济贫民，但房子不能烧。剥削欺负穷人是张财旺，不是房子。要尽快找到张财旺的下落，抓他归案。"

在发动群众、建立政权这方面，溪北村的人率先觉悟，走在了鼓镛县其他地方的前头。鼓镛县苏维埃临时政府成立后的第五天，溪北村苏维埃挂牌成立。廖顺生兼任溪北村苏维埃主席。溪北村的人有了自己的苏维埃，有了红军这个坚强的后盾，腰杆子更硬了。溪北村种的地都是张财旺家的，种户所打的粮食和张家各分一半。

"大家同生在这块上地上，田地应当人人有份，凭什么我们没有一分一亩，却都是他张财旺的？我们个个要从他手里拿地种。我们除了要付出劳动，还要投入种子、肥料，以及承担自然灾害风险。"

溪北村的人一想到张财旺都咬牙切齿，听说现在可以分田分地，人人兴奋得失眠。

在村苏维埃的领导下，溪北村成立了两支由年轻人组成的队伍，一支负责寻找张财旺，另一支负责分田分地。张家的粮仓、米店则由县苏维埃直接处理。

水娘把儿子牧耕从乡下接回来了。水娘家分到了五百斤粮食，他们家原来种的地就是张财旺的，现在仍然耕种原地，只是不要交田租了。看到共产党和红军如此善待穷人，水娘自丈夫陈三死后，脸上第一次露出了笑容。她把牧耕拉到身边说："孩子，你快快长大吧。长大了就去当红军，就去做共产党里头的人，去革命。你一定要记住，你爹是被国民党害死的，你奶奶是被地主张财旺杀死的，这个血海深仇红军会帮咱们报。咱们无以回报红军，娘从明天起就去给红军洗衣服、做饭。你就跟着娘去收拾衣服、抱抱柴火。你一天天地长大了，不能只想着玩，要想着革命。"

"娘，那什么叫革命啊？革命要怎么革，做哪些事？"牧耕问母亲。

"这个……你问得好，只是娘也回答不上来。但娘告诉你，红军做的事就是革命，我们去红军那里洗衣服、劈柴、扫地应该也算是革命。"

"娘，如果你说的洗衣服、劈柴就是革命，咱们村里每家都要做这些事，那不是早就在革命啦？"

"这个……哎呀，娘被你问住了。等明天你问你石峰叔叔，他知道啥叫革命。"

"我觉得革命就是杀人。"牧耕一本正经地说。

"胡说，革命怎么是杀人呢？黄管家杀了你奶奶，警察局的'黑狗子'杀了你爹，那也是革命？不对、不对。红军可不杀人，他们对我们老百姓很好。"水娘说。

正说着，金石峰和伍子华来了。

牧耕见金石峰来了，迎上去说："石峰叔叔，什么是革命？我问娘，娘叫我问你。"

"革命呀，红军做的事就是革命。"

"红军做的所有事都是革命吗？"

"原则上来说，是的。因为红军是穷苦百姓的军队，哪些人是穷苦百姓呢？就是像你妈妈这样的人。国民党就是抓你爹去当兵的那种人，他们合在一起，欺负、压迫、剥削老百姓，使老百姓越来越穷，日子过得越来越苦。红军革命，就是把这些人通通打倒。"

"那在红军里头扫地、劈柴、洗衣服是革命吗？"

"在红军部队里扫地、劈柴、洗衣服也是革命的工作。红军眼下最重要的革命任务是打仗，但是打仗要靠人呀，人要吃饭、穿衣，只有吃饱了饭才能去革命，所以做饭、劈柴、洗衣服等都是为革命服务的，都是革命的工作。"

"嗯，我明白了。但还有一个问题，红军打仗是不是跟国军打？是不是打国军就是革命？"

"打国军是革命，但是革命除了打国军还有很多其他事情，包括打土豪、分田地、建设国家等。因为国军反对红军革命，要消灭红军，红军不得已，才和国军打仗。如果不把国军打倒，革命就没办法进行。所以，打国军是眼下红军革命的最重要任务。要保证完成这个最重要的任务，就需要很多人去做为革命服务的工作，像做饭、劈柴、买菜、织布、做衣服、洗衣服等事情。这叫革命工作，只是分工有所不同。"金石峰侃侃而谈，向牧耕详细地解释什么是革命。

牧耕又问："你说红军打国军是革命，那警察局的'黑狗子'也打国军呀，难道警察局的'黑狗子'也革命？"

"警察局'黑狗子'打国军吗？"

"当然打。我爹原来就是国军，回家后就被'黑狗子'打死了。"

金石峰说："你爹在国军中干过，还是被人抓去的。你爹当时是国军队伍里的一个小兵。而国军是指所有国民党的军队，不是指某一个人。当时你爹退伍了，是退伍的国军士兵。'黑狗子'打你爹，是在打一个人，打一个'黑狗子'认为对他们有威胁的人，所以他们打的不是国军。警察局是国民党的警察局，他们和国军是一个家里的两个兄弟，是不会也不敢打对方的。"

"我全明白了，金叔叔你真厉害！"

"是我们的小牧耕聪明，一听就懂。"

水娘也在听金石峰讲，她心想：有文化的人多好啊，一参加革命就懂得这么多。说话间，已到了中午。"石峰，快中午了，你和子华就在我这吃饭吧，我去做饭。"水娘说。

金石峰拒绝了，说："我来是通知你，刘主席让你到团部食堂帮厨，目前县苏维埃还没有专门的食堂，里头的工作人员就在团部一起用餐，你先过去做个帮手。记得把牧耕带上，等时局稳定，学校开学了，牧耕就去读书。"

水娘听了频频点头，说："谢谢石峰，谢谢刘主席关照！"

县苏维埃首先对张财旺进行革命。张财旺是鼓镛县最大的地主，田多、粮多、房产多。红军一来，张财旺怕被砍头，早就逃之夭夭，躲到外地去了。但张家的粮仓里还有大量稻谷，城里的两间米店也有数量不少的大米，他都来不及处理。在财物和生命面前，他选择了生命。县苏维埃决定没收张家米店，将库存的大米部分充作军粮，其余分给穷人。

金石峰在张家找出所有租种张家田地的账簿，名单上共有两百多家，分布在城乡二三十处地方。金石峰说："租种张家田地的农户等于是张家的雇工。他们付出全部劳动，收获的稻谷只得到一半，张财旺分走了另一半。租户所得的一半需要成本，包括粮种、肥料、耕牛和大量人力；张财旺所得的另一半却是纯利润。地主阶级不劳而获，剥削劳动人民，现在已经到了应该终止的时候了。从今天起，所有租种张家土地的农户一律不再向张家交田租，这些土地今后也不再是张家的，谁种的土地，所有权就归谁所有。"

"把张家的土地全拿来分了，他们家以后向我们租地，让他向我们交租金。"有人说。

金石峰说："那也不行。我们的目的是要消灭地主。张财旺家有很多土地，除了租给农户种的那一大部分，还有一部分是由自家雇工种。这部分地可以留下一部分让他们自己种，其余的都要分给没地的农民。共产党的主张是农民人人都有田种，人人都有饭吃。共产党的目的是消灭地主，消灭地主占据大量土地的行为，而不是消灭地主这个人。土地是生活在这片土地上的人们的共同资源，不是地主一个人的。"

金石峰的一番阐述，让大家受益匪浅，也明确了对地主斗争的政策。

张家只有那几个核心人物躲起来了，其他下人还留在家里。他们知道主人去了哪里，但就是不说。下人看到张家的粮仓被打开了，米店被收了，田地被分了，知道张家破败的日子已经来临，从此再也不能像以前那么风光了，更无法占据高处"号令天下"。正所谓十年河东，十年河西，风水轮流转。

县苏维埃又向张财旺发出通知，勒令其向人民交代罪行，并责成张家下人向其转达，否则将会受到人民更严厉的惩罚。

张家下人统一口径，说不知道张财旺去了哪里。实际上他们是知道的，只是不说。县苏维埃又通知张家：张家只留有五十亩土地，其余田地均分给无地的贫民了。张家不能再靠占用社会共有资源雇工、剥削穷人过日子，必须自耕自食。

听到也见到了连日来共产党对张家的态度，张家的下人们个个一脸惆怅。

这是鼓铺县苏维埃对张家采取的措施。溪北村的许多人认为，应该对张家更严厉一些，让他们尝尝死人的滋味，为水娘申冤报仇。金石峰阻止了大家的行动。他说："张家的一切问题都在张财旺兄弟和黄管家身上。在这几个人没露脸时，咱们可以分他们的田地，把张家储存的大量粮食分了，但不能把他们家的下人杀了。打土豪是要打倒土豪，也就是地主阶级，而不是要杀某一个人；分田地是把土豪霸占的超多部分田地分给没地种的农民，这是政策。"

金石峰及县苏维埃的其他领导，利用时间认真学习中央苏区发来的文件，积极发展、培训干部，不断学习政策、掌握政策，在分田运动中教导老百姓避免打人、死人。鼓铺县人民对土豪张财旺家的革命带动了全县的斗争，在各乡、各村的苏维埃领导下，鼓铺县掀起轰轰烈烈的打土豪、分田地运动。同时，各级苏维埃积极为红军筹款，动员青年参加红军，革命烈火迅速燃遍鼓铺县城乡。

接下来，苏维埃和红军要如何巩固胜利成果？后面的革命斗争又将怎样开展？下文说。

第二十五章

深山漏夜擒恶人

红军打败了镇守鼓镛县的国民党军队，国民党县政府的县长、工作人员和伪警察闻风而逃。红军占领了鼓镛县，解放了鼓镛县。

根据中共苏区的指示，鼓镛县成立了苏维埃革命政权，人民欢天喜地，庆祝"春天"的到来！

感动这一方天地的不是牌匾上写的"苏维埃"三个红色大字，而是藏在这几个字背后的内容：人民当家作主，可以畅所欲言了；打倒了地主，人人有田地可以种了；老百姓的吃、住、穿也有了着落，因此大家看到了希望，觉得日子有奔头，生活有意义。人人都发自内心地觉得：红军好、共产党好！

凡世上事，总是有人欢喜有人忧。共产党领导的土地革命得到了农民的拥护，但也引起了地主阶级的憎恨。张财旺被打土豪、分田地了，随着几千亩田地的权属转移，张家坐收田租的日子从此结束。张财旺怕丢了性命，逃离了家，离开了人们的视线。但也许他没走远，他就躲在一个能看见家的地方，能看到鼓镛县人民分他家的土地、没收他家的粮食。

张财旺恨得咬牙切齿。他恨共产党和红军到鼓镛县来，你们去哪里都能革命，但偏偏来到这穷乡僻壤、皇帝都管不着的地方。

他恨国民党怎么就那么无能。你们不是坐着江山吗？有权、有兵、有钱，竟然对付不了几个"红毛贼"？还让他们到处革命，到处打土豪、分田地。无能啊！

他恨胡瓢这个只会捞钱、只会玩女人的狗屁县长。红军还没进城，就带着妻儿、情人撒腿跑了，置几万鼓镛县人于不顾。这哪是什么县长，哪是百姓的父母官？纯粹是一个逃兵！

他瞧不起周志群，堂堂国军的旅长，居然顶不住几个"红毛贼"。铁岭关那么易守难攻的关隘，顷刻间就死了一个团。杨家岭上一个团的守军，竟然不敢冲下山与疲惫之师作战，全团被调离杨家岭后歼灭了。"红毛贼"才到鼓镛县下，这个旅长就吓得屁滚尿流，一枪不放弃城逃跑。国民党养着这么些"山鳖"有啥用？

张旺财说："民国完了，国民党完了。大树倾倒，我张财旺也完了。可我不能眼睁睁地看着他们抢我的谷米，分我的田地。我应该有所动作，扰扰共产党，吓吓穷光蛋，让他们提心吊胆，睡不好觉，才能解我心头之恨！"

可是，用啥办法吓唬穷鬼们呢？张财旺发动家人和身边的人一起想办法。

张财旺没有离开鼓镛县。他只是离开县城，躲进了金溪上游的一间纸厂里，纸厂建在大山里头。原来，张财旺不仅有良田数千亩，还有毛竹山两千多亩，分为两处地方。毛竹山上设有两间纸厂，生产的毛边纸销往南平、福州等地。红军进入鼓镛县后，张财旺觉得哪里都不安全，就带着家人连夜躲进了离家三十多里的竹林山纸厂。

张财旺虽然人在深山，但他的家丁会向山里传送情报：他们把每天的情况写成日记，次日天一亮就送往山上，在半路上由山上下来的人把消息传递回去。这样，张财旺虽然人居深山，但是知道鼓镛县里每天发生的事，特别是他们张家的事。共产党和红军以及穷鬼们把他们家怎么样了，是不是会放火烧了张家房屋是他日夜担忧的事。他心想：不能任由这群人乱来。于是，张财旺召集家丁商议对策。

最近一个月，鼓镛县热闹得像过节。

这天早晨，有许多起得早的人拾到一张便笺，上面写着两行字："想吃不要钱的米，除非发霉的；想种不要谷的地，除非没水的。"

便笺像传单一样散落在街头、村口和路上。

鼓镛县人历来重视早晨，俗话说："拾宝都要起得早。"他们认为早上看到的东西会影响一天的运气。假如早上拾到了一个铜板，就会认为它能给自己在当天带来好运。相反，若是看到丑事、坏事就会认为是不是有什么倒霉的事情要降临到头上，并且连续几天的心情都会变得十分沉重。

拾到便笺的人把便笺拿在手上，反复观看着上面的内容。这没头没脑的两句话，是谁写完随手扔了，还是另有深意？有些不识字的人更觉得蹊跷，就拿去给识字的人看。

"这好像是在提醒，又像是在警告。应该指的是张家。张家的粮仓被打开了，谷米分给市民了，田地分给农民了。这是在警告拿他谷米、分他田地的人，别随便拿张家的东西，会烫手的。"有人看着便笺说。

有与张家沾亲带故的人借题发挥起来："这一定是佛祖的话。佛祖深夜派人送话，告诉人们张家的米是不能白吃的，张家的田地更是不能分的。张家眼下无力与人争斗，佛祖可是要管了。"

第二天晚上又发生了一件蹊跷的事。大约在当晚的酉时，金溪上游飘来一盏灯，随着灯的距离由远到近，灯光也由弱到强。这盏灯是顺着急流往下走的，但到了鼓镛县城外水流速度放缓，又经过一个弯道，水流忽然调转方向往回流，形成一个圆形。这盏灯到了这里也跟着水流在圆形的漩涡里打转，因为离岸边不远，引来无数人的围观。人们发现，这盏灯镶嵌在一只精心制作的微型小船上，但始终看不清它的真容。有一对打鱼的兄弟架起木船向那只船划去。不一会儿，兄弟俩将那只让人们感到疑惑的船带回岸边。

这只船确实做得很精致，是用杉木薄板制作而成的，采用了类似木桶的工艺，不会渗水。船内除了那盏灯，还有两样东西：一尊佛像，一本写着"天文"二字的书。

有文化的人抢先拿起"天文"书翻看，见里头工整地写着两行字："想吃不要钱的米，除非发霉的；想种不要谷的地，除非没水的。"除此两行字，"天文"书中再无别的内容。

在场的人面面相觑，个个脸露惊色：这和便笺上写的内容一模一样，难道是佛祖亲自把话送来了？

贫穷和愚昧向来就是孪生兄弟。"佛祖"亲自下凡送话，又经过几个人的添油加醋和激情渲染，让大家更加相信这是天意。这世上谁敢违背天意、无视佛祖？那不是找死吗？一些迷信的人居然退米，理由是："人穷志不短，我们不吃不要钱的米，请苏维埃把米退给张家。"凡事有人领头就有人跟班，越来越多的人要退米。那些分了张家田地的人，要求更改契约，写上租种张家田地，收成后交田租的内容。他们说："咱听佛祖的，不种不交田租的地。"

"这哪里是什么佛祖显灵啊？分明就是张财旺在作祟。"金石峰急得眉毛都竖起来了。

"一粒老鼠屎，坏了一锅粥。对于少数愚昧的人，咱们要教育，让大家破除迷信，相信共产党和红军。对于少数站在地主阶级、站在张财旺立场上，有意煽动群众，企图与共产党作对的不规矩分子，咱们要揭露、批判和镇压。"刘宗主席听了汇报后说。

金石峰说："便笺和'天文'书里头说的是一样的两句话。这是同一件事，同一个人所为，这个人就是张财旺。这也说明张财旺还在鼓镛县，而且在金溪上游。我们必须发动群众寻找张财旺，逮捕他归案，以免他在背后捣鬼。"

"说得对。"刘宗主席立即召集苏维埃成员开会，宣布由金石峰总负责，寻查张财旺。

金石峰也只能凭借那只来自金溪上游的船，推断张财旺躲藏在金溪上游的某个村庄，但究竟在哪个地方，还需要花费很多人力寻找。参与人员又分析那只船不可能来自很远的地方，因为金溪水宽浪急，这只船在水面上随时可能被风浪掀翻。据每天在金溪捕鱼人说，这种小玩意儿，无风时顶多在金溪里漂流三五百米。

"这么说，张财旺就在距离上游一里路左右的地方？"伍子华欣喜地说。

"不，人是活的。我们现在只能推断张财旺在金溪上游，至于他具体在哪个村庄里住着，还需要寻找。渔翁说那只小船只能在金溪漂流三五百米，是依据金溪的水流、风势和他在金溪常年行船的经验推断的，有八成以上的把握。那只小船能漂流三五百米，不是说放船的人就住在距离小船三五百米远的地方。他可能在这个距离内，也可能在十里、二十里甚至三十里以外的地方。"金石峰说。

廖焱说："石峰说得对。张财旺在陆地上撒传单，在水上放风灯，可以派人从很远的地方回来办。他的目的是扰乱人心，让穷苦白姓相信鬼神不听共产党的话，让人们不敢分他张家的田地，不敢吃他张家的谷米。同时，他也可以扰乱我们的视线，让我们把注意力全集中在金溪沿岸，而他说不定就在一个离金溪很远的地方安稳地待着。"

"所以，我们要兵分多路，"金石峰说，"伍子华带一路人沿金溪上游四十里以内的村庄打听，廖焱带一路人往金溪下游四十里的范围内寻找。我带人在鼓镛县金溪两岸四十里半径内再来一次搜查。溪北村苏维埃在张家外设立暗哨，白天远距离、夜晚近距离地对张家监视，如有发现举动异常的人，立即抓来审问，此事由廖顺生负责。三天后大家回来汇报。"

几路人马都有红军战士参加，暗带枪支，一切都在不声不响中进行着。

两天后，伍子华这一路得到群众密报：张财旺藏在金溪上游的竹林纸厂。得此消息，伍子华恍然大悟：怎么就没想到张家纸厂？他当即给密报人两块银圆，希望他带路进山。那人不要银圆，说："我也是种张家地的人。张财旺心狠，我们种他偏远的山垄田也要收租，每年一收割就来收粮，那些家奴态度十分恶劣。红军来了，打土豪、分田地真是太好了！"说完，那人带领伍子华一行走了十多里路，直到距离纸厂不到一里路的地方，伍子华让那人先回，以免他被张家人认出。

伍子华一路的队伍总共有五个人，他们侦察到纸厂内有二三十个人，虽没见到张财旺，但估计他就在里面。伍子华不敢行动，怕寡不敌众抓不到张财旺，就派两个人下山，飞速回营报告。

正好金石峰也回了城，正在与刘主席议事。听了报告后，刘主席立即叫来一连连长杜鲁，令他率领一连随金石峰去捉拿张财旺，杜连长领命而去。

此时已经是午后，杜连长估计行走三十里路到达竹林纸厂时天已经黑，因此，他让部队带上干粮上路。

伍子华派人回营汇报后，继续侦察纸厂四周，随即掌握了全部情况，随后三人隐蔽歇息。

夏天的山里蚊虫猖獗，咬得人瘙痒难忍，加上天气闷热，大家坐卧难安，只好不停地走动。好不容易挨到天黑，等来了围剿部队，听完伍子华的汇报，杜连长建议立即行动。金石峰同意。杜连长命令二排、三排包围纸厂四周，他带领一排进入纸厂。

纸厂内没有武装人员，杜连长带着部队如入无人之境。暮色降临，忽然"神兵"天降，厂内人员吓得手脚颤抖。有两个人拿起鸟铳想要防身，被几名战士上前一把夺下。

杜连长大喊："我们是红军，不会无故杀人。所有人原地别动，接受审查。领头的是谁？请站出来说话！"

纸厂里共有三十多个人，面对荷枪实弹的军人，一个个原地站着，不敢乱动。一个四十多岁、胡子拉碴的人走到杜连长身边说："我叫张汉，是纸厂管事的人。不知红军来纸厂所为何事？"

杜连长说："我们来'请'张财旺，请你叫他出来。"

"这个……"张汉犹豫起来，他不敢说不，又不敢说是。金石峰上前说："我们是来捉拿张财旺的，他就在这个纸厂里，你去叫他出来，比被搜出来好。"

张汉知道，在这山里，纸厂就这么点儿大地方，红军肯定能搜出所有人。与其让红军找到他，不如让他自己出来，也算主动投案。"好吧，我去叫人。"张汉转身往内屋走去。杜连长带领一个班战士跟着，其余人留在原地看住大家。

纸厂是张家的一个企业，规模不大，厂里有工人三十多名。张财旺办纸厂是因为他家有数千亩毛竹山，每年可产毛竹数万根，但毛竹无市场，送人都没人要，产出的毛边纸，却有着广阔的市场，福州、南平等地的商人会直接上门订货。像这样的纸厂，张旺财还有一间，这两间纸厂，给他家创造了不菲的收入。

那管事的人带着杜连长进到后房，几个房间里空空的，没有一个人影。

"人呢？他是住在这儿吗？"杜连长问。

"张叔和婶婶住在一间，他弟弟一家住在另一间，还有黄管家等单身的再住一间。刚才他们还在一起吃晚饭，可能听到声音溜到后山了。"管事的说。

杜连长等正要从后门进山，二排长忽然闯进来报告："有七八个人趁天黑往山上跑，被我们截住了。"那些人颤抖着走到明亮的松明下。

金石峰一眼就认出人群里有张财旺和他弟弟张财隆以及黄管家。他刚想对杜连长说，没想到张财旺先开口了："金石峰，我和你无冤无仇，为什么要对我赶尽杀绝？"

金石峰说："来'请'你不是因为哪个人的私仇。再说，也没人说要杀你和你的家人，何谓赶尽杀绝？"

"都追到山里来了，还不是赶尽杀绝？"张财旺说。

"如果你没罪，何故要跑？"金石峰逼问道。

"我来自己的纸厂看看，算逃跑吗？"

"不算逃跑。但你已经出来一个多月了，现在'请'你回去。"

"如果我不回去呢？"

"那就由不得你了。如今鼓镛县已经解放，由共产党领导，已经不再是国民党和地主阶级的天下，请你认清形势。"金石峰说。

"咦喳呀，咦喳呀，这叫我们怎么做人呀，我不做了，我要死了，咦喳呀！"看到势头不对，张财旺的老婆"咦喳呀、咦喳呀"地乱哭起来，还倒地打滚。张老太婆想用耍赖赢得同情，让人放过张财旺，但毫无作用。

"好了，别作生作死了，你是自己走，还是让人把你绑起来押着走？自己选择。"杜连长一脸严肃地说。

"我不走，我甘愿死在这里也不走。咦喳呀！你们不敢这样对待我呀，咦喳呀！"张老太婆仍在地上踢腿伸腰，胡搅蛮缠地闹。

"好吧，那我就成全你，送你上路！"杜连长说完，拔出手枪对着屋顶"啪啪"开了两枪。

枪声镇住了张老太婆。站在一旁的张财隆怕杜连长真要枪毙他嫂嫂，连忙走过来说："长官息怒，息怒，别跟女人计较，我们走，跟你们走。"

夜色笼罩下，红军战士押着地主张财旺家十余口人，点着松明火把，离开纸厂下山。一路颠簸之后，众人回到鼓镛县已是凌晨三点。张家女人、家丁回家居住，张财旺、张财隆兄弟及黄管家被关押起来，并由红军战士看守。

张财旺被"请"回来了，几路搜寻张财旺的人马也陆续班师回营。

翌日，张财旺被抓回来的消息在鼓镛县传开。有上百人来到县苏维埃政府门前要求见张财旺。工作人员以为他们是来探望的，便问："大家这么关心张财旺，难道都是他的亲属？"

"亲属？我们是来要求苏维埃枪毙这个土豪，杀了那个黄管家的！"

看到群众这么憎恨张财旺，工作人员和警卫都紧张起来，担心群众控制不住情绪，冲进去打张财旺。有工作人员想：老百姓对张财旺的恨意如此之大，一定还有其他原因，于是问："张财旺除了高收田租、高放贷利息，还

186

和大家有啥矛盾？"

"如果只是矛盾，也就罢了。这个人不仅是地主，还是恶霸。"市民万高愤怒地说："我二十三岁那年，经人介绍，认识了溪南村一个十九岁的姑娘，我们俩见面后都中意对方，双方爹娘也高兴，关系就确定了下来。穷人家娶个媳妇，要用一年或几年时间来准备物资。我家为了我娶亲，爹娘节衣缩食，没日没夜地做活，筹集钱粮。可是，第二年三月的一天，张家忽然有人来通知，说这个姑娘是张财旺先看上的，他准备娶回去做三房，让我放弃幻想，否则张家会对我不客气。我当时一听人就傻了，拿起刀就要去杀张财旺，被爹娘拦下了。张财旺为了娶到那姑娘，威胁我说如果我再骚扰那姑娘就废了我。爹娘怕我受伤害，只好答应放弃。对那姑娘家，张家承诺给姑娘家十亩田地、五十块银圆和不少小件东西。那姑娘的爹娘迫于张家势力，又见有十亩田地，也就答应了。可是那姑娘不答应，她宁可死也不去做人家的小老婆！"

工作人员问："那姑娘后来呢？去张家了吗？"

万高说："被张家逼得跳金溪了。张财旺就是个畜生，当时五十多岁了，还要抢十九岁的姑娘，害得一条人命没了，也害得我至今都没有老婆。"

"枪毙张财旺，为那个姑娘申冤！"有人高喊道。

"张财旺害死的姑娘何止这一个？"有人说。

"哦，难道还有其他人吗？"县苏维埃的工作人员想多听一听这些穷苦百姓究竟是怎么说张财旺的。

"还是我来说吧，"万高接着说，"那年，张财旺为了纳妾，相中了高滩乡的一个姑娘，当时姑娘才十八岁，媒人没说对方是个五十多岁的老男人。张财旺想用高滩乡的二十亩地再加五十块银圆换娶姑娘，穷怕了的姑娘父母动心了，瞒着女儿答应了张家。媒人欢喜，觉得应该趁热打铁。张财旺更是心急，打算择日将姑娘娶回家。姑娘到了张家才知道自己嫁给了一个满脸横肉、眼球外凸的老头儿。新婚的当晚，姑娘誓死不从，张财旺就用暴力夺走了姑娘的青春。姑娘是个有血性的女子，哪容得一个不喜欢的人这般羞辱她？第二天，她趁无人时就在新房内上吊自尽了。缺德的是，姑娘死后，这个张地主又把给出去的二十亩地和五十块银圆强行收回，姑娘的母亲觉得人财两空，做人无望，跳进金溪自杀身亡。"

不一会儿，聚集的百姓越来越多。大家争抢着诉说张财旺的罪状，恨不得今天就杀了他。张财旺激起的民愤如此之大，他的命运将会如何？县苏维埃政府又会怎样处置他？下文说。

第二十六章

九仙山石峰求爱

县苏维埃政府抓了张财旺，鼓镛县又掀起一番热潮。大家聚集在广场，争抢着诉说张财旺的罪状，要求处死他。

张财旺虽被关押在牢中，但在冥冥中似乎听到了人们要求杀他的声音，感到非常害怕。他先是拒绝吃饭，并以此要挟苏维埃，后来想吃而不能吃，因为病了。出于人道，县苏维埃政府同意其回家调养，因此张财旺被家人接回了家。

红军和县苏维埃政府人员，都没说过要枪毙张财旺的话，可张地主整日诚惶诚恐，害怕红军手里的那支枪指向自己的脑袋。张旺财心想：子弹一旦穿过头颅，那百万家财就和自己没关系了，两个年轻的姨太太也成了别人的了，世间的一切美好也彻底地和自己无缘了。这世道怎么就变得这般快？张财旺越想越不明白，越想越气恼，越是一天比一天更不会吃喝，继而病情加重，口不能言，半个月后就去西天"报到"了。

张财旺死后，他的妻子向县苏维埃和红军捐献了一万块银圆，为的是替张家赎罪，也为了换取张财隆和黄管家的自由。同时，张财旺的死也打消了那些不敢分张家田地的人的顾虑。自此，张家富甲一方的百年历史结束了，这个拥有几十口人的地主之家，开始过上与普通百姓一样的日子，自食其力。

大地主被打倒了，鼓镛县其他地方的一些中小地主也相继被当地的苏维埃打土豪、分田地，改造成普通农民。鼓镛县农民在各级苏维埃的领导下，不再受地主压迫，一扫此前的阴霾。

这时是一九三二年冬，红军解放鼓镛县已经过去了半年。

金石峰因忙于革命几乎忘了家。一天，金石峰回到家里，母亲提醒说：

"你也这么大岁数了，做革命的事固然重要，但也不能忘了成家呀？再过两年，你就三十岁了，哪个女子还要你？"

"娘，没女子要，我更能专心侍奉您，您儿子的爱也不会分给了别人。"金石峰笑着回答母亲。

母亲道："混账话！我再过几年就会死的，到时谁给你做饭、洗衣？"

"娘，您怎么能骂自己呢？"

"你不找媳妇比骂娘更可恶！"

"娘，那我去，我去。"金石峰说着就起身往外走。

母亲追问道："去哪里？"

金石峰边走边回答："去找媳妇！"

出了家门，金石峰径直来到水门，下了石阶，走到渡船边。此时已是中午，没人渡河。清澈的溪水与阳光相交之处，碧波闪耀，刺人眼目。

"石峰，你要渡河吗？"坐在渡船篾篷下的老渡问。

"不用。今日闲着，想来和你说说话，行不？"金石峰说。

"当然可以，我平时就少一个说话的人。你如今是苏维埃的领导了，能与老百姓对话，证明你没架子。"老渡笑着说。

"嗨哟，你抬举我了。对苏维埃的人都别叫领导，我们是革命战士，是为老百姓服务的人。"金石峰笑着钻进篾篷，与老渡面对面坐着。

"老渡"不是他的真名，因为他早年就在金溪上摆渡，有人随口喊了他一句"老渡"，久而久之，大家叫得习惯，他也听得习惯，"老渡"就成了他的名字，鼓镛县人人皆知"老渡"此人。

"怎么，在家又挨骂了？"老渡很健谈，金石峰一坐下他就问。

"挨骂？怎么会呢，我又不是小孩。"金石峰笑答。

"你就甭骗我了。你家那点儿事情还能瞒得住我？"

"哦，我家的事情瞒不了你？难道你在关注我家？"金石峰问。

"不是我有意去调查你家，是你老娘时不时来渡口与我说话，每次都说到你。她说你把岁数了，也不找媳妇，害得他们两个老人时常在背后拌嘴。老人家对你的事挺上心的。你今天来到我这儿，老渡就问你一句：难道你真的没看上哪个女子？"

"没有。谁能看上我呀？如今干上革命，就更没女子要我了。"金石峰说。

老渡说："这你就错了，干革命咋就更没人要呢？应该是更会让女子青睐。革命队伍打跑了国军，打倒了地主，鼓镛县老百姓称赞红军是'神军'，称呼县苏维埃领导为'县太爷'。你一个'县太爷'，还愁没女子钟情？"

金石峰说："老渡你说得太邪乎了，我怎么是'县太爷'呢？给你普一下常识，苏维埃是带领穷苦人斗争的先锋队，我就是这个先锋队里的一个队员，并且随时可能牺牲。"

老渡说："那是你们谦虚，共产党没有官僚，把自己放在与老百姓同等的位置上，所以老百姓很拥护共产党。"

"我们的宗旨是解救劳苦大众，打倒旧政府、地主和各种反动势力，让老百姓翻身做主人，过上富裕平等的日子。到那个时候，咱们这条金溪每天都会清澈干净，没有人会跳河，也没有污浊的晦气污染河水。咱们这座有近两千年历史的古城将焕发出像少女一样的青春活力，那将是多么令人憧憬的场景呀！"金石峰激动地说。

"你们能实现这样的目标吗？"

"当然。"

"那你就更需要结婚生子了，让你的子女和你一起共同生活在那样的一个美好时代。"

老渡话锋一转说："听说九仙山上有好多女子，她们漂亮得像仙女。据说她们都是被逼无奈才上山的。你把她们其中一个人娶了做媳妇，让你娘高兴高兴。"

说完，两人大笑起来。一听老渡提到九仙山，金石峰的心立马就飞到山上去了。那个美丽的人儿，那张漂亮的笑脸，那头乌黑的秀发，那双对黑恶势力始终憎恨的眼睛，那个即使在死神面前也不会屈服的性格……她身上的这些优点，金石峰一想起就心动不已。她是那么的温婉柔美又聪明干练，那么的小鸟依人又坚强不屈。多么不平凡的一位女性啊！金石峰想到自己已经好久没见到她了，最近连想她的时间都挤不出来，只好在心里默默地说了一句："你还好吗，欧阳？"

老渡知道，不是没女子看上他，而是他没看上哪个女子。虽然金石峰不是来自大富大贵的人家，但这人优秀，无论学识、人品、能力、志向都是无可挑剔的。很多同龄的女子都看好他。他娘为了他的终身大事，直接和间接地物色了好几个女孩，都被金石峰拒之门外。

老渡说："听说九仙山的那些女子自立了一条规定：不许嫁人。"

"你是听谁说的？"金石峰一听这话，心里"咯噔"一下，心想：我怎么没听说呢？是不是最近立的新规？若是真有了这个规定，那欧阳女是不是不嫁人啦？这不就把所有姐妹的人生幸福都剥夺了？欧阳啊，你怎么会这样做？太任性、太冲动、太没人性了。金石峰转念又一想：应该不会，凭欧阳女的聪明指挥，不会做这种傻事。但无风不起浪，连老渡都听到了，或许真有这事。

"最近城里都这样传，难道你这个县苏维埃副主席没听说？"老渡又说。

老渡的认真让金石峰收起了笑脸，不得不把这当回事。他又想：这几个女孩是不是在山上待久了，不食人间烟火了？或者是因为受佛家思想影响太深，决心不下山，出家为尼了？

"看你这脸色，怎么忽然连笑都没了？"老渡问金石峰。

"我还笑得出来吗？"

"咋就笑不出了？是因为九仙山的那几个女子？她们和你有啥关系？"老渡不明白金石峰，一头雾水地问。

"不行，我得走了。"

"去哪里？"

"九仙山。"金石峰走出船舱，双脚用力一蹬，跨步到岸上。

"这小子，我看是疯了！"老渡瞧着金石峰远去的背影，眯笑着摇头。

欧阳女和她的姐妹们自从打败了三台峰土匪后，没人再敢来惹她们。女子们开始潜心习武、学佛。数月前，红军打进鼓镛县，与国民党军大战于铁岭关、杨家岭。这些消息，当时欧阳女听得模模糊糊，不敢确定是真是假，后来她派栀子下山侦察，看到红军解放了鼓镛县，才知道事情是真的，觉得红军确实了得，周志群的国军部队在红军面前是那样的不堪一击。

栀子回山说："如今鼓镛县是红军的天下。红军说他们是共产党的军队，他们手中的枪，上打反动的国民党，下打欺负百姓的土豪劣绅和土匪。如今鼓镛县上下都成立了苏维埃，就是由民众组成的政权。红军说他们干革命、打天下的目的，就是让老百姓翻身做主人。"

"好新鲜哦，虽然听金大哥说过共产党和红军，但是革命、苏维埃、土豪劣绅这些都没听过。共产党可能就是用这些来收买人心。"曹梅说。

欧阳女说："不是收买人心，是共产党的这些主张、做法得民心、暖民心，穷苦百姓都拥护，才和他们站在一起和国民党、地主们斗争。"

"姐大说得对，是得民心、暖民心，不是收买人心。"曹梅说。

听曹梅自己纠正自己，大家笑了。

温七妹说："那咱们杀下山去呀，助红军一臂之力，把鼓镛县的反动势力都杀光。"

"不行！石峰没说，咱们不能轻举妄动。"欧阳女说。

栀子说："姐大，你不叫'金大哥'，直接叫'石峰'啦？这进度是不是太快了些？"

曹梅接着说："是啊，姐大，金大哥好像很久没上山了，你怎么就改了称呼？是不是最近你俩偷偷幽会过？"

"哎，现在说正事，你们俩别跑题了。大家也都可叫他'金石峰'或'石峰'。"欧阳女说。

"我们才不敢呢，好歹人家比我们大几岁。不比你，关系非同寻常啊！"

栀子笑道："听说金大哥当官了。"

正在喝水的欧阳女，听到这话，忍不住"扑哧"笑了出来，与此同时将嘴里的水喷到了栀子的脸上。

栀子立刻站起来，用手抹了一把自己的脸，说："姐大，你也别这么高兴了，又这么露骨。"说完，她瞟了一眼大家。

欧阳女收住笑容，说："我是笑你说石峰当官了，他一介平民能当啥官。"

"您老人家这就不懂了，如今的共产党政权和以往的清朝、民国都不一样，平民百姓是可以当官的。"栀子说。

"那金大哥究竟当的什么是官？"大家围在栀子身边，等着她说下去。

栀子见大家心急，就故意停下来，转身从欧阳女手中拿过水杯，慢条斯理地喝了一口，再不紧不慢地说："金大哥这个官，要说小也非常小，还没芝麻大，是老百姓的公仆，就是为公众服务的人。要说大嘛，其实也挺大的，这要在清朝以前，只有考中科举的人才能受封。"

"那到底是个啥官？"一只只眼睛瞪着栀子，都在等着他说完。

"鼓镛县苏维埃临时政府副主席。"栀子终于亮出了底牌。

"啊？还以为多大的官呢，不就是苏维埃副主席，还是临时的。"

"为什么叫苏维埃？苏维埃是什么意思？"大家再次看向栀子，希望她能给个解释，这回连欧阳女也看着她。

"苏维埃嘛，这个，哎呀，我也解释不来。要不等金大哥来了，叫他告诉大家。"栀子不好意思地说。

"苏维埃嘛，是一个进口的名称。"

一个熟悉的声音从背后传来，众人转头看过去，是金石峰来了。

金石峰还没来得及打招呼，就给大家解释什么是苏维埃："苏维埃是俄国无产阶级创造的一种领导群众进行革命斗争的组织形式，也是一种工人和农民的民主形式，代表的是所有劳苦大众的利益。"

"金大哥你懂得真多。"

"金大哥，听说你当官了，当的就是苏维埃的官，对吗？"

"苏维埃里不叫官，叫革命工作者。"金石峰说。

"好，革命工作者，你来啦？"

"我们姐大可想死你了，怎么现在才来？都有半年没来了。"

"你可不能当了新官就忘了旧人。"

"你不会是陈世美吧？"

"我们的金大哥是有情的，否则，能这样满头大汗地上山？"

在叽叽喳喳的说话声中，金石峰看了一眼一言未发的欧阳女，正好她的目光也向他扫来，两双眼睛望向彼此，似乎要碰撞出火花。

"听说九仙山女子新出了一条'不许嫁人'的规定，是不是真的？"金石峰问。

"原来金大哥是为此事而来。想必你是担心做不了九仙山的乘龙快婿，才急急忙忙跑上山来的吧。告诉你吧，确有其事，是我们八个女子一致同意立下的规定。今后，我们这些女子就不谈情说爱，不择夫嫁人了，这是我们姐大倡议的，她更要带头执行，以身作则。"栀子侃侃而谈，又斜眼瞟了一下金石峰。

"你们傻呀，自己约束自己，你们就打算在山上待一辈子吗？我现在以苏维埃临时政府的名义，宣布此规定作废。在苏维埃领导的社会里，人人享有爱的权利，他人无权剥夺。像你们这样的规定，连民国政府都不会同意。"原来，金石峰听栀子那么一说，以为是真的，故而严肃地说了这么一大堆话。

"金大哥，我们九仙山也想成立苏维埃，可以吗？"大家听了栀子的话，哄堂大笑起来。

"别打岔，九仙山成立什么苏维埃，这么封建的地方。"金石峰说。

忍不住嘴的栀子扭了扭脖子，止住了笑，说："金大哥这回吓着了吧？你是不是担心娶不到我们姐大，担心姐大不下山了？告诉你吧，日前我们是讨论过这个规定，但没有一个人同意。我们也要谈情说爱，也要嫁人，如果不是世道黑暗，像我们一个个芳龄十八的女子，谁愿意过这种没情没爱的日子？这样吧，金大哥，你今晚就把我们姐大娶了，然后看看你们苏维埃里头还有哪些优秀的男子，也把我们大家娶过去。"

"啊，今晚就让他娶了姐大？"姐妹们一起看向欧阳女。

"疯了，这个女人一定是疯了！石峰，你把她带到城里，看看哪家肯要她。只要给一两块银圆，就把她嫁了，省得她在这里煽风点火，哪天说不定把九仙山烧了。"欧阳女笑着说。

"姐大，你就如此狠心呀？一两块银圆就把我嫁了？我跟随你这几年，就只值一两块银圆？"

"那你能值多少？"

"少说也值个十万八万啊！"

"哈哈哈，值得，值得！其实何止栀子值十万八万，山上的所有姐妹都值十万八万，欧阳更是无价之宝。"金石峰看了一眼欧阳女说。

欧阳女没想到金石峰会这般说她，突然间脸红起来。她正在考虑如何化解尴尬，想说些什么，却被栀子抢在了前头。栀子说："金大哥终于实话实说了。姐大是你心中的无价之宝！"

"哈哈哈哈！"一场玩笑随着笑声结束了。众姐妹把时间让给了欧阳女和金石峰，各自忙自己的事情去了。

一对孤男寡女，两双火辣的眼睛，此时终于可以尽情对视。两人都有一肚子想说的话，但见面又不知从哪句话说起。既然不知如何开口，干脆就不说。金石峰今天不像以往那样扭捏，上前一步就把欧阳女拥入怀里，紧紧地抱住。这个动作是突然的，连金石峰自己都没有预料到。而更觉得突然的是欧阳女，她不仅毫无准备，也毫无想法。金石峰闪电般的动作让她猝不及防，但也没拒绝。随着那双有力的手臂将自己搂抱得越来越紧，他散发出的体温不断地温暖自己的肌肤，她感觉到两颗期待已久的心正在激烈碰撞。这是这一对男女白懂事以来第一次跨越界限，如此近距离地接触对方。因此，两人都不免有些害羞，刚才离得远时，还可以不眨眼地看着对方，这时，却都不敢正面对视，只是把脸颊紧紧地靠在一起。欧阳女心想：这个"呆男人"今天哪来的勇气？

"我要娶你。"金石峰终于说话了。

"你如今是县苏维埃副主席了，敢娶一个'落草'的女人？"

"敢。可你不是落草，你是被世道所害，被迫上山。你信佛，内心是善良的。你又敢杀土匪，你的思想和行动与苏维埃的主张是一致的，况且你也是鼓镛县苏维埃临时政府的委员。"

"什么，我也是苏维埃临时政府的委员？"

金石峰没有马上回答她。他松开手，大胆地把视线移到了她的脸上，心想：多么俊美的一张脸啊，我敢不敢狠狠地亲她几口？此时的她，白皙的脸颊变得绯红，腼腆、羞涩的表情一起涌上了脸庞，但心里又似乎在渴望着什么。不顾一切了，两人像是同时下定决心，准备逾越这道尴尬的坎，实现人生的"第一次"……

"不好啦，出事啦，出大事啦！"

一声叫喊打断了两人的好事。欧阳女心里骂道：臭丫头，看我怎么收拾你！这个忽然叫喊的丫头是谁？山上究竟出了什么大事？下文说。

第二十七章

忙中偷闲开心夜

大叫的人是曹姑。她一边喊，一边敲门。

欧阳女停下动作，打开了门，瞪着曹姑。

曹姑害羞地说："我看天空多云，没去想有啥刺眼的事情会发生，闷头就叫了起来，请姐大和金大哥原谅。"

"去去去，别油嘴滑舌。没见过还没听过吗？"欧阳女有些不悦地说。

曹姑说："姐大，我真的不是冲你们俩的，是九金师父断了……"

"断了？啥断了？"

"小腿骨摔断了！"

"这么严重？"欧阳女这才知道曹姑不是故意的，立刻与金石峰来到大殿。

山上的所有人都在场，围着九金。谢根正在捣药。

欧阳女挤进人群，她没问九金是如何摔倒的，只关心用药的问题。谢根说："这是'生骨散'，一种效果极好的草药，是我家祖上传卜来的。我半常在山上走，看到了就把它采来晒干以备急用，今天还真用上了。'生骨散'连用三服药，断骨基本可以接上；再用三服药，就能痊愈。服完一服药要三天，六服药就要三六十八天，这段时间他不能随便移动，得把他的伤腿固定在一个不会移动的位置上。"

"这个容易，在床沿上立个桩，将伤腿绑缚在桩上即可。"欧阳女说。

众人立即去寻找合适的木料。一会儿，栀子拿来一块材料，由金石峰动手做成一个人字形的木架，用绳子固定在床沿，再将九金的伤腿绑在人字架上。

欧阳女靠近九金说："这十八天，九金叔就要忍着了，不能翻身，'三急'方面的事就有劳谢根叔了，这里只有您一个大男人，也就您能够帮上忙。这些天，您就专职伺候九金叔，别的事都由我们来做，佛祖会感谢您的。"

听见大家如此关心自己，正在忍受身体剧痛的九金流下了眼泪。

事情解决了之后，曹姑调侃道："姐大，你和金大哥的好事刚才被我打断了，现在可以继续了。"

"是呀，姐大和金大哥继续吧，我们不看。"大家异口同声地说。

欧阳女虽是姐大，又是她们的师父，但在这些"不要脸"的徒弟们那一双双眼睛的注视下，免不了害羞和脸红。金石峰尽管也是初涉情场，但老道得像个成熟的男人，他顺水推舟，开玩笑地说：

"如果姐妹们不怕因此而视力减退，我和欧阳可以让大家开开眼界。"

"真的？"

"一定不假。"

"要让人开眼界，你金石峰去做，别扯上我。"欧阳女害羞得跑了。

"这可不能怪我，我现在孤掌难鸣了。"

罗罩建议说："让金大哥唱一支歌吧？"

众人同意，齐声喊道："对，唱一支歌！"

"不行，不行，我不会。"金石峰的脸红了起来，又说，"唱歌还得你们这些女孩。我就和大家说说话吧。"

"那就说说你是如何当上苏维埃副主席的。"

栀子说："是不是用钱买的？"

金石峰哈哈大笑，说："栀子真会开玩笑。不过这也说明你们还不知道什么是苏维埃。"

金石峰像上课一样，给女子们讲共产党和红军。欧阳女刚才害羞地走进房间里躲着，听到金石峰在"讲课"，又出来静静地听他讲。

温七妹说："以前听说过共产党和红军，以为它们之间没有区别，共产党就是红军，红军就是共产党，今天清楚了，原来它们是不一样的。"

栀子说："我也知道了，红军是穷人的军队，打天下是为了穷人。"

"我也听明白了。"

"我也是。"

金石峰说，共产党和红军只是在组织和形式上不同，但是二者的宗旨、任务是一致的，红军就是在执行党赋予的任务。

曹梅说："金大哥懂得真多，怪不得会当上县苏维埃副主席。"

栀子说："怪不得我们姐大会喜欢你。"

"又来了。"金石峰原本昂起的头稍稍低了下来，害羞地说。

196

坐在边上的欧阳女又觉得有点儿别扭了。

罗覃给金石峰端来一大碗茶。

接下来，金石峰给大家讲了很多鼓镛县最近发生的事情，包括红军攻打鼓镛县、国民党军兵败逃跑，县、乡、村成立苏维埃，打土豪、分田地，农民青年参加红军等。女子们听得认真，个个来了精神。

栀子说："金大哥，把我们九仙女子护身队收入红军队伍吧？"

曹姑摩拳擦掌，一副跃跃欲试的样子，说："我们去当红军，绝不比你们男的差，收了我们吧？"

"收了我们吧，我们要当红军，跟共产党走。姐大，您的意见呢？"

欧阳女坐不住了，站起来激动地说："我的意见和你们一样，当红军去。请金石峰副主席收编我们！"

"请金副主席收编我们！"

金石峰被女子们感动得一时说不出话来。他早就看好九仙女子护身队，他爱护、保护、培养她们，就是等待着有一天能够让她们走向革命道路，现在时机已经成熟。这是一支不是共产党组建，却能够绝对和共产党站在一起，执行共产党主张的队伍。她们虽然人数不多，但在鼓镛县可以一敌十，影响千千万万的人。他暗自佩服自己，有能力、有办法、有远见，在她们最困难的时候鼓舞了她们，在敌人对她们下手的时候保护了她们，为革命准备了这么一支力量。而更值得高兴的是，在这里，他收获了爱情。欧阳女是鼓镛县的传奇女子，更是他金石峰心中无可撼动的女神。二十八岁的他，在人生道路上寻找过真爱，一直没有如愿，却在九仙山上遇到了。他心想：这或许是九仙山上佛祖的恩赐，是他们金家祖辈做了善事，让他得到了回报。欧阳，你太美了！金石峰绝不会放走了你！

"金大哥，你说话呀，能不能收我们做红军？"

"能！一定能！"金石峰回过神来，又说，"只是这个事还得由刘团长决定。刘团长是我们鼓镛县苏维埃临时政府主席，我向他介绍过你们。他高度赞赏你们，知道你们打上匪的事，说这样勇敢的九仙女子护身队极其少见，是革命不可多得的力量。"

温七妹激动地说："真的吗，刘团长这样赞扬过我们吗？"

"那个刘团长多大年纪啦？也像金大哥这样年轻吗？"栀子这话是无心说的，却引来大家好奇的目光。一个个你看看我，我看看你，心里仿佛都在说：栀子怎么会问这样一个不认识的男人？她是在寻找什么？只是谁都没点破。

"刘团长嘛，年龄比我稍大，是个'老革命'了。他人高马大，英俊神武，能征善战，一进鼓镛县就把杨家岭敌人的一个团打得七零八落，是红军中的将才。"金石峰的这几句话，既介绍了刘团长，也算是回答了栀子的话。

大家又一致地瞟了栀子一眼。栀子却有些难为情了，后悔自己怎么会问那样的话。其实，栀子没有想错，也没说错，是大家的眼神让她觉得有些不好意思。

九仙山的女子们已经长大了，每个人都会憧憬美丽的爱情。

这一天，金石峰没有下山，他在晚上和欧阳女谈了一场轰轰烈烈的恋爱。两人依偎在明月下，俯瞰着闪耀着微弱灯光的鼓铺县城，周围安静得只能听到轻轻的风声。那一张张调皮的嘴，不再在欧阳女身边絮叨了，她们知趣地把这段宝贵的时间留给了姐大和那个难得偷闲的男人。

> 月妈妈，下来吃擂茶。
> 擂茶喷喷香，配老姜。
> 老姜辣，配菩苈。
> 菩苈咸，配菠菔。
> 菠菔淡，配苋菜。
> 苋菜红彤彤，杨梅树上挂灯笼。

看着月亮，金石峰唱起"月妈妈下来吃擂茶"的儿歌，欧阳女也跟着轻轻和起来。这首儿歌在鼓铺县通常是小孩子唱的。今天，两个人像是回到了孩提时代，随口唱了出来。

"你爱我吗？"欧阳女将看月亮的双眼转向金石峰。

"明月可鉴！"金石峰举起右拳对着月亮，眼睛看着欧阳女，像宣誓一样，"爱！希望你能与我共度今生。"

"我还没想好。"

"不要再想了。今晚金石峰就向你求爱，嫁给这个人吧！这个人虽不能让你每天坐着吃喝，但能让你每天舒心愉快；这个人虽贫穷，没有田产和银子，但他也富裕，腹中装着一肚子的革命道理；这个人虽没有令人羡慕的仕途，但他脚下有极其宽敞的人生路；这个人……"

"好啦，好啦，还是我来说吧。这个人不仅会说甜言蜜语，还有一颗像石头一样诚实的心；这个人虽然长得并不人高马大，但是他的形象伟岸高大，一双不大的眼睛，能看清楚人间善恶，能看见黑暗世界尽头的光明。这世上，不知有多少女子像我一样在欣赏你。"

"欧阳……你就是这样看待一个革命青年的？"

"难道不是吗？"

"不愧是九仙山上的仙女，站得高，金石峰已经被你看透了。"

欧阳女不再言语了，目不转睛地看着眼前这个人。不可否认，这个人从里到外都很耐看，尤其是他的内心世界是那么的丰满和富有活力。他是男人中的极品，除了子弹和刀，没有什么能杀死他。此时，那双眼睛更是不放过眼前的机会，死死地盯着自己。欧阳女那张白皙透红的脸，那双柔情似水的眼睛，两片粉如桃花的薄唇，以及身上散发出的那种女性独有的香味，无不引起金石峰无限的遐想。而在欧阳女的眼里，他的帅气、英俊、睿智、勇敢，以及男人身上独有的气质，同样也在深深地吸引着自己，令她浮想联翩，情难自禁。终于，两人都忍不住了，以风吹野火般的速度拥抱在一起，两颗渴望靠近彼此的心激烈地碰撞着。

时间不知过去了多久，两人终于从这甜蜜的氛围中回过神来。欧阳女整理了一下松散蓬乱的头发，说："这叫什么？"

"难忘今夜。"

"你回答得真快。"

"当然，我是当过先生的，脑子反应不慢。"

"你总是爱吹牛。"

"不，在女人面前我经常口吃。"

"你又谦虚了。"

在乳白色的月光下，两张微笑的脸久久地凝视着对方。这个夜晚确实对他们来说是难忘的。他们的第一次拥抱、第一次亲吻，都让两人感受到了人生的意义和美好。

"你什么时候娶我？"欧阳女问道。

"随时。"

"你回答得真快。"

"办事高效率，是金石峰的习惯。"

"所以你能当上县苏维埃副主席。"

"那是因为我有革命素质，而且我是党员。认识革命、参加革命的时间比别人早。我是鼓镛县最早的党员，向往革命已经好几年了，现在也有义务向广大群众宣传共产党和革命红军。"金石峰认真地说。

"这也是我最欣赏你的地方。你敢于'第一个吃螃蟹'，敢于走别人没人走过的路。一个人就应该像你这样放眼神州，胸怀天下！"

"欧阳，你善解人意，疾恶如仇，冰雪聪明，睿智勇敢，美丽漂亮，也是世上不可多得的女子。金石峰今生能与你携手，少活二十年也愿意。"

"闭嘴！胡乱说话有时会灵验的。"欧阳女不让金石峰再说下去，但她的心中觉得暖洋洋的，庆幸自己在他眼里是如此的美好，接着又自谦地说，"我有你说得那么好吗？"

"应该不只这些吧？我尚未对你进行深入总结，只是从浅表上描述一下就有这么多条了。"金石峰说。

欧阳女不知从哪天开始，爱上了身边的这个男子，觉得一段时间没见到他，就会止不住地想他，有时想得厉害了，恨不得他立刻出现在眼前。今天梦想终于成为现实了，她觉得好美好甜，禁不住也对他说出一番浓情蜜意的话：

"感谢在茫茫人海中遇见你。有了你，我仿佛头顶上多了一个太阳，即使在寒冷的冬天，我也会感到温暖如春。有了你，在人生的旅途中，我将不再孤独与寂寞。你不仅是我身体的另一半，也是我心灵的另一半。相信在未来的岁月里，我们的爱一定会像金溪一样长流不息，一定会像九仙山一样青绿长存。直到一百年后，我们的灵魂也将犹如两朵白云飘浮在蔚蓝的天空上，永远注视着这一方诞生爱的土地！"

"欧阳，你太美了！"金石峰说着又将欧阳女紧紧地搂入怀中，但他的激动话语也惊动了那一群"百灵鸟"，她们再也抑制不住想调侃这一对恋人的心情，立刻围了过来。

"姐大、金大哥，二位尽兴了吧？"栀子冲在前头，抢先开口。

"正想尽兴啊，就被尔等搅了。"金石峰风趣地说。

栀子说："你们俩就别再偷偷摸摸的了，索性公开了吧。"

"啥？这种事能公开？"金石峰故作惊讶地说。

"简直无法无天了！"欧阳女说。

看着眼前的姑娘们，欧阳女想：她们都已经长大了，如果在几年前，大家一个个害羞得只知道往被窝里钻，不知道你们的将来会怎么样。

金石峰心里是高兴的。最近他太累了，难得今晚能这么轻松。虽然他还不到而立之年，尚属年轻，但是今天他感觉自己小了好几岁。过去这些女子，虽然个个武艺超群，但是他总认为她们还是孩子，生怕她们吃亏、受伤害，所以一有风吹草动，他就会想办法保护她们。今晚，看到她们都长大了，金石峰觉得她们都应该有一个好的归宿，可是天地茫茫，何处是归宿？他的担忧与欧阳女一样。

"金大哥，你也别胡思乱想了，九仙山戒备森严，你们俩插翅难逃矣！"栀子误解了金石峰，以为他也在想着如何逃避。

"不就是亲一口吗？欧阳，过来！"金石峰豁出去了，喊欧阳女一起堵一堵大家的嘴。就在这时，岭上突然出现两个火把，并且缓慢地向普照寺靠近。大家无心开玩笑了，都跑出去看。深夜出现的明火让人不得不警惕起来。打着火把的是人还是"鬼"？为什么会大摇大摆地上山？下文说。

第二十八章

壮实力土匪坐大

　　九仙山女子们难得开心一回，遇金石峰上山，逮住一个机会，要他与欧阳女亲昵一番，解解眼馋。就在"节目"正推向高潮时，半山腰上忽然出现了火把。大家没心思玩了，将注意力全部转移到了火把上。温七妹和罗罾受命前去侦察，其余的人就地备战。

　　不一会儿，董美娣、董美英姐妹押着两个人来到大殿。曹梅在火瓦上加了几块松明，大殿内一片亮堂。在明亮的光线下，大家看到眼前的两个人却是一对眉清目秀的青年。其中一人身着红军服装，带着枪，此时枪已被董美娣下了。

　　"金副主席，我们是上山来喊你的。"

　　"林前，是你？家里出事啦？"金石峰见他连夜上山，知道定有要事，表情也严肃起来。

　　"金副主席好！"

　　"梁班长你也一起来了？辛苦了！"金石峰走过去与梁班长握手，又把两人向大家做了介绍："林前是苏维埃政府的工作人员。这位小梁名叫梁锋，是红军班长，也是县苏维埃临时政府主席、红军团长刘宗手下的侦察英雄。之前，刘主席率部队从北边进入鼓镛县，遇到国军一个团守住杨家岭不能前进。是梁班长带着两名战士，绕道数十里侦察，遇一农民老乡带路，才找到了一条小路绕开杨家岭。梁班长侦察后返回，将情况报告给了团里。刘主席连夜起兵，当晚走了数十里路，把部队拉到杨家岭通往鼓镛县的路上，设下埋伏；又部署一个营连夜赶到鼓镛县，在黎明时做出攻城的样子。周志群以为红军大部队来了，电令杨家岭守军回城增援，却在返回的路上被红军打垮，只有一小部分士兵逃走。刘主席说，能打赢此仗，梁锋当立首功。"

"哇，太精彩了！"女子们把目光都看向了梁锋，弄得他有些不好意思，脸也红了起来。

"金副主席，土匪昨夜又血洗高滩村，打死了好多人。刘主席气坏了，让你火速回去，商议剿匪事宜。"林前说。

金石峰听了林前的报告，不敢怠慢，立即动身下山。临走前，他靠近欧阳女，低声说了几句话，欧阳女一脸的兴奋。敏感的栀子还以为他们俩在说情话，让大家转头别看。

林前和梁锋只稍稍休息了一会儿，就转身下山。从鼓镛县到九仙山，来回四十多里，两个年轻人只带了一点儿干粮，在上山时吃了。此时，他们与金石峰下山，仍健步如飞，毫无倦意。

一路上，金石峰心想，白天上山的事自己没给别人说过，刘主席咋知道自己上九仙山了，又唤林前他们两个人上山来找？

常在金石峰身边工作的林前知道他在想什么，就干脆地告诉他："金副主席，你上九仙山的事是老渡说的。下午的时候，刘主席找不着你，就让我到处寻找。我走到渡口问老渡你有没过河，老渡说你上九仙山找'仙女'了。刘主席就让我和梁班长上山通知你。"

"嗯，知道，辛苦你们了！"

"听说九仙山上那个领头的叫什么？对了，欧阳女，她是金副主席的意中人吧？金副主席有眼光。"梁锋说。

金石峰说："梁班长不知道情况就敢这样下结论？"

梁锋笑着说："鼓镛县人似乎都知道欧阳女，经常听到人们谈论她，说她不仅貌美如花，而且功夫出神入化，无人能敌。铜棚寨五十多个土匪，一个早上就被她们灭了，欧阳女和她的姐妹毫发无伤。刚才在山上，我目睹其芳容，感觉真是个极具个性的美人，只是有些让人难以置信。"

金石峰问："为啥这么说？"

梁锋说："让人难以置信的是，一个美丽的女子又有一身绝世的武功，这样的女子是极少见的。"

金石峰说："这个不假。凭她的身手，你们俩联手都近不了身。"

林前说："听说她一手'飞石弹'，出手速度比枪还快，如果她想打眼睛，就绝不会击中鼻子。"

梁锋说："真想有机会跟她学习学习。"

金石峰说："这个不难。"

梁锋高兴地说："那太好了。我回去向团长建议，请欧阳女下山做教官，教大家武功。"

202

林前说："金副主席，到时候也让我去凑凑热闹吧？"

金石峰没有再说话，他在想：土匪为什么如此猖獗，共产党把穷苦百姓从国民党、地主的压迫下解救出来，也应该让他们摆脱土匪的欺压，这是苏维埃当前重中之重的任务。

子夜过后，三个人回到鼓铺县，各自回去歇息了。

翌日早上，金石峰去见刘宗主席。一见面，刘主席就笑着说："去相亲是好事啊，为什么要偷偷地去？"

"没有偷偷地去啊，我是光明正大地去的。是你刘主席催命似的让我偷偷地回来，还点着火把。"金石峰笑着说。

"你小子真有能耐，居然敢找'落草'的女子为妻？"刘主席说。

金石峰笑道："纠正一下刘主席的说法，一、欧阳女不是那种'落草为寇'的女子；二、我和她还只是普通朋友，算不上'妻'。"

"哈哈哈，你呀，不愧是当过先生的人。"刘主席又问，"哎，那个欧阳女果真像大家说的那么神奇吗？"

"大家说欧阳女什么了？刘主席又听到什么了？"金石峰看着刘宗说。

"你别装痴扮傻，鼓铺县人对九仙山女子，尤其是欧阳女，是什么说法、什么评价，难道你不知道？"

"我真不知道，还望刘主席将听到的告诉我。"

"亏你小子还是土生土长的鼓铺县人，还不如我一个外来人。得了，你还是去别处慢慢打听吧，今天咱们要谈谈匪情。"

"匪情？"金石峰装作惊讶地问。

"对呀，咱们共产党和红军来到鼓铺县已经半年有余，成立了苏维埃，也打土豪、分田地了，可是匪患严重的问题尚未得来及解决，咱们有义务消灭土匪。我想趁着目前土匪们还在松懈的机会，集中力量剿匪，肃清匪患，还鼓铺县朗朗乾坤。"

金石峰说："我也正有此意，本想找个时间向刘主席汇报，希望您下决心，解救老百姓。现在主席有此想法，真是太好了。如果红军和苏维埃能够清剿了鼓铺县的土匪，此意义绝不亚于打倒国民党和土豪。"

刘主席说："既然如此，我决定抽调一个营部队，再将九仙女子护身队请下山参加剿匪，食物和其他物资供给由咱们苏维埃负责，你看怎么样？"

金石峰说："我十分同意刘主席的决定，并且已经交代欧阳女，让她三日后带着她的姐妹们下山。"

"石峰，你咋知道我要在近期剿匪，又提前通知了欧阳女下山？你小子能掐会算啊？"刘主席说着在金石峰肩上擂了一拳。

"哎哟，您就不能轻点儿？"

"哈哈……"两人大笑。

三日后，欧阳女向谢根和九金辞别，她本想留下两个女子一起看守寺庙，但说来讲去，没有一个人愿意留下。

谢根说："那就都走吧，你们的路在山下。"九金的腿虽还不能走路，但已经止住疼痛，断骨也在渐渐恢复。欧阳女这才肯放心地离开。原来，那晚金石峰靠近欧阳女说话，就是让她三日后带着女子们下山。当时他的想法是让欧阳女带着队伍对鼓镛县的匪情进行一次彻底的调查，以便掌握实情，为全面剿匪做准备。没想到与刘主席想到一块儿了，金石峰很高兴，因为灭匪是他长期以来的一个心愿，眼看着这个心愿就要实现了。

鼓镛县眼下最大的土匪势力是三台峰的郭将富和龙栖山的罗洪彪。

郭将富这个顽匪，经过被国军追赶、被欧阳女打压，不仅没伤筋骨，反而实力变得更强大了。也难怪，当日国民党部队剿匪虽然出动了两个营，但只是把三台峰的土匪从匪窝里吓了出来，跑到深山里面躲避了几个时辰。所谓剿匪，国军连土匪的影子都没见着。其实，周志群当时之所以要灭三台峰土匪，不是因为他想真心为老百姓考虑，而是因为要解一时之恨——他们认定三台峰郭将富吃了他的"一支部队"。

至于郭将富与欧阳女发生冲突，那纯粹是郭将富找死。欧阳女与郭将富一个身居佛门，一个为匪度日，两人分别在相距数十里的九仙山和三台峰，可谓井水不犯河水。可郭将富听信下属的话，要娶欧阳女为妻，并派去几十个人，名曰"娶亲"，实为抢亲，致使发生血战，三台峰土匪几十条人命丢在了九仙山。郭将富当时虽然憎恨欧阳女，但是也只能忍气吞声，谁让自己不知自己有几斤几两，明明三台峰比九仙山矮了一截，却还要与人家比高低。

经此两事，郭将富一夜间学聪明了。国军袭击三台峰，不是他们铲不平三台峰，而是他郭将富跑得快。那欧阳女更不是等闲之辈，她可以一个早上灭了铜棚寨，自己与她为敌岂不是找死？他只有暗下决心，壮大自己，只要不与官府为敌，不再想娶欧阳女这个女人，就可相安无事。至于老百姓，郭将富认为他们原本就是受苦的命，那些农民每天种地打粮，一部分喂自己，一部分喂官府和国军，再拿出一小部分来喂三台峰，有何不可？只是这些农民生性就是个死脑筋，说什么交农税是一个种田人的本分，是历朝历代沿袭的法度，是应该的。虽然他们心里不愿意，但是嘴上一句也不敢说，乖乖地用汗水去养那些吃闲饭的人，反过来再被他们压迫。我郭将富组织这百十人能吃多少？可他们就是不给，反说我们是土匪。既然老百姓不服软，我们只有来硬的，抢他们的果实和钱财，敢反抗就杀他们几个人，他们又能奈我何？所以，我郭将富就是命里要吃嗟来之食，老百姓就是供给人，自己今后的日子就这样过了，让这方圆百里的农民给我"交税"，我会"好好"地对待他们，否则，就要管理他们、统治他们、杀死他们。但三台峰绝不能与官府为敌，不与九仙山作对。

为了稳固三台峰，郭将富不断招兵买马，壮大实力。

先说说郭将富弄来的那个女子。那天深夜，郭将富血洗双溪口，导致五人死亡，多人受伤，并劫走大量钱财和食物，还抢来了一名叫吴霜的女子。这吴霜落入匪手，反抗无力，拼死喊娘，也无济于事。因为要带她回去"圆房接种"，任凭她如何挣扎、喊骂，郭将富都没伤她分毫。回到山上，郭将富先没动她，而是倾其所有善待她。为了笼络吴霜，郭将富派人到鼓铺县为她量身定做了衣服、鞋袜，并送给她金银首饰，又给她家里送去五十块银圆和三十尺布。在山上，郭将富每日好吃好喝地招待她，还甜言蜜语地对她说："请你上山是让你来享受的，不是让你来做工的。你只要答应做我的老婆，以后你每天的生活就是这样，想吃什么，只要山上有的都可以做给你吃；想穿什么，我就派人进城去买。而且你会有很大的权力——山寨夫人的权力。妹妹你就慢慢地想吧，我相信你会想通的。"

吴霜还真经不起诱惑，没几天就春心动摇，被郭将富"俘虏"了。成婚当天，山上大摆宴席，土匪们胡吃海喝到下半夜，一个个烂醉如泥。郭将富虽不是第一次玩女人，但在这个新婚之夜，他仍如同一个饥饿的孩子吃到麦芽糖一般，滋味无穷。吴霜既然答应了郭将富，也不管他是土匪头子还是杀人魔王，就死心塌地跟了他。

从此吴霜铁了心跟着郭将富，成了实实在在的压寨夫人。

郭将富只花了几个月的时间就将队伍扩大到了两百多人，枪支的数量也增加到了一百多支，成为一支实力强大的武装土匪。

郭将富的目标是让土匪的人数发展到三百人。三台峰土匪之所以能够在短时间内增人增枪，是因为附近蜡烛山、五虎谷的两支土匪加盟了三台峰。这两支土匪都觉得自己山头太小，制约了发展，不得已才屈尊加入郭将富麾下。土匪们知道，人数太少形不成力量，就难以对付老百姓的反抗，抢不到食物。郭将富作为悍匪，他更晓得这个道理。因此，在蜡烛山、五虎谷的两支土匪要求编入三台峰时，他欣喜若狂，大摆酒宴接纳他们。酒醉后的郭将富说："咱三台峰人多了，吃饭的嘴也多了。大家知道吗？今天这餐酒菜就吃去了五六百块，都是之前山寨积攒下来的。"

听话听音，蜡烛山的头子伍牛觉得脸上辣辣的，立刻站起来说："这五六百块都是为蜡烛山弟兄花的。请大哥放心，我一定会把今天的花费弄回来。蜡烛山的弟兄绝不吃软饭。"

五虎谷的当家人谢六斤听到伍牛这么说，觉得头顶发热，凳子上似乎冒出了针，重重地刺了一下屁股，也站起来表态："五虎谷的兄弟们不想吃嗟来之食，大哥和三台峰的兄弟们如此重情，我们绝不白吃这顿酒饭，请大哥看我们的行动。"

于是，两股刚刚联合的土匪总共八十多人连夜行动，袭击高滩村。

高滩村位于高滩乡。临行前，郭将富交代说："高滩村物富粮丰，要动就要大动，对付农民最好的办法就是用枪。"伍牛和谢六斤心领神会，带着土匪们下山而去。

这一夜，高滩村遭了大殃。土匪枪杀青壮年二人，踢死孕妇一人、小孩两人，殴打致死老妪一人，又伤人无数；抢走钱财五百多块、生猪六头、鸡鸭两百多只、谷米两千多斤，以及各类可食之物不计其数。本来深夜时分，村里的男人都在家，可以拿起刀具反抗，但因土匪人多，手中又有枪，男人们挡不过。三个死去的青壮年就是在搏斗中被土匪开枪杀害的。

这是第二个双溪口之夜。

郭将富与美妻吴霜还在温柔乡里做梦，听到门外的欢笑声，睁眼一看，天已经大亮，赶紧起来。二人出门后正遇到伍牛、谢六斤赶来汇报。

"大哥，我们回来了，满载而归！"伍牛兴奋地说。

"是呀，大哥，用枪对付农民，农民就老实了，还是大哥英明。"谢六斤说。

两人将昨夜的收获详细地报告给郭将富，本以为大哥会嘉奖、表扬他们，可恰恰相反，当听到杀了几个人时，郭将富没了笑脸，怒斥二人：

"混蛋，怎么能杀那么多人？这么大的行动杀一两个人震慑一下就行。亏你们也做了这么多年土匪，还是领头的。我们的目的不是杀人，万不得已时才杀个把人。你们倒好，一次就杀了七个人，把一年的计划都用完了。"

"大哥，这杀一个人和杀几个人有区别吗？难道咱们三台峰每年杀人有指标？"谢六斤问。

郭将富继续怒斥道："怎么没区别，杀一个人就只有一个家庭受害，这个家庭再闹也是孤立的，再痛苦、再不满也只有一个家庭。好比鱼塘里的一条鱼，兴不起风浪，如果你搅动了更多的鱼，所有的鱼就会被搅进来，一起对抗。你们一口气杀了七个人，能不激怒所有农民，能不惊动官府？真是笨蛋！"

伍牛、谢六斤挨了一顿训斥，心里很不痛快。他们俩觉得自己辛苦了一夜，弄来这么多东西，不仅没有功劳，连句好话都没有听到，真是出力不讨好，但又不敢再说一句争辩的话，只能唯唯诺诺地说："大哥骂的是，大哥骂的是！"

狡诈的郭将富并非真埋怨伍牛、谢六斤多杀了几个人。他没有那个善心，他杀的人也不少。他是要压制住这两人，以免他们自恃有功骄傲起来，毕竟他们是外来者，在三台峰占了几乎三分之一的力量，绝不能让这两人的声望超过自己。

郭将富虽然骂了他们俩，但还是拿出抢来的物资奖励了伍牛、谢六斤以及其他参与的人。伍牛说："山寨不好饲养活禽活畜，当把收获的生猪、鸡、鸭全杀了腌制起来，过几日再拿到阳光下晒干，就可以储存起来慢慢食用。今日会餐当以吃这些畜禽的内脏为主。"

这厮不愧做过当家人，倒是挺会过日子的，还把抢来的东西说成"收获"。他的建议被郭将富采纳了。当日，山寨杀猪庆祝，摆酒席会餐。东西都是抢来的，虽然伍牛提出了安排方案，但是无人在意。不就是花点儿时间的事吗？没东西吃了，出去一晚不就有了？

土匪们一个个喝得醉醺醺的，趁着酒兴有人向郭将富诉苦："大哥，我们吃的是有啦，就是没玩的。"

"那你要啥玩的呀？"郭将富问。

"女人，我都三十多岁了，还没闻过女人味。咱山寨啥都好，就是缺女人。"有人说。

"是啊，我们都需要女人，咱们下山多抢些女人来吧。即使抢不到那么多，弄十几个女人上山也好哇。"

"看到大哥身边有吴霜嫂子陪着，伍牛、六斤还有其他几个前辈都有女人伺候，我们眼馋啊。什么时候我们的床上由双棍变成四腿了，那才是神仙的日子。"

原来，三台峰上也并非只有吴霜一个女人。伍牛、谢六斤和原来山寨上的一些老土匪都有妻室，有些还有儿女。饱暖思淫欲，如今土匪们不愁吃喝，每日酒足饭饱，想的就是快活。没有女人的日子，让大家过得枯燥乏味。

"别要求太高了，如果样样都能满足，那咱们还是土匪吗？女人这东西，你越是想她就越是想要，你不想她也就没什么。你们很多人都是在家里混不下去了，日子过得窝囊，走投无路了才来当土匪的。在家里时可以没女人，到了山上就想要女人了？告诉大家，三台峰的规矩：可以下山抢农人的任何东西，但绝不能抢女人，除非人家愿意跟你上山。"

郭将富这个不抢女人的"天规"，只为别人规定的，他自己却生活在"天规"之外。吴霜就是被他抢来的，还有之前的肖妹、窝妹也都曾受过他的欺负。正所谓，只许州官放火，不许百姓点灯。

大家谈女人谈得正在兴头上，厅堂里突然就闯进一个女人来。她的出现，宛如一道雨后的彩虹架在天空，将无数贪婪的目光、饥渴的眼神吸引了过去。这个女人是谁？为何闪电般出现在众人面前？下文说。

第二十九章

刘宗大战欧阳女

这个女人就是吴霜。

吴霜自从做了郭将富的老婆，就俨然以山寨夫人、三台峰的二把手自居，常常出现在众土匪面前说话、指点、发号施令。因为她是"夫人"，在山寨自然受到大家的尊重。也因为她在山里的女人中最年轻、最有姿色，土匪们把她当成一道风景欣赏，都愿意和她说话，听她指令，有时也和她说几句男女之间的玩笑话，活跃一下气氛。这个女人也乐意和大伙儿说笑，自然受到大家的喜爱，但谁也不敢对她有非分之想。

今日土匪们在里头大谈女人，向他们的老大诉说没女人的苦。吴霜在外头听得清清楚楚，不时地暗自发笑：原来男人这么需要女人。就在这个瞬间，她为自己是女人而感到骄傲。

她的突然出现，除了吸引众人眼球外，没有丝毫作用。郭将富很了解自己的这个女人，她爱出风头，喜欢"君临天下"的感觉，喜欢听到大伙儿叫她"嫂嫂""夫人"。郭将富因为爱她，也知道山上生活枯燥乏味，所以并不反对她的一些行为。毕竟山上已经有几百号人了，女人虽柔弱，但有时候能驾驭住男人，因此也能帮助他治理这一片"天下"。

看到吴霜出现在厅堂，大家立即停止了说话，场上顿时鸦雀无声。

"怎么不说话了？怕我这个女人听见？没关系，我已经不是黄花姑娘了，你们想女人的话我在隔壁都听见了，这是人之常情，是一个身体健康之人的正常反应。不会想女人的男人就不是男人。"吴霜说。

"那是什么人呀，嫂嫂？"有土匪问。

"是太监，就是皇宫里头被阉割了的男人。"吴霜说。

"嫂嫂，你懂的还真多。"

"那是。没见过，难道没听过？告诉你们呀，你们既然来山上做了土匪，就等于进了皇宫，就要断了想女人的念头。"吴霜说。

"可是，嫂嫂，我们是男人啊，就是你刚才说的正常男人。"有人说。

"除非你们不做土匪了。"吴霜说完，瞅了一眼大厅上的男人。

"那不行，做土匪多自由啊，有吃有喝，又不要劳动。"

"所以说，你们只能图一头，做土匪就不要想女人，要想得到女人就不要做土匪。"吴霜说，像是在给土匪们上课一样。

"我们习惯了做土匪，再改行去做别的都不适应了。我们只想跟着大哥做土匪，也想像大哥一样有一个漂亮的女人。其实，嫂嫂说的话也不全对，咱们山上除了大哥有女人，不是还有好几个有女人的男人吗？像伍牛、谢六斤，还有那几个老土匪，他们……"

"你说得没错，"吴霜打断了那人的话，"你说的这些人，他们身边的人有的是做土匪之前娶的妻子，像你说的那几个'老土匪'都是这样；有的是甘心情愿做土匪婆的，比如我。"

吴霜说到自己时，大家都瞪了她一眼，包括在场的郭将富。郭将富没想到自己的这个夫人怎么会用这么粗俗的字眼，那不是在贬损自己吗？可吴霜却不以为然，继续往下说：

"所以，你们要想有女人，要么有人心甘情愿跟着你，要么你放弃做土匪，回去再抱女人。想去抢女人上山不行，山上有规矩，如果有谁违规了，你们的大哥是要惩罚的。"吴霜的一番话像是给大家浇了一盆冷水，场上再次没了声音。三台峰不准再抢女人的规矩是吴霜定的。当时郭将富要与吴霜成婚，吴霜要郭将富承诺，山上从此不得再强抢民女，并将其作为规矩定下来。郭将富为博得吴霜欢心就答应了，并向众土匪宣布。吴霜虽然没有坚持不嫁给土匪，最终与土匪"同流合污"，但是她劝郭将富立下的这条"不许强抢民女"的规矩也算是积了功德，救了很多女子和她们的家庭。

吴霜要郭将富教她打枪，郭将富说："你身子娇贵，打打杀杀是男人的事，你就好好做你的高贵夫人，别舞枪弄棒，损伤了身体。"

吴霜说："不，生在红尘中，你又做的是土匪，我学一些护身的本领，或许哪天能用得上。"

郭将富除了玩弄刀枪，也不会别的，他以自己会使枪弄刀为荣。吴霜提出要练枪，他也没反对到底，就手把手地教她长枪、短枪的射击技能。吴霜出身农家，不怕苦和累，连续练习了半个月，打了五六百发子弹，取得了骄人的成绩。郭将富不吝啬子弹，为检验吴霜的射击水平，拿来几个饭碗放在十丈之外，让她瞄准射击，结果她都能一个不剩地击中。土匪们夸赞吴霜说：

"嫂嫂巾帼不让须眉，了不起，了不起！"

三台峰借吴霜学打枪，掀起了一个练武的高潮。但郭将富不让土匪们练实弹，因为子弹要花钱买，而且不是有钱就能买到，得到百里之外的南平找地下关系才能弄到，有很大的风险。他只让土匪们练习刀棒和拳脚功夫，可大家又不爱练。有人公开说，咱们不是军队，又不需要打仗，咱们的任务就是抢劫，没有必要练功夫。土匪们心里想的都是女人，没女人，哪有心情练武？这事也就不了了之了。

郭将富把土匪们分成四个小队，原来山上的一百多人分成两队，即一小队和二小队，新加入的蜡烛山的土匪为三小队，五虎谷的土匪为四小队。在人数上，一、二小队比三、四小队多出二十多个人，再加上他们是三台峰的老部下，郭将富自然对他们另眼相看。

"大家如果不想练武，就每天只吃一顿饭。各小队把人数报上来，今天就实行。"郭将富对大家说。

土匪们听郭将富说不让他们吃饭，就再也不敢偷懒。吴霜也间歇性地参加练武，她的行动鼓舞了土匪们。郭将富见吴霜喜欢舞刀弄棒，就上前制止她，说："你的任务是给我生儿子，练什么武啊，快去休息。"

"等我肚子大了，不用你叫我也会休息。"吴霜没听劝，继续参加练武。她就是个男人的性子、女人的命。

郭将富没办法，谁叫自己一直没能让她怀上孩子。

高滩村那晚被土匪洗劫后，全村人哭天喊地地把被害人下葬了。乡村虽然有了苏维埃，但是他们没有武装，斗斗地主还可以，与持枪的土匪干就不行了。乡村苏维埃不行，但县苏维埃是可以的，因为县上有红军的部队，且县苏维埃的刘主席就是红军的团长。于是高滩乡苏维埃将情况报告给县苏维埃，请求县苏维埃为高滩乡老百姓做主，把土匪消灭掉。刘主席接到报告，想都没想就作出了立即剿匪的决定，并连夜派林前、梁锋上九仙山召回金石峰。

九仙女子护身队按时下了山。八个姑娘第一次集体走进鼓镛县，出现在人们眼前。"这就是传说中的'九仙山仙女'？果然不俗。"人们毫不吝啬地把一句句赞美之词用到女子们身上。当时红军进城，老百姓不了解，害怕得都躲起来。今天"九仙女"进城，大家都涌上街头观看。

"她们一个个妙龄女子，为了保命躲进深山里，实在是难为这些孩子了。"

"红军来了，她们也该下山了。"

"她们该有自己各自的家了。"人们议论纷纷，言语透露着对她们的关爱。

刘主席见到女子们时，称赞她们"飒爽英姿，巾帼榜样"，又问欧阳女是否愿意参加剿匪。

　　欧阳女说："给我三天时间进行实弹训练，之后我们就可以打土匪了。"

　　刘主席说："听说你武功不错，我也是习武之人，你可否与我切磋切磋？"

　　欧阳女说："十分乐意，只是我那几下花拳绣腿怎能敌过刘主席的一双铁拳？还望手下留情。"

　　刘主席说："抬举我了。战场上不分男女，你尽管使劲儿。对了，听说你的'飞石弹'很厉害，正想见识见识。"

　　欧阳女说："小伎俩，上不得台面。"

　　刘宗是红军里有名的功夫高手，在红三十六师无人能敌，他常常因苦于没对手而在训练场上训斥手底下的战士："你们都是些只会吃撑饭的，居然几个人都打不过我一只手。"今天他提出与欧阳女比赛，一是想借机切磋一番，二是想看看被人们传得神乎其神的欧阳女到底有多厉害。他在心里想：鼓镛县人说欧阳女厉害，其实也没多少人真正见过。不过是个女子嘛，能斗得过大汉？今天我就露一手，让鼓镛县老百姓知道啥叫功夫。

　　比武场设在原国军旅部门口的广场上，这里现在住着红军的一营。此处原是周志群旅部操练的场地，较为宽敞，可供一个连的人训练。今日的比赛是一场硬功夫的较量，双方商定在赛场四周放置一些刀具和长短棍棒，以便随手取用。裁判由金石峰和一营营长肖叶担任。赛场的一边是古城群众和九仙女子护身队的姑娘们，一边是一营的指战员们，为了留足比赛空间，观众们都退到了广场的最边缘。

　　刘宗与无数人打过拳脚，也曾在战场上与敌人搏斗过，但从未与女人对打过。这个世界会武艺的女人并不多，刘宗投笔从戎十多年，也没遇到过一个。他觉得眼前的这个欧阳女，人长得一等一的漂亮，这样一个秀气的女子，若是选美一定能得头名，可这是打架呀，这么一个柔弱的身子，能躲过我三拳吗？

　　"嘘——"肖营长像集合部队一样吹起了哨声，然后宣布："比武开始！"

　　随后，双方进入场地中心。欧阳女一副紧身装束，她礼貌地向刘宗微笑了一下。这种自然流露的美让刘宗觉得，这个女子的功夫如果也像传说的那样，就真的太完美了，怪不得金石峰那小子会连夜上九仙山。

　　"刘主席，你进攻吧！"

　　刘宗还在瞎想，却被欧阳女的一句话惊醒了，然后想都没想就用习惯的打架方式向对方猛力冲拳。刘宗的第一拳看似非常有力，但其实有所保留，怕自己出手就把欧阳女打翻在地，那样的话，不仅欧阳女脸上难看，他刘宗以后也没有可切磋武艺的人了。

聪明的欧阳女已经从刘宗的眼神里看出了他的心思。她虽然不像刘宗有那么多实战经验，但是她牢记一个原则：无论真打假打，她都要百分之百认真对待。所以当刘宗的拳头迎面而来，就要与她的前胸碰撞时，她一个闪身，将身子移开，在站稳的一刹那飞起左腿，给刘宗的右肩膀重重一击。刘宗猛地转身，也将左腿飞起，想给欧阳女一个同样的回击。但欧阳女就像是在背后长了一只眼睛，没等刘宗的飞腿打到身上就已经跳出圈外，虎视眈眈地看着刘宗。这一拳一腿，刘宗都扑了空，耗费了不少力气，同时肩上还挨了一腿，隐隐作痛。欧阳女却像只是做了个热身的动作，一副很轻松的模样。

经过这两下的较量，刘宗感觉到欧阳女不像他想得那么简单，提醒自己还是得认真对待，否则，输给她岂不是很没面子。

欧阳女此时却更有信心了。原先她或多或少有些顾忌，因为对方是闻名红军队伍的武打高手，又是壮汉，他的身份还是红军团长、县苏维埃主席，与这样一个人比武，总觉得有些放不开。经过这几个回合的较量，她完全忘记了这些，无论对方是何身份、名气有多大，比武场上只以输赢论高低。

"刘主席，你不要因为我是女子就不敢使力哦。"欧阳女说。

"不错，你也不要因为我是团长、主席就舍不得打，瞧我这身肌肉，受得了。"刘宗说。

"那我就不客气了！"欧阳女说着，就急速地向刘宗冲来，两只看似柔软的拳头似流星一样向刘宗靠近。刘宗没有躲闪，站稳脚跟正面迎敌，他不相信硬碰硬欧阳女会占上风，也想测试一下欧阳女拳头的力量，就故意露出前胸让其击打。欧阳女知其用意，想到这毕竟是比武，对方又是上级，就稍有留情地在刘宗的胸前连击数拳。挨了拳打的刘宗不可能没事，他尝到了挨打的滋味，心口像被针扎了一样疼痛，调整了几下呼吸，才感觉好些。他用粗壮的手臂架开欧阳女，并向她猛冲过去，但又被欧阳女躲过了。这是她特有的防御功夫，在敌人的力量表现得十分猛烈时，她能以令人始料不及的速度移动身体，避免被击中，其动作之快，无人能及。

刘宗感受到了欧阳女不是花拳绣腿，她不仅腿功了得，而且手臂力量也很惊人。接下来，欧阳女不断进攻，刘宗拼命抵挡。几个回合后，又换成刘宗进攻，欧阳女防御。两人一来一去，打了二十几个回合，不分胜负。刘宗见拳头不能取胜，突然向欧阳女踢去一腿，欧阳女再次躲过。刘宗旋转身体再次飞起大腿，眼看就要踢中时，欧阳女两脚一蹬，身体腾空而起，朝刘宗的肩和背上反踢一脚，随后落地站到了刘宗的身后。

围观的人们看到欧阳女这个腾空的动作都怔住了，连连鼓掌为她喝彩："真棒！真棒！"刘宗却是蒙了一会儿，还在想：自己向她踢腿的那一瞬间，如果她被踢中了，身体至少会后退十几步且难免受伤，但她怎么就飞起来又踢了我一脚？就算她是松鼠，跑得也没那么快呀。刘宗回过神来，转过身体，对着欧阳女抱拳施礼，以示佩服。刘宗见自己的拳脚功夫不能胜过欧阳女，就顺手拿起一把青铜虎背刀，欧阳女见了，也同时取刀。他们俩用的是两把同样的青铜制的刀，刀呈虎背形状，长约三尺，重约二十斤。

先出手的是欧阳女。她把青铜刀拿在手上晃了几下，感觉适应了之后就挥舞着向刘宗进攻。刘宗见对方来势凶猛，连忙举刀相迎。两刀相碰，刀光闪烁，并发出"叮当"的响声。

刘宗擅长刀法，从军多年，作战时，他的背上始终背着一把刀，他也用刀砍下了很多敌人的头颅。今日与欧阳女比武，虽然刚才在拳脚上输给了这丫头，但是他自信，舞刀弄棒，欧阳女不可能赢他。

刘宗体壮、力大，定力也比欧阳女强，他两腿做马步状，稳住身体与欧阳女战斗。欧阳女身子轻巧、动作敏捷，进退速度胜过刘宗。见难以攻破"泰山"般的刘宗，欧阳女忽然抽刀，在右边卖个破绽，又横刀向刘宗砍去。刘宗急忙转身，蹲下身子躲过了"腰斩"。刘宗怕身子立起时来不及出手，再挨欧阳女一刀，索性在臀部落地后迅速来了个后滚翻，在距离欧阳女一丈外的地方站起。接着，他与欧阳女又开始新一轮的厮杀。刘宗确实是用刀高手，挥舞青铜虎背刀如同蜻蜓点水。欧阳女眼快、手快、进退快，在刘宗如猛虎般进攻时，避其锋芒，保留体力。但两虎相斗，避让总是有限的，更多的还是迎战和进攻。刘宗再也不担心欧阳女招架不住，就毫不客气地抡起大刀向欧阳女砍过去，总想找出对方的漏洞，置她于"死地"。可她娴熟的刀法，让他从头到脚都找不到一点儿空子可钻。欧阳女也想在挥刀厮杀的同时，找准机会让青铜虎背刀在某一个瞬间靠近对方的脖子，让这个赫赫有名的红军武艺高手见识一下九仙山功夫，但终归难以如愿。双方苦战了上百个回合，仍然不分胜败。刘宗意识到无法战胜欧阳女，立即调转刀向，对着比武场旁边的一棵碗口粗的黑梧桐拦腰一刀砍断。欧阳女知道刘宗这一刀是砍给观众看的，更是砍给她看的：如此粗的一棵树都禁不住我这一刀，何况是人呢？来而不往非礼也，欧阳女岂肯认输？只见她不慌不忙地挥舞起大刀，突然一跃而起，达一丈多高，又顺势将一株碗口粗的树枝砍成两段。在树枝连枝带叶"哗啦啦"落地的同时，她也稳稳地站到了地上。场边观看的人先是为刘宗如虎般的力量喝彩，这一刻，一个个又看得目瞪口呆：欧阳女居然有如此厉害的功夫，今日可真是大开眼界了！

刘宗已经感受到欧阳女不凡的功夫，他无心也无时间观察周围人群的目光。在欧阳女落地的同时，刘宗顺手拿起一旁一根五尺长的青钢铁棒，这根铁棒酷似孙悟空使用的金箍棒。欧阳女顿时明白这个刘主席的用意，也弯腰拾起另一根青钢铁棒。欧阳女平时虽然多用刀，但是棍棒也使得灵活自如，当日在铜棚寨，她就是用青钢铁棒将那个土匪头子廖东昌的头敲烂的。

两人如做戏般耍起铁棒。沉重的青钢铁棒在这两位武术高人的手上犹如轻巧的竹竿，挥洒自如，游刃有余，让人看得眼花缭乱，博得场外一阵阵喝彩。可他们今天不是演戏，试手之后，就向对方发起了猛烈进攻。欧阳女打出的第一棒力重千钧，向刘宗的头顶砸下。刘宗眼疾手快，立即双手举棒横挡。两棒相碰，震得两人的手直发麻。欧阳女这一棒打得很沉，大有将对方一棒打死之气势。刘宗防御及时有力，避免了脑袋开花。紧接着又是　场更激烈的厮杀，铁棒轮击，拳脚相加，两人谁都占不到便宜。刘宗之意，很想利用她的不慎，将她手执的棒子打落到地上，让她不得不认输。欧阳女心想：找一个时机，把手里的铁棒直指他的脑门，让他缴械投降。可双方都没有给对方半点儿机会。想取胜，只能靠技艺。

"刘主席，看棒！"欧阳女冷不防大喊　声，想要搅乱刘宗的心志，也给他一个提醒，表明急风暴雨似的进攻就要开始了。"来吧，丫头！"刘宗并没有她想象的那样脆弱，应战的声音一点儿也不慌乱，显示出一个身经百战的老战士在危急环境下的镇定、勇敢和无所畏惧。

这一回合的挑战是欧阳女挑起的，进攻的人却是刘宗。刘宗在听到欧阳女"看棒"的喊声后，一面谨慎地迎战，一面思索着如何破解欧阳女的套路。刘宗善于稳打稳攻，不喜冒进。可今天他与欧阳女的较量，每每都在冒险中进行，让他不得不佩服她的战法，也从中受到了启发：战场拼杀不能害怕，敢于冒险才能有机会赢得胜利。刘宗觉得欧阳女这丫头也有她的长处，后生可畏矣。

雌雄相斗，你来我往，棒棒相逼。两人从场内打到场外，又从场外战到场内。欧阳女见刘宗越战越勇，棍法不乱，就佯装不敌，且战且退。刘宗见欧阳女体力不支，加倍猛打。欧阳女退后十几步，忽然一个侧身，架开刘宗手中的铁棒，使劲儿给了他一棍，但被刘宗躲开。欧阳女轻身跃起，举棒再向刘宗头顶打下，又被他拦挡。刘宗正感觉双手发麻时，肩膀忽地挨了欧阳女重重的一腿，随即身子向前倾倒，趴在了地上。这一脚，欧阳女踢中了刘宗什么部位？刘宗的伤势如何？下文说。

第三十章

古城亮艺惊四方

前文说欧阳女下了九仙山，来到鼓镛县。刘宗主席见欧阳女出奇的漂亮，不相信她的武功也如传闻中说的那样厉害，就提出与她比武。欧阳女欣然接受。红军团长要和九仙山的"仙女"欧阳女比武的消息传开，鼓镛县人早就想见欧阳女而又没机会，于是，人们纷纷赶来观看，比武场地被围得水泄不通。

刘宗与欧阳女进行了比拳、比刀、比棍棒，结果都是欧阳女占上风。最后欧阳女腾空踢腿，刘宗被打趴在地上，吃了一嘴的泥土，他不仅嘴唇、鼻子擦皮受伤，肩骨也被踢得十分疼痛，一时爬不起来。

赢了比赛的欧阳女以为刘主席被她踢死了，吓得慌忙跑过去扶他。裁判金石峰、肖叶也迅速跑来帮助。可是没等大家靠近，刘宗一个翻身就站起来。站起来的刘宗吐了几口吃进嘴里的沙土，又摸了两下鼻子，揩去脸上的泥灰，然后对着场外的千余观众大喊："我输了！欧阳女胜了，欧阳女胜了！"刘宗又走近欧阳女，把她的手举得高高的，对着大家说："这就是欧阳女，她是鼓镛县的欧阳女，是穷苦人家的欧阳女，也是鼓镛县的女中豪杰！我刘宗在队伍里十年没遇过对手，今天被欧阳女打败了，我心悦诚服，欧阳女武功第一！"

听到刘宗的一番话，欧阳女如释重负，一扫心中的担忧。她没想到刘主席竟有这等的胸襟，如果换成别人，输了比武，多少都会觉得有点儿没有面子，可是在他脸上看不出半点儿的不满，内心像阳光一样明亮，一派大将风度！

刘宗又对欧阳女说："你的武功如此厉害，不知你的那些妹子们又有多少手段？难道也像你一样让人接近不了？"

欧阳女笑着说："这么说，刘主席还想试试她们？"

刘宗说："我就不试了，叫她们也亮一亮身手，让我们的战士再见识见识。"

欧阳女说："可以。你挑出战士，我这边还有七个姑娘，让她们都来亮亮相，向红军大哥学习学习。"

"好，就这样说定了。"刘宗叫肖叶营长挑选战士。刘宗平时喜欢练武，更喜欢比武，当兵十多年，从战士干到团长，与全师有身手的人都交过手，没有一个人能赢他。今日他与欧阳女比武，原想欧阳女不可能像传说的那样厉害，打败她不仅可以巩固他"武功第一"的地位，同时也可练练手脚，毕竟很久都没人和他较量了。最终欧阳女胜他，虽然在自己的意料之外，但是他心服口服。这个世界原本就是山外有山，人外有人，何况欧阳女还是"自己人"。刘宗在认识了欧阳女之后，还想见识一下她的那班姐妹是不是也有相似的本事。如果她们也有欧阳女的本领，或者是接近她水平的手段，那就是红军队伍的荣幸，在今后的斗争中红军就多了一支强大的力量。

"团长，七名战士都挑选出来了，可以上场了。"肖叶的报告打断了刘宗的沉思。

这七个人都是一营的，其中有一营营长肖叶、追打保安队的一连连长杜鲁以及侦察班子梁锋。

九仙女子护身队这边的温七妹、栀子、罗罩、曹梅、曹姑、董美娣、董美英七个姑娘也全到齐了。七个姑娘之中属温七妹、栀子最厉害，她们在许多地方的本领已接近欧阳女，如温七妹的"飞石弹"、栀子的棍棒功夫。

警卫员早就搬来凳子让刘宗和欧阳女坐在旁边歇息，又端来茶水，让两人喝茶解乏。一同坐在旁边的还有金石峰。见参赛人员都站出来了，金石峰走上前，对她们说了几句话，姑娘们像是受到了鼓舞，放松了身子。金石峰又鼓励她们说：

"大家别把他们看成是男人，也别把他们看成是能打仗的红军英雄，你们只把他们看成是对手、'敌人'，就一定能赢。"

"金大哥，你就坐着看好戏吧。"温七妹摩拳擦掌地说。

这次的裁判还是金石峰。一阵哨声后，比武双方进入场地。第一对出场的是肖叶和温七妹。肖叶长得高大魁梧，身体壮实，温七妹站在他对面显得十分单薄。久经沙场的肖叶似有不把她放在眼里的意思，心想：这么一个娇小的人儿能禁得住我这双铁拳的进攻吗？他正在想，却听到温七妹喊道："肖营长看招。"

肖叶应道："来吧，妹子，我先让你三招。"

温七妹听此一说，立马停住进攻，说道："肖营长看不起小妹？那就让我们姐大欧阳女来与你打，如何？"

"嗯，不不，我怎么能与你姐大比呢？我们团长都不是对手，何况是我？我只能和你玩玩。"肖叶说，语气中仍有小看之意。

"那就请肖营长拿出精神来，别学刘主席吃一嘴泥土哦。"温七妹平时说话不多，此时却与刘主席开起玩笑。随后，她不再与他啰唆，挥拳就打。肖叶举起手臂拦挡，却感觉对方力大难敌，根本近不得温七妹的身。肖叶觉得自己刚才以貌取人，看来是小看她了。肖叶不愧是营长，遇敌毫不慌乱，立即调整思想，重视起眼前这个不苟言笑的女孩。温七妹见肖叶认真了反倒高兴，她不想和一个开着小差的人打，那样就算是赢了，也没有意思。

两人近距离地打了十多个回合，不分输赢。肖叶想找个机会摆脱温七妹的攻击，用自己有力的臂膀抱住她，然后将其摔倒在地，从而赢得比赛。但变幻莫测的温七妹绝不是他想的那样好对付。看到无空子可钻，肖叶使出最拿手的一招，侧身用自己的后背猛推对方，再用肘力使劲儿向上一击。这是肖叶惯用的一招，仗着自己身体高大，以大欺小，再赢得时间，转身反击。在战场上与敌人肉搏时，肖叶的这一招很成功，赢得过很多的胜利。但此时，他这招用在温七妹身上却失败了。就在他的身体以泰山压顶之势压迫过来时，温七妹眨眼间跳到了五尺之外，再来一个飞天弹跳，给肖叶的肩背狠狠一击，这个动作简直就是刚才欧阳女给刘宗那一腿的重复。肖叶站不住了，向前一倾，趴在地上，吃进一嘴的泥土。

"嘘——"随着哨声响起，金石峰宣布第二对选手的比武结束，温七妹胜了。随后场上响起一阵欢呼声。

看得认真的刘宗在心中大骂肖叶笨蛋，居然输给了一个名不见经传的山野女子。可当他回过神来，想到自己也是输给一个山野女子，而且下场与肖叶一样，都是趴在地上吃了一嘴土时，禁不住脸红了。

"嘘——第三场，杜鲁对栀子。"金石峰话音刚落，杜鲁从队伍里站出来，只一个跳跃，就站到了赛场中央。那气势有点儿先声夺人，分明是做给栀子看的，也是做给刘宗、肖叶看的：团长和营长，你们刚才竟然那样不堪一击，真是丢了男人的面子，现在看我这个连长的。

栀子看到对手先声夺人，自己在气势上也绝不退让。只见她闪电般地飞出人群，一扭身子，两手十指着地，连续向后腾空翻滚，稳稳地落在杜鲁的正前方。栀子的这个出场动作，让众人大饱眼福，赢得了一阵喝彩，也让杜鲁内心"咯噔"一下：这女子面色桃红，肤如凝脂，莫非还真有手段？还是谨慎点儿好，别像刘宗、肖叶一样，栽在一个女人的手上。

"杜连长，您在想什么？是不是在考虑如何对付我啊？"栀子不像温七妹话不多，她见人就爱说话而且很幽默，一上场就和杜鲁开起了玩笑。

"妹子，你说对了。你长得如此清纯美丽，我真的不好下手啊。使劲儿嘛，觉得不忍心；不使劲儿嘛，被你打了，我一个大男人又会失了面子。"杜鲁也是个爱说笑的人，一见面就调侃。但栀子的美丽，此时真的有些让他分神了。当兵多年，他一路走来，从没遇见过会打架的女人，更别说这样一个大美人。眼前的这个栀子，这个九仙山下来的女子，让他心猿意马，开始走神了。

"你就把我看成是一个丑女人吧，该咋打就咋打，怜香惜玉是要吃亏的。"栀子说。

"说起来容易，但做起来有点难。"

"没出息，你还是个连长呢。瞧你们团长、营长，看到女人就毫不客气，使劲儿地打。不过女人不是那么好打的，尤其是九仙山的女人，想动我们必须做好'牺牲'准备。"栀子眨了眨眼说。

"妹子别吓唬我，我可不是他们俩哦。"

"难道你比刘团长、肖营长武艺高强？"

"是你比欧阳女、温七妹功夫差呀。"

"这你就小看我了，我们九仙山姐妹个个都很厉害，若是被我们拳头击中，不死即伤，棍棒打处不残就趴。不信的话，你试试就知道了。"

"栀子，如果我能胜过你，你就嫁给我吧？"

"那要看你有没这个能耐。啊？嫁给你，你是癞蛤蟆想吃天鹅肉！本姑娘可是九天仙女，岂能容你玷污？死男人，看我如何打你的嘴。"栀子不再啰唆，出手就给杜鲁前胸一拳。杜鲁闪开，避过击打，但防了右拳，没防着左掌。栀子在打出右拳的同时，左手给了杜鲁一个嘴巴。杜鲁这才意识到自己挨了一掌。眼见这个女子说到做到，杜鲁心想：自己真不应该小看她。就在杜鲁分心时，他又挨了栀子一拳。

"姑娘，杜鲁真想娶你做老婆，别不高兴啊？"杜鲁这回认真了，一拳一掌都朝栀子要害处打，嘴上却还在说："你长得这般漂亮，一下山就遇到我，看来咱俩有缘。咱们今天就来个'比武招亲'吧，如果我胜了，你就嫁我。"

"如果你输了呢？"栀子迫不及待问他。

"如果我输了，我就'嫁'给你。"杜鲁大笑着说道。

栀子感到被杜鲁糊弄了，却忍不住也笑了一声，说："看好了，功夫在心里。你心不在焉，别一会儿趴在地上哭。"

"我一心想娶你，就一定能胜你。"杜鲁不是嘴上说说，而是他内心确实被栀子的美貌所打动，觉得自己如果能娶到他做媳妇，哪怕是成亲的第二天死了也值得。但他转念一想：可是怎么样才能赢她呢？虽然她没表态输了就嫁给我，但是我若能赢她，事情就好说多了。这样一想，杜鲁就更加投入了。面对栀子的猛打，他不仅积极应对，还果断地出击，但无论是出掌还是出拳，他都被栀子在半路上挡开，根本碰不到她的身体。相反，他却挨了人家几拳，嘴巴也挨了一掌。杜鲁有些急了：总不能失了女人又挨打吧？像团长、营长那样输了，该多狼狈啊！

两人一来一往又战了十多个回合，没分胜负。

"哎，杜连长，你还没说输了怎么办？"栀子忽然停住问杜鲁。

"这么说，你输了愿意嫁给我了？那好，我承诺，杜鲁今日若败给栀子，以后就长期给你洗衣服。"

"谁要你洗衣服呀。这样，你如果输了就饿一天，不能进食。"

"还是饿三天吧，娶不到你，我宁可饿死。"杜鲁在说这话时，故意抬高嗓门，站在前排的人都听到了。场上的观众一时激动起来：

"杜连长，能不能娶到老婆，就看你的本事了！"

"杜连长，是娶'仙女'做老婆，还是饿死，就今朝这个时刻，用力啊！"现场说这话的大多是红军部队的人。九仙山女子们也在为栀子加油：

"栀子，打败杜连长，决不做他的老婆，让他饿三天！"

比武场上欢声雷动。

金石峰吹响了口哨，说："场外的人不得喧哗，请安静，继续看比武。"

双方没再说话，都开始认真地进行比拼。杜鲁虽力大，但没多少套路，战法不够灵活。栀子拳法熟练，机动多变，进攻性明显，逼得杜鲁只能防守，腾不出手进攻。杜鲁虽然严防死守，但是被动的防御总会露出破绽。趁其下半部空虚，栀子猛然转身，抬腿给了杜鲁一下重击。杜鲁腰间挨了一腿，感觉疼痛，可他忍住没叫，身子趔趄了两下，还是站住了。栀子见对方没倒下，再次向前第二次飞腿，被杜鲁躲过了。杜鲁知道自己的腿功没有栀子好，只能用拳抵挡，挡不住时就躲开。当栀子飞出第三腿时，杜鲁奇迹般地跳起一人高，避过了击打。

"好家伙，居然会轻功。"栀子想：轻功是我们九仙山最绝门儿的技艺之一，我还怕你？于是，她双脚离地，渐渐升高，如鸟儿一般展翅飞起，又徐徐落下，与杜鲁打了两三个回合。杜鲁体力不支，在落地时，脊背上被栀子狠狠地反踢了一脚，跟跄着向前好几步，仍是没站稳，摔趴在地上，来不及躲闪的嘴与他的两个上级一样，吃了一嘴的泥灰。

比武结束，栀子胜。场上爆发出猛烈的喝彩声。杜鲁站起来，走到栀子面前有气无力地说："杜鲁无能，从今日起饿三天。"

栀子微笑着说："杜连长，我也没答应输了就嫁给你啊，所以你也不必饿三天。你就继续吃饭吧，别把自己饿瘦了。"

刘宗、肖叶、杜鲁算得上是刘宗这个团里武功最高的三位，可他们都先后败给了九仙山的三个女子。让人不可思议的是，三人都同一个输法：背上遭击后被打趴在地上，都吃了一嘴的泥灰。虽然是自家队伍比武，但一个个历经战场的男人都输给了女人，免不了心中不快，只是碍于在大庭广众之下，不宜表露而已。

金石峰走到杜鲁身边，笑着说："杜连长，你们俩在开打前说的都是玩笑话，'比武招亲'是封建社会的一种落后习俗，咱们是共产党，不搞那一套。再说，刚才也只是你一人的想法，栀子并没赞同。所以，你不要不吃饭，相反，今天中午你可以大吃，因为比武辛苦了。"

杜鲁笑着说："谢谢金副主席，杜鲁也是开玩笑，没有当真。"

"那就好。"金石峰又吹起了口哨，安排下面的人继续比武。

"我看就算了吧。"

大家抬眼一看，刘宗走到了场地中间。刘宗说："三场比武，我们都见识了九仙山女子们的功夫。连我都不堪一击，何况尔等？除了我，肖叶营长和杜连长在咱部队都有着数一数二的功夫，但在九仙山的姑娘们面前还是那样的不经打，后面要出场的五个战士，他们有几斤几两我还不知道？下面的比武取消吧，别一不小心被姑娘们活'吃'了。"

"哈哈哈……"场上发出一阵阵的笑声。

一听取消比武，董美娣和曹梅几个人都有话要说。姑娘们见前面的姐妹打得如此畅快，手早就痒了，也想在大庭广众之下展露身手，这下却没了机会，觉得十分遗憾。

战士们这边却是另一种想法。他们看到自己的团长、营长、连长都输得那么惨，自己上去的话更是小鸡对老鹰，只有被吃的份儿。现在团长取消比武，正合心意。

刘宗又宣布："今后，九仙山女子们就是红军部队的武术教练。"刘宗没征询欧阳女的意见，就说出了自己的决定，女子们感到很突然。欧阳女对刘宗说：

"刘主席，让我们做教练可以，但你要训练我们用枪。"

刘宗说："你们不是有枪弹吗？难道不会用？"

欧阳女说："我们是有些枪弹，但那些是'偷'来的，不敢大胆地用。大家也打过几次靶，不过是躲在山坳溪涧里打的，不正规且没练出手段。"

刘宗说："那好，你们先用五天时间练习瞄准射击，此事由一连长安排。"他随即叫来杜鲁，向他交代一番。

九仙山女子们因为刚下山，需要尽快安顿下来。金石峰为她们找了地方，就在县苏维埃政府办公场所附近，房子虽然简陋，但是环境不比九仙山上的寺庙差，饮食起居都很方便。

休息一日后，女子们根据杜连长的安排，组织射击训练。姑娘们平时训练，都是练硬功夫，今天练习瞄准射击，犹如绣花，一时还有些不适应。

杜鲁说："准确的射击是在准确的瞄准这一基础上完成的。这是基础功夫，一定要打牢。"

姑娘们都是练武之人，臂力和定力都极强，枪拿在手里都很稳。杜鲁又说："稳是射击的基础，只要瞄准时能够控制手稳，枪不晃动，打出去的子弹保准八九不离十。"

"杜连长，打架你是我手下败将，打枪你却是我的老师了。"栀子说。

"栀子姑娘还在笑我。汗颜啊，堂堂七尺男儿，竟然被一个小姑娘打得爬不起来。"杜鲁笑道。

"你也没爬不起来呀，你比刘主席、肖营长强，他们趴在地上还歇了一会儿，你立马就起来了。"董美娣说。

"还不是因为没人扶我吗？"杜鲁开玩笑地说，大家听了后都笑了。

董美娣说："哎，杜连长，你当时说让栀子'比武招亲'，我还为她捏了一把汗。"

"为什么这么说？"杜鲁看着董美娣问道。

董美娣说："我怕她一不小心答应了，又怕她输给了你。"

杜鲁笑着说："那不正好吗？那样的话，我和她就成一对啦！"

栀子瞪了一眼杜鲁，说："想得美！"

"怎么啦，栀子姑娘看不上我？"杜鲁看着栀子说。

"谁能看得上你呀！"栀子说完，回头一笑，抿着嘴继续瞄准目标。

"大丈夫何患无妻，栀子如果不要杜连长，咱们这里头有人想要。"温七妹忽然说起俏皮话。

"谁喜欢杜连长谁找他去吧，我不稀罕。"栀子说。

"是董美娣呀。"温七妹说着朝董美娣露出了难得的一笑。

"好哇，七妹，下了课我收拾你！"董美娣说。

这时，团部通信员火急火燎地赶来训练场，向杜鲁报告："情况突变，射击训练提前结束，令你连立即准备，执行新任务。"通信员传达的是啥紧急任务？九仙女子护身队能否进行实弹射击？下文说。

第三十一章

夜半风声鬼敲门

前文说到，九仙山女子们下了山，刘宗为测试姑娘们的武功水平，与欧阳女比武，又挑选了全团身手最好的肖叶、杜鲁与其他女子过招，结果三战三败。刘宗不为自己输了武艺而感到沮丧和懊恼，反而很高兴。他庆幸革命队伍里多了欧阳女这批武艺高强的战士。欣喜之下，刘宗决定拿出一千发子弹给女子们训练，以弥补她们在热兵器技能方面的不足。就在女子们紧张地进行瞄准训练时，县苏维埃政府收到消息，有股土匪从闽北邵武出发，朝鼓铺县方向袭来。

"不论军情多紧急，我们都要将实弹射击训练完。"欧阳女的要求得到了批准。肖叶营长来到射击场，监督杜鲁组织好射击。刘宗批准的一千发子弹，若能一次性让女子们打，无疑是非常过瘾的。但考虑到时间仓促，肖叶建议，发给每人三十发子弹，余下的待此次任务结束后再补上。欧阳女同意。

当日下午，女子们在一连的部署下进入射击阵地。八个人分为三组，每人三十发子弹分三次打，每次十发。第一组两人为欧阳女和栀子。

在开始射击前，肖叶做了简短的动员。他说："射击是一门科学，不像打拳弄刀。姑娘们在使用拳头和刀棍方面很了不起，希望在打枪上也不落后，打出好成绩。不过，鉴于你们没开过'洋荤'，一开始吃几个'烧饼'也在情理之中，不要丧气。"

"怎么瞄准就怎么射击，关键是屏住呼吸，射击时速度由慢到快，保准八九不离十。"杜鲁还在说话，忽然听到旁边"啪"的一声响，一颗子弹飞出了枪膛。"是谁走火了？"杜鲁问。

"不是走火，是我觉得瞄准好了就射击了。"栀子说。

"你……"杜鲁本想训斥开枪的人，一看是栀子，又把话收回去了，改成温柔的口气，"在靶场上，指挥员没下达'开始射击'的指令之前，大家是不能开枪的。好了，报靶员看看靶上有没有弹孔。"在场的人都认为这颗子弹不可能从靶上穿过，一定是飞到"九霄云外"去了。

"十环。"报靶员从百米外传来声音。

"什么，十环？再大声说一遍。"杜鲁和肖叶几乎同时发问。

"命中十环，子弹从靶心穿过。"

"好枪法啊！"有人说。杜鲁和肖叶都很欣喜，要再看看栀子的射击效果，就让栀子单独连射五发子弹。栀子一听这话，没等杜鲁当面交代，就"啪啪"打出两枪，稍停片刻，又"啪啪啪"连放三枪。

报靶员从对面再次报告射击结果："五发子弹，四个十环，一个九环。"

"什么？"肖叶觉得难以置信，心想报靶员会不会弄错了，就拉了一下杜鲁的衣袖，说："走，我们过去看看。"

"报告营长，我没看错。靶上共有六个洞，靶心十环的圈内有五个洞，外围九环线内有一个洞。"

瞧着靶上的六个弹洞，作为军事指挥员的肖叶、杜鲁，脸上露出了惊讶和喜悦的表情。肖叶说："这个栀子居然如此神奇，不仅武功了得，枪也打得这么好。"

杜鲁说："营长，神奇的可能不只是栀子一人。"

"嗯，有可能。"肖叶点头说。

"那我们看看欧阳女吧。"杜鲁说。

"让欧阳女和温七妹同时射击，看看她们能不能排除干扰。"肖叶说。

"是，我去组织。"杜鲁说着飞快地走回射击场地。

欧阳女和温七妹进入射击位置，先打五发子弹。杜鲁下达射击命令后，就不再对她们有要求。大家其实都不是第一次打枪，她们在九仙山的深处打过两次靶，而且还打过郭将富的土匪。

先打完五发子弹的是欧阳女，温七妹的速度稍微晚了儿秒。五发子弹打完后，大家都在静静地听着报靶员传过来的结果：

"一号靶五十环，二号靶四十九环。"

"停！停！"肖叶先是怀疑自己的耳朵，后来又觉得报靶员没看清楚报错了，就大声叫停，让他再报一遍。

"一号靶五十环，二号靶四十九环。"一号靶是欧阳女的，二号靶是温七妹的。

"杜鲁，你说得对，神奇的不只是栀子。欧阳女竟然五个十环，温七妹也只有一个九环，太了不起啦！就算是咱们部队上的老兵也打不出这个水平！"

后面的罗罩、曹梅、曹姑、董美娣、董美英的成绩都是八环以上。肖叶走到欧阳女身边说："欧阳，你们有如此高强的射击本领，咱们就不浪费子弹训练了，留着打敌人吧？"

"肖营长，这可不行，我们还没打过瘾呢！"欧阳女说。

栀子说："就像吃东西，我们才尝到味道，肖营长就把它端走啦？"

"呵呵，好厉害的嘴皮子。好吧，每人再打十发，等于只减了一半。"肖叶说。

射击由杜鲁指挥，肖叶只在一旁等着看结果。

结果还是一样，欧阳女十五发子弹命中一百四十八环；温七妹、栀子命中一百四十六环；最终累计成绩，八个人平均命中八点五环，算是极好的成绩，肖叶非常高兴。

欧阳女走到肖叶身边说："肖营长，你看到了，我们这些人也不是个个都能取得满环成绩，大家水平参差不齐，还需要实弹训练方能提高。"

"鬼丫头，我也只是那样说说。一千发子弹是团长承诺给你们的，我再克扣，我有那个胆子吗？只是现在任务下来，咱们没时间了，就到战场上实弹射击吧！"肖叶说。

温七妹笑道："肖营长，你也领教过了，我们这些人不是那么好惹的。"

"你看看，你看看！她还得理不饶人了。我怎么敢又怎么会欺负咱们的七妹妹呢？"

"不是'咱们的七妹妹'，是肖营长'你的七妹妹'。"栀子在肖叶的话后面补了一句。

"这个该死的，自己和杜连长不清不楚的，还没头没脑地说我，看我不撕烂你的嘴。"说完，温七妹扔下枪，在地上翻身与栀子扭打起来。栀子因没防备，被温七妹压在下面，想转身，动不得，想还手，使不上劲儿，却还嘴硬说："肖营长，你还不管管'你的七妹妹'？"

肖叶因为不小心说了一句"七妹妹"，让栀子误会起来。他心想：自己在比武场上就是温七妹的败将，怎么会有那个意思呢？此时经栀子这么一说，他再看温七妹，觉得越看越好看，不禁心跳加快。

"杜连长，想不想你的栀子妹妹？想的话就来我面前求情，我可以放了她。"温七妹说。

"啊？谁敢欺负栀子，我有一连的人能保护她。"杜鲁因为在比武场上与栀子交过手，他完全没有肖叶的那种拘谨，听到温七妹说的话，连忙走过去为栀子求情："七妹妹，看在师姐妹和战友的情面上，你就放过我的栀子妹妹吧？鼓镛县军民都会感谢你的！"说完，他两眼瞪着温七妹。

趁着杜鲁说话，温七妹放松了警惕，栀子一个用力，将身体翻转了一百八十度，把温七妹死死地压在下面，然后说："肖营长，想不想你的七妹妹？想的话就来我面前求情，我可以放了她。"

肖叶不像杜鲁，他没有屈尊求情，但他和此时的大伙儿一样，也忍不住笑了出来。

杜鲁笑够了，说："栀子，你就放了七妹妹吧，我替我们营长求情。"

因为女子们还不是军人，肖叶不像在自己队伍前那么严肃，默许了射击场上的这场玩笑。两个姑娘松开了扭打，各说了对方一通，算是扯平了。歇息片刻后，肖叶宣布继续射击，大家打完了三十发子弹都十分高兴。

后面的十五发子弹，没有一颗飞出靶外。九仙山女子们取得了优异成绩。肖叶认为女子们的射击基础是牢固的，他问欧阳女："你们为什么能这样准确地掌握射击技巧？"

欧阳女说："我们姐妹几人每天练武，有惊人的臂力，加上练武之人能够平稳心跳，我想就这两个因素吧。"

"总结得精准到位。"肖叶说完，带队回营了。

肖叶把射击结果上报给团长。刘宗听后，大赞道："这些姑娘日后个个都可成为狙击手，是咱们革命队伍之幸也！"他又对欧阳女说："大家既然有如此的射击技术，一千发子弹的剩余部分就不用再打了。"

欧阳女一听急了，说："团长，您可不能食言啊？"

刘宗说："打靶的目的是一练二提高。练，就是练胆；提高，就是提高技艺。九仙山的姑娘们这两样都达到了很高的水平，已经是几年老兵的水平了。眼下咱们弹药奇缺，多留点儿子弹打敌人，你们就在实战中训练吧。"

欧阳女微笑着说道："刘团长既然这么说了，我们就到战场上去提高。"

二人说话的同时，金石峰走了进来。

"你们谈，你们谈吧，我不打扰你们了。"刘宗把时间让给他们俩。金石峰使了个眼色，欧阳女领会，两人走到门外，刘宗又叫住了金石峰。金石峰回头与刘宗说话，欧阳女站在门外等候。

刘宗说："这次执行任务的是一营，县苏维埃政府组织一些人带路即可。九仙女子护身队就不参加此次任务了，让她们去侦察三台峰的郭将富，你意如何？"

金石峰说："可以。建议给他们配几个男同志，有时能用得上。"

刘宗说："有道理，那就调一个班参加吧。"

金石峰说："既然是侦察，就不用部队了吧。找几个当地人，既可以当向导，又能说方言，遇上土匪也不会被怀疑。"

刘宗说："这样好，人员就由你去挑吧。"

刘宗说的任务，原来也是剿匪，只是这是一股路过的土匪。情况是这样的：一天前，鼓铺县苏维埃政府得到消息，一伙一百多人的土匪从闽北邵武县劫持了一百多名女学生，要带到鼓铺县与归化县交界的龙栖山去做土匪夫人。他们已经离开邵武，准备过建宁、泰宁，经鼓铺县再到龙栖山。消息是中共闽赣省委发来的，闽赣省委要求鼓铺县军队和地方配合，消灭这股土匪，解救出那一百多名女学生。

"好家伙，就让我们参加这次战斗吧，我们打过土匪。"欧阳女听到消息后，跃跃欲试。

金石峰说："你们的任务也是很重的。郭将富的土匪祸害一方，县里本来就想动手铲除他们，因突然来了流窜土匪，又劫持学生，只能先灭了这边，再顾那边。"

欧阳女说："是啊，让我们先灭了这边，然后立即掉头去协助那边，难道这个好吗？"

金石峰说："就这样执行吧，这是刘主席部署的，咱不要打乱了他的计划。"

金石峰说完，盯着欧阳女看。

"傻人，哪有这么看人的。"欧阳女表情羞涩地说。

"行动时间是明天，我带你上家里，让我妈给你做好吃的，也让二老看看他们的儿媳妇，怎么样？"金石峰笑着说。

"儿媳妇？谁是他们的儿媳妇？"

"你呀，大美人欧阳女呀！"

"想得美。弄一顿晚餐，做几个菜，就捡到一个媳妇啦？"

"怎么能说几个菜呢？不是还有别的吗？"

"别的什么？"

"人呀，感情呀！"

"感情值多少钱？"

"感情是无价的。"

"去你家看看可以，可别在你父母面前说我是你媳妇什么的。"

"还难为情啦？俗话说'丑媳妇总要见公婆'。"

"谁是丑媳妇啦？分明是大美女一个，按鼓铺县人的话说，是九仙山的仙女。"欧阳女说。这会儿，她一点儿也不羞涩了。

"好好好，你是仙女，是九仙山下来的仙女。不，你是天宫下来的仙女，到人间扶贫济困来了。"金石峰说。

欧阳女笑了，又说："哎，我就这样去你家呀？"

"那要咋样？本来是该打扮一下，可裁缝做衣服又来不及了。就这样吧，反正你又不是去做儿媳妇。如果我妈问，怎么带来这么一个蓬头垢面的女子，问你是谁家走失的媳妇，我就说你是从江西逃荒过来的，想找个愿意要自己的人家。"

"好哇，金石峰！你就这么丑化我？我不去了，这就回九仙山。"

"哎哎哎，怎么能回九仙山呢？好不容易下山了，又找了个好婆家，高兴还来不及呢。好了，好了，我不说难听的话，专说好话总可以了嘛。"金石峰说。

"记住千万别说'儿媳妇'之类的话。"欧阳女叮嘱金石峰。

"好的，好的，都依你。"

两人边说边笑，朝着县城那条古老的石板路走去，路的尽头就是金石峰的家。

次日，红军一营的三百多人在县苏维埃政府门前集合。九仙山女子和三十五名热血青年站在一边，场外站着数百名群众。这是一个特殊的日子，为什么特殊？听刘宗主席说的话就知道了：

"经县苏维埃临时政府研究决定，成立九仙山游击大队。为什么叫九仙山游击大队呢？因为这个大队以九仙女子护身队为基础。以欧阳女为领队的九仙山女子因受地主和其他反动势力的压迫，走投无路上了九仙山。在那里，她们自号'九仙女子护身队'，被迫联合起来保护自己。在山上的这几年，她们得高人授艺，苦练功夫，练就惊人的本领。如今，九仙山女子们参加革命，成为革命队伍中的一员，也是中国工农红军的后备力量，今后她们将与红军并肩战斗，因此成立'九仙山游击大队'。"刘主席又宣布大队领导班子成员：大队长由欧阳女担任，政委由金石峰兼任，副大队长为温七妹，副政委为廖焱，文书为栀子。

九仙山游击大队成员共有五十人。除了九仙山的姑娘们另外均为男性，他们是自愿申请报名，并经县苏维埃政府审查批准的。

由于姑娘们和其他人不认识，因此金石峰做了介绍。这时，场外一个女子喊叫着跑来，气喘吁吁地说："我也要参加游击队，我也要参加游击队。石峰，你让我参加吧？"

这个要求参加游击队的人是水娘，她的身边跟着儿子牧耕。牧耕听母亲说要参加游击队，就跟着喊："我也要参加游击队，我也要参加游击队！"

金石峰对水娘说："你不能参加，你是女的。"

"我是女的，那她们不都是女的吗？"水娘指着欧阳女她们说。

金石峰说："她们没家，你有孩子。"

水娘说："我儿子牧耕可以去我娘家。"

"那也不行。"金石峰态度坚决地说。

"不，我一定要参加，石峰你若不批准，我就找刘主席。"

"水娘，我听说了你家的事，你丈夫死得冤屈。"

水娘一看是刘主席。刘主席就在后头，听了他们的对话就走过来了。他说："你要把孩子好好培养，如果你把孩子丢在他外婆家，对他的成长没有好处。你就暂时不要参加游击大队了。大家做的事都是革命。革命工作是群众的工作，你可以参加一些其他的工作，如后勤、宣传、支前等。这样还可以兼顾孩子。"

"听刘主席的没错。游击大队刚刚成立，日后壮大了，还需要更多的人，你到时候再参加也不迟。"

"好吧，刘主席、石峰，我听你们的，暂时不参加游击大队。如果有其他革命的事情就让我做哦。"

因为三台峰这边的任务主要是侦察，尚不需要和土匪们硬碰硬，只需几个人去即可。欧阳女和金石峰商量，决定把九仙山游击大队人员兵分两路：欧阳女、栀子、曹梅、廖焱、伍子华五人去三台峰，其余人由金石峰、温七妹率领，配合一营营救邵武那一百多个女学生。方案报请刘主席，刘主席同意。

罗洪彪是盘踞在鼓镛县与归化县交界处的另一股土匪。该部土匪比郭将富部人数更多，祸害的区域更广，且占据着两县交界、无人敢管的位置优势，抢劫、掠夺、奸淫，无恶不作，两地老百姓深受其害，苦不堪言。

红军入闽后，罗洪彪通过观察，发现红军深受老百姓的拥护和爱戴，就心生歪计，冒充红军队伍，高举斧头、镰刀图样的红军旗帜，浩浩荡荡地开进邵武县城。国民党邵武县县长及其同僚得知"红军"打进县城，弃城而逃。国军驻邵武的一个营长见县长跑了，也不敢抵抗，率部出城躲避。罗洪彪听说县长和国军都被自己吓跑了，立马原形毕露。土匪们掠劫商店，抢劫财物，奸淫妇女，在城里肆虐了三天。然后，他们窜入汉美中学，强行掳走正在上课的一百多名女学生，企图带回老巢龙栖山长久地玩乐。

此次洗劫邵武的共有土匪三百多人。罗洪彪令一百人将抢劫的财物先行运走，其余的人押解着一百多名女学生随后跟进。由于都是学生，又是女孩子，从没走过远路，女学生们走了半天就有许多人走不动了，加上又哭又闹，队伍行进速度十分缓慢。第一天她们才走了不到二十里，就不得不停止前进，搭营夜宿。

怕夜长梦多，第二天一早，罗洪彪就让女学生们起来赶路。傍晚时分，土匪带着女学生们进入鼓镛县地界，走进一个偏僻的小山村。夜晚的山村暗得格外吓人，这黑暗里包藏着多少龌龊之事？土匪们又将会制造出多少人间灾难？下文说。

第三十二章

牛头坳夜救学生

土匪们押解着一百多名女学生，走了两天，终于到达鼓铺县地界。

天色将黑，女学生们实在不能走了。土匪们闯进一个叫余家坊的村子。小村子里只有十多户人家，罗洪彪说就住这里了。土匪们强行让村里人做饭给他们吃。村民们见土匪突然来到村子里，吓得发抖。罗洪彪站在村前大声地说：

"你们不要害怕，我们都是好人，因路过此地，天黑了不能赶路，借你们村上住一宿就走。但今晚我们要吃你们的饭，请你们各家立刻淘米下锅，把家里所有的菜包括鸡鸭鱼肉蛋都拿出来，有啥煮啥。如果谁家不做饭菜，留着好菜不煮，不热情迎客，我们就给你们子弹吃。"

"白做给他们吃，还要住在这里？"村民们又恨又怕地说。有几家不愿做饭，就和土匪们说："我们自己都没吃的，拿什么做给你们吃呀？"

"你们种田，米总有的吧？蔬菜总有的吧？养的鸡鸭总有的吧？酿造的米酒总有的吧？把鸡鸭杀了，把大米全煮了。不做的人家全去死，我们自己来做。"罗洪彪一边说，一边下令拿其中一家人来开刀，杀鸡做猴。就要动手时，有个女人站出来求饶："别打我们家男人，别打小孩，我们做，我们做。"

有一家只有母子两个人。母亲六十多岁，儿子三十多岁了也没娶亲。土匪们窜进家里要他们做饭。男子说母亲年纪大身体有病，不能做那么多人的饭。土匪们就让男子做。男子说："我平日里都吃母亲做的饭，自己不会做。"

土匪们恶狠狠地说："老婆子能为儿子做饭，就不能为我等做饭，分明就是有意不做。"说完，几个人同时用棍棒击打男子，老妇人上前阻拦，说自己可以做。土匪们见那老妇人身体颤抖，就将他们家可食之物全部拿到隔壁一块儿做。

村民们看到土匪们如此凶恶，只好乖乖地做饭。罗洪彪怕有人离开村子，就在两个出村口设置岗哨，轮班执勤，并把两三百人全部分到各家，一面督促做饭，一面等着吃饭。

这一顿晚餐，土匪们把这个村子几十号人半年的口粮全吃光了，鸡鸭也杀得精光，吃得一点儿不剩。吃饱饭后，土匪们说要住在屋了里，让老人、男人、孩子全到屋外找地方睡，所有中年、青年女人留下。女人们都知道留下意味着什么，就大哭大闹，要跑出去。但女人柔弱，势单力薄，哪能挣脱得开？土匪们两个人对付一个女人，将其摁倒在床上，强行脱去衣裤。更可怜的是有几个刚成年的姑娘，也没能逃过土匪们的魔爪，被轮番摧残。这一夜，这些被土匪们留在屋里的女了至少被十个土匪奸污，而她们的父母、丈夫、孩子就在自家的门外，听着自己的亲人在里头吼叫、哀号，却没有办法施救。那种悲惨、那种心痛只有天空中闪烁的星星看得清楚：人间竟然如此龌龊！

匪首罗洪彪强占的那个姑娘年仅十八岁，长得容貌艳丽，目秀齿白，是村里的"一枝花"，再过半个月就要出嫁了。该死的土匪一进村子就看到了她。土匪们不敢擅自占有，就告诉了罗洪彪。这个作恶多端的土匪头子瞪着两只色眯眯的眼睛，在几个左右的护佑下走进这家吃饭。他起先没有惊动姑娘，让她的母亲好生做饭，待吃饱喝足了就收起笑脸，露出狰狞面目，说："谢谢大嫂做的饭，饭吃了，酒也喝了，晚上我住你们家，就让这个妹妹陪我吧。"

"那不行，你怎么能这么缺德？我姑娘再过半月就要做新人了，你不能碰她，绝不能碰她！"姑娘的母亲倾尽家里的食物做给土匪们吃，已经窝了一肚子的气，现在又听土匪说要对她闺女下手，更加怒不可遏。

"你别阻拦，今夜我要定她了。"罗洪彪一脸恶相地说。

"天地呀，我们用自己的米菜做给他们吃，把酿制的米酒拿给他们喝，他们吃饱了，喝足了，还要霸占我的闺女。天地呀，你睁眼看看，这还是人吗？这还是人吗？"母亲抱紧女儿大哭大叫。

姑娘的父亲在外头，拿起一把柴刀就要冲进去，但被几个土匪用枪拦下。可怜的姑娘，还没等到做新人的那一天，就被蹂躏了身子。因为不从，姑娘被罗洪彪击昏了头部，再无力挣扎。罗洪彪把她弄到床上后，把所有人赶出屋子，还指着女孩的母亲对其他土匪说："如果不嫌老，也可以和她玩。"土匪们如饥饿的狼，见肉就啃。就这样，这对母女被分别关进两个房间，母亲被外面放哨的土匪轮流欺负，姑娘则被罗洪彪折磨得死去活来。最后，罗洪彪疲倦得像死猪般睡去了，直到在迷迷糊糊中听到有人敲门，再睁眼看时，已是天亮。

土匪们知道这个村子已经没啥可吃的了，起床后就急匆匆离开，赶路到别处找早餐吃。

走了十里，他们也没看到一处村庄人家，就在一个山坳处停下歇息，吃些干粮。

罗洪彪做土匪多年，防范意识很强。他感觉自己所在的这个山坳凶恶危险，就让大家吃完赶紧走路，离开这个不祥之地。果然，就要动身时，有土匪发现山下有一伙带枪的军人向山上移动。

罗洪彪对红军已经不陌生，他就是装扮成红军进邵武，掳走这一百多个女学生的。这山乡野岭里能有红军，说明肯定是邵武的消息传到了鼓镛县，鼓镛县的苏维埃和红军要来解救女学生们了。

罗洪彪猜得没错，他所见到的队伍就是红军驻鼓镛县的部队——刘宗的红军团。山下的红军是先头部队，即肖叶率领的一营。他们马不停蹄地赶来，就是要到牛头坳设伏，即土匪们所在的这个山坳。可惜，迟了一步，土匪们已经到达了牛头坳。

罗洪彪看到山下红军人数多，且不断地朝山坳跑来，知道形势不妙，立即让土匪们停止前进，转道上山，占领高处，准备与红军作战。

面对山下汹涌而来的红军，罗洪彪鼓励土匪们说："弟兄们，从山下上来的是红军，他们是冲着咱们来的。但是，大家不要怕红军，他们是乌合之众，他们只有一部分人有枪，有的用土铳，有的用刀棒。而咱们，个个都有枪，大家赶快占领高地，等红军上来就开枪，把他们打下去。"

"杀死红军！杀死红军！"

"谁阻挡我们，就干死他！我们一定要带着这些小妹回家！"土匪们激动地说。

土匪们把女学生全赶到山头上，把她们护在中间，在前面设立两道防线抵抗。罗洪彪对女学生们说：

"妹子们，我们带你们走是为了让你过上好日子。现在山下来了歹人，他们是来抢你们的。他们从大老远的江西过来，抢了你们，就把你们带到江西去，你们就永远回不来了。所以我们要保护你们，你们要配合，等会儿打起仗来，你们就老老实实地待着，不敢乱动，不要喊叫。"

土匪们是要把女学生带回去"享用"，但这一路下来，土匪们并没对她们非礼，这是因为罗洪彪和他们约法三章：不许路上虐待学生；保护她们平安回到"家"；谁对她们无礼就枪毙。所以，在女学生中有很多人都相信土匪是言而有信的人。现在在路上遇到了歹人，自然会积极配合。

冲在最前面的是杜鲁的一连。

牛头坳是鼓镛县通往邵武路上的一道天险，南北狭长，东西陡峭，最适合设伏打击过路的敌人。红军一开始就想到利用这个地形，所以派出肖叶的一营进行伏击，杜鲁带着一连冲在最前头，就是想抢占先机，消灭土匪，解救出那一百多名女学生。只是一连紧赶慢赶，还是迟了一步。而土匪们却不然，他们碰巧走到了牛头坳。见前面有红军，才因地制宜地用上了这个天然屏障。罗洪彪看着朝自己冲来的红军，又仔细观察了一眼脚下的地形，高兴地说："天助我也！"

红军因为没有想到山上已经有土匪，只顾埋头上山，直到土匪开枪，打死了两名战士，才意识到情况不妙。

"先不要开枪，要先抢占有利地形。"杜鲁来到队伍的最前面，利用一棵大树做掩护，扫视了一遍山上，而后把几个排长叫到身边说："山上已经被土匪抢占了，敌人居高临下，如果我们此时发起冲锋，损失不可估量，最好的办法是摸上去。"

"连长，我们一排可以隐蔽着上去。不就是几个土匪吗？看我收拾他们。"一排排长王陵主动请缨。

"不要轻敌，土匪手上的枪一样能打死人，何况他们占据高处。我们居下，一抬头就会对着他们的枪口。"杜鲁提醒王陵尽量做到不被敌人发现，等摸到敌人阵地前，再突然猛烈开火，希望能打开突破口。一排领命而去。

为了掩护一排，杜鲁令二排紧跟其后，又令三排用火力掩护。

由于地形实在没办法做到隐蔽接近敌人，一排上到半山腰就暴露了。土匪们虽然不如红军懂得战术，但是因为站在高处往下打，加上人多枪多，火力密集，把一排战士压制在半山，不能再前进一步。只一小会儿，一排就牺牲了十多个战士，另有好几个人受伤。王陵还在想办法如何冲上去，杜鲁就已经来到了身边。

"没想到土匪也这么能打。"王陵说。

"这样的地形，一个侏儒都能抵挡我们一个班。"杜鲁看着陡峭的山势，一时也想不出如何上去。

"山上的土匪相当于一个营的兵力，莫说这种地形，就是平原，咱们一个连都很难突破。只有等后续部队来了，发起大规模冲锋，方可上去。"二排排长说。

紧跟在后面的肖叶听到先头部队已经打起来了，立即带领二连、三连跑步跟进。很快，他们来到了牛头坳下。杜鲁向肖叶汇报第一轮进攻没有成功和战士伤亡的情况。肖叶命令暂停攻击，随后召集几个连长察看周围地形，最后得出结论：除了强攻，没有任何办法可以上到山上把土匪们消灭，再解救出女学生。因此，命令部队原地休息。

听到山下红军停止了进攻，罗洪彪在山上喊叫："山下的红军听着，你们是攻不上来的。我们有四五百个人、四五百支枪，又有充足的子弹，足够打死一万个人，你们有那么多人让我们打吗？你们还是回去吧，你我无冤无仇，为什么要拦我们？你们里头当官的想好了，别让士兵们来送死，他们也是爹生娘养的，别让一个个家庭断子绝孙的！"

"这个混蛋，居然来教训我们。"肖叶叫出一个嗓门大的战士，让他也对山上喊话："山上的土匪们听着，你们已经被红军包围了。你们虽然站在高处，但是你们没吃的，我们只要围住，你们就得渴死、饿死。那些女学生都还是孩子，你们就忍心伤害她们？你们虽然做了土匪，可你们也是爹生娘养的，就不想想倘若你们的姐妹也让人挟持到山上，被人侮辱，你们是什么感受？放了她们，下山投降吧，否则，你们都会死在山上。"

一番喊话后，山上没了动静。

"咱们全营压上，不信攻不下这个破山头。"杜鲁说。

肖叶没有采纳杜鲁的建议，而是命令部队包围牛头坳。随后，他对各连连长说："土匪们仗着有利地形和人多，但他们不会打正规仗，咱们天黑后发起攻击，打得他们措手不及。"

大家同意。于是，部队原地休息，炊事员生火做饭。此时是下午四点，距离天黑尚有两个小时。

罗洪彪把两百多人分成三个队，两个队休息，另外一个队荷枪实弹，一刻不停地注视着山下。任凭山下如何喊话，只要没人攻山，他们就不予理睬。

土匪们能吃的东西确实不多，他们只带足了一天的干粮，因为他们的宗旨是：走到哪儿，吃到哪儿。身为土匪，罗洪彪从未考虑过没有食物的情况。可是今天他遇上了，没想到半路杀出个程咬金，害得他们不得不吃干粮。但干粮也不是那么好吃的，罗洪彪手上的烙饼才吃掉一半，放哨的土匪就鸣枪喊道："攻山了，红军攻山了！"

罗洪彪扔掉烙饼，拔枪急速跑到前面，看都没看就一阵射击。见头领打了，其他土匪也一起朝山下开枪。

"怪不得罗洪彪敢抵抗，原来他还有机枪，而且不止一挺。"肖叶见识到了土匪的火力，担心战士们会大批倒下，就让杜鲁以班为单位，趁夜色黑暗接近敌人投弹。

"因为向上投弹，只有进到三十米近的距离，投弹才有效。"杜鲁挑选了十个全连投弹最远的战士，组成一个投弹班，又组织一个冲锋枪班紧跟其后，掩护投弹班靠近投弹。

杜鲁对两个班战士说："只要你们不死，罗洪彪就死定了。我们期待第一枚手榴弹炸响!"

两个班行动后,杜鲁率领部队紧跟着推进,又布置两挺机枪向山上扫射,掩护攻击,将敌人火力吸引到远处。

肖叶见先头部队打得激烈,立即命令二连和三连迅速推进。夜幕降临时,红军在山下已经有一个营的兵力,再加上新组建的九仙山游击大队,总共达到四百多人。若不是被土匪占领了高处,否则,罗洪彪即便有一千人,也顶不住英勇善战的红军的进攻。

一刻钟后,山上响起枪声,原来是冲锋枪班已经接近了敌人。紧接着,又响起一枚手榴弹爆炸的声音。土匪们没有手榴弹,对这东西也只是听说,有的人甚至听都没听过。忽然看到阵前有炸弹爆炸,所有土匪都震惊了。这枚手榴弹虽然没炸死一个土匪,但是它向了土匪们传达了一个信息:后面将有大量的这种东西从头上落下,送他们去西天。果然,第二枚、第三枚……越来越多的手榴弹,像下冰雹似的从他们的头顶飞落下来。伴随着手榴弹爆炸,冲锋枪班也靠近土匪开始射击。刹那间,枪声、爆炸声、红军战士们的喊杀声,以及土匪们挨枪子、中弹后的嚎叫声搅作一团,平时死一般静寂的牛头坳顿时热闹起来。当地的"土地公"若真的存在,那么他的这个夜晚一定是五千年来第一回这么热闹。

土匪们的防线被突破了。倒在地上的尸体有二三十具。此外,受了伤、没人管又跑不动的有十多个人,他们有的坐在地上,有的躺在草丛哭爹喊娘,后悔当初做了土匪。

肖叶率大部队冲上牛头坳,从受伤的土匪那里得知,罗洪彪把剩余的土匪收缩到了第二道防线,即后面的一座山坡,继续对抗。

因为天黑,不熟悉地形,不了解敌情,肖叶下令部队停止进攻,原地宿营。

天亮后,杜鲁带着人率先察看敌情,却没发现有第二道防线,也没看到一个人影。

红军继续审问受伤的土匪,他们说,罗洪彪一定是带着人往回走了。由此往回走五里地,有个小村子叫余家坊。肖叶分析,土匪们一定是回到余家坊了,就命令部队追到余家坊,却没发现有土匪。有村民告诉肖叶,土匪此前刚洗劫完村子,知道这里没油水,不会再来了。离村子两里路有一个余家祠堂,他们有可能去了那里。部队迅速追到祠堂,远远看见有人,靠近侦察后发现,果然是土匪。先行的一连包围了祠堂,祠堂里住着几十个土匪和那些女学生。红军审问土匪时,土匪们说女学生都住在这里,罗洪彪也住在祠堂里。因为还有一大部分土匪住在后面的山上,他们计划天亮后从另一条路走,罗洪彪可能去组织人了。

不久后，红军全营赶到。肖叶让一连保护好女学生们，并看住那几十个土匪。他率领二连、三连和九仙山游击大队去对付后山的土匪。

土匪们本来想动身走另外一条路，却被堵在了山上。因为没吃好睡好，又见山下有数百人的红军，一个个害怕得发抖，有的居然哭了起来。有个年纪大的土匪感到厄运难逃了，就建议缴械投降，还可留得性命，却被罗洪彪一枪打死。罗洪彪对众土匪说："咱们是什么人？咱们是土匪。咱们做了多少坏事，大家记得吗？别说以前干的，就这次袭击邵武、掳掠女学生、洗劫余家坊，就死罪难逃。老百姓和官府最恨土匪，他们会放过咱们吗？"

"他们不会轻饶咱们的，大哥打吧，我们有枪，也还有很多子弹！"

"对，打死山下那些红军，回龙栖山过自由日子！"

"回龙栖山过自由日子！过自由日子！"土匪们激动地说。

女学生们已经得到解救，不再怕伤了她们，红军终于可以放开手脚打土匪。或许是因为土匪昨天晚上被打怕了，今日红军刚冲锋就突破了敌人的防线，接着扔下手榴弹，又是一阵狂轰滥炸，土匪就死的死，伤的伤，没死没伤的都四散而逃。在小路上、树林里、草丛里、沟壑中都有土匪的身影。肖叶见状，命令战士以班为单位追击，务必将土匪彻底歼灭，尤其不能让匪首罗洪彪逃了。

不到半个时辰，红军就抓到了四十多个土匪。审问完后，土匪们说罗洪彪带着几个保镖原路返回了。肖叶令杜鲁派能跑的战士追击。这时，恰巧金石峰和温七妹来到身边。温七妹请求加入追击队伍。肖营长同意，叮嘱其小心。温七妹点头示意，带着董美娣、董美英走了。温七妹随队伍刚走出十几步，肖叶又大喊："七妹，罗洪彪有枪，一定小心。"他又让一排排长王陵与温七妹一起追击。肖叶的这句特别叮嘱，大家都心知肚明：他特别在意温七妹。只是向来一脸严肃的温七妹没给他一个笑脸，只对他说了一句没有半点儿柔情的话："知道了！"

罗洪彪确实是顺着来的路跑了，不过还是被神速前进的战士们追上了。罗洪彪不是只带了几个保镖，而是有二十多个人跟在他身边。

看到后面有人追来，罗洪彪不再逃跑，命令土匪们回头向战士开枪。带领追击队伍的是一排排长，看到罗洪彪抵抗，就组织火力回击。土匪们打了几枪又跑，战士们又追。双方边打边跑了两三次，土匪们被逼到一片荒芜的梯田上，罗洪彪想再打一阵，把红军战士消灭，可打了几枪后就没子弹了。战士们追到荒田里，土匪们丢下枪就跑，战士们"突突突"几梭子弹就打死了十多个土匪。剩下的土匪不再跑了，蹲在地上一动不动。罗洪彪见跑不出红军的射程，也止住了脚步。这时，这个作恶多端的土匪头子心想：跑也是死，被抓住也是死，横竖都是死，还不如再拼两下，总比站着被打死强。他抽下后背的大刀向战士们冲来。一排排长王陵抬手提枪就要射击。温七妹制止他说："让我来！"

王排长会意，对温七妹说："小心，这家伙要拼命了！"

"没事！"温七妹将手中的枪递给董美娣，飞步向罗洪彪跑去，紧接着又腾空跃起，打出两颗"飞石弹"。只听罗洪彪大叫一声："哎哟！"就一个倒栽葱，翻滚了几行梯田，不见起来。温七妹的两颗"飞石弹"击中罗洪彪的哪里？罗洪彪是死是活？下文说。

第三十三章

窝里斗赵重砍柴

温七妹使出轻功，腾空跃起，打出两颗"飞石弹"，一颗打在罗洪彪握刀的手上，一颗不偏不倚地击中了他的左耳。罗洪彪疼痛得在梯田里翻滚，倒在了草丛里。罗洪彪再睁开眼时，已有两个女子站在了身边。

"就是你们俩用弹弓射伤的我？"罗洪彪看着温七妹和董美娣说。

"弹弓？你觉得我们会用那小玩意儿吗？快起来投降吧，这地方风水不行。"温七妹说。

"风水不行？难道你们俩想杀死我？"

"如果不投降，那是一定的。"

"你们俩是哪个村的？有这个能耐吗？"

"九仙山的，你说呢？"

一听说九仙山，罗洪彪怔了一下，说："你们是九仙山的，我们是龙栖山的，既然都是山里人，你们让我一步，日后好来往。"

董美娣说："此山与彼山，岂能同日而语？此山人与彼山人更不是一路人，岂能来往？快投降吧，让自己先活着。"

罗洪彪不投降，从地上一跃起来，想举刀又觉得右手疼痛难忍。但这厮有些能耐，居然换左手拿刀来战。温七妹躲过一边，趁罗洪彪身体前倾的一刹那，猛地给了他一掌，又夺过大刀，再一个转身，将刀尖指向罗洪彪的脖子。罗洪彪不敢再动，惊呆在原地，慢慢地合上眼皮，闭紧双眼，等待着自己使用的那把刀刺进他的喉咙。可是，等了好久，他仰起的脖颈也没有感到疼痛。当他睁开眼时，看到站在自己周围的是一个个年轻帅气的红军战士，对着自己的是一支支黑乎乎的枪口。罗洪彪原来不可一世的模样荡然不见，颓废得像一只受伤的兔子。

红军救出了全部的女学生，又抓捕了罗洪彪等土匪共五十六人，击毙土匪四十三人，其余土匪钻进深山老林，各自逃命去了。此次战役取得了重大胜利。

随后的几天，红军和九仙山游击大队乘胜追击，端了罗洪彪的老巢，打死顽固抵抗的土匪三十四人，俘虏土匪二十三人，剩余土匪八十多人逃命到东西南北各地去了。同时缴获了步枪七十多支、机枪三挺、马五匹，以及大量的银圆、烟土、布匹、谷米和肉。县苏维埃政府把大部分的谷米和猪肉分给了余家坊村。余家坊村的人从绝望中看到希望，感谢县苏维埃政府雪中送炭。

接着，鼓铺县苏维埃临时政府举行公判大会，宣布对罪恶累累的匪首罗洪彪执行死刑。就在要将其枪毙时，一个中午男子跑进法场，大喊："慢！"

法场负责人金石峰问："你想保他？"

"不，我想亲手杀死这个畜生！"

"你和他有何冤仇？"

"我是余家坊村的。前几天，土匪们押着一百多个女学生，就是在我们村过夜的。"中年男子说着哽咽了起来。

"不急，给你一点儿时间，慢慢说。"金石峰安慰他说。

中年男子抹了一下眼泪，继续说："几百个土匪闯进余家坊，把我们村所有人家的米和菜都吃了，又让五十岁以下的女人陪他们过夜。就在她们的家里，在她们的床上，把男人、老人、小孩都赶出了门外。我的闺女再过十多天就要出嫁做新人了，但她和她娘都没被放过，十多个土匪把她们关在我家里，糟蹋了她们一整晚。她们娘儿俩羞于见人，第二天双双上吊自杀。土匪害得我家破人亡，就让我来动手，砍了这个魔头！"

金石峰让战士临时教这个中年男子用枪，对准罗匪的胸背，只要扣动扳机即可将他击毙。但中年男子不同意，他要用刀砍死这个匪首，方可解心中恨。

"砍死他，用刀砍死他！最好先削去他下身那个残害女人的东西，为那些受害的女人出气！"大家义愤填膺，都支持用刀杀罗匪。

这时，温七妹走出人群，手里拿着那把从罗洪彪那缴来的大刀，交给金石峰，说："金副主席，就满足这个可怜人的要求吧！"

金石峰点头同意，接过刀，转交给中年男子。

中年男子没杀过人，但今天这一刀，他手没抖，下刀的瞬间是那么的干脆利落！这一刀，也是共产党和苏维埃给的。它不仅终结了一个土匪的性命，也宣布了一支土匪势力的彻底完蛋！

消灭了罗洪彪这股土匪，鼓镛县与归化县周边如同驱散了一片阴霾，人们也如同在霜雪天感受到了阳光的温暖，并真心歌颂红军和苏维埃。但是，没了罗洪彪，不等于鼓镛县没了土匪。由于国民党无能，剿匪不力，助长了土匪势力，土匪数量不断增多。至一九三二年冬，鼓镛县的地界上就有大小土匪几十股，其中势力最大的两股就是罗洪彪和郭将富各自率领的土匪。罗洪彪在西，郭将富在东，残害百姓已有多年。如今，罗洪彪被铲除了，郭将富却还在。县苏维埃政府本想先解决了郭将富再收拾罗洪彪。只因情况突变，就先对罗洪彪下手，结果红军旗开得胜，数天时间就让罗部土匪在鼓镛县消亡。现在红军要调转枪口，剿灭三台峰。

红军团长、县苏维埃临时政府主席刘宗说："杀了罗洪彪，端了他的老窝，只是除了一害，还有二害、三害。二害就是郭将富，三害就是其他各路的土匪。现在，我们要集中主力，消灭二害。二害是眼下的主要矛盾，主要矛盾解决了，三害这个次要矛盾就迎刃而解。"

刘宗在会上决定，把消灭郭将富的任务交给二营。

一营营长肖叶站起来说："不行，对付郭将富还是一营合适。"

二营营长林通坐不住了，站起来说："肖营长这话是什么意思？莫非我们二营就不合适？"

肖叶说："对呀，我就是这个意思。不，也不全是这个意思。你们二营打仗勇敢，这个人所公认。但剿匪，你剿过吗？"

"你不就是刚刚抓了个罗洪彪吗？神气什么！"

"还救出了一百二十个女学生。"

"换成我们，难道不是一样的结果？"

"也许如林营长所说，但我们一营通过打罗洪彪已经积累了经验，请团长把消灭郭将富土匪的任务继续交给一营。"

"不就是几个土匪吗？有什么了不起！"

刘宗制止了他们，说："好了好了，你们俩别吵了。一营长说得也有道理，通过这次剿匪，一营多少有了些经验，让他们去剿匪可以减少我军的损失。就这样定了，消灭三台峰郭将富部土匪的任务由一营和九仙山游击大队完成！"

"团长？不就是几个土匪吗？你就如此不相信二营？"林通看着团长说。

"不是让你休息，二营还有重要的任务需要完成。"刘宗说。

三台峰土匪趁着国民党鼓镛县政府完蛋，周志群、胡瓢跑得无影无踪，大肆扩充队伍。

郭将富收编蜡烛山、五虎谷两股土匪后，又收拾了明头山、黑头山、鞋山等几个小山寨的土匪，另有二十多个流氓、地痞自愿入伙。如今，三台峰土匪人数达到两百九十五人，实现了郭将富将人数增加到三百人的目标。又有步枪一百七十支、机枪两挺、马八匹，可谓"兵强马壮"。三台峰土匪虽然人数上略少于罗洪彪的土匪，但实力毫不逊色，对老百姓的祸害有过之而无不及。

三台峰，并非穿云入雾、高得惊人的山峰，海拔千米有余。四周峰峦叠嶂、沟壑起伏，有一台峰、二台峰等几座山峰遥相呼应。三台峰上平坦广阔，清水长流，古时就有人居住，现有残垣断壁和土墙石垒的遗址。郭将富正是看中了这偏安一隅的风水宝地，三年前领着十多个游手好闲的懒惰之徒，身负重案躲到这里，先后搭竹棚、盖草棚，逐渐建成现在可以居住数百人的匪巢。

欧阳女率领的侦察小组在三台峰一带侦察了三天，基本摸清了情况。郭将富的人没有发现山下有人在打他们的主意，但他们知道罗洪彪被灭的事情。有进城的土匪目睹罗洪彪被砍下头颅，回来后报告给郭将富。郭土匪并不震惊，反而用轻蔑的口吻说："罗洪彪出生时没名气，死时倒名传鼓铺县，他以为吃女学生也像吃梅粒子那么容易。怎么能成气候！"

此前，郭将富已将土匪分成四个小队：一小队队长是冬娃；二小队队长是赵重；三小队都是蜡烛山过来的人，队长叫伍牛；四小队全是五虎谷的人，队长是谢六斤。

这天，土匪头子们开会。冬娃说："罗洪彪占据的龙栖山都被红军捣毁了，咱们三台峰可不能重蹈覆辙，要加强防范。"

赵重说："罗洪彪掳掠了一百多个女学生，惹恼了苏维埃。那苏维埃是专为穷人出气的，又有红军做后盾，罗洪彪怎能不死？"

伍牛说："罗洪彪是谁？咱们大哥是谁？咱们大哥会做那样出格的事吗？"

赵重说："伍牛，你这不是在说大哥吗？什么出格不出格，咱们做这行的，哪样事情是不出格的？咱们不做出格的事，住到山里吃啥喝啥？"

伍牛说："罗洪彪一次性掳掠一百多个女学生，咱们大哥这样做过吗？"

"拍马屁！"说完，赵重朝着伍牛甩了一个冷眼。

"赵重，你说什么？再说一遍？"伍牛说着来气了。

"说就说，你就是想讨好大哥嘛，算什么本事。"赵重说。

"我没本事，你本事大，你了不起，你伟大，好吗？"伍牛一脸怒气地说。

"好了，你们俩吵啥？不会好好说话吗？"冬娃说。

"像他这样的人能好好说话吗？"赵重还在找话说。

伍牛火了，说："赵重，是你不能好好说话，还是我不能好好说话？你说清楚了，否则没完！"

赵重"啪"地拍了一下桌子，脸涨得通红，说："你想怎样？来吧，我还怕你不成？"

"来就来，到外头去，谁趴在地上就是乌龟。"伍牛气势汹汹地说。

"哼！"郭将富搐了一声桌子，喝道："站住，你们吃撑了、喝昏了，是吗？有劲儿没地方使，砍柴去！别在屋里逞能。"

赵重说："大哥，要砍柴也是他去，我可不干！"

郭将富怒道："就你去！"

赵重认真了，说："什么，就我去？我是谁？他是谁？他可是外来人，大哥你有没弄错？"

一听"外来人"几个字，伍牛更火了，上前把赵重拉到郭将富面前，说："大哥，我蜡烛山和五虎谷的弟兄，投奔三台峰已经半年多了，我们的表现有目共睹。在赵重的眼里，我们仍然是'外来人'，我现在问大哥，如果您也是这样看的，我立马带着人走！"

站在一旁的谢六斤也听不下去了，站起来说："没错！大哥，三台峰的弟兄如果始终把我们当外人，我们也没意思留在这里。此处不留人，自有留人处，我们即刻下山。"

没等郭将富说话，谢六斤就起身就要去招呼兄弟。

"六斤兄弟站住。"六斤听郭将富叫他，猛一回头，只见郭将富"啪啪"扇了赵重两巴掌，又教训赵重说："你听好了，蜡烛山、五虎谷的一百多号人，都是我郭将富的兄弟，日后你如果再说他们是外来人，我就废了你。今天只罚你砍三担柴，少一担就别吃饭。"

见郭将富这般生气，赵重不再吭声，丧着脸拿刀砍柴去了。他一边走，一边歪着头对伍牛吼了一声。

伍牛和谢六斤都知道，郭将富这样做是安抚他们，即使赵重今天被罚砍柴，可他们的心仍然靠得更近。他们俩总觉得自己是寄人篱下。

这一切都被不远处的吴霜看在眼里。吴霜自从做了山寨夫人，山上的大小事务她都会过问，都参与管理。郭将富因为宠爱她，从不约束她的自由。郭将富也知道，如今山上的这几百号人，单靠他一个人很难顾及得过来。而这几百号人中，除了冬娃、赵重、伍牛、谢六斤这几个人稍有号召力，再也没有一个"文能安邦、武能定国"的人。而这几个人，只能在他们各自的小圈子里有影响力，在全山寨中仍是不能让大家信服。倒是这个吴霜，虽然是个女子，但是她的一句话就镇住几百号人，让混乱的场面立刻变得安静，这一点除了郭将富，谁都没这个能耐。

吴霜走过来时，迎面碰到了赵重。赵重虽然气鼓鼓的，但是见了吴霜，还是主动跟她打招呼："嫂夫人，我去砍柴了。"

吴霜笑着说："是带着怨气去吗？"

赵重说："有点儿。但见了嫂夫人，赵重不怨了。"

吴霜说："去吧，让身体出出汗，你会轻松的。"

"是，嫂夫人！"赵重说着离开了。

吴霜目送赵重离去，走进棚下，看到伍牛和谢六斤还是一脸的不悦。

吴霜走近跟前说："两位大哥，赵重是个粗人，别与他计较。现今山寨人多嘴杂，难免磕磕碰碰，亲兄弟在一起也是这样，何况大家从四面八方来的？所以，二位大哥要不计小事，顾大局，大家合力辅佐郭大哥，山寨方能兴旺。"伍牛和谢六斤比郭将富年纪大，吴霜都管二人叫大哥。吴霜这女人虽做了土匪头子的老婆，可她嘴甜，对比自己大的人都喊人家一声哥，对更年长的人叫他一声叔。因为她能礼貌待人，大家都喜欢她，听她的话。

伍牛和谢六斤看到嫂夫人也来讲话，又见郭将富诚心，自然也就释怀了。当天晚上，吴霜又叫人弄了一桌酒菜，吴霜和郭将富一起联手，把伍牛和谢六斤灌得酩酊大醉，直至夜深方才散场。

第二天，山寨里人声鼎沸，郭将富还在搂着吴霜睡觉。这时有人敲门：

"大哥，快起来，都日上三竿了，怎么还在睡？"叫喊声和敲门声听起来有些急促，吴霜起来将门打开一条缝，一看是冬娃。

"冬娃，你又有事吗？"

"有事，嫂夫人。快喊大哥起来，都火烧山寨啦，你们还睡！"

"有什么重要的事吗？"吴霜旋即叫醒郭将富。

郭将富睡眼惺忪，两只眼皮总是往下垂，一副没睡够的样子。

"大哥，都打起来了，你还睡觉？"冬娃的话从门缝传到了郭将富的耳朵里。

"什么？"郭将富一边拿枪，一边下床穿鞋子，就要往外冲。

吴霜提醒道："衣服、裤子。"

郭将富这才发现没穿衣服、裤子，走到门口，见冬娃还站在那里，就问："是不是山下的人打上来啦？"

"你去看了就知道。"冬娃说。

"走！"冬娃领着郭将富，来到一个山坳上。山坳上有一块场地，是土匪们有意制造出来的一个可供歇息的地方。今早，伍牛带着几个从蜡烛山过来的弟兄来这里，刚坐下一会儿，赵重也带着几个自家兄弟过来。他们见到伍牛觉得尴尬，就随口说道："冤家路窄！"

"赵重，你说谁？"伍牛一见赵重也不高兴，一肚子的好心情全没了。

"说你呀，怎么着？"赵重因为昨天砍了一天柴，满肚子的火憋在心里，现在全身的肌肉还疼痛着，最主要的是失了面子。他到底也是管理一个小队的队长，手下有七八十号弟兄，无缘无故地被罚砍柴，不仅自家弟兄无法理解，全山寨人也都觉得莫名其妙。他觉得这一切都是伍牛造成的：一个外来人，居然站在他头上"拉屎"，这气怎么能咽下？他本想叫上几个身边的弟兄来这里对他们诉诉衷肠，发泄一通，再对他们讲讲是伍牛、谢六斤这两人害他去砍柴，可没想到说话的地方却被伍牛这个冤家占领了。

"赵重，看在郭大哥的面子上，我不和你计较。你这个人心胸狭隘，小气得不像人。"伍牛说。

"你说谁不像人？"

"说你呀，这里难道还有别的什么人？"

"去你妈的，老子有气正好没地方出，今天就出出这口恶气。"赵重说着就向伍牛冲过去。

伍牛慌忙迎敌，两腿下蹲，立好马步，原地站着与赵重开打。赵重心中有气，出拳有力，恨不得一拳打死这个令他讨厌的家伙。伍牛功夫扎实，抵挡赵重进攻绰绰有余。但几个来回之后，他看出赵重招招相逼，一拳一掌都想要他的命，也就不敢掉以轻心了。他缓缓移步，准备教训一下这个不知天高地厚的家伙。

"住手！"伍牛正要放开手脚大打一番，突然被人叫停，回头一看是郭将富站在那里。郭将富上前，想要用拳头教训赵重，突然，背后传来了一个急促的声音："大哥，不好啦，不好啦！"这个慌慌张张叫喊的人就像是丢了魂魄，让在场的人一个个满脸惊惧。来人是谁？什么事情让他如此紧张？下文说。

第三十四章

三台峰林中枪响

———

　　赵重被郭将富罚砍柴一天，累得肌骨疼痛。第二天，他带着几个心腹想到山坳诉苦，不料，说话的地方被伍牛先占了。赵重看到伍牛越发来气，心想昨天砍柴，今天身子骨疼痛，都是这个人造成的，何不趁大哥不在打他一顿？让他也尝尝痛的滋味。于是，他就借机和伍牛打了起来。

　　两人打得正起劲时，冬娃领着郭将富来了。

　　郭将富不问缘由，想要再教训一下赵重，却被身后一个追命似的声音叫停。来人是"盯子"。

　　"盯子"是谁？"盯子"是三台峰的一个土匪，也是郭将富布置在鼓镛县城的一个眼线。红军驱逐了周志群、胡瓢，在鼓镛县建立了苏维埃，郭将富害怕波及自己，就在鼓镛县城里租下一间房子，派两个人在那里做点儿小生意。他们名义上是做生意，实际上是关注着苏维埃的发展和红军的动向，一有事情就立刻报告给三台峰。郭将富虽然没进城，但城里每日发生的事他都知道。像罗洪彪被砍下头颅这样的事，几个时辰后，三台峰就人人知晓。

　　"盯子"说："苏维埃已经决定攻打三台峰，派出红军的一个营加九仙山游击大队，时间就在这几天。"

　　"那几个丑婆子居然投靠苏维埃来对付三台峰，我等着收拾她们。"郭将富骂的"丑婆子"是欧阳女和她的姐妹们。欧阳女下九仙山的事情，当时"盯子"也曾报告给郭将富。郭将富恨欧阳女，恨她没有归顺三台峰，拒绝做他的压寨夫人，还杀了他派去"接亲"的人。

　　"大哥，那我们如何是好？"赵重问道。他感谢"盯子"来得及时，否则，少不了要挨大哥的一顿揍。这个只知道窝里斗的人一听说红军来打，就没了主意。

"别慌，我自有办法击败红军，保山寨无事。"郭将富召集四个小队的队长开会，又交代了一番，四小队各自领命而去。

"盯子"的消息没错，红军行动的时间就在这两日。只是有一点土匪们没想到，在第三天红军大军出动前，杜鲁率领的一连早在头天夜里就行动了，已经于今早到达了三台峰山下。随一连行动的还有栀子、曹梅、董美娣、伍子华四名侦察组人员。金石峰、欧阳女则带九仙山游击大队随大部队行动。

"曹梅姐姐，能够和你们几个美女并肩战斗，我很高兴。"杜鲁说。

曹梅笑着问："杜连长，我应该不比你大吧，怎么就叫我姐姐了？"

杜鲁笑道："栀子比你小吧？"

曹梅说："没错，栀子比我小一岁。"

杜鲁说："这就没错啊，栀子是我未来的媳妇，所以对你的称呼就应该和她一样。"

曹梅说："杜连长，这你就强人所难了。人家没答应的事，你还敢这般张扬？"

"我看出来了，你们姐妹一伙，就是不想让我娶栀子。"杜鲁说。

曹梅说："杜连长，你也别泄气。既然你说自己勇敢，那你就勇敢起来呀，我们的栀子总是要嫁人的。"

杜鲁兴奋起来，说："曹姐姐，有你这句话，我就有数了。"

听到这话，栀子叫道："杜鲁，你们那儿还有好男儿吗？曹梅急着要嫁人。"

杜鲁听到栀子喊他的名字，觉得有一种真正的幸福感在心中涌动。他想：看来董美娣说得没错，自己应该"勇敢起来"。

曹梅见杜鲁没反应，说："杜连长，我们栀子都喊你名字了。"

杜鲁笑眯了眼，说："对，我听见了，听见了。我高兴，我开心呀！"

栀子说："喊你个名字就高兴、开心，难道你的名字不是被人喊的？"

杜鲁仍是笑："不一样，不一样。"

栀子这才意识到自己落下了话柄，就急着说："好吧，杜连长，这样叫没错吧？我们家曹梅急需寻找夫君，你们部队有合适的人吗？"

杜鲁说："我们部队的优秀小伙子大有人在。"

曹梅说："你真想让我们的姐妹都嫁到你们队伍里去？妄想！"

杜鲁说："女大当嫁嘛！"

栀子说："那就要看你们的战士有没有本事了。"

杜鲁说："姐姐们，我们全连的战士由你们挑，全营也可以，全团也行。我们团长也还没老婆。"

"呦，刘团长还没娶媳妇？"大家惊讶地问道。

刘宗是湖南人，家里原有个许配给他的童养媳。十八岁那年，家里要他与童养媳完婚。刘宗死活不干，说是自己不喜欢这个童养媳，要父母把她当作女儿嫁出去。刘宗父母不同意，说这个女子八字好，命里有一把"金钥匙"，旺夫又旺家。刘宗不信那一套，对父母说自己不喜欢她，坚决不娶童养媳。刘宗拗不过父母，拔腿就跑，一口气跑出村子，跑到一家矿山背煤。刘宗很聪明，一心想做大事，认为背煤没出息且又累又苦，做不到一个月就逃离了煤矿。在下山的途中，刘宗遇到一伙强盗抢劫完回山，就跟在后面，不料，没走一里路就被强盗逮住，打得鼻青脸肿。幸好刘宗头脑机灵，谎称自己两天没吃东西，跟在后面就想讨口吃的，没有别的意思。刘宗后来加入这伙人，了解到这些人就是土匪。他们人数不多，只有二十多个，可他们危害很大，抢劫的手伸到了方圆十里外。刘宗仔细观察了山上，发现这里囤积了很多粮食和肉。刘宗心想：这些都是他们从贫苦的农民家里抢来的，必须消灭这群土匪，让周围的百姓不再受伤害。但他知道仅凭自己一人的力量是不行的，必须到山下把情况告诉附近的乡亲，让他们组织人一举消灭这些土匪。于是，他当晚偷偷跑出山寨，顺着来时的路往下走。因为对路不熟，又担心被人逮住，他就在路边的草丛里躺着等天亮。天亮后，刘宗又走了两里路，看到一个有百十户人家的村子，刚想进村，却被村里人当贼抓住。正在他就要被拷打时，一个老者说了一句话："这个后生一大早进村，可能有事情藏在肚子里，让他说完再打。"刘宗一听很高兴，心里十分感谢老者，把话都说了出来："我发现一个地方藏着很多大米，还有猪肉和鸡。"刘宗原原本本地说出了情形，没想到一说完又差点儿被打。原因是大家怀疑他也是土匪，想引诱村民上山帮土匪干活。

刘宗说："你们组织一百个人，拿上棍棒或刀。我带路，就可以把那伙人灭了，夺回大米、猪肉和鸡，但必须给我分一头猪。"

"可以，如果情况不假，再加十只鸡。"老者发话了。看来老者是这个村里的长辈，他说的话没人反对。

"一言为定！"刘宗随即带着八十多个人直捣土匪窝，二十多个土匪哪禁得住八十多人打？一个不剩地被干掉了。村里的人并未食言，将一头猪和十只鸡给了刘宗。刘宗把猪和鸡折价卖掉，将得到的钱作为盘缠，继续上路。半个月后，他遇到了红军的队伍，从此走上了革命道路。刘宗自从跑出家门，就没再回去过。但他寄了两次家书劝父母把童养媳嫁出去，并骗双亲说自己在外面已经娶妻生子。因为没有收到家里的回信，刘宗至今不知道那童养媳是否已经嫁人了。

栀子说："刘团长那么优秀，想找个媳妇不难吧？"

杜鲁说："不难，就是不上心。说句不好听的话，他这个人别的话都说，就是不说男女的事。"

"不能在背后乱议论刘主席。"栀子说。

"咱不是议论刘主席，是关心他'老人家'。他都快三十岁了，当团长当得那么出色，又兼任苏维埃主席，在谈对象方面却是落后分子。"伍子华说。

"你不是也单身一人，没娶个媳妇吗？"栀子说。

"是呀，栀子妹妹，本人打光棍二十多年，都是世道害得我穷。现在就指望你们了。"伍子华说。

"指望我们？你能指望我们什么？"栀子冷冷地看着伍子华说。

"他的眼睛在观察你们九仙山的美女。"杜鲁说。

"呵呵，连伍子华也惦记我们？"栀子说。

"不敢说惦记，我……"

从鼓铺县到三台峰，红军的部队顺着金溪往下游走，在距离高滩乡两里地时，甩开金溪上了山。杜鲁带领的一连加上栀子她们，此时已经兵临山下。在进山前的间隙，他们"谈情说爱"了一会儿。杜鲁总是不时地偷看栀子，他对栀子真是上心了。这个女孩，那对水一样的眼睛、牛奶般的肌肤、"魔鬼"般的身材，犹如一幅美丽的图画，杜鲁的双眼只要瞟上，就会被死死地吸引住。杜鲁与她比武时，就不能控制自己，输了比武，又怪栀子长得太美，是她的美让他分神。自那以后，杜鲁的眼里，时时刻刻都是栀子，好像看到她在向自己微笑，向自己挤眉弄眼，又对自己使棍棒、甩"飞石弹"，还骂自己："就这点儿功夫还当红军连长，还敢与九仙山女子较量，一边去吧，再去修炼两年。"

这一切，栀子却没有感觉到。

见栀子没说话，杜鲁靠近她说："妹妹一定是在想哥哥了？"

栀子瞟了他一眼，又自然地抿嘴一笑，说："是。"

杜鲁按捺不住激动，进一步靠近她，轻轻地说："是想我这个可可吗？"

栀子放大声音说："想得美，本姑娘从不把心思放在一个没趣的人身上。"

杜鲁急了，说："唉，栀子妹妹，你是走眼了还是故意这么说？像我杜鲁这样的人能是没趣的吗？"

栀子看着他说："嗯，没趣，你最没趣！"

杜鲁仍是笑着说："我知道了，妹妹是故意这么说的，肯定是故意这么说的。"

"有人！"伍子华突然大喊一声，所有人都看向他。

栀子问："哪里？"

“那里。”

大家往他指的方向看，在左前方两百米处果然有七八个人。他们摇摇晃晃，手上、肩上都提着、扛着东西。

“一定是土匪劫财回山，杜连长，别惦记女人啦，咱们去擒住他们。”栀子说。

“你们候着，我带几个人上去。”杜鲁说完，就准备行动，伏在一旁的一排排长王陵站起来说：“连长，让我带一班上去。”

“可以。不要开枪，活捉土匪。”杜鲁嘱咐道。

“是，活捉土匪！”王陵领命而去。

他指挥一班战士，悄悄地靠近土匪，但还是被土匪发现了。土匪们善于走山路，又习惯东瞧西望，一班战士尽管没发出声响，但还是被他们看见了。

“有人来打我们了！”有土匪大喊一声，惊醒了其余的土匪，他们迅速携着东西往山上跑。

“把重东西扔了。”土匪们看到眼前拿枪的红军，慌张起来。为了保命，甩下挑担，又卸下背负的包袱，轻装快跑，眨眼间消失在草木丛中。王陵命令战士们追上去。

杜连长率领部队一起跟上去，检查土匪们丢弃的东西，主要是食物，有活鸡、活鸭、猪肉、糯米和蔬菜等。

“这些该死的，一定是哪个村庄夜里被搅了，连蔬菜都不放过。”杜鲁说。

“土匪们不劳而获，所有吃穿都是老百姓的。他们每天的工作就是考虑如何抢劫、去哪里抢劫。嗨，咱们鼓铺县的土匪太多了，老百姓每天都要担惊受怕，太苦了。”伍子华拿着一块沉甸甸的猪肉说。

栀子说：“这回一定要来次大清扫，把土匪彻底剿灭，还老百姓太平。”

伍子华说：“三台峰土匪势力最大，只要灭了三台峰，宰了郭将富，别处的土匪就好解决了。”

杜鲁说：“你们说得都不错。但最根本的是要打倒国民党，推翻旧政府的反动统治。土匪这么多，完全是国民党政府无能造成的。如果不灭了国民党，土匪就灭不完，还是会再出现的。三台峰没土匪了，别处的‘四台峰’‘五台峰’又会再聚起土匪，祸害人民。”

“不愧是红军连长，说得对极了。斩草除根的‘根’，就是国民党。可今天咱们的任务是灭三台峰、灭郭将富。杜连长，咱们冲上山吧？”曹梅说。

“对，上山！”杜鲁一挥手，全连战士都向三台峰前进。

“东西怎么办？”

“就由伍子华处理，待收拾了三台峰，问土匪是从哪儿劫来的，再还给乡亲们。"栀子说。

一排战士气喘吁吁，土匪跑得没了踪影，消失在茫茫深山里。杜连长赶来，大骂一排排长轻敌，放跑了土匪。

栀子说："若是用我的'飞石弹'，至少也能留下几个土匪。"

"也许是吧，但已经来不及部署包围三台峰了。土匪们跑回去，郭将富不是逃跑，就是在部署如何与我们较量。一连只有快速上山，在土匪来不及部署、来不及逃跑时发起战斗，一举将其歼灭。"杜鲁又派战士将情况报告给营里。

从山下到山上有几里路都是陡坡，战士们很难一口气冲上去。只能走一段路后稍作休息，再继续走。或许是因为在九仙山上练就的脚板，此时最能跑的是栀子、曹梅和董美娣。部队到达三台峰，却没见一个人影，匪巢静谧得吓人。正在大家往四周瞧看时，树林里忽然响起枪声，子弹"嗖嗖"地飞过来。

"啊！"杜鲁刚想叫大家隐蔽，就先挨一枪，随后头晕目眩，倒在地上。

"连长！"战士们见连长中弹，大声喊了出来。出师未捷先受伤，这一枪打在杜连长的哪个部位？杜连长是不是就此牺牲了？下文说。

第三十五章

二台峰匪亡灯熄

杜鲁率领一连战士追土匪到三台峰，却没看见一个土匪。这时，树林中忽然"嗖嗖嗖"射出一排子弹。战士们听到枪响，都本能地卧倒或寻找遮挡物。杜鲁因为走在最前面，躲闪不及，左肩膀被子弹击中，疼痛得倒下了。

"连长受伤啦！"离杜鲁最近的一个战士喊道。战士们见连长中枪，都喊了起来。杜鲁忍着痛说："大家别管我，寻找敌人使劲儿地打！"

"卫生员，快给连长包扎。其他人狠狠地打！"副连长一声令下，全连集中火力向敌人开枪。子弹打在芦苇和树叶上，发出"嚓嚓嚓"的响声。土匪们起先也在开枪，后来就彻底地没了声响。

杜鲁发觉不对，忍住疼痛说："土匪们肯定已经跑了，不能再瞎打。"副连长立即叫停。红军消耗了数百发子弹，却没见一个土匪死在枪下。

杜鲁被扶起来靠在树旁坐着，伤口处的血不停地流，湿透了上衣。栀子也来到他身边，问道："杜连长，很痛吗？"

杜鲁脸色苍白，额上冒汗，这是因为失血多。听到栀子的声音，他觉得很甜美，睁开微闭的双眼，看着她说："栀子，有你在，我不痛。"说完，他就要站起来，被栀子一把摁住。栀子说："都子弹穿心了，还开玩笑。"

过了一会儿，卫生员为杜鲁包扎完，血止住了，杜鲁又要起来，卫生员说："连长不能动，需要休息。"

"胡说，我一个连长，在部队进攻时能躺着休息吗？"说完，他"呼"的一下站了起来，可能是因为伤口仍然疼痛，趔趄了几下，又被扶住靠在了树上。

栀子说："连长也是血肉之躯，你被子弹打了，流了血，就歇息吧。灭土匪有我们。"

杜鲁见栀子这样说，就一点儿也不折腾了，他就是爱听栀子说话，栀子那甜美的声音，比药还管用。他说："那好，副连长接替我指挥。"转头又对栀子说，"栀子，你一定要小心，别伤着了。"

栀子回头看了他一眼，就随部队走了。

过了一会儿，杜鲁或许是因为不放心副连长，又或许是因为惦念着栀子，拔枪又跟上去。

卫生员说："连长，你这样会再次流血的。"

"放心吧，死不了！"

一连在副连长的指挥下，打到了土匪们的跟前。战士们停下来隐蔽好，防止土匪设计暗中射击。其实，土匪们在红军猛烈打击时就跑了，这是郭将富精心设计的骗局，他只留下十个人在此稍作抵挡，让红军摸不着头脑，弄不清柴草丛中究竟有多少人，而大多数的土匪都已经退到了大山深处。郭将富之所以不严守三台峰，是因为三台峰无险可守，只适宜居住。

"不见土匪踪影，估计是山下碰见的那几个土匪回山报告了情况，大部分土匪撤退了。"一排排长王陵回来报告。

"咱们这样好比猫找老鼠。老鼠躲到猫看不见的地方，猫逮不着它。咱们得派小组侦察，随后进攻。"副连长让一排继续寻找土匪。

一排排长转身就要离去，栀子站出来说："让我们九仙女子护身队去。"

"九仙女子护身队？你们就三个人呀。"副连长看着栀子说。

"三个人就行，三人为众嘛。"栀子胸有成竹地说。

副连长想了想说："也好，那就派一班随你们同行。"

栀子说："不必，这是去搞清情况，又不是去打仗，我们三个人足矣。"

"让她们单独行动吧。"

"连长？"一排排长看着杜鲁说。

栀子看了杜鲁一眼，抿嘴笑笑，就和曹梅、董美娣走了。

栀了淡淡的一笑让杜鲁乐得伤口差点儿再次裂开，但这个男人并没有感觉到痛，因为他的注意力全在栀子身上，忘了自己刚刚挨了一枪。

三人走后，副连长让一排悄悄跟进，与她们拉开距离，不让她们发现，方便在有情况时上去。他转身又对杜鲁说："连长就留在三台峰郭将富的老巢里，一边养伤一边欣赏风景吧，剿灭土匪有我们。"副连长又叫两名战士照顾连长。

杜鲁这时才感到伤口刺心的痛，同意不再逞能，退回土匪营地歇息。他在离开时说："一定要保护好九仙山几个姐妹。"

"放心吧，你的栀子就像飞鼠一样机灵，她们都会没事的。"副连长说。

栀子她们三个人在树林里走了一里多路都没见敌人，再往前走时，一条小溪拦住了去路。小溪溪面不宽，却有一定的水流。平时土匪们过溪用的是三根杉木架起来的木桥。用此木桥，只能防止湿鞋，可就是这样一个简易的木桥，土匪们也把它拆了，三根杉木就放在了对岸。

　　"这些土匪以为搬开桥板，咱们就要下水过河。"栀子几个人来到溪边，察看了一下地形，没发现异常情况，就一跃而起，跳到对岸。

　　"好像有人说话。"过溪后，董美娣先听到声音。

　　"听见了，是两个人在对话。"曹梅说。

　　"不错，他们在左边不远处。"栀子在两人面前比画了几下，三人就同时朝说话的位置移动。只半支烟的时间，她们就摸到说话人的身后。两个土匪正在聊着什么，没想到曹梅、董美娣快速转了过去，从身后将土匪锁喉后又一摔，按着掼倒在地上。两个土匪没喊，也喊不出声，只觉得两眼直冒金星，头飞快地转，口中想咳些什么。

　　"其他土匪呢？快说！"栀子用枪顶着一个土匪质问。

　　"呜呜——"土匪说不出话来，曹梅、董美娣松了下手，让他们可以用嗓子说话。

　　土匪站起来，见只有三个女子，没别的人，以为还可以对付，就相互交换了一个眼神，而后动手推曹梅和董美娣。这些动作若对付一个毫无功夫、又没准备的人也许行得通，但在九仙山姑娘们面前就显得太拙劣了。瞧，曹梅、董美娣双双站在原地，就如两根插在深土中的木杵，只有身体的上半部分摇晃了一下，脚下的步子一点儿也没挪动过。两个姑娘好像商量好似的，都伸出手来扣住土匪的衣襟，再使出一招单脚踢小腿，两个土匪又再次趴在了地上。

　　"不老实是吗？不老实就用刀剁了你们。"栀子拔出背后的刀对土匪说。

　　两个土匪吓得慌忙求饶："不要杀我们，不要杀我们！你们要了解山里的事，我们说，我们说！"

　　"那好，把他们交给副连长。"三个姑娘押着两个土匪往回走了百十步，碰到一排排长王陵和他的战士。栀子说："王排长，我早知道你们跟在后面，算你们机灵，否则，我的'飞石弹'就把你们当土匪打了。"

　　王陵笑着说："我们知道姐姐的'飞石弹'厉害，所以保持了较远的距离，一定不会被误认成土匪。当然，还要感谢姐姐们手下留情。"

　　副连长和部队也上来了。见抓了两个"舌头"，副连长向三个姑娘竖起拇指，随后对土匪进行审问。两个土匪以为必死无疑，吓得全身直哆嗦。经过开导，他们告诉副连长其他的土匪都退到了二台峰。

　　"二台峰？原来三台峰只是个门户，土匪们的大本营在二台峰。"副连长说。

　　二台峰，听起来像是有两座山峰，但其实它只是一个山名而已。二台峰不比三台峰，道路陡峭，山头时常云雾缭绕。

　　红军部队到达山下，不见飞鸟，只听到林中泉水叮咚。"只要土匪没发现，就绝不开枪。"这是副连长对全连下的命令。据两个土匪交代，郭将富和其他的土匪都在二台峰，红军只要悄悄上去，进入匪营，再发起冲锋，就可生擒或击毙郭将富，消灭土匪。红军在进军途中就是这样做的，让这两个土匪带路，走在最前面，只是进展不是那么顺利。当部队还在半山腰时，就被山上备战的土匪发现了。土匪们想都不想就开枪，一枪引出百枪开，山上的其他土匪都快速地拿起枪朝山下打。混乱之中，那两个带路的土匪不幸身亡，有两名红军战士也中弹倒下。

　　见此情形，红军战士们迅速就地卧倒，或寻找树木、草堆遮挡。见战友牺牲，副连长下令还击。打了一阵后，一排、二排进攻，三排掩护。红军的打击，没有让敌人的火力减弱。因为二台峰荆棘密布，植被茂盛，就像布满了铁丝网，红军只能沿路而上。敌人居高临下，红军无法对他们构成威胁，进攻未有成效。

　　"山下的红军们，你们是上不来的，回去吧，不然你们都会死在这里。"土匪占据了有利地形，狂妄地向红军叫嚣着。

　　"你们别得寸进尺了，三台峰是我们让给你们的，二台峰我们不会再让了。你们红军也是人的崽，要知道，爹妈生一个崽是很不容易的，你们死在这里，你们的爹妈咋办？咱们无冤无仇，我们真不想让你们死。但如果真要上二台峰，我们就让你们死！"土匪继续叫喊着，同时向山下不停地射击。

　　"太可恶了，给我打，瞄准那个喊话的土匪。"副连长火了，下令射击。

　　然而机枪的火力也难以奏效，因为此处的地形接近垂直角度，土匪占据高处，战士们射出的子弹，有的打在石壁上，有的朝天上飞去，只有少量的接近了土匪的头颅，却总是打不着。幸亏土匪们没有手榴弹，否则红军的伤亡将不可想象。

　　"寻找一下有没有别的路可以上去。"副连长对一排排长说。

　　一排排长说："没有，这里的地形都是一个鸟样。咱所处的位置是二台峰南面，我们已经侦察过了，北面更加凶险难行，几乎是悬崖峭壁，上不去。"

　　"那怎么办？"副连长问。

　　"寻找射击点，先敲掉几个脑壳，土匪们就会害怕了。"

　　"连长，你怎么上来了？你的伤怎么样了？"副连长惊讶地看着杜鲁说。

　　"我的伤无大碍，死不了。"杜鲁走到阵前说，"上面不就有几个土匪吗？难道能挡住我们的红军战士？挑几个射击厉害的，跟我上去，我就不信土匪不怕死！"

副连长说："那就由我上吧，你既然来了，还是你来指挥。"

杜鲁说："不，我的身体里已经有一颗子弹，不怕再多一颗、两颗，就由你继续指挥，让一班跟我上！"

副连长紧张起来，说："连长，我不能看着你就这样死了！"

"连长，你不能这样死了，冲锋有我们！"战士们看着连长说。

"我不会死的，我有经验。"杜鲁坚持要上去。

"你有经验吗？最先中枪的就是你。"副连长的这句话到了嘴边，但没说出口。

杜鲁说："同志们，土匪不是正规军，他们害怕红军强大的气势。"

"连长，这里交给你了，大家跟我冲！"副连长说完，没有一丝犹豫地甩开人家，冲到了最前面。

"副连长，小心！"杜鲁没想到一向不够果断的副连长此时能这么利索干脆，居然第一个冲锋。杜鲁心想：这小子有文化，就是差点儿勇猛的气概，今天怎么这么英勇了？也是啊，多来几次冲锋，多和敌人血拼几回，胆气就大了。只是今天别死在土匪手里啊，兄弟！

杜鲁希望这个充满书生气的战友、兄弟能成为一个既有文化又能打的指挥员，也希望他在战场上多多历练。

"冲啊！杀啊！"红军战士们的枪声、喊叫声呼啸在敌人的阵前。

"副连长？"

"副连长受伤啦！副连长受伤啦！"有战士使劲儿地喊叫着。

"副连长……"杜鲁忘了自己身体的疼痛，冲到了副连长倒下的地方。只见他身中数弹，血流如注，上衣如同浸泡在血盆中，脸色苍白，双目微闭。杜鲁难过地将副连长搂住，说："好兄弟，你不能死，不能死啊！"

"连长，这回我不软弱了吧？"副连长有气无力地说。

"不软弱，不软弱，你非常勇猛啊，兄弟！你要挺住，我背你下山，咱们还要并肩战斗，并肩迎接革命胜利！"杜鲁紧紧地抱住副连长说。

这世上，没有什么力量能留住一个身上已经没有血的人。副连长走了，年仅二十三岁的他，英俊的脸上虽无血色，但表情轻松。他想证明自己不是杜鲁平时说的"不刚毅、缺勇猛"的人，为了人民的解放事业，他可以勇敢地面对牺牲。

杜鲁难过地放下战友的身体，怒气冲冲地拿起地上的一支冲锋枪，向山顶冲去。

"连长小心！"通讯员担心连长安危，追了上去。

山上土匪的火力更密集了，进攻的红军战士还没能撕开口子，二台峰就像一只攻不破的铁桶。

红军这边的所有人都在观察和思考如何炸开这只铁桶，这时，土匪的枪声突然变弱了，喊叫的声音却多了起来，听起来好像在吵架。又过了一会儿，土匪的枪声全都消失了，他们的枪口全部调转方向，去应对山寨里突发的情况。

红军部队趁势冲锋，一举攻上二台峰后，看到土匪们在"窝里斗"，此刻打得正酣。有土匪在喊："打死她们！是几个女的，打死她们！"

听到这话的杜鲁心想：女的？难道是栀子？对，是栀子她们！原来她们已经上来了，怪不得没看见我的栀子。杜鲁随即大喊起来："同志们，她们是九仙山的女英雄，赶快增援，赶快增援！"杜鲁怕栀子牺牲，说完没命地往前冲。

战士们一听说是九仙山女子，个个都来劲儿了，以排山倒海的气势冲杀上去。乌合之众的土匪哪能抵挡得住英勇善战的红军？顷刻间就土崩瓦解，没了抵抗力。其余的土匪死的死，逃的逃，二台峰被红军成功拿下。

杜鲁飞跑着寻找栀子，在匪营的房前屋后，几乎连橱柜都打开看了，却没见栀子和她的姐妹。杜鲁急了，问："你们先上来的人没看到女人吗？"

"我看到了，就是那个栀子姐姐，刚才她在房子里与土匪战斗。她使的是双枪，一枪一个打死土匪，行动的速度就像流星一样，一闪就不见了。"一名战士说。

"那土匪都死光了，她们怎么就不见了？"杜鲁非常焦急地问。

"莫非她们也死了？"

"死了也应该有尸体呀。"

"或者与敌人同归于尽，掉下悬崖了。"大家揣测道。

"胡说，你们都胡说！她们怎么会死，她们有神鬼莫测的功夫，怎么会死！"

杜鲁不相信栀子和她的两个姐妹会死，也绝不让大家说她们死了。

"大家继续找，她们　定在山上。"

"不要找了，我们都在这里。"众人循声望去，一个活生生的人从屋梁上跳下来，没隔多会儿，又一个人影从树枝上落下。

"曹梅、董美娣！"杜鲁惊讶地看着两个女子，目光又急速地搜寻着周围，谁都知道他是在找"他的"栀子。

"甭找了，栀子追逃跑的土匪去了。"曹梅说。

"什么？让她一个人去追？你们俩为啥不去？"杜鲁瞪着她们俩说。

"我们俩为啥要去？你们为啥不去追？你们不是红军吗？为什么不直接攻下二台峰？要不是我们三个，你们全死了！"

杜鲁这才意识到自己说错话了，连忙道歉："董美娣姐姐、曹梅姐姐，杜鲁是个粗人，不会说话。刚才是因为没看到栀子心里着急，还望见谅！"

这时，栀子出现了，她是从后门闪出来的，动作之快令人目瞪口呆。

看到栀子的杜鲁，想扑上去把她抱住，但想归想，他并没跨出步子，张开双臂。

所有人都把目光聚焦在三个姑娘身上，不知是在欣赏她们的美，还是在羡慕她们的非凡本领，每个人都很好奇她们是如何在枪林弹雨中上了二台峰。其实事情的经过是这样的：她们先闯入匪窝，让土匪们后院起火，从而吸引土匪们把对着山下的枪口调转回去，红军才得以上来。姑娘们的壮举，成功地帮助红军打败了土匪，也有效地减少了红军战士的牺牲。

杜鲁站在三个姑娘面前想赞美几句，却找不出恰当的语言。他心里想：不说几句也不行，她们立了大功，怎么能一句表扬的话都没有？其实应该先批评她们一下，她们不说一声就擅自闯进匪窝，如果牺牲了咋办？这是无组织、无纪律的行为。但如果是这样说，几个姑娘还不跳起来说：我们不是红军，是九仙山女子，凭啥要遵守红军的纪律？帮红军拿下二台峰还要挨骂？

杜鲁没想好怎么说，就啥话也没说。他严肃地站在三个姑娘面前，行了一个标准的军礼。此时无声胜有声，他心中想说的话都体现在这个军礼中了。

战斗结束后清理现场，红军总共击毙土匪三十三人，打伤土匪九人；缴获步枪四十一支、子弹一千多发、大米十二麻袋及大量的蔬菜和肉。红军牺牲了八名战士，另有五人受伤。

杜鲁让炊事班利用土匪的物资就地生火做饭。战士们连续攻克三台峰、二台峰，应该美美地吃上一顿。

"这里连锅台、碗筷都有。"

"那是土匪用的。"

"用开水煮后就可以用，土匪也是人呀。"大家你一言我一语地说着。

"连长，不是说郭将富在二台峰吗？"有战士问。

一语点醒梦中人。杜鲁拍了一下脑袋，说："对呀，怎么就这么几个土匪？其他人和郭将富呢？他们都去哪儿了？"

杜鲁拉来受伤未死的土匪审问。土匪战战兢兢，不敢隐瞒，说出了郭将富的又一躲藏之地。郭将富到底躲在哪里？离二台峰有多远？下文说。

第三十六章

一台峰最后归宿

栀子带着曹梅、董美娣，趁红军和土匪大战，悄悄从人群中溜出，飞檐走壁似的上了二台峰，朝着土匪的"心窝"打响了一枪。

土匪们以为是红军主力从后山上来了，都调转枪口打。红军趁机杀向山头，二台峰土匪被歼。在欢庆胜利时，红军发现，这里只有少量土匪，匪首郭将富也不在死去的人中。受伤的土匪说出了土匪们的另一个去处：一台峰。

"一台峰？"

"占领了三台峰，出现个二台峰；现在灭了二台峰，又冒出个一台峰。这里到底有多少级'台风'啊？"

"管他多少级'台风'，也阻挡不住我们红军。咱们吃饱了再去打！"

"连长万岁！"民以食为天，战士们打了一天没吃东西，肚子里头"咕噜噜"响，一听连长说吃饱了再去打，都非常高兴。

饭菜熟了，炊事班的人叫大家开饭。这时，站岗的战士报告，说二连上来了，后面还跟着三连。

"他们不是赶来吃饭的吧？"有人不悦地说。

杜鲁的伤口发作了，他感到一阵疼痛，脸色苍白，身体歪坐在门槛上。他招手让一排排长王陵走到身边，说："抓紧时间吃饭，战士们都饿坏了。"

王陵心领神会，没集合部队，就让大家自由开饭，同时给连长端来一大碗饭菜。杜鲁瞧着香喷喷的饭菜并没有食欲，只想躺着。通讯员劝连长吃完再躺，杜鲁拒绝，还是说不想吃。见此情形，卫生员走到杜鲁身边，也劝他吃饭后休息，杜鲁仍是不吃。

王陵找到栀子，让她劝连长吃饭。栀子看着他说："我？我不是他的上级，也不是他的下属，有用吗？"

"有用，大大有用。"王陵笑着说道。

大家的目光都看向栀子，连曹梅也开玩笑地说："救人一命胜造七级浮屠。"

"死丫头，那咱们一块儿去。"

"轮上轮下也轮不到我啊，去吧，这边饭菜我会给你留着。"

"落井下石，回来收拾你！"

栀子来到杜鲁身边，见他微闭双眼，脸色很难看，于是说："杜连长，吃饭比打仗应该会容易些吧？铜墙铁壁的二台峰都被你攻破了，一碗饭就难住了你这个'猛张飞'？"

"栀子，你来叫我吃饭？一看到你我就想吃东西了。"杜鲁想站起来，被栀子摁住了。

"我吃，我吃。"杜鲁接过饭菜，挪了一下座位，开始扒饭。

"其实，你不吃也可以。这地方风景不错，如果能永远留在这里，也不枉来人间一遭。"

"栀子，我不会永远留在这里。我是共产党员、红军战士，我要消灭土匪、打倒国民党、解放穷苦百姓，还有很多事情没做完。我吃，我吃！"

栀子抿嘴一笑，走了。

肖叶营长带着大部队来到二台峰。因为人多，二台峰一时显得局促起来。上来的人都赞美二台峰的好风光。一连的人没这个心情，他们先前冲到山顶，只顾着厮杀，现在只想填饱空无一物的肚子。

杜鲁忍着疼痛，汇报了战况。肖叶让杜鲁和受伤的战士转移到三台峰。杜鲁坚持不撤退，说要带一连杀向一台峰。肖叶不同意，说一连已经死了副连长，不能把连长也留在山上。杜鲁无奈，感觉伤口很痛，再难以坚持，就同意退到三台峰。

肖营长传令嘉奖一连，将副连长等八名牺牲战士掩埋在二台峰。命令一排排长王陵代理一连连长。肖叶说："我们虽然攻克了三台峰、二台峰，但是没能全歼土匪。土匪的主要人员和力量就在一台峰。一台峰地势险要、地形复杂，仗一定会更加难打。进攻一台峰，二连打头阵，三连掩护，一连殿后。"

栀子一直没看到欧阳女和其他姐妹，就找肖营长问。肖营长见到栀子，使劲儿地表扬了她和曹梅、董美娣，说她们为攻打二台峰立下了大功。

栀子不爱听表扬，说："我想知道我的姐大欧阳女，还有我的那些姐妹在哪里，她们没上山吗？"

肖叶笑着说："她们已先于我们上山啦，你们没看到？"

"没有啊。"

"你们九仙山的人，总是不遵守纪律，爱自己行动。"

栀子听后急了，说："肖营长，我们九仙山人的怎么就不遵守纪律啦？还不是在你们的指挥下老老实实地打仗？"

肖营长说："就像在二台峰，虽然你们钻进土匪的'肚子'，让土匪很快土崩瓦解，我军取得战斗胜利，但是那样做多危险啊！你们行动前就应该和杜连长说一下。"

"这就是不遵守纪律？"

"难道不是吗？"

审问完受伤的土匪后，红军才知道二台峰只有一个土匪小队，就是伍牛率领的人马。

伍牛在二台峰上阻止红军，仗着地形优势，让红军一时难以突破。就在土匪们趾高气扬，以为红军撞破头也打不下二台峰时，突然后院起火了。不知从哪里飞来的子弹，就像长了眼睛一样精准地射向他们的头颅，土匪们连喊叫的机会都没有，就一个个一命呜呼了。这些在土匪背后开枪的人就是栀子、曹梅和董美娣。她们见正面难以攻上二台峰，就悄悄地溜出人群，绕道后山，攀岩而上，出其不意地出现在二台峰。伍牛以为红军主力从背后上来了，命令土匪抵抗。由于指挥不当，在正面抵抗的土匪一下子全蒙了，忘记阵前的红军，都调转枪口"扑火"。二台峰的防御如洪水决堤，刹那间被冲垮。伍牛见势不妙，赶忙逃跑。

原来，二台峰上有一条"凌空小道"，平时用一根绳索悬空系在崖的两端，以备危急时用。今天伍牛和十多个土匪用上了，他们顺着"凌空小道"溜下二台峰。

一台峰是郭将富和其他土匪的最后屏障。二台峰的海拔高于三台峰，一台峰的海拔又高于二台峰。三座山峰相距二三里，从远处观看，它们依次排列，如姐妹携手、兄弟联袂，屹立在云海之中。其中，三台峰地势稍低，下山也容易，离乡村、城镇较近，最为宜居。因此，郭将富把平时生活的大本营设在三台峰。郭将富虽身为土匪，却生性怕死。上山后不久，他就发现三台峰易攻难守，平时没事住在这里逍遥方便，一旦有事，三台峰平坦的地形，阻挡不了任何进攻。所以，他又开发了二台峰、一台峰。这两处地方山势奇险，易守难攻，即便有千军万马，也无可奈何。

面对红军的进攻，郭将富主动将人员撤离到二台峰和一台峰，并派伍牛率领一个小队共七十多人固守二台峰，其余大部分土匪上了一台峰。郭将富想：红军也只是一些农民武装，武器落后，人也怕死，自己在二台峰上设几个防御点，让红军死伤几十个人，看他们还敢不敢进攻？拿不下二台峰，一台峰就更别想。所以，当二台峰的红军与土匪鏖战时，郭将富正在一台峰上喝酒猜拳，还用那激烈的枪声助兴。

酒过三巡，冬娃对郭将富说："大哥，伍牛能顶住红军吗？咱们是不是要支援一下？只有二台峰不丢，才能保证一台峰无忧。"

赵重把喝干的碗往桌子上一扔，说："二台峰地势优越，完全能以一敌十，红军不死个七八百、上千人，如何能攻克？而红军在鼓镛县只有一个团，总共一千多号人，那个团长刘宗能把全部力量压在咱这里吗？"

冬娃说："这只是咱们的一个估计。听说红军还是很能打仗的，他们在铁岭关就把国民党的一个团吃了个精光，罗洪彪也是被他们消灭的。"

赵重说："二台峰虽然不叫'关'，但比任何关都奇特，那些红军能打上去？我不信。"

郭将富说："两位老弟说得都在理，再看看吧，若伍牛顶不住了，会派人来求援。退一百步说，他们攻下二台峰后，也已经伤筋动骨了，再来打咱们一台峰，更加无力，到时候咱们再奋起反击，定叫红军有来无回。"

这时，伍牛慌张地回到一台峰，郭将富一见他就来气，不听汇报就开口大骂："你还有脸回来，二台峰风景那么漂亮，你怎么不留在那里？人死了我不心疼，可惜的是我那些枪、大米、蔬菜和肉！"

伍牛挨郭将富骂，不敢顶嘴，把想说的话都堵在了嗓子里，心里极不舒服，耷拉着脑袋如丧家之犬。

赵重落井下石，建议治伍牛的罪，杀了他。

冬娃极力阻止，说眼下是用人时刻，应让他戴罪立功。郭将富同意，将伍牛和败退回来的十多个土匪编入谢六斤的小队，部署在一台峰防御阵地的最前沿。郭将富仰起脖子对土匪们说："土匪兄弟们……"

"大哥，你怎么这样说？"冬娃见郭将富自称土匪，以为他是喝醉酒了，立即提醒他。

郭将富明白冬娃之意，说："我没醉，清醒得很。难道我们不是土匪吗？山下的人叫我们土匪，整个世界的人都叫我们土匪，我们就是土匪嘛。冬娃，你怎么就不敢承认？"

"对！"经郭将富这么一说，土匪们齐声回答。

"所以，不要不敢说自己是土匪，"郭将富接着说，"可是现在有人妒忌咱们土匪，想消灭咱们，他们就是红军。该死的共产党和红军，跑到鼓镛县来搞什么苏维埃，把穷鬼们凑到一起，扬言要彻底消灭土匪，也就是消灭我们。我们能让他们消灭吗？"

"不能！"

"对，不能！可是，要消灭我们的人已经上山了，他们占领了我们的三台峰，夺走了二台峰，又在觊觎一台峰。兄弟们，咱们就剩下一台峰这块栖身之地了，能拱手让给他们吗？"

"不能！"土匪们被郭将富这么一鼓动，一个个摩拳擦掌，想与红军拼杀。

郭将富继续煽情地说："对，不能！但我们不能光在嘴上说，还要行动起来。咱们要靠这双手拿枪、拿刀，把想消灭我们的人消灭掉。保住一台峰，我们就能安享快乐！"

"大哥，你不用多说了，我们全知道。打死所有来杀我们的人，守住一台峰，过太平快乐的日子。"赵重说。

这时，伍牛靠近郭将富，颤抖着说："大哥，还要提防九仙山的那些女子，二台峰就是被几个臭娘儿们搞掉的。"

"怎么回事？"

伍牛把栀子、曹梅和董美娣袭击二台峰的情形描绘了一遍，又说："若不是那几个娘儿们偷摸上去，二台峰就不会丢失。大哥，九仙山女子确实厉害，她们如果没飞檐走壁的功夫，怎能上得了二台峰？她们打枪也打得准，打土匪，不，打我们的兄弟一枪一个，弹无虚发呀。所以，大哥一定要加强四周防卫，二台峰是前车之鉴。"

赵重听得不耐烦了，说："堂堂男儿守不住一个山头，把责任推给女子，我就不信，几个娘儿们的胆子有那么肥？"

伍牛侧着脸说："不信，你可以领教她们，一定有机会的。"

"臭娘儿们，当初杀了我们几十个弟兄，我还没跟她们算账，如今投靠红军一起来对付我们，可恨！"

"如果当时收了那个欧阳女，让她做了大哥的压寨夫人，就没现在的事了。"赵重一说完这话就感到自己失言了，偷偷地看了一眼坐在郭将富身边的吴霜。

果然，那位压寨夫人十分不悦，脸色阴沉地瞪了他一眼。

郭将富却笑着说："如果那些婆娘当初肯来，就不愁今日了。"

"现在也不迟呀！"吴霜扔下这句话，气愤地走了。

"女人就是小心眼儿。"郭将富仍旧笑着说。

"大哥……大哥，发现……发现红军了！问你……问你是不是要打？"慌慌张张跑来报告的是谢六斤小队里的一个土匪。郭将富把一台峰的防御设为三道防线，第一道是谢六斤、伍牛；第二道是赵重；第三道是冬娃。冬娃和赵重是原来郭将富手下的。谢六斤、伍牛的人是归顺人员，来自五虎谷和蜡烛山。说是两个小队，但伍牛的人已经在二台峰死了大半，逃回来的十多个人与谢六斤的小队合二为一，有近百人。伍牛和谢六斤都知道，郭将富把他们放在最前面就是让他们先死。最耿耿于怀的还是伍牛，他们刚从二台峰跑回来，现在又把他们推到阵前，可见郭将富用心之毒。

"打呀，还等什么？"郭将富对来报告的土匪说。

伍牛不敢耽搁，立即到一线指挥。郭将富为激励士气，也走到了阵前。

由于视线被树木和柴草遮挡了，土匪们看不清有多少红军，只知道进攻一台峰的部队密密麻麻的，往下看都是人。土匪们没上过战场，他们只会抢劫，哪见过这样的阵势？在强大的红军面前，他们禁不住胆寒、心虚、颤抖起来，拿枪的手都在哆嗦。有好些土匪不停地嘀咕："这回完了，这回死定了！"

"别怕，我们在上，红军在下，只要大家瞄准开枪，他们是上不来的，他们也怕死！"郭将富说着就拿起一支枪朝山下射击。其实，他也是大姑娘上花轿——头一回。他喊叫、放枪，都是在给自己壮胆。土匪中经历过实战的就只有伍牛和他那十几个土匪，他们刚从二台峰下来，领教过真枪实弹，算是"老兵"了。

"兄弟们，红军没什么可怕的，他也是人，不过手里拿着一支枪，我们也有枪。现在他们处于下风，我们占上风，只要大家使劲儿地打，他们绝对攻不上来，使劲儿地打吧！"伍牛为了保命，也为了在郭将富面前露脸，居然也做起了动员。

伍牛的话果然得到了郭将富的肯定，他在阵前狠狠地吹捧了一下伍牛和从二台峰回来的人，说他们是勇敢的战士、保卫山寨的英雄，只要大家都像他们一样英勇，红军绝对打不上一台峰。

密集的枪声吓走了一台峰上的鸟兽，原先在山上经常出没的山鹿、豪猪、野兔，这时都躲进了山洞或跑到了别的山头，消失得无影无踪，把时间和空间让给作战的人。

打头阵的是二连。肖叶营长亲临一线指挥，部队无法像平原上一样发起跑步冲锋，面对陡峭的山坡、茂密的树木以及绊脚的豆豉藤和杂草，红军战士有的在前头开路，有的举枪射击利用树干躲避子弹，一步一步地向上推进。这一台峰和二台峰一样，越靠近地势越险峻，也就越难突破。土匪们眼见红军火力猛烈，但伤不到他们，又寸步难进，就大声地对红军喊叫：

"红军老弟，回去吧，别来送死！一台峰你们是攻不下的。看到了吗？我们已经打死了你们很多人，你们却伤不了我们一根汗毛。再进攻，你们只会全部死在这里！"

喊叫的人是伍牛。这个土匪之所以如此傲慢，是因为他眼下确实占据了一些主动优势，让红军战士死伤了好几个人。此外，他也想通过给土匪们鼓劲，趁机表现给他的主子看，让站在他身后的人瞧瞧：他和蜡烛山来的弟兄都不是孬种！

经伍牛这么一吆喝，谢六斤也跟着鼓噪起来。他们五虎谷的人都还在，且都在阵地的前线。既然郭将富把他们推上了前线，他们也没有别的选择，就只能狠狠地打红军。谢六斤叫嚣道：

"红军老弟们，你们都是外地客，何必来这里送死？现在退下去还不迟，把百十斤骨肉带回老家吧，别做外乡鬼！"

土匪们的疯狂挑衅，把二连战士气得直咬牙。可眼前的地形又让他们有劲儿使不上。正在战士们愁眉苦脸之际，忽然，头顶上飞过一颗子弹，精准地射中了谢六斤的头颅，那张讨厌的嘴永远地闭上了。

"六斤、六斤，你怎么啦？"伍牛见他的好兄弟中弹倒地，一边喊叫一边跑过去扶他。可刚到身边，他也受到了一样的"礼遇"，那粒金黄的"花生米"从他的耳朵穿过。伍牛无力站稳，摇摇晃晃地倒在了谢六斤身旁。其他土匪看到两个头领突然死了，一个个吓得魂飞魄散，无心再战。有的大喊，有的停下射击，有的干脆往后跑，只有距离前线较远的十多个人还在抵抗，却被飞来的子弹，一个个蜻蜓点水般杀死了。土匪阵地上群龙无首，顷刻间大乱起来。

刚才被战情困扰的肖叶营长和二连连长正在商议如何突破敌人阵地，没想到战机突然逆转，一台峰上的枪声停止了。

枪声只停了一会儿，向后撤退的土匪没退几步，就被后面的枪口顶了回来，有几个不想回来的土匪立刻被击毙。击毙土匪的人是郭将富。郭将富在第二道防线上，这里由赵重防守，他可以清楚地看到一线的人作战，但看不到红军，因为红军是从悬崖下面向上进攻的。郭将富看到了伍牛、谢六斤率领着他们的队伍和红军打斗，也听到了两人在阵前的动员，他很满意。两人被打死的情景，郭将富也看到了，他很痛惜。在这个紧要的关头，这两人死了，他们的人没人指挥就会害怕，就想撤退。但郭将富不会让他们撤退，这道防线如果守不住，第二道防线就更容易失守。

"应该让二线的人突击到一线打，不能在二线等。"

"对呀，我怎么就没这样想？"提醒郭将富的是一个女人。郭将富来不及感激女人，立即命令赵重向前推进。赵重不敢迟疑，一个挥手、一声喊叫，就把自己手下的七八十个人压到了阵前。那个给郭将富临危献计的女人是谁？赵重的人能否与红军相持作战？下文说。

第三十七章

咱家来自九仙山

提醒郭将富的女子不是别人，正是郭将富的夫人吴霜。

平时，吴霜和土匪们搅在一起，学射击，练拳脚，学到了一点儿武艺。她寸步不离地跟着郭将富，一则是为了享受山寨"第一夫人"的风光，二则是可帮助郭将富出出点子。她让郭将富把土匪们推到第一道防线作战，既是当下战况的需要，又帮了郭将富。

吴霜的建议果然奏效了。土匪们的增援，让红军就要撕开的口子立刻关上了。红军非但没能突破防线，还牺牲了多名战士。但土匪们只嚣张了一会儿，赵重这时还在心中嘲笑伍牛和谢六斤居然被山下的子弹打中脑袋，没想到自己也遭遇了同样的命运：一颗飞出枪膛的小小子弹，毫不客气地从他的太阳穴钻进脑袋。赵重没叫喊一声，平时"嗷嗷叫"的他，此时却"低调"得让人难以置信。

赵重想说话，可他无法再发出声音了。土匪的阵地上乱哄哄的，失去了领头人的其他土匪，无法再集中心力、火力。红军趁机发起冲锋，一举突破了土匪的防线。

这一切，站在远处的郭将富看得清清楚楚。这个杀人不眨眼的土匪头子忽然害怕起来，健壮的身体感受到了如严冬一般的寒冷，颤抖了几下。

"哥，咱们快走吧，不然就死在这里了！"吴霜把在发蒙的郭将富喊醒，紧拉着他的手，像牵着牛一样往后走。

郭将富清醒了，但脑海里还是伍牛、谢六斤、赵重这几个挥之不去的身影。他在想，那么多的兄弟不到一天的时间都死了；自己花了几年时间组建起来的队伍，一天之内就损失了一大半；还有这二台峰、一台峰占据天险，怎么就这么轻易地被人拿下？这到底是红军太厉害，还是我们太无能？

"哥，眼下只有保命要紧，我们赶快离开一台峰。"吴霜边走边说。

郭将富没时间想了，被吴霜拉着跑，没过一会儿，他们的身影就消失在一台峰上。

红军部队像潮水般涌上一台峰，土匪的防线彻底崩溃，完全丧失了抵抗力。土匪们死的死，伤的伤，投降的投降。

"土匪们可能躲在暗处等着我们。为减少牺牲，所有部队交替前进，循环打击。"

肖营长认为，土匪还有力量，可能躲在某处准备向红军开火，负隅顽抗。但部队占领一台峰后，没有遇到任何抵抗，也没看到一个人。

红军审问被俘的土匪后得知，还有七八十个土匪，从后山小路跑了。

"郭将富呢？也跑了？"肖营长问。

"郭将富和他老婆都在我们背后，一定是他们带着人跑了。"被审问的土匪说。

"他们跑不掉的。"肖营长命令一连清理一台峰土匪营地，二连、三连追击。经清查，一台峰储存着比二台峰更多的食物，有大米、猪肉和蔬菜无数，只是没有枪支弹药，可能是枪支弹药已经都被土匪用上了，或是被逃跑的土匪带走了。

栀子、曹梅和董美娣随一连行动。一连代连长王陵向肖叶报告："营长，您知道一台峰能够这么快拿下，是为什么吗？"

肖营长说："王陵，你小子当了不到一天的代连长，居然考起我这个营长了？告诉你吧，是土匪的几个头目被最先打死了，土匪们没头儿了，一时大乱，我军趁势攻击才夺取胜利。"

王陵说："那么，营长你知道是谁打死了那几个土匪头目吗？"

肖营长说："是我们的战士啊，可能是二连的战士吧。我还没来得及了解，他的枪法很准，应该记功。你小子这样问，该不会是你们一连的人怕漏了功劳吧？我记得　连在后头啊！"

王陵说："营长，错啦，不是我们一连的战士，更不是二连、三连的人。"

"那是谁呀？你小子别拖时间了，快快告诉我，我们还要追土匪。"肖营长说。

"是在二台峰上立下大功的栀子、曹梅和董美娣三个姑娘。"王陵说。

"又是她们？"肖营长既兴奋又严肃地说，"她们当时不是在后面吗？"

王陵说："是。但她们又赶到了前面，'飞'到了树梢上。"

"树梢上？"肖营长惊讶地问，"她们是鸟吗，能站在树梢上？就算能站在树梢上，又如何上去的？不对，就算她们能上去，又如何能站在树梢上？

栀子在哪儿？还有那个曹梅和董美娣在哪儿？快把她们叫来，我要问问。"

"我们在这儿呢。肖营长，这回我们可没犯纪律吧，别大呼小叫的，难道你又要批评我们吗？"栀子像变戏法似的出现在肖叶面前。

肖叶目不转睛地看着栀子，过了好一会儿，又把目光移到曹梅和董美娣身上，看得几个姑娘的脸上都露出了羞涩的表情。栀子不舒服了，张开不饶人的嘴说："肖营长，要看你去看温七妹，别对我们几个虎视眈眈的，我们胆小。"

"我的姑奶奶，你会胆小？你们几个会胆小？"

"是呀，我们都在发抖。"

"你们会发抖？你们都能站在树梢上，还会发抖？你们是怎样站在树梢上打土匪的？我想知道，我要给你们记功。"肖营长说。

"哦，就这件事呀。这是九仙山的功夫，祖传的，不能外泄。"栀子假装一本正经地说。

"哎，我们是红军，需要这样的功夫。我们又是一家人，一家人还保密吗？你就说说，或者再表演一次，让大伙儿开开眼。"肖营长恳切地说。

"其实，肖营长要是想知道这个功夫也可以，我可以示范给你看。这门功夫叫'鼠功'，松鼠的鼠。很简单的，就是像松鼠一样，快速地上树，快速地在树上穿梭。在行动中要做到像松鼠一样灵敏，像飞鸟一样轻松。"栀子越说越玄乎。

"那就请栀子姑娘表演一下，让我们见识见识。"肖营长说。

"其实，肖营长应该叫七妹表演，她做得比我好。"栀子说完看了一眼肖营长。

"七妹不是不在嘛，这里正好有树，你就给大家表演一下呗。"肖营长故意逗栀子，完全不相信栀子有那等功夫。

"栀子，就让我们饱饱眼福吧。"王陵恳求道。

"那好吧。"栀子向曹梅、董美娣使了个眼色，三人同时行动，各自找到一棵长满绿叶的黄叶栲，然后站在树下，紧了紧衣服，像松鼠上树一般"嗖嗖嗖"地爬上去了，完全不像平常人上树时需要抱着树，一步一蹭有节奏地往上爬。三个人在不到一分钟时间里就爬到了枝杈上，此时距离地面足有两丈高。三人同时缩起身体，钻入绿叶里。由于黄叶栲枝叶茂密，她们站在树上，下面的人几乎看不见。几个姑娘攀着树枝，爬到了枝杈的末端，直到不能再往上爬。她们不是鸟，确实不能站到树梢上，可她们能站在树的最后一个枝杈上，让人们难以发现，而自己又能透过树叶的缝隙，看清楚别人。此时，三个姑娘把击杀伍牛、谢六斤、赵重的情形又演示了一次。瞧，随着三声枪响，放在五十米外屋檐上的三只碗就"碎碎平安"了，碎片落到了地上。

突然响起的枪声让站在地面上的肖营长和战士们都震惊了一下。他们没想到树上真有人开枪，更没想到她们的射击目标是那三只碗。肖营长在想：三只碗是几时放置在那里的？没人看到她们事先有准备呀。因为栀子和肖营长说完话，她们就立马上树了。三个人都没时间去拿碗。众人在赞叹她们天才功夫的同时，也在猜想那三只碗是如何被放到屋檐上的。

其实，那三只碗是王陵放的。她们的功夫是真的，虽然做不到站在树梢上，但是她们能把头从枝叶间露出来。她们的射击也非常精准，在摇摇晃晃的环境下，击穿了三个土匪的头颅，又击碎了那三只碗。

肖营长拍了拍脑袋，想用他所掌握的所有形容词来赞美三个姑娘，他觉得她们是世上最美的人！

"肖营长，去追击土匪呀，趁势将他们一网打尽。"栀子说。

"用不着咱们了，逃跑的土匪今夜就能全部落网。"肖营长自信地说。

"哦？"

当天夜里，三台峰剿匪之战果然成功收网。从一台峰逃跑的八十多个土匪，除匪首郭将富夫妇外，全部被俘。

原来，在一营进攻三台峰时，刘团长就悄悄部署二营、三营同时进入三台峰，潜伏在一台峰山下，对一台峰形成绝对包围态势。这个作战方案是欧阳女提出的，因为此前欧阳女带着她的姐妹对三台峰进行了几天的侦察，掌握了三座山的地形地貌，也了解了进出山的道路。刘团长采用了欧阳女的方案，"一攻""二围"，只一天一夜时间，就将三台峰的土匪歼灭。遗憾的是，匪首郭将富再次逃脱了。

翌日，鼓镛县召开庆祝大会，有千余群众参加。会上，县苏维埃临时政府副主席金石峰介绍了红军和九仙山游击大队剿匪的情况。金石峰说："鼓镛县历来匪患严重，由于国民党政府无能，土匪势力不断扩大，乡村民众苦不堪言。如今，鼓镛县的罗洪彪、郭将富两股土匪势力已被连根拔除，标志着鼓镛县剿匪取得重大胜利！剩余的土匪不过是散兵游勇，不日苏维埃政府将协同红军和群众·起将其清扫，根绝匪患！"

"红军万岁！"

"苏维埃万岁！"

在场的群众喊起了口号，许多人都落下了欣喜的眼泪。大家欢呼着，也希望红军能够永远留在鼓镛县，更希望苏维埃的红旗能够屹立不倒！

红军团长、县苏维埃临时政府主席刘宗宣布表彰九仙山游击大队，特别是欧阳女、温七妹、栀子、曹梅和董美娣五个人，她们在两次剿匪中立下了头功。会后，她们五人同时加入中国共产党，成为无产阶级先锋队的一分子，入党介绍人是金石峰和刘宗。

接着，红军和苏维埃花了一个月的时间对金溪上游的金棚寨、银棚寨等十几处小股土匪势力进行扫荡。鼓铺县地界上第一次出现了没有匪患、耕者有其田、没有反动政府欺压的局面。天空晴朗，金溪清澈，老百姓笑逐颜开，数百名青年报名参加红军。欧阳女也要求把她的姐妹编入红军队伍，但刘宗团长说九仙山游击大队暂缓编入红军。金石峰支持刘宗，欧阳女见县苏维埃政府的两个主席意见一致，就不再要求。可是，栀子和温七妹等姐妹不同意。栀子带头"发难"，问道："凭什么不让我们参加红军？红军队伍是不要女人，还是不要能打的人？"

温七妹说得更难听："我们九仙山的人能够在一个早晨灭了铜棚寨，能够活捉罗洪彪。在此次三台峰剿匪大战中，我们在一台峰、二台峰上都显了身手，为什么不能参加红军？红军是不是只收脓包不收战士？"

曹梅、董美娣也嚷嚷着要比武参军，想不通刘团长为何不要她们。

肖营长不解其意，希望九仙山的姑娘们加入红军队伍，又去找刘宗说道说道。杜鲁听说不收九仙山女子，也带着伤痛找到刘宗问："她们比我们还勇敢，还能打仗，为什么就不要她们？难道我们红军不希望强大？"

刘宗怒了，说："好你个肖叶、杜鲁，我难道是嫌弃她们吗？暂缓让她们入伍，我自有考虑和用意，姑娘们在抱怨，你们还火上浇油，一边去！"

肖叶、杜鲁不敢再吱声。两人都不理解，团长为什么不要欧阳女和她的姐妹？将这么优秀的人拒之门外，这一定会是红军队伍的一大损失。刘宗说："这是为了巩固苏维埃政权的需要。"

温七妹还是想不通，对欧阳女说："他们不要我们，何必待在这里？咱们回九仙山，自己干！"

栀子说："他们是'卸磨杀驴'。土匪剿灭了，不需要我们了。"

"不是说刘宗还没娶妻吗？八成是他厌恶女人，咱们就别在这讨人嫌了。姐大，回九仙山吧，过咱们的自由日子。"曹梅说。

"放肆，你们几个都是党员了，怎么能这么没规矩？不服从组织命令、背后发牢骚、说怪话、贬斥领导，这是纪律所不允许的。欧阳，组织她们学习《共产党宣言》，如果认识不到自己错误，提高不了觉悟，就取消党员资格。"

几个女孩自从认识金石峰，还没见他如此发火过，意识到她们的话真的说重了。

欧阳女当晚就组织她们开会学习，并严肃地批评了温七妹、栀子和曹梅。金石峰再次批评说："大家在入党时就宣过誓，个人要坚决服从组织，遵守纪律，为共产主义随时牺牲自己。才过了几天，难道你们就忘了？或许原本你们就没打算这样做？不就是暂时没编入红军队伍吗？假如真要大家牺牲，你们是不是要拔枪杀死刘团长或金石峰，或其他哪个领导？这是相当严重的组织观念和纪律观念的问题。"

"金大哥。"

"叫金石峰或者老金同志，这是党员会，不能用私下的称呼。"金石峰说。

"是，金石峰同志，"栀子说，"我没想到，当时冲动的几句话，把金大哥气成这样……"

"打住。栀子，不是把我气成这样，而是你犯纪律了，说了不信任组织、不尊重上级的话。还有刚刚讲了，党里头开会称呼名字或同志，怎么还叫'金大哥'？"金石峰说。

"错了，错了，我今天一直犯错，欢迎金石峰同志、欧阳女同志批评我，狠狠地批评。我今后一定不说怪话，不发牢骚，遵守纪律，服从组织。"栀子在会上认真地自我批评，随后温七妹、曹梅、董美娣也深刻地批评了自己，提高了认识。金石峰再次发言："你们九仙山的八个同志，虽然都是女子，但是个个能征善战，英勇无敌，刘主席非常赏识，把'九仙女子护身队'改编成'九仙山游击大队'是革命发展的需要，是队伍壮大的象征。大家一个个武功高强，但对党的理论知识、革命知识的了解还很少。因此，你们要努力学习，提升自己，没有文化、没有革命理论知识储备和革命觉悟的人，只能算是莽夫。"金石峰把两本红色书皮的小册子交给欧阳女，让她组织大家经常学习。

金石峰说："我们的红军，是从井冈山发展起来的。咱们刘团长带领的这个团，就是从江西入闽后打进鼓镛县的。如今赣南、闽西一带革命斗争如火如荼，革命队伍不断壮大，革命烈火正在燎原。但斗争形势仍然很严峻。国民党不想让革命和红军发展，正在想各种办法消灭红军和共产党。就咱们鼓镛县而言，也并不会长久太平，因为有国民党在，他们的军队、他们的政府就在，他们还会来找我们的麻烦。像周志群、胡瓢，他们只是逃离了鼓镛县，随时可能回来。我们共产党、红军的任务是要打倒国民党，推翻他们的统治，消灭地主阶级的压迫、剥削，这样穷人才能真正翻身，老百姓才能真正过上好日子。"

"金石峰同志，您是大夫，我是病人。刚才您的话就是药，我服下后立即见效，心中豁然明亮。我表态，今后绝对遵守纪律，服从领导，做听话的革命战士。"平时说话少、只知埋头干事的温七妹听了金石峰的话后，信誓旦旦地说。

"好，只要七妹、栀子这两头'牛'不乱跑、乱窜，九仙山游击大队一定能在正道上奔跑不停。"

"金大哥，哦，不对，金石峰同志，您客气点儿啊，我们俩怎么就成'牛'了？"栀子抿着没笑的嘴，瞪着金石峰问道。

　　金石峰也"怒目"而视："难道不是吗？"

　　一阵沉寂之后，现场突然爆发出欢快的笑声，这笑声是多么的爽朗、纯真。

　　事后，金石峰对欧阳女说："欧阳，我有话和你说。"

　　欧阳女看着他，故意装蒙，笑着说道："你不是说了半天话了，还没说完？"

　　金石峰也笑着说："藏在肚子里的话就像天上的星星，数不完，也说不完。难道你对我无话可说？"

　　欧阳女没有立即回答，只是两眼傻傻地看着金石峰，那情形就像是刚认识他，又像是五十年没见了一样，要在他身上找出点儿与以往不同的东西。

　　金石峰被她看得尴尬起来，说："如此看一个未婚青年，你就不怕人说闲话？"

　　"扑哧！"欧阳女没忍住笑，说："怕说闲话的应该是你吧。咱家来自九仙山，一个出家女子，在这城里没一个亲人，没几个熟人，谁会说我闲话？而你就不一样了，祖籍鼓铸县，家居老街，教书匠出身，桃李满天下，又曾经是买卖人，客商遍布城乡。现在又是堂堂的苏维埃副主席，你那张脸是老少都晓，妇孺皆知。"欧阳女说完，又"咯咯咯"地笑了起来。

　　"欧阳，你这张嘴呀，就是能说。"

　　"怕了？"

　　"怕？那倒不至于，你的嘴再能说，总不会吃人吧。"

　　"未必，咱家可是来自九仙山哦。"

　　"哈哈！"两人说说笑笑，漫步在鼓铸县的南街上，不远处就是金石峰的家。欧阳女之前去过一次，在街头的几间低矮的瓦房里头，有两个年过半百还在为一日三餐忙活的人，他们就是金石峰的父母。这对老人可喜欢欧阳女了，总是催促儿子早早把她迎进金家。此时，金石峰领着欧阳女向家里走，就是想了却自己与父母的心愿：向欧阳女"摊牌"。"摊牌"的结果如何？欧阳女愿意嫁给金石峰吗？下文说。

第三十八章

以硬碰硬谁怕谁

金石峰与欧阳女的婚事如何？后面再叙，先说一下国军旅长周志群吧。

红军入闽后进军鼓铺县，红三十六师主力的两个团从南面驰骋而来，在铁岭关遇到周志群手下的一个团的阻击。红军奋战一天，攻破铁岭关，全歼敌团，又经过一天一夜，到达鼓铺县县城南门外，对鼓铺县形成压迫态势。而此时，红三十六师的另一个团，也就是刘宗所在的团，从鼓铺县北面进军，在杨家岭遇到汪照率领的另一个团的阻拦。刘宗用计，再走几十里山路，绕开杨家岭，在通往鼓铺县的路上设伏，将奉命回城增援的汪照团打得溃不成军，汪照带着残兵二百多人逃走。周志群一周内损失了两个团，又遇红军大军压境，自觉鼓铺县难保，领着一个连逃跑出城。县长胡瓢见势不妙，也带着家眷和情人弃城出逃。红三十六师解放鼓铺县后，留下一个团，即刘宗所率的团，发动群众，进行打土豪、建立苏维埃、灭残敌、剿匪等革命斗争。红三十六师其余部队转战别处。

周志群失守鼓铺县，被革职查办，关押在狱中。周志群每日每夜都在怀念他在鼓铺县时的情景：无人之下，万人之上；手上有兵，囊中有银；吃着山珍奇味，睡着美女佳人。闲暇时，他还会划小船畅游金溪，那日子过得与神仙相比也不差。现在自己变成阶下囚，有苦难说，无人过问，度日如年。

但周志群清楚，他不是故意丢失鼓铺县，上峰也没把他送到军事法庭，只是停了他的职，让他闭门反省。时下"党国"正在围剿共产党和红军，并倾尽全国兵力在闽赣战场与红军厮杀，结果却都是损兵折将，败北而逃，红军反而越战越勇。周志群心想：连大本营都对红军没办法，何况我乎？他不服，找上司评理、喊冤，无人理他时，他就叫骂："你们说我不行，难道你们行？既然你们行，为什么不把共产党铲除了，不把红军灭掉？闽地的红军是从赣地流窜过去的，这个责任又由谁负？"

周志群与其他的国民党官员一样，"上头"也有自己的人。他们让周不要乱喊，更别指桑骂槐，如果让居心叵测之人捡了话柄，日后就不好出山了。周志群听话，从此沉默少言，静观变化。他坚信自己总有东山再起的一天，因为"党国"需要人。

果然，八个月后，周志群官复原职，回归旅长的位置。

上峰给他的复位文件上说："虽恢复旅长，可兵员无法补齐，尔可自行招募新兵。如缺干部，上头可根据实情补配。"

周志群看到文函又大骂起来："尽是些只会吃喝的蛆虫，一点儿也不知道下层的难处。"

副官朱正听闻周志群复官，立马跑来找他。朱正自从周志群被关押起来，也没好日子过。因为丢了鼓铺县，朱正被弄到别的部队当了一个毫无职权的连级参谋，有一肚子的窝火又不敢发泄，怕这个小参谋的职位也被撸了，因而只好忍着情绪，期待有一天能再出头。现在，他终于等到周志群出山。朱正对周志群说："咱们算起来还有一个团的人，汪照那个团虽只有二百多个人，但框架尚在。旅座，咱们就用这点儿家底发展，红军也是从无到有建立起来的，咱们也一定可以。"

周志群说："重新夺回鼓铺县，就现在这点儿人，行吗？"

朱正说："大本营让我们自己招兵买马，咱们可学红军，先招兵，待兵强马壮了，就可拿回鼓铺县。"

周志群"下野"后，在武夷山下的一个营地里反思。他的残部被调到赣北，充实到别的部队"剿共"去了，半年时间里又死伤近半，所幸补充了新兵。如今他们回到身边，周志群几乎不认识自己的士兵，对于下层军官，他也只认得七八个。他的得力干将只有朱正和汪照了，周志群看着不免心寒，心想：这样一支队伍，能收复鼓铺县？

朱正看出周志群的心思，说道："旅座，当年岳飞出山时，也只带着汤怀、王贵几个小兄弟，后来才发展成所向披靡的'岳家军'。别看红军现在有数万之众，可几年前毛泽东在井冈山只有几百人，他们能闹出名堂，咱们为啥不行？"

"对呀，旅座，咱们现在比当年的毛泽东强多了，起码还有上千人的队伍，又有上头提供给养，怕什么！如果旅座同意，让我率一个营打头阵，一周内打进鼓铺县。"汪照说完，在周志群面前重重地拍了两下胸脯。

"你？你忘了杨家岭了？若不是你放开鼓铺县的北大门，我能灰溜溜地离开我经营多年的鼓铺县？你太辜负我啦，汪团长！"周志群说这话的时候并不看汪照，他沮丧的表情不亚于打了汪照一记耳光。

汪照不敢再言，缩着头站在朱正身后。

两天后，周志群得到一个好消息：军部从别的部队调了一个团，归属周志群。周志群高兴极了，当日召集营以上级别的军官开会，将部队重新调整，编成三个团，其中一团、二团各七百人，三团只有六百三十人。按兵力，两千人只能组建两个团，但周志群认为，至少也要有三个团才像一个建制旅，兵员虽少，但框架要有，以后再增兵添将。周志群的意见得到军部的支持。

朱正说："咱们有三个团，就是成建制的旅，外人不敢小觑。"

虽然旅是建制旅，但团是残缺的，每个团只有两个营。

看来是周志群命好，还没开始招兵，军部又给了他一千多个人。其实，"招兵买马"对于周志群而言，就是自我安慰，他周志群能招到啥兵马？国民党政府除了抓壮丁，又能招到啥兵马？这一千多个人是国军在战场上吃了败仗、失去"爹娘"的散兵，军部把他们重新集合后又重新安排地方。

兵齐了，将呢？周志群等于重新组建一个旅，旅下面的团长、营长的人选是最关键的。可三个团长中有两个是军部任命的，他只能推举一个。他原来的几个团长里，炮正死了，又调走了一个，当时让汪照代理团长，却没"代出"一点儿名堂，把上千人丢在了杨家岭。周志群觉得这厮只能拍胸脯，带着人冲锋，当团长还是欠些智慧。可眼下无人呀，若再向军部要人，三个团长都是外来的，好使唤吗？周志群权衡利弊，没向上面要人。朱正请求担任团长，到一线指挥战斗。周志群以自己身边需要能者为由拒绝了他的请求，他知道朱正纸上谈兵，其人如马谡，若让他领兵，将处处"失街亭"。挑来选去，他还是用了汪照，起码这厮还算忠诚。周志群心想：就把他当坦克用吧，做开路先锋。

补齐兵员，配齐干部，周志群的神气又回到了当初。他对团、营两级的下属们说："红军当时拿下鼓镛县，只用了三天时间，咱们这次把它夺回，用十个三天行吗？"

汪照坐不住了，站起来说："旅座太长他人志气，瞧不起自己了。不要十个三天，只要十天，我军就可饮马金溪，重回鼓镛县。"

周志群说："我说的三十天，包含二十天训练的时间，咱们的部队新组建，士兵涣散，不集训半月到二十天，能协调一致作战吗？剩下的十天，我们从这里出发，直到占领鼓镛县。"

汪照说："用不着训练二十天，只需五天便可统一动作，余下的五天行军打仗，定可消灭鼓镛县红军，摧毁那个所谓的苏维埃。"

一位名叫孙干的新团长说："既然旅座要用二十天时间训练部队，不妨就这样做吧，磨刀不误砍柴工嘛。"

"孙团长打仗，难道不晓得'兵贵神速'？既然要打，就不要磨磨蹭蹭。打仗就是最好的训练，何必把时间浪费在操场上。旅座，鼓铺县的地形我熟悉，就由我们团来打吧，保证十天，让您在金溪酒楼上饮酒高歌。"汪照拍着胸脯说。

孙团长见汪照如此自信，自己对鼓铺县又不熟悉，就不再说话。

周志群的三个团中，汪照带领的是一团，孙干带领的是二团，三团长贾森和三团大多数士兵都是拼凑起来的。贾团长久经战场，有胜有败，指挥起来也是得心应手，因为下级军官都是他熟悉的人。不过眼前的情况是：三个营长才认识一天，下面的连长、排长们也都是陌生面孔。所以，他不敢像汪照那样说大话，因此他的态度是，周志群如何部署，他就如何执行。

周志群既然用了汪照，也就不再揭他的短。对于如何使用他，周志群心中自有一杆秤，绝不会全听汪照的狂言和鬼话。"好吧，部队集训十天，十天后我宣布进军鼓铺县的方案。"周志群这样的安排算是采纳了汪照的建议，也是对自己原先计划的调整。

军部已经催得很紧，要周志群尽快夺回鼓铺县，周志群不敢再耽搁。十天后，他下达作战命令：一团从鼓铺县北面进攻，从北门攻进鼓铺县，由汪照单独指挥，朱正督战；二团、三团从南面进攻，从南门打进鼓铺县。两股力量两面夹击，消灭在鼓铺县的红军，摧毁苏维埃，重新夺回政权。周志群随二团、三团行动，并亲自指挥。

乍一看，周志群此次攻打鼓铺县与当时红军攻打鼓铺县的作战方案如出一辙。当日红军进攻，就是兵分两路，红三十六师主力从南面挺进，刘宗带领一个团攻打北门，且一举拿下。今日周志群如此效仿红军，是因他无计可施，学习红军的套路，还是因他迷信红军如此部署一战就赢，国军也一定能行？当然不是。周志群如此安排，是和朱正反复商量后定下的，理由是：红军在鼓铺县只有一个团，如果让其集中兵力，凭红军的战斗力，以及天险铁岭关和杨家岭，国军即使派出一个旅也难以突破。国军分两路进攻，红军就要分兵防御，一边只能分出半个团，半个团的红军对付国军一个团或两个团的正面进攻，这难度不言而喻。所以，周志群此次的部署与红军的作战思路只是巧合。

周志群已经侦察到红军没有力量支援鼓铺县，仅凭刘宗一个团的人是绝不能守住鼓铺县的，他认为自己只要大军出动，挨近鼓铺县，红军就会吓得屁滚尿流。

"哈哈哈！旅座分析的是，此时攻打鼓铺县正是时候，一定能雪当日之耻辱。"汪照又在孙干、贾森两个团长面前煽情地说："二位贤弟可知鼓铺县是个啥地方吗？她就像一个待字闺中的女子，外界没有多少人知道，可当你一见到她，你就收不住眼神，迈不开腿啦。鼓镛县虽然偏僻闭塞，但是美女却多。鼓镛县还有一条极其美丽的金溪，像女人扭动的身体，匍匐在那片青青绿绿的土地上。清清的溪水从鼓镛县的中间流过，岸边有古朴的房子，也有城楼、门楼、吊脚楼。繁忙的水门渡口，两只渡船一来一往，将年轻漂亮的女人载到北岸，又载到南岸，那是多么迷人的一道风景啊！哈哈哈……"

"渡船只摆渡女子吗？"孙干故意问道。

"一定是汪团长眼里只有女人吧？哈哈哈……"贾森说完大笑。

汪照道："那是个山美、水美、人也美的地方，二位到时候自己看。我汪照从戎十多年，就青睐那片土地，忘不了那里的女人，哈哈哈……"

孙、贾二人被汪照撩拨得的心都飞到鼓镛县去了：那地方若真是美人如云，也不枉自己这回辛苦征战，到时再多弄点儿银子，养几房姨太太，甚至就此扎根在那里，也未尝不可。

周志群明知汪照是胡说八道却没点破。他看出来这孙、贾二人都是好色之徒，汪照这么一说，就把他们俩的欲望激发起来，魂都游到鼓镛县去了。周志群心想：也好，这或许能激励他们去拼死，拿下鼓镛县就有美人呀！

再说金石峰，他领着欧阳女往家里走，两人说说笑笑，在那条老街上走了一个时辰。两人到家时，二老已经吹灯上床了。听到金石峰回家的声音，金母起来点燃刚熄灭的油灯，黑暗的屋子霎时明亮起来。金母起来后又拿出在锅里温着的饭菜。这是她习惯做的一件事，只要金石峰没离开鼓镛县，她就会给他留着饭菜。金石峰一回来，她就亲自把饭菜端到桌上，并放好碗筷。他几乎没赶上过家里吃饭的时间，金母怕他吃冷饭菜，就只好在锅里给他留着。灶里因存有用柴烧的火堆，在无风的情况下，用火铲将里头的柴灰铲起，对火堆稍加覆盖，就可保持锅里的饭菜几个时辰都热乎乎的。金石峰虽然没能赶上家里的吃饭时间，但是他也从没吃过冷饭。

"娘，您就别起来了，饭菜我自己会拿。"金石峰说。他很心疼母亲。

"我还没睡，起来一下。你每天总是这么晚回来，是不是事情做不完啊？那个欧阳怎么样了？最近她也没上家里来，该不会人家不理你了吧？我早就说快把她娶回来，你总说没到时候，要到啥时候啊？你都二十八岁了，再这样下去，人家都嫌你老了。"

"娘，我没嫌他老。别说他，您也不老呀！"

金母一抬头，双眼透过玉米色的灯光看到欧阳女站在门边，这才意识到刚才不应该说那几句话。她走到欧阳女身边，表情有些腼腆地说："哟，闺女，你来啦？坐，快进来坐。"金母一边说着，一边用手从八仙桌旁拉出一条五尺凳，放稳了之后又对欧阳女说了一句："闺女，坐。"欧阳女的突然出现，让她有些慌乱。

金石峰起早贪黑，这在金父眼里是常事。每当这个时候，他是不起床的。今天听到欧阳女来了，这位父亲没心思睡觉，也不好装睡赖在床上，一下子掀开被子，像遇到急事一样下床、穿鞋，走到外屋，对欧阳女笑着说："闺女来了？石峰也不懂得早些回来，或者捎个话给我们，让家里买几个菜给闺女吃。"金石峰的父亲与母亲一样，都称欧阳女为"闺女"。

"爹，石峰他白天很忙，您和娘都不要介意，欧阳女不计较吃，有粗粮、腌菜填肚子就可以。"

两位老人看到未来儿媳妇如此善解人意，尚未过门就喊他们"爹""娘"，心里热乎乎的：欧阳真是个好闺女，听说她很有本事，人又长得不是一般的好看，咱金家和石峰太有福气了。

金父和金母一人烧火，一人掌勺，把锅灶弄得"乒乓"响。欧阳女有些过意不去，走到母亲身边说："娘，何必再做呢？您不是给石峰留有饭菜吗？我们俩分着吃点儿就行了。"

"不够，一人份的饭分两人吃，哪能够吃饱？娘煮碗粉干，煎儿个荷包蛋给你吃。"金母微笑着说。那笑意是从心底里散发出来的，欧阳女看得出她很乐意这样做。

"娘和爹都睡了，还披衣起床给我做吃的，我吃了也不好受。"欧阳女对二老说。

"闺女别这样说，我在家里也就洗洗衣裳、做做饭，不管啥时候做都不累，你别觉得不好意思。"

"娘，石峰有您真幸福！"欧阳女从眼前这对长辈的身上，仿佛看到了自己的父亲和母亲，心里想：我怎么就这么苦？要是有他们在，我何必要上九仙山？没有我，后来的姐妹们也不会跟着我在山上吃了这么些年的苦。今晚，她触景生情，沉淀在心里的往事如潮水般涌起，她恨那短命的赵家父子，虽然他们后来死在了舅舅的手上，但那是他们罪有应得。若不是他们害死了爹娘，舅舅怎么会下手？舅舅一家又怎么会失散？想到这里，欧阳女担心起舅舅他们一家：他们究竟去了哪里？在这个黑暗的世界，他和舅母又能在哪里平安地生活？四年过去了，他们仍然杳无音信，欧阳女不敢想他们是否还活着。可怜的表妹罗罩，因为思念父母，始终生活在痛苦的煎熬中，只有跟着欧阳女闯荡的时候，才能暂时放下痛苦。一有空她总是想起父母，说起父母时，眼里也都是泪水。

"娘，看看有没合适的小伙子，我想给我表妹物色个婆家。"欧阳女忽然说。

金母把一盆热气腾腾、拌有香菇和葱花的粉干，端到了桌子上，又拿好碗筷。她对欧阳女说："来，先吃晚饭，吃饱了我就帮你表妹找婆家。"

看着刚做好的晚餐，欧阳女再瞧了一眼眼前这位未来婆婆，她朴实、勤快，说话时柔声细语，就像自己的母亲。她忍不住就要落下泪来，但她又克制住了，转身擦了一下双眼，回头向金母笑了笑。

这个笑容，金石峰和金母都看到了，但他们都不知道欧阳女为什么会这样。为了让她高兴，金石峰立马接着她刚才的话说："给罗罩找对象，哪用得着母亲，交给我吧。"

"交给你？你能找谁呀？"欧阳女看着金石峰说。她的眼神告诉他，她想立马知道。

"伍子华呀。伍子华可配罗罩。"金石峰还以为是在工作，布置任务，说话时也很轻松。母亲不认识罗罩，所以没有插话。欧阳女知道伍子华，但平时没往这方面想。经过金石峰这么一提，她把伍子华又在脑子里过滤了一遍，觉得他身上虽然有一些小毛病，但总体是好的，只要罗罩同意，伍子华也喜欢，就促成他们的好事。欧阳女问："伍子华会同意吗？"

"这小子正愁找不到对象，有罗罩这么好的姑娘，他能不同意？我还觉得他高攀了。"金石峰说。

"那你明天就问问伍子华，我也会和罗罩说说。"欧阳女说。

"可以。哎，把蛋吃了，你怎么不吃呀？来，快吃。"金石峰说着把剩下的两个荷包蛋夹到欧阳女的碗里。

这一夜，欧阳女和未来婆婆同睡一张床。两人轻声细语，说了好长时间的话，直到子夜过后才慢慢入睡。

第二天，两位老人几乎同时开口，问欧阳女啥时能够正式嫁进金家。欧阳女爽快地说："一切听父亲、母亲主张。"二老很高兴。金石峰心里像吃了冰糖一样甜蜜。

欧阳女和金石峰正准备出门时，团部通讯员急匆匆闯进来说："报告金副主席，团长通知您和欧阳大队长参加紧急军事会议。"

"知道了！"两人不敢怠慢，赶忙向一里之外的团部跑去。

红军团部，也就是县苏维埃临时政府驻地，此时已经人声鼎沸。会议室里坐着红军连以上的数十名指挥员，今天的会议是刘宗主席临时通知的。刘宗说：

"同志们，反动政权、反动军阀容不得穷苦百姓过好日子。咱们剿匪刚完，他们就来捣乱了。"

肖叶营长满腔激情地说："咱们生来就是打反动派的，没有闲命。闲久了，这胳膊肘会不灵活。下命令吧，团长！"

刘宗说："根据情报，敌人派出一个旅三个整团的兵力，气势汹汹地向鼓镛县扑来，要报当日之仇，消灭我们。"

"三个团？三个团咱也不怕！以硬碰硬谁怕谁？团长，你就说如何打呗，我们一连第一个上！"杜鲁的伤痊愈了，一听到战斗就激动了起来。

　　"对，团长下命令吧！上回让周志群跑了，这次定要生擒此人！"指挥员们都很激动。面对数倍于己的敌人，刘宗有何良策？红军部队将如何部署迎敌？下文说。

第三十九章

正欲出师连遭打

刘宗说："已经打探清楚了，敌人的两个团由南向北向我扑来，另外一个团由北向南向我施压，形成南北夹击之势。咱们绝不能让敌人的脚步踏进鼓镛县。我决定，利用铁岭关、杨家岭这两处天险拦截敌军，将敌人消灭在鼓镛县之外。具体部署是：二营、三营由我指挥，死守铁岭；一营、九仙山游击大队守杨家岭，由肖叶指挥。"

"团长，我们这样部署，兵力是不是太分散了？本来就敌众我寡。"有人问。

"没错，可敌人分两路来，我们不能只挡一路吧？"刘宗说。

"可能北面防守弱了点儿，一营加九仙山游击大队要对付一个团，能顶得住吗？"

"南面的担子也不轻呀，两个营打两个团。"

"可那里有铁岭关，比杨家岭更险。"

会上，大家你一言我一语地讨论着。

刘宗说："都是一个营打一个团，北边还多了九仙山游击大队。两边都是以少打多，这次是国民党军队，不是土匪，所以大家既要敢打，又要慎之又慎。咱们的口号是：打退敌人进攻，保卫苏维埃，决不让敌人踏进鼓镛县！"

"打退敌人进攻，保卫苏维埃，决不让敌人踏进鼓镛县！"指挥员们信心十足地喊道。

刘宗从一营抽出一个排给金石峰，让他负责"看家"。金石峰却说，他想多参加实战；他建议让廖焱、廖顺生一起留守，刘宗同意。

军事会议结束后，红军部队迅速行动。出发前，群众纷纷走上街头，大家知道周志群那家伙又要回来了，让人讨厌的胡瓢又要回来了，许多人对着天作揖，希望老天保佑红军，还有好多人在家门口点上香烛，祝福红军旗开得胜。

忽然，一个女子钻出人群，牵着一个七八岁的孩子，她是水娘。水娘径直走到金石峰身边，要求让她和九仙山游击大队一起走，她可以送弹药、背伤员。

金石峰说：“不行，你还有牧耕需要照顾。”

水娘说：“牧耕留在家里，有顺生照看。”

金石峰这才知道，廖顺生早就在关心水娘母子。陈三走后，廖顺生见水娘一个人在劳动上有困难，就经常帮她做些重活。水娘也不客气，从心里接受了他。如今，两人已经走到一起，就差一个仪式。城北村的人都看在眼里，都希望廖顺生能疼爱这个可怜的女人。金石峰因为不住城北村，加上工作繁忙，所以对此事一点儿都不知道，还是伍子华这个“多嘴”的人对他说了他才知道。金石峰听说后很是高兴，他心想：这样最好了，既解决了顺生的单身问题，又让水娘母子有了依靠，两全其美。

金石峰说：“伍子华参加行动，水娘协助廖顺生留守。待打退了‘山狗子’，我们一起给顺生、水娘搞个场面，让他们百年好合！”

廖顺生笑说：“我母亲已经酿制了两缸米酒，打完胜仗，大家都到我家来喝！”

其实，红军部队的背后还有很多群众在支持，他们大多数都是自愿加入进来的，想要为保卫苏维埃出力。他们没有枪，不能上一线作战，他们的任务是送子弹、送食物，把受伤的战士抬下来。水娘也是要求去做这份工作，金石峰之所以不同意，完全是因为考虑到牧耕没人照顾。陈三死了，牧耕必须平安长大，况且，廖焱、廖顺生也都在家中留守。

金石峰又对伍子华说：“你小子给我好好打仗，你若能亲手打死三五个‘山狗子’，我给你介绍对象。”

“真的？我的副主席兄弟，你可得说话算数哦！”伍子华喜滋滋地看着金石峰，又接着说，“不过，打死五个可能有点困难，如果人人都打死五个，那‘山狗子’咋够打？”

“那就算了。”金石峰扭过头去。

“别别别，我可以，我可以。我一定打死五个。”伍子华站到金石峰前面讨好地说，“是哪家姑娘？能不能先告诉一下我？让我打仗更有劲儿！”

“无可奉告，但我决不食言！”金石峰一本正经地说。

“石峰，我的金副主席，你把话撑在肚子里不怕伤了肠子？”伍子华无奈地说。

"记住，打死五个'山狗子'，同时不能伤了自己。"

"记住了，打死五个'山狗子'，换一个媳妇，还有一条，我要加入中国共产党！"伍子华认真起来。

金石峰笑着说道："介绍对象、介绍入党，我成介绍'专业户'啦？好像我欠了你的一样。好吧，给你介绍的前提是你要活着回来。"

"那是肯定的。如果我死了，你就做不成'专业户'了。"

两人说话的嗓门不高，但还是被欧阳女听到了。她斥责二人："快闭上臭嘴，什么'活'呀'死'的，大战前就不会说句吉利话？"

金石峰这才意识到"闯祸"了，说："欧阳教训的是，亏我白长一颗聪明的脑袋。"

部队临出发前，刘宗把肖叶、金石峰、欧阳女叫到一边，严肃地说："北边的事就交给你们了！"

肖叶说："只要我还活着，'山狗子'就别想进来糟蹋这片土地！"

金石峰说："肖营长的态度，也是我们的决心。刘主席，南边的压力也很大，您一定要保重！"

"刘主席保重！等这仗打完，我还想和您切磋武功。"

刘宗看着欧阳女说："在你成为母亲之前，我们俩再打一架！"

欧阳女脸红了，腼腆地说："我等着刘主席！"

离别之苦，是人生的一种痛苦。战争年代的离别，让人的心情更加凝重起来。乌云压境，鼓镛县、金溪也被灰雾笼罩着，看不见阳光。金石峰、欧阳女是鼓镛县难得的人才，他们也在努力地推动鼓镛县的革命事业。八个多月以来，这片古老的天地焕然一新。金石峰作为鼓镛县土生土长的共产党员，作出了突出的贡献。这次国民党反扑，人多枪多，来势汹汹，红军能否挡得住？苏维埃的红旗能否在鼓镛县继续飘扬？一切都将面临考验。刘宗已经联系过上级，上级明确指示，无力量增援鼓镛县，只能自救。他感叹道：肖叶、金石峰、欧阳女，你们的压力大呀，一定要发挥地理优势，打败敌人。

刘宗担心肖叶、金石峰、欧阳女，他们又怎能不担心刘宗？刘宗在大家心里是鼓镛县军民的主心骨，他能征善战，指挥笃定，上马能用枪，下马能运筹帷幄。八个月前，他带着部队打败汪照，领导鼓镛县打土豪、分田地，建立苏维埃，把鼓镛县的土地革命搞得如火如荼。

"刘主席，保重啊！"他们三个人目送刘宗远去，直到他的背影消失不见。

"旅座，您的布置是详细的。鼓镛县的红军一定不知道他们就要大祸临头了，咱们要赶在他们还在'睡觉'时，打醒他们、消灭他们。"孙干想立头功，因此向周志群"献计"。

周志群想给他加把劲儿，于是说："就由你派一个营轻装快速前进，占领铁岭关，然后与大部队一起杀向鼓铺县。记住，趁红军还没发现，你们先占领铁岭关，我们就可以主动出击了，否则，咱们的仗就难打了。"

　　"是，由我团先行，旅座可高枕无忧。"孙干说完就离开了。

　　铁岭关是一道难以逾越的险关，但无论是谁从闽南、赣南方向进入鼓铺县，都得从这里走，且没有别路。可谓"一夫当关，万夫莫开"，军武之人都懂得如何运用它。周志群有切肤之痛，红军进鼓铺县时就是在这里把他的一个团消灭了。当时国军守关，红军攻关，直到现在一说到铁岭关，周志群就耿耿于怀。他没脸说，那是他戎马生涯的耻辱，也是国军的耻辱。那么凶险的一个关隘，炮正的一个团不到一天就全军覆灭，害得他周志群从此在人前不敢说打仗，更不能言铁岭关。今天，他和红军又在铁岭关相遇，他让孙干一定要抢在红军前头控制住铁岭关，等红军发现，他们早就在关上架起机枪。昔日的情形就将再次上演，不过双方互换了位置。因为这次国军是悄悄的行动，孙干已经先行半天，周志群还在美梦中未醒。

　　"旅座，孙团长已经和红军打上了！"有人早就将军情报告给了五十里外的周志群。

　　周志群这才醒来，急忙问："什么？打上了，是在关上吗？"

　　"不是，在山下。"

　　"那就好，那就好，只要红军没在关上，我军就胜利在望了。传我命令，表扬一下孙团长，祝贺他们越过铁岭关。"

　　"旅座，孙团长尚未到达关上，在关下就和红军交上火了。"

　　"不是过关后的山下吗？"

　　"是尚未过关的山下。"

　　"啊？"

　　周志群适才还兴奋的脸色，忽然紫得像猪肝。他又问："红军有多少人？"

　　"那里草木茂密，看不清有多少人。但孙团长估计至少有一个团。"

　　"啊？那刘宗岂不是把所有红军布置在铁岭？快去打探，一有情况快速报来。"

　　报告的人赶忙走了。三团长贾森若无其事地说："旅座勿忧。铁岭关这边红军越多越是好事呀！"

　　周志群怒道："贾团长，你身为一个下级军官，在危急时刻不给长官分忧解难，还幸灾乐祸，是何居心？"

　　"误会啦，旅座误会我啦。您不是说鼓铺县红军总共就只有刘宗一个团吗？我们是三个团打他们。铁岭关如今出现一个团，说明刘宗把部队全放在这个方向，那鼓铺县的北边，也就是我们汪团长进攻的杨家岭关，不就没有一兵一卒了吗？杨家岭关没兵，鼓镛县也就没兵，虽然铁岭关打得激烈些，可汪团长却可如入无人之境，一举拿下鼓镛县。刘宗老巢被端，还有心恋战吗？我军趁势追击，汪团长从鼓镛县方向打回来，就可以一个不剩地把鼓镛县的红军消灭掉。"

"嗯，贾团长分析得不错，这一仗的结局一定是这样的。刘宗根本没想到我军会兵分两路，看来，他是秋后的蚂蚱——蹦跶不了几天了。哈哈哈！"

"所以，旅座，咱们这边只要拖住红军，给汪团长足够的时间，青天白日旗很快就要插到鼓镛县城楼啦！"

"对极了！贾团长，中午咱们喝两杯，高兴高兴！"

"要得，要得，为咱们旅饮马金溪干杯！哈哈哈……"

"报告！"周志群和贾森刚走进餐厅，就有前方战马来报，带回来的消息是："二团伤亡过半，请求增援。"

"啊，伤亡过半？"周志群与贾森正想高歌豪饮，忽然犹如头上被一盆凉水浇下，喝酒的兴致全没了。周志群愤怒地说道："还没打两下就伤亡过半？孙团长是怎么打仗的？如果再有这样的报告，我枪毙他！"周志群虽然嘴上骂，但还是认真了起来。他没兴致去吃喝了，命令三团迅速推进，增援二团，自己也随后跟进。贾森不敢耽误，策马先行。当周志群到达铁岭关下时，已是天黑。在一片黑暗中，周志群只能看到黑乎乎的山头和成堆的尸体，听到伤兵"哎哟哎哟"的叫喊声。"晦气！"周志群根本不管士兵死活。

孙干哭丧着脸说："旅座，我们中了红军的埋伏。他们真是奇了，居然没在关上阻拦，而是推进到关下一里多路，也就是脚下的这片地。红军像是在这里布置了一只大口袋，我们当时使劲儿地赶路，想早一刻占领铁岭关，没想到钻进了口袋。"

"你们是驴啊？驴只知道蒙着头走路……"周志群怒斥孙干。

"通常情况是有关守关，谁知道这些'红匪'居然弃关不用，跑到关外来设伏，这是我万万没想到的。"

"一个指挥官，居然没有想到战场有'万万没想到'的事，焉能不败？"

周志群和孙干还在争吵，忽然听到前面又响起激烈的枪声，一会儿又响起铺天盖地的手榴弹爆炸声。

"不好，红军来夜袭了！"孙干肯定又没想到这些他眼中的"红匪"，白天得了便宜，晚上还要再来"捞油水"。

"旅座，您快后退吧，'红匪'们冲下山了。"

"顶住，寻找有利地形，构筑起两道防线抵抗，打死红军。消灭他们！"周志群气急败坏地说。

"旅座，黑灯瞎火的，地形、敌情我们都不明了，别全栽在这里了，还是先撤退吧，等天亮再说。"贾森建议道。

"红军依托铁岭关这里牢固的工事，在关外和我们先打，打赢了划算，打不赢立马退到关上。"周志群说。

"旅座一眼就识破了敌人的阴谋，红军就是这样筹划的。只是我们，特别是二团没提防，让他们钻了空子。"贾森说。

"三团和旅部后退十里，二团边打边退，明天再打回来！"周志群下令。

孙干不敢违令，先让部队猛烈地抵抗一阵，然后就边打边撤退了。士兵们听到撤退，跑得比兔子还快。孙干不想和红军一接触就把部队打完，没有兵，他这个团长还是团长吗？士兵们想的却是别把自己的命丢在这漆黑的荒草地上，焉能不跑？

枪声停了，周志群的部队退到了十里之外，他让二团派一个连在距红军五里处站哨防守，防止全军再被偷袭。

红军议决，提前一天就控制了铁岭关，刘宗领着两个营长仔细勘察地形和道路。铁岭关南边两翼是如刀切般陡峭的岩壁，有近十丈高。这个天然屏障，任谁都难以突破。当初红军攻打铁岭关时，有一名叫姚逊的班长，能"飞檐走壁"，从峭壁爬上去，再放下绳索，将整排、整连的战士拉上去，又绕道几里路，直击敌人后方，致使敌营大乱。红军乘机猛打猛攻，拿下铁岭关，取得歼灭敌人一个整团的大胜利。

刘宗站在高处对两位营长说："要提防敌人，用当时我军的办法袭击我们，我们不能做他们的炮正。"

二营长说："像姚逊那样能'飞檐走壁'的战士，应该是万里挑一，周志群的部队里更不可能有。我们也不是炮正，一定能守住铁岭关。"

刘宗说："谨慎、小心总没坏处。咱们不仅要守住铁岭关，更要利用铁岭关消灭敌人，我们没有支援，只能靠自己，消灭了周志群，才能保鼓铺县平安。所以，我们要在铁岭关前面先打，出其不意，攻其不备，让敌人还未进关就先入'口袋'，吃掉他半个团或一个营甚至一个连，杀其锐气，赢得开局之胜利。"

三营长说："这个计划太漂亮了！就由三营来编织'口袋'，至少装他一个营回来。"

刘宗说："不不，你一个营的'口袋'装不了敌人一个营。这样吧，二营留下一个连守关，二营长坐关指挥，派两个连随三营布'口袋'，由我亲自指挥。"

三营长说："团长，按理说你应该在关上，由二营长和我去。"

二营长说："没错，团长应该在关上，让我们俩去。"

刘宗说："别争了。此仗的重点是布'口袋'，不能让敌人察觉。我在一线便于指挥部队。三营长你要守好关，绝不能麻痹！"

"是，团长！"三营长不再争，专心守关去了。

一切都按刘宗设想的进行着，红军五个连悄无声息地隐蔽在山窝两边，战线达一里多路。晌午时分，孙干的先头营着急抢占铁岭关，却不小心进入了红军的"口袋"，刘宗一声令下，红军的子弹像瓢泼大雨般落到敌人头上。敌人虽然拼命反击，但是打出的子弹几乎是往天空射去，只有少量的子弹穿过柴草、芦苇打到红军阵地。因为孙干的后面部队与前面脱节，赶不上增援。刘宗在高处，把敌人看得十分清楚，他让三营长收起"袋"口，断了敌人退路。当冲锋号吹起，红军如虎下山，敌人全部缴械投降。整个战斗只用了不到一个时辰就结束了。战后红军统计结果：击毙敌人二百四十七人，打伤敌人三十六人，活捉敌人六十二人；缴获大批弹药、枪支，连同俘虏一起押送回关内。

孙干赶到铁岭关下时，前锋营已经消失，退出了他的花名册。孙干连"再见"都没来得及说一声，就看到满地死尸，忍不住大哭了一场。孙干不敢前进，派骑兵火速将战情报告给周志群。周志群来到铁岭关下时，太阳已经西斜。他本想立马攻关，却被贾森制止。这位贾团长说："我军尚未进关，就死了一个整营，现在士气低落，又不明情况，况且已近天黑，若此时发起攻击，必败无疑。"

孙干却说："不，我团为弟兄们报仇心切，个个摩拳擦掌，请旅座让贾团长率部跟进，我团就此杀向铁岭关，若拿不下此关，就为党国捐躯！"

贾森说："旅座，孙团长是气糊涂了，请您一定三思。"

周志群没有即刻表态。他看着眼前的战况，又想起八个月前的炮正。他在想：这个铁岭关怎么就这么不欢迎国军？我派炮正一个团守关，关没守住不说，整团官兵都被杀了。若说当时红军人数更多，这回却是倒过来了，红军守关兵少，国军攻关兵多，而我军却尚未开战就丢了一个营。一个营啊，红军毫发无损就把一个营给吃了，叫人怎么不心痛？上头还说，红军都是穷鬼，军官都是土包子，只要我稍用心思就能铲除他们。这些年，他们能越来越强大，完全是因为国军军官没有把他们放在眼里。从鼓镛县的几次战斗看，红军完全不是他们说的那样，那一个个穷鬼是战士、神一样的战士。红军军官在闽赣只掌握几万人，就可与国军几十万军队抗衡，就可把国军几十个乃至上百个将军玩得团团转，让蒋介石这样的"大军事家"伤透脑筋。他们是土包子吗？上头说的才是鬼话。眼前这个刘宗就是红军里头挺有手段的"土包子"。周志群没再往下想，下令说："停止进攻，就地掩埋殉难官兵，安抚生者。"

"旅座？"

"不必说了，你的冒进害死了一营官兵，这就是你冒进的结果。明早由你团进攻，拿不下铁岭关。你就去见那一营人。"周志群对孙干说。

　　国军很快埋葬了死亡的将士，并在他们牺牲的"口袋"之外搭帐篷歇息，等待天明。夜幕降临之时，除少数几个士兵站哨外，其余人都躺下睡觉。忽然，枪声、爆炸声又响起，黑夜中的国军士兵们手脚慌乱，有的来不及穿鞋拿枪就被打死。这场夜袭，红军将如何进攻？国军又将死伤多少？下文说。

第四十章

鏖战时忽然撤军

国军部队一到铁岭关下就没头没脑地丢了一个营，周志群非常恼火，真想一枪毙了孙干。一气之下，孙干想发起冲锋，但被三团长贾森阻止，部队暂时安营歇息，没想到红军又发动夜袭，打死国军七八十人。周志群大骂："红军'土鳖孙'，你不让我安生，我就让你好死。给我向铁岭关开炮，炸死他们！"

于是，国军的三十门迫击炮同时向关上开火。周志群这才解气，说："红军'土鳖孙'，这回好受吗？"

夜袭敌营是刘团长的主意。他认为，趁敌人立足未稳就袭击他们，比让他们站稳脚跟再打的效果好上十倍。将红军部队埋伏在关下，就是他的部署。一只"口袋"装了敌人一个营，一次夜袭又击毙敌人近一个连，两场战斗下来，消灭敌军四五百人，红军只有十几人受伤，可谓打得轻松、漂亮。

夜袭后，刘团长把二营部署在关上，把三营部署在关下。关上容纳不下五六百人，因此他让两个营交替作战。

初试刀枪就见奇效，刘团长很高兴，战士们更是兴奋。国军的炮火打得十分猛烈，但因为是夜晚，炮手无法准确定位，只有几发炮弹落在铁岭关阵前，其余都打在了几十米外，国军白白浪费了数百发炮弹。

二营长睡不着觉，对还在考虑明天的仗怎么打的刘宗说："团长，我的想法是下半夜再对敌营进行一次袭击，可能效果更好。"

刘团长说："凡事可一而再，不可再而三。若敌人有防备，给我们也设计个'口袋'，让我们钻呢？"

二营长顿时恍然大悟："还是团长英明！"

团长说："不用大军袭击，用小军袭扰我看可以。"

二营长看着团长问："如何算是小军袭扰？"

团长将自己的想法轻轻地在二营长耳边说了一遍，二营长连连点头，又露出了笑脸。随后，二营长离开，去安排"小军袭扰"事宜。

国军放了一阵炮，仿佛万事大吉，一切都随着炮声停止而安静下来。周志群认为铁岭关工事已被摧毁，"土鳖孙"红军大部分已被炸死，没死的肯定也伤残了，就让他们再多活一夜，明天再用炮火送红军离开鼓媚县、离开这个世界。于是，除岗哨值夜外，国军其他人都睡下做美梦去了。

五更时分，一阵爆炸声突然响起，周志群被惊醒了。国军军官和士兵们都本能地起床拿起枪冲出营外。大家都想举枪射击，却没见到红军的身影。

"是炮连阵地发生了爆炸。"士兵将信息报告给周志群，他怒斥道："是谁走火引爆了炸弹？我要枪毙他！"

"报告旅座，不是咱们的人走火，是红军来攻打炮连。"孙干一脸沮丧地说。

"什么？又是'土鳖孙'干的？那怎么没有枪声？"周志群问。

贾森这时走进来，帐篷里灯光暗黄，他看到旅长的脸上落了一层灰，没有一丝高兴的表情。贾森说："红军趁天黑偷袭了炮连，三十门迫击炮都成一堆废铁了！"

周志群怒道："'土鳖孙'，妈了个巴子，我的炮火怎么没炸死你们？"

孙干说："一定是没炸死的'土鳖孙'来报复，他们对大炮特别恨。"

周志群仍是愤愤不平，找不到红军解恨，就拿自己手下人撒气，说："把炮连连长叫来，我要亲手枪毙他，居然守不住几门炮。"

"旅座，炮连连长、副连长，还有三十多个炮手都死了。红军有备而来，是专门来袭击炮连的。他们没放一枪，用的都是炸药包和手榴弹，下手真狠。"贾森已经把情况了解清楚了。

周志群听贾团长这么说，更是气上心头。他看了一眼孙干，觉得这家伙一脸横肉，眼珠突出，一副灾星的模样，于是狂喝道："孙团长，炮连归你们二团管。不到一昼夜，你们团就损兵数百，丢失炮连。你别再辛苦了，回去睡觉吧。来人，把孙团长拉出去毙了！"

"旅座，中红军埋伏不是我所愿，当时如果换成别的部队冲在前头，亦会如此。死了弟兄，我比旅座更难受。炮连被炸，你也在场，贾团长也在场，怎么能怪我呢？你不能杀我！这样死我不服！"孙干为求免死，和周志群据理力争。

贾团长见状，也赶紧为孙干说话："旅座，二团虽说死了那么多人，但确实不是孙团长指挥上的失误，就饶了他吧，现在正是用人之际。"

孙干继续求饶说："旅座，明日我带头冲关，若拿不下铁岭关，我就死在关上，不用旅座枪毙！"

贾团长说："旅座刀下留人，让孙团长戴罪立功。"

"好吧，既然贾团长求情，我就饶了你。但孙团长请你记住，你的项上人头只是暂且留下，若再打败仗，我就立马取下。"周志群还是一脸怒气。其实，他并非真想杀了孙干，只是想吓吓他，杀杀他的傲气，因为他和贾森都不是他的嫡系，都是半路过来的，两人都藐视他周志群。杀孙干这只"鸡"，为的是儆贾森这只"猴"。

孙干为了保命，在上司面前连连称是，心里却对其恨之入骨：你小子仗着官比我大一级，就如此对我。等着吧，只要我孙干不死，就牢牢记住这笔账，有仇不报非君子。从此，你就是我孙干平生最大的仇人，而不是红军。红军和我无冤无仇，打他们是任务，是为了升官发财。

次日，天一亮，孙干的人马到达铁岭关下。看着巍峨的山峰和两翼连绵数里、高耸入云的崖壁，孙干的心凉了半截儿：这该死的地方，仿佛就是造物主亲手制作的，那雄气、那凶险绝不亚于雁门关和函谷关。

孙干想：如此雄关，在上面只要部署一个连，放两挺机枪，即便是千军万马也难逾越，我如何才能攻克这该死的铁岭，闯过大关？铁岭关呀，你可是我孙干的生命"关"呀！

"报告团座，是让部队发起冲锋，还是悄悄上去？"听到下级军官的询问，孙干说："咱们没炮火支援了，不能远距离就大喊冲锋，那样等于通知红军'我来了'。下令把部队推进到关前，随后再冲锋。"

孙干随即率领部队前进。可是通往关前的道路狭窄，顶多两人并行。走在前面的士兵都知道自己大概率是去堵枪眼的，必死无疑，谁都不愿往前走。孙干知道大家都不想在攻关上使劲儿。这样下去，莫说拿下关隘，连红军的影子都没见着，自己就被他们的子弹远远地打死了。孙干皱了皱眉，又眨了眨眼，高声喊叫："此次攻关，若一个排的士兵都死了，排长还在，就枪毙排长；若全连士兵都死了，连长还在，就枪毙连长。同样，若一个营的人都没了，营长还在，就枪毙营长。"

下面的营长、连长、排长听到团长的命令，都觉得他是疯了，用如此方式逼迫下级长官去送死，真是前无古人。但大家只能把愤恨放在心里，没人敢正面反对，只好乖乖地带领士兵冲锋。在他们的眼里，死在红军枪下比死在孙干手里强。孙干这一招算是有点儿用，所有官兵都不敢懈怠了，营长们起先都骑在马上，这会儿都下了马，快步向前走。连长、排长们一个个也都挤到前头指挥。当然，这些军官们是不会第一个冲在最前面的，他们仍然在自己所属部队的最后。即使是轮着送死，也是士兵在先，自己在最后。国军的士气被迫提了起来。所有人加快了步伐，前头的连长已经在高喊冲锋。

孙干找了一个高处，用望远镜观看。

红军这边由于二营派了一个排端了敌人的炮连，加上值守关上，大家都没能安稳地休息。刘团长让二营下关歇息，三营上关备战。二营营长表示仗还未开打，不愿换防。刘团长说："明天的战斗一定很激烈，谁都不可能置身事外，休息是短暂的，为的是让大家缓解疲劳，明天再战。"于是二营下关，二营上关。

三营上关后不久，就迎来敌人冲关。三营长把部队分成两部分，一个连在最前线作战，其余人在二线。二线部队可在十秒内到达前线，补充或顶替作战。三营长之所以这样做，是因为地形狭窄，摆不开。铁岭关利于防守，难于进攻。孙干说得没错，红军只要在关上部署一个连，架两挺机枪，就能阻挡他们的进攻。此时的红军就是这样安排的。

"炮连虽然被红军炸了，可此前不是向红军打了一阵吗？扔出去几百发炮弹，怎么就没炸开关口、炸死红军？"

"黑灯瞎火乱放炮，红军没炸死几个，却引来杀身之祸，都是当官的瞎指挥。"

"咱们出师不利，一到铁岭关下就先死了一营官兵，后来又死了炮连，后面就轮到大家了。"

"瞎说什么？认真打仗才不会死。"孙干走过来说。议论的士兵见孙干来到身边，都收起舌头，立刻闭上了嘴。孙干继续向前走，指挥部队往关上冲。孙干今天打得非常投入，不像过去总是躲在最后，让下级军官传递命令指挥。他把昨天周志群要处死他的那一幕牢牢地记在了心里，并时刻鞭策自己：打赢今天的仗，拿下铁岭，给周志群看看，他孙干是不是孬种。

"弟兄们，别怕死，打仗这种事，越怕越容易死，越勇敢越能活着。今天咱们一定要拿下铁岭关，把上面的红军消灭掉。否则，旅长绝饶不了我们团。"

"团长，不是我们不用力，是没办法与红军展开厮杀，他们在上，我们在下，除了中间这道峡谷，两侧都是悬崖峭壁，红军火力十分猛烈，前面上去的都死了。"

官兵们在孙干面前叫苦。

"地形是死的，人是活的，就不会想想办法？比如说，一部分人从正面进攻，吸引住敌人火力，另一部分人从悬崖，慢慢爬上去，比现在这样排着队进攻不是更强？"孙干说。

士兵们在心里骂道：当官的就是站着说话不腰疼，这个峭壁悬崖叫我们去爬，我们要怎么爬？我们又不是长了翅膀，可以飞。

"团长，铁岭关太难攻了，我们连百十号人都完蛋了，也没撬动关上的一块石头。"正在报告的是一个连长。连长一身硝烟，一副疲惫的样子。遵照团长要求，他带着一连人，采取偷摸、缓攻、强攻的几种战法，试图突破铁岭关，不求立功，只求不被团长枪毙。孙干不愿听连长诉苦，掏出手枪"砰"地朝他射去，一颗子弹从连长的胸膛钻进去，连长一只手捂着枪眼，感觉到热乎乎的血从体内流出，一只手指着他的团座，一脸愤怒地瞪着这个魔鬼般的人。连长倒下了，他之所以不愿死在红军的枪下，是因为想把最前线的战情向长官报告。没想到孙干想都不想就开枪杀人。连长那双不曾闭上的眼睛，似乎在告诉大家他是多么的不甘愿，多么的厌恶死在孙干的手上。这一幕，周围的连长、排长和士兵都看到了。孙干杀了连长，本意是警醒其他的连长、排长和营长，让他们知道，打了败仗就是这样的下场，因为旅长也这样对自己，他只能效仿旅长，杀一儆百。可孙干的下属们不吃这套，他们一个个都感到吃惊、愤怒，心里在问：连长何罪之有？换你孙干去前线又将如何？

　　"团长昨天就差点儿死了，是旅长要枪毙他。今天他把气撒在下属身上。"有知情的士兵说。

　　"若是他昨天被毙了，今日也少了个冤魂。"

　　这时，周志群来到前方，孙干只向他敬了个礼，没有说话。他似乎无话可说，此时此地，面对此人，他觉得闭嘴最好。倒是这位旅长先开口："听说你杀了手下的连长？"

　　"旅座，连长进攻不力，把全连士兵都丢了，只剩自己回来，所以我杀了他。"孙干虽身为团长，经历过的战斗也不少，见过的长官更不止一两个，但从来没像现在这样战战兢兢过。他感觉自己马上就会像那个连长一样，只不过穿进自己胸膛的子弹，是从周志群那把枪里射出来的。

　　"孙团长没错，对进攻不力者就该杀。"周志群对着大家说。

　　孙干这才抬头仔细地看了一眼旅长，心里猜想着：他在表扬我？不，他不是表扬我打仗，是表扬我杀了连长。他是别有用心。

　　周志群临时召集开会，"闲着"的连长、营长都围拢过来。周志群说：

　　"八个月前，我国军一个团的将士死在铁岭关上。当时我军在关上，红军在关下，就是现在我们站立的这个地方……"

　　"啊？一个团死在了上面？"军官们面面相觑，有的脸色都变了，怀疑自己是不是听错了。

　　"本来'家丑不可外扬'，但你们都是我的下属，自家兄弟没什么不能知道的。"周志群把当时炮正失守铁岭关、全团覆灭的事说了一遍。其实，这件事孙干、贾森这些上层军官隐约知道一些，周志群被革职不仅是因为丢了一个团，也是因为丢了整个鼓镛县，但他的下级军官对此事全然不知。周志群说完后，这些军官各有看法。有的认为，旅长派一个团守关都被红军消灭，现在还是由同一个旅长指挥，只不过变成攻关，打不赢、攻不下也情有可原，旅长没理由责怪下面的人。有的认为，当时国军一个团在上面守关，都被红军消灭，现在上面的红军还不到一个团，国军派两个团还打不下来，旅长一定会拿大家出气，就像孙干说的，绝不留下没有兵的营长、连长、排长，这些当官的，明明是自己无能，却总要责备别人。

周志群说："红军能拿下铁岭关，咱们国军就不行吗？难道堂堂国军还不如'土鳖孙'红军？岂有此理，我真想枪毙你们！"

"旅座，铁岭关战斗现在还在继续，此关的确难攻，红军当时用啥办法打掉我们一个团？是因为红军特别勇敢吗？我们国军也不孬啊！"前线的一个连长问。

"因为全团被灭，我无法核实当时的情况。但根据地形分析，红军是从两侧的悬崖爬上去的。因为红军没有火炮。"周志群说。

"从两侧爬上去？"军官们的视线从旅长身上转向那像墙壁一样光滑的悬崖，心中暗暗责骂：旅长是痴人说梦，编鬼话糊弄大家。

周志群瞟了一眼孙干、贾森，说："孙团长、贾团长，二位将才面对眼前的境况就没话说？"

贾团长不假思索地说："旅座，现在只有两种办法能够攻上铁岭关。"

周志群以为他有办法，急问贾团长："哪两种办法？"

贾团长说："大炮、飞机。"

"废话，要是有它们，咱们还要在这费口舌？"

一提大炮，周志群就想到炮连，就心痛：可恨的"土鳖孙"红军，要不是你们用"下三烂"的计谋，铁岭关早就是我们的了。一提大炮，孙干立马想到昨夜周志群要枪毙他的情形，身体颤抖了一下。

国军长官们在阵地后方寻找对策，士兵们在阵前不停地打。士兵们在长官枪口的逼迫下不得不往前冲。这个时候，士兵们都懂得，前进与后退都是死。仗已经打了几个时辰，国军不仅没能靠近铁岭关，而且在关前十米的地方已经躺了一具具的尸体。

"我不想死啊，真的不想死！"一个"不想死"的士兵在阵前大哭起来。他的连长走到他跟前，问都没问，就"砰"的一枪将他打死，口中还念念有词："你不想死，谁又想死？"随后他又大声说，"大家看到了，凡是不想死的就这样死。还有谁不想死？站起来、哭起来，我会成全你们。"

反正都是死，死前也要说两句。一个满头泥灰的班长说："连长，这个士兵只是哭了几声，喊了几句，他有错吗？当官的如此对待士兵，谁愿为你卖命？"

"这个士兵不想打仗、哭爹喊娘，已经动摇了军心，难道没错？"连长说。

"好男儿不当兵。咱们这里若有谁能活着，一定告诉世人：饿死也不能当兵。"

说话的士兵抬头看了一眼大家，他知道，连长绝不会饶恕他动摇军心，因此已经做好了赴死的准备。

连长没对他动手，只是瞟了一眼，或许是因为他没听清楚那个士兵说了啥，或许是因为他不愿过多地杀人，又或许是因为他已经意识到自己将大祸临头。铁岭关没能拿下，团长已经杀了一个连长。一个连长在士兵眼里或许是个官，但在团长眼里不算什么，团长想让他生就生，让他死就死。士兵们厌恶长官，厌恶这个乱杀人的连长。可他们也从这个连长的脸上看到了委屈和无奈。

他们没时间计较内部的个人恩怨了，他们的团长已经来到了前线，他站在那里就像是一座山，那双眼睛犹如两个黑乎乎的枪眼，透露出凶恶的气息。孙干自从杀了那个连长，他在士兵眼里就成了恶魔。

周志群也来到前线。孙干担心旅长被红军的子弹射中，劝他别靠前。自从战斗打响，枪声就没停止过。为了拿下铁岭关，打开通往鼓镛县的门户，国军已经死了一个连，连同山下被伏击的一个营，孙干的团死伤将近一半，而铁岭关依旧岿然不动。"停止进攻，二团撤下休整。"周志群忽然下令。

听到命令，孙干迅速把部队撤到安全之处。这时，天色渐暗。山野田间在枪声停止后听不到一点儿声音，安静得可以听到两个人悄悄说话。这一天，孙干的心脏都在快速跳动。攻打铁岭关，死的都是他二团的人，三团不仅没投入战斗，而且部队足足休息了一天。他们就像看戏似的，或者说像在看擂台比武，两个武夫在上面打架，他们的任务只提供一双眼睛，再吆喝几句。孙干又想：打不下铁岭关不是他孙干无能，不是他二团无能，周志群也在，三团也在，他们怎么就没有一个能打赢的办法？当然，也不是因为这些"土鳖孙"红军特别能打，而是因为他们抢先占领了一个让人羡慕的位置。八个月前，"土鳖孙"红军从这里爬上去，灭了国军一个团。天知道这是真是假！

周志群让部队大步往后撤，士兵们如鱼游进了水里，一会儿就撤退了七八里路。周志群和团长都骑马，他们不需要用马鞭催赶，就比士兵们走得快。半道上，周志群突然收住缰绳，下马后，他对着贾森喊道："三团长停步，我有话与你说。"

三团长听到旅长叫他，立刻也收了缰绳下马。在夜色笼罩下，周志群双手比画着与三团长说话。旅长说话虽然声轻，但是铿锵自信，三团长听得频频点头，又喜形于色地说："太好了，这样定可置'土鳖孙'于死地！"周志群究竟想出了啥破敌之计？难道他要耍什么花招？下文说。

293

第四十一章

国军被困栲树林

　　杨家岭是鼓镛县的北部门户，也是国军与红军的另一个战场。

　　当铁岭关的枪声响起时，杨家岭的战斗也打响了。周志群为了报八个月前的"一箭之仇"，兵分两路，浩浩荡荡地向鼓镛县扑来。"狼"来了，红军的办法只有一个：迎击。鼓镛县军民携手同心，在铁岭关、杨家岭筑起两道阻击"狼"的屏障。

　　进攻杨家岭的是周志群的一团，团长为汪照。八个月前，汪照在这里留下了噩梦般的记忆，今日卷土重来，发誓要报当日之仇。从言语和行为上看，汪照都是一个狂人，他说："昔日，我在杨家岭丢盔弃甲，今天，我要踩着红军的头颅进鼓镛县。"他本想悄悄地越过杨家岭，再穿过二十四弯，直抵鼓镛县，二十四弯是他的伤心处。但当汪照到达杨家岭下，见山上飘着红旗，心里"咯噔"一下："他们咋知道我要来？"他当即下令："向插着红旗的地方开炮！"

　　只一支烟的工夫，上百发炮弹从山下飞到山上，炸起满天尘灰。飞起的石子落到芦苇和树叶上，发出"嚓嚓嚓"的响。

　　"红旗不见了，山上没动静，红军死了，冲！"汪照一声令下，士兵们向杨家岭山坳猛冲。

　　杨家岭虽是战略要地，可它只是一个山坳，远不如铁岭关雄奇和凶险。在铁岭关上，只要部署一个班，架设一挺机枪，就能产生出奇的效果。相比之下，杨家岭若没有一个连的兵力部署在前线，就很容易被敌人突破。但杨家岭视野开阔，便于远距离射击，只要上头火力猛烈，下面就很难冲上去。汪照在上面守过，非常熟悉地形。当时，汪照信心十足，口出狂言："红军即便来了一个师，也别想越过杨家岭。"结果他被刘宗施了一个"调虎离山"之计，几乎全团被歼，汪照只带着二百多人逃了出来。今日再遇杨家岭，双方攻守易形，昔日的"坐山虎"成了"游山虎"。汪照至今仍不相信"土鳖孙"红军能与国军抗衡，认为自己曾经的失败只是因为上了他们的当。

"汪团长，小心为上。"随军的旅部副官朱正提醒汪照。

"朱副官，这里的地势我清楚，不能用小打小闹。刚才那一阵炮击下来，上面的人就算不死，也伤得爬不起来了。咱们乘胜杀上去，用一顿饭的时间解决战斗，然后直抵鼓镛县。只要咱们先一步到达，就是大功告成。"

朱正虽觉得打仗没那么容易，认为轻敌是失败的源头，但他也提不出别的计策，此时除了猛烈的进攻也没有别的选择。他在想：是啊，汪团长说得没错，先一步到达鼓镛县就意味着拿下了鼓镛县，功劳肯定摆在第一。对，一定要先到达，一定要先到达，让周志群看看。

国军士兵像鸭子一样，被汪照驱赶着往杨家岭上冲。

"怎么没枪声？难道上面没人？"士兵们进入阵前五十米距离，尚未听见枪响，开始议论起来。

四十米……三十米了，他们还是没有遇到抵抗。忽然，一颗颗蝌蚪形状的黑乎乎的东西像雨点般从国军士兵们的头上落下。

"不好！"

"赶快躲避！"

叫喊躲避的是国军的一个排长，他喊声未落，一只"蝌蚪"就落到了他的面前。他想躲避，可来不及了，"蝌蚪"一落地就开口"说话"，排长永远地闭上嘴，数十块弹片打在他头上、身上、腿上。一瞬间与他一样血肉模糊的人就有百八十个人。前面的士兵倒下，后面的人踩着尸体又向前推进，然而迎接他们的是又一批的"蝌蚪"。它们有的先落到士兵的头上，再滑落到地上"开口说话"；有的直接落在死去的人身上，对生者、死者同时打击。一时间，激荡起的泥灰、硝烟有百米之高，数百米之远。没死的国军士兵掉头就往山下跑，他们不愿还没看见敌人就早早地死去。

红军的行动是不声不响的，他们的"蝌蚪"战术奏效了，国军的第一轮进攻失败。

"继续冲！我就不信，'土鳖孙'红军有那么多手榴弹。"汪照见士兵跑回来，大叫着鸣枪警告。战场上可以枪毙逃兵，但现在是溃败，所有人都在逃，汪照不可能向所有人开枪。一些士兵停止了后退，停下脚步，喘了一会儿气，又被逼回头上山。这回他们的速度更慢了，他们一边向上走，一边思考如何躲避手榴弹。但他们不敢停下，知道自己的身后也有枪在指着后脑勺——自己排长、连长、营长手里的枪。这些长官的枪，此时不是用来打敌人的，而是用来"关照"士兵的，尤其是那些退却、逃跑的士兵。

山上还真没那么多手榴弹。几波投弹后，国军士兵成堆地倒在地上，天上也不再有"蝌蚪"飞来。其余的国军部队喘着气上了杨家岭，在到达距离阵前二十米的地方，山上开枪了，火力密集地射向国军部队。因为距离近，所以红军射出的子弹都没有浪费，打得国军士兵哭爹喊娘，国军士兵又一个个地倒下了。许多士兵不敢面对死亡，本能地后退或逃跑，又被他们的长官拦住，被当成逃兵枪杀了。

一阵激烈的枪战之后，枪声突然停止，山上没了动静。

"红军不但没手榴弹，连子弹也没了，弟兄们给我冲！"汪照又一阵呼喊。

"杀呀！打呀！砸呀！消灭'山狗子'！"红军战士一边喊叫，一边从山上射击国军，没有枪的就扔石头。

"什么乱糟糟的，山上还有女人的声音，他们不是红军。"冲在前面的士兵发现山上没有正规的红军，正在抵抗的只是一群老百姓，里面还有女人。

"老百姓？女人？"听到报告的汪照觉得不可思议，自己居然被一群老百姓打得没法前进。

朱副官说："一定是刘宗没人了，把兵都调往铁岭关，只叫百十个老百姓在这里糊弄我们。"

"这刘宗也太可恶了，用这些乌合之众来戏弄国军，还打死了我上百个士兵。若外界知道了，我汪照颜面何在？"

朱副官说："这个时候就别考虑颜面了。战场上只看胜负，谁胜了就是'牛'，谁败了谁就是'猪'。汪团长，赶快追击，消灭那群男女。"

"有道理。"汪照在命令部队追击"乌合之众"的同时，自己也走到前面，此时的他已经没有心思在意头上会不会落下手榴弹。

到达杨家岭山坳后，汪照察看了现场，发现这里完全没有修建过工事，那两条战壕，也是他八个月前留下的，如今已长满了草，现场的痕迹也是刚才的炮弹留下的。

"我们上当了，白白浪费我一百多发炮弹。"汪照咬牙切齿地说。他觉得有劲儿使不上，打了半天，除了看见几个穷鬼的身影，听到老娘儿们哼哼唧唧的声音，就没别的了。他愤怒地大喊："气死我啦，气死我啦！"

汪照正在气头上，又有人报告，说是看到了一支五六十人的队伍，里面确实有女人，这些就是抵抗国军的人。

"别让他们跑了，追上去，消灭他们，为死去的弟兄报仇。"汪照说。

"一定要让他们淌血，否则，咱们就真没面子了。"朱副官说。

国军的先头部队不敢抗命，又觉得对手只是几十个拿枪的村民，构不成威胁，就加快脚步追击。到了一个长满树木的山包处，他们忽然听到枪声响起，跑在最前面的七八个士兵同时倒下，后面的士兵见状迅速卧倒，随后，狙击的枪声停止了。

"敌人一定是子弹不多了，给我对着林子里头狠狠地打！"士兵们听到长官的话都使劲儿地向树林里射击，可怜那片森林，有很多百年老树此前从未受到过伤害，今天却身中无数子弹，被打成了"蜂窝煤"。

"怎么没反击呢？难道他们是真的没子弹？"

"是节约子弹，还是跑了？"在前面的班长、排长和士兵都感到十分疑惑。

营长胡金顺是汪照当营长时的副营长，汪照升团长后胡金顺当了营长。他和汪照都是在二十四弯战斗中死里逃生的人，后来得到周志群的重用。胡金顺和汪照只在对旅长感恩、效忠方面相同，在别的方面，两人的想法和做法都是背道而驰的。碍于汪照是上级，胡金顺不敢在作战方面与其顶牛儿，怕挨他的枪子儿，但在平时的其他事情上根本不听他的。

此刻，冲在前面的就是胡金顺的营，死的士兵也是他这个营里的。胡金顺脾气暴躁，经常打骂士兵，但他不希望自己的士兵全都死掉。今天这仗导致他的兵死伤过多，而自己却没打死一个红军，因此他恨死了红军。他转念一想：不对，那些人不是红军，是女人和老百姓。女人和老百姓会甩手榴弹吗？它可是炸死了我一个连啊，鼓镛县有这么凶悍的女人和老百姓？不，那里头一定不全是老百姓，一定有红军。

"这是一支人数不多的'土红军'。"胡金顺说。

"他们只不过抢先占了好地形，否则怎能与国军对抗？"胡金顺激励士兵说道。

国军的目的是打进鼓镛县，他们认为现在挡路的是一小股"土红军"。汪照让胡金顺奋力追打，务必消灭树林里的"土红军"，自己带着全团随后跟进。

"用得着你瞎命令。"胡金顺在心里说，他已经下令进攻树林。他断定"土红军"还在树林里，他的人已经从两翼包抄过去，打算把今天遇到的敌人打死了、抓住了，抢占功劳，绝不让别人来分吃。

"砰砰砰……"树林里响起了一阵密集又猛烈的枪声，很多树木上都留下了弹孔。枪声是国军发起的，"土红军"没放一枪，但死伤的都是国军士兵，一共有十多人，最终胡金顺也没能进入树林。

一会儿，奉命围剿树林的蔡班长慌慌张张地跑出来报告："'土红军'在树林里来无影去无踪，用石头打死了我们的弟兄。"

"什么？用石头打死我们弟兄？那你们打死他们几个？"胡营长瞪着蔡

班长问。

"一个也没有。"蔡班长沮丧地说。

"一个也没有？那你们放枪打的都是谁？你们打的是树木？"胡营长继续责骂，"全是废物、木头！"

蔡班长说："树林里头的人行动非常敏捷。她们在地上跑得比兔子还快，在树上又如松鼠一般攀枝跳跃。她们手上会飞出来石头，打人百发百中，她们全是女人。"

"百发百中？女人？你怎么不说是鬼？鬼才相信你说的。"胡营长说着径直往树林里走去。

"胡营长站住。"

胡营长停止前进，回身看到朱副官和汪照来了，叫住他的人是朱副官。

朱副官隐约听到了胡营长和蔡班长说的话，感觉有些蹊跷，就赶过来追问。胡营长让蔡班长又把刚才的话复述一遍。

朱正听后一怔，说："难道是她们？"

"朱副官，你说的'她们'是谁？"汪照问朱正。

"难道朱副官认识树林里的人？"胡营长也瞪大眼睛看着朱正。

朱正皱紧了眉头说："她们是九仙山的女子。"

"九仙山的女子？"

"对，九仙山的女子。具体说她们是九仙山一伙出家的女子。"朱正解释道。

"一伙出家的女子把国军一个团堵在这里，还打死了我们一百多个弟兄。朱副官，你太夸张了吧？"汪照有些不信。

胡营长更不相信和他们较量的是一伙女子。几个出家的女人有多大能耐？能躲过猛烈炮击，能跑得比猢狲还快，能在林子里以闪电般的速度杀人？

朱正见大家都不信，就把他带部队到九仙山比武，以及九仙山女子血洗铜棚寨的事说了一遍。汪照和胡营长听了，都觉得难以置信，认为朱副官说得太夸张。

朱正怕大家在后面的战斗中吃亏，再次提醒说："九仙山女子擅长使用暗器，尤其是'飞石弹'，这是她们的独门绝技，能像用手枪一样远距离杀人。"

"哈哈，朱副官莫只长他人志气，灭我等威风。区区几个女子，她们用冷兵器能躲过我枪炮的攻击？又不是铜身铁骨。"胡营长说。

"理论上你是对的，但愿胡营长有好运气。"朱副官说。

汪照说："即使如朱副官所说，这些女子了不得，但她们面对的是千余名国军和能把她们碾成齑粉的武装部队。胡营长把部队全压上去，我把山炮调上来，随时支援，务必消灭挡路的女子，打开进鼓镛县的通道。"

"是！"胡营长说，他在这件事上与汪照看法一致。

汪团长准备把山炮调过来，随时准备用炮火攻击。

树林里没有密集的火力，只是零星地、不间断地响着枪声。蔡班长报告说，先前追击时，他们看见的不仅有女人，还有很多男人。到了树林，他们就只见七八个女人的身影，可能那些男人穿过树林，跑到前头去了。

胡营长命令道："不要跟几个女子在树林里纠缠，部队穿越树林，遇敌就打，没有敌人就迅速前进。"

国军有一个连的人在树林里跟女子们和"土红军"周旋。他们一会儿看到林子里有身影闪动，一会儿又看到有人站在某一棵树旁。这时，国军士兵们举枪就打，结果不是人影消失了，就是打不着。

胡营长带着大部队进入树林。他们营是进鼓镛县的先头部队，他相信树林里有女人、有"土红军"。胡营长在心里骂道：这些该死的女人，放着家里的清福不享，跑这里来与国军作对，国军啥时候得罪你们了？胡营长又不信女子们像朱副官说得那么玄乎：几个女子，就算加上几十个"土红军"，又能把我们怎样？不过是螳臂当车而已。由于树林里阴森恐怖，胡营长让部队以班为单位，班与班之间相隔约十米距离，挨个往前走，又让士兵们把枪举在手里，一旦发现目标就立即射击。

树林南北方向相距有一公里，国军要进鼓镛县，就得由北向南穿过树林，别无他途。此山仍属杨家岭，方圆十里无百姓居住。这条路算得上是一条县道，也是鼓镛县通往闽北的必经道路，但平时行人很少，只有一些生意人或走亲戚的人会路过。这一带古树参天，杂草丛生，时常有野兽出没，若无男人陪同，女人和孩子断然不敢单独行走。今日，枪声贯耳，炮声如雷，将所有的"山妖鬼怪"都驱逐走了，更莫说两脚飞禽、四腿走兽了。此刻的树林里，除了一棵棵拔地而起的大树以及遍布山间的野草荆棘，再也没有啥让人感到害怕的东西。

汪照和朱正站在原地未动，他们指挥部队快速前进，紧跟一营。待千余人的队伍通过七八百人时，两个长官再骑马前行。战场上，国军的指挥官们都是这样，他们让士兵冲在前头，遇到敌人时，他们就用喊叫、电话或传递口令的方式指挥。行军时，他们留部队断后，防止敌军袭击。此时，这位国军团长和这位旅部副官就沿用这一方式，稳稳地坐在马上。令他们俩万万没想到的是，老办法今天不安全了，"土红军"这回不打前，也不打后，却专打中间。这个战术叫"中间开花两头乱"。

这一招，让国军官兵们吓得直哆嗦，拿枪的两只手像打鼓一样在颤抖。他们觉得树林里头一定有高人，想要在"百万军中取上将首级"。女人、老百姓、"土红军"能有这样的智慧和胆量?

"团长死了!朱副官死了!"一声喊叫惊动了国军队伍,官兵们的眼睛全看向两位长官:只见两人脸朝下,一动不动;又见两马,腹部朝天,四条腿还在蹦跶。随后,不知哪个长官下令,全团官兵手里的枪几乎同时响起,对着两侧一阵射击,但没见到人。他们怀疑射杀汪照、朱正的人就躲在草堆里或藏在树杈上。可怜林中的一棵棵老树,无缘无故地再次成了"冤大头",历经百年沧桑的身躯上无情地留下了一个个无法填补的弹洞和一道道难以平复的伤痕。

枪声惊动了两个长官,他们苏醒过来后又缓慢地翻身。这时,才有人意识到长官们还没死,就走过去扶起团长。一看不得了,他们发现团长的脸上都是血,又一看,红红的血都是从眼睛里流出的,眼睛里没了眼球,只有一个大窟窿,又有人把朱副官扶起,一瞧,发现他也是满脸红血,右眼也成了窟窿。剧烈的疼痛让两个长官彻底醒来,两人瞬间就发现自己没了一只眼睛,忍着痛大哭起来,又发现还有眼泪在流。周围的官兵像看"西洋镜"一样看着自己的长官,也看着他们一边流泪一边流血的眼睛。

爱美的"公子哥"朱正顾不得自己的副官身份,也忘记了现在是什么场合,居然在地上打滚,一边叫苦,一边不停地呻吟:"我还没找对象呀,叫我今后怎么见人呀,谁还要我!"下属安慰他说:"朱副官,您还有一只眼睛,又是党国功臣,不愁没有心仪的女人,您就安心养伤,未来的事暂且放下,毕竟生命要紧。"

主帅倒下了,部队停止前进和进攻,原地待命。胡营长这时走到二人身边,看到汪照那副惨状,心里暗自在笑,但没敢表露出来。胡营长与汪照不和是个人恩怨,眼下在战场上,无论仇恨有多深,汪照是团长,是自己的上级,周围又有千百双眼睛在看着他。胡营长是粗人,不善于伪装自我,可这时不得不装一装,他靠近汪照,唉声叹气地说:

"团座,我的老哥啊,您咋就这么不小心呢?该死的人应该是我啊。您是咱们团的主心骨啊,今天受了这么大的伤,兄弟我心疼啊!"胡营长又走到朱正身边,哀怜地说:"朱副官,您受苦啦!那些不长眼的'土红军'真是瞎了眼!怎么偏偏打您的眼睛?哪怕是打耳朵也好啊。您和团座都是党国的栋梁、全团的楷模,我们会尽快打死'土红军',为您二位报仇!"

汪照知道,他的这位"兄弟"是猫哭耗子。朱正则无奈地点头,一只手捂住受伤的眼睛,吃力地说:"胡营长,我求您一件事……"

"什么事?您说。"

"救救我吧!"

"哦?对对对。快、快救朱副官!军医,快救朱副官,还有团座!"胡营长转身又训斥警卫员，"怎么不叫军医？想害死长官啊！"

军医这才从队伍后面被召唤过来。汪照和朱正两人正在处理伤眼时，又有士兵来报告："营长，大事不好！先头的士兵都中邪了，突然莫名其妙地死了！"

"啊？"胡营长一听，拔腿就要跑，朱正叫住他，说："胡营长等一下。"朱正是感觉到什么，还是知道什么了？他有啥话要对胡营长讲？下文说。

第四十二章

重赏之下无勇夫

国军出师不利，在杨家岭连连受挫。走进树林后，两位长官却同时伤了一只眼。正在痛苦之际，胡营长走过来"安慰"他们。

胡营长叫来军医给两人做急救。这时胡营长的一个士兵来报告，说先头班所有人都被打瞎了一只眼。胡营长一听，觉得大事不妙，前面先头班的士兵才是他的人，抬腿就要往前头赶。朱副官叫住他说："都是九仙山女子干的，她们打瞎了我和汪团长的眼睛，又对部队施手段。大家在树林里是逮不住她们的，必须快速走出树林。"

胡营长点头同意，但仍是半信半疑：九仙山女子真这么厉害？

经一事，长一智。听朱副官再次说起九仙山女子，汪照信了，心想：这些"尼姑婆子"，我一定要灭了她们。于是他下命令："全团进入树林，进行地毯式搜索，不惜牺牲也要消灭她们！"

汪照和朱正躺在担架上。朱正作为副官，没有直接指挥部队的权力，他对疼痛的忍受能力也亚于汪照，于是就躺在担架上，再也不说一句话。

汪照则不然，这个团是他的，一千多个士兵就是他的生命。他要用这一千多个人为自己建功立业，再升官发财。八个月前，也是在杨家岭，也是在这条路上，他丢了大半个团，也差点儿丢了自己的性命。周志群当时就想毙了他，可最终没下手，只给了他个停职处分。这次周志群还是起用他，说明党国需要人，也说明他在旅长大哥心中的分量。

"汪照啊，你要知道感恩，要知道自己的任务，别总是打败仗。三台峰剿匪，你无功而返；杨家岭阻击红军，你又被红军调到二十四弯，差点儿全军覆没。这次进攻鼓铺县，一进入杨家岭就受阻、受挫、受打击，你有啥用？

若此次战役还是失败，你只能提头去见旅长大哥了，再也没颜面在军中混下去。"汪照这样一想，在担架上躺不下去了，猛的一下坐起来。这个动作把两个抬担架的士兵晃了一下，险些把他从担架上甩出去。

"放我下来，让我骑马。"

这时，国军士兵们才注意到马不见了。在四周寻找时，有士兵说两匹马摔倒后在地上躺了一小会儿，起来后就离开人群，不知去向了。

"难道我的马没了？你们是干什么吃的！"汪照一急，那只伤眼疼得越发厉害。他一只手捂住眼睛，另一只手向前推了两下，说："快去，快去把马找回来！"

汪照身边有警卫班。这时，警卫班人员分成两拨，一拨人去找马，一拨人伺候团长以及朱副官，并负责他们的安全。找马的人朝马消失的方向走，其他人抬着团长随部队前进。汪照恨死了伤他眼睛的人，他一边躺在担架上，一边想：九仙山的臭娘儿们怎么就偏偏射人眼睛呢？若打个别处，我也不会这般恨你们。别让我逮着，否则也把你们的眼珠子掏出来，再让你们自己吃下去，也尝尝失去眼睛的滋味。不过，这是九仙山娘儿们干的吗？没见人，没见鬼，就能肯定是她们？也就是朱副官一个人说是九仙山女人干的。当然，朱副官不会乱说话，他这个人一向不苟言笑，下属们都怕他。好你个"朱黑脸"，明知九仙山娘儿们厉害，还敢骑马？若你不骑，我也不会骑呀。亏你还熟读兵法，咋不知"射人先射马"的道理？你看，这军中只有咱俩骑马，结果却遭此祸事。"朱黑脸"是别人给朱正起的绰号，是说他脸色阴沉没有表情，其实他脸不黑。

找马的士兵回来了，都说树林里没有马的影子。汪照又对手下人一顿臭骂。有士兵壮着胆子说："团座被人从马上打下来，还嚷嚷着要骑马？"汪照只当没听见。士兵哪里懂得，他们的团长并非此时要骑马，而是那马不能丢。此马跟着汪照十几年了，有苦劳、有功劳，还有一些故事，今日之事不能怪它。

汪照的千人团全都进入树林后，就没再遇到袭击。先头部队的胡营长让士兵加快步伐，尽快离开这阴森恐怖之地。胡营长话音刚落，树林中忽然枪声大作，听上去至少有一个排的火力，里头夹杂着步枪、冲锋枪的射击声，看来射击的人要对目标进行集中打击，毫不客气。

"回击，往死里打，一定是九仙山那些臭娘儿们，还有'土红军'！别让他们跑了！"汪照命令道。开打的位置就在汪照、朱正两副担架附近，汪照被惊得差点儿从担架上摔下来，幸好有四个人抬着，只摇晃了几下又稳住了。汪照又喊："放我下来，放我下来！"

汪照忘记了眼痛，挥舞着手枪，让士兵们集中火力打"土红军"，口中

303

不停地骂道："王八蛋，怎么专找我打，我何时得罪你们了？"

这支一千多人的队伍，足足有三个营，一营在前，二营在中间，三营负责断后，此时已全部进入树林。他们的目的不是在路上打仗，而是想快速通过，直捣鼓镛县，可偏偏在路上遇到有人捣乱。

因为遇到突然打击，国军士兵死伤二三十人。汪团长命令反击后，国军火力占上风，树林里的枪声减弱，也渐渐远去了。

"咬住他们，坚决消灭！"汪照一边说一边用一只眼指挥。已经出了树林的胡营长听到后面打起来了，命令部队立刻掉头，前队变后队，向树林腹地赶过去。

枪声一响，朱正从迷糊中醒来。眼睛的伤痛带动头部各处的神经系统，让他感受到了剧烈的疼痛。但与死相比，疼痛算得了什么？他不敢再高高在上躺在担架上了，枪打出头鸟，适才骑马就是血的教训。朱正被人搀扶着，走到汪照身边说："汪团长，此时是歼灭九仙山婆娘们和'土红军'最好的机会，绝不能放过他们，要报这一箭之仇，机不可失！"

"朱副官，你身子骨弱，就坐等胜利消息吧。既然他们现身了，我们岂能让他们再逃脱？"汪照手摸伤眼，一脸疼痛的样子，又因为激动，有些站立不稳，勤务兵把他扶到一块石板上坐下。

朱正有气无力地躺在担架上。他虽然不如汪照勇敢，但是此时仍在想着一些事情。打仗用不着他指挥，他作为副官，也不能行使指挥权。他只考虑自己会不会遭到二次打击，或者死在树林里。忍着痛，他又对汪照说："汪团长，咱们身边应该有人。"

听朱副官这么一说，汪照如梦初醒，让警卫传令："三营退出战斗，火速返回。一营、二营继续追击，由一营长胡金顺统一指挥，务必歼灭九仙山女子和'土红军'！"

一会儿，三营长带部队返回。汪照说："我和朱副官已不能冲锋，九仙山女子神出鬼没，随时可能出现。此刻开始，三营的任务就是保卫朱副官和我，并随时歼灭来犯的九仙山女子和'土红军'！"

"三营一定不负使命，保护二位长官，并消灭敢于来犯的九仙山女子和'土红军！'"三营长信誓旦旦地说。他命令部队里三层外三层如铁桶般围着他们的长官。

朱正说得没错，袭击他和汪照的人就是九仙山女子。

根据肖叶营长、金石峰、欧阳女的商议，红军在杨家岭一带设立两道防线拦截国军汪照部。九仙山游击大队为第一道，就在杨家岭一线。九仙山游击大队成员都是鼓镛县人，熟悉地形且善于奔跑，个个武功高强、能征善战。她们行动敏捷，常常神出鬼没，怪不得红军中有人说她们："在树上宛如飞鼠，在地上类似狼群。"

他们在部署上又分为前后队。金石峰带领三十多个男队员为后队，欧阳女及其姐妹为前队。这样分队意味九仙山女子就要在前面冲锋。起初金石峰不同意，说危险都让女子担着，他们还算什么男人。还有人说得非常直白：绝不能让女人死在男人前头。欧阳女却说，这只是在队形上的排列，大家在战斗中绝不是机械地一前一后，也有可能是二队在前、一队在后，或是打乱了顺序不分前后作战。大家这才没再说。

杨家岭一役拉开了红军与汪照部队作战的序幕。这场战斗是金石峰和欧阳女设计的，九仙山游击大队抢先占领了杨家岭。欧阳女说："把携带的三分之二手榴弹在此用在敌人身上。我们居高临下，敌人初来乍到，摸不清底细，一定会埋头行军或往上冲。咱们就专用手榴弹攻击，把他们打得晕头转向。"

金石峰笑着说："别看欧阳大队长是女子，其实心够狠的。你这是给汪照见面礼还是下马威？若汪照这回不死，他会永远记住你的'好'！"

欧阳女说："我们就用手榴弹举行一个欢迎仪式，让敌人在杨家岭上高兴高兴！"

栀子兴奋地说："漂亮！我们姐大一出手就是大手笔，将来一定能成女将军。"

温七妹没有笑，那张脸仍是冷冷的，但她十分赞成这个战法，说："别说废话了，把手榴弹都搬到前线，有我们九仙山姐妹就够了，金大哥你们休息。"

金石峰说："七妹，你这是什么话？让男人休息，让女人去送命？你这不是笑话我们吗？再说，我还是你们的政委呢，你们打枪还是我教的。"

欧阳女说："大敌来临，谁也没时间再休息，听我部署。"

于是，欧阳女组织三十名投弹手，发给每个人五枚手榴弹，并且连投弹距离都事先做好了安排：二十米内的敌人留给投弹距离近的人，超出二十米就由能投掷远距离的投弹手来完成。"这场开局之仗，一定得打好。"欧阳女接着说，"除了投弹的三十个人，其余人都埋伏在侧翼，没有命令不能开枪。"

之所以不开枪，是因为欧阳女自有她的想法。正如她所设想的，后来的战斗中大家只用投弹，一枪未开，炸得敌人晕头转向，只会"嗷嗷"喊叫，最后还死伤百余人。但毕竟几十个人难敌一千多人的进攻，欧阳女诱敌深入，想把敌人引到树林里，拖死他们。

在树林里行走是九仙山游击大队的强项。在苍翠连绵的林海中，他们利用草丛、树枝和绿叶隐蔽身体，如同穿上了"隐身衣"，让敌人看不到，但她们却能清晰地看见敌人。

因为九仙山女子们有"飞石弹"的绝技，所以欧阳女准备在树林里用一用。欧阳女、温七妹、栀子和罗罩四人联手出击。在讨论计划时，金石峰说："射人先射马，擒贼先擒王。要打就先打汪照。"

欧阳女赞成："对，就打汪照。为了保证一击即中，我与罗罩射杀汪照，七妹和栀子射击马匹。记住，射击点是眼睛和头部。"

"是，眼睛和头部！"二姐妹回答得干脆利落。

四人在出手前发现了两匹马，等敌人走近了，才看到其中一个坐在马上的人是朱正。这个朱正，她们再熟悉不过了，在九仙山上，他就想找埋由杀了她们，还挑人与她们比试功夫，结果败下阵来。

因为多了个朱正，四人临时调整射击目标，欧阳女和栀子射击汪照和朱正，主要是考虑到栀子的"飞石弹"功夫高于罗罩。温七妹和罗罩则负责射马。汪照身边的人当时只顾及到人，没人关心马，他们更不知道两个长官的坐骑与他们的主人一样都失去了一只眼睛。

失踪的马匹落到了九仙山游击大队的手里。

行军打仗通常的方法都是先截击两头，再全歼敌人。但九仙山游击大队人数少，几十个人吃不掉一支千人的队伍。欧阳女在袭击了汪照、朱正后，再利用林深树密的特点，打得国军"中间开花"。汪照险些就此送掉性命，毫无准备的国军经此一役，又死伤数十人。待反应过来，国军再组织反击时，九仙山游击大队已跳出国军射击距离。恼羞成怒的汪照，命令士兵们舍命追击，务必全歼"土红军"，并下令："生擒九仙山女子一人，赏银圆五十。"

士兵们都心知肚明，团长是报伤眼之仇，只有抓到九仙山女子，尤其是那个欧阳女，扒她的皮，抽她的筋，割她的肉，喝她的血，方解心头之恨。

"弟兄们，活捉一个女子，赏五十块银圆，用力呀，这钱好挣。"胡营长在营中大喊。

"那打死了有没有钱？"

"对，打死了有没有钱？"士兵们纷纷问道。

"打死了？打死了也应该有吧。团长没说，咱也没问。"胡营长说。

"营长，该问问团长，若打死了也有钱，咱宁可少拿几块。一枪打死了，省力。"

"是啊，活的难捉。听说九仙山女子像泥鳅一样滑。"

"那就去问问团长。"胡营长一说，警卫员立马掉头，就往汪照那边跑。

"回来！"胡营长忽然意识到不妥：这样的事怎么能去问？团长本来就与他胡金顺不和，这不是自己找骂吗？但已经迟了。警卫员跑得像猎犬一样快，瞬间就没了踪影。

果然，汪照大为恼火，说："钱！钱！钱！他妈的，没钱就不打仗、不打'土红军'啦？我不给钱，你们也要消灭九仙山女人，否则，让胡金顺提头来见。"

"是，团长，让胡金顺提头来见。"警卫员向汪照敬了个礼，转身就走。

"回来！"

警卫员又转头问："报告团长，还有事吗？"

"对胡金顺说，打死一个给二十块。"

"是，打死一个给二十块！"

警卫员还没走，他灵机一动，壮起胆子说："不然就再加十块吧，这样官兵们更有劲头。"

汪照摸了一下伤眼，一脸阴沉地说："你一个臭小子也敢与我讨价还价？好吧，就三十块。"

"是，团长，打死一个给三十块。"

"臭小子，一个个都是贪心的贼！"

或许是因为怄气，汪照的伤眼又疼痛起来。

朱正在一旁听得清楚，说："其实还可加码，比如说活的给六十、死的给四十，多加的十块我出。"

汪照说："你小子，不，朱副官怎么不早说？这样吧，活的给八十，死的给六十，多加的三十块你出。警卫班长，你去通知胡营长。"

"汪团长，你真抠。"朱正说完，在担架上转了个身，闭上眼睛。

听说抓一个女子得八十块银圆，打死一个女子得六十块银圆，国军士兵像吃了鸦片一样兴奋，说："活捉一个八十、打死一个六十！活捉一个八十、打死一个六十！"国军士兵的叫喊声回荡在树林里，被距离他们不远的九仙山游击大队听得清清楚楚。

欧阳女说："姐妹们，从今天起咱们值钱啦！"

栀子说："姐大，这是给咱们大伙儿定的均价，你的身价肯定不止这个数，至少一百二。"

曹梅说："依我看，一百二也不多，少说也值两百或一百八。"

欧阳女说："你们俩别臭美了，亏你们不是汪照。"

没等欧阳女说完，栀子就抢着说："如果我是汪照，一定出五百块银圆活捉欧阳女，然后说：'欧阳妹妹，虽然你打瞎了我一只眼睛，但是如果你能嫁给我，咱们俩的仇恨就一笔勾销了，你看咋样？'哈哈哈……"

欧阳女瞪着圆眼，说："栀子，等打完仗再收拾你！"

曹梅笑着说："如果我是汪照，一定出五百块银圆活捉栀子，然后说：'栀子妹妹，虽然你和欧阳女打瞎了我一只眼睛，但是如果你们俩一个做大、一个做小，同时嫁给我，咱们的仇恨就一笔勾销了，你看咋样？' "

"哈哈哈……"欢快的笑声与激烈的枪声交杂在一起，逼迫着九仙山游击大队奋力还击。在上千名敌人展开地毯式搜索的情况下，九仙山游击大队不得不退到一道山梁上。

"金政委，我们不退了，在此和他们干一仗！"欧阳女说。金石峰同意欧阳女的提议。他说："同志们，前面几个回合我们赢了，敌人因为输得不服，正在死死咬住我们不放。我们要避开锋芒，找机会再给他们点儿颜色。"

正如金石峰所说，双方已经较量了几个回合，红军出其不意的几场战斗，导致国军死伤近两百人，又伤了汪照和朱正两个主要长官。失败往往能够激发部队的斗志，眼下国军官兵被失败的不甘和奖金诱惑驱动，锐气难挡。

他又对大家说："不能在这里死扛，几十个人是消灭不了一千多个人的。打 枪换个地方，我们要换一种打法，九仙山游击大队不能牺牲在这里。"作为县苏维埃副主席、九仙山游击大队的政委，金石峰要对大队所有人负责。

这次较量是几场战斗中最激烈的一次。九仙山游击大队占据地形优势，但国军不仅人多，而且在轻重武器上都占优势。好在林深树密，国军的山炮无法使用，又因身处山下，手榴弹投不上去。九仙山游击大队有两挺机枪、三支冲锋枪，其余都是步枪。

九仙山游击大队还有一个优势：他们可以向下投弹，现在手中还有些手榴弹。

一枚枚手榴弹在敌人密集处炸开，当场被炸死的人永远闭上了嘴，被炸伤还没死的人"哇哇"地哭喊着。

一颗颗从国军枪膛里射出的子弹，"嗖嗖嗖"地打在九仙山游击大队战士们的身边，有的钻进土里，有的打在石头上跳弹起来，有的打在战士的肩上。国军进行了几番攻击，都被红军打了下去。因为山地太陡，实在没有攻上去的办法，国军长官只能用枪指着士兵的后背，让士兵踩着死去士兵的尸体向上冲。

"活捉一个九仙山女子赏八十块银圆，打死一个赏六十块银圆！弟兄们冲啊！冲啊！"

国军长官又拿出"奖金"激励士兵。

"活捉八十、打死六十！活捉八十、打死六十……"士兵们嘴上念叨着，同时利用树干隐蔽身体，缓慢地向上前进。

"来吧，'山狗子'们，你奶奶、你妈妈、你的姐姐们都在上面等着！"

"我们九仙山女子都是仙女，可漂亮啦，你们既能一睹芳容，又能得八十块银圆，哈哈哈……"

国军士兵听到女子们在戏弄他们，又气又恼，当即不顾生死再次发起冲锋。国军的这次冲锋是否能够成功？九仙山游击大队的命运又会如何？下文说。

第四十三章

月暗星稀诉真情

和国军对话的是栀子和曹梅。

经栀子和曹梅的一喊一骂，国军中的一个排长受不了，带头就要冲上去，士兵们见排长冲在前面，不敢不跟上去，结果都死了在途中。

金石峰对欧阳女说："没想到栀子和曹梅，不仅人长得漂亮，骂人也骂得漂亮，居然'骂'死敌人的一个排。"

欧阳女笑着说："你不是政委吗？这就是政治攻势。"

金石峰惊讶："对呀，我这个政委不称职啊，应该让贤给栀子。"

大家在说话的同时，目光始终都在枪口上和进攻的敌人身上。双方相距不远，大约在五十米上下。这样的距离，若是在平原，训练有素的战士不需十秒就可以冲到身边。但山地、陡坡、荆棘阻挡了进攻，国军要冲过这道被杂草覆盖的坡地，犹如跨过一道宽阔的鸿沟，要付出巨大的代价。

枪声只停止了一会儿，国军的胡营长赶到阵前，叫喊着督促士兵进攻。

许多国军士兵被栀子和曹梅的叫骂声触动了。他们在想：山上只有十几个女子，连同男人不过五六十个人，国军一千多个人都奈何不了他们，这是怎么回事？也有人认为，山上的几十个人都是女人、农夫，都是穷苦百姓，何必对他们赶尽杀绝？还有人觉得，团长之所以出钱剿杀女子，是因为感觉到她们太难对付、太厉害了。这样的女子，又岂能杀掉她们？更有人觉得，她们不管有多厉害，毕竟是女子啊，若真要面对面时，怎能下得了手？

但军人就得服从命令。国军士兵们的身后是排长、连长、营长，他们手里的那支短枪正对着自己的后背。

枪声再次响起。国军士兵们往上射击，要抬头、举枪、移动身体，才能把子弹打出去。但完成这几个动作，就会把自己暴露在对方的枪口下。如果不这样做，那他们将无法瞄准对方，子弹就全打到天上或土里。国军的重武器——山炮，完全用不上，茂密的树林阻挡了视线。机枪也不好用，远距离射击的效果堪比放鞭炮，近距离射击子弹全打在上方的土里。因此，国军的这一场战斗打得辛苦，却没效果。士兵们都在心里骂长官：与这几十个男女计较什么，不如把他们扔下，找到路直取鼓镛县。

山上的儿仙山游击大队却越战越勇，毫无怨言。山上虽没有战壕，但他们占据一道横着的山脊，身前与身后都是斜坡，便于隐藏和射击。他们不必费劲就能抬手举枪，只要闭上左眼，睁开右眼，屏住呼吸，就能准确地打死敌人。

国军这一番进攻约一个时辰，还是没有进展，只在阵前留下几十具尸体。胡营长恼羞成怒，叫来两门山炮，试着让炮弹穿过树缝，打上山顶。但炮弹不听话，它们不愿走弯路，赌气般地撞在树干上，然后瞬间掉到地上。爆炸后的千百块弹片四处飞溅，炸死、炸伤国军士兵好几个人，有几棵附近的树木也被震荡得枝叶横飞，树干上伤痕累累。

"不能打炮，哪个王八蛋下的命令？我的头破了！"一个被炸伤头部的士兵说，"给我一枪吧，干脆给我一枪，我不愿打啦，痛死我啦，痛死……"士兵再也不会喊了，永远闭上了嘴。因为左胸脯也射进了一颗子弹，所以士兵本能地用双手捂住伤口处，热乎乎的血还在往外流。他眼皮低垂，无力的眼神死死地瞪着向他开枪的人。

开枪的人是胡营长。国军士兵见胡营长如此残暴，连自己的伤兵都杀，真想调转枪口给他一枪，但都忍住了。

胡营长在阵前大叫："谁再质疑长官指挥，就这样死！"

胡营长急了。弄来五十个人组成"敢死队"，向山上冲锋。"敢死队"果然不同，一口气冲到山顶，居然没有一人死亡。"敢死队"都使用冲锋枪，五十支冲锋枪同时射击，就像五十串五千响的鞭炮同时响起，让人分不清是防御的一方还是进攻的一方的枪声。

看到"敢死队"冲上去了，胡营长那张绷得像腊鸭的脸，终于又露出笑容。他说："臭婆子们，看你们还怎么跑！"又大声对"敢死队"说，"男人不值钱，杀死他们；婆子一个八十，枪下留人！"胡营长自己也往山顶冲。

"营长，没一个活的。""敢死队"成员报告说。

"全死啦？死了也罢，也有六十。"胡营长上气不接下气地说。

"也没死的。"

"她们去哪里了，都跑啦？"胡营长问。

"一具尸体都未看到，营长，这仗打得太窝囊了，死的全是我们的人。"

"敢死队"胜利的消息，顷刻间传到后方，汪照和朱正都兴奋了一会儿。汪照在心里说：老胡，你虽然总是和我作对，但今天逮到了九仙山的婆娘们，我一定会兑现银子，我还会给你请功。

　　朱正这时也在想银子。说出去的话就要算数，用银圆买解恨，这在国军中或许是绝无仅有的。朱正觉得值，毕竟报了仇。到时候他要亲手用刀子把伤他的女子的眼睛挖出来，然后从头到脚一刀一刀地割，方解心头之恨。他又在想九仙山女子，尤其那个欧阳女。说实话，他觉得这女子确实长得不错，手段又了得。当时在九仙山上，他就想：这么一个美女做尼姑可惜了。在这荒山野岭，庙里的日子不好过啊，可她却过得舒舒服服的，还聚集了一群女子围着她转。还有那个叫栀子的女子，那身段、那脸蛋、那气质以及那张不饶人的嘴，真是让人又恨又爱。

　　"朱副官，到时候胡营长跟我要银圆，你得再借我一两百。"汪照说。

　　"亏你还是团座，好意思向一个副官借钱？再说，我亦是囊中羞涩，自己的那部分还不知去哪里找，正想跟汪团长借呢，却被你先说了。"朱正说。

　　"朱副官，您是旅部副官，不是我团里副官，应该财大气粗啊！"汪照说。

　　"汪团长这是在笑我吧？"朱正说。

　　"哪能呢。只是我们承诺了，就一定得给士兵们。"汪照说。

　　"一定一定，否则往后咱们说话还有谁听？这样吧，咱们在这担架上也没那么多银圆，不如先写下欠条，让兄弟们吃个定心丸。"朱正说。

　　"只能如此了。"

　　两个长官在商量着如何兑现银子，这时前线又传来消息：既没活捉，也没打死一个九仙山女子。

　　"什么，没打死一个？那她们去哪儿了？不是说'敢死队'上去了吗？上去了怎么没逮到？"汪照号叫着说。这时，胡营长回来了。

　　"胡营长，我把两个营交给你，你竟然对付不了几十个野男女？你还有脸回来，我毙了你！"汪照就要拔枪，忽然那只伤眼剧烈地痛起来，他放下摸枪的手，紧紧地捂住眼睛。

　　"团长，息怒啊，身体要紧。"胡营长安慰道。

　　朱正也非常恼火，国军还能打仗吗？一支千人的队伍，居然被十几个女子和二三十个村夫打得晕头转向。朱正又恨九仙山女子打瞎他的眼睛，他在心里说：如果我朱正不受伤，眼下的局面绝不会是这样的，九仙山女子早已成枪下鬼。汪照无能，死了都活该，却害死了我。这个人，去三台峰剿匪，就像是去游山玩水，空手去，空手回。此前守护杨家岭，又把一个团丢了；这次在杨家岭，又把仗打得一塌糊涂。此人并非将才，周志群却反复地重用他，焉能不败？但恨归恨，总得想办法突围出去。朱正说：

"汪团长，放弃追杀九仙山女子，收拢部队，往鼓镛县赶。"

"不报伤眼之仇啦？"汪照用剩下的一只眼看了一下朱正。

"我想尽快到鼓镛县治眼。"

"朱副官说得对，眼睛才是自己的。"汪照命令胡营长，扔下九仙山女子，仍以一营为先，火速赶往鼓镛县。

九仙山游击大队虽然连连告捷，可毕竟敌众我寡。金石峰说："见好就收吧，打几枪换个地方，拖死敌人。"

欧阳女赞成。于是，趁枪声大作，红军部队悄悄地从山背后撤走。这些地方，除了女子们，九仙山游击大队的其他人都很熟悉。廖焱说，他每年夏天都会来这一带采香菇。冬天雪后，天气变暖时，山里腐烂的树木上会长出漂亮的香菇。这片深山，雾气浓重，最利于香菇生长，他每年都要来一两次，因此对地形十分熟悉。

"姐大，咱就这样撤了？后面很难再找到那样的位置了。"撤退途中，栀子问。

"这一仗打得好爽。真想再打下去。"温七妹感叹道。

金石峰听了，笑着说道："就怕你不做牛，还怕没地犁？咱们不能一口气吃敌人一个团，那样会撑死的。"

"哈哈……"众人大笑。

"同志们，咱们的任务是不让敌人进城。现在敌人已经让我们牵着鼻子走，我们就让他们在山里转。此处林深山阔，敌人似盲人，而我们却能看得清楚。战场由我定，哪个位置好打，我们就把他引到那里，消灭他们。"金石峰说。

欧阳女说："那个国军汪团长，还有那个副官朱正，大家知道他们现在是啥心情吗？"

"不知道！"大伙儿都看向欧阳女。

欧阳女说："又痛又急又恨！"

"姐大，你好像钻进他们肚子里了。"栀子笑着说。

"下山一里多地，有个小村子叫余家坊。天就要黑了，欧阳，咱们去那里借宿一夜，如何？"金石峰看着欧阳女说。

欧阳女说："可以。"

走到余家坊时，天色已黑。这个离鼓镛县几十里的村子只有十多户人家，在天黑时忽然来了一伙人，一个个荷枪实弹，身上沾满泥灰，村民们不会害怕吗？要知道，去年的一天，也是在这样一个掌灯时分，土匪罗洪彪等三百多人闯进村子，白吃白喝后又糟蹋了村里所有五十岁以下的女人，害得多名女子上吊自杀，多个家庭家破人亡。

但今天，当九仙山游击大队出现时，村民们一点儿也不惊慌，还笑脸相迎。

"石峰叔叔……"一个男孩向金石峰扑来。

"牧耕，你怎么在这里？"九仙山游击大队里的人都认识牧耕，只是没想到，他一个孩子怎么会在此时此地出现。正在大家疑惑时，又出现了几个人，他们是廖顺生、水娘，还有七八个城北村的乡亲。

廖顺生走到金石峰和欧阳女面前说："石峰、欧阳大队长，大家辛苦啦！"

水娘也走过来，拉着欧阳女的手："妹子，你们累啦！大伙都好好的吗？我们在此等半天了。"

"等半天了？"欧阳女一头雾水，不知他们怎么会在这里等自己，也不知他们又怎么知道自己会来这里。

廖顺生看出欧阳女和大家的疑惑，就不再打哑谜了，说："我们之所以在这里，都是因为石峰的安排。"

欧阳女捋了一下蓬乱的头发，看着金石峰说："金政委，是你安排他们来这里的？"

大家的目光一时间全看向金石峰，期待着他的解释。

"是，是我让廖顺生他们来送饭的。"

"你是怎么通知他们的？"

"我会变化分身、我有千里耳呀。我遥望着天空的云朵，让白云带着我们要吃饭的信息，飞到鼓镛县，飞进廖顺生的耳朵……"金石峰像作诗一样，"糊弄"着大家。

"金大哥真这么厉害？"还真有人信以为真。

"还是我来说吧。昨天在游击大队行动前，石峰把我叫到一边，让我组织几个人带上大米、油盐、蔬菜和弹药，在今天中午之前赶到余家坊村。我们已按时到达，在此等待半天了。"廖顺生说。

栀子说："金大哥，哦，金政委，你又怎么知道我们会打到那个树林，然后到余家坊吃饭？"

温七妹说："你怎么知道我们不会死了？"

"这就叫能掐会算！"金石峰得意地说，"可我没算到牧耕这小家伙会来。"

"哈哈哈……"

这时，村民们都出来迎接，一个中年男子走到金石峰面前，拉着他的手说："金副主席，你好！大家伙儿好！"

因为天已经黑了，金石峰没认出中年男子，他问："你是？"

"我是砍下罗洪彪头颅的那个人。"

"哦，是你？"金石峰握住男子的手。

"哦，是他？"大家都看向男子。

男子向村里的人介绍金石峰说："大家认识吗？他就是咱们鼓镛县苏维埃临时政府的金副主席，这些人是苏维埃的部队。"

金石峰对村民说："乡亲们，今晚我们这几十号人就要借宿在余家坊了。我们不进屋内，就在屋檐下，只要能遮雨避雾就行。"

一位蓄着胡子的老人挤出人群，说："那怎么行？金副主席和大家都是咱们自己人，哪能睡在屋檐下？人在屋檐下可是要低头的，我们能让自己人低头吗？"

"哈哈……"

老人虽年过花甲，但说话幽默，声音铿锵有力，他继续说："罗洪彪的土匪在我们村强吃强喝，又糟蹋女人，犯下滔天大罪。是苏维埃和红军消灭了土匪，帮余家坊报了血海深仇，余家坊的人还没机会感谢呢。今天，所有余家坊人向苏维埃、向恩人行一个跪礼。所有人跪下！"

"使不得，使不得，折杀我们啦！乡亲们快请起！快快请起！"金石峰疾步向前，第一个将说话的老人扶起，其余的人也都向前将乡亲们扶起来。

原来，这位有号召力的老人是村里的族长。

水娘和廖顺生等人借余家坊乡亲们的锅灶，将带来的食物煮熟。晚饭后，乡亲们让九仙山游击大队的女子与村里女人睡；九仙山游击大队的男人则和村上的男人挤着睡。廖顺生和水娘等人是来送物资的，任务完成后，他们连夜赶回鼓镛县。牧耕却不愿走，他缠住金石峰说："我要留下来打仗。"

金石峰说："牧耕，你还小，'山狗子'们一个个都像叔叔这样高大，你不是他们的对手，仗留给叔叔们来打。"

牧耕走到欧阳女身边问："姐姐，你们不怕'山狗子'吗？"

欧阳女蹲下，两手拍着牧耕的肩膀，微笑着说："不怕，姐姐和其他姐姐是专门打土匪和'山狗子'的。'山狗子'见到我们就会吓得撒尿。"

"姐姐真厉害！"牧耕又说，"我爹如果在，他会打'山狗子'吗？"

欧阳女说："你爹如果在，一定是打'山狗子'的英雄。"

站在一旁的水娘，听到儿子牧耕说爹，心一下紧绷起来，脸上的笑容刹那间消失了。廖顺生走到牧耕身边说："牧耕，咱们回家，让叔叔和姐姐们休息，明天才有力气打'山狗子'。"金石峰和欧阳女送了牧耕一程。

回到村里，金石峰对一脸泥灰的欧阳女说："你去擦把脸，早点歇息。"

欧阳女也看着金石峰那张似乎永远都不会疲倦的脸，微笑着说："那你呢？"

金石峰说："我要站岗，一支部队的驻地不能没有岗哨。"

"还是你考虑周全。那就我来放哨。"欧阳女说。

"不，没必要牺牲两个人休息的时间，明天的任务一定更艰巨，你去睡吧。"

"不，还是你去睡吧，你比我大几岁。"

"不，还是你去睡，你是女同志。"

"那咱们俩扯平了，你比我年纪大，我比你头发长。咱们俩都不上床，就与星星相伴，在屋檐下轮流打盹，让兄弟姐妹们安安静静地睡一夜，他们太累了。"

金石峰此时无话再说。他默默地看着眼前的她，多么漂亮的一张面孔啊，被弄得如此灰头土脸；多么可爱的一个人儿，被拖得如此疲惫！是谁这么残忍，对这样一个人美心善的人都没有一丝怜悯？害得她将花样的年华都耗费在大山里。

"石峰，你在想啥？"

"我在想，咱们俩什么时候能有一天时间专门谈恋爱。"

"哈哈！有的，现在不就是吗？"夜幕下，欧阳女深情地看着他，笑了。这一夜，这一双人就这样披星戴月、一声不吭地"恋爱"到天亮。黎明时分，东方的天空飘着几片灰色的云。金石峰心想：这一定又是个风云变幻的日子。山那边的国军昨夜是怎么过的？九仙山游击大队今天又将遭遇什么？下文说。

第四十四章

欲将死路变活路

　　汪照和朱正因为瞎了一只眼，不能直接指挥战斗，所以把作战的事交给了胡营长。胡营长领着部队在树林里周旋一天，除了丢下一百多具尸体，没有丝毫收获。朱正在心里大骂汪照和胡营长是草包，若还与"土红军"怄气，所有人都将死在树林里。

　　一听说要撤离树林，国军士兵都像多了一条腿，三步并作两步往前冲。但没走几时，天就黑了。看不见路，速度快不起来，大家只能缓慢地走。胡营长因为急着赶路，也想早一点儿离开这片迷宫一般的树林，因此走在最前面。

　　所谓走出树林，只是相对而言。此处森林茂密，不是大树就是小树。杨家岭这一片大树林里的树木多为黄叶栲、栲炭树，这两种树木不能做建材，民间用不上，就在山里一直长着，所以山上的百年老树很多。这片林子的名称就叫"栲树林"。

　　栲树林外仍是郁郁葱葱，只是树木参差不齐，有大有小，待在栲树林外，士兵们不会像在栲树林里那么沉闷、压抑，可以轻松地呼吸。胡营长走在前面，一会儿走出了栲树林，抬头可看见天空，又见不远处有一道潺潺流水的小溪，想走过去喝口生水，洗一下一天都没碰过水的脏手，再擦一把黏糊糊的脸。但胡营长未能如愿，就在他加快步子往小溪走的时候，突然一梭子弹射了过来。

　　听到枪声，胡营长和紧随而来的士兵本能而迅速地趴下。枪声停了十几秒又响起，这一波射击，时间更长、更猛烈。枪声停下后，一个江西口音的人学着古代拦路强盗的口气喊道：

"此树是我栽，此路是我开，要想从此过，留下人头来！"

胡营长以为对方只是强盗，就没那么害怕。他慢慢地站起来，回喊道："前面是哪路好汉？说话别那么冲，我们是国军部队，只是路过此地，请让我们过去。"

"你们未经允许闯进我们的地盘，要想过去，除非横尸在此！"

胡营长说："普天底下，莫非王土。尔等坐井观天，别误了自己性命。"

"强盗"没再说话，胡营长也不再喊叫。双方似乎都在静听对方动作，但等了几分钟也没声响。胡营长向后面的汪团长汇报，得到回复："命令部队原地休息，部署一个排通宵警戒，待天明后进攻。"

国军士兵一天下来没吃到热食，由于劳累，啃了几口干粮，就不问一二三四，"呼噜呼噜"地睡去。天一亮，他们就被长官催醒，一个个懒洋洋地不想起来。

汪照让士兵搀扶着来到一营了解了昨晚的情况后，说："只是几个山贼，想吓唬吓唬咱们的。听到咱们是国军后，一定吓得屁滚尿流，连夜跑了。让胡营长率部前行。"

胡营长今天没走在最前面，他想起昨晚那阵不讲理的枪声就心惊肉跳。今天在前面当炮灰的是一连一排。他让一排加快速度跑，头也不回快速地跑，通过那条流水的小溪。胡营长不相信他那个狗屁团长说的话，果然，一排一到小溪边就遇到了阻击，火力密集程度胜过昨晚几倍。一排倒下几名士兵，其余人退了回来。

"不是山贼，可能是昨天与我们鏖战的'土红军'，还有那些娘儿们。"胡营长向汪团长报告。

"不是，娘儿们昨天往西退去，我们现在往南走，方向不对。"汪照说。

"我的团长，他们都是这里的人，翻山越岭对他们而言只是小菜一碟。"胡营长说。

"再喊话，如果真是他们，就只能破釜沉舟，拼死一战！"汪照说。

胡营长再让人到阵前喊话，得到的回答是："想死个明白吗？可以。告诉你们，我们是中国工农红军第三十九军一团，在此恭候多时了。你们如果不想死，就快快投降；想进鼓镛县，门儿都没有！"

"原来他们才是真正的红军。"

"怎么办？昨天的几十个'土红军'就让人够受的了，今天来了一个团，咱们岂不是找死？"

"红军都编制到三十九军了，中国到底有多少红军？"

"是呀，咱们国军可能还没三十九个军呢。"国军队伍里一时间议论纷纷，有的人害怕得手脚发抖。

汪照拔出手枪，对天打了一枪，说："看看你们的熊样，一个团就把你们吓倒了？咱们不也有一个团吗？胡营长，一日之计在于晨，你们营开个好头，杀开一条血路，消灭'土红军'，进军鼓镛县。"

这时，朱副官来了。他坐在担架上说："前面的人是虚张声势，别瞎听。目前，全国的红军才几万人，何来的第三十九军？对面也没一个团，顶多百十号人。别听到风就是雨，赶紧趁早杀过去，离开鬼树林。"

在两个长官的督促下，胡营长把山炮调来。因为此处大树稀疏，只要瞄准，飞出去的炮弹能越过树顶，就可击中目标。

国军的小山炮终于用上了，一口气打了二三十炮，给国军士兵们带来极大的鼓舞。昨天一天不能用炮，他们被"土红军"打得直到现在还头晕、胆寒。这一开炮，一个个不再无精打采，都来了劲儿。胡营长趁势大喊："弟兄们，这回'土红军'没戏唱了，杀过去，冲上去，到鼓镛县吃热饭，喝美酒！"

在对面阻击国军的，不是他们口中的"土红军"，而是正规红军。他们就是肖叶营长的部队。按原计划，肖叶的一营和九仙山游击大队一起在杨家岭第一坳口拦截敌人。经欧阳女提议，为了迷惑敌人，让其产生杨家岭方向没有红军的错觉，决定兵分两路：欧阳女和金石峰带九仙山游击大队到第一坳口，肖营长率领部队在二十四弯，也就是八个月前汪照险些丧命的地方，再次设伏。总体战略预测是：在第一坳口给敌人上第一道"菜"、第一碗"酒"，让敌人"喝"足、"吃"够，然后再将其引进栲树林这片深山林海，分割歼灭，力求干掉敌人一到两个连。肖叶的一营在二十四弯守株待兔，将在栲树林无法消灭之敌全部歼灭，让汪照命丧此地。

经过两天一夜的战斗，肖营长发现效果比预期的还好。但战斗时间比原计划的长，这是因为汪照、朱正被打瞎了眼睛，他们又痛又恨又恼火，想在栲树林里消灭九仙山女子，结果却陷进这茫茫深山。

肖营长听联络战士报告，说敌人还在栲树林，此时已经是第二天的下午，他担心九仙山游击大队弹药不足，顶不住压力，就令一连连长杜鲁率领一连向栲树林推进。杜连长原本就担心九仙山游击大队，更怕栀子有危险，正在干着急之际，奉命增援，就像去迎亲一样兴奋。二十里山路，不到一个时辰他就带部队走完了。到了栲树林外，太阳已经下山，栲树林里黑乎乎的。

杜鲁发现此时枪声已经停止，九仙山游击大队不见踪影，而国军队伍乱哄哄的。杜鲁派战士靠近听，没听到九仙山游击大队被消灭的信息。

杜鲁听了汇报，断定九仙山游击大队还在，栀子一定没事。那颗悬着的心终于落了下来。他又断定敌人一定会立即行动，离开栲树林，因此就在栲树林外的小溪对岸构筑工事，准备将敌人打回，让其在栲树林过夜。不出所料，就在夜幕降临时，国军火急火燎又若无其事般地走出了栲树林，结果遭到了红军的袭击，或者说警告。在天黑、路暗、地形不熟的情况下，如果国军贸然行动，除了死亡没有别的可能。

国军无奈之下，只好退回栲树林，等待天亮。

国军的山炮果然产生了效果，尤其是前面几发炮弹不偏不倚地落在红军阵地的中心，红军伤亡七八人。但是，国军后面打的就都是"防空炮"。红军战士不是第一次领教炮火，开始只是没预料到，当战友们牺牲在炮弹下时，杜连长让大家迅速撤离阵地，避开打击。

国军一阵炮击，又没听到声音，估计红军已经被打死了，即使没死，也一定非伤即残，无力再抵抗。汪照大喊："红军'哑巴'了，快点冲锋，快点通过，快！"

胡营长也知道，在不确定红军是否真的被消灭时，快速冲过去是唯一的办法。胡营长虽是个粗人，但他作战勇猛且不怕死，每次进攻都身体力行，冲锋在前，士兵们见营长冲在前面，谁也不敢怠慢。

杜连长观察了刚才的炮击，看出与敌人距离不远。炮火停止后，他把部队再向前推进十米，到距离小溪岸边只有十多米处。因为时间仓促，红军无法挖战壕、筑工事，就利用地形，以土堆、土包、树木、大石头等为依托做掩体。

小溪没有多少水量，阻挡不住国军。只是小溪的两岸是陡斜的，胡营长和他的士兵冲到小溪边就遭到突然而猛烈的枪弹扫射。

"卧倒！"胡营长大喊一声，身边的好几个士兵倒下，连同他自己一起滚落到小溪里。只是摔倒下去的士兵，一个个都再也起不来，永远留在了小溪里。胡营长不仅没有死，而且也没有中弹。他在溪底躺着，细想如何避开头顶密集的枪弹。他知道，这个时候，只要一站起来就会被打成筛子，不仅成全了红军，也成全了那个讨厌的汪照。忽然，枪声停止了，胡营长一个箭步，飞身向前，三五步就回到了自己的队伍里。停止射击的时间其实只那么十多秒，胡营长抓住了这十几秒的机会，保住了性命。当然，也许在这十几秒前，双方都认为小溪里已经没有活人。

这条小溪，对于国军就是一条要命溪，想要越过，就必须先下后上。在这狭窄的地方一下一上，在平时算不上什么，可在枪林弹雨的情况下，它就意味着死亡！

胡营长回到军中，心想：除非搭建一座木桥，除非用士兵的尸体填满，否则，这就是一道鸿沟，一道很难逾越的鸿沟。

"再用炮击！"这是汪照的声音。显然，这位独眼团长没有在静心养伤，时刻都在考虑他的部队如何进军。

炮弹是打出去了，没碰到大树，也没打在小树上，炮兵的射击技术是精准的。可一发发炮弹都落到了红军的后面，未对其构成丝毫的杀伤力。

"笨蛋，炮弹飞太远了，打近点，打近点！"胡营长大叫。

"报告营长，弹道必须达到五十米以上，才能击中目标！"炮兵回答道。

"不能把炮管降低吗？"

"不能，它不是步枪！"

"他妈的，造炮的人都是些饭桶！"胡营长急得围着一棵大树转。

"可以用木头填沟，咱们这么多士兵，一人一棵就填满了。就不会动动脑筋、想想办法？"汪照说。

"可是这些树木不能用手弄断呀！咱们没刀、没锯子，请团座赐教该怎么办？"胡营长说完，远远地瞟了一眼汪照。

"就算用尸体填满沟也要过去！"江照忍不住喊道，也忘了那只正在疼痛的眼睛，拿着手枪，命令士兵冲锋。同时，他调集了十挺机枪，想用猛烈的火力压制红军。

红军的杜连长意识到国军的疯狂，知道他们要不惜代价越过小溪。他告诉战士们，一定得守住壕沟这道防线，只要敌人没越过小溪，仗就好打。可红军没炮，只有手榴弹。杜鲁说："只要敌人接近小溪就投弹。"

"是，只要敌人接近小溪就投弹！"此时，红军战士们士气高昂。

杜鲁又说："九仙山游击大队已经打了两天，消灭多少敌人咱们现在还不知道，但可以肯定的是他们给了敌人重创。敌团长、敌副官的眼睛被打瞎了，就是欧阳女和栀子干的。这两个妹子太棒了！"

杜鲁一想到栀子就忍不住"嘻嘻"地笑，那张久经风霜的脸也禁不住隐隐羞涩起来。

战士们听说敌人团长的眼睛都被打瞎了，觉得这仗一定打得不错，九仙山游击大队真厉害，欧阳女真厉害。

"所以咱们不能落后给九仙山游击大队，咱们是爷们，不能不如几个女孩！"杜连长说。

"女孩？她们是女孩吗？她们是女侠！连长，我们都知道，你忒喜欢那个栀子，那个栀子人是漂亮，但性格凶悍，嘴又刁。"有战士说。

"不许说栀子坏话。"杜鲁走到那战士身边，拍了一下他的肩膀说。

"哟，连长，人家好像也没答应你呀，她的那颗心在想着谁还不知道呢，您就这样护着她？"

"谁说栀子没答应我……"

突然有两颗子弹打在杜鲁身旁的一棵小树上，一颗敲掉了一块树皮，一颗钻进了树里面。杜鲁不敢再说女人，也不敢再分心想心中的她，一个急转身，移动了身体的位置，匍匐在一块大石头后面，而后大声喊道："敌人已到达小溪，给我投弹！"

"是，投弹！"原先就部署好的十名投弹手一起将手榴弹投了出去。三秒钟后，出手的手榴弹同时爆炸，有的落在溪底，有的落在小溪对岸。十枚手榴弹不仅炸死了大批敌人，也炸得尘土飞扬，碎石飞溅。

更糟糕的是紧接着的不停的爆炸。国军队伍不能向前进半步，也跨不过小溪，极不情愿地退回到栲树林。

"停止投弹，射击！"杜鲁在指挥，他说，"节约弹药，我们只打近敌，不打远敌。"国军的第一轮进攻失败。汪照站在不远处，将作战情形看得一清二楚，这回他不能怪胡营长。说实话，这个讨他烦的人，今天算是尽力了。

"怎么好地形都让'土红军'占领了，我们都是被动挨打？"国军中有人抱怨道。

"他们是坐山虎，我们只是过山龙，"汪照说，"胡营长，昨天战斗那么艰难，你一组织敢死队，就拿下阵地。眼下这里是一条死路，只有再次组织敢死队，将死路变成活路。"

胡营长说："团长大人，你因眼睛痛，昨天没到前线，那不是敢死队的作用，而是那些狡猾的女子翻山跑了。这两天，他们打的都是我们一营，死的人也是一营。一营的士兵已经牺牲了三分之二，还让我们组织敢死队，你是不是不要一营了？"

汪照摸了一下那只痛眼，说："是我考虑不周。虽然咱们没打胜仗，但是一营牺牲最大，贡献最大。这样吧，一营退后休整，二营接替一营，组织敢死队，一定要把死路变活路！"

之前一直在山观虎斗的二营长，不得不领命向前。自打进入杨家岭，二营还没正面与红军交过火，仿佛一名观众，看着一营打仗。也难怪，在这茫茫大山里，能"打架"的地方却十分窄小，二营"英雄无用武之地"呀。养精蓄锐的二营听到命令，士兵们都知道死期到了。

二营长雷厉风行，顷刻间就组织了一支一百人的敢死队。敢死队又分成两队，一队五十人，由排长带队指挥；二队则由一名连长担任队长。两队各配置三十支冲锋枪，另有五挺机枪掩护。二营长这次下血本了。

汪照站在敢死队面前，那张雷公脸对士兵们也是一种震慑。他第三次重复着那句话："你们的任务，就是把死路变成活路！"

敢死队开始进攻，战斗即将打响。

红军的一连早有准备。战士们的眼睛死死地盯住小溪北岸，一支支黑洞洞的枪口，直指那个"死亡地带"。

国军五挺机枪齐射，将红军战士压制得不敢抬头。敢死队行动了，机枪反倒成"哑巴"了。这是由于地形所限，在仰视红军阵地时，国军的机枪只能在前方无人时才可以"叫喊"。现在，他们的枪口里都是敢死队的背部。国军机枪"哑"了，红军却枪声大作，机枪、冲锋枪、步枪以每秒钟近百发子弹的密度射向"死亡地带"。

国军能够回击的只有运动地射击。

国军想越过小溪，就要先下小溪，而后再爬向小溪南面。国军让自己的士兵用生命做过无数次尝试，但士兵们都因中弹而滚落小溪，几乎没有人能安然无恙地下去。

只有用士兵的尸体填满小溪了，汪照这样想，可他不敢明说，虽然他已经在这样做。

第一队敢死队的五十个士兵，包括那个排长，都已经战死了。他们和前面死去的士兵一起，将自己那百来斤的身体永远地留在栲树林旁边的小溪里，为身后的人垫脚、跨越起到最后的作用。有了这五十具尸体，加上原来那些死去的人，阻挡了急速的流水，小溪里形成了一个小小的堰塞湖。

敢死队的进攻能力很强，尤其那三十支冲锋枪，火力猛烈得让红军不敢抬头。他们只是因为壕沟阻挡，需放缓速度，才遭到红军毁灭性的打击。红军庆幸占据着绝佳的地形，才减少了大量伤亡。红军在这一波战斗中，牺牲八人，伤四人。

国军长官不心疼死去的士兵。汪照或许是从中看到了逾越鸿沟的希望，没有一丝犹豫，就让第二队敢死队进攻。

红军一连的指战员打得也十分艰苦，他们的口号是："不让一个敌人越过小溪！"

杜鲁说："咱们的九仙山游击大队，与敌作战一天两夜，打得比我们辛苦，消灭的敌人比我们多，伤亡比我们小，我们要学习他们，打顽强仗、艰苦仗、胜利仗！一定多消灭敌人，为保卫苏维埃而战！"

"敌人进攻了，为保卫苏维埃而战，打！"

红军的手榴弹已经用光，后面作战就只能靠枪弹。红军一连的战士们因为心中有信念，面对强敌毫不畏惧。他们大多数都是久经战斗的老兵，即使面前的敌人像狼群一样压过来，也不害怕。一枪打一个敌人，是战士们始终恪守的准则，不浪费子弹，是大家一上战场就想起的一件事。但想归想，战归战，紧张、快速的战斗不可避免地将一颗颗子弹射进了地里，打到了空中。眼下一连即将面临"弹尽粮绝"的情况，是战斗到最后拼刺刀还是撤退？杜鲁正在考虑时，突然听到后面一阵喊声，又看到一队人马飞跑而来。这队人马肯定不是国军，那么他们是谁？是肖营长派来的增援部队，还是九仙山游击大队？下文说。

第四十五章

回兵再战栲树林

飞奔着杀来的人马是九仙山游击大队。

与其他部队不同，九仙山游击大队向来是女子冲在前头，男子殿后，此时逢山开路的就是欧阳女和她的姐妹们。其他男队员也是山里人，不能说他们没走惯山地，可在九仙山女子们面前，一起踩丛林、过山岗时总是远远地被甩在后面。女子们的这种能力，是在九仙山锻炼出来的。

九仙山游击大队在余家坊休整一夜，粮食和弹药又得到补充，正准备上路与一营会合。他们不急于寻敌作战，也不担心敌人跑掉，他们计划在敌人遭遇红军迎头痛击时，再击其尾部。没想到，一连赶来增援，并且已经在栲树林外构筑起铜墙铁壁，将敌人死死地挡在那条不起眼的小溪的对岸。

听到枪声，九仙山游击大队不敢怠慢。可他们不知道是谁在和国军打，不确定是肖营长率领一营赶了过来，还是国军昨夜没离开栲树林。但这些都不要紧了，他们猜想：打仗的双方一定是红军与国军。欧阳女和金石峰一合计，决定赴过去凑热闹。

九仙山游击大队如果从昨天进余家坊的那条路回去，会近得多。但金石峰说不能走那个方向，因为听枪声，国军还在栲树林。于是他们迂回了一个大圈，绕道走由南向北的方向，在一连最需要增援的时刻出现在他们面前。

没有时间打招呼问候了，九仙山游击大队一来，杜连长就决定：不撤退，继续打。

国军不知道红军的底细，只感觉对面射过来的子弹越来越密集，过了许久之后，又有一枚枚手榴弹落到小溪两岸，接着听到红军阵地上喊声如雷，认为对面已经来了千军万马。国军官兵们原以为不用多久就可跨过小溪，冲破红军阵地，现在一下子没了希望，谁也不想豁出命去冲，像已经倒下的战友那样，做一块形成小溪堰塞湖的材料。敢死队也不想死，他们收回迈出的脚步，或后退，或向后转，拉开与小溪的距离，向栲树林一退再退。由于坡道很斜，几个士兵脚一滑，身体扑向下方的士兵，下方士兵顶不住压力，又继续扑向再下方的士兵，造成整排人倒地并向下滚落，没倒下的人顾不得长官会不会开枪，像被狐狸追赶的小鸡似的跑进栲树林。

所有国军官兵都厌恶栲树林，此时却认为它是一道可以阻挡子弹的墙。

国军溃败的场面，汪照看得清清楚楚。他本想开枪，杀几个逃兵震慑一下，可所有士兵都在逃，他不知道能枪毙谁。

红军"得势不饶人"，趁势跃出阵地，冲杀到小溪南岸，以猛烈的火力再次打击国军，迫使其向栲树林深处退去。

红军未再追赶，退回阵地。

终于有了说话的时间。一连的战士与九仙山游击大队亲切见面。杜鲁说："你们来得太及时啦，再迟几分钟，我们就可能被敌人追着打了。"九仙山游击大队的欧阳女说："早知道，就再耽搁几分钟，让大家尝尝被追打的滋味。"

"姐大，您老人家这样说，栀子会不高兴的。"杜鲁笑嘻嘻地看了一眼欧阳女，又把目光转向栀子。

"杜连长，你被追打与我有什么关系？"栀子说完，瞪了一眼杜鲁。

杜鲁靠近栀子，仍嬉笑着说："栀子宝贝，你鲁哥被追打就有被打死的风险，你就不担心？"

"打死活该！"说完，栀子向杜鲁做了个鬼脸，走到欧阳女身边。

人群中爆发出一阵"哈哈哈"的笑声。

"都叫'宝贝'了，好肉麻哦？"九仙山女子里有人说。

栀子"唰"地脸红起来，说："杜连长，你别一厢情愿、自作多情、强人所难，谁是你的宝贝？脸皮真厚！"

好厉害的一张嘴，居然连用三个成语"骂"杜鲁。栀子似乎还不解气，凑上去说："如果杜连长需要松松筋骨，栀子可以满足。"

"别，别，栀子，你就不能温柔点儿？一个姑娘家，动辄就用拳脚，还好你有幸遇到能容忍你的杜鲁，否则，天下男人谁敢要你？"杜鲁笑着说。

"杜鲁，你！"

"好啦，好啦，你们俩打仗还不累？一见面就斗嘴。"金石峰说完，走到杜连长身边说了几句话。栀子和在场的人都竖起耳朵，但都没听清他说的是啥，只见杜鲁伸出手臂，搭在金石峰肩上，一脸的笑容。

男女搭配，打仗不累。一连战士与敌人作战半天，意识和行动都未敢懈急，神经绷得像一根紧弦，看到九仙山女子们，顿时来精神了。尤其是杜鲁，几乎忘了自己是战士们的排头兵，忘了自己在年龄上是大家的老大哥，一见到栀子就高兴不已，那张嘴拦都拦不住，那对眼睛一直盯着栀子看。

一番说笑后，金石峰、欧阳女和杜鲁三个人开了一场碰头会，分析下面的仗该怎么打。欧阳女说："一连这次行动是错误的。"

"啥，错误的？"杜鲁愣住了。

"欧阳，你？"金石峰惊讶于欧阳女的说法。他在心里想：一连跑得辛苦，打得顽强，消灭了很多敌人，她说行动是错的，杜鲁受得了吗？

欧阳女说："一连即使消灭了敌人一个连，也没有决定性意义。"

杜鲁急了，说："欧阳大队长，你的意思我没听懂，也不想听。请你把你们的弹药给我们，你们退出战斗，我们连进栲树林与敌战斗。"

"那可不行，"欧阳女说，"我们的弹药不能给你，一连也不能进栲树林。"

"欧阳大队长，你这是什么意思？"杜鲁瞪着欧阳女问。

"为了保存一连，更为了歼灭敌人。"欧阳女斩钉截铁地说。

杜鲁听不下去了，口气生硬地说："一连可以战死，但绝不会逃跑。"

在一旁的金石峰急了，不知他俩怎么会忽然吵起来，他也不理解欧阳女说的话。但他转念一想：她是个头脑十分冷静的人，或许有她的道理，只是尚未表述清楚。眼下战斗还没结束，绝不能让他们吵下去，于是说：

"树林里有上千敌人，他们也一定在筹划如何消灭我们，你们俩不尽快制定下一步方案，却在这里吵架，是何道理？眼下当务之急，是快速撤退还是快速进攻？必须立马确定。"

欧阳女说："快速撤退！"

杜鲁说："不能撤退，应乘胜追击。"

欧阳女说："乘胜追击的时机已过，杜鲁同志，你作为连长不会不知道吧？"

杜鲁说："刚才是因为没弹药了。"

"现在有了？"欧阳女盯住他问。

杜鲁说："你们不是送来了吗？"

欧阳女说："我们手里的弹药只够每个人自己用。"

杜鲁说："把弹药全给一连，九仙山游击大队撤出战斗！"

欧阳女说："凭什么听你的？"

杜鲁说："凭我是连长，红军主力连的连长。"

欧阳女说："你是连长，你去管你们连，管不着九仙山游击大队。"

"你……"杜鲁气得涨红了脸。

"好了，好了，不要再吵了。"金石峰觉得必须立即制止两人争吵，做出进攻或撤退的决定，但他们俩互不相让，此时应该由他拿出一个意见，以供决策。他说："你们俩各持己见，都无法说服对方，我作为县苏维埃副主席和九仙山游击大队党支部书记、政委，提出一个方案，由咱们三个人对你们各自的主张进行投票，获得两票的主张则被通过，如何？"

欧阳女："同意！"

杜鲁："可以！"

表决结果是金石峰同意欧阳女的撤退方案，两票通过。

"你们临阵脱逃。"杜鲁说。他不能接受部队在打胜仗时撤退，但他只能无奈地感叹：自己没弹药，战士们手中的枪，就是一根烧火棍。

此时，国军开始打炮，一发发炮弹精准地落在一连阵地上。国军这次改变了战术，只打炮，不进攻，炮轰了一阵后停几分钟再打，连续二次炮击后，才让一个班出击。这个班动作很快，眨眼间就跨过小溪，冲到了对岸。这是国军第一次越过小溪。汪照看到过去了一个班，就立即让二营冲锋。汪照以为红军都被炮弹炸死了。

过了一会儿，国军全部冲出桉树林，汪照被人搀扶着，朱副官仍躺在担架上。

"红军阵地没人。"国军先头班将情况报告到后面。

"他们一定是没子弹，跑了。咱们快速离开杨家岭地界。"汪照命令道。

"团座，前面还有个二十四弯，那里比杨家岭更危险。"二营长说。

一听二十四弯，汪照的眼睛又痛起来，说："让我躺会儿担架吧。"

国军士兵们迅速把担架放到汪照身边。汪照躺在担架上，想着二十四弯那个让他失魂落魄的地方。一回忆起当时的情景，他就瑟瑟发抖，险些从担架上滚落下来。走了两个时辰，国军没有遇到任何抵挡，连行路的老百姓都没碰到一个，只有路边不时地有蝉鸣声以及"吱吱吱"的鸟叫声。

"前面就是二十四弯。"汪照听到报告，下了担架，站在地上，忽然身体趔趄了几下，警卫员扶了他一把。这时，朱副官和几个营长都来到汪照身边，他们都因二十四弯紧张起来，聚拢在了一起。

汪照下令，部队停止前进。

现在这支国军部队的三个营长中，一营的胡营长和二营的营长都经历过二十四弯的死里逃生，今天再次来到这里，难免不寒而栗。

当时国军中有人写了一篇报道，题目是《周旅座弃走千年鼓镛县，汪团长蒙难二十四弯》。报道发表在国军大本营的战报上。据说连国军的上层领导都看了，大骂周志群丢尽了国军的脸。周志群因"战报"扬名国军上下，在自己被撤职前，打算先拿汪照开刀，把他削职为民。

朱正不用看战报，也对当时的情况了如指掌。

二十四弯是从鼓镛县方向出发的北大道上的第二十四个弯道。此弯峡谷深邃，山峰陡峭，险于前面的二十三个弯，行人走过时，无不提心吊胆。

汪照因在二十四弯吃过亏，还险些丧命，每每想起都十分害怕。今日他又要从此路过，真不知是福是祸。这个志大才疏的人，因为有前车之鉴，加上这次在杨家岭又被动挨打，丢失的魂魄都还没回归体内，又要面对二十四弯，不只那只伤眼剧痛起来，连头也开始痛了。

朱正一路下来，没工作，只坐担架不走路，他的眼痛比汪照轻许多。来到二十四弯，他用一只眼也能看出汪照的表情，知道他在担心这弯曲的山上是不是埋伏着千军万马。朱正说：

"汪团长莫怕，上次的失败是因为你们不知红军在这里布置了'口袋'，一直往里头钻，故而吃了亏。以往的失败在于轻敌，今日咱们重视起来。"朱正揉了揉那只伤眼，继续说："我的看法是仍把这里看作是红军布置的'口袋'，但我们不往里头钻。"

"不往里头钻，那从哪里过？"一营长胡金顺问。

朱正说："不往里头钻，不等于不走此路，此是进鼓镛县的唯一路径，别无他途，无法回避。"

"请朱副官明示。"二营长说。

此时，汪照也看着朱正，不知他有何良策，既能够不钻"口袋"，又可以通过二十四弯。

朱正用手掌捂了一下伤眼，说："红军上次尝到甜头，一定会用同样的方式埋伏在山上，等着我们送死。而我们就改变战术：炮轰山头、兵走路上。"

二营长说："这不是老一套吗？有啥新奇的。"

胡营长说："就是嘛，咱们都是这样打的。每次进攻前都用炮火轰一阵，不新鲜。"

朱正说："若改成炮火和进攻同时进行呢？"

"那敢情效果完全不一样，"三营长借题发挥，"把所有山炮排列成形，对准沿路的所有山头，发射时全团跑步前进。部队未出二十四弯，炮火不许停止。这样，敌人为了躲避我军炮火，就不能对我展开攻击。妙哉！"

"对头，就是这个战术。"朱正得意地笑了。

"就这样打，让红军想消灭我们的野心成为一场梦。"汪照"一朝被蛇咬，十年怕井绳"，但今天第一次觉得朱副官也有用，正是：流泪眼正看流泪眼，独眼龙斜对独眼龙。

汪照又一次感觉眼睛不痛了。他亲自部署炮兵，让他们将炮口对准可能存在威胁的位置，不要集中在一个点上。部署完毕后，他让士兵先打两炮，想引出红军开枪。但炮弹打出后，山上没反应，除了飞起五六只布谷鸟，再也没别的响动。

朱正说："红军即使被炮弹击中，为了不暴露，他们也能忍住痛，不叫喊，不开枪。在自觉遵守纪律、服从大局上，红军比咱们国军强。"

汪照正式下令："炮兵不要吝啬炮弹，用它来掩护全团通过二十四弯。"

国军官兵皆说：汪团长终于聪明了一次。

国军士兵们在前进的路上，鼓足了干劲，那速度堪比田径场上的百米冲刺。生怕慢了一步就会被山上红军射来的子弹击中，死在二十四弯。

不到半个时辰，国军部队就跑出了二十四弯。汪照和朱正都是躺在担架上过去的。他们其实可以走路，却不顾士兵死活，让八个士兵轮换两副担架，累得上气不接下气。每个士兵心里都在说：这比抬死人还重。

走出二十四弯，像闯过了一次险关。国军士兵们一个个喘着粗气，庆幸自己安全逃出来。

"红军难道没在二十四弯设伏？"汪照和几个营长互相看了一眼对方，而后都看向朱正。

汪照说："虚惊一场，白白浪费了几百发炮弹。"

朱正一只眼痛，一只眼盯着汪照说："红军在杨家岭没有部署军队，在栲树林里与我们作战的全是'土红军'，那个'三十九军一团'完全是子虚乌有。红军在鼓铺县只有一个团，全部到铁岭关去了。"

"折腾了我们两天两夜，死了三百多弟兄，就只有几个'土红军'？"

"还有九仙山那群婆子，这些娘儿们都能以一敌十。"

"咱们这次真是丢尽了脸面。"

"更主要的是团座和朱副官各丢了一只眼睛。"几个营长在一起议论。

"既然咱们在二十四弯没受阻，前头就更不会被阻拦了，咱们加快步伐，一举攻进鼓铺县，迎接周旅长凯旋！"朱正说。

"弟兄们，我最担心二十四弯，如今咱们已跳出，就向鼓铺县进军吧。晚上咱们到金溪酒楼痛饮几杯！"汪照或许是忘了眼痛，又或许是眼伤真没那么痛了，竟然不躺在担架上，而是和士兵们一起跑路。国军部队像狼群一样，快步向前。

但国军部队的行军没有想象的顺利，在离二十四弯两里的一个叫"垭口"的地方，忽然爆出几声巨响，国军士兵有二三十人瞬间被炸死，还有十多人被炸伤，倒在地上"哇啦哇啦"地哭叫。

"不好，我们中埋伏了！"走在前面的胡营长话音刚落，密集的子弹像强风中的雨点，"哗哗哗"地横射过来。反应快的士兵迅速卧倒或找遮蔽物护住身体，反应既慢又迟钝的士兵，一个个当场毙命。

国军被阻挡在垭口以北，胡营长的一营进行反击。

汪照蒙了，质问朱副官："你不是说红军全去守铁岭关了吗？前面的人难道还是'土红军'？"

"汪团长，我也只是判断，红军究竟在哪里我怎么知道？"朱正冷冷地说。

"你？"两个独眼龙互相瞪了一眼。

汪照没时间理会朱正，转身大喊："开炮，用炮火杀开血路，炸死拦路虎！"

"报告团座，炮弹已经打光，一发不剩。"炮连连长报告说。

"你个娘的，二十四弯没一个敌人，你就把炮弹全打了；现在眼前一大堆敌人，你就说没炮弹了，我枪毙你！"

"团座，是您下令让我们不要吝啬炮弹，我们才全部用了，不能全怪我呀？"炮连连长说。又有几个营长求情，汪照才没枪毙炮连连长。

国共两军在垭口一个不到百米宽的狭窄地带展开激烈交锋。红军这边是肖叶营长率领的二连、三连，已经在此守候了两天。他们依托战前构筑的工事，占据着地理优势。国军蒙头赶路，仓促应战，处于被动状态。但国军武器性能好，机枪和冲锋枪多，可以对红军阵地实行远距离火力覆盖。红军阵地居高临下，可向下轻松投弹，又有战壕掩护，易守难攻，因此战斗初始，红军伤亡不多，而国军士兵则整班、整排地倒下。

汪照对几个营长说："红军虽然挡住去路，但是这里是这几天以来最好打仗的地方，如果连这个垭口都过不去，咱们还如何重夺鼓镛县？"

"团座，您不要说了，看我的。"挺身说话的是三营长。这个几天来尚未正面作战的营长想展示一下自己，立个头功，也好在金溪酒楼里直气壮地喝酒高歌。

三营长把手下的三个连依次排列，并下了死命令：只许前进死，不许后退生。此人认为打仗会不会死，不是看造化，而是看各人的作战技能、战术水平。他一声令下，全营像洪水般压上红军阵地。但大不遂人愿，就在这个时刻，国军背后忽然大乱，三营长不知何故，在登高远望之时头部中弹。是啥原因导致国军队伍大乱？后续战况如何？下文说。

第四十六章

垭口一仗定乾坤

让国军阵营大乱的是红军一连和九仙山游击大队。

当日，一连和九仙山游击大队虽然撤出战斗，但是并未走远，隐蔽在深山的树林里，那地方离国军不到一里地。他们观察着国军的动向，看到汪照带着部队离开栲树林，朝鼓镛县方向猛跑。一连和九仙山游击大队紧随其后。

根据最初的作战方案，肖叶和欧阳女商量，让一营在二十四弯设伏，九仙山游击大队在杨家岭打一仗，是想给汪照一个"下马威"，再让其产生错觉，以为杨家岭方向没有红军。后因战斗进展顺利，而九仙山女子们又一个个手痒，想在栲树林里多与汪照较量一番，就发生了后面延续一天一夜的战斗。肖营长因不明情况，担心九仙山游击大队寡不敌众，立即让一连前来增援，也就有了栲树林外小溪边的战斗。如今的战斗场面，就是按照最初的设想来进行的。

肖营长察看了地形，认为二十四弯是歼敌的最佳之地。但他仔细斟酌后判断，这里是汪照兵败的地方，他一定不会像上次那样被动挨打，一定会用新的招数来对付二十四弯，比如说大炮，因为国军有足够的大炮。

战争的较量，本质上是智慧的较量。肖营长将拦截敌人的地点改换到垭口。

垭口也是阻拦敌人的好地方，左右地势狭窄，红军可以居高临下。

国军发起几次冲锋，都没捞到"油水"，待他们的三营准备拼命时，身后却来了九仙山游击大队和一连。

国军腹背受敌，汪照慌乱之时，那只伤眼更加疼痛起来。此时一直躺在担架上的朱副官，倒是格外冷静，他从担架上下来，走到汪照身边说："将三营和一营合并在一起，由胡营长统一指挥，继续进攻。二营掉转枪口，与身后敌人作战。狭路相逢勇者胜，是死是活，在此一举！"

汪照按照朱副官的建议，宣布了作战方案，胡营长又被推向风口浪尖。

红军前后夹击，把上千名国军堵在一个狭长地带。上面是悬崖峭壁，只有猢狲能走；下面仍是陡峭的山壁，杂草树木交织在一起，荆棘纵横如铁丝网。这就等于是四面包围，国军如要求生，只有突破两头，跳出绝地。

但想跳出来，没那么容易。前方红军的一营战士等了两天，都憋出情绪了，现在正是要发泄的时候。

国军长官们就像喝醉了酒，疯狂得吓人。他们不考虑士兵会不会死，会不会冲出去、逃出去。汪照心想：红军十分狡猾，竟然舍弃二十四弯，他们当时若在那里，早就被国军炮火消灭了。他原想，只有二十四弯天险能够挡住国军，越过二十四弯，他汪照就可以大摇大摆地进鼓铺县，不想却在这垭口被拦住了。他恨炮连连长，居然傻到不留一颗炮弹，倘若此时还有几发，只要几发炮弹，红军垭口阵地就会轰然倒塌，他这一千国军就会像山洪暴发般冲垮红军防线。但，这些都只是汪照的梦想，并且已经被一阵枪声击碎。汪照不仅"醉"了，也"疯"了。他声嘶力竭地叫喊："胡营长，除了硬闯，咱们没有别的选择！国军弟兄们，不想死在这里，就给我扑上去。即便是牺牲了，党国也会记住你们！"

胡营长在心里骂道：若不是你的无能，这支部队会如此狼狈挨打？胡营长没有停止冲锋，他组织了"冲锋枪队"和"机枪队"，以极其猛烈的火力对红军发起进攻，红军阵地顿时压力骤增。

但红军是不好惹的。他们不仅有信念，而且有过硬的作风，既能打仗，又占据着主动有利的地形，国军要想突破，没那么容易。肖叶见一连从敌人后面杀来，又有九仙山游击大队配合，想到那队伍里头有自己心仪的人，也好像喝了酒一般，感觉身体飘飘然，奋力将一颗手榴弹投掷到五十米外，炸死敌人一个班。而平时，他的投弹距离只有四十米。

肖叶心中的那个人是温七妹。

温七妹，这个不声不响的人，平时不爱多说一句废话，在和肖叶比武中，撬动了他的那颗心。肖叶力大如牛，可在那次比武中被温七妹打趴在地上。他十分欣赏她的功夫，也十分青睐她的沉默寡言。温七妹在那一刻，闯进了肖叶的心中；肖叶从那一刻起，紧紧地捂住胸口，不想让她出来。其实，温七妹对肖叶没有意思，这只是肖叶的一厢情愿。但肖叶说："总有一天，会让这个喜欢沉默的女孩爱说话。"

那天，刘团长部署一营和九仙山游击大队守杨家岭，肖叶是何等的高兴。他很高兴能够和九仙山的姑娘们一起打仗。这样，他就可以保护心中的那个她，她虽武功高强，但打仗面对的是枪炮，武功再好也无法挡得住子弹和炮火。肖叶没想到，欧阳女硬要把九仙山游击大队拉到杨家岭打敌人。她说的话是有理，但九仙山游击大队只有几十人，要与千余名国军对峙，不等于是蚍蜉撼树？肖叶不愿温七妹离开，但他心里并不担心九仙山女子们，那些女孩在山里比泥鳅还滑。他知道打得赢就打，打不赢就跑，早已是她们的行动准则。

今天，九仙山游击大队出现，温七妹回来了，肖叶又高兴坏了。

就在肖叶思考的时刻，忽然有一二十名国军士兵冲到阵地前沿，他们用五六支冲锋枪同时扫射，红军伤亡十多人，被撕开一个大缺口。后面的国军紧跟着上来，一个接着一个。被打伤倒在地上的一名红军战士，突然意识清醒，拉响一个足有十斤重的炸药包。只听"轰隆"一声巨响，他将自己和一队敌人炸死了。其他没炸死的国军士兵，有几个被炸成重伤，有几个被炸晕，又有几个被炸回掩体外，仰倒下去。进攻中的国军士兵见状，顿时全都止步不前，几十秒时间过后，被胡营长的声音唤醒。但这个宝贵的几十秒，却给红军争得了时间。肖叶立马拿起冲锋枪，带头冲向缺口，两侧的红军战士也同时涌向缺口，硬生生地把敌人打了回去，堵住缺口。

站在远处的汪照，看到士兵撕开口子，以为进攻成功了，一路绷紧的神经松了下来。但只一小会儿，他就看到国军士兵被那声巨响轰了回来，无奈的表情跃然脸上。

国军虽然受前后夹击，但毕竟人多，分兵御敌还可抵挡一阵子。但腹背受敌的仗是不好打的，不能突围就是全军覆没。这一点，从来不拿枪战斗的朱正也知道。一路下来，他作为督军长官，看到国军一路挨打，一路被动。死亡的人数虽没统计，但截至目前，大概已经过半，也就是说，这支部队已减员一个半营。更惨的是，自己失去了一只眼睛，给自己的人生留下了一道永久的伤痕。朱正一想起眼睛就痛，一痛就想到那个欧阳女。他在心里骂道：这个死娘儿们，老子与你无冤无仇，却使阴招打瞎了我一只眼睛。人不就是为一张脸活着吗？你叫我今后怎么做人？我可还没处对象，看我这个模样，哪个姑娘还要我？我恨死你了，欧阳婆子，真后悔当日在九仙山没杀了你！

"朱副官，你关照一下后面吧，那伙人才是打瞎我们眼睛的，别让他们断了咱们的退路。"汪照的声音，打断了朱正的遐想。回过神的他，似乎才意识到事态严重，弄不好他的另一只眼睛也将丢在这里。他不敢再置身事外，走到正在指挥作战的二营长身边，说："能不能进鼓镛县，看一营、三营；能不能脱身，看二营。二营长，给你交个底，就眼下的情形，我们团要从正面冲出垭口已经不大可能。正面现在不是进攻，是抵挡。一营、三营顽强地战斗，是为了挡住敌人，让你们进攻，把'土红军'干掉，这样我们才有生还的可能。"朱正此时想的是如何脱身和保命。他认为,既然拿不下垭口,那就往后退、往回跑。打不进鼓铺县,就打不进呗,失败了,是他汪照的事,死了,是大家的事。留住生命,才能继续人生。

"明白,朱副官,我一定杀开一条退路。"三营长说完,就去督战连长、排长,连长、排长又直接督战士兵。

战场的态势瞬息万变。眼下,垭口战役的情形是:红军肖叶部的两个连处于上风,堵住国军两个营。其实国军只剩一个营了,一营有营长,没兵;三营有兵,没营长。国军用一个营迎战红军一个连加九仙山游击大队。国军部队因被夹在中间,进退两难,大有全军覆没的可能,这一点连国军士兵都看得清楚。双方已经打了一个多时辰,国军死伤惨重,红军也有伤亡。

红军的一连和九仙山游击大队,较之二连、三连压力更大:不仅占据的位置地形较低,而且弹药不足。一连在栲树林时就打完了子弹,是九仙山游击大队来到后补充了一部分。金石峰、欧阳女和杜鲁都没想到,战场会从二十四弯改到垭口。欧阳女此时还在抱怨杜鲁,她甚至怀疑他作为一个连长的素质。作为一个指挥员,在没有后勤补给的情况下,不带足弹药,仅在栲树林一仗就打到没子弹了。若不是九仙山游击大队给他们补充了弹药,后面这里的仗还能打吗?相比之下,他比金石峰差远了。金石峰在从鼓铺县出发前,就想到了两天后的事,让人把弹药、食物送到余家坊,让九仙山游击大队在那得到弹药和食物补给。

此时,朱正在考虑后退,欧阳女也在考虑如何全身而退。因为双方都进退两难。进,没子弹,退,就要被追打。这里不是栲树林,后退就只能顺着路跑,但在路上逃跑能躲过敌人的子弹追击吗?

好在国军还没觉察到对手已经没子弹。

又好在肖叶已经意识到他们手里子弹已经不多。

肖叶正在想如何能尽快把子弹和手榴弹送给一连。可是,子弹如何送得过去?从山上过去,想都别想,那是峭壁悬崖;从路下过去,也想都别想,那是陡坡加荆棘和草木;从路上过去,那里却遍布敌人,更是想都别想。

肖叶没辙,心中隐隐地恐慌起来。如果他再想不出办法,对面的那一百多个战友,还有那个心上人,就可能要永远地留在垭口了。作为战友,作为这支部队的指挥员,他该怎么办?

一切都容不得再犹豫。肖叶对两个连长说了几句话,连长们回到各自位置,抓紧时间安排战斗。数分钟后,肖叶大呼:"战友们,将手榴弹全部投出,咱们一起杀向敌群!"

如同下冰雹一样,上百枚手榴弹同时从敌人头顶落下,一时间,国军阵营爆炸声响震天,硝烟滚滚,天昏地暗,痛叫声、哭喊声、枪声交织在一起,国军士兵大乱。等待在垭口咽喉上的肖叶及其部队趁势跃出战壕，一个个如虎下山，与敌人近距离白刃格斗。国军士兵有的还未能辨别东南西北，浑头浑脑中就挨了一刀，连喊冤叫屈，再唤一声妈的时间都没有，就一个个丢了性命，把身体留在了这片荒凉的土地上。

国军乱成一锅粥，长官不是被炸死，就是被炸昏了头脑，既无力也无法组织部队共同御敌。只有一小部分的国军，自发地、本能地为了保住性命而和红军战斗。

红军一连和九仙山游击大队因为弹药即将耗尽，欧阳女和杜鲁都在考虑如何抽身撤退，正在一筹莫展时，看到国军乱作一团，对阵的敌人也停止了射击。还是金石峰先反应过来，说："敌人乱了，同志们，咱们杀入敌阵，与敌人拼刺刀！"

"天助我也！"欧阳女一声大喊，带头冲入人群。九仙山女子们一个个跟了上去。

九仙山女子们虽然用枪都用得熟练，射击几乎百发百中，在这次作战中，她们也非常英勇，打斗得极为出色。但此时弹药得不到补充，战场形势若无变化，她们和其他战友都将极其危险。这下好了，忽然转为格斗拼杀，这可是她们最拿手的。瞧，欧阳女一进场，就左右开弓，手劈两个敌人，又抽出插在背上的青龙虎背刀，如孙猴子戏耍金箍棒一般一连舞了十几个大圈，国军士兵一旦碰到，无不头破血流、肩身受戮。还有那温七妹、栀子等人亦如龙鱼入水，把手中的刀棒使唤得出神入化，如入无人之境。

九仙山游击大队的男子们，虽然不像女子们那样有厉害的功夫，但是他们也都是每日劳动的人，力大劲儿足，配合着女子们和一连的战士，两人为一组背靠背地保护自己，消灭敌人。

杜鲁几乎和栀子同步杀进敌阵。战场现在的局面是营长肖叶制造的。他之所以这样做，是因为他知道二连、三连也没弹药了，也可能是他知道一连和九仙山游击大队也没子弹打，将要吃亏。与其让一连和九仙山游击大队"单刀赴会"，还不如一起加入战斗，毕竟红军在气势上占上风。肖叶的用心一眼就被杜鲁看穿。杜鲁也不是吃素的，战场拼刺刀，他也不止一两回了。当红军六七年，他打过几十场仗，几乎每一场到最后都要与敌人面对面交锋，拼个你死我活。他怕栀子被伤到，毕竟这里是战场，毕竟敌人手中的枪还有子弹，它随时可能飞出枪膛伤人。

栀子把杜鲁的提醒当耳边风，认为他的担心是多余的。她觉得杜鲁作为一个连长，此时不领导全连战士，却惦记着一个女人，且在她的耳边叨咕，十分没趣。栀子不感激杜鲁的提醒，大声回应道："杜连长，敌人的刺刀，不会因为你是连长而有所顾忌，当心它插进胸膛。"

杜鲁笑嘻嘻地说："放心吧，妹妹，你哥可不是软蛋，敌人刺进哥胸膛的刺刀，还没造出来。"

"谁叫你哥。"栀子不再说话。

这是一场真正的厮杀，九仙山游击大队里的许多人都是第一次经历。但欧阳女、温七妹、栀子、曹梅、董美娣等女子不是第一次。她们血洗铜棚寨，剿匪三台峰，手中的刀都曾出过鞘，温七妹还生擒过匪首罗洪彪。

肖叶在人群中寻找温七妹，这个对他冷冷的女子，自从比武后就走进了他心中。他没有因她不理不睬而放弃想法，反而对她更加魂牵梦绕，日思夜想。几日不见，如隔几年，他在人群中寻找她。

"七妹，小心！"肖叶远远地看到了温七妹，叫喊了一声。

温七妹顺着声音望去，也看见了肖叶。她那张椭圆的脸，仍是没笑，那表情永远像是在思考着啥事情。"放心吧，肖营长，你自己也要注意，敌人太多了。"

肖叶像吃了一块麦芽糖，心里甜滋滋的。肖叶久经沙场，经验丰富，又有过硬的功夫，自然不需要任何人提醒，但温七妹是他心中的人，她说的话自然与众不同。

"我有手段，我没事！"肖叶说。

"可你的手段还不如我！"温七妹说。

"七妹只记住了那一次，今天咱们比赛，看谁杀敌更多。"

"我已经第九个了！"

"啊？那你暂时领先，我要追你！"肖叶看了一眼她那张没表情的脸，她仍是那样严肃，那样矜持，此时还加了一层冷酷。但在肖叶的心中，她是那么的真实、纯情、毫无粉饰。

国军的营、连、排、班彻底没了建制，营长、连长、排长、班长也无需指挥。他们官不见兵、兵不见官，每个人只为保命而战。

这时一个洪亮的声音响起："国军官兵们，你们败了。自从进入鼓铺县，脚步踏卜杨家岭的那一刻，你们就败了！不仅你们这支部队要败，我们刚得到消息，你们另一支在铁岭关的部队也败了，两个团的兵力被我军杀得所剩无几，周志群落荒而逃，不知去向。你们之所以会失败，是因为你们国民党不得民心。老百姓现在拥护共产党，欢迎红军。你们不仅进不了鼓铺县，即便进了，也会被已经苏醒的人民群众赶出来、消灭掉。所以，我奉劝你们，放下刀枪投降吧！红军不杀投降者，保证你们的性命安全，再打下去你们全都会死！"

国军官兵抬头望去，在垭口高处站立的那个人说的话有一股震慑的力量，他是金石峰。刚才他趁乱走到垭口，在二连、三连的阵地上，做了这番阵前讲话。他的两侧，一字排开的是一个排的红军战士，他们是肖叶留下的预备队，此时一个个虎视眈眈，目视着战场。

这番喊话对国军士兵触动很大，许多人当即大叫："我投降！"

金石峰继续喊："要投降的走出人群，红军不会杀你，把手中武器放在左边那棵枫树下。"他又对红军和九仙山游击大队喊话："不得杀害愿意投降和放下武器的国军士兵。"

金石峰的喊话很让人震撼，很多国军士兵都是穷人子弟，不愿就这样死了，因此选择投降。

有的国军军官想向金石峰开枪，被他旁边的一个红军班长击毙。

汪照意识到大势已去。警卫员护着他躲进树丛里，悄悄地往后移动。

可怜的是朱正，虽为旅长副官，但无人关照。这个人没经历过亲自拼杀，不敢与敌人面对面战斗。此时的他，只恨爹娘少给了自己两只翅膀，飞不出去。自从眼睛伤了后，他都是躺在担架上，让几个士兵伺候着。近战一开始，士兵们都应战去了，他身边也没人了。他像一只穿山甲，蜷缩起身体，躲在一处可以藏身的地方。

在这场大战中，有一群人的出现，让国军官兵傻了眼。她们就是九仙山女子们。神龙见尾不见首，与她们在栲树林周旋几天，连个影儿都没看到。此时一见，许多国军士兵的眼睛都盯着她们看：原来这些女子这般惊艳！

死到临头还要遐想一番，许多国军士兵就因分神而被送上黄泉路。

金石峰讲话的震慑之力，红军战士们的勇武之力，九仙山女子们的魅力，三种力量叠加在一起，彻底击溃了国军士兵们的精神防线，一个个再也不想抵抗，缴械投降。

国军中也有些人仍在负隅顽抗。胡金顺知道覆水难收，可他不是"软骨头"，即使是做土龙，也还要拼两下。他是国军这支部队里最能打的人，平时也背着一把大刀，今天他用大刀砍死、砍伤了红军七八个人。杜鲁看此人这么凶悍，也取砍刀迎敌。两人一来一往，战了半支烟工夫，杜鲁招架不住，败了下来。这时，欧阳女上前大喝一声："让我来！"随后，胡金顺眼前迎来一把明晃晃的钢刀。胡金顺猛地躲过，站稳后向欧阳女横劈一刀，欧阳女身体后仰，避过他这一刀。两人又对峙了一会儿，欧阳女不愿与其磨蹭，决定快速拿下这个顽固抵抗的国军营长。于是她两腿一蹬，身体跃起一人多高，再向胡金顺冲过去。胡金顺没想到传说中的欧阳女真有这等轻功，两眼一黑，来不及躲闪，就被一刀切断咽喉，当场毙命。剩下的国军部队将会如何？他们是继续抵抗，还是缴械投降？下文说。

第四十七章

兵胜铁岭笑颜开

国军兵败如山倒，最善战的胡营长都死了，其他人更加不敢再战，全部放下武器投降。红军清点结果发现，共俘虏三百一十八人，其中伤员三十七人，缴获迫击炮三十门、轻重机枪二十二挺，以及大量的步枪、冲锋枪、子弹。但俘虏中没有汪照和朱正。有投降的士兵说："汪团长趁乱由两个警卫护着，向北跑了，朱副官还在附近。"

肖叶命令一连一排追赶汪照，其余人就近搜捕朱正。

肖叶拿起冲锋枪，对着路边草丛"哒哒哒"打了一梭子弹，又大喊："朱正，你如果想死就躲着，想活就主动出来。"

朱正听到枪声，不敢再躲，举起双手，钻出草丛。

半个时辰后，战士们押着汪照回来了。至此，国军人员全部落网，汪照团从国军序列中消失。红军死伤八十多人，其中九仙山游击大队死七人、伤五人，伤员全部运回鼓镛县治疗。红军取得杨家岭拦截战的彻底胜利。

再回头看铁岭关战场。

周志群率其主力，对铁岭关久攻不下。忽然，这天傍晚，他命令收军不战，将部队撤到离铁岭关七八里路的地方安营过夜。周志群令三团长贾森在半路设伏，是想将铁岭关上的红军引出。这样小儿科的做法，足见他的军事素养水平和打仗水平都不高，更别想瞒过刘宗。红军没有追赶，周志群的计划落空。但周志群用了另一招，这是红军没想到的。

周志群此前问孙干、贾森，用什么方式才可以拿下铁岭关，贾森说大炮和飞机。周志群当场斥责，要飞机是不可能的。可他却暗中多次向大本营发报，请求派飞机轰炸铁岭关，最终大本营同意了。

这日拂晓，五架国军飞机由南向北依次飞到铁岭关上空投弹。红军除了关上值守的士兵没有睡觉，其余关下部队均在休息，尚未起床。突如其来的爆炸声把战士们从睡梦中惊醒，但许多战士来不及躲藏，就被永远地留在了睡梦中。这场轰炸导致关上的防御工事全被摧毁，红军一个连的战士死伤十之八九。关下也损失惨重，二营长受伤，三营长牺牲，幸好刘团长安然无恙。据后来统计，两个营共七百多人减员过半，仅剩三百多人，其中受伤者达二十多人。

周志群站在一个可以窥见铁岭关的土坡上，用望远镜观看飞机扔炸弹。

"炸得好，炸得好哇，空军兄弟！把他们炸死，把'土鳖孙'全都送上西天！"周志群一边观看，一边喊叫，心情好不惬意，他当即就命令部队返回，想一举拿下铁岭关。

刘团长把幸存人员分成两队，一部分战士由受轻伤的二营长指挥，留在关下收拾残局，做第二战队；自己亲率由另一部分战士组成的第一战队上铁岭关，抓紧时间修复掩体工事。

周志群在铁岭关打了几天，直到今日才眉头舒展。他坐在马上哼着情歌，想着不日就能进鼓铺县，在金溪酒楼吃山珍野味，与娇娘"水中花"共度良宵，那日子才是神仙过的。想着想着，他加上一鞭，让坐骑飞跑起来，并大喊："杀过铁岭关，到鼓铺县吃晚饭！"喊声刚落，他就听到铁岭关枪声响起，原来是国军先头部队的孙干团与红军交上火了。

周志群一惊，差点儿从马上落下，口中大叫："怎么，'土鳖孙'还能抵抗？"

最先上关的是孙干团的一营。他们听旅长说，铁岭关已被夷为平地，不仅防御工事没了，而且人也没了，红军都被炸死了，国军可以大摇大摆地进鼓铺县。因此，这些国军士兵在上关时，毫无防备之心，一边走，一边交头接耳说着话，俨然一副胜利归来者的样子。直到临近阵前，红军向他们射击时，国军士兵们才发现太麻痹大意，准备取枪还击时，已经慢了一步。红军一颗颗复仇的子弹像长了眼睛似的，从他们的体内穿过。

打仗勇猛、利落的刘团长命令战士们跳出掩体，趁敌人大意，杀他个片甲不留，为被敌机轰炸而死的战友报仇。为此，守关的红军战士一个个跃出掩体，追杀敌军至二百米远方回。这一突袭，打死国军士兵七八十个人，把周志群从到金溪酒楼吃美味、睡美女的美梦中拉了回来。

"团座，铁岭关上的红军不仅没死，而且变得更凶猛了，瞬间就打死我上百个弟兄。"国军连长向孙干报告。

"旅座，铁岭关仍固若金汤，我军尚未靠近就被打掉一个连。"孙干向周志群报告。

"娘的'土鳖孙'，飞机都炸不死他们！"周志群不能理解，如此轰炸，铁岭关为何还能屹立不倒，红军还能打。他一时没了辙。

"要不暂停进攻，再想想办法？"孙干请求道。

"能有啥办法？空军来了都没用，还能有什么办法？"

贾团长走过来说："这都好几天了，一团那边情况怎样？如果一团进了鼓铺县，让汪团长从背后袭击，何愁拿不下铁岭关？"

周志群说："这样简单的事我还能想不到？问题是一团第一天就断了联系，电台始终像死了一般，估计他们也是凶多吉少。"

贾团长说："我们这里有个铁岭关挡住，他们那里不会有什么关吧？"

周志群说："能有什么关？我在鼓铺县驻扎多年，对那里的地形了如指掌。北面虽群山连绵，但没雄关险隘，只有一个二十四弯，会用兵的人晚上跑着步就能过去了。"

贾团长说："如此说来，汪团长此时一定在鼓铺县饮酒高歌了。"

孙干说："汪团长应该不会忘记旅座还在路上吧？"

贾团长说："只要汪团长出动一个连，在北面发动一次袭击，咱们就可立马拿下铁岭关。"

孙干说："可能是刚娶了媳妇就忘了娘。"

周志群听着两个团长议论，如鲠在喉，气得说不出话，心里在想：进城的第一件事，就是找汪照这小子算账。

几个长官正在苦思良计，前方又有士兵回来报告："红军抵抗十分顽强，我部难进一步，又死了很多弟兄。"

周志群皱着眉头，无计可施，想了个不是办法的办法，他说："孙团长、贾团长，从现在开始，找一处适当的位置，配一个班的火力，对铁岭关上不停地射击。不要冲锋，以减少伤亡。若'土鳖孙'反击最好，倘若他们停止射击，我们就发起冲击。这样相持，可以消耗他们的子弹。我就不信，刚才飞机没有炸死他们的人，没有炸掉他们一部分的弹药！"

"旅座英明，咱们就这样和他们耗，直到他们打光子弹。"

就这样，国军停止了没有效果的进攻。按照旅长周志群的意图，用一个班对铁岭关不间断地射击，半个时辰换一次人。红军看到国军只射击，不进攻，也警惕起来。为防止敌人钻空子，红军也以火力还击。这样对打，双方只消耗了子弹，不会有人员伤亡。打了小半天后，刘宗忽然命令停止射击。国军见关上不打了，就组织部队往上冲，结果还未靠近，又被打得退回到原地。这样反复较量了近一天，国军没占到便宜，部队还是在原地徘徊。夜幕降临后，双方停战。这一晚是几天来最平静的一晚，没有枪声，也没有鸟叫声和蝉鸣声，山谷里静谧得吓人。

第二天一早，国军不知道从哪里又弄来几门迫击炮，对铁岭关发起炮击。守关的红军战士没有防备，来不及躲藏，牺牲了十多个人。国军打了一轮炮后，立马派步兵向铁岭关进攻。因为有炮弹开路，进攻的国军比原先更神气、更放肆，速度也快得多。国军的迫击炮，是周志群请求上峰派人送来的。

红军虽然迎来一阵炮打，但是伤害远不及昨天的飞机轰炸，没有伤到元气。在刘团长的指挥下，战士们火速投入战斗，将敌人压制在五十米线外。

国军把迫击炮移到阵前，又对关上进行打击。炮火一停，国军就开始进攻。刘团长知道，敌人是要来拼命了，把所有重火力武器全都架到关口，以密集的火力消灭敌人，死守二十米距离这道底线。

战斗越来越激烈，国军不再像以前那样打打停停了，这次是想一气呵成，拿下铁岭关。红军为了守住关隘，浴血奋战。但此刻，红军的弹药库存已经告急。

"报告团长，咱们的子弹不多了。"

"手榴弹只剩十几枚。"

刘宗身为团长，早就预料到了这些情况。本来，弹药还是充足的，但被昨天飞机的轰炸消耗了很多。

仗还在继续打。刘宗提高嗓门大声说：

"同志们，我们坚守铁岭关已经四天四夜。虽然敌人进行了一次又一次的疯狂进攻，但是铁岭关还在我们手里。现在，我们的子弹就要打完了，怎么办？三个字：拼刺刀！我们要用刺刀、用棍棒、用身躯守住铁岭关，守住鼓铺县这片红色土地！共产党员们、战友们，上刺刀吧，在我们死前，再消灭几个敌人，我们的英魂将与铁岭关同在，与闽西北红土地同在！"

"团长，让我们先上，你在后面指挥！"红军指战员们临危不惧。

"团长，你留下来继续革命，让我们来牺牲！"

"革命需要火种。团长，你快撤下，咱们还有一营，还有九仙山游击大队。"

一听到一营和九仙山游击大队，刘宗立刻想到肖叶等战友，想到欧阳女那些英勇的姑娘们：不知他们怎么样了，也不知道他们在杨家岭是赢了还是输了。这几日，他们也没派人来送信，该不会也完了吧？敌众我寡，即使是输了，只要我们努力过，就问心无愧。肖叶、金石峰、欧阳女，你们都是好样的，也是极其优秀的。如果你们没死，就一定要革命下去。我们身后有党，还有人民和大批的战友……

"啪！啪！"忽然，刘团长听到背后传来两声枪响。

"刘团长，我们来了！"

"欧阳女？你们没死吗？"刘宗又惊又喜地看着飞跑上关的欧阳女，她的身后还有温七妹、栀子，再后面还有肖叶、杜鲁等人。看到大家都来了，刘团长知道杨家岭他们赢了。战士们看到他们来了，也看到了生的希望。

"欧阳，没时间说话，赶快投入战斗吧！"刘宗说。

"是，团长！打完仗我们再比武！"欧阳微笑着对刘宗说。

看到弹药，二营、三营的战士如饥饿难忍时看到热气腾腾又喷香的白米饭，眼神都亮堂了起来。

国军很快就被打了下去，退到了距离第二道底线一百米以外的地方，第一道底线是五十米。这是刘宗战前制定的，他说，守住五十米线，铁岭关就安全；守住一百米线，敌人要夺关就是梦想。

刘宗把部队全部后撤，只留两名战士在关上盯梢。果然，红军部队撤下后，国军就向关上打炮，这回的炮弹更加密集，炮火摧毁了几棵碗口大的树木。国军也聪明起来了，没有等打完炮再进攻，而是在炮弹的弧形弹道下做动作，待炮火停止时，他们已经进入五十米底线。国军闯进五十米底线，虽然对铁岭关的安全构成威胁，但红军可以趁机近距离投弹，且射击效果佳，不浪费子弹。

这又是一场激战。这次出战的是一营一连，二营、三营暂时休息。刘宗不让九仙山游击大队参战，说是有他们主力红军就已足够，可女子们非要上去。尤其是温七妹和栀子，没经批准就冲入阵地，罗罨、曹梅见状，也追了上去，欧阳女前去劝阻，也不自觉地被卷进了战场。

"呵呵，这里比栲树林里舒服，打仗就是一种享受。"栀子说。

"栀子，你别大意，铁岭关的敌人和栲树林的敌人是一样的。子弹照样不长眼。"杜鲁提醒栀子。

"怕啦？害怕的话，杜连长可以下去歇息。"

"我怕？我杜鲁啥时害怕过，我是担心妹妹你。"

"多谢杜连长抬爱，小女子吉人有天相，有九仙山神仙护佑，不会牺牲。"

杜鲁靠近栀子说："我的好妹妹，你就不能矜持点儿？"

一梭子弹落在栀子和杜鲁的前面，溅起的沙土飞到了脸上。杜鲁吓得毛发都竖了起来，他不是害怕子弹，而是担心栀子。他命令栀子和几个姑娘撤下，但没人听。温七妹还说："我们不是红军，更不是一连的，可以不听你的命令。"

"你……你们……"杜鲁无奈地说。

这时，肖叶上来了。他和杜鲁一个口气，想让她们撤下。温七妹说："我们也不是一营的，可以不听命令。"

肖叶说："胡闹，打仗怎么能这样无组织、无纪律？那团长总能管得住你们吧？"

栀子说："肖营长，别、别报告团长。让我们打一会儿就下去，你是不是担心你家七妹？不用担心，没事的，她比泥鳅还滑。"

温七妹瞪了栀子一眼，说："栀子……现在没空收拾你。"

肖叶对她们无计可施，只好妥协："好吧，就再打一会儿。"

欧阳女也在一边"违反纪律"，她装作没看见肖叶，不过肖叶也确实没看见她。

铁岭关的战斗打得很胶着：国军进攻，红军反进攻；国军炮击，红军躲藏；炮声停，红军出击。双方就这样反反复复地对峙着。

廖焱、廖顺生和水娘等人，组织上百名群众支援战场。他们送水、送饭，抬担架、救伤员，体力上的消耗不比作战的战士少。廖顺生、水娘和他们的团队在余家坊送完弹药和食物后，又转向铁岭关。这会儿，他们又来了，随同他们一起来的有二十多个男男女女。他们有的挑着，有的提着，送来的都是擂茶、年糕、糯米糍、粳米白果——鼓镛县人叫"明头"，以及粽子之类在逢年过节时才能吃上的特色食物。俗话说："吃一餐粳米糕，经得三天饿。"乡亲们说，红军战士们吃饱了，才有力气打"山狗子"。

食物都送到了关下，这地方离关上只有百十来米，因为转了个九十度弯，敌人的炮弹打不着，红军部队就在这里轮着休息，也很安全。战士们吃着软软的明头和甜甜的糍粑、年糕，再喝上几口香醇的擂茶，那心情就像过节，也像在家里一样。有的战士吃着吃着，竟流下眼泪。水娘过去问他："兄弟是不是怕牺牲？因为伤心，所以流泪？"

战士说："不是。我在想，你们也很苦，平时也没做这些东西吃，却做给我们吃。你们真是太好了，就像我们的父母。"

有一位五十多岁的乡亲："孩子们，你们是为了鼓镛县的穷人才来这里打仗。我们给大家送吃的，应该的！"

那个战士站起来，给乡亲敬了一个礼，说："我是共产党员，为穷人打仗也是应该的！"

关上的战斗还没停止。吃过饭的战士又回到关上战斗，替换战友们下来吃东西。此时已是午时，山下又有一个班的战士朝关上走来，他们肩上扛着东西，手里也拿着东西，没有人空着手。因为上坡，又加上走了几十里路，一个个气喘吁吁，额头冒汗。原来，他们是来送炮的。

这些迫击炮，就是红军在杨家岭战斗中，从国军那里缴来的炮。

肖叶带着一营和九仙山游击大队取得杨家岭战役大捷，缴获大批武器弹药，其中就包括三十门迫击炮。肖叶决定派一营回师支援铁岭关，九仙山游击大队留守县城，看管国军俘虏。没想到欧阳女坚决要求参战，禁不住女子们的坚决请求，肖叶只好答应九仙山女子们，让金石峰和男队员以及三连留下看守。肖叶带领一连、二连和九仙山女子们，火速赶到铁岭关，正遇关上弹药将尽。肖叶他们的到来可谓雪中送炭，不然几百名红军战士就要去拼命了，铁岭关也难保。肖叶向团长汇报了杨家岭战果，刘宗大喜，当即派战士回城让三连连长派一个班送两门迫击炮到铁岭关。肖叶说城里没炮弹，团长说团部军械仓库里有二十发炮弹，是他以前从作战中获得的。因为不会用炮，三连连长动员国军投降的炮兵，他们也都愿意到铁岭关参加战斗。三连连长最终决定派三人前往。

"原来团长还有'私房钱'。"杜鲁说。

国军停止了攻击，退到一百米外。红军不知他们是不是又要耍什么新花招。

欧阳女说："既然有炮，就别在这里耗着，咱们杀下山去，彻底打垮敌人，活捉周志群。"

刘宗正在想这事，没想到欧阳女也有此意，于是召集连以上干部开了一场三分钟的会议。大家都赞成杀下铁岭关，活捉周志群。五分钟后，两门迫击炮同时开火，炮弹在敌方阵地上爆炸。二十发炮弹打出去十二发，还留着八发。

毫无准备的国军官兵被炸得耳鸣目眩，脑袋"嗡嗡"响。当场炸死的国军士兵就有五六十个人。

"红军怎么还有炮？"孙干惊讶地问道。周志群脸色铁青，国军士兵们一个个都在发呆。

炮声一停，刘团长下令冲击。红军战士们刚吃饱喝足，喊着"杀下铁岭关、活捉周志群"的口号，一个个似猛虎下山、蛟龙出水。他们手持二十支冲锋枪，闯开了一条路。此时，全团尚有五百多名战士，现在全部下山，喊声如雷，枪声震耳，连蝈蝈都吓得无影无踪，鸟儿飞到千里之外。

已经没有士气的国军，哪顶得住这山洪暴发似的冲击？虽有千余人，却无法构筑防御屏障，"洪水"冲垮了国军阵营，导致官找不到兵，兵找不到官，此刻的国军如五指张开，形不成拳头，打人更加无力。

"旅座，跑吧！红军千军万马，我们顶不住了！"警卫员劝周志群。

"跑？我还能跑吗？让贾团长退至一里外再反击，一定要顶住'土鳖孙'，顶不住我就枪毙你们！"周志群边退边说。

贾团长明白旅长的话，但部队已经大乱，根本指挥不了，士兵们为了保命四处乱跑，没有人听长官指挥。

红军此时在火力、士气上都占上风，国军完全丧失抵抗能力，一败十里，红军乘胜再追十里。国军死的死，伤的伤，投降的投降。团长孙干被击毙，贾森受伤后被俘虏。周志群行动快速，虽嘴上说不能跑，但跑得比谁都快。

红军几乎歼灭了敌人两个团，只有一百多人护着周志群跑了。

铁岭关战斗大胜，红军缴获大量战利品，刘宗、肖叶和欧阳女回到铁岭关。后事将会如何？周志群是否会卷土重来？下文说。

第四十八章

古城女儿不用拣

在铁岭关战斗中，红军俘虏敌军六百多人，有三百名国军士兵表示愿意投降，加入红军队伍。为减少负担，红军没有把其余三百多人押回鼓镛县，而是让他们就地解散回家。

红军部队在回鼓镛县的路上，受到沿途群众的热烈欢迎，城里的群众也夹道欢迎红军凯旋。

杨家岭、铁岭关两场战斗彻底粉碎了国民党进攻鼓镛县苏区的企图。虽然消灭了周志群旅，但是红军也减员五百多人。刘宗请示上级后，将部队进行整编，吸收国军投降士兵六百多人，以及愿意参加红军的两百多名鼓镛县青年，同时改编了九仙山游击大队。整顿后的红一团团长为刘宗，政治委员为金石峰。一营营长为肖叶，二营营长为薛山河，三营营长为杜鲁，四营营长为欧阳女，温七妹、栀子分别担任连长。自此，九仙山游击大队名副其实。此外，由廖焱担任县苏维埃临时政府副主席，又加强了苏维埃力量。

刘宗宣布放假三天，休息待命。

终于可以喘口气了。放假的日子多好啊！欧阳女和她的姐妹们来到金溪边，她们洗衣服、看风景，看着清澈见底、波光粼粼的金溪，欧阳女感叹道："金溪，你是鼓镛县人的母亲河，原本就是清洁、圣洁、纯洁的，却被多少醒齪之人弄脏了你！"

"我们一定会扫清污泥浊水，让金溪更加清澈！"

"金大哥，不对，是金政委了。"栀子笑着迎接金石峰。

"你怎么来了？"老成的欧阳女从未像此时这么腼腆。

"怎么，只许你们来，不许我来？"金石峰看着欧阳女说。

"我没这么说哦。我在想，你已经是团政委了，工作够忙的，哪还有工夫游山玩水？"欧阳女说。

"你们不也一样吗？咱们都是红军的指挥员，忙中偷闲可以，上课时就该严肃，不能再像在九仙山上那样自由涣散，充满游击习气哦？"

栀子说："放心吧，金大哥，哦，金政委。这些日子打仗，我们啥时候给您老人家丢脸了？"

金石峰说："那倒是没有，你们几个非常勇敢，而且机智善战，刘团长很看重你们，因此才让你们带兵，任命你们担任重要职务。你们，包括我在内，绝不能辜负组织的信任，辜负刘团长那双慧眼。"

栀子做了个鬼脸，说："是，金政委！如果我不称职，请你和刘团长立马撤掉我。"

金石峰笑着说："好了，现在不是放假吗？咱们不谈工作，放松玩几天。"

"金大哥，咱们鼓镛县的这条金溪真是太美了，她应该有很多故事吧？您老知识渊博，能不能说几个听听？"说完，栀子看着金石峰，一脸的期待。

"有哇，我这人别的东西没有，要说故事嘛，装着一肚子。"

"真的呀？那怎么都没听你说？"

"咱们有时间坐下来说故事吗？国民党反动派和周志群他们把我们弄得团团转，每天应接不暇。"金石峰说。

"只有今天，金大哥可以天马行空一下。"

金石峰把目光从远处收回，扫了一眼她们，又坐到岸边一块大石头上，挪了挪坐姿，故意装着腔调说：

"话说当年九仙山上的那九个神仙，他们原来住在昆仑山上。有一天，玉帝突然下令，让九仙把昆仑山上的两只大银盆搬到九仙山去。九仙不敢怠慢，当天就着手搬移。可两只银盆重达几十吨，虽然他们是神仙，要将其搬移到万里之外的九仙山，也还是有难度的。神仙们思来想去，觉得除了肩挑之外，没有更好的办法。于是他们在昆仑山上找到一棵又长又直的红楮木做扁担，九个神仙轮流挑，行走在天空上。过了半个月，他们来到鼓镛县地界，在一座叫吉峰山的上空，红楮木扁担忽然'咔嚓'一下断了，两只银盆从万丈高空掉落下来。一只掉到吉峰山附近的山谷里，另一只掉下后，顺着山梁滚了几十里，落到了金溪。两只银盆在掉落处都砸开一个巨大的深坑。掉在吉峰山附近那只银盆后来变成一座山，不断长高长大，最终与吉峰山比肩。后来，人们把这座山叫'银棚寨'。"

"那掉到金溪的那只呢？"栀子急切地问。

金石峰慢条斯理地说："掉到金溪的那只银盆，变成了一块巨大的白石。因为它落下时把金溪砸开一个坑，金溪到此正好转弯，在这一片水域形成一个深潭，后人就把这个地方叫作'白石潭'。奇怪的是，白石潭里的这块白石能够水涨船高，无论洪水暴涨到啥程度，都无法淹没白石，人都能看到白石露出水面。"

"是不是白石本身就像一根天柱，能够一柱擎天？"欧阳女问。

"不，它不是一根柱子的形象，它就是一块石头，很大的石头。白石潭村的娃子们，夏天游泳时都会爬上白石，在上头玩耍。其实，白石离水面就只有三四尺高。"金石峰说。

"这就奇了！"

"确实神奇。传说是那只银盆有人性。它不愿待在金溪里，所以洪水来时它都露头挣扎，以示抗议！"金石峰说。

"九仙为什么不救？他们不是神仙吗？"栀子问金石峰，期待他能解释。

"九仙因为丢了银盆，被罚到九仙山炼丹，没有召唤不得回天庭。九仙山因此而得名。"

"这不会是金政委瞎编的吧？金政委满腹经纶，编几个故事糊弄女孩，还不是像喝汤那么容易？"

众人扭头一看，说话的人是杜鲁。

"哎，杜营长，你别用市井的眼光看人。你来编几个给大家听听？"金石峰又笑着对众人说："吉峰山、银棚寨都是名山，在鼓镛县南面，距离鼓镛县六十里。白石潭就在金溪上游，离这里不到二十里。九仙山嘛，就不用解释了，咱们这些'女神'，都是从那儿下来的。"

"开个玩笑。谁不知道咱金石峰同志之前是教书先生，饱读诗书，又是老布尔什维克，不然上头会让你当政委？我姐大又咋会倾情于你？"杜鲁自觉地融入了九仙山女子们这个集体。

"'我姐大'？杜营长，我记得你比我大呀？"欧阳女说。

"哎呀，这个问题上次不是解决了吗？我是随栀子叫，栀子是要成为我内人的，与她一个辈分，喊你'姐大'难道有错？"杜鲁说。

"谁是你内人了？这样难听的称呼你也敢用？"

"对，说错了，是爱人，爱人。"

"谁是你爱人了？杜营长，你再说我撕你的嘴。"

"好了好了，啥都不叫，就叫栀子，这样行吗，姑奶奶？"杜鲁打仗勇猛，在队伍里也争强好胜，但在栀子面前只能唯唯诺诺。

"哈哈哈！"

杜鲁还真有股韧劲，不管栀子如何对他，他总是咬住她不放。他多么希望栀子能改变对他说话的口气，比如轻轻地喊他"杜大哥"或"杜鲁"，别总是针尖对麦芒。他常常想：到底要用什么办法，才能攻下她这座"山头"，把心里那面爱她的红旗插在"山头"上？可他是军人，只会打仗，想到的都是打仗时用的那些办法。这时，金石峰说话了："栀子，你再不答应杜营长，他可就要疯了。杜营长很优秀，对你心仪已久，这样的男人难道不值得你倾心？答应他吧，女大当嫁，而且你们俩志同道合，我和你姐大也是这么想的。"

"金大哥？"栀子一改刚才的傲慢态度，语气温柔得像是变了个人，她看了一眼金石峰，又把目光转向欧阳女，说："姐大？"他们是栀子在人生道路上遇到的最重要的两个人。她敬重金石峰，在她眼里，金石峰完美无缺，这个人集智慧、幽默、勇敢、善良于一身，无可挑剔。和他在一起时，就有一种精神、一种力量，又能感到轻松和快乐。她最听金石峰的话，从没怀疑过他，他是她心中最亲的金大哥。此时，这个金大哥，对她和杜鲁的事情作出这样的表态，让她始料不及，又觉得温暖。

欧阳女更是栀子人生中不可或缺的人。欧阳女既是她的姐大，也是她的师父，虽然欧阳女只大自己两岁，但是三年来，栀子感觉她就像自己的母亲。欧阳女在栀子心中是睿智、坚韧、顽强、自信的化身，拥有绝世武功和无与伦比的美貌。欧阳女既是她的偶像，又是长辈，她早就认定，这一生她只听这个姐大的话。现在，杜鲁狂热地追求她，金大哥表态了，他还说他代表了姐大的意见。栀子还想听姐大亲口说，如果姐大也如此认为，她就认了杜鲁。这个人虽然粗了点儿，但是他粗中有细，且痴情、专一，她自信能和他和睦相处。她的目光无奈地投向欧阳女，她清晰地看见，姐大回应的目光是坚定的，她没有说话，可能她觉得想说的话金大哥都说了，欧阳女点了点头。栀子的脸上第一次露出羞涩的表情。

此时，最兴奋的人是杜鲁。他刚才就想找金石峰，没想到他的金大哥说出了自己想让他说的话。杜鲁心想：这个金大哥果然厉害，知道如何夸赞别人，又夸得那么有水平，怪不得一参军就能当团政委，杜鲁服了。

"栀子，以后杜鲁就是你行路时的挑夫、歇息时的捶背人、危险时的挡刀将、生命中的好伴侣。"杜鲁说。

"杜营长，太会说了吧？"金石峰微笑着说。

欧阳女说："是呀，我妹妹既然答应你了，就会好好对待你，只要你不欺负她就好。当然，如果你欺负她了，我也绝不会饶你。"

"我们九仙山的女子都不会饶你。"坐在一旁的"闷葫芦"温七妹也开口说话。

"姐大，七妹姐姐，你们就放一亿个心吧，我爱栀子都怕爱不够，咋还会欺负她？再说，我也打不过她，按她的话说，我是她的手下败将。"杜鲁笑着说。

正在大家说话的时候，肖叶来了。

杜鲁连忙站起来，大家也都站起来迎接。

肖叶说："瞧杜鲁喜笑颜开，一定是遇到好事了？"

杜鲁做了个立正动作，然后对肖叶说："报告营长，岂止是好事，是喜事。栀子同意嫁给我了。"

肖叶也一脸惊喜："啊，太好啦，恭喜二位喜结连理！"

"杜鲁，谁答应嫁给你了？"栀子的话让杜鲁紧张起来，仔细一想，刚才栀子还没表态，只是金石峰说，欧阳女点头。见栀子没吭声，杜鲁此时比在战场上遇到强敌还害怕，心"扑通扑通"地跳。

"我只是默许会和你好。"

"这就对了。吓死我啦，栀子，我还以为你反悔了。"杜鲁说话的语气又轻松起来。

"杜鲁，你小子真是时来运转啊，当了营长又喜迎美妻，今晚你是不是该请大家吃一顿？"

"报告营长，应该！应该！"杜鲁想了想，又说，"可是我没钱啊？"

"哎，你别再'报告营长''报告营长'了，你现在也是营长了，咱们是平级。再说现在不是上正课，你报告什么？"肖叶说。

"是，营长！"杜鲁说完，做了个鬼脸。

肖叶又回到刚才的话题："是啊，没钱。没钱也不能乐呵呀。杜鲁知道自己当红军五六年了，直到当营长都没拿过一分钱。营长的职位也不算低，若在国军里头，每月少不了也有几十块大洋吧。但在红军队伍里，却无分毫。包括我肖叶，还有团长刘宗，还有千千万万的红军将士，都没有钱。可大家都愿意干，愿意吃苦，愿意牺牲，这是为什么？"

金石峰立马接着说："这就是共产党，这就是红军，这就是信仰！大家团结起来，不是为金钱而战斗！"

肖叶说："对，只有共产党和红军才能做到这样。"

"上我家去吧！我妈酿制的谷雨酒还封着罐呢，大家一起去尝尝？"金石峰说。

"好哇，听说鼓铺县人酿酒都选在谷雨这个日子。石峰，这是为什么？今天有空了，你给说说。"肖叶说。

金石峰说："是的。咱们这里的人通常都在谷雨这天蒸糯米酿酒。因为据说这天阴阳配对最好，酿出来的酒，可长期存放。谷雨酒的颜色是橘黄色的，集甘、苦、醇为一体，味道极美，后劲很足。农谚说：谷雨酒苦辣，放十年不变味。"

肖叶："你妈酿制的谷雨酒，应该是为你和欧阳女洞房花烛准备的吧？"

"肖营长，你的想象力太丰富了吧？"欧阳女不好意思地说。

"是，我妈就是这样打算的。"金石峰没有否认，笑着说。

"七妹，瞧别人都在紧锣密鼓地进行了，咱们俩是不是也该八字有一撇了？"肖叶忽然问温七妹。

温七妹没有想到肖叶如此直截了当，脸一下子红了，羞涩地说："就让他们先幸福吧！"

肖叶说："不，我要让你也一起幸福。"

这时，杜鲁靠近肖叶，在他耳边低声说了几句话。大家不知道杜鲁在搞什么鬼，看看杜鲁，又看看肖叶。

肖叶仿佛在睡梦里，被杜鲁一语点醒。他一改原来说话的口气，"低声下气"地走到欧阳女面前，喊她"姐大"，要求她做主，把温七妹许给他。然后他又走到金石峰身边，叫他"金大哥"，要他做媒，促成他和温七妹的关系。

肖叶的行为将欧阳女、金石峰惹笑了，温七妹也低头暗笑。

原来，杜鲁在肖叶耳边嘀咕，就是告诉他：要想娶温七妹，先得"搞定"欧阳女、"讨好"金石峰。

当晚，众人走进金石峰家。金母把家里的吃食拿出来，让大家吃好喝足。肖叶和温七妹的事情也在这晚一并敲定。肖叶好不高兴，一口一个"姐大"，一口一个"金大哥"。众人欢聚到午夜方才散去。

接下来，欧阳女、温七妹、栀子与红军政委、县苏维埃政府副主席金石峰，营长肖叶、杜鲁喜结良缘的消息不胫而走。没多久，就传遍了军营和鼓铺县。

欧阳女没有食言，把表妹罗罩介绍给了伍子华。

刘宗说，这是一团的一件大事，建议选择一个好日子，举行集体婚礼。

几对当事人赞成刘宗建议，开始准备婚前的一些事宜，等待那个重要日子的到来。

这阵子，鼓铺县的天空格外晴朗。红军和共产党肃清匪患，打败了周志群，并在乡村苏维埃动员组织群众，打倒土豪，分得田地，让穷人第一次尝到不受剥削、不受欺压，翻身做主人的滋味。鼓铺县处处出现"拥护共产党，拥护苏维埃和红军"的标语。

需要说的还有一个人，就是原来鼓铺县的县长胡瓢。当日，胡瓢携妻儿逃出鼓铺县，第一站跑到古佛寺，找他的前妻范安，请求暂住。范安当年就是因他养情人而分手，才躲到古佛寺里做尼姑。当日，她见胡瓢居然还带着那几个情人上门，觉得这是当面来羞辱她，牙齿都要咬碎了，一股无名之火烧得全身上下发痛。她顺手拿起一根木棍，就朝胡瓢身上打。

胡瑞见状，跑过去抱住母亲，想制止她打胡瓢。胡瑞可怜地说："妈妈，鼓铺县被红军占了。我劝爸爸来古佛寺，爸爸不同意，让胡林哥哥带我们去高滩。是我硬拽着他们来的，就让我们在这里躲避几天吧。"

范安说："只能你留下，他们全部滚蛋！"

胡瓢无奈，嘱咐儿子留在妈妈身边，自己带着几个相好及随从走了。

胡瓢离开古佛寺，顺金溪而下，最终到了南平。鼓铺县归南平所辖，上峰对胡瓢丢了鼓铺县这事十分恼火，说要枪毙他以儆效尤。胡瓢吓得尿裤子，说是因周志群无能，是他拥兵守鼓铺县，责任应在周志群。胡瓢上司在省里也帮着他说话，一致谴责周志群，说他一个旅竟然守不住一个小县。上峰也就是吓吓胡瓢，不是真要杀，知道他一个穿便服的县长并不能与强大的红军相抗衡。事后，胡瓢被安排在专署做"新生活运动"的工作。半个月前，他听说周志群受命收回鼓铺县，上峰说若鼓铺县重新"光复"，胡瓢可再复原职，继续治理鼓铺县。胡瓢从此每日为周志群祈祷，希望他打败红军，拿下鼓铺县，到时候，他又可以坐镇一方，当他的"土皇帝"，比在这里有职没权地搞"新生活运动"强一千倍。可是，今日又传来消息，说周志群打了败仗，全军覆没，周志群生死不明。胡瓢听后，知道梦想破灭，大骂周志群无能。

刘宗自己没结婚，却为新人操办婚事，这让几对新人很感动。婚礼就在鼓铺县苏维埃广场举行。一大早，刘宗就带头布置场地，写横幅、贴标语，忙得不亦乐乎，那高兴的劲头儿就像是自己娶媳妇。广场上摆放了三十张八仙桌，桌上放有红枣、花生、干桂圆、南瓜子，寓意着"早生贵子"。按照鼓铺县习俗，婚礼当天要喝喜酒，"三朝"后擂擂茶。因为是新式婚礼，又是集体婚礼，就改了程序，中午喝喜酒，下午喝擂茶。婚礼开始后，金石峰、欧阳女、肖叶、温七妹、杜鲁、栀子、伍子华、罗罩、廖顺生、水娘，一对对新人携手走进婚场。没有婚纱，没有胭脂粉黛，新娘们只穿素服，但一个个天生丽质，楚楚动人。"邵武火笼洋口伞，古城女儿不用拣"，一句谚语，道出了鼓铺县女人的美，如清清的金溪水，与生俱来。

刘宗既是证婚人又是婚礼主持人，到了午时，他宣布婚礼开始。正要开口说话时，团部机要参谋疾步跑来，在他耳边说了两句话。刘宗表情立刻严肃起来，与金石峰打了个招呼，就随参谋离开了。

刘宗这一去就再也没回来。婚礼照常进行，宾客们喝完了喜酒，然而下午的擂茶活动却中止了。究竟发生了何事？刘团长去了哪里？下文说。

第四十九章

深夜收兵让塔山

国民党大本营听到周志群又兵败闽西北，没有拿下鼓镛县，大为恼火。

胡瓢急着想回鼓镛县，一直在上下活动。他对大本营说，鼓镛县已被共产党"赤化"日久，必须立刻夺回，消灭那里的苏维埃，救鼓镛县百姓于"水深火热"之中。大本营和胡瓢的想法一致，决定调重兵进攻鼓镛县。驻守在闽北的国民党军，受"剿共"总指挥部指令，派八十八师孙合良袭击鼓镛县。红军三十六师得知消息后，立即命令一团做好迎击准备。

刘宗从婚礼上离开就是因为这事。

刘宗想立刻召开军事会议，可一想，四个营长就有三个是新人，政委金石峰也是新郎。一个个都到了当婚当嫁的年龄，好不容易遇到自己心仪的人，此时自己怎么能打断他们的兴致，中止他们的婚礼？就让这场婚宴在硝烟来临前顺利地完成吧。

几对结婚的新人都是一团的军事主官，他们隐约意识到团长的突然离去，想必是因为发生了重大的事情。最敏感的人是金石峰，他身为政委，身负的责任又不同于其他几人。他想离开现场，找刘宗了解情况，为他分担困难，但又怕影响大局，扫了众人的兴，想了想还是作罢。金石峰仍装作无事一样，等待着刘宗。他知道，若有急事，这位苏维埃主席和团长一定会第一个喊他。

下午的擂茶会停了，临时转为军事会议。连长以上的军事主官出席。刘宗幽默地说："国民党不近人情，听说鼓镛县有几对新人在举行婚礼，就十万火急地派大军来'祝贺'。他们已经在路上，我们要研究一下该如何欢迎人家。同时，我遗憾地告诉各位，你们的蜜月只能在'礼炮'声中度过了！"

"没有问题，团长，这样的'殊荣'并不是世上所有的新娘都能享受到的，我遇到了，是我之幸！"栀子说。她或许是喝了酒，醉眼迷人，两颊红润。栀子的乐观让严肃的会场顿时轻松起来。

"来日方长，等打完'山狗子'，我和石峰请全城人喝擂茶！"欧阳女脸上罩着淡淡的红云，额头露出几缕平时不见的刘海，看得出，她今天做了一番新娘的装扮。

"今天原本是个好日子，但国民党反动派不让我们过，那我们也不让他有好果子吃。团长，你部署战斗吧，敌人从哪里来，有多少人？我们要在哪里迎敌？别考虑我们结婚，等打完仗我们再入洞房！"杜鲁说完，痴痴地看了一眼栀子。

"不错，你们只能打完仗再入洞房了。敌人这次不走杨家岭，也不过铁岭关，而是由东顺金溪而上，直逼鼓镛县。我的意见是将战场设在古佛潭和塔山。塔山地势较开阔，又在前沿，由一营、二营在那构筑防线，三营部署在古佛潭附近。塔山、古佛潭实际上紧挨着，算是同一个战场。"刘宗说到这里，离开地图后继续说，"同志们，此仗不比铁岭关、杨家岭两仗，一是我们占据的地形没那么好，二是敌人更多了，而且是国民党的中央军，战斗力很强，会给我们造成很大压力。所以，这场仗一定更残酷、更难打，各级指挥员都必须高度重视。"

欧阳女站起来说："团长，那我们四营呢，你好像没说到任务呀？"

"哦，对了，你们四营做总预备队，在家里候着，随时准备增援。"刘宗说。

"做总预备队？团长，让四营上去吧，我们要到前线，打第一枪，不做预备队。"欧阳女说。

"对，让我们到一线吧，我们怎么能做预备队躲在后面？"栀子、温七妹都强烈要求去一线战场。

刘团长说："预备队不是没仗打，更不是不去打。这次敌人来得多，就是咱们全团上去也是敌众我寡。之所以让四营做预备队，是因为我想让你们随时待命。再说，你们几个人都是今天出嫁，连女人一生只一回的花轿都没坐上，真是委屈你们了。休息一天吧，以后的仗有你们打的。"

欧阳女、温七妹和栀子此时才觉得这位尚未成家的团长大哥，原来考虑得这么周到。性格刚强的她们眼中噙着泪水，不再说话。

国军方面，孙合良部的一个师像疯狗一样扑向鼓镛县。但由于道路崎岖，行军速度不快，国军走了一天才到达塔山下。眼见天黑，孙合良不敢贸然进攻，找来随军的胡瓢了解情况。胡瓢说，塔山只是个矮山，地形并不险要，国军只要向前冲锋就可突破，而后直达鼓镛县。如果晚上打，明早就可进城了。

孙合良听完胡瓢的话，立即命令部队后退三里，安营歇息。

胡瓢疑惑孙合良为什么不趁势攻击，拿下塔山，反而后退。兵贵神速的道理，孙合良作为师长难道不懂？

孙合良看出胡瓢心切，说："胡县长急于进鼓铺县，是忘不了那里的女人吧？听说鼓铺县的女人很美。"

胡瓢笑着说："孙师长真会开玩笑。不过鼓铺县的山水确实很美，还能养颜。"

孙合良说："已经感觉到了，瞧这金溪，清澈得像面镜子，两岸郁郁葱葱的树木，清新的空气，都让人感觉舒适。"

"孙师长说得太对了。等明天进了鼓铺县，您将进一步欣赏到那里的风景。"胡瓢以前不认识孙合良，这次随军是上峰的安排，让他给部队引个路。见孙合良爱说笑，胡瓢轻松多了，接着问道："对了，孙师长为何不趁夜黑拿下塔山？"

孙合良说："不到万不得已，切忌夜战。不急，几个小红军，我一伸手就像捏蚂蚁一样，把他们送上西天！"

胡瓢想奉承一下孙合良，于是说："孙师长英明，不愧是党国将才。祝我军明天旗开得胜！"

翌日，天一亮，国军的火炮就向塔山猛轰。炮弹就像不要钱似的，盯着一个地方猛打。这种先打炮后冲锋的战法，是战场上所有将领都会用的战术，当了三天兵的人都知道，怎能瞒得过红军指挥员刘宗？自昨天下午进入塔山阵地后，刘宗就让战士们挖掩体，筑战壕，把壕沟连接到后山，防止敌军用火炮袭击。此时，敌人密集的炮火并没有对红军构成杀伤力，因为战士们都藏在了后山。

国军向塔山发射了数百发炮弹，孙合良估计，塔山上连蛐蛐都不可能存活了，就命令部队上山。他认为只要占领了塔山，大部队就能顺利地沿金溪而上，不用一顿饭的时间，就能抵达鼓铺县城门外，国军官兵们就能到城里吃午饭。

令孙合良未曾想到的是，塔山上或许没有了蛐蛐，但红军依然生龙活虎地活着。当敌人的炮火停止时，红军战士迅速就位。阵地上原来构筑的壕沟被炸毁填平了，硬土变成松土，战士们只好因地制宜，利用现有的土堆等物体做掩体。好在塔山阵地毕竟在高处，红军战士们能居高射击。

红军回击敌人的枪弹，虽然响声不如炮声，但密集度胜过敌人千倍。红军因为此前打了几场胜仗，缴获了周志群旅的武器，现在全用来打孙合良的部队。刘宗在塔山上架设起五挺重机枪、二十挺轻机枪，火力密集到仿佛可以射杀苍蝇，这是孙合良没能想到的。国民党的每一级军官刚开始都不把红军放在眼里，这似乎成了他们的思维定式，孙合良也不例外。

"报告师座，共军的火力太猛了，我军上不了塔山，已经有一个营的将士捐躯了！"报告的人是国军的一个团长。

"什么，一个营？还不到一个时辰呀！"孙合良惊讶地喊道。他的指挥部设在离塔山一里地的地方，他其实没有目睹过塔山的地形，只是用望远镜眺望、指挥。放下望远镜后，他大喊："再用炮火，把塔山给我炸平！"

那位国军团长应了一声"是！"又跑回前线。十分钟后，冲天的炮弹再次在塔山上炸响。塔山上飞起的土灰、浓烟，达数百米高，尘土再缓缓而下，吹落到金溪，覆盖水面足有几厘米厚。

炮火停止了，国军再次往山上冲，这次的冲锋速度比前次快得多。国军或许意识到第一次吃了"慢条斯理"的亏，这回几乎是快跑上山的。可是，因为急速地上坡，士兵们到了半山腰就又慢下来，有的慢走，有的驻足歇息，有的扶住树干或石头喘气。这也难怪，有几人能在手拿枪支、身负弹药的情况下，在四十五度以上坡度的山上急速跑半公里？国军士兵也是人呀！

"如此密集的炮弹也炸不死共军？"国军士兵不相信红军这次能躲过炮火，觉得一大部分红军都被炸死了，剩下的不是伤残就是耳聋、眼瞎，哪里挡得住国军几千人的进攻？这时，国军士兵们的头顶上，忽然有许多蝌蚪似的东西如雨点般落下。只听大家惊悚地大叫："不好！"那蝌蚪似的东西已经铺天盖地掉到人群里，在落地的同时发出一声声巨响，然后像一朵朵莲花似的在国军士兵中竞相开放，士兵们在"欣赏"花开的同时，也丢了性命，那场面让山顶上的红军拍手叫好！

其实国军的第二轮炮击，同样没伤害到红军。当国军的步兵退到山底时，经验丰富的刘团长就命令部队撤到后山，只留几名战士在隐蔽处瞭望。红军在第二轮打击敌人的战术叫"以牙还牙"。红军使用的是手榴弹，手榴弹的威力，虽不像重炮弹可以炸飞土石，但一枚手榴弹炸开后四溅飞出的弹片，足以击杀一个班。红军数以百计的手榴弹落在人群里，怎能不让敌人哭爹喊娘！

国军的第二次冲锋又被红军打退，塔山阵地上的红旗虽然被炸出一个个窟窿，但仍旧在塔山的最高处高高飘扬。

国军拿不下塔山，就进不了鼓镛县。孙合良在想：我一个师的中央军，难道过不了塔山这个坎？他问身边的胡瓢："你在鼓镛县那么多年，知不知道还有别的路可以进鼓镛县？"

胡瓢说："没有，这是唯一的途径。"

孙合良下令："将炮火覆盖红军阵地，向前推进一百米射击！我就不信，共军能躲到山的肚子里！"

这一轮的炮击给红军造成很大的损失。国军的炮弹由近而远，先轰炸山头，再推到远处。虽然后山有死角，但藏不住数百名红军战士，有好几发炮弹落到人群里，瞬间就有五六十人牺牲。但红军的牺牲，国军看不见，国军打炮也是根据目测的距离，炮弹打出去的效果他们几乎无法估算，因为孙合良的望远镜无法穿越厚重的塔山。

国军的炮火刚停，步兵就又往山上冲。国军的士兵大多是被抓来的，还有些混口饭吃，谁能自觉自愿、不怕死地拼命往枪口上撞，所以，与红军作对都是国军长官们的行为。长官在后面逼着士兵走，逼着士兵冲。这是国军第三次冲锋了，孙合良和他的军官们都以为此番轰炸很有效果，红军一定被打趴下了，即使有能力反击，也是有限的，绝不可能还像前两次那样。但国军还是高估了自己，高估了炮弹的威力。在他们认为"最快解决战斗的武器"的面前，红军虽然会有人牺牲，但不会被消灭。

"敌人又上来了，给我瞄准了打！"刘团长自战斗开始，就一直在阵前，和战士们一起投弹、射击。这个身经百战的老战士，指挥若定，枪法极准，百发百中。

第四次冲锋，国军仍旧没捞到大便宜，除了丢下尸体，没有别的收获。但这次红军也损失较大，牺牲了三十多个人，包括一名连长和一名排长。合计算下来，四次反击中，红军牺牲了一个连的人员。刘宗总结说："我军主要牺牲在敌人的炮火下，这次被敌人突破了一个口子。"

国军后来又组织了两次冲锋，但仍没有攻下塔山，双方伤亡都很大。天就要黑了，国军没有再进攻，孙合良把部队收缩到距离塔山阵地一里的地方，靠近他的指挥部，防止红军夜袭。孙合良在帐篷里与他的几个团长在研究，为什么打了一天也拿不下一座小小的塔山。

子夜时分的塔山静悄悄的，金溪也在静静地流淌。往日的夜晚，山边和水边蟋蟀、蚯蚓还有青蛙的叫声不绝于耳，可今天它们像是绝迹了一样。难道是它们也被炮火杀死了？当然不全是。但一天的枪炮声一定把它们吓得不轻，导致它们钻进深土里不敢吱声。

自然界没了声响，人为的动作却打破了夜的静谧。塔山上突然炮火冲天，浓烟滚滚，火光刺破了天空。

这是孙合良的杰作。他与几个下属军官探讨了一天的作战后，睡不着觉，想着与其自己一人失眠，何不叫共军也不能安息？他叫来了炮兵连长，对他吩咐了一番。炮兵连长走后一刻钟，塔山上就响起了震耳欲聋的炮声。

"炮弹不能死打山顶，应向四周和远处打。此时他们正在睡觉，让他们永远地睡在这山里！"孙合良想了想，又亲自到炮连指示督战。

"这回共军即使不死一大片，也要伤一大群。"炮兵连长说。

孙合良对炮兵连长说："天微亮时，再给我照此轰炸一阵，也用它们叫醒部队。"

炮兵连长按照长官的指示，用炮声炸响这一天的黎明。国军们听到炮响，都迅速地起来，习惯性地拿起枪，寻找自己的班长、排长、连长。这些计划是孙合良与他的团长们商量好的。团长们听到炮声后，立即组织部队往塔山上冲。或许是因为经过一夜的养精蓄锐，国军士兵们跑的速度比昨天快，没多久就冲到山顶，却没受到任何抵抗。

"红军一定都被炸死了！"冲上去的士兵和后面的指挥官都这样认为。

最前面的士兵仍是蹑手蹑脚，怕红军藏着，想等他们靠近后再打。

弄不清敌情，就让子弹说话。国军先头的一个排长让士兵对着山背后开枪，他们仍旧没有听到动静，再分头察看，确实没有看见一个红军。

"红军跑了！"那排长向山下报告说。

"什么，跑了？"红军跑了的消息从前面传到后面。随军的胡瓢说："共军放弃塔山，说明力不从心了，我军应迅速前进，一举拿下鼓镛县。"

孙合良当即命令部队不得吃饭，到了鼓镛县再一起吃早餐、午餐。

命令刚下完，前头就传来激烈的枪声。有士兵报告说是在古佛潭附近遇到红军阻拦。

"古佛潭？塔山都被国军拿下了，一个古佛潭能挡住我们？命令一团杀过去，绝不能耽误了在鼓镛县吃中午饭的时间，否则，士兵会骂我们的。"孙合良不以为然，以为古佛潭只是一道沟坎，一抬脚就过去了。

胡瓢说："孙师长，古佛潭在地图上一点儿也不显眼，但这里不好过去，因为路窄。您知道此处为何叫古佛潭吗？是因为金溪到了这里转了个弯，此处水流湍急，山上又有个古佛寺，故而叫古佛潭。本地有句话：'岸边路窄，人过须侧身；溪涧水凶，船行起帆下。'那年，周志群部的一个班路过此处，就毫无征兆地没了。几天后，水中浮起来尸体，才知道一个班的士兵掉到深潭淹死了，但始终查不出是何原因。"

"就算古佛潭再神秘，我数千将士加枪炮，岂能怕它？"孙合良说。

"不怕不怕，唐僧取经路上妖魔鬼怪那么猖獗，还不是败在了孙悟空的金箍棒下？对了，孙师长也姓孙，您就是孙大圣，一定能降妖除魔，顺利到达鼓镛县。"

"胡兄就等着去做你的县长吧，你们真是命好，可以坐收渔翁之利，不像我们，在枪口上过日子，都是给他人作嫁衣。"孙合良说。

"孙师长太悲观了，我们这些地方官僚哪能与您相比？委座说的'党国英才、党国栋梁'指的就是你们这些将军，而我们只是一颗可有可无的棋子。"胡瓢说。

"胡县长谦虚了……"

"别，别叫我县长，我的鼓镛县县长一职早就随着那次撤离而自动解职了，上峰当时差点儿毙了我，如今我只是草民一个。"胡瓢说。

"你也别谦虚了，此次上峰让你随我大军进剿鼓镛县，就是有恢复你官职之意。只是胡县长到时数着金钱、拥着美女，别忘了孙某今天的牺牲。"

"如果能有那一天，胡瓢一定让孙师长领略鼓镛县最好的风光，胡瓢也终生不忘相随孙师长的这些日子。"

"好，我也相信胡县长是性情中人。咱们到前面看看。"孙合良说完，走出帐篷，朝古佛潭方向走去，胡瓢紧跟其后。

孙合良一下马，就有军官过来报告："报告师座，这地方的路只能通过一个人，一边是悬崖峭壁，一边是深不可测的古佛潭，英雄无用武之地呀！"

孙合良仔细地察看了一会儿地形，视线所到之处，只有横在眼前的陡峭山峰和一泻千里的金溪。他心想，从水上过，国军没船；从山上过，国军没长翅膀，确实困难极了。于是他问："胡县长，这方圆几十里也没有进鼓镛县的路吗？"

"没有！"胡瓢回答道。

"那你这个县长也当不成了，我们率军回营。"孙合良说。

"别，让我想想，除非……"胡瓢一边说一边想。

"除非怎样？"孙合良望着胡瓢问道。

"师座，有电报。"一名少校军官拿着电报向孙合良报告。

"念！"孙合良耳朵朝着少校，两只眼睛注视着金溪。

"目前，'剿共'捷报频传，各处失地不断收复。'共匪'已穷途末路。令你部两日内收复鼓镛县，解救当地百姓出水火。速速！另，鼓镛县收复之日，为安民心，仍由胡瓢暂代县长。你部在彼休息一日，而后返回，接受新的'剿共'任务。民国二十二年六月十八日。"

胡瓢在一旁，听到仍由他任鼓镛县县长，心想：虽然前面加"暂代"二字，但有"暂代"还愁以后吗？我应该帮助孙师长尽早拿下鼓镛县。于是，他走到孙合良身边说了一番话。孙合良紧锁的眉头终于舒展开来，又哈哈大笑起来。胡瓢有啥"锦囊妙计"让孙合良听后如此高兴？下文说。

第五十章

细雨蒙蒙落金溪

红军昨夜忽然撤离塔山，那是刘宗当机立断的结果。红军在这里已经坚持了一天一夜，虽然打退敌人四次冲锋，消灭敌人不下一个营，但是敌人仿佛越打越多，且塔山阵地被炮弹打成了松土，战士们不能匍匐前进。所以，刘宗决定退出塔山防守，命一营、二营休整歇息，三营在古佛潭阻击敌人。

三营在古佛潭附近固守了一天一夜，看到一营、二营在塔山上打得激烈，营长杜鲁手都发痒了，也想过去杀一阵。但他的任务是防守古佛潭，没有命令绝不能擅自行动。现在红军部队撤下塔山，古佛潭就是下一个战场。防守古佛潭就是防守一条路。值得乐观的是，这是个绝对意义上的"一夫当关，万夫莫开"之地，虽然它没有铁岭关那么雄奇和居高临下，但是它的狭窄地形让再强大的敌人到此也只能望路兴叹。

国军"拿下"塔山，高兴了一阵，以为再无力量可阻挡他们进军，却没想到在古佛潭驻足不前。狭窄的道路，让国军部队施展不开，"一字形"进军如同单兵进攻，进一个死一个。死伤的人都掉到了金溪河里，没当场死的也会被淹死。所以，通往古佛潭的路，对于国军而言就是"黄泉路"。士兵们只要上了这条路，就意味着死亡。他们无力突破红军的阻拦，回身又绕不过长官黑洞洞的枪口。战场上，国军士兵们的命运还不如刚孵出的小鸡。而此时的国军士兵一个个在长官的眼里消失，而后落水挣扎，再沉入水底或被波涛冲走。

"这仗打得太轻松了。我只要一个班就可抵挡千军万马的进攻！"杜鲁对他的部队说，"从一连一班开始，每二十分钟轮换一次，一个班一个班地打，其他人休息待命。"

国军进攻半天，过不了古佛潭，孙合良命令停止进攻，就地整顿休息。刘宗以为国军要撤走，与杜鲁到高处眺望，却没见有撤军的迹象。

"敌人被挡在古佛潭外，总是不能突破我军，一定是在想什么办法。你们一定要警惕。"刘宗说。

"不管敌人耍什么花招，他们总要从古佛潭过，我们只要死守这条路，谅他们插上翅膀也飞不过来。"

这大半午和晚上，古佛潭除了金溪里"哗哗"的流水声之外，没有别的声响，与前几日猛烈的枪炮声相比，俨然是两个世界，山川田野静得出奇。

次日晌午，鼓镛县东南方向突然出现一群国军，不久后人数越来越多，直逼古佛潭方向。

最先发现国军的是留守看家的城楼哨兵罗罩和曹梅。曹梅立即将敌情向政委金石峰报告。金石峰和欧阳女上城楼瞭看，果然看到河对岸有来势汹汹的敌人。金石峰与欧阳女商量后，让欧阳女的四营继续留城，自己策马飞奔古佛潭，向刘团长报告。刘宗得报，大惊失色，责怪自己轻视了敌人。

河对岸出现的国军，就是孙合良的一个团。昨天，胡瓢听了大本营给孙合良的电报，又见国军在古佛潭难以取胜。为了早日重回鼓镛县县长之位，胡瓢告诉孙合良，绕道四十里，往回走穿过雪峰山脚下，有一条小路可达鼓镛县南部。孙合良采纳了建议，命令一团昼夜行军，穿插到鼓镛县南部。这时，孙合良忽然想到一个问题：无人领路，怎么办？孙合良部队也是从武夷山方向来的，对此处的路线不熟悉，这一路走来都是胡瓢指的路，难不成再让这位胡县爷带路？他可是五十多岁的人了。

"让胡林去做向导。"胡瓢看出孙合良的心思，提议让随自己来的侄子胡林去带路。原来，胡林自从逃出鼓镛县就一直和他的叔叔在一起，这次上峰要胡瓢随军打仗，他也被胡瓢叫上了。

"我去？我也不熟那条路啊，叔？"胡林想推脱，不想去走那四十里的路。

"你不熟难道没长嘴？你是哑巴吗？"胡瓢斥责胡林。

"那好吧。"胡林无奈，只好答应上路。

刘宗对金石峰说："敌人一个师五六千人向我们压来。我军无法与敌硬碰硬了，得想办法撤退到山里。趁敌人尚未过河，你立马回城里，动员群众撤退，并将南岸的船只全部弄到北岸，阻止敌人过金溪。让欧阳女带着部队向一营、二营靠拢。眼下敌人还在对岸，没有船，一时半会儿过不来。咱们抓紧利用这个时间，保护群众，收缩部队。我的意见是部队往九仙山方向撤退。"

"我完全同意团长的部署，这就回城落实。"说完，金石峰上马飞奔而去。

这边，刘宗把变化的敌情通报给排长以上的指挥员，命令一营、二营先撤退，三营继续坚守古佛潭，绝不能在对岸的敌军过河之前，让古佛潭的敌军进来。

杜鲁说："三营只要留下一个连就可以阻止敌人进古佛潭。其余两个连随团长先撤，我留在这里。既然敌人进鼓镛县已成定局，到时只有'放闸'让他们进来了，我一个连撤退也更加机动。"

刘团长同意，立即率领部队向山里转移。就在这时，刘团长收到上级电报，要求部队逐渐收缩，向中央苏区核心区——瑞金靠拢，可能要进行战略转移。

金石峰回城后，迅速组织人员转移。部队好办，只要命令集合战士们，马上就可以走，难的是群众。他们的家在这里，如何能在短时间内转移？

"我们需要转移吗？"

"是啊，我们需要转移吗？我们祖祖辈辈住在这里，都是普通老百姓。国民党来了，日子肯定不好过，但我们能转移到哪里去？我的意见是我们老百姓不走，让红军走。留住红军，就留住了希望！"

"对，留住红军，就留住了希望！我们可拖住国军，让红军走得远些。"

乡亲们的话语，让红军战士们很感动。也没时间多想了，金石峰回家与父母说了几句话就带领部队离开了鼓镛县。走到北门时，水娘带着牧耕跑来，要求和他们一起走。金石峰说："既然乡亲们都没走，你们娘儿俩也就别走，一起留下吧。"牧耕哭着闹着要跟红军走，欧阳女过来劝了一阵，他才同意不走。廖顺生是部队的人，也要走。水娘把当年陈三留下的一把匕首交给廖顺生。廖顺生收下了，说："你们在家等我，我和红军一定会回来的。"说完，他与水娘洒泪告别。

四营从城里撤出，走不到两里地，就听见背后响起枪声。金石峰和欧阳女站到高处一看，发现敌人已经过了金溪。他们已经来不及去想敌人是怎么过河的这件事了。国军部队上岸后，没有往鼓镛县走，而是直奔古佛潭。

"不好，敌人要去夹击我军，他们还不知道我军大部已经撤离，要在古佛潭包围我们。"欧阳女说。

"可那里还有三营的一个连，杜营长还在那里。"金石峰说。

"我们要通知杜营长，否则他们会被吃掉。"欧阳女说着就要行动。

"让我们连去吧，姐大，不，营长！"没等欧阳女同意，栀子一声喊叫，带着全连箭一般地飞走了。

欧阳女和金石峰没走，他们让部队驻足休息，随时接应。

杜鲁和他的三营一连还在拼死挡住古佛潭的敌人。杜鲁牢记团长的命令，只要对岸敌人没过金溪，就不能让古佛潭的敌人过来。但他们还不知道敌人已经过了金溪，等听到枪声时，过河的敌人已经从背后杀来，距离红军不到三四百米。杜鲁命令全连调转枪口打后面的敌人，边打边退。但国军密集的火力在背后扫射，红军哪能放开腿脚撤退？那样的话，国军的脚步将更快，追击的速度也更快、打得也更准。古佛潭的"闸门"放开后，国军士兵像潮水般涌出，前后夹击三营一连。一连总共就只有百十号人，此时要对付数以千计的敌人，谈何容易。

"杜鲁，快向这边撤！"

杜鲁顺着声音一看，是自己的妻子栀子，心中顿时涌起一股暖流。但他意识到危险，说："栀子，你不该来，快撤回去，快！"

栀子边打边喊："我们是来帮助你们撤退的，不要恋战，快跑！"

"对，不要恋战，快跑！"杜鲁重复着栀子的话，边打边向栀子靠近。可此时，国军士兵们疯狂地向红军扑来。红军分散的火力根本阻止不了敌人的追击，不时地有人倒下。身经百战的杜鲁知道要完全摆脱敌人已经很难，大敌当前，唯有牺牲少数才能挽救多数。于是大喊：

"一排和我留下阻击敌人，其他人随连长撤退，还有栀子，你们赶紧撤！"

"营长，我留下，掩护你和大家撤！"

连长说完，在杜鲁身后推了他一把，自己拿起冲锋枪对敌人扫射。一排的战士包括排长，也停止了撤退，回头迎击敌人。一排的阻挡虽然减缓了部分敌人的进攻速度，也有数十个敌人死在一排的枪口下，但是总的局面没有根本改变。这是一片开阔地带，国军进攻的横向面就有二三百米宽，一排的火力并不能全部覆盖。

杜鲁没有立刻走。他不忍看着一排就这样消失了，除非自己也和他们一起消失。连长看出杜鲁的心思，大喊："营长，你和栀子虽然结了婚，但是还没进洞房，你不能这样对待一个女人！"

杜鲁一怔，心想：是啊，我和栀子就牵了一次手，后面的事就被这些国民党搅了。她是我多么爱的一个人呀，是你们这些反动派害得我们俩不能在一起。若不是你们这些人把天下搞得乌烟瘴气，老百姓怎么会这么苦？栀子和她的姐妹怎么会躲到九仙山？此时又怎么会出现在战场？

"营长，你怎么还不走？你不走，你的爱人就不走，你应该保护她！"连长说。

杜鲁又一怔，在心里说：是呀，我应该保护她们。此时和她在一起的还有曹梅、曹姑和罗罩，我绝不能让她们死在这里！随后，杜鲁迅速靠近栀子，大声地说："我是营长，命令你们撤！"

"除非一起撤！"栀子说。

362

"我已经撤不出去了，你赶快带着你们连撤。再拖下去，一排牺牲了，大家都撤不了。听我的，快撤！"

"可我不能看着你死呀，杜鲁！"栀子哽咽地说。

"栀子，我此生有三件幸事：加入中国共产党、当红军、得你所爱，足矣！"

杜鲁没时间再想、再说话了，他推了一把栀子，扔下最后一句话："只有我留在这里，才能让你们撤退！"

"杜鲁……"栀子还想去拉他，却被曹梅、罗罩拽着离开了。

栀子痛苦万分地回头看了一眼他的背影，"哇"的一下哭了出来！人生最难以承受的痛苦就是眼看着亲人走向死亡而无力救护。栀子的眼前就是这个情形。

此时想哭的何止栀子一个人，还有罗罩、曹梅、曹姑等姐妹，她们都为杜鲁的牺牲而感到伤心，但她们没有时间哭。

"栀子，你是连长，你在这里职务最高。"曹梅一说，栀子立马醒悟过来。她对自己说：对呀，我是连长，红军连长，我身边虽然倒下了很多战友，但是现在还有几个人，我这个连长不死，连队就在。还有三营一连，他们是杜鲁的战士，也还有二三十个人，我应该将两连合为一连，一起撤退。

趁一排阻击之时，让红军撤出一百多人，这是杜鲁的愿望，也是此时最好的选择。当两个连合拢时，一排那边已经没有了声音，所有枪声都是敌人发出的。一排的二三十名战士包括连长、杜营长在内，都永远地留在了鼓镛县郊外的这片土地上。

栀子的心像刀割一样难受。她没有回头，也没有再流泪，她的任务就是带着这一连的战士跑出敌人的射程，与欧阳女会合。可是，后面的国军死死咬住他们不放，始终和他们保持在百米距离内。国军的子弹"嗖嗖嗖"地从他们身边擦过，被击中的战士无力再跑，倒在了荒野中。栀子和战士们又不时地回头打两枪，以图减缓敌人的追赶速度，但未能起到丝毫作用。

"与其让敌人从背后打死自己，不如迎面抗击，就算死了也拿几个敌人垫背。"栀子说。于是，栀子停下脚步，端起冲锋枪还击。曹梅等几个姐妹也回身痛击敌人，所有战士都不跑了，停下来打敌人。这个行动，意味着栀子和她的这个连都将会牺牲。只是，这个时候，谁也没去考虑生死，只想着能多消灭一个敌人。

这一切，站在远处的欧阳女、金石峰看得清清楚楚。欧阳女心都提到嗓子眼儿了。作为营长，她不想看到她的战士就这么牺牲；作为姐大，她更不想让几个姐妹就这样离开自己；她更不想让今后的人生为此而感到煎熬，让今天留下一辈子的遗憾。她不再犹豫，一声令下，带着全营尚存的两百多人冲下山。

"欧阳——"站在一旁的金石峰，见来不及阻拦，也一起杀向敌阵。

国军虽然来势凶猛，但是红军四营这股生力军更胜猛虎下山，一阵密集的扫射就让国军后退几丈。

"不要恋战，快撤！"金石峰喊叫着，"同志们趁敌人减缓速度，赶快撤离，与团长会合！"

"撤！"欧阳女拉着罗罩就跑。所有战士都不再恋战，迅速撤离。但就在这时，一颗迫击炮弹落在了金石峰身边，眼疾手快的欧阳女上前推倒金石峰，自己也迅速倒地。所幸金石峰无碍，只是欧阳女左肩膀被一块弹片击中。曹梅和另外几名战士因躲避不及，英勇牺牲。

"曹梅——"欧阳女不顾肩膀疼痛，向曹梅扑过去，其他几个姐妹也想靠近曹梅，但这时在距离她们几米远的地方又落下了两枚炸弹，导致又牺牲好几名战士。金石峰从地上爬起来，想让大家快跑，可是因为炮弹爆炸，耽搁了时间，此时的敌人像狼群一样追了上来。一颗颗的炮弹在红军前进的路上落下后爆炸，好像是国军故意用炮弹拦截，再由步兵来与红军决战。

"石峰，要想全部撤离，看样子不行了。我来阻击一会儿，你带人先走。"欧阳女说。

"你撤，所有女子都撤，我来阻击！"金石峰说。

两人都叫对方先撤，但时间不等人，国军的火力逼得谁都走不了，两人只好共同作战。

此时，红军将火力集中，并用手榴弹对付敌人，国军暂时不能靠近。但国军丝毫没有放松追击，那架势就是想灭掉红军全军。

"石峰，不能让所有人都死在这里，能够撤离几个算几个。你是政委，你带着人撤！"欧阳女边打边说。

金石峰说："我是老党员，要死只有我最合格，你撤，听话！"

"那咱们就一起死在这里，我是绝不会让你死的！"

"我也绝不会让你死的！"

两个人谁都不愿退让。这时，栀子走过来说："你们都不能死，给自己留个入洞房的机会吧，代表我和杜鲁。都撤，我来阻击！"

"还有我！"温七妹也站出来说，"我和栀子打阻击，姐大和金大哥撤！"

"还有我们！"九仙山的姐妹都说话了，她们都愿意牺牲自己保护欧阳女和金石峰撤离。此时，在队伍右侧的廖顺生和伍子华也走了过来。廖顺生说："所有的女同志都撤，我们男同志留下。"

金石峰知道再也不能让大家争执了，对欧阳女下命令道："欧阳营长，你带着一连、二连迅速撤，这是命令！快，这是命令！你是共产党员，必须绝对服从！绝对服从！"

欧阳女两眼看着金石峰，眼中噙满了泪水。在她心中，这个男人是那样的高大，是他一次次上九仙山，一次次向她宣讲共产党和革命，没有他，她和她的姐妹们不可能那么快下山，不可能有参加红军闹革命的光荣岁月。可是现在，此时此刻，自己和他就要分开了，而且是永远地分开！她很想对他说：石峰，你这样命令我走，是不是太残忍了？我和你是夫妻呀，就差入洞房、掀红头盖了，更主要的是咱们俩的心早就在一起了！

"快走！"金石峰的一声喊叫惊醒了欧阳女。此时，每一秒钟的时间都是万分珍贵的，她是党员、营长，再也不能儿女情长。虽然内心像被刀剜一样的痛，但是她只能忍痛下令道："一连、二连撤！"

一连、二连就是温七妹和栀子的连队。在撤退的途中，国军的几颗炮弹又打在路上，牺牲了好几个红军战士。

这时，九仙山女子们的心里都在滴血，她们实在不忍金大哥就留在这里，若不是有命令，她们拖也要拖着他一起走，要死也会死在一起。

"不行，我还是要把他救出来，他不仅是我的丈夫，也是红军的政委、鼓镛县的苏维埃副主席。七妹、栀子，部队交给你们俩了，一定去和团长会合！"已经离开敌人射程的欧阳女，还是决定要去救金石峰。

温七妹说："我也去！"

"不行，你和栀子一定要带着部队走，这是我这个营长的命令！"欧阳女甩下最后的话，迈开双腿飞一般地离开了。

还有十多名战士与金石峰在一起，但他们的子弹已经打光了，金石峰说："用大刀挡住敌人，让战友们走得远些！"

"战友们，我来了！"欧阳女赶到了金石峰的身边，同时还使出双枪击毙了好几个敌人。

"不要打死，活捉那个女的！"国军部队的一个长官喊叫着。

欧阳女说："敌人不开枪了。石峰，你们走，我一个人可以对付敌人一个排，掩护你们，快走！"

"欧阳，我又怎么会扔下你自己走？你真不该来！"金石峰靠近欧阳女说。

欧阳女丢掉没有子弹的两支手枪，抢起大刀向围上来的敌人砍杀，那情形就像当年赵子龙大战长坂坡。如果敌人不开枪，纵有千军万马，又能奈她何？

最后的话

欧阳女挥舞大刀，与百倍于己之敌对阵，瞬间就有数十个敌人死在她的刀下，那情形真叫大公抖擞、地龙遁走！站在远处的孙合良用望远镜都看呆了，后来见不能生擒欧阳女，又怕她跑掉，就下令开枪。欧阳女、金石峰和其他几个战士全部牺牲。

这是一九三四年六月的一天。天空乌云密布，金溪细雨蒙蒙。

温七妹、栀子带着幸存的七十多名战士赶上了大部队，并向刘宗汇报金石峰、欧阳女等人已经牺牲。

温七妹请求回去料理欧阳女和金石峰的后事，待安葬了再追赶部队，刘宗同意了。温七妹和罗覃离开后，栀子和其他姐妹放声大哭。肖叶走到温七妹面前，两人默默无语，噙着眼泪离开。

刘宗带领部队辗转多日，回到红三十六师后进入瑞金苏区，参加了后来的战略大转移——长征。

温七妹、罗覃安葬了欧阳女和金石峰后，走了半个月也没有找到部队。两人重回九仙山，在普照寺为她们的姐大、金大哥超度了七七四十九天，后来她们剃度为尼。她们表示：若红军回来，再还俗继续革命，否则，将终老九仙山。

金石峰的弟弟金铜锡从省城读书回来，目睹事态，连夜赶赴几个乡镇的苏维埃根据地通知人员撤离，避免了国民党的毁灭性屠杀，为革命保留了火种。